太平廣記鈔

태평광기초 2

〈지식을만드는지식 고전선집〉은
인류의 유산으로 남을 만한 작품만을 선정합니다.
읽을 수 없는 고전이 없도록 세상의 모든 고전을 출판합니다.
오랜 시간 그 작품을 연구한 전문가가
정확한 번역, 전문적인 해설, 풍부한 작가 소개, 친절한 주석을
제공합니다.

太平廣記鈔

태평광기초 2

풍몽룡(馮夢龍) 엮음
김장환(金長煥) 옮김

대한민국, 서울, 지식을만드는지식, 2024

편집자 일러두기

- 이 책은 명나라 천계(天啓) 간본을 저본으로 교점한 배인본 중에서 번체자본(繁體字本)인 웨이퉁셴(魏同賢)의 교점본[2책, 《풍몽룡전집(馮夢龍全集)》 8·9, 펑황출판사(鳳凰出版社), 2007]을 바탕으로 하고 기타 배인본을 참고했습니다. 아울러 《태평광기》와의 대조를 통해 교감이 필요한 원문에 한해 해당 부분에 교감문을 붙이고, 풍몽룡의 비주(批注)와 평어(評語)까지 포함해 80권 2584조 전체를 완역하고 주석을 달았습니다. 《태평광기》는 왕샤오잉(汪紹楹)의 점교본[베이징중화수쥐(中華書局), 1961]을 사용했습니다.
- 《태평광기초》는 총 80권으로 되어 있습니다. 이 번역본에는 편의상 한 권에 원서 5권씩을 묶었습니다. 마지막 권인 16권에는 전체 편목·고사명 찾아보기, 해설, 엮은이 소개, 옮긴이 소개를 수록했습니다.
  제2권은 전체 80권 중 권6~권10을 실었습니다.
- 국내에서 처음으로 소개됩니다.
- 해설 및 주석은 독자들의 이해를 돕기 위해 모두 옮긴이가 붙인 것입니다.
- 옮긴이는 독자들이 이해하기 쉽도록 각 고사에는 맨 위에 번역 제목을 붙였고 그 아래에 연구자들이 작품을 찾아보기 쉽도록 원제를 한자 독음과 함께 제시했습니다. 주석이나 해설 등에서 작품을 언급할 때는 원제의 한자 독음으로 지칭했습니다.
- 옮긴이는 원전에서 제시한 작품의 출전을 원제 아래에 "출《신선전(神仙傳)》"과 같이 밝혔습니다. 또한 원문 뒤에는 해당 작품이 《태평광기》의 어느 부분에 실려 있는지도 밝혀 《태평광기》와 비교 연구할 수 있도록 했습니다.
- 본문에서 "미 : "로 표기한 것은 엮은이 풍몽룡이 본문 문장 위쪽에 단 미주(眉注)이고 "협 : "으로 표기한 것은 문장과 문장

사이에 단 협주(夾注)입니다. "평 : "으로 표기한 것은 풍몽룡이 본문을 읽고 자신의 평을 추가한 것입니다.
- 한글에 한자를 병기할 때 괄호 안의 말과 바깥 말의 독음이 다르면 [ ]를 사용하고, 번역어의 원문을 표시할 때는 ( )를 사용했습니다. 또 괄호가 중복될 때에도 [ ]를 사용했습니다.
- 고대 인명과 지명은 한자 독음으로 표기하고 현대 인명과 현대 지명은 국립국어원의 중국어 표기법에 따라 표기했습니다.

차 례

권6 선부(仙部)

선(仙) 6

6-1(0084) 황 존사(黃尊師) · · · · · · · · · · · · 479

6-2(0085) 후도화(侯道華) · · · · · · · · · · · · 481

6-3(0086) 이팔백과 당공방 부(李八百·唐公昉附) · · · 483

6-4(0087) 의군현의 왕씨 노인(宜君王老) · · · · · · · 488

6-5(0088) 약 파는 노인(賣藥翁) · · · · · · · · · · 491

6-6(0089) 위백양(魏伯陽) · · · · · · · · · · · · · 493

6-7(0090) 선평방의 노인(宣平坊老人) · · · · · · · · 496

6-8(0091) 배심(裴諶) · · · · · · · · · · · · · · 499

6-9(0092) 노생과 이생(盧李二生) · · · · · · · · · 511

6-10(0093) 위선준(韋善俊) · · · · · · · · · · · · 516

6-11(0094) 설 존사(薛尊師) · · · · · · · · · · · · 518

6-12(0095) 진안세(陳安世) · · · · · · · · · · · · 523

6-13(0096) 기린객(麒麟客) · · · · · · · · · · · · 527

6-14(0097) 이중보(李仲甫) · · · · · · · · · · · · 532

6-15(0098) 여구자(閭丘子) · · · · · · · · · · · · 535

6-16(0099) 형문의 걸인(荊門乞者) · · · · · · · · · 540

6-17(0100) 난릉리의 노인과 난릉리의 도사(蘭陵老人・蘭陵黃冠) · 544

6-18(0101) 헌원미명(軒轅彌明) · · · · · · · · · · · 553

6-19(0102) 두자춘(杜子春) · · · · · · · · · · · · · 561

권7 선부(仙部)

선(仙) 7

7-1(0103) 스님 계허(僧契虛) · · · · · · · · · · · · 579

7-2(0104) 설봉(薛逢) · · · · · · · · · · · · · · · 587

7-3(0105) 자심 선인(慈心仙人) · · · · · · · · · · 591

7-4(0106) 약 파는 도사(賣藥道士) · · · · · · · · · 594

7-5(0107) 이기현해(伊祈玄解) · · · · · · · · · · · 599

7-6(0108) 원장기(元藏機) · · · · · · · · · · · · · 606

7-7(0109) 숭악에서의 혼례(嵩岳嫁女) · · · · · · · 610

7-8(0110) 음은객의 일꾼(陰隱客工人) · · · · · · 629

7-9(0111) 이청(李淸) · · · · · · · · · · · · · · · 636

7-10(0112) 원 공과 유 공(元柳二公) · · · · · · · · 646

7-11(0113) 고원지(古元之) · · · · · · · · · · · · 658

7-12(0114) 양옹백(陽翁伯) · · · · · · · · · · · · 666

7-13(0115) 이각(李珏) · · · · · · · · · · · · · · 668

7-14(0116) 정약(丁約) · · · · · · · · · · · · · · 673

7-15(0117) 소정지(蕭靜之) · · · · · · · · · · · · 680

7-16(0118) 주유자(朱孺子) ・・・・・・・・・・・682

7-17(0119) 진사(陳師) ・・・・・・・・・・・・・684

7-18(0120) 여생(呂生) ・・・・・・・・・・・・・686

7-19(0121) 귤 속의 노인(橘中叟) ・・・・・・・・・689

권8 여선부(女仙部)

여선(女仙) 1

8-1(0122) 서왕모(西王母) ・・・・・・・・・・・・695

8-2(0123) 옥치 낭자(玉卮娘子) ・・・・・・・・・700

8-3(0124) 운화 부인(雲華夫人) ・・・・・・・・・707

8-4(0125) 현천의 두 여인(玄天二女) ・・・・・・・709

8-5(0126) 태음 부인(太陰夫人) ・・・・・・・・・712

8-6(0127) 직녀성・무녀성・수녀성(織女・婺女・須女星) 719

8-7(0128) 청동군(靑童君) ・・・・・・・・・・・731

8-8(0129) 성공지경(成公智瓊) ・・・・・・・・・741

8-9(0130) 양옥청(梁玉淸) ・・・・・・・・・・・751

8-10(0131) 두난향(杜蘭香) ・・・・・・・・・・・752

8-11(0132) 허비경(許飛瓊) ・・・・・・・・・・・754

8-12(0133) 명성 옥녀(明星玉女) ・・・・・・・・756

8-13(0134) 여산의 노모(驪山老母) ・・・・・・・・757

8-14(0135) 진진(眞眞) ・・・・・・・・・・・・・762

8-15(0136) 강비(江妃) ・・・・・・・・・・・・・765

8-16(0137) 흰 소라 여자(白螺女子) ········766

8-17(0138) 옥예원의 여선(玉蕊院女仙) ······772

8-18(0139) 반맹(班孟) ·············777

8-19(0140) 원객의 처(園客妻) ·········779

8-20(0141) 채 여선(蔡女仙) ··········780

8-21(0142) 차 파는 노파(茶姥) ········781

권9 여선부(女仙部)

여선(女仙) 2

9-1(0143) 진나라 때의 부인(秦時夫人)·······785

9-2(0144) 서하의 소녀(西河少女) ········790

9-3(0145) 여궤(女几) ·············792

9-4(0146) 위 부인(魏夫人)············793

9-5(0147) 사자연(謝自然) ···········802

9-6(0148) 묘녀(妙女) ·············811

9-7(0149) 양정견(楊正見) ···········820

9-8(0150) 배현정(裴玄靜) ···········825

9-9(0151) 번 부인과 운영(樊夫人·雲英) ·····828

9-10(0152) 포고(鮑姑) ············844

9-11(0153) 장운용(張雲容) ··········866

9-12(0154) 노미낭(盧眉娘) ·········876

9-13(0155) 왕민의 고모(王旻姑) ········879

권10 도술부(道術部)

도술(道術)

10-1(0156) 조고(趙高) ·············883

10-2(0157) 이자장(李子萇) ···········885

10-3(0158) 조후(趙侯) ·············886

10-4(0159) 왕상(王常) ·············888

10-5(0160) 노새 모는 사람(駱鞭客) ········891

10-6(0161) 최현량(崔玄亮) ···········894

10-7(0162) 가탐(賈耽) ·············869

10-8(0163) 서명부(徐明府) ···········905

10-9(0164) 이객(李客) ·············907

10-10(0165) 왕수일(王守一) ··········909

10-11(0166) 비계사(費鷄師) ··········911

10-12(0167) 진채(陳棄) ············913

10-13(0168) 낙현소(駱玄素) ··········916

10-14(0169) 장사평(張士平) ··········918

10-15(0170) 풍점(馮漸) ············921

10-16(0171) 원조(元兆) ············922

10-17(0172) 양창(楊瑒) ············927

10-18(0173) 육법화(陸法和) ··········932

10-19(0174) 북산의 도인(北山道者) ········937

10-20(0175) 동명관의 도사(東明觀道士) ·······940
10-21(0176) 장 산인(張山人) ············942
10-22(0177) 백교(白皎) ···············947
10-23(0178) 유 처사(劉處士) ············953
10-24(0179) 주열(朱悅) ···············955
10-25(0180) 이 수재(李秀才) ············957
10-26(0181) 양 거사(楊居士) ············960
10-27(0182) 유씨 노인(俞叟) ············963
10-28(0183) 진계경(陳季卿) ············967
10-29(0184) 당 거사와 주생(唐居士·周生) ······973
10-30(0185) 조지미(趙知微) ············977
10-31(0186) 장사정(張士政) ············980
10-32(0187) 유성(柳城) ···············982
10-33(0188) 주은극(周隱克) ············985
10-34(0189) 명숭엄(明崇儼) ············986
10-35(0190) 정사(鼎師) ···············992
10-36(0191) 허원장(許元長) ············994
10-37(0192) 장식(張殖) ···············996
10-38(0193) 주현자(周賢者) ············998
10-39(0194) 상도무(桑道茂) ············1003
10-40(0195) 가농(賈籠) ···············1006
10-41(0196) 묘진경(苗晉卿) ············1012

10-42(0197) 노구(盧求) · · · · · · · · · · · · · 1015
10-43(0198) 귀를 막는 도사(掩耳道士) · · · · · · · 1018

권6 선부(仙部)

선(仙) 6

이 권은 대부분 믿는 마음의 일을 실었다.
此卷多載信心之事.

6-1(0084) 황 존사

황존사(黃尊師)

출《일사(逸史)》

 황 존사는 모산(茅山)에서 살았는데 도술이 정묘했다. 어떤 땔감 파는 사람이 바위 동굴 사이에서 고서 10여 장을 얻었는데, 협 : 인연이 있다. 스스로 선서(仙書)라고 생각했다. 그래서 황 군(黃君 : 황 존사)을 찾아가 스승으로 모시겠다고 간청했다. 황 군은 그 책을 받고 아무 말도 하지 않은 채, 날마다 그 사람에게 땔감 50다발을 해 오라고 시켰는데, 조금이라도 늦거나 땔감 다발 숫자가 부족하면 욕을 하고 채찍으로 때렸지만 그 사람은 조금도 원망하는 기색이 없었다. 협 : 믿는 마음이다. 어느 날 두 명의 도사가 산 바위 위에서 바둑을 두고 있는 것을 보았는데, 구경하다가 자기도 모르게 날이 저무는 바람에 결국 빈손으로 돌아갔다. 황생(黃生 : 황 존사)이 크게 노해 꾸짖고 곤장 20대를 친 다음에 그 까닭을 물었더니 그 사람이 자세히 말했다. 황생이 말했다.

 "깊은 산엔 사람도 없는데 어느 곳에 도사가 있단 말이냐?"

 그 사람이 머리를 조아리며 말했다.

 "사실입니다! 내일 곧바로 붙잡아 오겠습니다."

다음 날 그 사람이 갔더니 또 바둑 두고 있는 것이 보이기에, 다가가서 구경하는 척하다가 덮쳐서 붙잡았다. 하지만 두 도사는 바둑판과 함께 공중으로 솟구쳐 높은 나무로 올라갔고, 그 사람은 단지 바둑알 몇 개만 얻어 가지고 돌아왔다. 그러자 황 공(黃公 : 황 존사)은 크게 웃으면서 그 사람에게 목욕하게 한 뒤에 법록(法籙)을 모두 전수해 주었다.

黃尊師居茅山, 道術精妙. 有販薪者, 於岩洞間得古書十數紙, 夾 : 有緣. 自謂仙書. 因詣黃君, 懇請師事. 黃君納其書, 不語, 日遣斫柴五十束, 稍遲, 並數不足, 呵罵及棰擊之, 亦無怨色. 夾 : 信心. 一日, 見兩道士於山石上棋, 看之, 不覺日暮, 遂空返. 黃生大怒罵叱, 杖二十, 問其故, 乃具言之. 曰 : "深山無人, 何處得有道士?" 遂叩頭曰 : "實! 明日便捉來." 及去, 又見棋次, 乃佯前看, 因而擒捉. 二道士並局騰於空中, 上高樹, 唯得棋子數枚以歸. 黃公大笑, 乃遣沐浴, 盡傳法籙.

* 이 고사는 《태평광기》 권42 〈신선·황존사〉에 실려 있다.

6-2(0085) 후도화
후도화(侯道華)

하중부(河中府) 영락현(永樂縣)의 도정원(道淨院)은 포주(蒲州)에 위치한 명승지다. 당(唐)나라 문종(文宗) 때 도사 등태현(鄧太玄)이 약원(藥院)에서 단약을 만들었는데, 단약이 완성되었지만 아직 공력이 부족하다고 생각해 단약을 도정원 안에 남겨 두었고, 문도 주오선(周悟仙)이 도정원의 일을 주관했다. 당시 포주 사람 후도화가 주오선을 섬기면서 심부름을 도맡아 했다. 여러 도사들은 모두 그를 하인처럼 부려 먹었으며, 물 뿌리고 바닥 쓰는 등 온갖 허드렛일을 하지 않는 것이 없었으나, 후도화는 더욱 기쁜 마음으로 했다. 또 제자서와 역사서를 좋아해 손에서 책을 놓은 적이 없었으며, 한 번 보면 반드시 그것을 입으로 외웠다. 도사들이 간혹 그에게 물었다.

"이렇게 해서 무얼 하려느냐?"

후도화가 대답했다.

"천상에는 우매한 신선이 없습니다."

모두들 그를 크게 비웃었다. 미 : 총명함이 지극하면 성인이 되고 총명함이 쇠하지 않으면 선인이 된다. 포주에는 커다란 대추가 많았으며, 사람들이 전하는 말에 따르면 매년 씨가 없는 것이 한두 개에 불과하다고 했는데, 후도화는 최근 3년간 번번이 그것을 먹었다. 어느 날 후도화는 도끼를 들고 오래된 소나무 가지를 깎은 듯이 다듬었는데, 사람들은 그 의도를 알지 못했다. 다음 날 사람들이 아침에 일어났더니 후도화는 이미 사라지고 없었다. 보았더니 오래된 소나무 아래에 탁자와 물 한 잔이 놓여 있었고, 탁자 앞에 신발 한 켤레를 벗어 놓았으며, 옷은 소나무 위에 걸려 있었다. 도정원 안을 살펴보았더니 다음과 같은 시 한 수가 남겨져 있었다.

"휘장 안의 대환단(大還丹), 여러 해가 지나도 색이 바래지 않네. 어젯밤에 훔쳐 먹고, 오늘 푸른 하늘로 날아가네."

河中永樂縣道淨院, 居蒲中之勝境. 唐文宗時, 道士鄧太玄煉丹於藥院中, 藥成, 疑功未究, 留貯院內, 門徒周悟仙主院事. 時有蒲人侯道華, 事悟仙, 以供給使. 諸道士皆奴畜之, 灑掃隸役, 無所不爲, 而道華愈欣然. 又嘗好子史, 手不釋卷, 一覽必誦之於口. 衆或問之: "要此何爲?" 答曰: "天上無愚懵仙人." 咸大笑之. 眉: 聰明之極爲聖, 聰明不衰爲仙. 蒲中多大棗, 人傳歲中不過一二無核者, 道華比三年輒得啗之. 一旦, 道華執斧, 琢古松枝如削, 人不喩其意. 明日, 衆晨起, 已失道華. 見古松下施案, 致一杯水, 仍脫雙履案前, 而衣掛松上. 院中視之, 留一詩云: "帖裏大還丹, 多年色不移. 前宵盜喫却, 今日碧空飛."

* 이 고사는 《태평광기》 권51 〈신선·후도화〉에 실려 있는데, 출전이 "《선실지(宣室志)》"라 되어 있다.

6-3(0086) 이팔백과 당공방 부

이팔백 · 당공방부(李八百 · 唐公昉附)

출《신선전(神仙傳)》·《옥당한화(玉堂閑話)》

　　이팔백은 촉(蜀) 사람으로, 촉의 금당산(金堂山) 용교봉(龍橋峰) 아래에서 살면서 수도했다. 촉인들은 대대로 그를 보았는데, 대략 800여 년을 왕래했기에 이팔백이라 불렀다. 처음에 주 목왕(周穆王) 때 산으로 들어가 구화단(九華丹)을 연단해 완성하고 오악 십동(五岳十洞)을 떠돌아다니며 유람했다. 20여 년간 바다에서 비양군(飛陽君)을 만나 수목(水木)의 도[1]를 전수받고 다시 산으로 돌아와 단약을 완성한 후 또 떠났다. 수백 년 동안 숨었다가 나타났다가 하면서 시정을 돌아다녔다. 다시 용교봉에 올라 구정 금단(九鼎金丹)을 만들었다. 이팔백이 이 산에서 세 차례나 도를 공부했기에 세상 사람들은 이 산을 삼학산(三學山)이라 불렀으며 현산(賢山)이라고 부르기도 했다. 완성한 단약을 시험하려고 그것으로 바위 위를 문질렀더니 쓸모없는 돌덩이가 옥으로 변했다. 간혹 사람이 절벽을 파서 옥을 가져가려 하면, 즉

---

[1] 수목(水木)의 도 : 옥액(玉液)을 만들어 복용하는 방법.

시 폭풍우와 우레가 몰아치면서 옥이 변해 버렸다.

이팔백은 한중(漢中)의 당공방(唐公昉)이 신선의 뜻을 지녔지만 훌륭한 스승을 만나지 못한 것을 알고 그에게 가르쳐 주고자 했다. 그래서 당공방의 집에서 품삯 받는 일꾼이 되었는데 당공방은 알지 못했다. 이팔백은 당공방의 마음에 들게 일을 잘해 다른 일꾼과 달랐기에 당공방이 그를 아끼고 남달리 여겼다. 이팔백이 거짓으로 병들어 곧 죽을 것처럼 했더니, 당공방은 즉시 그를 위해 의원을 모셔 오고 약을 짓느라 수십만 냥을 쓰면서도 손해라 여기지 않았으며, 근심하는 마음이 안색에까지 드러났다. 이팔백은 더욱 지독한 악창이 나게 해 온몸에 피고름이 흘러 악취 때문에 가까이 갈 수 없었다. 당공방이 그를 위해 눈물을 흘리자 이팔백이 말했다.

"내 악창이 낫질 않으니 사람이 핥아 주기만 하면 나을 것입니다."

당공방은 세 명의 계집종에게 핥게 했는데 이팔백이 다시 말했다.

"계집종이 핥아도 낫질 않으니 당신이 직접 핥아 주어야 합니다."

당공방이 즉시 핥아 주었지만 이팔백은 다시 말했다.

"아무 효험이 없으니 당신의 아내가 핥아 주는 것이 가장 좋겠습니다."

당공방이 다시 부인에게 핥으라고 했더니, 미 : 당공방은 물론이지만 아내와 계집종까지 어떻게 이처럼 마음이 같은지 모르겠다. 당연히 신선의 인연이 있는 것일까? 아니면 당공방이 교화한 것일까? 이팔백이 말했다.

"내 악창이 나으려고 하니 30곡(斛)의 좋은 술로 목욕하면 틀림없이 치유될 것입니다."

당공방이 즉시 술을 마련해 커다란 그릇에 담자, 이팔백이 곧장 일어나 들어가서 목욕했더니 악창이 즉시 치유되었고 몸이 기름 덩이처럼 매끄러워졌다. 이에 이팔백이 당공방에게 말했다.

"나는 신선인데 그대가 신선의 뜻을 지니고 있기 때문에 이렇게 시험해 보았소. 그대는 진정 가르칠 만하니 지금 그대에게 속세를 초탈하는 비결을 전수해 주겠소."

그러고는 당공방 부부와 악창을 핥은 세 명의 계집종에게 자신이 목욕했던 술로 각자 목욕하게 했는데, 즉시 모두 더욱 젊어지고 안색도 고와졌다. 《단경(丹經)》 1권을 당공방에게 전수했다. 당공방은 운대산(雲臺山)으로 들어가 선약을 만들었는데, 선약이 완성되자 그것을 먹고 신선이 되어 떠났다.

홍원부(興元府)에 두산관(斗山觀)이 있는데, 평평한 하천 속에서 산 하나가 우뚝 솟아 있고 사방이 깎아지른 절벽이며 그 위가 말[斗]의 바닥처럼 네모반듯하기 때문에 그렇게 부른다. 담쟁이넝쿨이 휘감겨 있는 소나무와 전나무는 그 경치가 특히 기묘하다. 그 위에는 당공방이 이팔백의 선주(仙酒)를 마시고 온 가족과 함께 집을 통째로 뽑아 승천했다는 흔적이 있다. 그 집터는 세 이랑쯤 되고 땅이 움푹 패어 구덩이가 생겼는데, 이것은 아마도 땅바닥까지 뽑아 승천했기 때문일 것이다. 미 : 집을 뽑아 승천했다는 말은 들어 보았지만 땅까지 뽑아 승천했다는 말은 들어 보지 못했으니 기이하도다!

李八百, 蜀人也, 居蜀金堂山龍橋峰下修道. 蜀人歷代見之, 約其往來八百餘年, 因號曰李八百. 初以周穆王時入山, 合九華丹成, 雲遊五岳十洞. 二十餘年, 於海上遇飛陽君, 授水木之道, 還山, 煉藥成, 又去. 數百年, 或隱或顯, 遊於市朝. 又登龍橋峰, 作九鼎金丹. 三於此山學道, 故世人號此山爲三學山, 亦號賢山. 丹成試之, 抹拍石上, 頑石化玉. 人或鑿崖取之, 卽風雷爲變.

知漢中唐公昉有志, 不遇明師, 欲敎授之. 乃爲作傭賃者, 公昉不知也. 八百驅使如意, 異於他客, 公昉愛異之. 八百乃僞病困, 當欲死, 公昉卽爲迎醫合藥, 費數十萬錢, 不以爲損, 憂形於色. 八百又轉作惡瘡, 遍體膿血, 臭惡不可近. 公昉爲之流涕, 八百曰: "吾瘡不愈, 須人舐之當可." 公昉乃使三婢, 八百又曰: "婢舐不愈, 須君自爲之." 公昉卽舐, 復言: "無益, 得君婦舐之最佳." 又復令婦舐之, 眉 : 公昉無論也, 不識婦婢何以同心若此. 當是仙緣乎? 抑公昉所化也? 八百曰: "吾瘡欲瘥, 有三十斛美酒浴身, 當愈." 公昉卽爲具酒, 著大器中, 八百卽起入浴, 瘡卽愈, 體如凝脂. 乃告公昉曰: "吾是仙人也, 子有志, 故此相試. 子眞可敎, 今當授子度世之訣."

乃使公昉夫妻並舐瘡三婢, 以其浴酒自浴, 卽皆更少, 顏色美悅. 以《丹經》一卷授公昉. 公昉入雲臺山中作藥, 藥成服之, 仙去.

興元有斗山觀, 自平川內聳起一山, 四面懸絶, 其上方如斗底, 故號之. 薜蘿松檜, 景象尤奇. 上有唐公昉飮李八百仙酒, 全家拔宅之迹. 其宅基三畝許, 陷爲坑, 此蓋連地而上升也. 眉:但聞拔宅, 不聞拔地, 異哉!

* 이 고사는《태평광기》권7〈신선·이팔백〉, 권61〈여선(女仙)·이진다(李眞多)〉, 권397〈산(山)·두산관(斗山觀)〉에 실려 있다.

6-4(0087) 의군현의 왕씨 노인

의군왕노(宜君王老)

출《속선전(續仙傳)》

왕노는 방주(坊州) 의군현(宜君縣) 사람이다. 마을의 초가집에 살면서 도술을 좋아하고 손님 대접하길 좋아했으며 음덕을 행하는 데 힘썼는데, 그의 아내도 마음을 함께하며 게을리하지 않았다. 어느 날 아침에 남루한 차림의 도사가 그의 집을 찾아왔는데, 왕노와 그의 아내는 함께 맞이해 예를 차렸다. 도사는 한 달 남짓 지낸 후에 갑자기 온몸에 악창이 생겼다. 왕노는 의원을 부르고 약을 구해 간병하면서 더욱 정성을 쏟았지만, 악창은 날이 갈수록 심해져 거의 1년을 넘겼다. 도사가 왕노에게 말했다.

"이 악창은 번거롭지만 보통 약으로는 치료할 수 없고, 몇 곡(斛)의 술에 몸을 담그면 저절로 나을 것이오."

왕노는 도사를 위해 정결하게 술을 빚었다. 술이 익자 도사가 말했다.

"커다란 항아리에 술을 채우면 내가 직접 약을 넣고 몸을 담그겠소."

그러고는 마침내 항아리 속으로 들어갔다가 사흘 만에 나왔는데, 수염과 머리카락이 모두 검어졌고 안색이 다시 젊어졌으며 피부가 기름 덩이처럼 매끄러웠다. 왕노의 온 가족들은 이를 보고 기이함에 놀랐다. 도사가 왕노에게 말했다.

"이 술을 마실 수 있다면 사람을 하늘로 날아 올라가게 할 수 있소."

왕노는 그의 말을 믿었다. 처음에는 항아리에 담긴 술이 5곡 남짓이었는데 살펴보니 2~3말만 남아 있었으며, 맑고도 향긋한 맛이 특이했다. 당시 한창 보리를 타작하고 있었는데, 왕노와 그의 처자식 및 보리타작 일꾼들이 함께 그 술을 마시고 모두 크게 취했다. 도사 또한 술을 마시고 나서 말했다.

"하늘로 올라갈 수 있겠소?"

왕노는 도사를 따라가길 원했다. 상서로운 바람이 갑자기 일어나고 채색 구름이 수증기처럼 피어나더니 집과 초목, 온 집안사람과 닭·개 등이 동시에 날아올라 갔는데, 공중에서 여전히 보리를 타작하는 소리가 들렸다. 몇몇 마을 사람들은 함께 이 광경을 바라보며 경탄했다. 오직 고양이만 버려져 떠나지 못했다. 바람이 잠잠해진 후에 보리타작 일꾼 두 명은 다른 마을의 나무 아래에 남겨졌는데, 그 후로 음식을 먹지 않았으며 모두 장수할 수 있었다. 의군현에서 서쪽으로 30리 떨어진 곳에 승선촌(升仙村)이 있다.

王老, 坊州宜君縣人. 居村墅, 好道愛客, 務行陰德, 其妻亦同心不倦. 一旦, 有襤縷道士造門, 王老與其妻俱延禮之. 居月餘, 俄患遍身惡瘡. 王老乃求醫藥看療, 益加勤切, 而瘡日甚, 逮將逾年. 道士謂王老曰:"此瘡不煩以凡藥相療, 但得數斛酒浸之, 自愈." 於是王老爲之精潔釀酒. 及熟, 道士言:"以大甕盛酒, 吾自加藥浸之." 遂入甕, 三日方出, 鬚髮俱黑, 面顔復少, 肌若凝脂. 王老闔家視之驚異. 道士謂王老曰:"此酒可飮, 能令人飛上天." 王老信之. 初, 甕酒五斛餘, 及窺, 二三斗存耳, 清冷香美異常. 時方打麥, 王老與妻子並打麥人共飮, 皆大醉. 道士亦飮, 云:"可上天去否?" 王老願隨師所適. 於是祥風忽起, 彩雲如蒸, 屋舍草樹, 全家人物雞犬, 一時飛去, 空中猶聞打麥聲. 數村人共觀望驚嘆. 唯猫棄而不去. 風定, 其傭打麥二人, 乃遺在別村樹下, 後亦不食, 皆得長年. 宜君縣西三十里有升仙村.

* 이 고사는 《태평광기》 권51 〈신선 · 의군왕노〉에 실려 있다.

6-5(0088) 약 파는 노인

매약옹(賣藥翁)

출《속선전》

　　매약옹은 그 성명을 알지 못한다. 어떤 사람이 어린아이였을 때 그를 보았고 늙었을 때 다시 그를 보았는데, 그는 얼굴이 변하지 않았다. 그는 늘 큰 호리병 하나를 들고 다니면서 약을 팔았는데, 사람들이 병을 말하고 약을 구하면 돈을 받든지 못 받든지 모두 주저하지 않고 주었으며, 약은 모두 효험이 있다고들 말했다. 간혹 병도 없이 장난삼아 약을 구하는 자는 약을 얻더라도 금세 반드시 잃어버렸다. 그래서 사람들은 감히 함부로 구하지 않았으며, 그를 천지신명처럼 공경했다. 어떤 사람이 장난삼아 물었다.

　"대환단(大還丹)[2]도 파시오?"

　노인이 말했다.

　"있긴 한데 한 알에 돈 1000관(貫 : 1관은 1000냥)이오."

　사람들은 모두 그를 비웃으면서 미쳤다고 생각했다. 노인은 성읍의 시장에서 그를 비웃고 욕하는 사람들에게 자주

---

[2] 대환단(大還丹) : 9단계의 연단 과정을 거쳐 만든 선약(仙藥).

말했다.

"돈이 있는데도 약을 사 먹지 않으니, 모두 흙 만두가 되고 말 것이다." 미 : 세상의 신심이 없는 사람은 돈을 버리려 하지 않기 때문이다.

사람들은 그 뜻을 알지 못하고 더욱 그를 비웃었다. 나중에 장안(長安)에서 약을 팔다가 호리병을 흔들어 보았더니 이미 비어 있었고 그 안에 환약 한 알만 있었는데 굉장히 크고 빛이 났다. 노인은 그것을 손바닥 안에 놓고 사람들에게 말했다.

"100여 년 동안 기꺼이 돈을 내고 약을 사 먹는 사람이 한 명도 없으니 심히 슬프도다!"

그러고는 스스로 약을 먹었는데, 약이 입으로 들어가자마자 발아래에서 오색구름이 피어나면서 표연히 떠나갔다.

賣藥翁, 莫知其姓名. 有童稚見之, 逮於暮齒, 復見, 其顏狀不改. 常提一大葫蘆賣藥, 人告疾求藥, 得錢不得錢, 皆與之無阻, 藥皆稱有效. 或無疾戲而求藥者, 得藥尋必失之. 由是人不敢妄求, 敬如神明. 或戲問: "有大還丹賣否?" 曰: "有, 一粒一千貫錢." 人皆笑之, 以爲狂. 多於城市笑罵人曰: "有錢不買藥喫, 盡作土饅頭去." 眉 : 世無信心人, 由不肯捨錢耳. 人莫曉其意, 益笑之. 後於長安賣藥, 斗撒葫蘆已空, 內祇有一丸, 極大光明. 安於掌中, 謂人曰: "百餘年無一人肯把錢買藥喫, 深可哀哉!" 乃自喫藥, 纔入口, 足下五色雲起, 飄飄而去.

* 이 고사는 《태평광기》 권37 〈신선・매약옹〉에 실려 있다.

6-6(0089) 위백양

위백양(魏伯陽)

출《신선전》

　　위백양은 오(吳) 사람으로 본디 도술을 좋아했다. 나중에 제자 세 명과 함께 산으로 들어가 신단(神丹)을 만들었는데, 신단이 완성되었을 때 제자들의 마음이 미진한 것을 알고 말했다.

　　"먼저 개에게 시험해 봐서 개가 날아오른 연후에 먹는 것이 좋겠다."

　　그러고는 개에게 먹였더니 개가 바로 죽었다. 위백양이 제자들에게 말했다.

　　"신단을 먹었다가 개처럼 될까 두려우니 어찌하면 좋겠는가?"

　　제자가 말했다.

　　"선생께서 드셔 보시겠습니까?"

　　위백양이 말했다.

　　"나는 세상길을 등지고 집을 버리고 산으로 들어왔는데, 득도하지 못한 채 다시 돌아가는 것도 부끄러우니 죽든지 살든지 내가 마땅히 먹겠다."

　　마침내 신단을 복용했는데 입에 넣자마자 바로 죽었다.

성이 우씨(虞氏)인 한 제자만이 말했다.

"나의 스승은 평범한 사람이 아닌데 이것을 먹고 죽었으니 혹시 다른 뜻이 있지 않을까?"

그러고는 신단을 꺼내 먹었는데 역시 죽었다. 나머지 두 제자가 서로 말했다.

"신단을 귀히 여긴 것은 장생을 구하기 위함인데, 죽고 나서는 이것을 어디에 쓰겠는가?"

결국 신단을 먹지 않고 함께 산을 나와 위백양과 죽은 제자를 위해 관을 짤 나무를 구하려 했다. 두 제자가 떠난 후에 위백양은 바로 일어나 자신이 먹었던 신단을 죽은 제자와 백구의 입 속으로 밀어 넣었는데, 모두 되살아나 마침내 모두 신선이 되어 떠났다. 미 : 산 사람을 죽게 하고 죽은 사람을 일으킨 것이 모두 이 하나의 신단이니 어찌 된 것인가? 위백양은 도중에 산에 나무하러 들어온 사람을 만나자 직접 편지를 써서 마을 사람에게 부쳤는데, 두 제자는 그제야 비로소 후회했다. 위백양은 《참동계오행상류(參同契五行相類)》를 지었는데, 모두 세 권이다.

魏伯陽者, 吳人也, 性好道. 後與弟子三人入山, 作神丹, 丹成, 知弟子心懷未盡, 曰 : "先以犬試之, 犬飛, 然後可服." 乃與犬食, 犬卽死. 伯陽謂諸弟子曰 : "服之恐如犬, 奈何?" 弟子曰 : "先生服之否?" 伯陽曰 : "吾背違世路, 委家入山, 不得道亦恥復還, 死之與生, 吾當服之." 乃服丹, 入口卽死. 獨一弟子姓虞曰:"吾師非常人, 服之而死, 得無異也?" 因取丹服之, 亦死. 餘二弟子相謂曰:"所貴丹者, 求長生耳, 旣死, 焉用此爲?" 遂不服, 乃共出山, 欲爲伯陽及死弟子求棺木. 二子去後, 伯陽卽起, 將所服丹內死弟子及白犬口中, 皆起, 遂皆仙去. 眉: 死生起死, 總此一丹, 何耶? 道逢入山伐木人, 乃作手書與鄉里人寄謝, 二弟子乃始懊恨. 伯陽作《參同契五行相類》, 凡三卷.

* 이 고사는 《태평광기》 권2 〈신선·위백양〉에 실려 있다.

6-7(0090) 선평방의 노인

선평방노인(宣平坊老人)

출《원화기(原化記)》

[당나라] 하지장(賀知章)은 서경(西京 : 장안) 선평방(宣平坊)에 집이 있었다. 대문 맞은편에 작은 판자문이 있었는데, 한 노인이 나귀를 타고 그곳을 드나드는 것을 늘 보았다. 5~6년 동안 지켜보았는데, 노인의 안색과 의복은 예전 그대로였으며, 집안 식구들도 보이지 않았다. 마을 사람들에게 물어보았더니, 모두 말하길, 그 사람은 서시(西市)에서 돈꿰미를 파는 왕(王) 노인이며 다른 직업은 없다고 했다. 하지장은 그가 비범한 사람임을 알아차리고 한가한 때에 그를 찾아갔다.

　서로 왕래하면서 공경심이 점점 깊어지고 언담도 점점 친밀하게 나누게 되자, 마침내 노인은 자신이 황백술(黃白術)에 뛰어나다고 말했다. 하지장은 평소 도술에 대한 믿음이 강했으므로 그를 맞이해 섬기길 원했다. 나중에 부인과 함께 명주(明珠) 하나를 가지고 가서 스스로 말하길, 고향에 있을 때 이 명주를 얻어 오랫동안 간직하며 아껴 왔는데 특별히 노인에게 바쳐 도법을 전해 주길 청한다고 했다. 노인은 곧장 그 명주를 동자에게 주면서 그것으로 떡을 사 오라고 했다. 협 : 절묘하도다! 미 : 바로 이것이 도법을 잘 설명해 주는 대목이다. 동자는 명주로 30여 개의 호떡을 바꿔 와서 하지장에게 대접했다. 하지장은 노인이 보배로운 명주를 너무 가볍게 써 버린다고 속으로 생각하며 마음이 몹시 불쾌했다. 노인이 말했다.

"대저 도라는 것은 마음으로 터득할 수 있으니, 어찌 힘써 다툰다고 되는 일이겠소? 재물을 아까워하는 마음을 멈추지 않는다면 도술은 이룰 수 없소. 마땅히 깊은 산과 궁벽한 골짜기에서 열심히 수련해 이루어야 하니, 시정에서 전수할 수 있는 바가 아니오."

하지장은 마음으로 자못 깨달음을 얻어 그에게 감사하고 떠났다. 며칠 뒤 노인은 어디론가 사라졌다. 하지장은 사직을 청한 뒤 고향으로 돌아가 도문(道門)에 들어갔다.

賀知章, 西京宣平坊有宅. 對門有小板門, 常見一老人乘驢出入其間. 積五六年, 視老人顔色衣服如故, 亦不見家屬. 詢問閭巷, 皆云是西市賣錢貫王老, 更無他業. 察其非凡也, 常因暇日造之. 因與往來, 漸加禮敬, 言論漸密, 遂云善黃白之術. 賀素信重, 願接事之. 後與夫人持一明珠, 自云在鄕日得此珠, 保惜多時, 特上老人, 求說道法. 老人卽以明珠付童子, 令市餠來. 夾 : 絶妙! 眉 : 卽此是善說道法處. 童子以珠易得三十餘胡餠, 遂延賀. 賀私念寶珠輕用, 意甚不快. 老人曰 : "夫道者可以心得, 豈在力爭? 慳惜未止, 術無由成. 當須深山窮谷, 勤求致之, 非市朝所授也." 賀意頗悟, 謝之而去. 數日, 失老人所在. 賀因求致仕, 入道還鄕.

* 이 고사는 《태평광기》 권42 〈신선 · 하지장〉에 실려 있다.

6-8(0091) 배심

배심(裵諶)

출《속현괴록(續玄怪錄)》

배심·왕경백(王敬伯)·양방(梁芳)은 속세 밖의 벗이 되기로 약속했다. 수(隋)나라 대업(大業) 연간(605~617)에 함께 백록산(白鹿山)으로 들어가 선도를 배웠다. 그들은 황백술(黃白術)을 이룰 수 있고 불사약을 얻을 수는 있다고 생각했다. 그래서 10여 년간 부지런히 일하고 약초를 캐면서 수련했지만 양방이 죽었다. 왕경백이 배심에게 말했다.

"우리가 화려한 집을 떠나 초가집을 즐거워하고, 환락한 생활을 천히 여기고 적막한 생활을 귀하게 여긴 것은 구름을 타고 학을 몰면서 봉호(蓬壺 : 봉래산)[3]에서 노닐길 바라서였네. 설령 신선이 될 수 없다 하더라도 장생하기를 바랐네. 그런데 지금 신선의 바다는 끝이 없고 구름 낀 산 바깥에서 고생만 하고 있으니 죽음도 면하지 못할 걸세. 내가 좋아하는 것은 장차 산을 내려가서 살찐 말을 타고 가벼운 옷을 입으며, 멋진 노래를 듣고 예쁜 여자를 즐기며, 경락(京洛 :

---

3) 봉호(蓬壺) : 봉래산(蓬萊山). 삼신산(三神山) 가운데 하나. 그 모양이 모두 병과 비슷하다고 해서 삼신산을 삼호(三壺)라고도 한다.

낙양)에서 노니는 것이네. 마음에 흡족한 연후에 영달을 구해 공을 세우고 일을 이룸으로써 인간 세상에서 영화를 누리겠네. 그대는 어찌하여 돌아가지 않는가? 쓸데없이 깊은 산속에서 죽지 말게."

배심이 말했다.

"나는 이제 막 꿈에서 깨어난 사람이니 다시는 혼미함에 빠지지 않겠네."

왕경백은 결국 돌아갔고 배심은 그를 만류했지만 그럴 수 없었다. 당시는 당(唐)나라 정관(貞觀) 연간(627~649) 초였는데, 왕경백은 이전의 관적(官籍)에 따라 좌무위기조참군(左武衛騎曹參軍)에 임명되었다. 대장군 조비(趙朏)가 딸을 그에게 시집보냈다. 몇 년 사이에 그는 대리정평(大理廷評)으로 전임되어 붉은 관복을 입게 되었다. 그는 사명을 받들어 회남(淮南)으로 가던 도중에 배가 고우(高郵)를 지나가게 되었는데, 제사(制使 : 왕경백)[4]의 행렬이 외치는 소리가 바람을 일으킬 정도로 대단했기 때문에 다른 배들은 감히 움직이지 못했다. 그때 이슬비가 내리는 가운데 난데없이 고깃배 한 척이 당돌하게 지나갔는데, 그 안에서 어떤 노인이 도롱이를 입고 삿갓을 쓴 채 노를 두드리면서 바람

---

4) 제사(制使) : 황제가 파견한 칙사. 여기서는 왕경백을 가리킨다.

처럼 빨리 지나갔다. 왕경백이 놀라고 의아해서 살펴보았더니 바로 배심이었다. 그래서 뒤쫓아 가게 해서 그를 유주(維舟)⁵⁾로 청해 맞이하고 앉게 한 뒤에 손을 맞잡고 위로하며 말했다.

"노형은 오랫동안 깊은 산속에 살면서 명예와 벼슬을 던져 버리더니 이룬 것도 없이 이 지경에 이르렀네. 무릇 바람은 매어 둘 수 없고 그림자는 잡을 수 없네. 옛사람들은 긴 밤을 아까워해 촛불을 들고 놀았으니, 하물며 젊은 나이에 대낮을 허송해서야 되겠는가? 나는 산을 나온 지 몇 년 만에 지금 정위평사(廷尉評事)가 되었네. 협 : 마음이 매우 흡족한 것이다. 이전에 옥사(獄事)를 공정하게 처리했기 때문에 천자께서 명복(命服)⁶⁾을 하사하셨네. 회남에 의심스러운 옥사가 있어서 지금 담당 관리에게 진상 조사를 의뢰하자 천자께서 명민한 관리를 뽑아 그 사건을 다시 조사하게 했는데, 내가 그 관리로 뽑혔기 때문에 이곳으로 행차하게 되었네. 아직 관리로서 현달했다고는 말할 수 없지만 그래도 산속의 노인에 비한다면 스스로 조금 낫다는 생각이 드네. 그런데 노형은 수고로움을 감내하면서 결국 예전처럼 지내고 있으

---

5) 유주(維舟) : 제후나 귀족이 타던 배. 대개 4척의 배를 묶어 연결해 흔들리지 않게 했기 때문에 그렇게 불렀다.
6) 명복(命服) : 황제가 관리의 직책에 따라 내리는 관복.

니, 기이한 일이네! 기이한 일이네! 지금 뭐 필요한 것이 있으면 마땅히 도와주겠네." 미 : 늪가의 메추라기가 봉황을 비웃고7) 썩은 쥐 때문에 솔개가 놀라듯이,8) 속세에서 득의양양한 자는 진정 가련하다.

배심이 말했다.

"나는 가라앉고 그대는 뜨고 있으니 물고기와 새처럼 각자 만족하며 살아가면 되는데 하필 자랑하고 뽐내는가? 무릇 인간 세상에서 필요한 것은 내가 마땅히 그대에게 줄 테니 그대는 무엇을 내게 주겠는가? 미 : 수가(須賈)9)가 범숙(范叔

---

7) 늪가의 메추라기가 봉황을 비웃고 : 원문은 "척안소봉(斥鷃笑鳳)". 늪가에 사는 작은 메추라기는 팔짝팔짝 날면서도 충분히 즐거운데, 구만리 창천을 나는 대붕(大鵬)을 보고 대체 어디로 가느냐고 비웃었다. 《장자(莊子)》〈소요유(逍遙遊)〉에 나오는 우언(寓言)이다.

8) 썩은 쥐 때문에 솔개가 놀라듯이 : 원문은 "부서혁연(腐鼠嚇鳶)". 솔개가 썩은 쥐를 먹으려고 할 때 원추(鵷鶵 : 오동나무만 골라 앉고 대나무 열매만 먹으며 단 샘물만 마신다고 하는 난새의 일종)가 그곳을 지나가자 솔개가 먹이를 빼앗길까 봐 놀라 소리쳤다고 한다. 《장자》〈추수(秋水)〉에 나오는 우언이다. '썩은 쥐'는 비천한 물건이나 사람을 비유한다.

9) 수가(須賈) : 전국 시대 위(魏)나라 사람으로 중대부(中大夫)를 지냈다. 범저(范雎)가 가난했을 때 일찍이 그를 모셨다. 범저가 그를 따라 제(齊)나라에 사신으로 갔는데, 제 양왕(齊襄王)이 범저의 뛰어난 언변을 듣고 황금과 소고기와 술을 하사했지만 범저는 사양하고 받지 않았다. 수가는 그 사실을 알고 대노하며 범저가 위나라의 기밀을 몰래 제

: 범저(范雎)]의 가난함을 가엾게 여겼지만 정작 상군(相君 : 재상) 장록(張祿 : 범저)이 어떤 인물인지 알지 못한 것과 같다. 나는 광릉(廣陵)에서 약을 팔고 잠시 쉴 만한 땅도 가지고 있네. 청원교(靑園橋) 동쪽에는 몇 리에 이르는 앵도원(櫻桃園)이 있고 앵도원 북쪽에 수레가 드나드는 문이 있는데, 그곳이 바로 내 집이네. 그대는 공무에 다소 틈이 나거든 그곳으로 나를 찾아오게."

그러고는 훌쩍 떠나 버렸다. 왕경백은 광릉에 도착한 지 10여 일이 지나 일이 조금 한가로워지자, 배심의 말이 생각나 그를 찾아 나섰다. 과연 [앵도원 북쪽에] 수레가 드나드는 문이 있었는데, 처음 들어갈 때는 오히려 황량하더니 발걸음을 옮길수록 더욱 아름다웠다. 수백 걸음을 가서야 비로소 대문에 이르렀다. 누각이 겹겹이 서 있고 나무와 꽃이 곱

나라에 누설했다고 여겼다. 귀국한 후에 범저는 위나라 재상에게 끌려가 거의 죽을 만큼 심한 문초를 받았다. 그 후에 범저는 이름을 장록(張祿)으로 고치고 왕계(王稽)와 정안평(鄭安平)의 도움으로 진(秦)나라로 망명해 소양왕(昭陽王)을 섬기며 상국(相國)이 되었으며, 원교근공(遠交近攻) 정책을 제안해 큰 성공을 거뒀는데, 이것이 나중에 진나라가 육국(六國)을 통일하는 기초가 되었다. 나중에 수가는 진나라에 사신으로 갔는데, 범저가 진나라에서 재상이 된 줄을 몰랐다. 범저가 밤에 몰래 남루한 옷을 입고 수가를 찾아갔더니, 수가가 그에게 두터운 솜옷 한 벌을 주었다. 범저는 수가가 옛 친구에 대한 정의가 있다고 여겨 보복하지 않고 귀국시켰다.

고 빼어난 것이 마치 인간 세상이 아닌 것 같았다. 향기로운 바람이 쏴! 하고 불어오자 정신이 맑아지고 기분이 상쾌해져서 표연히 구름을 타고 있는 느낌이 들었는데, 더 이상 칙사의 수레가 중요하지 않다고 여겨졌고 자신의 몸이 마치 썩은 쥐처럼 보였으며 따르는 무리가 마치 개미처럼 보였다. 이윽고 보검과 패옥 소리가 잠시 들리더니 시녀 두 명이 나와서 말했다.

"배랑(裴郞 : 배심)께서 오셨습니다."

잠시 후에 한 사람이 왔는데 의관이 훌륭하고 풍모가 아주 아름다웠다. 왕경백이 앞으로 나아가 절을 하고 나서 보니 바로 배심이었다. 배심이 그를 위로하며 말했다.

"속진에서 벼슬살이하면서 오랫동안 비린내 나는 음식을 먹다 보니 근심과 욕심의 불길이 마음에서 타오르고 있는데, 그것을 짊어지고 가는 것이 정말로 몹시 힘들어 보이네."

그러고는 그에게 읍(揖)하고 나서 안으로 들어가 중당(中堂)에 앉았다. 문과 들보는 기이한 보석으로 꾸며져 있고 병풍과 휘장에는 모두 구름과 학이 그려져 있었다. 잠시 후에 시녀 네 명이 벽옥 쟁반을 받들고 들어왔는데, 진기한 기물과 향긋한 술과 맛있는 음식은 일찍이 보지 못한 것이었다. 이윽고 해가 지려 하자 배심은 명을 내려 연회를 재촉했는데, 구광등(九光燈)을 켜자 온 자리에 광채가 빛났다. 절세 미색인 가기(歌妓) 20명이 그들 앞에 줄지어 앉았다. 배심은 어린 시동을 돌아보며 말했다.

"왕 평사(王評事 : 왕경백)는 나의 산중 친구인데, 도심(道心)이 굳지 않아 나를 버리고 산을 내려가더니 작별한 지 거의 10년 만에 겨우 정위(廷尉)가 되었다. 협 : 마음이 몹시 흡족하지 못한 것이다. 지금은 속된 마음이 들어차 있으니 반드시 속세의 기녀가 즐겁게 해 주어야 한다. 내가 보기에 배우 집안의 딸은 부를 만한 사람이 없으니, 마땅히 사대부의 딸 중에서 이미 다른 사람에게 시집간 사람을 불러와야 한다. 만약 근방에 아름다운 여자가 없으면 5000리 내에서 데려와도 좋다."

어린 시동은 예! 예! 하면서 나갔다. 여러 가기들이 벽옥쟁(箏)을 조율하고 있는데, 음을 채 고르기도 전에 시동이 이미 복명(復命)하면서 가기 한 명을 데리고 서쪽 계단으로 올라오더니 배심의 자리 앞에서 절했다. 배심이 왕경백을 가리키며 그녀에게 말했다.

"평사께 참배하시오."

왕경백이 답배를 하고 나서 가기를 자세히 살펴보니 자신의 처 조씨(趙氏)였다. 왕경백은 너무 놀라 감히 말도 하지 못했고, 그의 처도 몹시 놀라면서 그냥 쳐다보고만 있었다. 미 : 이미 친구라고 말해 놓고 어떻게 그의 처를 가지고 장난칠 수 있단 말인가? 이는 그렇지 않았을 것이니 바로 그의 속정(俗情)을 깨뜨리고자 한 것일 뿐이다. 배심이 조씨를 옥계단 아래에 앉게 했다. 한 시녀가 대모(玳瑁) 쟁을 받들고 와서 그녀에게 주었는데 조씨가 평소 잘하던 것이었다. 그래서 좌중에 있던 가기들과 함께 곡을 연주해 술맛을 돋우게 했다. 왕경백이 자리 사이에서 검붉은 오얏 하나를 집어 조씨에게 던지자, 조씨는 왕경백을 돌아보며 그것을 몰래 의대(衣帶)에 맸다. 미 : 《광이기(廣異記)》에서 말한 장 공(張公)과 이 공(李公)의 고사[10]와 서로 비슷하다. 장 공은 쟁을 든 부인을 불러 능금을 그녀의 치마끈에 매어 주었는데, 그녀가 바로 이 공의 처였다. 오직 이것만 조금 다르다. 가기들이 연주하는 곡을 조씨가 모두 쫓아갈 수는 없었다. 그래서 배심은 가기들에게 조씨가 연주하는 곡을 따라 하게 했는데, 때때로 멈추기도 했지만 그 곡을 완주할 수 있게 했으며, 서로 술잔을 주고받으면서 아주 즐거워했다. 날이 장차 밝으려 하자 배심이 이전의 시동을 불러 말했다.

"조 부인을 배웅해 드려라."

또 말했다.

"이곳은 구천(九天)의 화당(畫堂)으로 보통 사람은 올 수 없소. 나는 옛날에 왕경백과 속세 밖의 교유를 했는데, 그가

---

10) 장 공(張公)과 이 공(李公)의 고사 : 《태평광기》 권23 〈신선·장이이공(張李二公)〉에 실려 있다.

속세에 빠져 스스로 불구덩이에 뛰어들고 자신의 지혜로 스스로를 불사르며 자신의 총명함으로 스스로를 해쳐, 생사의 바다에서 부침하고 피안의 세계를 찾아도 얻지 못하는 것을 가련히 여겼기 때문에, 이곳으로 데려와 한번 깨우쳐 주려 했던 것이오. 오늘의 만남은 진실로 다시는 얻기 어렵소. 또한 부인의 숙명으로 잠시 이곳에 놀러 올 수 있었소. 구름 낀 산이 첩첩이 둘러싸여 있으니 돌아가는 길이 고생스러울 것은 말할 필요도 없소."

조씨는 절을 하고 떠나갔다. 배심이 왕경백에게 말했다.

"칙사의 수레가 여기에서 하루를 유숙했으니, 어찌 군장(郡將)들을 놀라게 하지 않았겠는가? 그러니 어서 관사로 돌아가는 것이 마땅하니, 궁궐로 가기 전에 한가한 때 나를 찾아오면 좋겠네. 속세의 길은 너무나 멀고 온갖 근심이 사람을 괴롭힐 것이니 노력하며 자중자애하게."

왕경백은 절하고 인사한 뒤 떠났다. 닷새 뒤에 왕경백이 도성으로 돌아가게 되자 몰래 배심을 찾아가 작별하려고 했다. 하지만 예전에 수레가 드나들던 문에는 더 이상 그런 집이 없었고, 황량한 땅과 안개에 휩싸인 풀만이 눈앞에 가득 펼쳐져 있어서 낙담한 채 돌아왔다. 도성에 이르러 처리한 일을 아뢰고 나서 사저로 돌아오자, 조씨 집안사람들이 화를 내며 말했다.

"여식이 정말로 비루해 군자를 받들어 모시기에 부족하

지만, 그렇다고 어떻게 요망한 술법으로 사람을 만 리 밖으로 데려가서 남의 귀와 눈을 즐겁게 한단 말이오? 붉은 오얏이 여전히 남아 있어서 그 말을 증명하기에 충분하니 어찌 숨길 수 있겠소?"

왕경백은 자초지종을 모두 말해 주고 나서 또 말했다.

"당시의 상황은 나도 스스로 이해할 수 없소. 아마도 배심이 선도를 이루었기에 그것으로 자랑한 것 같소."

그 처도 배심의 말을 기억하고 있었기 때문에 결국 더 이상 따지지 않았다.

裴諶·王敬伯·梁芳, 約爲方外之友. 隋大業中, 相與入白鹿山學道. 謂黃白可成, 不死之藥可致. 辛勤採練十數年, 梁芳死. 敬伯謂諶曰: "所以去華屋而樂茅齋, 賤歡娛而貴寂寞者, 覬乘雲駕鶴, 遊戲蓬壺. 縱其不成, 亦望長生. 今仙海無涯, 辛勤於雲山之外, 不免就死. 敬伯所樂, 將下山乘肥衣輕, 聽歌玩色, 遊於京洛. 意足然後求達, 建功立事, 以榮耀人寰. 子盍歸乎? 無空死深山." 諶曰: "吾乃夢醒者, 不復低迷." 敬伯遂歸, 諶留之不得. 時唐貞觀初, 以舊籍調授左武衛騎曹參軍. 大將軍趙朏妻之以女. 數年間, 遷大理廷評, 衣緋. 奉使淮南, 舟行過高郵, 制使之行, 呵叱風生, 舟船不敢動. 時天微雨, 忽有一漁舟突過, 中有老人, 衣蓑戴笠, 鼓棹而去, 其疾如風. 敬伯驚訝, 視之, 乃諶也. 遂令追之, 因請維舟延坐, 握手慰之曰: "兄久居深山, 拋擲名宦, 而無成到此極也. 夫風不可繫, 影不可捕. 古人眷夜長, 尙秉燭遊, 況少年白晝而擲之乎? 敬伯自出山數年, 今廷尉評事矣. 夾:

意甚足.昨者推獄平允,乃天錫命服.淮南疑獄,今讞於有司,上擇詳明吏覆訊之,敬伯預其選,故有是行.雖未可言宦達,比之山叟,自謂差勝.兄甘勞苦,竟如曩日.奇哉!奇哉!今何所須,當以奉給."眉:斥鷃笑鳳,腐鼠嚇鵷,紅塵中得意揚揚者,眞可憐也.諶曰:"吾沉子浮,魚鳥各適,何必矜炫也?夫人世所須者,吾當給爾,子何以贈我?眉:如須賈憐范叔寒,正不知相君張爲何物.吾市藥於廣陵,亦有息肩之地.青園橋東,有數里櫻桃園,園北車門,卽吾宅也.子公事少隙,當尋我於此."遂脩然而去.敬伯到廣陵十餘日,事少閑,思諶言,因出尋之.果有車門,初入尙荒涼,移步愈佳.行數百步,方及大門.樓閣重複,花木鮮秀,似非人境.香風颯來,神淸氣爽,飄飄然有凌雲之意,不復以使車爲重,視其身若腐鼠,視其徒若螻蟻.旣而稍聞劍佩之聲,二青衣出曰:"裴郞來."俄有一人,衣冠偉然,儀貌奇麗.敬伯前拜,視之乃諶也.裴慰之曰:"塵界仕宦,久食腥羶,愁欲之火,焰於心中,負之而行,固甚勞困."遂揖以入,坐于中堂.門戶棟梁,飾以異寶,屛帳皆畫雲鶴.有頃,四青衣捧碧玉臺盤而至,器物珍異,香醪嘉饌,目所未窺.日將暮,命促席,燃九光之燈,光華滿坐.女樂二十人,皆絶代之色,列坐其前.裴顧小黃頭曰:"王評事者,吾山中之友,道情不固,棄吾下山,別近十年,才爲廷尉.夾:意甚不足.屬今俗心已就,須俗妓以樂之.顧伶家女無足召者,當召士大夫之女已適人者.如近無姝麗,五千里內皆可擇之."小黃頭唯唯而去.諸妓調碧玉箏,調未諧,而黃頭已復命,引一妓自西階登,拜裴席前.裴指曰:"參評事."敬伯答拜,細視之,乃敬伯妻趙氏.而敬伯驚訝不敢言,妻亦甚駭,目之不已.眉:或言旣係故人,何當以妻爲戲?此不然,正欲破其俗情耳.遂令坐玉階下.一青衣捧玳瑁箏授之,趙素所善也.因令與坐妓合曲以送酒.敬伯坐間,取一殷色朱李投之,趙顧敬伯潛繫於衣帶. 眉:《廣異記》云張李二公事相類. 張召持箏婦, 以林擒繫其裙帶, 乃李妻也. 惟此小異. 妓奏之曲, 趙皆不能逐. 裴乃令隨趙所奏, 時時停之, 以呈其曲, 酬獻極歡. 天將曙, 裴召前黃頭曰:"送趙夫人." 且謂曰:"此乃九天畫堂, 常人不到. 吾昔與王爲方外之交, 憐其爲俗所迷, 自投湯火, 以智自燒, 以明自賊, 將沉浮於生死海中, 求岸不得, 故命於此, 一以醒之. 今日之會, 誠再難得. 亦夫人宿命, 乃得暫遊. 雲山萬重, 勞苦無辭也." 趙拜而去. 裴謂敬伯曰:"使車留此一宿, 得無驚郡將乎? 宜且就館, 未赴闕, 閑時訪我, 可也. 塵路遐遠, 萬愁攻人, 努力自愛." 敬伯拜辭去. 復五日, 將還, 潛詣取別. 其門不復有宅, 乃荒涼之地, 烟草極目, 惆悵而返. 及京奏事畢, 將歸私第, 諸趙竟怒曰:"女子誠陋, 不足以奉事君子, 奈何以妖術致之萬里, 而娛人之視聽乎? 朱李尚在, 其言足徵, 何諱乎?" 敬伯盡言之, 且曰:"當此之時, 敬伯亦自不測. 蓋裴之道成矣, 以此相炫也." 其妻亦記裴言, 遂不復責.

* 이 고사는《태평광기》권17〈신선·배심〉에 실려 있다.

6-9(0092) 노생과 이생
노이이생(盧李二生)
출《일사》

 옛날에 노생(盧生)과 이생(李生) 두 사람은 태백산(太白山)에 은거하면서 공부했고, 아울러 토납술(吐納術)과 도인술(導引術)을 익혔다. 어느 날 아침에 이생이 노생에게 돌아가겠다고 고하며 말했다.

 "나는 이곳의 추위와 고생을 감당할 수 없으니 장차 정처 없이 강호를 떠돌고자 하네."

 결국 이생은 노생과 작별하고 떠나갔다. 후에 이생은 귤 동산을 맡게 되었는데, 그곳의 사람과 관리가 귤을 감추고 이생을 속여 관전(官錢) 수만 관(貫)을 빚지게 만드는 바람에, 이생은 거기에 붙잡혀 동쪽으로 돌아갈 수 없었으며 더욱 가난해졌다. 우연히 양주(揚州)의 아사교(阿使橋)를 지나가다가 짚신을 신고 무명 적삼을 입은 한 사람을 만났는데, 자세히 보니 바로 노생이었다. 이생은 옛날에 노생을 이구(二舅)라 불렀는데, 이생은 그와 함께 이야기를 나누다가 그의 남루한 행색을 불쌍히 여겼다. 그러자 노생이 크게 꾸짖으며 말했다.

 "내가 빈천하다고 해서 뭐가 두렵겠는가! 자네는 좋은 일은 하지 않은 채 속세의 피폐한 곳에 자신을 내던지고 또 빚까지 지고 잡혀 있는 상태인데, 도리어 무슨 낯짝으로 나를 만난단 말인가?"

이생이 깊이 사과하자 이구가 웃으면서 말했다.

"내 거처가 이곳에서 멀지 않으니, 내일 당장 받들어 모시겠네."

아침이 되자 정말 한 노복이 준마를 타고 와서 말했다.

"이구께서 저를 보내 나리를 모셔 오라고 하셨습니다."

출발하자 말이 바람처럼 빨리 달려 성 남쪽을 지나 수십 리를 갔는데, 길가에 붉은 문이 비껴 열려 있었고 이구가 나와서 그를 맞이했다. 이구는 성관(星冠 : 별 모양의 도사 모자)을 쓰고 하피(霞帔 : 노을 문양의 어깨 덮개)를 걸쳤으며, 얼굴에서 광택이 나고 시녀 수십 명이 있었는데, 전날 다리 아래에서 본 모습과는 완전히 달랐다. 이생을 중당으로 맞이해 잔치를 베풀었는데, 이름난 꽃과 기이한 나무가 마치 구름 속 선계에 있는 것 같았다. 이윽고 밤이 되자 노생은 이생을 데리고 북쪽 정자로 가서 술을 내오라 하면서 말했다.

"아울러 자네를 위해 술 권할 사람을 찾아 놓았는데 공후를 꽤 탄다네."

잠시 후에 붉은 촛불에 이끌려 한 여자가 당도했는데, 얼굴빛이 아주 곱고 새로운 노랫가락이 매우 훌륭했다. 미 :《선전습유(仙傳拾遺)》의 설조(薛肇)와 진사 최우(崔宇)의 고사[11]와 서로 비슷한데, 등장하는 여자가 유씨(柳氏)다. 이생은 공후 위에 적혀 있는 한 줄의 붉은 글자를 보았다.

"하늘 끝에서도 돌아가는 배 알아보고, 구름 사이에서도 강가의 나무 분별하네."

술자리를 파하자 이구가 말했다.

"이 여자와 혼인하고 싶지 않은가?"

이생이 말했다.

"내가 어찌 감히?"

이구는 혼인을 성사시켜 주겠다고 허락하고 또 말했다.

"자네가 빚진 관전이 얼마나 되는가?"

"2만 관이네."

이구는 지팡이 하나를 주면서 말했다.

"이것을 가지고 페르시아 상점에 가서 돈을 달라고 하게. 지금부터는 도를 배워 스스로를 더럽히지 말게."

날이 밝자마자 앞서 왔던 말이 이르렀다. 이구는 이생을 떠나보내면서 문까지 나와 전송했다. 페르시아 상인은 지팡이를 보고 깜짝 놀라며 말했다.

"이것은 노이구(盧二舅 : 노생)의 지팡이인데, 어떻게 이

---

11) 설조(薛肇)와 진사 최우(崔宇)의 고사 : 《태평광기》 권17 〈신선·설조〉에 실려 있다.

것을 얻었소?"

페르시아 상인은 그의 말대로 돈을 주었고, 이구는 아무 일 없게 되었다. 그해에 변주(汴州)로 갔더니, 행군사마(行軍司馬) 육장원(陸長源)이 딸을 그에게 시집보냈다. 결혼하고 나서 보니 노이구의 북쪽 정자에서 보았던 여자와 아주 비슷했다. 또한 그녀는 공후를 탈 줄 알았는데, 과연 공후 위에 붉은 글자가 적혀 있기에 자세히 보았더니 "하늘 끝에서도"로 시작하는 두 시구였다. 이생이 양주성 남쪽 노이구의 정자에서 잔치를 벌인 일을 자세하게 말해 주었더니 아내가 말했다.

"저의 어린 남동생들이 장난삼아 쓴 것입니다. 어젯밤 꿈에 사자가 '선관(仙官)이 데려갈 것이오'라고 말했는데, 당신이 말한 것과 똑같았습니다."

이생은 탄식하고 의아해하면서 다시 이구의 거처를 찾아갔지만, 오직 황량한 풀만 보일 뿐 더 이상 그 정자와 누대는 보이지 않았다.

昔有盧・李二生, 隱居太白山讀書, 兼習吐納導引之術. 一旦, 李生告歸曰 : "某不能甘此寒苦, 且浪跡江湖." 訣別而去. 後李生知橘子園, 人吏隱欺, 欠折官錢數萬貫, 羈縻不得東歸, 貧甚. 偶過揚州阿使橋, 逢一人草蹻布衫, 視之乃盧生. 生昔號二舅, 李生與語, 哀其襤褸. 盧生大罵曰 : "我貧賤何畏! 公不作好, 棄身凡弊之所, 又有欠負, 且被囚拘, 尚有面目以相見乎?" 李生厚謝, 二舅笑曰 : "居處不遠, 明日卽將奉迎." 至旦, 果有一僕者, 馳駿足來云: "二舅遣迎郎君." 旣去, 馬疾如風, 過城南數十里, 路側朱門斜開, 二舅出迎. 星冠霞帔, 容貌光澤, 侍婢數十人, 與橋下儀狀全別. 邀李生中堂宴饌, 名花異木, 若在雲霄. 旣夜, 引李生入北亭命酌, 曰: "兼與公求得佐酒者, 頗善箜篌." 須臾, 紅燭引一女子至, 容色極艶, 新聲甚嘉. 眉:《仙傳拾遺》薛肇與進士崔宇事相類, 女爲柳氏. 李生視箜篌上有朱字一行云: "天際識歸舟, 雲間辨江樹." 罷酒, 二舅曰: "莫願作婚姻否?" 李生曰: "某安敢?" 二舅許爲成之, 又曰: "公所欠官錢多少?" 曰: "二萬貫." 乃與一拄杖, 曰: "將此於波斯店取錢. 可從此學道, 無自穢也." 纔曉, 前馬至. 二舅令李生去, 送出門. 波斯見拄杖, 驚曰: "此盧二舅拄杖, 何以得之?" 依言付錢, 遂得無事. 其年, 往汴州, 行軍陸長源以女嫁之. 旣婚, 頗類盧二舅北亭子所睹者. 復解箜篌, 果有朱書字, 視之, "天際"之詩兩句也. 李生具說揚州城南盧二舅亭中筵宴之事, 妻曰: "少年兄弟戱書此. 昨夢見使者云'仙官追', 一如公所言也." 李生嘆訝, 却尋二舅之居, 唯見荒草, 不復睹亭臺矣.

* 이 고사는《태평광기》권17〈신선·노이이생〉에 실려 있다.

6-10(0093) 위선준

위선준(韋善俊)

출《선전습유(仙傳拾遺)》

 위선준은 경조(京兆) 두릉(杜陵) 사람이다. 득도하기 위해 천하를 주유하면서 늘 개 한 마리를 데리고 다녔는데, 오룡(烏龍)이라 불렀다. 그는 가는 곳마다 반드시 자기 음식을 나누어 개에게 먹였다. 개가 학질에 걸려 털이 다 빠져 벌거숭이가 되었기에 싫어하지 않는 사람이 없었다. 그의 형은 승려가 되어 숭산(嵩山)의 사원에 거하면서 장로(長老 : 주지)가 되었다. 위선준은 장차 승천하려다가 문득 사람들에게 말했다.

 "나는 빚진 게 조금 있는데 아직 갚지 못했소."

 마침내 형을 만나러 숭산으로 들어갔다. 승려들은 위선준이 장로의 동생이었기에 더욱 공손히 모셨다. 그는 매번 불당에 올라 공양을 할 때마다 그 옆에 개를 데리고 와서 음식을 나누어 개에게 주었다. 승려들이 장로에게 아뢰자, 장로는 노해 그에게 곤장 10여 대를 친 뒤에 사원에서 내쫓아 버렸다. 그러나 위선준은 감사의 예를 올리며 말했다.

 "나는 오래 묵은 빚을 이미 갚았으니, 이제 떠나면 다시는 오지 않을 것입니다. 또한 목욕 한 번 하고 나서 떠나길 청합니다."

장로가 허락하자 위선준은 한참 동안 목욕한 뒤에 개를 데리고 떠났는데, 개는 이미 6~7척이나 자라 있었고 불전 앞에 이르러 용으로 변했는데 그 길이가 수십 장이나 되었다. 미 : 개가 용으로 변한 일이 덧붙어 나온다. 위선준이 용을 타고 승천하면서 불전의 모서리를 스쳤는데, 그 흔적이 지금까지 남아 있다.

韋善俊者, 京兆杜陵人也. 周遊得道, 常携一犬, 號之曰烏龍. 所至之處, 必分己食以飼之. 犬復病疥, 毛盡禿落, 無不嫌惡. 其兄爲僧, 居嵩寺爲長老. 善俊將欲升天, 忽謂人曰 : "我有少債未償." 遂入山見兄. 衆僧以師長之弟, 彌加敬奉. 每升堂齋食, 卽牽犬於其側, 分食與之. 衆白於長老, 長老怒, 笞擊十數, 遣出寺. 善俊禮謝曰 : "某宿債已還, 此去不復來矣. 更乞一浴, 乃去." 許之. 及浴移時, 牽犬而去, 犬已長六七尺, 行至殿前, 犬化爲龍, 長數十丈. 眉 : 犬化龍附見. 善俊乘龍升天, 拏其殿角, 踪跡猶在.

* 이 고사는 《태평광기》 권47 〈신선·위선준〉에 실려 있다.

6-11(0094) 설 존사

설존사(薛尊師)

출《원화기》

    설 존사는 가문 대대로 영화로웠다. 측천무후(則天武后) 말년에 여러 명의 형제는 모두 봉록이 2000석에 이르렀고, 자신도 양적현령(陽翟縣令)이 되었다. 그러나 몇 년 사이에 형제들이 망하거나 죽으면서 모두 없어지자, 마침내 마음을 다해 도교에 귀의하게 되었으며 가족을 버리고 산으로 들어갔다. 그리고는 뜻을 같이하는 사람을 불러 모았는데, 오직 고을의 하급 관리 당신(唐臣)만이 그를 따르고자 했다. 그들이 지팡이를 짚고 보따리를 지고서 숭산(嵩山)의 입구에 이르렀을 때 산에서 나오는 한 사람을 갑자기 만났는데, 그는 성이 진씨(陳氏)이고 도를 구하는 사람이라고 스스로 말했으며 근처에 선경(仙境)이 있음을 알고 있다고 했다. 설 존사가 길을 가르쳐 달라고 청하자 진씨가 말했다.

    "내가 작은 일이 있어 도성에 가는데 사흘 정도면 돌아올 것이오. 돌아와서 틀림없이 길을 안내해 줄 테니 당신들은 잠시 여기서 기다리시오."

    설 존사와 당자(唐子 : 당신)는 길 어귀에서 머물렀는데, 진씨가 약속한 기일에 와서 말했다.

"여기에 머물러 있으면 내가 산으로 들어가서 그곳을 찾아볼 테니, 찾아갈 곳을 알게 되면 즉시 알려 주겠소."

그러고는 닷새를 기한으로 정했는데, 이미 기한이 지나 열흘이 되어도 돌아오지 않았다. 설 존사가 말했다.

"진생(陳生 : 진씨)이 혹시 속인 것일까? 우리가 직접 가 봐야겠네."

이에 돌계단을 따라 골짜기로 30~40리를 들어갔다가 갑자기 길가에서 호랑이에게 반쯤 먹혀 죽은 한 사람을 보았는데, 바로 진 산인(陳山人 : 진씨)이었다. 당자가 말했다.

"본래 산으로 들어가는 것은 장생을 구하기 위함인데, 지금 오히려 호랑이의 밥이 되었습니다. 진 산인도 이와 같은데 우리 같은 사람은 어찌 되겠습니까? 차라리 인간 세상으로 돌아가 천수를 다하는 것만 못합니다."

설 존사가 말했다.

"숭악(嵩岳 : 숭산)은 신령한 신선이 사는 곳이니 어찌 이러한 해가 있겠는가? 아마도 진 산인이 우리의 의지를 고무하려는 것 같네. 협 : 신심이다. 그대는 돌아가게. 나는 반드시 끝까지 가야겠네. 필시 불행히 죽는다 해도 끝내 여한이 없을 것이네."

말을 마치고 곧장 가자 당자도 그를 따라가기로 결심했다. 협 : 또한 신심이다. 밤에는 바위 아래에서 자고 낮에는 돌계단을 따라 걸어갔다. 며칠이 지났을 때 문득 보았더니, 한 바위 아래에 장송 수백 그루가 있고 그 속에 도사 여섯 명이 있었는데, 약을 연단하고 있는 것 같았다. 설 존사가 머리를 조아리고 절하며 가르침을 청했더니 도사들이 말했다.

"우리는 스스로 약을 복용하고 있을 뿐이니, 당신에게 전해 줄 아무런 도술도 없소."

잠시 후 보았더니 한 선실(禪室) 안에 노승 한 명이 있었다. 설 존사가 다시 예를 갖춰 절하며 가르침을 청했으나 노승은 아무 말이 없었다. 노승의 침상 아래에서 등나무 덩굴이 벽을 타고 문밖으로 뻗어 나간 것이 문득 보였다. 노승이 덩굴을 가리키며 설 존사를 보자, 설 존사는 마침내 덩굴을 찾아 문밖으로 나갔다. 그 덩굴은 암벽 옆으로 끊임없이 뻗어 있었는데, 이틀이 지나도록 여전히 끝이 보이지 않았다. 갑자기 흐르는 샘물에 이르렀는데, 석실 안에서 도사 몇 명이 바둑을 두며 술을 마시고 있었으며 진 산인도 그곳에 있었다. 진 산인이 웃으며 설 존사에게 말했다.

"그대의 의지라면 가르칠 만하네."

마침내 설 존사에게 도술의 요체를 가르쳐 주었다. 설 존사는 또한 속세의 사람들이 이곳에서 끊임없이 땔감을 베고 약초를 캐는 것을 보았다. 미 : 선산(仙山)과 속세가 섞여 있는 곳이지만 사람들은 본디 알지 못한다. 세상의 현명함과 어리석음도 이와 같을 뿐이다. 그래서 이곳이 어디냐고 물었더니, 종남산(終南山)의 자각봉(紫閣峯) 아래로 장안성(長安城)에서 70리 떨어져 있다고 했다. 설 존사는 도술을 완성한 후에 도성으로 들어가 호천관(昊天觀)에 거하면서 도교의 기풍을 더욱 진작했다. 당시 당나라 현종(玄宗)은 도교를 신봉했기에 그를 궁내로 자주 불러들여 예를 갖추어 만났다. 개원(開元) 연간 (713~741) 말에 설 존사는 이미 100세가 넘었는데, 갑자기 제자들에게 말했다.

"천제께서 나를 불러 팔위관(八威觀)의 관주로 삼으셨다."

그러고는 아무 병도 없이 앉은 채로 죽었는데 안색도 변하지 않았다. 본원(本院) 안에 그를 위한 탑을 세우고 탑의 문은 막지 않았다. 설 존사는 매일 밤이 되면 제자 당 군(唐君: 당신)을 불러 수행술(修行術)을 일러 주었다. 나중에 속인들이 참배하면서 번잡해지자 결국 칙령을 내려 그 탑의 문을 막아 버렸다.

薛尊師者, 家世榮顯. 則天末, 兄弟數人皆至二千石, 身爲陽翟令. 數年間, 兄弟淪喪都盡, 遂精心歸道, 棄家入山. 召同志者, 唯有邑小胥唐臣願從之. 杖策負囊, 往嵩山口, 忽遇一人, 自山而出, 自云求道之人, 姓陳, 知近有仙境. 求示路, 陳曰: "吾有小事詣都, 約三日而回. 回當奉導, 君且於此相待." 薛與唐子止於路口, 陳至期而至, 曰: "但止於此, 吾當入山求之, 知所詣卽相報." 期以五日, 旣而過期, 十日不至. 薛曰: "陳生豈相紿乎? 吾當自往." 遂緣磴入谷三四十里, 忽於路側見一死人, 虎食其半, 乃陳山人也. 唐子曰: "本入山爲求長生, 今反喂虎. 陳山人尙如此, 我獨何人? 不如歸人世以終天年耳." 尊師曰: "嵩岳靈仙之地, 豈爲此害? 蓋陳山人所以激吾志也. 夾:信心. 汝歸. 吾當終至. 必也不幸而死, 終無恨焉." 言訖直往, 唐亦決意從之. 夾:亦信心. 夜宿石岩之下, 晝則緣磴而行. 數日, 忽見一岩下, 長松數百株, 中有道士六人, 如修藥之狀. 薛遂頂禮求之, 諸道士曰: "吾自服藥耳, 亦無術可以授君." 俄睹一禪室中有老僧. 又禮拜求問, 僧亦無言. 忽於僧床下見藤蔓緣壁出戶. 僧指蔓視薛, 遂尋蔓出戶. 其蔓傍岩壁不絶, 經兩日猶未盡. 忽至流泉, 石室中有道士數人, 圍棋飮酒, 其陳山人亦在. 笑謂薛曰: "子之志可敎也." 遂指授道要. 亦見俗人於此伐薪採藥不絶. 眉:山俗混處, 人自不識. 世上賢愚, 亦猶是耳. 問其所, 云終南山紫閣峰下, 去長安城七十里. 尊師道成後, 入京, 居昊天觀, 玄風益振. 時唐玄宗奉道, 數召入內禮謁. 開元末, 時已百餘歲, 忽告門人曰: "天帝召我爲八威觀主." 無病而坐亡, 顔色不變. 遂於本院中造塔, 不塞塔戶. 每至夜, 輒召弟子唐君, 告以修行之術. 後以俗人禮謁煩雜, 遂敕塞其塔戶.

* 이 고사는 《태평광기》 권41 〈신선·설존사〉에 실려 있다.

6-12(0095) 진안세

진안세(陳安世)

출《신선전》

진안세는 경조(京兆) 사람이다. 그는 열서너 살 때 권숙본(權叔本)의 집에서 품팔이를 했다. 성품이 자애로워서 길을 가다가 새나 짐승을 만나면 놀라게 하지 않으려고 피했으며, 살아 있는 벌레를 밟지 않고 동물을 죽인 적도 없었다. 권숙본은 선도를 좋아했는데, 두 선인이 서생 차림을 하고 권숙본과 교유하면서 그를 시험해 보기로 했다. 하지만 권숙본은 그 사실을 알지 못해 오래 지나자 그들을 대하는 마음이 점점 태만해졌다. 권숙본이 집에서 한창 맛있는 음식을 만들고 있을 때, 두 선인이 다시 찾아와서 진안세에게 물었다.

"숙본은 집에 계신가?"

진안세가 말했다.

"계십니다."

안으로 들어가서 권숙본에게 알리자 권숙본이 바로 나가려 했더니, 그의 부인이 말리며 말했다.

"배고픈 서생들이 또 배불리 먹으러 온 것일 뿐입니다."

미 : 부인의 말은 절대로 들어서는 안 된다.

그래서 권숙본은 진안세에게 나가서 집에 없다고 대답하게 했다. 두 선인이 말했다.

"아까는 집에 계신다고 하더니 조금 후에는 계시지 않는다고 하니 대체 어찌 된 일인가?"

진안세가 말했다.

"주인어른께서 제게 그렇게 말하라고 하셨습니다." 미 : 성실함은 득도의 근본이다.

두 선인은 그의 성실함을 칭찬하면서 진안세에게 물었다.

"너는 도술을 좋아하느냐?"

진안세가 말했다.

"좋아하지만 그것을 알 방법이 없습니다."

두 사람이 말했다.

"네가 참으로 도를 좋아한다면 내일 이른 아침에 길 북쪽의 큰 나무 밑에서 만나기로 하자."

진안세는 그 말을 받들어 아침 일찍 갔는데, 해가 서쪽으로 기울도록 한 사람도 보이지 않자 일어나 떠나려 했다. 그때 두 사람이 이미 그의 옆에 있다가 그를 부르며 말했다.

"안세야, 너는 어찌하여 늦게 왔느냐?"

그 후로 세 번이나 만날 약속을 했는데 진안세는 언제나 일찍 와 있었다. 이에 두 사람은 그를 가르칠 만하다는 것을 알고 곧 환약 두 개를 주면서 당부했다.

"너는 돌아가서 더 이상 음식을 먹지 말고 다른 장소에서 따로 거처하도록 해라."

진안세는 당부를 받들었다. 두 사람이 늘 왕래하자 권숙본은 이상히 여겨 말했다.

"안세는 빈방에서 혼자 거처하고 있는데 어찌하여 사람의 말소리가 나는 것인가?"

그래서 가 보면 다른 사람의 모습은 보이지 않았다. 권숙본은 그를 비범한 사람이라 생각했으며, 스스로 현자를 잃은 것을 알고서 탄식하며 말했다.

"대저 도가 높고 덕이 귀함은 나이에 달려 있지 않다. 부모는 나를 낳아 주었으나 스승이 아니면 나를 장생시켜 줄 수 없다. 먼저 도를 깨친 사람이 바로 스승인 것이다."

마침내 권숙본은 제자로서의 예를 갖추고 아침저녁으로 진안세에게 절하고 섬기면서 그를 위해 청소까지 했다. 미: 누가 이처럼 하려 하겠는가? 기꺼이 이처럼 한다면 무슨 일인들 이루지 못하겠는가? 진안세는 선도를 이루어 대낮에 승천했는데, 떠날 때 도술의 요체를 권숙본에게 전수해 주어 권숙본도 나중에 신선이 되어 떠났다.

陳安世, 京兆人也. 年十三四, 爲權叔本家傭. 性慈, 行見禽獸, 輒避不欲驚之, 不踐生蟲, 未嘗殺物. 叔本好道, 有二仙人託爲書生, 從叔本遊, 以觀試之. 而叔本不識也, 久之, 意轉怠. 叔本在內方作美食, 二仙復來詣門, 問安世曰:"叔本在否?"曰:"在." 入白叔本, 叔本卽欲出, 其婦止曰:"餓書生輩復欲來飽腹耳." 眉:婦人之言, 切不可聽. 於是叔本使安世出, 答言不在. 二人曰:"前者云在, 旋言不在, 何也?" 曰:"大家君敎我云耳." 眉:誠實, 得道之本. 二人善其誠實, 乃問安世曰:"汝好道乎?" 曰:"好而無由知之." 二人曰:"汝審好道, 明日早會道北大樹下." 安世承言早往, 到日西, 不見一人, 乃起欲去. 二人已在其側, 呼曰:"安世, 汝來何晩也?" 頻三期之, 而安世輒早至. 知可敎, 乃與藥二丸, 誡之曰:"汝歸, 勿復飮食, 別止一處." 安世承誡. 二人常來, 叔本怪之曰:"安世處空室, 何得有人語?" 往輒不見. 疑非常人, 自知失賢, 乃嘆曰:"夫道尊德貴, 不在年齒. 父母生我, 然非師則莫能使我長生. 先聞道者, 卽爲師矣." 乃執弟子之禮, 朝夕拜事之, 爲之灑掃. 眉:誰肯如此? 肯如此, 何事不成? 安世道成, 白日升天, 臨去, 遂以要道術授叔本, 叔本後亦仙去.

* 이 고사는 《태평광기》 권5 〈신선·진안세〉에 실려 있다.

6-13(0096) 기린객

기린객(麒麟客)

출《속현괴록》

    기린객은 남양(南陽) 장무실(張茂實) 집의 품삯 일꾼이었다. 장무실은 화산(華山) 아래에서 살았는데, 당(唐)나라 대중(大中) 연간(847~860) 초에 우연히 낙중(洛中 : 낙양)을 유람하다가 남시(南市)에서 40여 세쯤 되고 왕형(王夐)이라고 하는 한 사람을 일꾼으로 고용했다. 노임은 한 달에 500전(錢)이었다. 왕형이 자신을 돌보지 않고 열심히 일했기에 장무실은 그를 아껴 이름을 대력(大曆)으로 바꿔 주고 노임을 배로 올려 주려 했는데, 왕형이 한사코 거절하자 더욱 그를 좋아하게 되었다. 왕형은 5년 동안 지낸 후 어느 날 아침에 장무실에게 작별 인사를 하며 말했다.

    "저는 본래 산에 사는 사람으로 가산도 적지 않습니다. 마침 액운을 만나게 되어 날품을 팔아 그 액을 물리쳐야만 했으며, 원래 재산이 없어 날품을 판 것이 아닙니다. 이제 액운이 다했으니 작별 인사를 하고자 합니다."

    장무실은 그의 말을 이해할 수 없었지만 감히 만류하지 못하고 그가 떠나는 걸 허락했다. 날이 저물 무렵 왕형이 들어와 장무실에게 말했다.

"당신이 베풀어 주신 은혜에 감사드리며 깊이 보답하고자 합니다. 저의 집이 여기에서 매우 가깝고 그곳의 경치도 매우 볼만하니 저를 따라 한번 나들이하시렵니까?"

장무실이 기뻐하며 말했다.

"얼마나 행운인가!"

이에 왕형은 대나무 지팡이를 몇 척 길이로 잘라 그 위에 부적을 쓴 다음에 장무실에게 그것을 이불 속에 놓아두고 몸만 빠져나오라고 했다. 함께 남쪽으로 1리 남짓을 갔더니, 노란 머리의 동복이 푸른 기린 한 마리와 붉은 무늬 호랑이 두 마리를 끌고 길 왼쪽에서 기다리고 있었다. 장무실이 놀라 피하려고 하자 왕형이 말했다.

"어려워하지 말고 그저 올라타기만 하면 됩니다."

왕형은 기린을 타고 장무실과 동복은 각각 호랑이를 탔는데 말할 수 없을 정도로 편안했다. 이에 선장봉(仙掌峰)에 올라 골짜기를 건너고 산을 넘었는데 험준함을 전혀 느끼지 못했다. 삼경(三更)쯤 된 것 같았는데 계산해 보니 수백 리나 되었다. 한 산에 내렸더니 소나무와 바위가 보기 좋았고 누대와 도관(道觀)은 세상에 있는 것이 아니었다. 문에 도착할 즈음에 자색 옷을 입은 관리 수백 명이 길옆에 늘어서서 절했다. 들어갔더니 푸른 옷을 입은 시녀 수십 명은 모두 용모가 뛰어나고 의복이 고왔으며 각각 악기를 들고 맞이하며 절했다. 드디어 중당(中堂)에서 연회를 열어 아주 즐거워했다. 주인이 말했다.

"여기는 바로 선인들의 거처인데, 당신은 전생의 인연으로 인해 여기에 한 번 오게 되었습니다. 선계와 속세는 길이 다르고 속진과 청정함은 섞이기 어려우니, 당신은 마땅히 돌아가서 그 마음을 잘 수련하십시오. 3~5겁(劫)이 지난 후에 다시 만나게 될 것입니다."

또 말했다.

"선계의 즐거움은 비록 구하기 어렵지만 속세의 고통은 벗어나기 쉽습니다. 협 : 큰 명리(名理)가 담겨 있다. 이는 산을 만드는 것과 같으니, 한 줌 흙을 더하면 계속 높아지지만 흙을 더하지 않으면 멈추고 뚫으면 허물어집니다. 대저 높은 곳에 오르는 사람은 올라가기는 어려워도 내려오기는 쉽지 않습니까? 이제부터 수련해 6~7겁이 지나면 바로 이 몸을 증명할 수 있으니, 돌아보면 버려진 형해(形骸)가 산처럼 쌓여 있을 것입니다. 거대한 바닷물의 절반은 우리 숙세(宿世)의 부모와 처자식들이 이별하며 흘린 눈물입니다. 일심으로 수련하면 금세 1세(世)가 지날 것이니 열심히 노력하십시오!"

왕형은 장무실에게 황금 100일(鎰)을 주어 생활에 보탬이 되도록 했다. 장무실이 다시 기린을 타자 노란 머리의 동복에게 기린을 끌게 했으며, 왕형은 걸어서 그를 집에까지 바래다주었다. 장무실의 집안사람들은 둘러앉아 울고 있었다. 장무실은 황금을 우물 속에 던져두었으며, 왕형은 대나무 지팡이를 빼내고 장무실에게 몰래 이불 속에 누우라고 했다. 왕형이 말했다.

"나는 봉래산(蓬萊山)에 가서 대선백(大仙伯)을 알현해야 합니다. 내일 아침에 연화봉(蓮花峰) 위에서 오색구름 수레가 떠날 것인데 바로 내가 탄 것입니다."

왕형은 마침내 인사하고 떠났다. 장무실이 갑자기 신음 소리를 내자 사람들이 놀라며 말했다.

"불러도 대답하지 않은 지 이미 이레나 되었지만 오직 심장만은 여전히 따뜻했기 때문에 아직 염을 하지 않은 것입니다."

다음 날 연화봉 위를 바라보았더니 과연 오색구름이 있었다. 장무실은 마침내 벼슬을 버리고 명산을 유람했다. 나중에 돌아와 우물 속에서 황금을 꺼내 식구들에게 주고는 다시 나가서 산을 유람했는데, 그 후로 어디로 갔는지 알 수 없었다.

麒麟客者, 南陽張茂實家傭僕也. 茂實家華山下, 唐大中初, 偶遊洛中, 假僕於南市, 得一人曰王夐, 年可四十餘. 傭作之直, 月五百. 勤幹無私, 茂實器之, 易其名曰大曆, 將倍其直, 固辭, 益憐之. 居五年, 一旦辭茂實曰: "夐本居山, 家業不薄. 適與厄會, 須傭作以禳之, 固非無資而賣力者. 今厄盡矣, 請從此辭." 茂實不測其言, 不敢留, 聽之去. 日暮, 入白茂實曰: "感君恩宥, 深欲奉報. 夐家去此甚近, 其中景趣,亦甚可觀, 能相逐一遊乎?" 茂實喜曰: "何幸!" 叟於是截竹杖長數尺, 其上書符, 令茂實置竹衾中, 潛抽身出. 相與南行一里餘, 有黃頭執靑麒麟一, 赤文虎二, 候於道左. 茂實驚欲廻避, 叟曰: "無苦, 但試乘之." 叟乘麒麟, 茂實與黃頭各乘一虎, 穩不可言. 於是上仙掌峰, 越壑凌山, 殊不覺峻險. 約三更, 計數百里矣. 下一山, 松石可愛, 樓臺宮觀, 非世所有. 將及門, 紫衣吏數百人羅拜道側. 旣入, 靑衣數十人, 皆殊色鮮衣, 各執樂器引拜. 遂於中堂宴歡極. 主人曰: "此乃仙居, 以君宿緣, 合一到此. 仙俗路殊, 塵靜難雜, 君宜歸修其心. 三五劫後, 當復相見." 且曰: "樂雖難求, 苦亦易遣. 夾: 大有名理. 如爲山者, 掬土增高, 不掬則止, 穿則陷. 夫升高者, 不上難而下易乎? 自是修習, 經六七劫, 乃證此身, 廻視委骸, 積如山岳. 大海水半是吾宿世父母妻子別泣之淚. 然念念修之, 倏已一世, 勉之!" 遺金百鎰, 爲營身之助. 復乘麒麟, 令黃頭執之, 叟步送到家. 家人方環泣. 茂實投金井中, 叟抽去竹杖, 令茂實潛臥衾中. 叟曰: "我當至蓬萊謁大仙伯. 明旦蓮花峰上有彩雲車去, 我之乘也." 遂揖而去. 茂實忽呻吟, 衆驚曰: "呼之不應, 已七日矣, 唯心頭尙暖, 故未斂也." 明日望蓮花峰上, 果有彩雲. 遂棄官遊名山. 後歸, 出井中金與眷屬, 再出遊山, 後不知所在.

* 이 고사는 《태평광기》 권53 〈신선·기린객〉에 실려 있다.

6-14(0097) 이중보
이중보(李仲甫)
출《신선전》

    이중보는 풍읍(豐邑) 사람이다. 수단(水丹)12)을 복용해 효험을 보았고, 미 : 수단을 복용한다. 아울러 둔갑술을 행해 걸어가며 주문을 외면 모습을 감출 수 있어서 그 목소리만 들릴 뿐 모습은 볼 수 없었다. 장씨(張氏)라는 한 서생이 이중보에게서 은형술(隱形術)을 배우고자 했는데, 이중보가 그에게 말했다.

    "그대는 성격이 편협하고 급해서 가르치기에 적합하지 않네." 미 : 성격이 편협하고 급한 것은 도가에서 가장 꺼리기 때문에 인내가 모든 오묘한 이치로 들어가는 문이라고 말한다.

    하지만 그는 끝내 뜻을 굽히지 않고 수십만 금을 들여 술과 음식을 제공했으나 별다른 소득이 없었다. 장씨는 이중보를 증오해 비수를 품고 가서 먼저 이중보와 이야기를 나눈 뒤에 목소리가 나는 곳을 향해 뛰어올라 비수를 뽑아 좌

---

12) 수단(水丹) : 도교의 방사가 제련해 만드는 단약의 일종. 맑은 물을 흙 솥 안에 넣고 밑에서 불을 때면 며칠 후에 물이 점점 응고해 금옥처럼 된다고 한다.

우로 찌르고 베었다. 이중보는 이미 침상 위에 앉아 웃으며 말했다.

"내가 어찌 죽을 수 있겠느냐? 나는 정말로 너를 죽일 수 있지만 너의 어리석음을 용서하겠으니 꾸짖을 가치조차 없다!"

그러고는 사람을 시켜 개 한 마리를 끌고 와서 서생 앞에 놓고 말했다.

"내가 개를 죽일 수 있는지 보아라."

개가 막 끌려왔는데 머리가 이미 땅에 떨어져 있었다. 이중보가 서생을 꾸짖으며 말했다.

"나는 너를 저 개처럼 만들 수 있다!"

서생이 바닥으로 내려와 머리를 조아리자 용서해 주었다. 이중보에게 알고 지내는 사람이 있었는데, 500여 리 떨어진 곳에 살았고 늘 그물을 펼쳐 새 잡는 일을 하며 먹고살았다. 어느 날 아침에 그물을 펼쳐 새 한 마리를 잡았는데, 살펴보니 바로 이중보였다. 이중보는 그와 이야기를 마친 후에 작별하고 떠났는데, 그날 이미 집에 도착해 있었다. 이중보는 민간에서 300여 년을 살다가 나중에 서악산(西岳山)으로 들어가서 돌아오지 않았다.

李仲甫者 豐邑人. 服水丹有效, 眉：服水丹. 兼行遁甲, 能步訣隱形, 但聞其聲而不可見. 有書生姓張, 從學隱形術, 仲甫言："卿性褊急, 未中教." 眉：性褊急, 道家最忌, 故曰忍爲衆妙門. 然守之不止, 費用數十萬, 以供酒食, 殊無所得. 張患之, 乃懷匕首往, 先與仲甫語畢, 因依其聲所在, 騰足而上, 拔匕首, 左右刺斫. 仲甫已在牀上, 笑曰: "我寧得殺耶? 我眞能死汝, 但恕其頑愚, 不足問耳!" 使人取一犬來, 置書生前, 曰: "視我能殺犬否." 犬適至, 頭已墮地. 乃叱書生曰: "我能使卿如犬!" 書生下地叩頭, 乃赦之. 仲甫有相識人, 居相去五百餘里, 常以張羅自業. 一旦張羅, 得一鳥, 視之, 乃仲甫也. 語畢別去, 是日, 仲甫已復至家. 在民間三百餘年, 後入西岳山不返.

* 이 고사는 《태평광기》 권10 〈신선·이중보〉에 실려 있다.

6-15(0098) **여구자**

여구자(閭丘子)

출《선실지(宣室志)》

 형양(滎陽)의 정우현(鄭又玄)은 명문가의 아들이었다. 장안(長安)에 살고 있을 때, 어려서부터 이웃집 여구씨(閭丘氏)의 아들과 함께 사씨(師氏)에게서 공부했다. 정우현은 성격이 교만했는데, 자신은 가문의 명망이 존귀하지만 여구씨는 한미하고 비천한 출신이었기에 종종 그를 놀리고 욕하며 말했다.

 "나와 같은 부류가 아니다."

 여구씨의 아들은 아무 말 없이 부끄러운 기색을 띠었다. 몇 년 뒤에 여구씨의 아들은 병들어 죽었다. 정우현은 명경과(明經科)에 급제했으며, 그 후에 당안군(唐安郡)에서 참군(參軍)에 임명되었다. 정우현이 관직에 부임한 뒤, 군수는 그에게 당흥현위(唐興縣尉)를 대리하게 했다. 같은 관사에 구생(仇生)이란 사람이 있었는데, 그는 대상(大商)의 아들로 이제 갓 스무 살이었으며 집안의 재산이 수만금에 달했다. 그는 날마다 정우현과 만났는데, 정우현은 그가 주는 돈을 자주 받았으며 늘 함께 유흥을 즐겼다. 그러나 구생이 사족(士族) 출신이 아니었기에 정우현은 예의를 차려 그를 대접한 적이 한 번도 없었다. 한번은 어느 날 정우현이 성대한 주연(酒宴)을 마련했는데 구생은 참석할 수 없었다. 주연이 끝나 갈 무렵에 어떤 사람이 정우현에게 말했다.

"구생은 그대와 같은 관사에 있는데도 주연에 참석하지 않았으니, 혹시 그에게 잘못이라도 있는 것이오?"

정우현은 부끄러워하면서 즉시 구생을 불렀다. 구생이 도착하자 정우현이 큰 술잔에 술을 따라 그에게 마시게 했는데, 구생은 술잔 가득 술을 마실 수 없다고 말하면서 한사코 사양했다. 그러자 정우현이 화를 내며 욕을 했다.

"너는 저잣거리의 사람으로 외람되이 관리가 되었으니, 내가 너와 어울린 것은 사실상 너의 행운인데, 어찌하여 감히 술을 사양하느냐?" 미 : 관리가 어찌 반드시 시정의 사람보다 낫겠는가? 견식이 심히 비루하다.

그러고는 옷을 떨치고 일어났다. 구생은 수치스러워하며 물러 나와 결국 관직을 버리고 두문불출하면서 사람들과 왕래하지 않다가 몇 달 뒤에 병들어 죽었다. 이듬해 정우현은 관직을 그만두고 몽양군(濛陽郡)의 사찰에서 임시로 거처했다. 정우현은 평소에 황로술(黃老術)을 좋아했다. 미 : 정우현처럼 교만한 것은 정작 황로와 상반된다. 그때 오 도사(吳道士)라는 사람이 있었는데, 도술과 기예로 이름이 났으며 촉문산(蜀門山)에서 초막을 짓고 살았다. 정우현이 그의 도풍(道風)을 높이 여겨 즉시 말을 달려 찾아뵙고 제자가 되기를 원했다. 오 도사가 말했다.

"그대는 이미 신선을 흠모하고 있으니, 마땅히 산림에 거해야 하며 속진에서 급급하게 살아서는 안 되네."

정우현이 기뻐하고 감사하며 그의 곁에서 시중들길 원하자, 오 도사는 허락하고 그를 머무르게 했다. 15년이 지나 정우현의 뜻이 점점 나태해지자 오 도사가 말했다.

"그대는 심지를 굳게 할 수 없으니, 단지 산림 속에 거처해 봤자 보탬이 없겠네."

정우현은 즉시 작별하고 떠나 몽양군에서 오랫동안 유흥을 즐겼다. 그 후에 동쪽 장안으로 들어가는 길에 포성(褒城)에 들러 객사에 머물렀는데, 그곳에서 10여 세쯤 되고 용모가 매우 수려한 한 동자를 만났다. 정우현이 그와 얘기를 나눠 보았더니 지혜롭고 총명하기가 천변만화(千變萬化)해, 정우현은 스스로 그에게 미칠 수 없다고 생각했다. 잠시 후 동자가 정우현에게 말했다.

"나는 당신과 오랫동안 친구로 지냈는데 당신은 나를 알아보겠소?"

정우현이 말했다.

"잊었네."

동자가 말했다.

"나는 일찍이 여구씨의 집안에 태어나 장안에서 살 때 그대와 함께 공부했는데, 그대는 내가 한미하고 비천한 출신이어서 같은 부류가 아니라고 말했네. 그 후에 나는 또 구씨의 아들이 되어 당흥현에서 현위로 있으면서 그대와 같은 관사에서 지냈는데, 그대는 내가 준 아주 많은 돈을 받았지만 그대는 한 번도 예의를 차려 나를 대우해 준 적이 없었고 나를 저잣거리의 사람이라고 욕했네. 교만하고 오만함이 어찌 이리도 심한가!"

정우현이 깜짝 놀라 재배하고 사죄하며 말했다.

"진실로 나의 죄입니다! 그러나 그대는 성인(聖人)이 아닌데 어떻게 삼생(三生 : 전생·현생·내생)의 일을 알 수 있습니까?"

동자가 말했다.

"나는 태청진인(太淸眞人)이다. 상제께서 너에게 도기(道氣)가 있기 때문에 나를 인간 세상에 태어나게 해 너와 함께 친구로 지내면서 진선(眞仙)의 비결을 전수해 주라고 하셨는데, 너는 성품이 교만하고 오만해 결국 그 도술을 터득할 수 없었다. 아, 슬프구나!"

동자는 말을 마치고 홀연히 사라져 버렸다. 정우현은 부끄러워 화를 내다가 결국 근심으로 죽었다.

滎陽鄭又玄, 名家子也. 居長安中, 自小與鄰舍閭丘氏子偕讀書於師氏. 又玄性驕率, 以門望淸貴, 而閭丘氏寒賤, 往往戲罵之曰 : "非吾類也." 閭丘子嘿然有慚色. 後數歲, 病死. 又玄以明經上第, 其後調補參軍於唐安郡. 旣至官, 郡守命假尉唐興. 有同舍仇生者, 大賈之子, 年始冠, 其家資產萬計. 日與又玄會, 又玄累受其金錢賂遺, 常與宴遊. 然仇生非士族, 未嘗以禮貌接之. 嘗一日, 又玄置酒高會, 而仇不得預. 及酒闌, 有謂又玄者曰: "仇生與子同舍, 而不得預燕, 豈有罪乎?" 又玄慚, 卽召仇生. 生至, 又玄以巵飲之, 生辭不能引滿, 固謝. 又玄怒罵曰: "汝市井之民, 僭居官秩, 吾與汝爲伍, 實汝之幸, 又何敢辭酒乎?" 眉: 衣冠何必賢於市井? 見識甚陋. 因振衣起. 仇生羞且退, 遂棄官, 閉門不與人往來, 經數月病卒. 明年, 鄭罷官, 僑居濛陽郡佛寺. 鄭常好黃老之道. 眉: 驕率如鄭, 正與靈老相反. 時有吳道士者, 以道藝聞, 廬於蜀中山. 又玄高其風, 卽驅而就謁, 願爲門弟子. 吳道士曰: "子旣慕神仙, 當且居山林, 無爲汲汲塵俗間." 又玄喜謝, 願爲隸於左右, 道士許而留之. 凡十五年, 又玄志稍惰, 吳道士曰: "子不能固其心, 徒爲居山林中, 無補矣." 又玄卽辭去, 遊濛陽郡久之. 其後東入長安, 次褒城, 舍逆旅氏, 遇一童兒十餘歲, 貌甚秀. 又玄與語, 其辨慧千轉萬化, 又玄自謂不及. 已而謂又玄曰: "我與君故人有年矣, 君省之乎?" 又玄曰: "忘矣." 童兒曰: "吾嘗生閭丘氏之門, 居長安中, 與子偕學, 子以我寒賤非類. 後又爲仇氏子, 尉於唐興, 與子同舍, 子受我賂遺甚多, 然子未嘗禮貌, 罵我市井之民. 何驕傲之甚耶!" 又玄驚, 因再拜謝曰: "誠吾罪也! 然子非聖人, 安知三生事乎?" 童兒曰: "我太淸眞人. 上帝以汝有道氣, 故生我於人間, 與汝爲友, 將授眞仙之訣, 而汝以性驕傲, 終不能得其道. 吁, 可悲乎!" 言訖, 忽亡所見. 又玄慚恚, 竟以憂卒.

* 이 고사는 《태평광기》 권52 〈신선·여구자〉에 실려 있다.

6-16(0099) 형문의 걸인

형문걸자(荊門乞者)

출《선실지》

　오군(吳郡)의 장생(蔣生)은 신선을 좋아해 약관의 나이에 집을 떠나 사명산(四明山) 아래에서 은거했다. 일찍이 도사에게서 연단을 배워 마침내 화로와 솥을 준비해 땔나무로 불을 피우고 풀무질을 해 가며 10년을 계속했지만 결국 단약을 완성하지 못했다. 그 후에 형문(荊門)에서 노닐다가 구걸하는 사람을 보았는데, 피골이 상접하고 추위에 입이 얼어 말도 제대로 하지 못했다. 장생은 그의 곤궁한 처지를 불쌍히 여기고 갖옷을 벗어 입혀 주며 자신의 곁에서 시중들라고 했다. 장생이 그의 집에 대해 묻자 그가 대답했다.

　"장씨(章氏)의 아들로 이름은 전소(全素)이고 남창(南昌)에 집이 있습니다. 흉년이 들어 형강(荊江) 지역을 떠돌면서 병들어 스스로 살아갈 수 없었는데, 다행히 나리께서 저를 불쌍히 여겨 거두어 주셨습니다."

　그래서 장생과 함께 사명산 아래로 돌아갔다. 그런데 장전소는 매우 게을러서 항상 아침까지 자고 편하게 놀았기에 장생이 그를 욕하며 때린 것이 셀 수 없었다. 장생은 안석 위에 돌벼루를 가지고 있었는데, 어느 날 문득 장전소가 장생에게 말했다.

"선생께서 연단을 배우신 지도 오래되었습니다. 대개 선단을 먹으면 뼈가 황금으로 변화하니, 이와 같다면 어찌 장생하지 않을 수 있겠습니까? 지금 선생의 신단(神丹)은 돌벼루를 황금으로 변화시킬 수 있습니까?"

장생은 스스로 부끄러워하면서 다른 말로 거절하며 말했다.

"너는 일꾼인데 어찌 신선의 일을 알겠느냐?"

장전소는 웃으며 자리를 떠났다. 미 : 선가에서 관리로 가장한 자는 적고 시정의 일꾼으로 가장한 자는 많은데, 그 취할 바를 아는 것은 후자가 전자보다 뛰어나다. 한 달 남짓 후에 장전소가 옷 속에서 아주 작은 표주박 하나를 꺼내 장생을 돌아보며 말했다.

"이 표주박에 선단이 있으니 돌을 황금으로 변화시킬 수 있습니다. 선생의 돌벼루를 가져다가 약숟가락으로 한 술만 그 위에 발라 보아도 되겠습니까?"

장생은 성격이 경솔했으며 또 그것을 터무니없다고 생각해 꾸짖고 욕하며 말했다.

"내가 연단을 배운 지 10년이 지났어도 그 오묘함을 다 궁구하지 못했거늘, 일꾼이 어찌 감히 나와 연단에 대해 이러쿵저러쿵 논할 수 있단 말이냐!"

장전소는 두려워하는 척하며 대답하지 않았다. 다음 날

장생은 출타하면서 장전소에게 집을 지키라고 했다. 저녁이 되어 돌아와 보니 장전소가 이미 죽어 있었다. 장생은 대자리로 그 시체를 덮고 관을 마련해 들에 묻게 하려고 했다. 그런데 대자리를 치웠더니 장전소의 시신은 이미 사라지고 없고 의복과 신발만 남아 있었다. 장생은 크게 이상해하면서 바로 안석 위의 돌벼루를 찾아보니 역시 사라지고 없었다. 하루 뒤에 장생은 약 솥 아래에서 광채가 나는 것을 보고 뒤져 보니 돌벼루가 있었는데, 그 위에 한 촌 남짓이 자금(紫金)으로 변화했고 매우 영롱하게 빛났다. 대개 장전소의 선단이 변화시킨 것이었다. 장생은 비로소 장전소가 진선(眞仙)임을 깨닫고 그를 알아보지 못한 것을 한스러워하면서 더욱 스스로 부끄럽고 화가 났다. 그 후로 장생은 끝내 연단을 완성하지 못하고 결국 사명산에서 죽었다.

吳郡蔣生好神仙, 弱歲棄家, 隱四明山下. 嘗從道士學煉丹, 遂葺爐鼎, 爨薪鼓韛, 積十年, 丹卒不成. 後遊荊門, 見有行乞者, 膚甚頳, 且寒噤不能語. 生憐其窮困, 解裘衣之, 因命執侍左右. 徵其家, 對曰: "章氏子, 全素其名, 家於南昌. 屬年饑, 流徙荊江間, 病不能自振, 幸君子憐而容焉." 於是與蔣生同歸四明山下. 而全素甚惰, 常旦寐自逸, 蔣生罵搖不計. 生有石硯在几上, 忽一日, 全素白蔣生曰: "先生學煉丹且久矣. 夫仙丹食之, 則骨化爲金, 如是安有不長生耶? 今先生神丹, 能化石硯爲金乎?" 生自慚, 以他詞拒之曰: "汝傭者, 豈知神仙事?" 全素笑而去. 眉: 仙家託衣冠者少, 託市井傭奴者多, 知其所取, 此善於彼矣. 後月餘, 全素於衣中出一瓢甚小, 顧謂蔣生曰: "此瓢中有仙丹, 能化石爲金. 願得先生石硯, 以一刀圭傅其上, 可乎?" 蔣生性輕, 且以爲誕妄, 詬罵曰: "吾學煉十年矣, 尙未能窮其妙, 傭者何敢與吾喋喋議語耶!" 全素佯懼不對. 明日, 蔣生出, 命全素守舍. 至晚歸, 則全素已卒矣. 乃以簀蔽尸, 將命棺而瘞於野. 及徹簀, 而尸已亡去, 徒衣履存焉. 生大異, 卽於几上視石硯, 亦亡矣. 後一日, 蔣生見藥鼎下有光, 探之, 得石硯, 其上寸餘, 化爲紫金, 光甚瑩徹. 蓋全素仙丹之所化也. 生始悟全素眞仙, 恨不能識, 益自慚恚. 其後煉丹卒不成, 竟死於四明山.

* 이 고사는《태평광기》권31〈신선·장전소(章全素)〉에 실려 있다.

6-17(0100) 난릉리의 노인과 난릉리의 도사
난릉노인 · 난릉황관(蘭陵老人 · 蘭陵黃冠)
출《유양잡조(酉陽雜俎)》 출《삼수소독(三水小牘)》

당(唐)나라의 여간(黎幹)이 경조윤(京兆尹)으로 있을 때, 곡강(曲江)에서 용을 만들어 놓고 기우제를 지냈는데 구경꾼이 수천 명이었다. 여간이 그곳에 갔는데 유독 한 노인만이 지팡이를 짚은 채 그를 피하지 않았다. 여간이 노해 그를 때렸는데 마치 신발 가죽을 치는 것 같았으며, 노인은 어깨를 흔들며 떠났다. 여간은 그가 평범한 인물이 아니라는 생각이 들어서 마을의 늙은 군졸에게 그를 찾게 했다. 노인은 난릉리(蘭陵里)의 남쪽에 이르러 한 작은 문으로 들어가서 큰 소리로 말했다.

"내가 곤욕을 심하게 당했으니 끓인 물을 준비하는 게 좋겠다." 미 : 만약 빚을 갚으러 갔다면 어찌하여 심한 곤욕을 당했다고 말하는가? 빚을 갚으러 간 것이 아니라면 어찌하여 화를 면하지 못했는가? 나는 또한 이해하지 못하겠다.

마을 군졸이 급히 돌아가서 여간에게 아뢰자 여간은 크게 두려워했다. 그래서 낡은 옷을 입고 마을 군졸과 함께 그곳으로 갔다. 날은 이미 어두워졌는데, 마을 군졸이 곧장 들어가서 여간의 관직과 문벌을 통보했다. 여간은 그저 달려 들어가서 엎드려 절하며 말했다.

"아까는 어르신의 모습을 잘못 보았으니 그 죄는 열 번 죽어도 마땅합니다."

노인이 놀라며 말했다.

"누가 경조윤을 여기로 데려왔는가?"

노인은 곧장 여간을 이끌어 계단 위로 올라갔다. 여간은 이치로 그를 설득할 수 있음을 알고 천천히 말했다.

"저는 경조윤을 지내고 있는데, 경조윤의 위엄이 조금이라도 손상되면 관리로서 다스림을 잃게 됩니다. 어르신께서 모습을 감추고 사람들 속에 계셨으니 혜안(慧眼)을 갖지 않고서는 알 수 없었습니다."

노인이 웃으며 말했다.

"이 노인네의 잘못입니다."

그러고는 술을 준비하고 땅에 자리를 마련한 뒤에 마을 군졸을 불러 앉게 했다. 협:경조윤의 위엄을 손상시킨 것이다. 여간이 점점 노인을 공경하면서 두려워하자 노인이 말했다.

"이 노인네에게 한 가지 기예가 있는데 경조윤을 위해 펼쳐 보이겠습니다."

그러고는 안으로 들어가서 한참 후에 자색 옷을 입고 붉은 수염을 드리우고서 장검과 단검 일곱 자루를 품고 중정(中庭)에서 춤을 췄다. 번갈아 뛰는 빠른 발놀림은 번개가 치듯 격렬했으며, 비단을 끌어당기듯이 옆으로 뻗치다가도 둥근 불꽃처럼 휙 돌았다. 2척 남짓 되는 단검이 때때로 여간의 옷깃을 스쳤는데, 여간은 머리를 조아리면서 다리가 후들거렸다. 한 식경쯤 지나 검을 땅에 던졌는데 북두칠성 모양으로 꽂혔다. 노인이 여간을 돌아보며 말했다.

"방금은 경조윤의 담력을 시험해 본 것입니다."

여간이 절하며 말했다.

"오늘 이후로 제 목숨은 어르신께서 내려 주신 것이니 곁에서 모시길 청합니다."

노인이 말했다.

"경조윤은 골상에 도인의 기풍이 없으니 다른 날에 다시 찾아오십시오."

노인은 여간에게 읍(揖)하고 나서 안으로 들어갔다. 여간은 돌아온 뒤에 그 기색이 병든 것 같았다. 그는 거울을 비춰 보고 나서야 수염이 한 촌 남짓 잘려 나갔음을 알았다. 다음 날 다시 노인을 찾아갔더니 집은 이미 비어 있었다.

당나라 함통(咸通) 연간(860~874)에 온장(溫璋)은 정천부(正天府 : 경조부)의 부윤(府尹)을 지냈다. 그는 부정하게 재물을 축적하고 함부로 사람을 죽였으며, 사람들도 그의 잔악함을 두려워해서 범법하지 않았기에 이로 말미암아 다스림에 능력이 있다는 명성을 얻게 되었다. 미 : 부정하게 재물을 축적하고 함부로 살인함으로써 다스림에 능력이 있다는 명성을 얻은 것은 당나라 때부터 이미 그러했으니 한탄스럽도다! 옛 제도에 따르면 경조윤이 출행할 때 사방 거리를 깨끗하게 청소하고 마을의 문을 닫아야 했다. 만약 그 앞길을 범하는 자가 있으면 바로 때려 죽였다. 온 공(溫公: 온장)이 도성의 큰길을 나와 남쪽으로 오문(五門)에 이르렀는데, 호령 소리가 바람을 일으킬 것 같았다. 황관(黃冠: 도사가 쓰는 관)을 쓴 늙고 구부정한 노인이 해진 옷을 입고 지팡이를 짚은 채 그 사이를 가로질러 가려 했는데, 협: 일부러 그런 것이다. 말 탄 시종이 그를 꾸짖었으나 저지하지 못했다. 온 공은 그를 붙잡아 오게 해서 몽둥이로 그의 등을 20번 치게 했지만, 노인은 소매를 떨치며 떠났는데 마치 아무런 고통이 없는 것 같았다. 온 공은 이상하다고 여기면서 늙은 거리 순찰 관리를 불러 몰래 그를 엿보게 했다. 해 질 무렵에 난릉리(蘭陵里)의 남쪽을 지나 작은 골목으로 들어가자 그 안에 누추한 집이 있었는데, 황관을 쓴 도사 몇 명이 나와서 매우 정중하게 배알하면서 말했다.

"진군(眞君)께서는 어찌 이리 늦으셨습니까?"

노인이 대답했다.

"흉악한 사람에게 모욕을 당했으니 끓인 물을 준비하는 게 좋겠네."

도사가 앞장서서 인도하자 순찰 관리도 뒤따라갔다. 몇 개의 문을 지나가자 화려한 집이 나타났고 기다란 대나무 사이로 좁은 길이 나 있는 것이 흡사 왕공의 저택 같았다. 뜰에 이르기 전에 진군이 돌아보며 말했다.

"어찌 속물의 기운이 느껴지는가?"

도사들이 다투어 나가서 찾았다. 순찰 관리는 숨을 곳이 없자 머리를 조아리고 엎드려 절하면서 온 공의 뜻을 자세하게 일러 주었다. 그러자 진군이 버럭 화를 내며 말했다.

"혹리(酷吏)가 장차 멸족될 화가 닥칠 줄도 모르고 오히려 감히 다른 사람에게 해를 끼치고 있으니 그 죄는 용서할 수 없다!"

그러고는 순찰 관리를 꾸짖으며 쫓아 보내라고 했다. 순찰 관리는 감사의 절을 하고 달려 나와 한밤중에 정천부의 문을 두드리고 자기가 본 것을 자세히 말했는데, 온 공이 크게 애석해했다. 다음 날 통금을 알리는 북소리가 끊어지고 난 뒤에 온 공은 미복 차림으로 순찰 관리와 함께 도사가 사는 곳으로 찾아갔다. 순찰 관리가 문을 두드렸더니 문지기가 누구냐고 물어서 말했다.

"경조윤 온 상서(溫尙書 : 온장)가 진군을 배알하러 왔소이다."

잠시 후에 여러 겹의 문이 열리자 온장이 달려 들어가 절했다. 진군은 당상에 걸터앉아 원유관(遠遊冠)을 쓰고 구하의(九霞衣)를 입고 있었으며 안색이 매우 근엄했다. 온 공이 엎드린 채로 말했다.

"저는 백성을 다스리는 임무를 맡고 있기에 오직 권력을 매섭고 엄숙하게 사용하고 있는데, 만약 조금이라도 두려워하거나 나약하게 되면 위엄에 손상을 입게 됩니다. 어제는 생각지도 않게 대선(大仙)을 능멸해 스스로 죄를 지었기에 이렇게 찾아와서 자복하니 불쌍히 여겨 주시길 바랍니다."

진군이 꾸짖으며 말했다.

"그대는 잔인하게 사람을 죽여 공명을 세우고 오로지 이익을 탐하면서도 만족하지 못하며, 화가 장차 닥쳐오는데도 오히려 흉악한 위세를 드러내고 있다." 협 : 주된 뜻이 여기에 있다.

온 공이 머리를 조아리고 여러 차례 애원했지만, 진군은 노기를 품은 채 끝내 들어주지 않았다. 잠시 후에 한 도사가 동쪽 곁채에서 오더니 무릎을 꿇고 아뢰었다.

"경조윤은 비록 죄를 짓기는 했지만, 또한 천자의 아경(亞卿 : 정경 다음가는 벼슬)입니다. 게다가 진군의 동부(洞府)도 그의 관할 구역에 있으니 약간의 예로써 대우하심이 마땅합니다."

그가 말을 마치자 진군은 도사를 시켜 온 공에게 읍하고 당에 오르게 한 뒤에 따로 작은 걸상을 마련해 앉게 했으며 술을 몇 순배 돌리게 했지만, 진군의 노기는 풀리지 않았다. 도사가 다시 아뢰었다.

"경조윤이 진군을 범한 죄는 너그럽게 용서하기가 진실로 어렵습니다. 하지만 진군께서 변복하고 속세를 나들이하셨으니, 속인이 어떻게 알아볼 수 있었겠습니까? 흰 용이 물고기로 변했다가 예차(豫且)13)에게 사로잡힌 일이 있으니 깊이 생각하시길 바랍니다."

진군은 한참 동안 가만히 있다가 말했다.

"그대의 가족은 용서해 주겠다. 여기는 그대가 오래 머무를 곳이 아니다."

온 공은 마침내 감사의 절을 올리고 그곳을 나와 빨리 정천부로 돌아왔는데 새벽종이 울렸다. 이듬해에 동창 공주(同昌公主)가 죽자 의종(懿宗) 황제는 상심해 마지않으면서 약과 침의 효험을 보지 못한 것에 분통을 터뜨렸다. 의원 한종소(韓宗紹) 등 네 사람이 모두 정천부에 끌려와 추궁을 끝내고 장차 주살될 처지였는데, 온 공이 뇌물을 받고 감형해 주었다. 온 공은 한종소 등이 보내 준 수천만 금에 달하는 황금 허리띠와 그 밖의 재화를 받았는데, 일이 발각되어 독주를 마시고 죽었다. 미 : 죄를 짓고 사죄하는 것이 모두 앞 고사의 여간과 서로 비슷하다. 하지만 선옹의 준엄함과 용서함이 다른 것은 여간

---

13) 예차(豫且) : 춘추 시대 송(宋)나라의 어부. 유향(劉向)의 《설원(說苑)》〈정간(正諫)〉에 따르면, 흰 용이 물고기로 변해 못에서 노닐다가 예차가 쏜 화살에 눈을 맞았는데, 용이 하늘로 올라가서 천제에게 호소했더니 천제가 물고기는 본래 사람이 쏘아 잡는 것이니 예차에게 무슨 잘못이 있느냐고 말했다 한다.

은 잘못이 작고 온장은 포악함이 쌓였기 때문이다.

唐黎幹爲京兆尹, 時曲江塗龍祈雨, 觀者數千. 黎至, 獨有老人植杖不避. 幹怒杖之, 如擊鞦革, 掉臂而去. 黎疑其非常人, 命坊老卒尋之. 至蘭陵里之南, 入小門, 大言曰: "我困辱甚, 可具湯也." 眉: 若償債, 何云甚辱? 非償債, 何以不免? 吾又不解矣. 坊卒遽返白黎, 黎大懼. 因衣墣服, 與坊卒至其處. 時已昏黑, 坊卒直入, 通黎之官閥. 黎唯而趨入, 拜伏曰: "向迷丈人物色, 罪當十死!" 老人驚曰: "誰引尹來此?" 卽牽上階. 黎知可以理奪, 徐曰: "某爲京尹, 尹威稍損, 則失官政. 丈人埋形雜迹, 非證惠眼不能知也." 老人笑曰: "老夫過." 乃具酒, 設席於地, 招坊卒令坐. 夾: 損其尹威. 黎轉敬懼, 因曰: "老夫有一技, 請爲尹設." 遂入, 良久, 紫衣朱鬢, 擁劍長短七口, 舞於中庭. 迭躍揮霍, 批光電激, 或橫若挈帛, 旋若規火. 有短劍二尺餘, 時時及黎之袵, 黎叩頭股慄. 食頃, 擲劍於地, 如北斗狀. 顧黎曰: "向試尹膽氣." 黎拜曰: "今後性命, 丈人所賜, 乞役左右." 老人曰: "尹骨相無道氣, 別日更相顧也." 揖黎而入. 黎歸, 氣色如病. 臨鏡, 方覺鬚刜落寸餘. 翌日復往, 室已空矣.

咸通中, 溫璋尹正天府. 性黷貨敢殺, 人亦畏其嚴殘不犯, 由是治有能名. 眉: 黷貨敢殺, 治有能名, 自唐已然矣, 可嘆! 舊制, 京兆尹之出, 靜通衢, 閉里門. 有犯其前道者, 立杖殺之. 溫公出自天街, 將南抵五門, 呵喝風生. 有黃冠老而且僂, 弊衣曳杖, 將橫絶其間, 夾: 故意. 驅人呵不能止. 溫公命捽來, 笞背二十, 振袖而去, 若無苦者. 溫異之, 呼老街吏潛覘之. 迨暮, 過蘭陵里南, 入小巷, 中有衡門, 有黃冠數人出謁甚謹, 且曰: "眞君何遲也?" 答曰: "爲凶人所辱, 可具湯水." 黃冠前引, 吏亦隨之. 過數門, 堂宇華麗, 修竹夾道, 擬王公之甲第. 未及庭, 眞君顧曰:"何得有俗物氣?"黃冠爭出索之. 吏無所隱, 乃叩頭拜伏, 具述溫意. 眞君盛怒曰:"酷吏不知禍將覆族, 猶敢肆毒於人, 罪在無赦!"叱街吏令去. 吏拜謝趨出, 深夜叩府, 悉陳所見, 溫大嗟惋. 明日, 街鼓旣絶, 溫微服, 與吏同詣黃冠所居. 吏款扉, 應門者問誰, 曰:"京兆溫尙書來謁眞君." 旣辟重闈, 溫趨入拜. 眞君踞坐堂上, 戴遠遊冠, 衣九霞之衣, 色貌甚峻. 溫伏而敍曰:"某任惣浩穰, 權唯震肅, 若稍畏懦, 則損威聲. 昨日不謂凌迫大仙, 自貽罪戾, 故來首服, 幸賜矜哀." 眞君責曰:"君忍殺立名, 專利不厭, 禍將行及, 猶逞凶威." 夾:主意在此. 溫拜首求哀者數四, 而眞君終蓄怒不許. 少頃, 有黃冠自東序來, 跪啓曰:"尹雖得罪, 亦天子亞卿. 況眞君洞其職所統, 宜少降禮." 言訖, 眞君令黃冠揖溫升堂, 別設小榻令坐, 命酒數行, 而眞君怒色不解. 黃冠復啓曰:"尹之忤犯, 弘有誠難. 然則眞君變服塵遊, 俗士焉識? 白龍魚服, 見囚豫且, 幸審思之." 眞君悄然良久, 曰:"恕爾家族. 此間亦非淹久之所." 溫遂拜謝而出, 疾行至府, 動曉鐘矣. 明年, 同昌主薨, 懿皇傷念不已, 忿藥石之不徵也. 醫韓宗紹等四家詔府窮竟, 將誅之, 而溫鬻獄緩刑. 納宗紹等金帶及餘貨, 凡數千萬, 事覺, 飮酖而死. 眉:獲罪謝罪, 俱與前則黎幹相似. 而仙翁之嚴恕異者, 黎小過而溫積暴也.

* 이 고사는 《태평광기》 권195 〈호협(豪俠)·난릉노인〉, 권49 〈신선·온경조(溫京兆)〉에 실려 있다.

6-18(0101) 헌원미명

헌원미명(軒轅彌明)

출《선전습유》

　헌원미명은 어디 사람인지 알지 못한다. 형산(衡山)과 상수(湘水) 사이에서 90여 년간 왕래했는데, 귀신을 잡거나 쫓아 버리는 데 뛰어났으며 교룡(蛟龍)·이룡(螭龍)·이무기·호랑이·표범을 사로잡을 수 있었다. 사람들은 그의 나이를 몰랐다. 진사(進士) 유사복(劉師復)이 일찍이 상수 남쪽에서 그를 만났다. 그는 원화(元和) 7년(812) 12월에 형산에서 와서 태백산(太白山)을 유람하고 도성으로 돌아가는 길에 유사복을 만났는데, 유사복이 그를 초대해 유숙하게 했다. 교서랑(校書郎) 후희(侯喜)는 막 시(詩)로 명성을 얻었는데, 밤에 화롯가에 둘러앉아 유사복과 시에 대해 얘기했다. 헌원미명도 그 옆에 있었는데, 허연 귀밑머리에 검은 얼굴을 하고 기다란 목에 목젖이 튀어나와서 그 모습이 몹시 추했으며 게다가 초(楚) 땅 사투리까지 썼으므로, 후희는 그를 안중에도 두지 않았다. 헌원미명이 갑자기 옷을 추켜올리고 눈썹에 힘을 주며 화로에 놓인 오래된 세발솥을 가리키며 후희에게 말했다.

　"그대가 시에 능하다 하니 나와 함께 이것에 대해 시를 지어 봅시다!"

유사복은 그에게 글재주가 있는 줄을 몰랐다가 이 말을 듣자 크게 기뻐하며 즉시 붓을 들어 두 구절을 썼다.

"솜씨 좋은 장인이 산의 바위 다듬어, 속을 깎아 내고 달이고 삶는 일을 하네."

차례가 후희에게 넘어가자 후희가 기뻐하며 그 뒤를 이었다.

"겉은 마른 이끼 무늬에 싸였고, 속엔 어두운 물결이 출렁이네."

후희가 다 쓰고 나서 읊조리자 헌원미명이 피식 웃으며 말했다.

"그대의 시는 이 정도뿐이오?"

그러고는 팔짱을 끼고 어깨를 세우며 북쪽 담장에 기대어 앉더니 유사복에게 말했다.

"난 세속의 글씨를 쓸 줄 모르니 그대가 날 대신해 써 주시오."

이어서 목청 높여 읊조렸다.

"용머리 같은 뚜껑은 버섯 주름처럼 오그라들었고, 돼지 배 같은 몸통은 팽팽하니 불러 있네."

처음부터 깊이 생각하는 것 같지는 않았는데, 시의 종지에 비꼬는 뜻이 담겨 있는 듯했다. 두 사람은 서로 돌아보며 부끄럽고 놀랐지만, 더 많은 시를 지어 헌원미명을 궁지에 몰고 싶었기에 유사복이 곧바로 두 구절을 지어 후희에게 넘겼다.

"크기는 열사(烈士)의 쓸개만 하고, 둘레는 말에 씌우는 가슴걸이만 하네."

후희가 또 두 구절을 완성했다.

"식었을 땐 세 발이 절로 편안하고, 불을 만나면 뜻이 더욱 곧아지네."

헌원미명이 다시 유사복에게 쓰게 했다.

"가을 오이 꼭지 떨어지기 전에, 겨울 토란이 억지로 싹을 틔우네."

유사복이 또 읊조렸다.

"각진 모서리는 갈아 없애고, 윤기 내어 광채 드러나게 하네."

마치고 나서 다시 후희에게 넘겼다. 후희는 더욱 고심하면서 애써 헌원미명을 누르고자 했다. 그러나 매번 궁리 끝에 말을 내뱉고자 해도 읊조리는 소리가 더욱 가늘어졌고, 붓을 들어 쓰려고 했다가도 다시 내려놓고 멈추었으며, 결국 기발한 시구를 지을 수 없었기에 이렇게 말했다.

"양옆엔 두 귀가 달려 있고, 위에는 외로운 상투[뚜껑 손잡이] 하나만 버티고 있네."

후희가 읊조리고 나자 헌원미명이 말했다.

"때때로 지렁이 구멍 같은 틈에서, 파리 소리 같은 김 새는 소리 희미하게 들리네."

그는 처음처럼 별생각이 없는 듯했지만 하는 말은 더욱 기발했으며, 그 말이 모두 두 사람을 겨냥한 것이었다. 밤이 거의 끝날 즈음에 두 사람이 일어나 사과하며 말했다.

"존사(尊師)는 보통 분이 아니시니 저희들이 굴복합니다. 제자가 되기를 원하며 감히 더 이상 시를 짓지 않겠습니다."

헌원미명이 떨쳐 일어나며 말했다.

"그렇지 않소. 이 시는 완성하지 않을 수 없소."

그러고는 유사복에게 말했다.

"붓을 드시오, 붓을 드시오! 내가 그대들을 위해 완성하겠소."

즉시 다시 이어서 노래했다.

"어떻게 하면 재와 불똥[炍]에서 벗어날까? 미 : 사(炍)는 음은 재(才)와 야(野)의 반절(反切)이며, 뜻은 등촉의 불똥이다. 항아리를 떠날 방법이 없네. 가마솥 사이에 잘못 끼여, 오래도록 물과 불을 다투게 하네. 모습은 아낙네의 웃음 같고, 도량은 아이처럼 가볍네. 하릴없이 바른 성질만 고집하건만, 그저 한 되만 채울 뿐이네. 어찌 여전히 뜨거운 불길에 망가지면서도, 차가움과 함께하지 않는가? 갑자기 뒤집히고 넘치는 허물을 범하지만, 진실로 맡은 임무를 성실히 수행하네. 비루한 자질에 먹고 마시는 일을 담당하니, 비좁은 속이라 높이

들어 올려지는 게 부끄럽네. 어찌 선약(仙藥)을 달일 수 있겠는가? 다만 아직 양고기 국에 더럽혀지진 않았네. 보잘것없지만 그저 스스로 힘을 다하고, 자잘하지만 안분지족(安分知足)을 보이네. 조두(俎豆) 같은 제기(祭器)의 쓰임에 비하긴 어렵지만, 손에 함부로 닿지는 않네. 원컨대 그대는 조롱하지 마시라, 협 : 정작 충분히 조롱했다. 이 물건은 바야흐로 쓰이고 있으니."

유사복이 다 쓰고 나자 헌원미명이 그에게 읽게 했다. 다 읽고 나자 헌원미명이 두 사람에게 말했다.

"이것이 어찌 글이 되겠소? 나는 그대들이 잘하는 것을 좇아 지었을 뿐이오. 내가 잘하는 것은 그대들이 모두 듣기에 부족하오."

두 사람은 크게 송구해하면서 모두 일어나 평상 아래에 서서 절을 올리며 말했다.

"감히 다른 것은 여쭙지 않겠으나 한 말씀만 올리고자 합니다. 선생께서 '나는 인간의 글씨를 쓸 줄 모른다'고 하셨는데, 그럼 어떤 글씨를 쓸 줄 아시는지 감히 묻습니다."

누차 물었지만 대답하지 않자, 두 사람은 하는 수 없이 물러 나와 자리에 앉았다. 헌원미명은 담장에 기대어 잠들었는데 코 고는 소리가 천둥 같았다. 두 사람은 두려워서 얼굴빛이 변했으며 감히 숨도 쉬지 못했다. 잠시 후에 새벽을 알리는 북소리가 둥둥 울리자, 두 사람도 졸려서 앉은 채로 잠이 들었다. 깨어나서 깜짝 놀라 주위를 둘러보니 헌원미명은 이미 사라지고 없었다. 두 사람은 크게 한탄하고 자책하면서 그 시를 가지고 창려(昌黎)의 한유(韓愈)를 찾아갔더니, 한유가 말했다.

"내가 미명이라는 은군자가 있다는 소문을 들었는데 혹시 그 사람일까?"

마침내 한유가 〈석정연구(石鼎聯句)〉에 서문을 지으니 당시에 유행했다.

평 : 도를 배우는 사람은 첫째로 인아상(人我相 : 아집)을 없애야 한다. 노자(老子)가 말한 "자신을 도외시하지만 오히려 자신을 보전한다"는 것이다. 정우현(鄭又玄)의 마음속엔 가문의 명망이 있었고, 장생(蔣生)의 마음속엔 선배 어른이 있었으며, 여간(黎幹)과 온장(溫章)의 마음속엔 경조윤(京兆尹)이 있었고, 후희의 마음속엔 시인의 명성이 있었다. 마음이 이미 비어 있지 않으니 배를 어떻게 채울 수 있겠는가? 그래서 진선(眞仙)을 만나고도 지나쳐 버렸던 것이다.

軒轅彌明者, 不知何許人. 在衡湘間來往九十餘年, 善捕逐鬼物, 能囚拘蛟螭虎豹. 人莫知其壽. 進士劉師服嘗於湘南遇之. 元和七年十二月, 將自衡山遊太白, 還京師, 與師服相値, 師服招其止宿. 有校書郎侯喜, 新有詩名, 擁爐夜坐, 與劉說詩. 彌明在其側, 貌極醜, 白鬚黑面, 長頸而高結喉, 又作楚語,喜視之若無人.彌明忽掀衣張眉,指爐中古鼎謂喜曰:"子云能詩,與我賦此乎!"師服不知其有文也,聞此說,大喜,卽援筆題兩句曰:"巧匠琢山骨,刳中事煎烹."次傳與喜,喜踊躍而綴其下曰:"外苞乾蘚文,中有暗浪驚."題訖吟之,彌明啞然笑曰:"子詩如是而已乎?"卽袖手竦肩,倚北牆坐,謂劉曰:"吾不解世俗書,子爲吾書之."因高吟曰:"龍頭縮菌蠢,豕腹脹彭亨."初不似經思,詩旨有似譏意.二子相顧慚駭,然欲以多窮之,卽賦兩句以授喜曰:"大若烈士膽,圓如戴馬纓."喜又成兩句曰:"在冷足自安,遭焚意彌貞."彌明又令師服書曰:"秋瓜未落蒂,凍芋強抽萌."師服又吟曰:"磨礱去圭角,浮潤著光精."訖,又授喜.喜思益苦,務欲壓彌明.每營度欲出口吻,吟聲益悲,操筆欲書,將下復止,亦竟不能奇,曰:"旁有雙耳穿,上爲孤髻撐."吟竟,彌明曰:"時於蚯蚓竅,微作蒼蠅聲."其不用意如初,所言益奇,語皆侵二子.夜將闌,二子起謝曰:"尊師非常人也,某等伏矣.願爲弟子,不敢更詩."彌明奮曰:"不然.此章不可不成也."謂劉曰:"把筆,把筆!吾與汝就之."卽又連唱曰:"何當出灰炱,眉:灺,才野切,燈燭燼.無計離瓶罌.謬居鼎鼐間,長使水火爭.形模婦女笑,度量兒童輕.徒爾堅貞性,不過升合盛.寧依暖熱敝,不與寒涼並?忽權翻溢悠,實負任使誠.陋質荷斟酌,狹中愧提擎.豈能煮仙藥?但未污羊羹.區區徒自效,瑣瑣安足呈.難比俎豆用,不爲手所撜.願君勿嘲誚,夾:正足嘲誚.此物方施行."師服書訖,卽使讀之.畢,謂二子曰:"此寧爲文耶?吾就子所能而作耳.吾所能者,子皆不足以聞也."二子大懼,皆起立床下,拜曰:"不敢他問,願一言而已.先生稱'吾不解人間書',敢問解何書?"累問不應,二子不自得,卽退就坐.彌明倚牆睡,鼻息如雷.二子怛恐失色,不敢喘息.斯須,曙鼓鼚鼚,二子亦睏,遂坐睡.及覺驚顧,已失彌明所在. 二子驚惋自責, 因携詩詣昌黎韓愈, 愈曰 : "余聞有隱君子彌明, 豈其人耶?" 遂爲〈石鼎聯句〉序, 行於代焉.

評 : 學道之人, 第一要去人我相. 老子所謂"外其身而身存"也. 鄭又玄胸中有門望在, 蔣生胸中有先輩主人翁在, 黎幹·溫章胸中有京尹在, 侯喜胸中有詩名在. 心旣不虛, 腹何由實? 所以眞仙當面錯過.

* 이 고사는 《태평광기》 권55 〈신선·헌원미명〉에 실려 있다.

6-19(0102) 두자춘

두자춘(杜子春)

출《속현괴록》미 : 《하동기》의 소동현 고사[14]와 서로 같다(《河東記》蕭洞玄事相同)

    두자춘은 대개 북주(北周)와 수(隋)나라 사이에 살았던 사람이다. 기개가 활달해서 마음껏 술 마시고 한가로이 노닐다가 재산을 탕진한 뒤 친척들에게 의탁했지만, 모두들 그가 본업에 힘쓰지 않는다고 해서 받아 주지 않았다. 때는 바야흐로 겨울이었는데, 옷은 해지고 배 속도 빈 채로 하릴없이 장안(長安)을 걸어 다니다가 해가 저물도록 아무것도 먹지 못했으며 어디로 가야 할지 몰라 방황하면서, 동시(東市)의 서문에서 하늘을 우러러보며 길게 탄식했다. 그때 한 노인이 지팡이를 짚고 그의 앞에 나타나 물었다.

    "그대는 어찌하여 탄식하는가?"

    두자춘이 그 마음을 이야기하자 노인이 말했다.

    "돈 몇 꿰미면 풍족하게 쓰겠는가?"

    두자춘이 말했다.

    "3~5만 냥 정도면 될 겁니다."

---

14) 소동현 고사 : 《태평광기》 권44 〈신선·소동현〉에 실려 있다.

노인이 말했다.

"모자랄 것이네."

두자춘이 다시 10만 냥을 말하자 노인이 말했다.

"모자랄 것이네."

그래서 두자춘이 100만 냥을 말하자 노인이 또 말했다.

"그래도 모자랄 것이네."

두자춘이 말했다.

"그럼 300만 냥입니다."

그제야 노인이 소매에서 돈 한 꿰미를 꺼내며 말했다.

"오늘 저녁엔 이 정도만 그대에게 주겠네. 내일 오시(午時)에 서시(西市)의 파사(波斯 : 페르시아) 가게에서 그대를 기다릴 테니 부디 약속 시간에 늦지 말게."

약속 시간에 맞춰 두자춘이 갔더니 노인은 과연 돈 300만 냥을 주었는데, 성과 이름도 알려 주지 않고 가 버렸다. 두자춘은 부유해지고 나자 방탕한 마음이 다시 일어났으며, 평생토록 다시는 떠돌이 생활을 하지 않을 것이라고 스스로 생각했다. 그는 살찐 말을 타고 가벼운 갖옷을 입었으며, 술친구들을 모으고 악사를 불러 기생집에서 노래하고 춤추면서 더 이상 앞으로의 생계를 염두에 두지 않았다. 1~2년 사이에 돈이 차츰 바닥나자, 의복과 거마(車馬)를 비싼 것에서 싼 것으로 바꾸고, 말을 버리고 당나귀를 타다가 다시 당나귀를 버리고 걸어 다녔으며, 이렇게 순식간에 처음처럼 되어 버렸다. 얼마 후 그는 더 이상 방법이 없게 되자 시장 문에서 스스로 탄식했다. 그가 한탄하는 소리를 내자 노인이 와서 그의 손을 잡으며 말했다.

"그대가 다시 이렇게 되다니 기이한 일이네! 내가 다시 그대를 구제해 주려고 하는데 돈 몇 꿰미면 되겠는가?"

두자춘은 부끄러워서 대답도 못했다. 노인이 계속 다그치자 두자춘은 부끄러워하며 사죄할 뿐이었다. 노인이 말했다.

"내일 오시에 이전에 약속했던 그곳으로 오게."

다음 날 두자춘은 부끄러움을 참고 가서 천만 냥을 얻었다. 아직 돈을 받지 않았을 때는 분발해 이제부터 가업을 잘 꾸려 나가 석계륜[石季倫 : 석숭(石崇). 진(晉)나라 때의 부호]이나 의돈[猗頓 : 춘추 시대 노(魯)나라의 부호]조차도 조무래기로 여기리라고 생각했다. 그러나 이미 돈이 수중에 들어오자 마음이 또 바뀌어 방종하게 욕심을 좇다가 다시 예전처럼 되어 버렸다. 1~2년도 안 되어 이전보다 훨씬 가난해졌다. 두자춘은 예전 그곳에서 다시 노인을 만나게 되었는데, 부끄러움을 견딜 수 없어서 얼굴을 가리고 도망갔다. 그러자 노인이 그의 옷자락을 잡아당겨 멈추게 하고 말했다.

"어허! 어리석은 방법이네."

그러고는 3천만 냥을 주며 말했다.

"이번에도 버릇을 고치지 않으면 그대는 평생 가난에 허덕이게 될 것이네."

두자춘이 말했다.

"저는 호탕하게 잘못 노닐다가 평생 한 푼도 없게 되었는데, 친척들은 호족(豪族)이면서도 저를 돌봐 주지 않았건만 오직 노인장께서는 세 번이나 저를 도와주셨으니, 제가 어떻게 그것을 감당하겠습니까?"

그러고는 노인에게 말했다.

"저는 이 돈을 받아 세상에서 큰일을 하겠으니, 고아와 과부들이 입고 먹을 수 있도록 해 주어 명교(名敎)를 원만히 회복시키겠습니다. 미:명교가 비록 존귀하지만 돈이 아니면 원만하게 하지 못한다. 노인장의 깊은 은혜에 감사드리며, 일을 이룬 후에는 오직 노인장께서 시키는 대로 하겠습니다."

노인이 말했다.

"나도 그러길 바라네. 그대는 하고자 하는 일을 마치거든 내년 중원절(中元節:음력 7월 15일)에 노군(老君:노자)의 쌍 전나무 아래로 나를 만나러 오게."

두자춘은 고아와 과부들이 대부분 회남(淮南)에 기거하고 있었으므로 마침내 자본을 양주(揚州)로 옮겨, 기름진 밭 100이랑을 사고 성곽 안에 저택을 짓고 중요한 길목에 객관 100여 칸을 마련해, 고아와 과부들을 모두 불러 각각 그 안에 나누어 살게 했다. 친인척들에 대해서는 타지에서 죽은

이의 관을 옮겨 합장해 주었으며, 은인에게는 보답하고 원수에게는 보복했다. 두자춘이 일을 다 마치고 나서 약속한 날에 맞춰 갔더니, 노인은 쌍 전나무 그늘에서 한창 휘파람을 불고 있었으며, 마침내 그와 함께 화산(華山)의 운대봉(雲臺峰)으로 올라갔다. 40여 리를 들어가자 어떤 곳이 나왔는데, 집이 엄숙하고 깨끗한 것이 보통 사람의 거처가 아니었다. 채색 구름이 아득히 덮여 있고 놀란 학이 높이 날고 있었다. 그 위에 정당(正堂)이 있었는데, 안에는 높이가 9척 남짓 되는 약 화로가 있었고 자줏빛 불꽃이 빛을 발해 창문이 환하게 빛났다. 선녀 아홉 명이 약 화로를 빙 둘러 서 있었고 청룡과 백호가 앞뒤를 나누어 지키고 있었다. 그때는 해가 막 저물려 했는데 노인은 더 이상 속세의 옷을 입고 있지 않았으며, 황관(黃冠)을 쓴 도사의 모습이었다. 노인은 흰 돌 세 알과 술 한 잔을 가져와 두자춘에게 주면서 그것을 빨리 먹으라고 했다. 다 먹고 나자 노인이 호랑이 가죽 하나를 가져와서 당 안의 서쪽 벽 아래에 깔고 동쪽을 향해 앉더니 두자춘에게 주의를 주며 말했다.

"절대로 말을 하지 말게. 비록 존신(尊神)·악귀·야차(夜叉)·맹수·지옥이 나타나거나 그대의 친족이 감옥에 갇혀 온갖 고난을 당하더라도 모두 진실이 아니네. 절대로 움직이거나 말하지 않은 채 마음을 편히 하고 두려워하지 않는다면 결국엔 아무런 고통도 없을 것이니, 반드시 일심으로 내가 한 말을 기억하게."

노인은 말을 마치고 떠났다. 두자춘이 뜰을 바라보았더니 물이 가득 담긴 커다란 항아리 하나만 있을 뿐이었다. 도사가 가고 나서 깃발과 무기를 든 천군만마가 절벽과 골짜기를 가득 메우며 왔는데, 고함을 치는 소리가 천지를 뒤흔들었다. 그중에 대장군이라 불리는 사람이 있었는데 키가 1장(丈) 남짓 되었으며, 사람과 말이 모두 황금 갑옷을 입고 있었기에 번쩍이는 빛이 사람을 쏘았다. 또 친위병 수백 명이 모두 검을 뽑아 들고 활을 당긴 채 곧장 당 앞으로 들어오더니 꾸짖으며 말했다.

"너는 누구기에 감히 대장군을 피하지 않느냐!"

좌우 병사들이 검을 치켜들고 다가와서 그의 성명을 다그쳐 묻고 또 뭐 하는 놈이냐고 물었지만, 그는 모두 대답하지 않았다. 물어본 사람들이 크게 화를 내면서 빨리 베어 죽이고 쏘아 죽이라고 아우성치는 소리가 우레 같았지만, 그는 끝내 응대하지 않았다. 장군이라는 사람은 몹시 화를 내며 가 버렸다. 조금 있다가 맹호·독룡(毒龍)·산예(狻猊 : 사자와 비슷한 전설 속 맹수)·사자·살모사 등 수만 마리가 나타나더니 으르렁거리고 낚아채면서 다가와 다투어 치고 물려고 했으며, 어떤 것은 그를 뛰어넘기도 했다. 하지만 두자춘이 안색조차 변하지 않자 잠시 후에 모두 흩어졌다. 잠시 후 이번에는 큰비가 세차게 내리고 천둥 번개가 치면서 어두워지더니, 불덩이가 그의 좌우로 굴러다니고 번갯불이 앞뒤로 번쩍거려 눈을 뜰 수 없었다. 금세 마당가의 수심이 1장을 넘었고 번개가 흐르고 천둥이 울렸는데, 그 기세가 마치 산천이 무너져 내리는 것 같아서 제지할 수 없었다. 순식간에 파도가 그의 자리 아래까지 밀려왔지만, 두자춘은 단정하게 앉아 돌아보지도 않았다. 또 얼마 되지 않아 이전의 장군이 우두옥졸(牛頭獄卒 : 지옥에서 망자를 괴롭히는 악귀)과 기괴하게 생긴 귀신들을 데리고 다시 오더니, 끓는 물이 담긴 커다란 가마솥을 두자춘 앞에 갖다 놓고는 날이 갈라진 긴 창을 들고 사방을 둘러싸고서 명령을 전하며 말했다.

"순순히 성명을 말하면 즉시 풀어 주겠지만, 말하지 않는다면 당장 가마솥 속에 집어넣겠다."

그러나 두자춘은 또 대답하지 않았다. 그러자 그의 부인을 잡아 와 계단 아래에 내동댕이치면서 가리켜 말했다.

"성명을 말하면 네 처를 놓아주겠다."

그러나 두자춘은 역시 대답하지 않았다. 급기야는 부인을 채찍질해 피가 철철 흘렀으며, 활로 쏘고 도끼로 찍기도 하고 삶기도 하고 태우기도 했는데, 고통을 참을 수 없었다. 부인이 울부짖으며 말했다.

"진실로 제가 못나고 어리석어 당신을 욕되게 하기는 했지만, 다행히 당신의 아내가 되어 받들어 모신 지 10여 년이

나 되었습니다. 지금 존귀(尊鬼)에게 사로잡혀 그 고통을 이겨 낼 수 없습니다. 감히 당신이 기어가서 절하며 애걸하기를 바라는 게 아니라, 그저 당신이 한마디만 하면 즉시 목숨을 보전할 수 있습니다. 사람이라면 누구든지 정이 있는 법인데 당신은 어찌하여 모질게도 한마디 말을 아끼십니까?"

부인은 마당 가운데서 눈물을 비 오듯 흘리며 빌기도 하고 욕하기도 했으나, 두자춘은 끝내 돌아보지 않았다. 장군이 또 말했다.

"내가 네 처를 해칠 수 없을 것 같으냐?"

그러고는 방아를 가져오게 해 다리부터 한 마디씩 찧었다. 부인이 더욱 다급하게 울부짖어도 두자춘은 끝내 돌아보지 않았다. 장군이 말했다.

"이놈은 요망한 술법을 이미 이루었으니 인간 세상에 오래 두어서는 안 되겠다."

이에 좌우에 명해 그를 참수하라고 했다. 참수가 끝나자 두자춘의 혼백은 끌려가서 염라대왕을 뵈었는데, 염라대왕이 말했다.

"이자가 바로 운대봉의 요망한 백성이더냐? 잡아서 지옥으로 넘겨라."

그리하여 두자춘은 용광로에 던져지고 쇠몽둥이로 맞으며, 방아에 빻아지고 절구에 갈리며, 불구덩이에 넣어지고 끓는 물에 삶아지며, 도산(刀山)과 검수(劍樹)에 오르는 고통을 모두 당하지 않음이 없었다. 그러나 두자춘은 도사의 말을 마음속으로 되뇌었더니 참을 수 있을 것 같아서 끝내 신음 소리조차 내지 않았다. 옥졸들이 그에게 벌을 다 내렸다고 아뢰자 염라대왕이 말했다.

"이자는 음적(陰賊)이므로 남자가 되기에 적합하지 않으니 여자가 되게 하는 것이 마땅하다. 송주(宋州) 단보현승(單父縣丞) 왕권(王勸)의 집에 태어나도록 하라."

그녀는 태어나서 병치레를 많이 해 침 맞고 뜸 뜨고 약 먹고 의원에게 치료받는 것이 거의 그친 날이 없었다. 또한 일찍이 불에 떨어지고 침상에서도 굴러떨어지는 등 온갖 고통을 당했지만 끝내 소리 내지 않았다. 이윽고 장성하니 용모가 절세의 미인이었지만 말을 하지 않았다. 집안사람들은 그녀를 벙어리라고 여겼으며, 친척들 중 가까이 지내는 사람들이 여러 가지 방법으로 조롱했으나 그녀는 끝내 대꾸할 수 없었다. 같은 고을에 사는 노규(盧珪)라는 진사(進士)가 그녀의 용모에 대해 듣고 사모해 매파를 통해 청혼했는데, 그녀의 집에서 벙어리라는 이유로 거절하자 노규가 말했다.

"만약 부인으로서 현명하다면 말이 무슨 소용 있겠습니까? 또한 말만 많은 부녀자들에게 충분히 경계가 될 것입니다."

이에 왕권은 혼인을 허락했다. 노생(盧生 : 노규)은 육례(六禮 : 혼인을 치를 때 거치는 여섯 가지 예의 절차)를 갖추고 친영(親迎 : 육례 가운데 하나로 신랑이 신부를 맞이하는 의식)해 그녀를 아내로 삼았다. 몇 년이 지나는 동안 부부 사이의 정이 매우 돈독했다. 아들 하나를 낳았는데, 겨우 두 살 되었을 때 그 총명함을 당해 낼 사람이 없었다. 노생은 아이를 안고 그녀에게 말을 걸었으나 그녀는 대답하지 않았다. 여러 가지 방법으로 그녀를 유도했으나 그녀는 끝내 말이 없었다. 결국 노생이 크게 화를 내며 말했다.

"옛날 가 대부(賈大夫 : 춘추 시대 가국의 대부)의 부인은 그 남편을 비루하다고 여겨 웃지 않았지만, 남편이 꿩 사냥하는 것을 보고 오히려 그 감정을 풀었소. 지금 나의 재주가 꿩 사냥뿐만이 아닌데도 당신은 끝내 말을 하지 않고 있소. 대장부가 부인에게 업신여김을 당한다면 그 자식이 무슨 소용 있겠소?"

그러고는 아들의 두 발을 잡고 돌 위에 머리를 내려쳤더니, 그 즉시 머리가 깨져 피가 몇 걸음까지 튀었다. 두자춘은 자식을 사랑하는 감정이 마음에서 생겨나 문득 그 약속을 잊어버린 채 자기도 모르게 소리를 냈다.

"억!"

억! 하는 소리가 아직 끝나지도 않았는데, 두자춘의 몸은 이전의 그곳에 앉아 있었고 도사 역시 그 앞에 있었다. 이제 막 오경(五更)이었는데, 그 자줏빛 불꽃이 지붕을 뚫고 나가고 큰불이 사방에서 일어나 집을 모두 태워 버렸다. 미 : 도사는 왜 스스로 화로를 지켜보지 않고 하필 두자춘에게 맡겼단 말인가? 도사가 탄식하며 말했다.

"못난 서생이 이 지경이 되도록 나를 망쳐 놓았구나!"

그러고는 자기 머리카락을 들어 물 항아리 속에 넣었더니 얼마 되지 않아 불이 꺼졌다. 도사가 다가와서 말했다.

"그대의 마음을 보니 희(喜)·노(怒)·애(哀)·구(懼)·오(惡)·욕(欲)의 감정은 모두 잊었지만, 아직 도달하지 못한 것은 애(愛)뿐이네. 아까 만약 그대가 억! 소리를 내지 않았다면, 내 약이 완성되고 그대 역시 하늘로 올라가 신선이 되었을 것이네. 미 : 두자춘이 말을 하지 않았지만 도사는 이미 모든 것을 알았으니 기이하도다! 아! 신선의 재목은 얻기 어렵구나. 내 약이야 다시 정련하면 되지만 그대의 몸은 다시 속세에 갇히게 되었으니, 열심히 살도록 하게."

그러고는 저 멀리 길을 가리키며 두자춘에게 돌아가게 했다. 두자춘이 불타고 남은 집터에 애써 올라가 그곳을 바라보니, 약 화로는 이미 망가져 있었고 그 가운데에 팔뚝만 한 굵기에 길이가 몇 척이나 되는 쇠기둥이 있었는데, 도사가 옷을 벗고 칼로 그것을 깎아 내고 있었다. 두자춘은 집으로 돌아온 뒤에 맹세를 잊어버린 것을 부끄러워하면서 다시 스스로를 질책하며 잘못을 사과하려고 했다. 그러나 운대봉에 가 보았더니 사람의 흔적이 전혀 없었기에 두자춘은 탄식하고 후회하며 돌아갔다.

평 : 도가에서 이르길, "단약이 장차 완성되려 하면 마귀가 번번이 훼방하는데 대개 귀신이 꺼리는 것이기 때문이다"라고 한다. 하지만 나는 그렇게 생각하지 않는다. 각종 여러 마귀는 바로 내 칠정(七情)의 환상일 뿐이다. 마치 사람이 꿈에서 느끼듯이 아직 감정을 잊지 못했기 때문이다. 사람이 감정이 없게 되면 꿈도 꾸지 않는다. 두자춘이 만난 것은 꿈이다. 칠정 중에 각각 아직 도달하지 못한 것이 있으니, 어찌 애(愛)뿐이겠는가! 다만 두자춘으로 한 예를 삼았을 뿐이다.

杜子春者, 蓋周隋間人. 志氣閑曠, 縱酒閑遊, 資産蕩盡, 投於親故, 皆以不事事見棄. 方冬, 衣破腹空, 徒行長安中, 日晚未食, 彷徨不知所往, 於東市西門, 仰天長吁. 有一老人策杖於前, 問曰:"君子何嘆?" 春言其心, 老人曰:"幾緡則豊用?" 子春曰:"三五萬可矣." 老人曰:"未也." 更言十萬, 曰:"未也." 乃言百萬, 亦曰:"未也." 曰:"三百萬." 於是袖出一緡, 曰:"給子今夕. 明日午時, 候子於西市波斯邸, 愼無後期." 及時, 子春往, 老人果與錢三百萬, 不告姓名而去. 子春旣富, 蕩心復熾, 自以爲終身不復羈旅也. 乘肥衣輕, 會酒徒, 徵絲管, 歌舞於倡樓, 不復以治生爲意. 一二年間, 稍稍而盡, 衣服車馬, 易貴從賤, 去馬而驢, 去驢而步, 倏忽如初. 旣而復無計, 自嘆於市門. 發聲而老人到, 握其手曰:"君復如此, 奇哉! 吾將復濟子, 幾緡方可?" 子春慚不應. 老人因逼之, 子春愧謝而已. 老人曰:"明日午時, 來前期處." 子春忍愧而往,得錢一千萬. 未受之初,憤發以爲從此謀身治生,石季倫・猗頓小堅耳. 錢既入手,心又翻然,縱適之情,又卻如故. 不一二年間,貧過舊日. 復遇老人於故處,子春不勝其愧,掩面而走. 老人牽裾止之,又曰:"嗟乎!拙謀也." 因與三千萬,曰:"此而不痊,則子貧在膏肓矣." 子春曰:"吾落拓邪遊,生涯罄盡,親戚豪族,無相顧者,獨此叟三給我,我何以當之?" 因謂老人曰:"吾得此,人間之事可以立,孤孀可以衣食,於名教復圓矣. 眉:名教雖尊,非錢不圓. 感叟深惠,立事之後,唯叟所使." 老人曰:"吾心也. 子治生畢,來歲中元,見我於老君雙檜下." 子春以孤孀多寓淮南,遂轉資揚州,買良田百頃,郭中起甲第,要路置邸百餘間,悉召孤孀,分居第中. 婚嫁甥姪,遷祔族親,恩者煦之,仇者復之. 既畢事,及期而往,老人者方嘯於二檜之陰,遂與登華山雲臺峰. 入四十里餘,見一處,室屋嚴潔,非常人居. 彩雲遙覆,驚鶴飛翔. 其上有正堂,中有藥爐,高九尺餘,紫焰光發,灼煥窗戶. 玉女九人,環爐而立,青龍白虎,分據前後. 其時日將暮,老人者不復俗衣,乃黃冠道士也. 持白石三丸,酒一卮,遺子春,令速食之. 訖,取一虎皮,鋪於內西壁,東向而坐,戒曰:"慎勿語. 雖尊神・惡鬼・夜叉・猛獸・地獄,及君之親屬,爲所困縛萬苦,皆非眞實. 但當不動不語,宜安心莫懼,終無所苦,當一心念吾所言." 言訖而去. 子春視庭,唯一巨甕,滿中貯水而已. 道士適去,旌旗戈甲,千乘萬騎,遍滿崖谷,呵叱之聲,震動天地. 有一人稱大將軍,身長丈餘,人馬皆著金甲,光芒射人. 親衛數百人,皆杖劍張弓,直入堂前,呵曰:"汝是何人,敢不避大將軍!" 左右竦劍而前,逼問姓名,又問作何物,皆不對. 問者大怒,摧斬爭射之聲如雷,竟不應. 將軍者極怒而去. 俄而猛虎・毒龍・狻猊・獅子・蝮蠍萬計,哮吼拏攫而前,爭欲搏噬,或跳過其上. 子春神色不動,有頃而散。既而大雨滂澍，雷電晦暝，火輪走其左右，電光掣其前後，目不得開。須臾，庭際水深丈餘，流電吼雷，勢若山川開破，不可制止。瞬息之間，波及牀下，子春端坐不顧。未頃而將軍者復來，引牛頭獄卒，奇貌鬼神，將大鑊湯而置子春前，長槍兩叉，四面週匝，傳命曰："肯言姓名，卽放，不肯言，卽當取置之鑊中。"又不應。因執其妻來，拽於階下，指曰："言姓名免之。"又不應。及鞭捶流血，或射或斫，或煮或燒，苦不可忍。其妻號哭曰："誠爲陋拙，有辱君子，然幸得執巾櫛，奉事十餘年矣。今爲尊鬼所執，不勝其苦。不敢望君匍匐拜乞，但得公一言，卽全性命。人誰無情，君乃忍惜一言乎？"雨淚庭中，且咒且罵，春終不顧。將軍且曰："吾不能毒汝妻耶？"令取剉碓，從脚寸寸剉之。妻叫哭愈急，竟不顧之。將軍曰："此賊妖術已成，不可使久在世間。"敕左右斬之。斬訖，魂魄被領見閻羅王。曰："此乃雲臺峰妖民乎？捉付獄中。"於是熔銅鐵杖・碓擣磑磨・火坑鑊湯・刀山劍樹之苦，無不備嘗。然心念道士之言，亦似可忍，竟不呻吟。獄卒告受罪畢，王曰："此人陰賊，不合得作男，宜令作女人。配生宋州單父縣丞王勸家。"生而多病，針灸藥醫，略無停日。亦嘗墜火墮牀，痛苦不齊，終不失聲。俄而長大，容色絕代，而口無聲。其家目爲啞女，親戚狎者侮萬端，終不能對。同鄉有進士盧珪者，聞其容而慕之，因媒氏求焉，其家以啞辭之，盧曰："苟爲妻而賢，何用言矣？亦足以戒長舌之婦。"乃許之。盧生備六禮，親迎爲妻。數年，恩情甚篤。生一男，僅二歲，聰慧無敵。盧抱兒與之言，不應。多方引之，終無辭。盧大怒曰："昔賈大夫之妻，鄙其夫而不笑，然觀射雉，尚釋其憾。今吾才非徒射雉也，而竟不言。大丈夫爲妻所鄙，安用其子？"乃持兩足，以頭撲與石上，應手而碎，血濺數步。子春愛生於心，忽亡其約，不覺失聲云："噫！"噫聲未息，身坐故處, 道士者亦在其前. 初五更矣, 見其紫焰穿屋上, 大火起四合, 屋室俱焚. 眉 : 道士何不自守視, 而必假子春乎? 道士嘆曰 : "措大誤余乃如是!" 因提其髮, 投水甕中, 未頃火息. 道士前曰 : "吾子之心, 喜怒哀懼惡欲皆忘矣, 所未臻者愛而已. 向使子無噫聲, 吾之藥成, 子亦上仙矣. 眉 : 子春不言, 而道士已盡知, 奇哉! 嗟乎! 仙才之難得也. 吾藥可重煉, 而子之身猶爲世界所囿矣, 勉之哉!" 遙指路使歸. 子春强登基觀焉, 其爐已壞, 中有鐵柱, 大如臂, 長數尺, 道士脫衣, 以刀子削之. 子春旣歸, 愧其忘誓, 復自劾以謝其過. 行至雲臺峰, 絶無人跡, 嘆恨而歸.

評 : 道家云 : "丹將成, 魔輒害之, 蓋鬼神所忌也." 愚謂不然. 種種諸魔, 卽我七情之幻相耳. 如人夢感, 由未忘情. 至人無情, 所以無夢. 子春之遇, 夢也. 七情中各有未臻, 豈惟愛哉! 特以子春爲一則耳.

* 이 고사는 《태평광기》 권16 〈신선·두자춘〉에 실려 있다.

권7 선부(仙部)

선(仙) 7

이 권은 대부분 선경과 잡사를 실었다.
此卷多載仙境及雜事.

7-1(0103) 스님 계허

승계허(僧契虛)

출《선실지》

　　스님 계허는 본래 고장(姑臧) 이씨(李氏)의 아들로, 그의 부친은 어사(御史)를 지냈다. 계허는 어려서부터 불법(佛法)을 좋아했는데, 스무 살 때 머리를 깎고 가사를 입고 출가해 장안(長安)의 사원에서 살았다. 안녹산(安祿山)이 동관(潼關)을 격파해 현종이 서쪽으로 몽진했을 때, 계허는 태백산(太白山)으로 숨어들어 가 잣나무 잎을 따 먹었으며 이때부터 곡식을 끊었다. 어느 날 비쩍 마른 모습에 수염과 귀밑머리가 모두 새하얀 교군(喬君)이라는 도사가 계허를 찾아와서 말했다.

　　"스님은 기골이 매우 빼어나니 훗날 틀림없이 선도(仙都)에서 노닐게 될 것이오."

　　계허가 말했다.

　　"나는 속진의 사람인데 어떻게 선도에 나아갈 수 있겠소?"

　　교군이 말했다.

　　"선도는 아주 가까우니 노력하면 갈 수 있을 것이오."

　　그래서 계허가 교군에게 그 길을 가르쳐 달라고 청했더

니 교군이 말했다.

"스님은 상산(商山)의 객사에서 음식을 준비해 두었다가 대광주리 장수[捀子] 미 : 봉(捀)은 음이 봉(奉)이고, 대광주리를 짊어지고 파는 사람이다. 를 만나거든 음식을 대접하시오. 혹 스님에게 가려는 곳을 물어볼 경우 치천(稚川)에서 노닐고 싶다고만 말하면, 틀림없이 스님을 인도해 떠날 것이오."

계허는 그 말을 듣고 몹시 기뻤다. 계허는 즉시 상산으로 가서 객사에 머물면서 맛있고 정갈한 음식을 준비하고 대광주리 장수를 기다렸다. 몇 달 동안 100여 명의 대광주리 장수를 만났지만, 모두 식사를 끝내고는 그냥 가 버렸다. 계허는 마음이 약간 태만해지고 또한 교군이 자신을 속였다고 생각해, 장안으로 돌아가려고 이미 짐을 꾸려 놓았다. 그날 밤에 아주 젊은 대광주리 장수 한 명이 계허에게 말했다.

"스님은 어디로 가시렵니까?"

계허가 말했다.

"나는 치천에서 노닐고 싶어 한 지 몇 년이 되었소."

대광주리 장수가 놀라며 말했다.

"치천은 선부(仙府)인데 어떻게 갈 수 있겠습니까?"

계허가 말했다.

"나는 어려서부터 신선을 좋아했으니, 정말로 치천에서 노닐 수만 있다면 죽어도 여한이 없겠소."

그래서 대광주리 장수는 계허와 함께 남전(藍田)으로 가서 짐을 꾸렸다. 그날 밤에 즉시 옥산(玉山)으로 올라가 위험한 곳을 건너고 가파른 절벽을 넘었다. 다시 80리를 가서 한 동굴에 도착했는데 그 동굴 안에서 물이 흘러나왔다. 대광주리 장수와 계허는 함께 돌을 날라다 동굴 입구를 메워 흐르는 물을 막았는데, 사흘째가 되어서야 겨우 물이 흘러나오지 않았다. 협 : 참을성이 좋다. 두 사람은 함께 동굴 속으로 들어갔는데 어두컴컴해서 어디가 어딘지 분간할 수 없었다. 수십 리 밖에 문 하나가 보이기에 그 문을 바라보며 갔다. 동굴 밖으로 나왔더니, 바람이 잔잔하고 햇볕이 따사로웠으며 산수가 맑고 아름다웠다. 다시 100여 리를 가서 한 높은 산에 올랐다. 그 산은 여기저기 산봉우리들이 멀리 솟아 있고 돌길이 험준했는데, 계허가 현기증이 나서 감히 오르지 못하자 대광주리 장수가 말했다.

"선도가 가까운데 어찌하여 머뭇거립니까?"

그러고는 즉시 계허의 손을 끌고 갔다. 산꼭대기에 도착했더니 그 위는 평탄했다. 아래로 시내와 들판을 보았더니 까마득해서 볼 수 없었다. 또 100여 리를 가서 한 동굴 속으로 들어갔다. 동굴을 나와서 보았더니, 끝이 없는 저수지가 있었으며 저수지 안에는 가로로 1척 남짓 되고 세로로 100리 남짓 되는 돌길이 있었다. 대광주리 장수가 계허를 이끌고 돌길을 밟고 가서 산 아래에 이르렀더니, 앞에 거대한 나무가 있었는데 안개 낀 그늘이 무성했으며 높이가 수천 길이나 되었다. 대광주리 장수가 나무에 올라가 한참 동안 길게 휘파람을 불자 갑자기 가을바람이 숲 끝에서 일었으며, 잠시 후에 보았더니 커다란 밧줄에 광주리 하나가 매달려서 산꼭대기로부터 내려왔다. 대광주리 장수는 계허에게 눈을 감고 광주리 안에 앉아 있으라고 했다. 반나절쯤 지났을 때 대광주리 장수가 말했다.

"스님은 눈을 뜨고 보아도 됩니다."

계허는 이미 산꼭대기에 있었으며, 성읍과 궁궐이 보였다. 대광주리 장수가 가리키며 말했다.

"이곳이 치천입니다."

두 사람이 함께 그곳으로 갔더니, 선동(仙童) 100여 명이 앞뒤로 나열해 있는 것이 보였다. 한 선인이 대광주리 장수에게 말했다.

"이 승려는 무얼 하는 자인가?"

대광주리 장수가 말했다.

"이 승려는 늘 치천에서 노닐기를 원했기 때문에 여기로 데리고 온 것입니다."

이윽고 한 대전에 이르렀더니 위에 관잠(冠簪)을 꽂고 면류관을 쓴 사람이 있었는데, 용모가 매우 훌륭했으며 옥안석에 기대앉아 있었다. 시위(侍衛)들이 빙 둘러 나열해 있었으며 큰 소리로 제지하는 것이 매우 엄했다. 대광주리 장수가 계허에게 배알하라 하면서 또 말했다.

"이분은 치천진군(稚川眞君 : 갈홍)이십니다."

계허가 배알하자 치천진군이 계허를 불러 올라오게 해 물었다.

"그대는 삼팽(三彭)의 적(敵)을 끊었는가?"

계허가 대답하지 못하자 치천진군이 말했다.

"여기에 머물 수 없겠군."

그러고는 취하정(翠霞亭)으로 올라가게 했는데, 그 정자는 하늘까지 뻗어 있어서 난간이 짙은 구름 속에 있었다. 그곳에 상반신을 드러낸 채 눈을 깜박이고 있고 머리카락이 수십 척이나 되는 한 사람이 보였는데, 대광주리 장수가 계허에게 배알하라고 했다. 계허가 배알하고 나서 또 물었다.

"이 사람은 누구이며 왜 눈을 깜박이고 있소?"

대광주리 장수가 말했다.

"이분은 양 외랑(楊外郎)입니다. 양 외랑은 수(隋)나라의 종실로 남궁(南宮)에서 외랑을 지냈습니다. 수나라 말에 천하가 쪼개져 병란으로 크게 어지러워지자 피난해 산에서 살았는데, 지금은 이미 득도했습니다. 이분은 눈을 깜박이는 것이 아니라 투시(透視)하는 것입니다. 투시라는 것은 인간 세상을 훑어보고 있다는 말입니다."

계허가 말했다.

"그에게 눈을 뜨라고 청해도 괜찮겠소?"

대광주리 장수가 나아가 면전에서 양 외랑에게 청했더

니, 양 외랑이 문득 눈을 떠서 사방을 둘러보았는데, 그 빛이 더욱 강해져 마치 해와 달이 비추는 것 같았다. 계허는 두려움에 등에서 식은땀이 흘렀으며 털과 머리카락이 모두 뻣뻣해졌다. 또 보았더니 한 사람이 바위 벽 아래에 누워 있었는데, 대광주리 장수가 말했다.

"이 사람은 성이 을씨(乙氏)이고 이름이 지윤(支潤)인데, 역시 득도해서 여기에 왔습니다."

이윽고 대광주리 장수가 계허를 이끌고 돌아갔는데, 그 길은 모두 이전에 지나왔던 것이었다. 계허가 대광주리 장수에게 삼팽의 적에 대해 물었더니 그가 대답했다.

"팽(彭)이란 삼시(三尸)의 성인데, 항상 사람의 몸속에 살면서 그 죄를 살폈다가 매번 경신일(庚申日)이 되면 상제(上帝)께 아룁니다. 그래서 선도를 배우려는 사람은 마땅히 먼저 그 삼시를 끊어야 하니, 미:《태상삼시중경(太上三尸中經)》에서 이르길, "상시(上尸) 팽거(彭倨)는 사람의 머리에 있고, 중시(中尸) 팽질(彭質)은 사람의 배에 있고, 하시(下尸) 팽교(彭矯)는 사람의 발에 있는데, 그 모습이 어린아이 같거나 혹은 말처럼 생겼으며 길이는 2촌이다. 사람의 몸속에 있다가 사람이 죽는 틈을 타서 밖으로 나와 귀신이 된다"라고 했다. 그렇게 하면 신선이 될 수 있습니다."

계허는 그 일을 깨닫고 이때부터 돌아가 태백산에 초막을 짓고 살면서 곡식을 끊고 정기를 마셨다. 형양(滎陽)의 정신

(鄭紳)이 그 일을 전(傳)으로 기록해 《치천기(稚川記)》라 불렀다.

僧契虛者, 本姑臧李氏子, 其父爲御史. 契虛自孩提好浮圖氏法, 年二十, 髡髮衣褐, 居長安佛寺中. 及祿山破潼關, 玄宗西幸, 契虛遁入太白山, 採柏葉食之, 自是絶粒. 嘗一日, 有道士喬君, 貌淸瘦, 鬚鬢盡白, 來詣契虛, 謂曰: "師神骨挺秀, 後當遨遊仙都." 契虛曰: "吾塵俗之人, 安能詣仙都乎?" 喬君曰: "仙都甚近, 可力至也." 契虛因請喬君導其徑, 喬君曰: "師可備食於商山逆旅中, 遇拳子 眉: 拳, 音奉, 荷竹橐而販者. 而餽焉. 或問師所詣, 但言願遊稚川, 當導師去矣." 契虛聞其言, 喜甚. 卽往商山, 舍逆旅中, 備什潔以伺. 僅數月, 遇拳子百餘, 俱食畢而去. 契虛意稍怠, 且謂喬君見欺, 將歸長安, 旣治裝. 是夕, 一拳子年甚少, 謂契虛曰: "吾師安詣乎?" 契虛曰: "吾願遊稚川有年矣." 拳子驚曰: "稚川, 仙府也, 安得至乎?" 契虛曰: "吾自孩提好神仙, 誠能遊稚川, 死不悔." 於是拳子與契虛俱至藍田上, 治具. 其夕卽登玉山, 涉危險, 逾岩巘. 且八十里, 至一洞, 水出洞中. 拳子與契虛共挈石塡洞口, 以壅其流, 三日, 洞水方絶. 夾: 好耐性. 二人俱入洞中, 昏晦不可辨. 見一門在數十里外, 遂望門而去. 旣出洞外, 風日恬煦, 山水淸麗. 又行百餘里, 登一高山. 其山攢峰迥拔, 石徑危峻, 契虛眩惑不敢登, 拳子曰: "仙都且近, 何爲彷徨耶?" 卽挈手而去. 旣至山頂, 其上坦平. 下視川原, 邈然不可見矣. 又行百餘里, 入一洞中. 及出, 見積水無窮, 水中有石徑, 橫尺餘, 縱且百里餘. 拳子引契虛躡石逕而去, 至山下, 前有巨木, 烟影繁茂, 高數千尋. 拳子登木長嘯久之, 忽有秋風起於林杪, 俄見巨繩繫一行橐, 自山頂而縋. 拳子命契虛瞑目坐橐中. 僅半日, 拳子曰: "師可窹而視矣." 契虛已在山頂, 見有城邑宮闕. 拳子指語: "此稚川也." 相與詣其所, 見仙童百輩, 羅列前後. 有一仙人謂拳子曰: "此僧何爲者?" 拳子曰: "此僧常願遊稚川, 故挈至此." 已而至一殿, 上有具簪冕者, 貌甚偉, 憑玉几而坐. 侍衛環列, 呵禁極嚴. 拳子命契虛謁拜, 且曰: "此稚川眞君也." 契虛拜, 眞君召契虛上, 訊曰: "爾絶三彭之仇乎?" 不能對, 眞君曰: "不可留此." 因命登翠霞亭, 其亭一旦[1]空, 居檻雲矗. 見一人袒而瞬目, 髮長數十尺, 拳子謂契虛可謁拜. 契虛旣拜, 且問: "此人爲誰, 何瞬目乎?" 拳子曰: "此人楊外郞也. 外郞隋氏宗室, 爲外郞於南宮. 屬隋末, 天下分磔, 兵甲大擾, 因避地居山, 今已得道. 此非瞬目, 乃徹視也. 夫徹視者, 寓目於人世耳." 契虛曰: "請窹其目可乎?" 拳子卽面請外郞, 忽窹而四視, 其光益著, 若日月之照. 契虛悸然背汗, 毛髮盡勁. 又見一人臥石壁之下, 拳子曰: "此人姓乙, 支潤其名, 亦得道而至此." 已而拳子引契虛歸, 其道途皆前所涉歷. 契虛因問三彭之仇, 對曰: "彭者三尸之姓, 常居人中, 伺察其罪, 每至庚申日, 籍於上帝. 故學仙者當先絶三尸, 眉: 《太上三尸中經》云: "上尸彭倨在人頭, 中尸彭質在人腹, 下尸彭矯在人足, 狀如小兒, 或似馬, 長二才. 在人身中, 利人之死, 乃出爲鬼." 如是則神仙可得." 契虛悟其事, 自是而歸, 因廬於太白山, 絶粒吸氣. 滎陽鄭紳傳其事, 謂之《稚川記》.

* 이 고사는 《태평광기》 권28 〈신선·승계허〉에 실려 있다.

1 일단(一旦): 《태평광기》에는 "궁(亘)"이라 되어 있는데, 문맥상 타당하다.

7-2(0104) 설봉

설봉(薛逢)

출《신선감우전(神仙感遇傳)》

하동(河東)의 설봉은 [당나라] 함통(咸通) 연간(860~874)에 면주자사(綿州刺史)를 지냈다. 1년 남짓 되었을 때 꿈에 동부(洞府 : 선부)에 들어갔는데, 맛 좋은 음식이 아주 많았으나 사람들이 보이지 않았기에 감히 먹지 못하고 그냥 문을 나왔더니, 어떤 사람이 "이곳은 천창(天倉)입니다"라고 말했다. 날이 밝은 후에 설봉이 손님과 친구에게 꿈 이야기를 했더니 어떤 사람이 말했다.

"주(州)의 경계 지역에 창명현(昌明縣)이 있고 그곳에 천창이라는 동굴이 있는데, 그 안에서 저절로 음식이 나오며 종종 정처 없이 떠도는 도사가 얻어먹을 수 있다고 합니다."

설봉은 즉시 도사 손영풍(孫靈諷)과 가까이 지내는 관리를 보내 찾아보게 했다. 동굴로 들어가서 10여 리까지는 횃불을 들고 가야 했고, 10리 밖부터서는 점점 밝아지기 시작했다. 또 3~5리를 갔더니 확 트인 곳이 나왔는데 인간 세상과 다름이 없었다. 벼랑에 1000명 정도 들어갈 수 있는 아주 넓은 암실이 있었다. 그 아래는 평평하고 가지런했으며 돌 소반이 줄지어 놓여 있었는데, 소반에 담긴 아주 많은 진귀한 음식은 모두 막 익은 것처럼 부드럽고 맛있고 달고 향기로워 보였다. 손영풍은 절을 하고 그 음식을 먹었으며 그것을 설 공(薛公 : 설봉)에게 바쳐 증거로 삼을 작정이었는데, 음식을 가지고 동굴 문을 나섰더니 모양은 그대로였지만 모두 돌로 변해 있었다. 동굴 안에는 소금과 된장이 쌓여 있었는데 그 끝을 알 수 없었다. 다시 1~2리를 더 가자 계곡물이 급해지더니 이내 넓어지고 깊어졌다. 계곡 너머로 산천과 집이 역력하게 보였으나, 감히 계곡을 건너가지 못하고 멈추었다. 기슭 가까이에 있는 모래톱에서 모두 2~3척 정도 되는 신발 자국을 발견하고서야 비로소 사람이 다니는 곳임을 알게 되었다. 설 공은 그 이야기를 듣고 신령한 승경(勝景)이라고 경탄했지만 그 까닭을 알 수 없었다. 《여지지(輿地志)》를 살펴보았더니, "소실산(少室山)에는 저절로 생겨난 오곡과 단 과일과 영지와 선약이 있다. 주(周)나라 태자 진(晉)이 선도를 배워 신선이 되어 하늘로 올라가면서 90년 동안 쓸 물자와 식량을 산중에 남겨 두었다. 미 : 선도를 배우는 데에도 물자와 식량이 필요하니 사람이 어찌 재물이 없을 수 있겠는가? 슬프도다! 소실산은 숭산(嵩山)의 서쪽 17리에 있다. 동남쪽에서 40리를 올라가면 하정사(下定思)이고 다시 10리를 올라가면 상정사(上定思)이며, 10리 안에 커다란 돌문이 있는 곳이 중정사(中定思)다. 중정사에서 서쪽으로 나와서 절벽 끝에 이르면, 그 아래에 석실(石室)이 있고 그 안에 물이 있으며 백석영(白石英)이 많이 난다. 석실 안에 저절로 생겨난 경서(經書)와 저절로 생겨난 음식이 있다"라고 했으니, 미 : 문사(文士)가 여기에서 학문에 전념하면 아주 편하겠다. 이곳 천창동과 다름이 없다. 또 천태산(天台山)의 동쪽에 동굴이 있었는데, 10여 리를 들어가면 사람들이 사는 시장과 가게가 있고 음식을 많이 팔았다. 건부(乾符) 연간(874~879)에 어떤 행각승이 동굴로 들어가 시장을 둘러보다가 몹시 배가 고팠기에 음식 냄새를 맡고 찐 떡을 사서 먹었다. 함께 갔던 다른 스님은 복기술(服氣術)을 연마하던 중이라 식사를 하지 않았다. 10여 리를 걸어서 동굴 문을 나왔더니 이미 청주(靑州)의 모평현(牟平縣)에 도착해 있었는데, 음식을 사 먹었던 행각승이 갑자기 돌로 변해 버렸다. 이를 근거해 말해 보면, 왕열(王烈)의 석수(石髓)[15]나 장화(張華)의 용고(龍膏)[16]를 먹을 수 있는 사람은 또한 반드시 음덕을 쌓아야 하고 선천적으로 선골(仙骨)을 타고나야 선품(仙品)에 오를 수 있다. 보통 사람이 이것을 먹으면 필시 돌로 변하고 만다.

---

15) 왕열(王烈)의 석수(石髓) : 이에 관한 고사는 《태평광기》 권9 〈신선 · 왕열〉과 본서 3-8(0043) 〈왕열(王烈)〉에 실려 있다.
16) 장화(張華)의 용고(龍膏) : 이에 관한 고사는 《태평광기》 권197 〈박물(博物) · 장화〉에 실려 있다.

河東薛逢, 咸通中爲綿州刺史. 歲餘, 夢入洞府, 殽饌甚多而不睹人物, 亦不敢饗之, 乃出門. 有人謂曰: "此天倉也." 及明, 話於賓友, 或曰: "州界昌明縣有天倉洞, 中自然飮食, 往往遊雲水者得而食之." 卽使道士孫靈諷與親吏訪焉. 入洞可十許里, 猶須執炬, 十里外漸明朗. 又三五里, 豁然與人世無異. 崖室極廣, 可容千人. 其下平整, 有石床羅列, 飮食名品極多, 皆若新熟, 軟美甘香. 靈諷拜而食之, 請以奉薛公爲信, 及齎出洞門, 形狀宛然, 皆化爲石矣. 洞中堆鹽積豉, 不知紀極. 又行一二里, 溪水迅急, 旣闊且深. 隔溪見山川居第歷歷然, 不敢渡而止. 近岸砂中, 有履跡往來, 皆二三尺, 纔知有人行處. 薛公聞之, 嘆異靈勝, 而莫窮其所以也. 按《輿地志》云: "少室山有自然五穀甘果, 神芝仙藥. 周太子晉學道上仙, 有九十年資糧, 留於山中. 眉: 學仙亦須資糧, 人何可以無財乎? 嗟夫! 少室在嵩山西十七里. 從東南上四十里, 爲下定思, 又上十里, 爲上定思, 十里中有大石門, 爲中定思. 自中定思西出, 至崖頭, 下有石室, 中有水, 多白石英. 室內有自然經書, 自然飮食." 眉: 文士於此下帷甚便. 與此無異. 又天台山東有洞, 入十餘里, 有居人市肆, 多賣飮食. 乾符中, 有遊僧入洞, 經歷市中, 饑甚, 聞食香, 買蒸啗之. 同行一僧, 服氣不食飯. 行十餘里, 出洞門, 已在靑州牟平縣, 而食僧俄變爲石. 以此言之, 王烈石髓, 張華龍膏, 得食之者, 亦須累積陰功, 天挺仙骨, 然可上登仙品. 若常人啗之, 必化而爲石矣.

* 이 고사는《태평광기》권54〈신선·설봉〉에 실려 있다.

7-3(0105) 자심 선인

자심선인(慈心仙人)

출《광이기(廣異記)》

당(唐)나라 광덕(廣德) 2년(764)에 임해현(臨海縣)의 반적 원조(袁晁 : 당나라 대종 때 농민 반군의 우두머리)가 영가현(永嘉縣)을 약탈했다. 그들의 배가 풍랑을 만나 동쪽으로 수천 리를 표류하다가 멀리 산 하나를 바라보았는데, 푸른 나무가 빽빽하고 오색찬란한 성벽이 있었다. 키를 돌려 그곳에 배를 정박했는데, 유리로 기와를 이고 대모로 담을 쌓은 정사(精舍)가 보였다. 방으로 들어갔더니 적막하니 사람은 보이지 않고 방 안에 호와자(胡猦子 : 작은 개) 미 : 와(猦)는 음이 와(渦)이고 천견(天犬)이다. 20여 마리만 있었다. 기물은 모두 황금으로 되어 있었고 다른 잡다한 물건은 없었다. 또 이불과 요가 있었는데 역시 매우 밝게 빛났으며 대부분 진기한 촉(蜀) 지방의 중금(重錦 : 아주 얇고 고운 비단)으로 만든 것이었다. 또 황금성 한 곳이 있었는데 부서진 황금 조각이 무더기를 이루어 셀 수 없었다. 반적들은 둘러보아도 사람이 보이지 않자 다투어 물건을 챙겼다. 그때 갑자기 키가 6척쯤 되고 몸에 수놓은 비단옷을 입고 자색 무늬 비단 치마를 두른 부인이 황금성에서 나오더니 반적들에게 말했다.

"너희들은 원조의 도당이 아니더냐? 어떻게 이곳에 올 수 있었느냐? 이 기물들이 너희와 무슨 상관이 있기에 감히 가져간단 말이냐? 아까 보았던 작은 개를 너희들은 강아지라고 생각하느냐? 아니다. 그것은 용이다. 너희가 가져가는 물건은 내가 정말로 아깝지 않지만, 여러 용들이 분노해 너희의 배를 끌고 가면 순식간에 죽게 될까 봐 걱정스러울 뿐이다. 속히 돌려주는 것이 좋을 것이다."

반적들은 늘어서서 절하고, 각자 물건을 본래 있던 곳으로 돌려보냈다. 그러고는 물었다.

"이곳은 어디입니까?"

부인이 말했다.

"이곳은 경호산(鏡湖山)으로 자심 선인이 도를 닦는 곳이다. 너희들은 원조와 함께 반적이 되었으니, 열흘을 넘기지 못하고 반드시 큰 화를 당할 것이다. 마땅히 깊이 조심해야 한다."

반적 도당은 순풍을 일으켜 해안으로 돌아가게 해 달라고 부탁했다. 부인이 고개를 돌려 지시하자 금세 바람이 일어났다. 반적들은 절을 하고 작별한 뒤 바로 돛을 올리고 며칠 만에 임해현에 도착했다. 하지만 배가 모래 쌓인 물길에서 빠져나오지 못하는 바람에 관군에게 맞아 죽고 단지 부녀자 6~7명만 살아남았다. 절동(浙東)의 압아(押衙 : 절도사 휘하의 무관) 사전지(謝詮之)가 곡엽(曲葉) 미 : 하녀의 이름 또한 새롭다. 이라는 하녀 한 명을 첩으로 얻었는데, 그녀가 그 일을 직접 말해 주었다.

唐廣德二年, 臨海縣賊袁晁寇永嘉. 其船遇風, 東漂數千里, 遙望一山, 青翠森然, 有城壁, 五色照曜. 回舵就泊, 見精舍, 琉璃爲瓦, 玳瑁爲牆. 旣入房廊, 寂不見人, 房中唯有胡猥子 眉 : 猥, 音渦, 天犬也. 二十餘枚. 器物悉是黃金, 無諸雜類. 又有衾茵, 亦甚炳煥, 多是異蜀重錦. 又有金城一所, 餘碎金成堆, 不可勝數. 賊等觀不見人, 乃競取物. 忽見婦人從金城出, 可長六尺, 身衣錦繡, 上服紫綃裙, 謂賊曰: "汝非袁晁黨耶? 何得至此? 此器物與爾何與, 輒敢取之? 向見猥子, 汝謂狗乎? 非也. 是龍耳. 汝等所將之物, 吾誠不惜, 但恐諸龍蓄怒, 前引汝船, 死在須臾耳. 宜速還之." 賊等列拜, 各送物歸本處. 因問: "此何處?" 婦人曰: "此是鏡湖山慈心仙人修道處. 汝等與袁晁作賊, 不出十日, 當有大禍. 宜深愼之." 賊黨因乞便風, 還海岸. 婦人回頭處分, 尋而風起. 群賊拜別, 因便揚帆, 數日至臨海. 船上沙涂不得下, 爲官軍格死, 唯婦人六七人獲存. 浙東押衙謝詮之配得一婢, 名曲葉, 眉 : 婢名亦新. 親說其事.

* 이 고사는 《태평광기》 권39 〈신선・자심선인〉에 실려 있다.

7-4(0106) 약 파는 도사

매약도사(賣藥道士)

출《원화기》

 당(唐)나라 정원(貞元) 연간(785~805) 초에 광릉(廣陵) 사람 풍준(馮俊)은 품팔이로 생계를 꾸려 나갔는데, 힘이 세고 우직했기 미 : 단지 우직함이 바로 신선의 자질인데, 지금 세상에서 누가 우직하겠는가? 때문에 쉽게 일자리를 얻을 수 있었다. 그는 일찍이 한 도사를 만났는데, 그 도사는 시장에서 약을 사서 자루에 담아 놓은 것이 100여 근이나 나갔다. 그래서 혼자 짊어질 수 있는 짐꾼을 모집하면서 그 품삯을 두 배로 주겠다고 해서, 풍준이 가겠다고 나섰더니 도사가 말했다.

 "물길을 따라가려고 하니, 배를 얻으면 나를 따라 배에 타더라도 자네 품삯을 깎지는 않겠네."

 마침내 배 안으로 들어가 함께 탔다. 강 포구를 떠나 몇 리를 갔을 때 도사가 말했다.

 "바람이 없어 상류로 거슬러 가서 도착할 수 없으니, 내가 작은 술수를 펴야겠네."

 도사는 풍준과 뱃사공에게 모두 배 안에 엎드려 있으라고 하고, 홀로 배 위에서 돛을 당기고 노를 잡았다. 두 사람은 배 안에서 바람과 파도 소리를 들었는데, 배가 마치 공중에 떠 있는 듯했기 때문에 두려워서 감히 움직이지 못했다. 몇 식경이 지나서 마침내 도사가 두 사람에게 나와서 보게 했는데, 바로 남호(南湖) 여산(廬山) 아래의 성자만(星子灣)17)이었다. 도사는 기슭으로 올라가서 즉시 뱃사공에게 뱃삯을 지불했는데, 뱃사공이 황공해하며 받지 않자 도사가 말했다.

"자네가 심양(潯陽) 사람임을 아네. 시간에 맞게 오려고 배를 빌렸던 것인데 어찌 사양하는가?"

뱃사공은 결국 절을 하고 뱃삯을 받은 후 떠났는데, 실제로 그는 강주(江州: 심양) 사람이었다. 도사는 약을 짊어진 풍준을 데리고 어지러이 널린 돌 사이로 5~6리를 갔다. 산 아래에 이를 즈음에 사방 몇 장(丈)이나 되는 커다란 바위 하나가 있었는데, 도사가 작은 돌로 바위를 수십 번 두드리자 바위가 두 개로 나뉘면서 한 동자가 그 사이에서 나와 기뻐하며 말했다.

"존사(尊師)께서 돌아오셨군요."

도사는 풍준을 데리고 석굴로 들어갔는데, 처음에는 매우 험준했으나 10장 남짓을 내려가자 주변이 점점 넓고 평

---

17) 성자만(星子灣) : 지금의 장시성(江西省) 주장시(九江市) 루산(廬山)산 남쪽 포양호(鄱陽湖)의 기슭에 있는 만. '남호'는 포양호를 말한다.

평해졌다. 수십 보를 더 들어가자 안이 환하게 밝아지며 커다란 석실이 나타났는데, 도사 수십 명이 바둑과 장기를 두면서 즐겁게 웃고 있다가 도착한 도사를 보고 모두 말했다.

"어찌 이리 늦었는가?"

그러고는 풍준에게 약을 내려놓으라고 한 뒤에 좌우 시종에게 외부에서 온 사람을 빨리 돌려보내라고 명했다. 풍준을 데려온 도사가 좌우 시종에게 명했다.

"짐을 지고 온 사람이 몹시 시장할 것이다."

그래서 오지 사발에 참깨 밥을 가득 담아 그에게 줘서 먹게 하고 또 국물 한 주발을 주었는데, 달고 매끄러운 것이 젖 같았지만 무엇인지 알 수 없었다. 도사는 마침내 풍준을 배웅하러 나가서 말했다.

"먼 길 오느라 수고했는데 자네에게 주는 것이 약소하네."

그러고는 돈 1000문(文)을 그에게 주어 허리춤에 차게 하면서 말했다.

"집에 도착해서 풀어 보면 틀림없이 기이한 일이 있을 걸세."

또 물었다.

"집에 식구가 몇 명이나 있는가?"

풍준이 대답했다.

"아내와 자식이 모두 다섯입니다."

도사는 단약 100여 알을 주며 말했다.

"하루에 한 알을 먹으면 100일은 먹지 않아도 될 걸세."

풍준이 감사하며 말했다.

"여기에서 집으로 돌아가는 길이 먼데 어떻게 도착할 수 있습니까?"

도사가 말했다.

"자넬 위해 마련해 놓았네."

그러고는 풍준을 데리고 어지러이 널린 돌 사이로 가더니, 호랑이가 누워 있는 것처럼 생긴 바위 하나를 보고 풍준에게 그 위에 타게 하고 바위 머리를 무언가로 덮어씌운 뒤 그 끝을 잡게 했는데, 마치 고삐를 잡는 것 같았다. 그리고 풍준에게 눈을 감고 기다렸다가 발이 땅에 닿으면 눈을 뜨라고 당부했다. 풍준이 도사의 말대로 바위를 타자 도사가 바위에 채찍질을 했더니, 바위가 공중으로 솟아올라 날아가는 것을 느꼈다. 한참 후에 발이 땅에 닿은 것이 느껴져 눈을 떠 보니, 벌써 광릉의 성문에 와 있었다. 인가에서 막 촛불을 켜기 시작했을 때 집에 도착하자, 아내와 자식들은 그가 이처럼 빨리 돌아온 것에 놀랐다. 허리춤에 매단 것을 풀었더니 모두 금전(金錢)이었다. 이때부터 풍준은 더 이상 남의 품팔이를 하지 않고 밭과 과수원을 많이 사들여 부호가 되었다.

唐貞元初,廣陵人馮俊,以傭工資生,多力而愚直,眉:祇愚直便是仙質,今世誰愚直者? 故易售. 嘗遇一道士,於市買藥,置一囊,重百餘斤. 募能獨負者,當倍酬其直,俊乃請行,道士云:"從水路往,得舟且隨我舟行,亦不減汝直." 遂入舟中共載. 出江口數里,道士曰:"無風,上水不可至,吾施小術." 令俊與舟人皆伏舟中,道士獨在船上引帆持楫. 二人在舟中,聞風浪聲,度其船如在空中,懼不敢動. 數食頃,遂令出視,乃是南湖廬山下星子灣也. 道士上岸,卽付船價,舟人敬懼不受,道士曰:"知汝是潯陽人. 要當時至,以此便相假,豈爲辭耶?" 舟人遂拜受而去,實江州人也. 道士引俊負藥,於亂石間行五六里. 將至山下,有一大石方數丈,道士以小石扣之數十下,大石分爲二,有一童出於石間,喜曰:"尊師歸也." 道士遂引俊入石穴,初甚峻,下十丈餘,旁行漸寬平. 入數十步,其中洞明,有大石堂,道士數十,弈棋戲笑,見道士皆曰:"何晚也?" 敕俊捨藥,命左右速遣來人歸. 前道士命左右曰:"擔人甚饑." 遂於瓷甌盛胡麻飯與之食,又與一碗漿,甘滑如乳,不知何物也. 道士遂送俊出,謂曰:"勞汝遠來,少有遺汝." 授與錢一千文,令繫腰下,"至家解觀之,自當有異." 又問:"家有幾口?" 云:"妻兒五口." 授以丹藥可百餘粒,曰:"日食一粒,可百日不食." 俊辭曰:"此歸路遠,何由可至?" 道士曰:"與汝圖之." 遂引行亂石間,見一石臥如虎狀,令俊騎上,以物蒙石頭,俊執其末,如執轡焉. 誡令閉目,候足著地卽開. 俊如言騎石,道士以鞭鞭石,遂覺此石騰空而飛. 久之,覺足躡地,開目,已在廣陵郭門矣. 人家方始擧燭,比至舍,妻兒猶驚其速. 遂解腰下,皆金錢也. 自此不復爲人傭工,廣置田園,爲富民焉.

* 이 고사는《태평광기》권23〈신선·풍준(馮俊)〉에 실려 있다.

7-5(0107) 이기현해
이기현해(伊祈玄解)

  당(唐)나라 헌종(憲宗)은 신선불사의 도술을 좋아했다. 원화(元和) 5년(810)에 내급사(內給事) 장유칙(張惟則)이 신라국(新羅國)에서 돌아와 다음과 같이 말했다.

  바다에서 산으로 된 섬 사이에 정박했는데, 문득 닭 울고 개 짖는 소리가 들리면서 연기와 불이 보이는 것 같았다. 그래서 달빛을 받으며 한가로이 걸어서 약 1~2리쯤 갔더니, 꽃나무 사이로 누대와 황금 문과 은대궐이 보였다. 그 안에 공자(公子) 몇 명이 있었는데, 장보관(章甫冠)을 쓰고 자하의(紫霞衣)를 입고서 느긋하게 시를 읊조리고 있었다. 장유칙이 이인(異人)임을 알아보고 마침내 뵙기를 청했더니 공자가 말했다.

  "그대는 어디에서 왔소?"

  장유칙이 그 연유를 자세히 말했더니 공자가 말했다.

  "당나라 황제는 내 친구요."

  그러고는 한 시동에게 황금 거북 인장을 가져 오라고 명해 장유칙에게 주면서 말했다.

  "황제에게 안부를 전해 주시오."

  장유칙은 마침내 그것을 가지고 배로 돌아왔는데, 왔던

길을 돌아보았더니 아무런 흔적도 없었다. 황금 거북 인장은 길이가 5촌이고 인장 면의 넓이가 1촌 8푼이었으며, 그 전문(篆文)은 "봉지용목(鳳芝龍木), 수명무강(受命無疆)"이라 새겨져 있었다. 장유칙이 도성에 도착해 즉시 그 일을 아뢰었더니 헌종이 말했다.

"짐은 전생에 혹시 선인이 아니었을까?"

그러고는 황금 거북 인장을 보며 한참 동안 기이함에 찬탄했지만 그 글의 뜻을 알 수 없었다. 그래서 자줏빛 진흙으로 봉인하고 옥자물쇠를 채워 휘장 안에 놓아두었다. 그 후에 종종 오색 빛이 보였는데 길이가 1장 남짓 되었다. 그달에 침전(寢殿) 앞 연리수(連理樹 : 두 나무줄기가 붙어 하나로 된 나무) 위에서 영지(靈芝) 두 그루가 자라났는데, 그 모양이 용이나 봉황과 흡사했다. 그래서 헌종이 찬탄하며 말했다.

"'봉지용목'이란 말이 어찌 이 징조가 아니겠는가!"

당시 또 이기현해라는 처사는 숱이 많은 머리에 동안(童顔)을 하고 있었으며 늘 누런 암말 한 마리를 타고 다녔는데, 그 말은 키가 겨우 3척이었고 꼴과 곡식을 먹지 않고 고삐나 재갈도 차지 않았으며 푸른 양탄자만 그 등에 얹었을 뿐이었다. 헌종은 그가 이인임을 알아보고 은밀히 조서를 내려 입궁하게 해서, 구화실(九華室)에 거처를 마련하고 자교석(紫荗席)을 깔고 용고주(龍膏酒)를 마시게 했다. 자교석은 줄풀 잎과 비슷했는데, 윤기가 있고 보드라우며 향기롭고 푹신했으며, 여름에는 시원하고 겨울에는 따뜻했다. 용고주는 옻칠처럼 새까맸는데, 그것을 마시면 사람의 정신을 상쾌하게 했다. 이것은 본래 오익산리국(烏弋山離國 : 한나라 때 서역의 나라 이름)에서 바친 것이었다. 미 : 오익산리국은 반고(班固)의 [《한서(漢書)》] 〈서역전(西域傳)〉에 보인다. 황제는 매일 친히 방문해 자못 경모(敬慕)했지만, 이기현해는 노둔했으며 일찍이 신하의 예절을 차린 적이 없었다. 헌종이 그에게 물었다.

"선생은 춘추가 많은데도 안색이 늙어 보이지 않는 것은 어째서요?"

이기현해가 말했다.

"신은 바닷가에 살면서 신령한 약초를 심어 먹었기 때문에 그럴 수 있습니다."

그러고는 즉시 옷 춤에서 약초 열매 세 가지를 꺼내 헌종을 위해 궁전 앞에 심었는데, 첫째는 쌍린지(雙麟芝)라 하고 둘째는 육합규(六合葵)라 하며 셋째는 만근등(萬根藤)이라 했다. 쌍린지는 갈색이고 한 줄기에 두 개의 이삭이 달리는데, 이삭의 모양은 머리부터 꼬리까지 모두 갖춘 기린 같았으며, 그 안에 있는 씨는 바람에 떨리는 듯했다. 육합규는 붉은색이고 잎이 접시꽃과 비슷한데, 처음 여섯 개의 줄기가 돋아났다가 위에서 한 줄기로 합쳐져서 모두 12장의 잎이 자라나며, 그 안에서 복숭아꽃 같은 24송이의 꽃이 피는데,

한 송이는 1000개의 꽃잎으로 되어 있고 한 꽃잎에 여섯 개의 그림자가 생기며, 그 열매는 상사(相思)나무 열매처럼 생겼다. 만근등은 씨 한 알에서 만 가닥의 뿌리가 생기고 온통 푸른 가지와 잎이 서로 얽히면서 한 이랑이나 되는 그늘을 드리우는데, 그 모양은 작약(芍藥)과 비슷하고 꽃술은 짙은 붉은색이며 실이나 머리카락처럼 가늘고 길이가 5~6촌가량 되며 한 가지에서 휘늘어진 꽃송이가 1000개가 넘었는데, 또한 강심등(絳心藤)이라고도 했다. 이 신령한 약초가 이미 자라자 헌종은 그것을 직접 따서 먹었는데, 자못 신비한 효험을 느꼈기 때문에 이로 인해 그를 더욱 예우했다. 마침 서역에서 미옥(美玉)을 진상한 자가 있었는데, 하나는 둥글고 하나는 네모난 것으로 각각 직경이 5촌이나 되었으며, 광채가 머리카락을 비춰 볼 수 있을 정도였다. 당시 이기현해가 앉아 있다가 그것을 자세히 보면서 말했다.

"이것은 하나는 용옥(龍玉)이고 하나는 호옥(虎玉)입니다."

헌종이 물었다.

"무엇을 용옥과 호옥이라 하오?"

이기현해가 말했다.

"둥근 것은 용으로 물속에서 나며 용이 보물로 여기는 것인데, 물에 그것을 던지면 반드시 무지개가 뜹니다. 네모난 것은 범으로 바위 계곡에서 나며 범이 보물로 여기는 것인데, 범의 털로 그것을 털면 자줏빛 광채가 뿜어져 나와 모든 짐승들이 두려워 복종합니다."

헌종은 그의 말을 기이하게 여겨 그가 말한 대로 각각 시험해 보게 했다. 옥을 얻게 된 경유를 물었더니 사신이 말했다.

"하나는 어부에게서 얻었고 하나는 사냥꾼에게서 얻었습니다."

그래서 헌종은 용옥과 호옥을 가져오라고 명해 비단 주머니에 담아 내부(內府)에 보관하게 했다. 이기현해는 장차 동해(東海)로 돌아가려 하면서 헌종에게 자주 청했으나 헌종은 윤허하지 않았다. 그래서 이기현해는 궁중에서 나무를 깎아 바다 위의 삼신산(三神山)을 만들었는데, 비단에 수놓은 화려한 그림에 주옥을 넣어 치장했다. 헌종은 정월 초하루에 이기현해와 함께 그것을 구경하다가 봉래산(蓬萊山)을 가리키며 말했다.

"만약 상선(上仙)이 아니라면 이 선경에 갈 수 있는 방법이 없겠지."

이기현해가 웃으며 말했다.

"세 선도(仙島)가 지척에 있는데 누가 가기 어렵다고 합니까? 신이 비록 무능하긴 하지만 시험 삼아 폐하를 위해 한 번 가서 알아보겠습니다."

그러고는 즉시 공중으로 몸을 솟구쳐 점점 작아지는 것

갈더니 잠시 후 금은으로 된 궁궐 왼쪽으로 들어갔는데, 헌종이 연거푸 그를 불렀으나 더 이상 보이지 않았다. 헌종은 뒤늦게 추념하고 한탄하면서 그 산을 장진도(藏眞島)라고 불렀으며, 매일 아침 그 섬 앞에서 봉뇌향(鳳腦香)을 피우고 숭배의 예를 올렸다. 열흘 후에 청주(靑州)에서 상주했다.

"이기현해가 누런 암말을 타고 바다를 건너갔습니다."

唐憲宗好神仙不死之術. 元和五年, 內給事張惟則自新羅國回, 云 : 於海中泊山島間, 忽聞鷄犬鳴吠, 似有烟火. 遂乘月閑步, 約及一二里, 則見花木樓臺, 金戶銀闕. 其中有數公子, 戴章甫冠, 衣紫霞衣, 吟嘯自若. 惟則知其異, 遂請謁, 公子曰 : "汝何來?" 惟則具言其故, 公子曰 : "唐皇帝乃吾友也." 命一靑衣捧出金龜印以授, 曰 : "致意皇帝." 惟則遂持之還舟中, 回顧舊路, 悉無蹤跡. 金龜印長五寸, 面方一寸八分, 其篆曰 : "鳳芝龍木, 受命無疆." 惟則至京師, 卽以事上進, 憲宗曰 : "朕前生豈非仙人乎?" 及覽金龜印, 嘆異良久, 但不諭其文耳. 因緘以紫泥玉鎖, 置於帳內. 其後往往見五色光, 可長丈餘. 是月, 寢殿前連理樹上生靈芝二株, 宛如龍鳳. 憲宗因嘆曰 : "鳳芝龍木, 寧非此兆乎!" 時有處士伊祁玄解, 纁髮童顔, 常乘一黃牝馬, 纔三尺高, 不啗芻粟, 不施繮轡, 惟以靑氈籍其背. 帝知其異人, 密詔入宮, 館於九華之室, 設紫茭之席, 飮龍膏之酒. 紫茭席類茭葉, 光軟香靜, 夏涼冬溫. 龍膏酒黑如純漆, 飮之令人神爽. 此本鳥弋山離國所獻也. 眉 : 鳥弋山離國, 見班固〈西京[2]傳〉也. 帝每日親自訪問, 頗加敬仰, 而玄解魯樸, 未嘗閑人臣禮. 帝因問之曰 : "先生春秋高而顔色不老, 何也?" 玄解曰 : "臣家海上, 種靈草食之, 故得然." 卽於衣間出三等藥實, 爲帝種於殿前, 一曰雙麟芝, 二曰六合葵, 三曰萬根藤. 雙麟芝色褐, 一莖兩穗, 穗形如麟, 頭尾悉具, 其中有子如瑟瑟焉. 六合葵色紅, 而葉類荴葵, 始生六莖, 其上合爲一株, 共生十二葉, 內出二十四花, 花如桃花, 而一朶千葉, 一葉六影, 其成實如相思子. 萬根藤子, 一子而生萬根, 枝葉皆碧, 鉤連盤屈, 蔭一畝, 其狀類芍藥, 而蕊色殷紅, 細如絲髮, 可長五六寸, 一朶之內, 不啻千莖, 亦謂之絳心藤. 靈草旣成, 帝自採餌之, 頗覺神驗, 由是益加禮重焉. 遇西域有進美玉者, 一圓一方, 徑各五寸, 光可鑒髮. 時玄解方坐, 熟視之曰: "此一龍玉, 一虎玉." 問: "何謂龍玉·虎玉?" 玄解曰: "圓者龍也, 生於水中, 爲龍所寶, 若投之於水, 必有霓虹出焉. 方者虎也, 生於岩谷, 爲虎所寶, 若以虎毛拂之, 紫光迸逸, 而百獸慴服." 帝異其言, 試之各如所說. 詢得玉之由, 使人曰: "一自漁者得, 一自獵者獲." 帝因命取龍虎二玉, 以錦囊盛之內府. 玄解將還東海, 亟請於帝, 未許. 遇宮中刻木作海上三山, 絲繪華麗, 間以珠玉. 帝元日與玄解觀之, 帝指蓬萊曰: "若非上仙, 無由得及是境." 玄解笑曰: "三島咫尺, 誰曰難及? 臣雖無能, 試爲陛下一遊以探之." 卽躍體於空中, 漸覺微小, 俄而入於金銀闕內左側, 連聲呼之, 不復有見. 帝追思嘆恨, 因號其山爲藏眞島, 每詰旦, 於島前焚鳳腦香, 以崇禮敬. 後旬日, 靑州奏云: "玄解乘黃牝馬過海矣."

* 이 고사는 《태평광기》 권47 〈신선·당헌종황제(唐憲宗皇帝)〉에 실려 있다.

1 조(鳥): 《한서(漢書)》 〈서역전(西域傳)〉에는 "오(烏)"라 되어 있는데 문맥상 타당하다. 이하도 마찬가지다.

2 경(京): "역(域)"의 오기가 분명하다.

7-6(0108) 원장기

원장기(元藏機)

출《두양편(杜陽編)》

[수나라] 대업(大業) 9년(613)에 원장기는 과해사판관(過海使判官)이 되었는데, 풍랑에 배가 부서졌고 사방이 검은 안개에 휩싸였다. 함께 배를 탔던 자들은 모두 화를 피하지 못했으나 원장기만은 홀로 부서진 나무토막에 몸을 실었다. 거의 반달이 지났을 때 문득 섬 사이에 다다르게 되었다. 섬사람이 그에게 어디서 왔는지 묻자 자세히 사실대로 말해 주었더니 섬사람이 말했다.

"여기는 창주(滄洲)로 중국에서 이미 수만 리나 떨어져 있습니다."

그러고는 창포꽃과 복사꽃으로 담근 술을 내와서 마시게 했는데 금세 정신이 상쾌해졌다. 그 섬은 사방 1000리나 되었는데 꽃과 나무는 언제나 2월 같았고 땅은 오곡이 자라기에 적합했으며 사람들은 대부분 장생불사했다. 봉황·공작·영우(靈牛)·신마(神馬) 등이 출현했다. 또한 꼭지가 갈라진 오이가 생산되었는데, 2척 길이에 색깔이 오디 같았고 오이 한 개에 꼭지가 두 개였다. 푸른 대추와 붉은 밤은 모두 크기가 배만 했다. 그 섬의 사람들은 대부분 봉액의(縫

掖衣 : 옆이 넓게 터지고 소매가 큰 도포)에다 원유관(遠遊冠)을 썼는데, 그들과 중국의 일을 얘기해 보면 눈앞에서 보듯이 생생하게 알고 있었다. 그들이 사는 곳은 금과 은으로 된 대궐과 옥으로 장식한 자줏빛 누각이었고, 소소(簫韶 : 신선의 음악)의 음악을 연주하고 맛있는 향로주(香露酒)를 마셨다. 섬 위에는 구시산(久視山)이 있고 산 아래로 맑은 샘물이 나왔는데, 그 샘물의 너비가 100보나 되었기에 이를 유거(流渠)라고도 불렀다. 비록 쇠나 돌을 던지더라도 결코 가라앉지 않았기 때문에 섬사람들은 기와나 무쇠로 배를 만들었다. 또한 황금 연못은 사방 10여 리나 되고 물속의 돌이나 모래가 모두 황금빛 같았다. 그 속에 네발 달린 물고기가 있고 또 황금 연꽃이 있었는데, 섬사람들은 이것을 진흙처럼 갈아서 채색 그림을 그리면 휘황찬란한 것이 실물과 다름이 없었으나 단지 불을 막을 수 없을 뿐이었다. 또 나비처럼 생긴 금경화(金莖花)가 있었는데, 매번 산들바람이 불어오면 나는 듯이 흔들렸으며 아낙네들이 다투어 이를 따다가 머리 장식을 했다. 또 하는 말이 "금경화를 꽂지 않으면 선가(仙家)에 있을 수 없다"라고 했다. 또한 강목(强木)으로 배를 만들고 그 위를 대부분 주옥으로 장식했다. 강목은 가라앉지 않는 나무로, 겨우 1척 길이에 무게가 800근이었고 큰 돌을 매달아 두어도 결코 가라앉지 않았다. 원장기가 그곳에 머문 지 오래되어 문득 중국을 그리워하자, 섬사람들

이 바람을 거슬러 가는 큰 배를 만들어 그를 보내 주었다. 물살을 치고 나아가는 것이 화살처럼 빨라서 열흘도 되지 않아 동래(東萊)에 도착했다. 나라를 물으니 당나라라 했고, 연호를 물으니 정원(貞元 : 785~805)이라 했으며, 고향을 찾아가 보았더니 황폐해져 있었고, 자손을 추적해 보니 먼 친척이었다. 수나라 대업 연간(605~617)에서 당나라 정원 연간까지는 이미 200년이나 되었다. 크기가 꾀꼬리와 비슷한 새 두 마리가 매번 공중을 맴돌다가 원장기가 부르면 즉시 내려왔는데, 새에게 구슬을 물어 오게 하거나 남의 말을 받아 오게 했기에 이를 전언조(轉言鳥 : 말을 전해 주는 새)라 했으며 창주에서 나온 것이었다.

大業九年, 元藏機爲過海使判官, 風浪壞船, 黑霧四合. 同濟者皆不免, 而藏機獨爲破木所載. 殆經半月, 忽達於洲島間. 洲人問其從來, 具以事告, 洲人曰 : "此滄洲, 去中國已數萬里." 乃出菖蒲花桃花酒飮之, 頓覺神爽. 其洲方千里, 花木常如二月, 地土宜五穀, 人多不死. 出鳳凰・孔雀・靈牛・神馬之屬. 更産分蔕瓜, 長二尺, 其色如椹, 二[1]顆二蔕. 有碧丹棗栗, 皆大如梨. 其洲人多衣縫掖衣, 戴遠遊冠, 與之話中國事, 則歷歷如在目前. 所居或金闕銀臺, 玉樓紫閣, 奏簫韶之樂, 飮香露之醑. 洲上有久視之山, 山下出澄水泉, 其泉闊一百步, 亦謂之流渠. 雖投之金石, 終不沉沒, 故洲人以瓦鐵爲船舫. 更有金池, 方十數里, 水石泥沙, 皆如金色. 其中有四足魚, 又有金蓮花, 洲人硏之如泥, 以間彩繪, 光輝煥爛, 與眞無異, 但不能拒火而已. 更有金莖花, 如蝶, 每微風至,則搖蕩如飛, 婦人競採之以爲首飾. 且有語曰: "不戴金莖花, 不得在仙家." 更以强木造船, 其上多飾珠玉. 强木, 不沉木也, 方一尺, 重八百斤, 巨石縋之, 終不沒. 藏機淹留旣久, 忽念中國, 洲人遂制凌風舸以送焉. 激水如箭, 不旬卽達於東萊. 問其國, 皇唐也, 詢其年號, 貞元也, 訪其鄕里, 榛蕪也, 追其子孫, 疏屬也. 自隋大業至貞元, 已二百年矣. 有二鳥, 大類黃鸝, 每翔翥空中, 機呼之卽至. 或令銜珠, 或令受人語, 乃謂之轉言鳥, 出滄州也.

* 이 고사는 《태평광기》 권18 〈신선·원장기(元藏幾)〉에 실려 있다.

1 이(二): 《두양잡편(杜陽雜編)》에는 "일(一)"이라 되어 있는데, 문맥상 타당하다.

7-7(0109) 숭악에서의 혼례
숭악가녀(嵩岳嫁女)
출《찬이기(纂異記)》

　삼례(三禮:《주례》·《의례》·《예기》)에 밝은 전구(田璆)는 자못 문재(文才)를 갖추고 있었는데, 그의 벗 등소(鄧韶)와 박학함이 서로 비슷했으며 낙양(洛陽)에서 살았다. [당나라] 원화(元和) 계사년(癸巳年:813) 중추절 보름날 밤에 전구는 술을 들고 느지막이 건춘문(建春門)을 나가 등소의 별장에서 달을 감상하려고 했다. 그런데 2~3리쯤 갔을 때 역시 술을 들고 동쪽에서 오고 있던 등소를 만나 길가에 말을 세우고 어디로 갈지 미처 정하지 못하고 있었다. 그때 두 서생이 청총마(靑驄馬)를 타고 건춘문을 나오더니 전구와 등소에게 읍(揖)하며 말했다.

　"두 분께서는 술통을 들고 계시니 오늘 밤 달을 감상하려는 것이 아닙니까? 저의 보잘것없는 장원에 수죽(水竹)이 우거진 정자가 있는데 낙양에서 유명하며, 이곳에서 동남쪽으로 2~3리 떨어져 있습니다. 만약 들르실 수 있다면 친밀하게 담소할 인연을 쌓길 원합니다."

　전구와 등소는 몹시 바라던 바였으므로 따라갔다. 그들에게 성씨를 물었으나 대부분 다른 말로 얼버무리듯 대답했다. 몇 리를 가자 달이 이미 떠올랐다. 거마가 드나드는 문에 이르러 처음 들어갔을 때는 매우 황량했으나, 다시 수백 걸음을 가자 기이한 향기가 앞에서 풍겨 오더니 훤해지면서 선경(仙境)이 나타났다. 샘물과 폭포가 교차하며 흐르고, 소나무와 계수나무가 길을 끼고 있었으며, 기이한 화초가 자라고 있었고, 대낮처럼 등촉을 밝혀 놓았다. 전구와 등소가 말을 빨리 몰아가서 술잔을 기울이자고 하자 서생이 말했다.

"당신의 술통 속의 술맛은 어떠합니까?"

전구와 등소가 말했다.

"이것은 다섯 번 빚은 건화주(乾和酒)[18]인데 비록 상청(上淸)[19]의 제호(醍醐)[20]라 할지라도 이 맛을 능가하진 못할 것입니다."

서생이 말했다.

"제겐 온갖 꽃 속에서 빚은 서로주(瑞露酒)가 있는데 당신의 다섯 번 빚은 건화주와 비교해 어느 것이 더 나은지 모

---

18) 건화주(乾和酒) : 건화 땅에서 나는 유명한 포도주의 일종.
19) 상청(上淸) : 옥청(玉淸)·태청(太淸)과 함께 도가의 삼청(三淸) 가운데 하나. '청'은 하늘을 뜻한다.
20) 제호(醍醐) : 원래는 우유를 발효시킨 일종의 유제품이지만, 나중에는 미주(美酒)의 별칭으로도 쓰인다.

르겠습니다."

그러고는 어린 시동에게 말했다.

"촉야화(燭夜花) 한 송이를 꺾어 술을 따라 두 분께 맛보시게 해라."

그 꽃은 사방에서 나오고 진홍색에 작은 병처럼 둥글었으며 직경이 3촌 남짓 되었고 녹색 이파리 모양이 술잔 같았는데, 그 달콤하고 향기로운 맛은 비할 데가 없었다. 술을 마시고 나서 다시 동남쪽으로 몇 리를 가서 한 대문에 이르자, 서생은 두 손님에게 읍하고 말에서 내려 촉야화 술잔에 남은 술을 여러 시종들에게 가져다주었는데, 그들은 한 잔씩 마시고 모두 크게 취한 채 각자 문밖에서 머물렀다. 이윽고 서생이 손님들을 모시고 들어갔더니, 난새와 학 수십 마리가 날아올라 춤추며 그들을 맞이했다. 걸어서 앞으로 나아가니 꽃이 더욱 무성했다. 연못가의 객관과 정자를 지나면서 보니 대부분 잔치 자리가 마련되어 있는 것이 마치 누굴 기다리고 있는 듯했으나, 전구와 등소에게 앉으라고 하지는 않았다. 전구와 등소는 술을 많이 마셨고 걷는 것도 몹시 피곤했으므로, 잠시 잔치 자리에서 쉬자고 청하자 서생이 말했다.

"앉는 것이 뭐 어렵겠습니까? 다만 당신들에게 불편할 뿐입니다."

전구와 등소가 그 까닭을 물었더니 서생이 말했다.

"오늘 저녁에 하늘의 여러 신선들이 이 산에서 모이는데, 당신의 정신과 혼백이 비린 것에 물들어 있지 않기에 당신에게 지례(知禮)21)를 맡아 뭇 신선들의 오르내림을 인도해 주십사 청하려는 것입니다. 여기는 모두 신선들의 자리이니 속세의 사람이 건드려서는 안 됩니다."

말을 마치자 정북(正北) 방향에서 화촉(花燭)이 하늘에 두루 펼쳐지고 소소(簫韶 : 선악)가 허공에 가득 울려 퍼지더니, 운모쌍거(雲母雙車)가 황금빛 제방 위에 멈추었다. 서생이 앞으로 나아가 전구와 등소에게 부인께 절하라고 했다. 부인은 휘장을 걷어 올리고 웃으며 말했다.

"하계(下界)의 사람이면서도 능히 예를 알고는 있지만, 속세의 음식을 먹은 냄새가 여전히 사람의 코를 찔러 귀한 신랑에게 가까이 갈 수 없으니, 각자에게 훈수주(薰髓酒) 한 잔씩을 내리도록 해라."

전구와 등소가 훈수주를 마시고 났더니 숨을 들이쉬고 내쉴 때마다 모두 향기가 났다. 부인이 좌우의 시종에게 물었다.

"누가 이들을 불러왔는가?"

---

21) 지례(知禮) : 의례를 잘 알아 예식을 인도하는 역할로, 일명 사의(司儀)라고도 한다. 여기서는 혼인 예식을 주관하는 이를 가리킨다.

시종이 말했다.

"위부경(衛符卿)과 이팔백(李八百)입니다."

부인이 말했다.

"그럼 그 두 시동에게 접대하게 하거라."

그러자 두 시동이 전구와 등소를 데리고 뒤편으로 가서 두루 살펴보게 했다. 전구가 물었다.

"예식을 주재하는 이는 누굽니까?"

시동이 말했다.

"유강(劉綱)이십니다."

"옆에서 시중드는 이는 누굽니까?"

시동이 말했다.

"모영(茅盈)이십니다."

"동쪽에서 쟁(箏)을 타고 축(筑)을 치는 여인들은 누굽니까?"

시동이 말했다.

"마고(麻姑)와 사자연(謝自然)이십니다."

"휘장 안에 앉아 있는 이는 누굽니까?"

시동이 말했다.

"서왕모(西王母)이십니다."

잠시 후 한 사람이 학을 타고 오자 서왕모가 말했다.

"유 군(劉君 : 한 무제 유철)을 오래 기다렸소."

선녀가 물었다.

"예생(禮生 : 지례)은 왔습니까?"

이에 전구와 등소를 데리고 들어가 벽옥당(碧玉堂) 아래 좌측에 섰더니, 유 군이 웃으며 말했다.

"마침 [화산(華山)] 연화봉(蓮花峰)의 도사가 상주했기에 그 일을 해결해야 했습니다. 아직 대부분의 빈객이 오지 않았거늘 어찌 오래 기다렸다 하십니까?"

서왕모가 말했다.

"무슨 일을 상주했소?"

유 군이 말했다.

"부량현령(浮梁縣令)이 수명을 연장해 달라고 요청했는데, 그 사람은 뇌물로 독직(瀆職)하고 백성을 가혹하게 다스려 스스로 남은 목숨을 재촉했습니다. 하지만 연화봉의 도사가 아주 간절하게 상주했기에 특별히 죽음의 시한을 늦추어 5년을 연장해 주었습니다."

전구가 물었다.

"유 군은 누구요?"

시동이 말했다.

"한(漢)나라의 천자(天子)이십니다."

이어서 한 사람이 황룡(黃龍)을 타고 황기(黃旗)를 세우고 왔는데, 생황을 불며 노래하는 자가 앞을 인도하고 비빈(妃嬪)들이 뒤를 따랐으며, 옥으로 장식한 휘장에 이르러 황룡에서 내렸다. 서왕모가 또 물었다.

"이 군(李君 : 당 현종 이융기)은 어찌 늦게 오셨소?"

이 군이 말했다.

"용신(龍神)에게 홍수와 가뭄을 일으킬 계획을 마련하라고 명해 회서(淮西)와 채주(蔡州) 지방에 홍수를 크게 일으킴으로써 요사한 역도들을 섬멸하게 했습니다."

한주(漢主 : 한 무제)가 말했다.

"백성은 어찌 되었습니까?"

이 군이 말했다.

"상제(上帝)께서도 그것을 물으시기에 제가 표문(表文)을 올려 그 의혹을 풀어 드렸습니다."

한주가 말했다.

"그 내용을 들어 볼 수 있겠습니까?"

이 군이 말했다.

"모두 기억할 수는 없지만 대강 이렇게 말했습니다. '만약 시절이 풍년 들고 사람들이 편안하다면 이는 흉악한 무리의 배만 불리는 꼴이 됩니다. 하지만 만약 기근이 들고 재앙이 생겨나면 필시 사람들의 마음이 동요하게 될 것입니다. 삼주[三州 : 신주(申州)·광주(光州)·채주(蔡州)]의 역당에게는 화가 미치겠지만 나라가 입는 손해는 극히 미약하니, 이로써 천지사방의 고통받는 백성을 편안케 해 그 이득이 실로 큽니다.'"

한주가 말했다.

"표문이 이미 윤허되었으니 역당을 주살하게 되었음을 미리 축하해도 되겠습니다."

서생이 전구와 등소에게 말했다.

"이분은 개원(開元 : 713~741)·천보(天寶 : 742~756) 연간의 태평 군주(太平君主)이십니다."

얼마 되지 않아 선악(仙樂)이 허공에서 들려오더니 붉은 정절(旌節)을 든 자가 앞장서서 외쳤다.

"목천자(穆天子 : 주 목왕)께서 오셨다!"

여러 신선들은 모두 일어나고 서왕모는 자리에서 비켜서서 절하며 목천자를 맞이하고 두 군주[한 무제와 당 현종]는 섬돌을 내려갔으며, 함께 휘장으로 들어가서 둘러앉아 술을 마셨다. 서왕모가 말했다.

"어찌하여 헌원[軒轅 : 황제(黃帝)]을 데려오지 않으셨습니까?"

목천자가 말했다.

"그는 오늘 저녁에 월궁(月宮)의 연회를 주재하고 있는데, 내가 애써 청하지 않은 것은 아닙니다." 미 : 당나라에서는 방사(方士)를 숭상했기 때문에 소설가들이 헌원·목천자·한 무제·당 현종처럼 선도를 좋아하는 여러 군주를 차례로 끌어들여 증거로 삼았다. 유독 진시황을 언급하지 않은 것은 그가 나라를 향유한 날이 짧았기 때문이다. 사람이라면 정해진 수명이 없을 수는 없으니 정말 그렇다.

목왕(穆王 : 목천자)이 술잔을 들어 서왕모에게 노래를 청하자, 서왕모가 산호 대구(帶鉤)로 소반을 두드리며 노래했다.

"당신에게 술 권하며, 당신 위해 슬퍼하네."

계속해서 읊조렸다.

"줄곧 저잣거리와 조정이 변하는 걸 누차 보아 왔나니, 더 이상 요지(瑤池)에서 연회 즐기던 마음 찾을 길 없네."

서왕모가 잔을 들자 목천자가 노래했다.

"당신에게 술 올리니, 옛날 저잣거리와 조정이 아님을 탄식하지 마시라. 일찍이 요지에서의 흥취가 다신 없을 줄 알았으니, 천리마 몰아 서둘러 돌아간 걸 후회하네."

목천자는 노래를 마치고 서왕모와 요지에서의 옛일을 얘기한 뒤 다시 노래 한 곡을 불렀다.

"팔준마(八駿馬) 타고 끝없는 바람 맞으며 돌아와, 지난 일 그리워하며 소궁(昭宮)에서 쉬었네. 남포(南圃 : 서왕모가 사는 곤륜산의 현포)로 잔치 옮기고서야 마음이 비로소 흡족하니, 즐거운 천상의 음악 연주는 아직 끝나지 않았네. 비낀 은하수에 이슬 맺힐 제 기운 달은 차갑고, 흐르는 노을 술잔에 뜰 제 새벽빛은 붉네. 곤륜(崑崙)으로 고개 돌려도 어딘 줄 모르겠으니, 아마도 취중에 넋이 꿈속을 헤매는가 보네."

서왕모가 목천자에게 술을 권하며 노래했다.

"요지의 물가에서 생가(笙歌) 한 곡조 부르며, 일찍이 당신의 팔준마와 수레를 머물게 했지. 인간 세상의 세월 천 년이나 흘렀어도, 선계에서는 술잔이 막 한 순배 돌았을 뿐이라네. 옥토끼[달]와 은하수로 인해 끝내 밤은 어둡지 않고, 기이한 꽃과 멋진 나무는 오래도록 봄을 붙잡고 있네. 상전벽해 때문에 시구가 풍부해짐을 알겠지만, 속세의 무리에게 노래했다가 행여 사람들을 그르치지나 않을는지." 미 : 목천자와 서왕모가 모두 당나라의 시율로 시를 지은 것은 당시의 유행을 따른 것이다. 지금[명나라 말] 같으면 시문[時文 : 팔고문(八股文)]으로 지을지도 모르겠다.

술이 한 무제에게 이르자 서왕모가 또 노래했다.

"금풍(金風 : 서풍)에 이슬 구슬 맺힐 때가 바로 하계(下界)의 가을이니, 한나라 왕릉의 나무들 을씨년스럽기만 하구나. 당시 선도(仙桃)의 힘을 얻지 못했더라면, 당신은 금세 하찮은 먼지 되어 저 언덕 끝으로 날아갔으리."

한주가 서왕모에게 술을 올리며 노래했다.

"[내가 다스린] 50여 년간 사해가 평온했으며, 내가 직접 연단 가마 만들어 장생했네. 만약 이 모두가 선도(仙桃)의 힘이었다고 말하시려거든, 먼저 신선 명부 가져다 내 이름 올라 있는지 보소서."

현종이 술잔을 잡고 말했다.

"내가 듣기에 정영위(丁令威)[22]가 노래를 잘한다 하더이다."

이에 좌우 시종에게 명해 정영위를 불러오게 했다. 정영위가 도착하자 현종은 또 자진(子晉)[23]을 보내 생황을 불어 반주하게 했다. 정영위가 노래했다.

"달은 여산(驪山)을 비추고 이슬은 꽃에서 눈물 흘리니, 마치 선제(仙帝 : 현종)께서 일찍 승하하심을 애달파하는 듯하네. 지금까지도 장생한 사슴 있으니, 당시엔 온천궁(溫泉宮) 맴돌며 취화궁(翠華宮) 바라보았지."

현종이 한참 동안 잔을 들고 있자 서왕모가 말했다.

"마땅히 섭정능(葉靜能)을 불러와 당시의 일에 대해 한 곡조 부르라고 해야겠소." 미 : 섭정능은 개원천자(開元天子 : 현종)를 미처 모시지 못했으니 응당 섭법선(葉法善)이 맞는다.

섭정능이 뒤이어 당도해 무릎을 꿇고 현종에게 술을 올리고는 노래했다.

"유계(幽薊) 땅의 연기와 먼지[24] 속에서 구중궁궐 떠났고, 양귀비(楊貴妃)가 목욕하던 궁전엔 노래와 음악 멎었네.

---

22) 정영위(丁令威) : 한나라 때의 신선으로, 영허산(靈虛山)에서 득도한 뒤 학으로 변해 고향으로 돌아왔다고 한다.
23) 자진(子晉) : 왕자진(王子晉). 주(周)나라 때의 신선으로 생황 연주에 뛰어났다.
24) 연기와 먼지 : 안녹산(安祿山)의 난을 암시한다.

한밤중에 시종들은 의장도 제대로 갖추지 못했는데, 어가(御駕)는 창졸간에 육룡(六龍)을 출발시켰네. 화장 갑 속엔 아직도 금비취(金翡翠) 남아 있고, 따스한 화청지(華淸池)엔 여전히 옥부용(玉芙蓉) 잠겨 있네. 가시덤불에 조원각(朝元閣) 가는 길 막혔고, 오직 구슬픈 바람만 늙은 소나무 스치네."

노래를 마치자 현종은 한참 동안 참담해했고 여러 신선들도 마음 아파했다. 미 : 현종은 아직 속세의 정을 잊을 수 없는데, 또한 어찌 여러 신선의 일에 참여할 수 있단 말인가? 아마도 속진의 구속에서 벗어난 자라면 응당 이처럼 하지 않을 것이다.[25] 이윽고 황룡(黃龍 : 현종)이 술잔을 들고 수레 앞에 서서 재배하며 경축했다.

"상청(上淸)의 신녀(神女), 옥경(玉京)의 선랑(仙郞). 협 : 이전에 나오지 않은 사람이다. 여기서 오늘 저녁을 즐기시니, 봉황이 서로 화답하며 노래하네. 화답하며 노래하는 봉황, 하늘 높이 빙빙 돌며 나네. 하늘과 함께 쉬니, 그 경사스러움

---

25) 아마도 속진의 구속에서 벗어난 자라면 응당 이처럼 하지 않을 것이다 : 이 미비(眉批)의 원문은 "공유진□□□질자□불여시(恐逾塵□□□桎者□不如是)"라 되어 있어 네 글자가 판독 불가한데, 문맥을 고려해 추정해서 번역했다. 쑨다펑(孫大鵬)의 교점본에서는 "유진뢰탈속질자불여시(逾塵牢脫俗桎者不如是)"로 추정했다.

끝이 없구나."

 선랑은 음악을 연주한 선녀들에게 교초(鮫綃)26) 5000필, 인어 무늬 비단 3000단(端), 유리와 호박 그릇 100개, 명월여주(明月驪珠 : 야광주) 각 10곡(斛)을 주었다. 이에 네 마리 학이 수레 앞에 서서 선랑과 예식을 주재하는 사람[유강]과 시중드는 사람[모영]을 태우고 보화대(寶花臺 : 화장대)를 실었다. 잠시 후 수십 가지의 수라 음식이 나왔는데 전구와 등소에게까지 음식이 내려졌다. 선녀가 옥상자를 받쳐 들고 붉은 종이와 붓과 벼루를 가지고 오더니 최장시(催妝詩 : 화장을 재촉하는 시)를 지어 달라고 청했다. 이에 유강이 시를 지었다.

 "옥 같은 자태에 꽃 같은 얼굴, 매미 날개 같은 귀밑머리에 구름 같은 쪽 찐 머리. 어찌 수고로이 분칠하고 붉은 연지 바르는가? 본디 그 아름다운 모습 아련히 곱기만 하거늘."

 이에 모영이 시를 지었다.

 "수정 휘장 걷으니 은촉(銀燭)이 밝게 빛나고, 바람은 구슬 패옥 흔들며 맑은 구름에 닿네. 붉은 분 발라 꽃 같은 자태 꾸미려 하지 마시라, 일찌감치 쌍란(雙鸞) 타고 옥경(玉

---

26) 교초(鮫綃) : 전설 속 교인(鮫人)이 생사로 짠 직물. 교인은 남해에 산다는 물고기 모양의 사람으로, 울면 눈물이 구슬이 된다고 한다.

京)에 조회하러 갔나니."

소부(巢父)27)가 시를 지었다.

"삼성(三星)28)이 하늘에 뜨니 은하수는 돌아가고, 인간 세상의 새벽빛은 동녘에서 오누나. 옥처럼 고귀한 싹과 꽃술 역시 밤이 적당하니, 꽃에게 새벽을 열어 주지 마시라."

시를 휘장 안으로 들여보내자 안에서 둥근 패옥이 부딪치는 소리가 났고, 선녀 수십 명이 선랑을 데리고 휘장으로 들어갔으며, 전구와 등소를 불러 예식을 행하게 했다. 예식을 다 마치자 두 서생이 다시 전구와 등소를 데리고 가서 부인께 작별 인사를 드렸더니 부인이 말했다.

"그대들에게 줄 만한 지극한 보물이 없는 것은 아니지만, 그대들의 힘으로는 그것을 가져갈 수 없을 뿐이오."

그러고는 각자에게 연수주(延壽酒) 한 잔씩을 내리며 말했다.

"인간 세상에서 반 갑자(半甲子 : 30년)의 수명을 늘릴 수 있을 것이오."

다시 위부경 등에게 명해 그들을 데리고 인간 세상으로

---

27) 소부(巢父) : 요임금 때의 전설 속 인물. 산속에 살면서 세상과 접촉하지 않고 나무 위에 집을 짓고 살았다고 한다.
28) 삼성(三星) : 28수(宿) 중 삼수(參宿). 여기서는 여명이 다가오는 것을 의미한다.

돌아가면서 돌아가는 길이 쓸쓸하지 않도록 하라고 했다. 그러자 두 시동은 전구와 등소를 데리고 나가 촉야화를 꺾어 술을 마셨으며, 걸음마다 작별을 애석해했다. 위 군(衛君 : 위부경)이 전구와 등소에게 말했다.

"대저 사람이 난새와 학을 탈 수 있는 것은 오래도록 익힌 것일 뿐이오. 만약 그대들이 속진이라는 감옥을 초탈하고 속세라는 질곡을 벗어날 수만 있다면, 지금으로부터 15년 후에 [숭산의] 삼십육봉(三十六峰)에서 그대들을 기다릴 테니 원컨대 자중자애하시오."

그러고는 처음 왔을 때의 거마 출입문을 나와 손을 맞잡고 작별을 고했다. 작별하고 나서 네댓 걸음 간 뒤에 보았더니, 모든 것이 감쪽같이 사라졌고 오직 숭산(嵩山)만 우뚝하니 하늘에 닿아 있을 뿐이었다. 두 사람은 나무꾼이 다니는 길을 찾아 돌아올 수 있었는데, 집으로 돌아와서 보니 이미 1년이 넘게 지나 있었다. 가족들이 그들의 넋을 부르며 북망산(北邙山)의 언덕에 이미 장사 지내서 무덤의 풀이 묵어 있었다. 그래서 전구와 등소는 집을 버리고 함께 소실산(少室山)으로 들어갔는데, 지금 그들이 어디에 있는지 모른다.

三禮田璆者, 甚有文, 與其友鄧韶, 博學相類, 家於洛陽. 元和癸巳歲, 中秋望夕, 携觴晚出建春門, 期望月於韶別墅. 行二三里, 遇韶, 亦携觴自東來, 駐馬道周, 未決所適. 有二書生乘驄, 復出建春門, 揖璆·韶曰 : "二君子挈榼, 得非求今夕望月地乎？某弊莊，水竹臺榭，名聞洛下，東南去此三二里，儻能迂轡，冀展傾蓋之分耳。"璆·韶甚愜所望，乃從而往。問其姓氏，多他語對。行數里，桂輪已升。至一車門，始入甚荒涼，又行數百步，有異香迎前而來，則豁然真境矣。泉瀑交流，松桂夾道，奇花異草，照燭如晝。璆·韶請疾馬飛觸，書生曰："足下樏中厭味何如？"璆·韶曰："乾和五醖，雖上清醍醐，計不加此味也。"書生曰："某有瑞露之酒，釀於百花之中，不知與足下五醖熟愈耳。"謂小童："折燭夜一花，傾與二君子嘗。"其花四出而深紅，圓如小瓶，徑三寸餘，綠葉形類杯，其味甘香無比。飲訖，又東南行數里，至一門，書生揖二客下馬，以燭夜花中之餘，賚諸從者，飲一杯，皆大醉，各止於戶外。乃引客入，則有鸞鶴數十，騰舞來迎。步而前，花轉繁。凡歷池館堂榭，率皆陳設盤筵，若有所待，但不留璆·韶坐。璆·韶飲多，行又甚倦，請暫憩盤筵，書生曰："坐以何難？但不利於君耳。"璆·韶詰其由，曰："今夕中天群仙會於茲岳，籍君神魄不雜腥羶，請以知禮導升降。此皆神仙位坐，不宜塵觸。"言訖，見直北花燭亘天，簫韶沸空，駐雲母雙車於金堤之上。書生前進，命璆·韶拜夫人。夫人褰帷笑曰："下域之人，而能知禮，然服食之氣，猶然射人，不可近貴婿，可各賜薰髓酒一杯。"璆·韶飲訖，覺呼吸皆香。夫人問左右："誰人召來？"曰："衛符卿·李八百。"夫人曰："便令此二童接待。"於是二童引璆·韶於後縱目。璆問曰："相者誰？"曰："劉綱。""侍者誰？"曰："茅盈。""東鄰女彈箏擊筑者誰？"曰："麻姑·謝自然。""幄中坐者誰？"曰："西王母。"俄有一人駕鶴而來，王母曰："久望劉君。"有玉女問曰："禮生來未？"於是引璆·韶進，立於碧玉堂下左，劉君笑曰："適緣蓮花峰道士奏章，事須決遣。尚多未來客，何言久望乎？"王母曰："奏有何事？"曰："浮梁縣令求延年矣，以其人因賂履官,以苛虐爲政,自促餘齡.但以蓮花峰叟奏章甚懇,特迂死限,量延五年." 璟問:"劉君誰?"曰:"漢朝天子." 續有一人,駕黃龍,戴黃旗,道以笙歌,從以嬪嬙,及瑤幄而下. 王母復問曰:"李君來何遲?"曰:"爲敕龍神設水旱之計,作瀰淮蔡,以殱妖逆." 漢主曰:"奈百姓何?"曰:"上帝亦有此問,予一表斷其惑矣." 曰:"可得聞乎?"曰:"不能悉記,略云:'若遣時豐人安,是稔群醜.但使年饑屢作,必搖人心. 禍三州之逆黨,所損至微,安六合之疾甿,其利則厚.'" 漢主曰:"表旣允許,可以前賀誅鉏矣." 書生謂璟·韶:"此開元·天寶太平之主也." 未頃,聞簫韶自空而來,執絳節者前唱言:"穆天子來!" 群仙皆起,王母避位拜迎,二主降階,入幄環坐而飲. 王母曰:"何不拉取老軒轅來?"曰:"他今日主張月宮之宴,非不勤請耳." 眉:唐崇尙方士,故小說家歷引軒轅·穆天子·漢武·唐玄好道諸君人以爲證左. 獨不及始皇,則以享國日短故耳. 人不可以無年,信然. 穆王把酒,請王母歌,以珊瑚鉤擊盤而歌曰:"勸君酒,爲君悲." 且吟:"自從頻見市朝改,無復瑤池宴樂心." 王母持杯,穆天子歌曰:"奉君酒,休嘆市朝非. 早知無復瑤池興,悔駕驊騮草草歸." 歌竟,與王母話瑤池舊事,乃重歌一章云:"八馬回乘汗漫風,猶思往事憩昭宮. 宴移南圃情方洽,樂奏鈞天曲未終. 斜漢露凝殘月冷,流霞杯泛曙光紅. 崑崙回首不知處,疑是酒酣魂夢中." 王母酬穆天子歌曰:"一曲笙歌瑤水濱,曾留逸足駐征輪. 人間甲子周千歲,靈境杯觴初一巡. 玉兎銀河終不夜,奇花好樹鎭長春. 梢知碧海饒詞句,歌向俗流疑誤人." 眉:穆天子·王母俱作唐律,從時尙也. 不知今日作時文否. 酒至漢武帝,王母又歌曰:"珠露金風下界秋,漢家陵樹冷脩脩. 當時不得仙桃力,尋作浮塵飄隴頭." 漢主上王母酒曰:"五十餘年四海淸,自親丹竈得長生. 若言盡是仙桃力,看取神仙簿上名." 帝把酒曰:

"吾聞丁令威能歌."命左右召來. 令威至, 帝又遣子晉吹笙以和. 歌曰：" 月照驪山露泣花, 似悲仙帝早升遐. 至今猶有長生鹿, 時繞溫泉望翠華." 帝持杯久之, 王母曰："應須召葉靜能來, 唱一曲當時事". 眉：靜能未及事開元天子, 應是法善. 靜能續至, 跪獻帝酒, 復歌曰："幽薊烟塵別九重, 貴妃湯殿罷歌鐘. 中宵扈從無全仗, 大駕蒼黃發六龍. 妝匣尚留金翡翠, 暖池猶浸玉芙蓉. 荊榛一閉朝元路, 唯有悲風吹晚松." 歌竟, 帝淒慘良久, 諸仙亦慘然. 眉：帝因未能忘情, 且何興諸仙事? 恐逾塵□□□桎者□不如是. 於是黃龍持杯, 立於車前再拜祝曰："上清神女, 玉京仙郎. 夾：不著向人. 樂此今夕, 和鳴鳳凰. 鳳凰和鳴, 將翱將翔. 與天齊休, 慶流無央." 仙郎卽以鮫綃五千匹, 海人文錦三千端, 琉璃琥珀器一百床, 明月驪珠各十斛, 贈奏樂仙女. 乃有四鶴立於車前, 載仙郎並相者侍者, 兼有寶花臺. 俄進法膳, 凡數十味, 亦沾及珍•韶. 有仙女捧玉箱, 托紅箋筆硯而至, 請催妝詩. 於是劉綱詩曰："玉為質兮花為顏, 蟬為鬢兮雲為鬟. 何勞傅粉兮施渥丹? 早出娉婷兮縹緲間." 於是茅盈詩云："水晶帳開銀燭明, 風搖珠珮連雲清. 休勻紅粉飾花態, 早駕雙鸞朝玉京". 巢父詩曰："三星在天銀河回, 人間曙色東方來. 玉苗瓊蕊亦宜夜, 莫使一花衝曉開." 詩旣入, 內有環珮聲, 卽有玉女數十, 引仙郎入帳, 召珍•韶行禮. 禮畢, 二書生復引珍•韶辭夫人, 夫人曰："非無至寶可以相贈, 但爾力不任挈耳." 各賜延壽酒一杯, 曰："可增人間半甲子." 復命衛符卿等引還人間, 無使歸途寂寞. 於是二童引珍•韶而去, 折花傾酒, 步步惜別. 衛君謂珍•韶曰："夫人驂鸞駕鶴, 在積習而已. 倘吾子塵牢可逾, 俗桎可脫, 自今十五年後, 待子於三十六峰, 願珍重自愛." 復出來時車門, 握手告別. 別訖, 行四五步, 杳失所在, 唯有嵩山, 嵯峨倚天. 得樵徑而歸, 及還家, 已歲餘. 室人招魂葬於北邙之原, 墳草宿矣. 於是璆·韶捐棄家室, 同入少室山, 今不知所在.

* 이 고사는《태평광기》권50〈신선·숭악가녀〉에 실려 있다.

7-8(0110) 음은객의 일꾼

음은객공인(陰隱客工人)

출《박이지(博異志)》

당(唐)나라 신룡(神龍) 원년(705)에 방주(房州) 죽산현(竹山縣)의 백성 음은객은 집안이 부유했다. 장원 뒤에 2년 동안 우물을 파면서 이미 1000여 척이나 파냈어도 물이 나오지 않았지만, 음은객은 우물 파려는 뜻을 그만두지 않았다. 2년 하고 1개월 남짓 되었을 때, 일꾼은 문득 닭·개·새들의 소리를 듣고 다시 몇 척을 파서 옆으로 바위 동굴과 통하게 되자 곧 동굴로 들어가 더듬었다. 처음 몇십 보 동안은 보이는 게 없어서 벽 옆만 만지면서 걸어갔는데, 이윽고 점점 햇빛과 달빛 같은 것이 보였다. 마침내 한 산봉우리로 내려가 똑바로 서서 바라보았더니, 또 다른 세상인 광명 천지가 펼쳐져 있었다. 그 산은 옆으로 만 길이나 되었는데 수많은 바위와 골짜기가 한결같이 신비한 풍경이었다. 바위는 모두 푸른 유리색이었으며 바위 골짜기마다 모두 금과 은으로 지은 궁궐이 있었다. 큰 나무가 있었는데 몸통은 대나무처럼 마디가 있었고 잎은 파초 같았으며 또 쟁반 같은 자줏빛 꽃이 피어 있었다. 오색의 나비가 부채만큼이나 커다란 날개를 펄럭이며 꽃 사이를 날아 춤추었고, 학처럼 커다란 오색의 새들이 나무 끝에서 빙빙 날고 있었다. 바위 속마다 청천(淸泉)이 하나씩 있었는데 그 물빛이 거울 같았으며, 백천(白泉)은 우유처럼 흰빛이었다. 일꾼은 점점 아래로 내려가 궁궐 있는 곳에 당도하자 들어가서 물어보려고 했다. 궁궐 앞에 이르러 보았더니 현판 위에 "천계산궁(天桂山宮)"이라는 글자가 은으로 쓰여 있었다. 문 양쪽의 누각 안에서 각각 한 사람이 놀라며 나왔는데, 옥빛 같은 앳된 얼굴에 가볍고 고운 옷은 마치 흰 안개와 푸른 연기 같았으며, 머리엔 금관을 썼고 맨발이었다. 문지기가 일꾼을 돌아보며 말했다.

"그대는 무얼 하러 여기에 왔소?"

일꾼이 자초지종을 갖추어 말했다. 말이 채 끝나기 전에 문 안에서 수십 명이 나오며 말했다.

"어쩐지 더러운 냄새가 나더라니!"

하면서 문지기를 꾸짖었다. 두 사람은 당황하고 두려워하면서 말했다.

"어떤 외계의 일꾼이 느닷없이 찾아와 길을 묻는 바람에 미처 아뢰지 못했습니다."

잠시 후 붉은 옷을 입은 사람이 명을 전했다.

"문지기는 예를 갖추어 그를 보내 드리도록 하라."

일꾼이 감사의 말을 다 끝내기 전에 문지기가 말했다.

"그대는 기왕 여기에 왔는데 어찌하여 유람하겠다고 청

하지 않는 것이오?"

일꾼이 말했다.

"아까는 감히 말씀드리지 못했지만, 만약 여건이 허락된다면 기회를 틈타 말씀드려 주시길 청합니다."

문지기가 마침내 옥간(玉簡) 하나를 들여보냈더니 잠시 후 옥간이 도로 나왔다. 문지기는 그것을 들고 일꾼을 인도해 청천으로 가서 목욕하고 옷을 빨게 했다. 또 백천으로 가서 양치질을 하게 했는데, 물맛이 우유 같았고 매우 감미로웠으며, 연거푸 몇 움큼을 마셨더니 마치 취하고 배부른 듯했다. 마침내 문지기의 인도로 산을 내려왔는데, 궁궐에 이를 때마다 문밖에서만 구경하도록 했으며 들어가는 것은 허락하지 않았다. 이렇게 반나절을 걸어 산발치에 이르렀더니 국성(國城) 하나가 있었는데, 모두 금은과 미옥으로 궁실과 성루를 만들었으며 현판에 "제선국(梯仙國)"이라는 글씨가 옥으로 쓰여 있었다. 일꾼이 물었다.

"이 나라는 어떤 곳입니까?"

문지기가 말했다.

"처음 득선한 자는 이 나라로 보내져 70만 일 동안 수행한 연후에 여러 천궁으로 갈 수 있는데, 옥경(玉京), 봉래주(蓬萊洲), 곤륜산(昆侖山)의 낭원(閬苑), 고야산(姑射山) 등으로 가오. 그런 후에 비로소 선궁의 직위를 얻고 부록(符籙)과 관인(官印)을 주관하면서 자유자재로 날아다닐 수 있소."

일꾼이 말했다.

"신선국인데 어찌하여 우리 나라의 지하 세계에 있는 것입니까?"

문지기가 말했다.

"우리의 이 나라는 지하 세계의 상선국(上仙國)이오. 그대 나라의 위에도 우리 나라와 같은 신선국이 있는데, 역시 제선국이라고 하며 이곳과 다른 게 하나도 없소."

문지기가 말을 마치고 일꾼에게 말했다.

"그대는 이제 돌아가는 게 좋겠소."

마침내 일꾼을 데리고 산을 올라가 옛길을 찾았다. 문지기가 말했다.

"그대가 여기에 온 지는 잠깐 동안이지만 인간 세상에서는 이미 수십 년이 흘렀을 것이오. 기다리면 내가 통천관(通天關)의 열쇠를 주청해서 미 : 천궁에도 열쇠가 있다니 몹시 신기하다. 그대를 돌려보내 주겠소."

일꾼이 절하며 감사를 드렸다. 잠시 후 문지기가 금인(金印)과 옥간을 가지고 와서 다시 일꾼을 인도해 다른 길로 올라갔다. 한 커다란 문에 이르렀는데 그 모양이 누각과 비슷했으며, 그곳에서 몇 사람이 허리를 굽힌 채 기다리고 있다가 금인을 보고 옥간을 읽더니 문을 활짝 열어 주었다. 문지기가 일꾼을 인도해 올라가서 문으로 들어가자마자, 바람과 구름에 휘감긴 채 떠나는 바람에 아무것도 보이지 않았으며 오직 문지기가 말하는 소리만 들렸다.

"잘 가시오! 나 대신 적성(赤城)의 정백(貞伯)에게 안부 전해 주시오."

잠시 후 구름이 걷혔는데 이미 방주 북쪽 30리에 있는 고성산(孤城山) 꼭대기의 동굴 속에 있었다.

일꾼은 동굴을 나온 뒤에 음은객의 집을 수소문했는데, 이미 서너 세대가 지나 있었다. 사람들은 우물을 팠던 사실조차도 모두 알지 못했다. 일꾼은 직접 그 길을 찾아 나선 끝에 커다란 구덩이 하나를 발견했는데, 다름 아닌 우물이 무너지면서 생긴 것이었다. 그때는 정원(貞元) 7년(791)이었는데, 일꾼은 집안사람들을 찾았지만 그 소재를 전혀 알 수 없었다. 그 후로 인간 세상이 즐겁지 못해 마침내 오곡을 먹지 않고 발 닿는 대로 돌아다녔다. 몇 년 뒤에 어떤 사람이 검각(劍閣)의 계관산(鷄冠山) 근처에서 그를 만났다.

唐神龍元年, 房州竹山縣百姓陰隱客, 家富. 莊後穿井二年, 已浚一千餘尺而無水, 隱客穿鑿之志不輟. 二年外一月餘, 工人忽聞地中鷄犬鳥雀聲, 更鑿數尺, 傍通一石穴, 工人乃入穴探之. 初數十步無所見, 但捫壁傍行, 俄轉有如日月之光. 下一山峰, 正立而視, 則別一天地日月世界. 其山傍向萬仞, 千岩萬壑, 莫非靈景. 石盡碧琉璃色, 每岩壑中, 皆有金銀宮闕. 有大樹, 身如竹有節, 葉如芭蕉, 又有紫花如盤. 五色蛺蝶, 翅大如扇, 翔舞花間, 五色鳥大如鶴, 翺翔樹杪.

每岩中有清泉一眼，色如鏡，白泉一眼，白如乳．工人漸下至宮闕所，欲入詢問．行至闕前，見牌上署曰"天桂山宮"，以銀字書之．門兩閣內，各有一人驚出，童顏如玉，衣服輕細，如白霧綠烟，首冠金冠而跣足．顧謂工人曰："汝胡為至此？"工人具陳本末．言未畢，門中有數十人出云："怪有昏濁氣！"令責守門者．二人惶懼言曰："有外界工人，不意而到，詢問途次，所以未奏．"須臾，有緋衣傳敕曰："敕門吏禮而遣之．"工人拜謝未畢，門人曰："汝已至此，何不求遊覽？"工人曰："向者未敢，倘賜從容，乞乘便言之．"門人遂通一玉簡入，旋而玉簡却出．門人執之，引工人行至清泉眼，令洗浴及澣衣服．又至白泉眼，令盥漱之，味如乳，甘美甚，連飲數掬，似醉而飽．遂引下山，每至宮闕，但得外覽，不許入．如是經行半日，至山趾，有一國城，皆是金銀珉玉為宮室城樓，以玉字題云"梯仙國"．工人詢曰："此國何如？"門人曰："凡初得仙者，關送此國，修行七十萬日，然後得至諸天，或玉京・蓬萊・昆閬・姑射．方得仙宮職位，主籙主印，飛行自在．"工人曰："既是仙國，何在吾國之下界？"門人曰："吾此國是下界之上仙國也．汝國之上，還有仙國如吾國，亦曰梯仙國，一無所異．"言畢，謂工人曰："卿可歸矣．"遂引上山，尋舊路．門人曰："汝來此雖頃刻，人間已數十年矣．待吾奏請通天關鑰匙，眉：天亦有鑰，甚奇．送卿歸．"工人拜謝．須臾，門人攜金印及玉簡，又引工人別路而上．至一大門，勢侔樓閣，有數人俯伏而候，見金印，讀玉簡，劃然開門．門人引工人上，纔入門，為風雲擁而去，因無所睹，唯聞門人云："好去！為吾致意於赤城貞伯．"須臾雲開，已在房州北三十里孤星山頂洞中．出後，詢陰隱客家，已三四世矣．開井之由，人皆不知．工人自尋其路，唯見一巨坑，乃崩井所為也．時貞元七年矣，尋覓家人，了不知處．自後不樂人間，遂不食五穀，信足而行. 數年後, 有人於劍閣鷄冠山側近逢之.

* 이 고사는 《태평광기》 권20 〈신선·음은객〉에 실려 있다.

7-9(0111) 이청

이청(李淸)

출《잡이기(雜異記)》

　　이청은 북해(北海) 사람으로 집안 대대로 염색업을 해 오고 있었다. 그는 어려서부터 도술을 배우면서 제로(齊魯) 지방의 술사를 많이 맞이했는데, 끝내 신선을 만나지는 못했지만 선도(仙道)를 열심히 구하는 마음은 더욱 간절해졌다. 이청은 집안이 부유했으며 본래 그 지방의 세력가였다. 자손과 내외 친척들이 100여 가구가 되었는데, 매번 이청의 생일이 되면 이들이 앞다투어 선물을 보내왔기 때문에 쌓인 재물이 백만금을 넘었다. 69세 생일을 열흘 앞두고 이청은 갑자기 친척들을 불러서 크게 주연을 베풀었다. 이윽고 그들에게 말했다.

　　"내가 베옷을 입고 소식(蔬食)을 한 지도 30년이 넘었다. 너희들은 매번 내 생일에 의복과 노리개 등을 보내왔는데, 나는 그것들을 한 창고에 봉해 놓고 미처 다 펼쳐 보지도 못했다. 너희의 쓸 것을 헛되이 덜어서 내게 쓰레기나 보태 주는 셈이니, 결국 뭐 하러 이런 짓을 하느냐? 다행히도 하늘이 아직 내 혼백을 잡아가지 않아서 또 곧 내 생일을 맞이하게 되었는데, 너희들이 또 생일 축하 선물을 가져올 것을 뻔히 알고 있기에 내가 생일날 전에 미리 그만두게 하고자 한다."

자손들이 모두 말했다.

"이것이 아니라면 어떻게 저희들의 효심을 펼쳐 보일 수 있겠습니까?"

이청이 말했다.

"진실로 너희들의 뜻을 꺾을 수 없다면 내가 원하는 것을 가져올 수 있겠느냐?"

모두들 말했다.

"일러 주시길 바랍니다."

이청이 말했다.

"각자 나에게 아주 가는 삼으로 꼰 줄 100척씩을 보내 주면, 모두 합해 수십만 장(丈)은 될 것이다. 이것으로 수명을 늘린다면 어찌 장생하지 못하겠느냐?"

모두들 말했다.

"삼가 명을 받들겠습니다만 존엄하신 분부에는 반드시 그 쓰임이 있겠지요?"

이청이 웃으며 말했다.

"결국 너희들에게도 알려 줘야겠지. 보고 듣고 걸어 다닐 수 있는 기운이 아직 남아 있을 때 전부터 가졌던 뜻을 행해 보고자 하니, 너희들은 아무쪼록 날 막지 말았으면 한다."

원래 청주(靑州)에서 남쪽으로 10리 떨어진 곳에 높은 산이 있는데, 우뚝 솟아 군성(郡城)을 내려다보고 있으며 봉우리 정상은 중간이 갈라져서 골짜기가 험한 절벽을 이루고 있었다. 청주 사람들은 집에 앉아 산봉우리를 마주 대하고 돌아가는 구름과 지나가는 새들을 모두 똑똑히 보았다. 《도경(圖經)》에 따르면, 이 산은 운문산(雲門山)이고 민간에서는 벽산(劈山)이라 부르기도 한다고 했다. 이청은 오랫동안 뜻을 품어 왔기에 이때에 친척들에게 말했다.

"운문산은 신선이 사는 곳이므로 내가 장차 가 보려고 한다. 나는 생일날 큰 대나무 삼태기에 앉아서 도르래에 삼밧줄을 걸고 아래로 내려갈 것인데, 만약 밑으로 더 이상 내려갈 수 없다면 내가 밧줄을 급히 당길 테니 너희들이 밧줄 끝을 당겨서 나를 꺼내 주면 된다. 만약 신선을 만나더라도 또한 다시 돌아올 것이다." 미 : 기이한 뜻이자 기이한 계획이니 정말 기이한 사람이다.

자손과 친척들이 울면서 말렸다.

"어둡고 깊은 골짜기라 끝을 헤아릴 수도 없는데, 어찌 천금 같은 몸을 스스로 그곳에 던진단 말입니까!"

이청이 말했다.

"내 뜻이 이러한데 너희들이 굳이 말린다면 나는 혼자 갈 것이다. 그러나 혼자 간다면 대나무 삼태기에 삼밧줄을 이용한 안전한 방법도 쓸 수 없을 것이다."

모두들 이청의 뜻을 되돌릴 수 없음을 알고 함께 그 일을 준비했다. 약속한 날이 되자 친척과 향리 사람 수천 수백 명이 다투어 음식과 술을 가지고 왔으며, 날이 밝을 무렵에 모두 산 정상에 모이자 이청은 손을 흔들어 작별한 뒤 골짜기로 들어갔다. 미 : 기꺼이 그를 따라나선 어진 자손이 한 명도 없으니 어찌 된 것인가? 한참이 지나서야 바닥에 도착했는데, 그 속은 매우 어두웠으며 고개를 들어 쳐다보니 하늘이 겨우 손바닥만 하게 보였다. 사방 벽을 더듬어 보니 겨우 두 사람이 앉을 정도의 자리밖에 되지 않았다. 동남쪽으로 구멍이 있었는데 허리를 숙이고 들어갈 수 있었기에 삼태기를 버리고 들어갔다. 처음에는 아주 좁았지만 앞으로 가자 곧 허리를 펴고 걸을 만한 정도가 되었으며, 이처럼 약 30리를 갔더니 어슴푸레하니 밝아졌다. 곧 동굴의 입구에 도착했는데 산천의 구름과 초목의 모습이 완연히 인간 세상의 것이 아니었다. 멀리 한참을 바라보니 오직 동남쪽으로 10여 리 밖에 희미하게 민가가 있는 것 같았다. 그래서 천천히 걸어가서 그곳에 도착해 보니 누대 하나가 우뚝 서 있었는데, 계단이 매우 험준해서 남쪽으로만 올라갈 수 있었다. 마침내 경건한 마음으로 올라갔는데 자못 두렵고 떨렸다. 다 올라가서 들여다보았더니 전각이 매우 엄숙했고 그 안에 도사 4~5명이 있었다. 이청이 문을 두드렸더니 잠시 후에 청동(青童 : 선동)이 문에서 누구인지 물어 이청이 대답했다.

"청주에 사는 염색공 이청입니다."

청동이 이청의 말대로 보고하자 중당(中堂)에서 말하는 소리가 들려왔다.

"이청, 그가 왔구나." 협 : 이청은 원래 선동(仙洞)의 사람이었다.

곧 들어오라고 하기에 이청은 황공해하면서 종종걸음으로 나아가 절했다. 난간에 있던 한 사람이 멀리서 말했다.

"아직 올 때가 아닌데 어찌 이렇게 급히 왔느냐?"

그러고는 여러 신선들에게 절을 하라고 했다. 그때는 이미 한낮이었는데, 문득 한 백발 노옹이 서쪽 문에서 들어와 예를 행한 뒤 아뢰었다.

"봉래(蓬萊) 하명관(霞明觀)의 정 존사(丁尊師)께서 막 도착하셨으니, 상선(上仙)들께서 여러 신선들에게 상청궁(上淸宮)의 모임에 참석하라고 하셨습니다."

그러자 여러 신선들이 함께 떠나며 이청에게 말했다.

"너는 잠시 여기에 있어라."

그러고는 나가려다가 이청을 돌아보며 말했다.

"북쪽 사립문은 절대로 열지 마라."

이청은 정원과 집을 두루 돌아보며 동쪽과 서쪽 문을 열었는데, 마음이 표연해지면서 스스로 영원히 선경에 머무르리라고 생각했다. 이윽고 당의 북쪽에 이르렀는데 북쪽 사립문이 비스듬히 닫혀 있기에 우연히 밖으로 나가 멀리 바라보았더니 발아래로 청주가 완연히 눈에 들어왔다. 이로 인해 선경을 떠나 돌아가고 싶은 생각이 들었다가 한참 후에야 비로소 진정하고 돌아갈 생각을 한 것을 후회하고[悔恨思返] 있었는데, 협 : 선연(仙緣)을 끊지 않은 것은 이 네 글자[회한사반(悔恨思返)] 덕분이다. 여러 신선들이 이미 돌아와 있었다. 그중에서 한 신선이 이청에게 말했다.

"북문을 열지 말라고 했건만 결국 너 스스로 미혹되었으니, 진실로 선계란 함부로 올 수 없다는 사실을 알겠다."

그러고는 술병에서 술을 한 사발 따라 주었는데 진한 흰빛을 띠고 있었다. 잠시 후에 그 신선이 말했다.

"너는 일단 돌아가도록 해라."

이청이 머리를 조아리고 애원하면서 또 말했다.

"돌아갈 방법이 없습니다."

여러 신선들이 말했다.

"눈만 감았다가 발이 땅에 닿으면 곧 고향에 도착해 있을 것이다."

이청은 어쩔 수 없이 눈물을 흘리며 작별했다. 어떤 신선이 말했다.

"이미 그를 돌려보내기로 했다면 생계로 삼을 만한 것을 주어야 합니다."

이청은 마음속으로 자신이 부호임을 자부하고[恃豪富] 있었기에 협 : 이 생각은 응당 그의 바람에서 나온 것이다. 미 : "시호부(恃豪富)" 석 자는 이청이 선경을 떠나 돌아가고 싶어 한 마음의 병근(病根)이다. 만약 몹시 가난한 사람이었다면 결코 다른 생각을 하지 않았을 것이다. 자신을 알아주지 못하는 이 말에 대해 의아해했다. 또 한 신선이 이청을 돌아보며 말했다.

"너는 당 안의 선반 위에서 두루마리 책 한 권을 가져가거라."

이청이 책을 집어 들자 신선이 이청에게 말했다.

"만약 돌아가서 의지할 데가 없거든 이 책으로 스스로 먹고살 수 있을 것이다."

이청이 마침내 눈을 감자 몸이 나는 새처럼 느껴졌으며, 단지 바람과 물결치는 소리만 들려왔다. 잠시 후에 땅을 밟게 되어 눈을 떠 보니, 바로 청주의 남문이었고 시간은 겨우 신시(申時 : 오후 3~5시) 끝 무렵이었다. 성곽과 도로는 예전과 똑같았지만 집과 나무와 사람들의 복장은 이미 모두 바뀌어 있었다. 혼자 하루 종일 걸었지만 그를 알아보는 사람이 한 명도 없었다. 이청은 곧장 옛집으로 가 보았지만 아침에 나왔던 저택과 대문이 새롭게 바뀌어서 옛 모습을 찾아볼 수 없었다. 왼쪽에 염색업을 하는 사람이 있기에 찾아가서 이야기를 나누었다. 그 사람은 성이 이씨(李氏)이고 본래 북해의 부자였다고 말했다. 이어서 앞뒤의 마을을 가리키며 말했다.

"여기는 모두 우리 선조의 옛 작업장이었습니다. 일찍이 전해 듣기로는 선조가 수(隋)나라 개황(開皇) 4년(584) 생신날에 스스로 남산 아래로 내려간 이후 어떻게 되었는지 알 수 없었고 그로 인해 집안도 몰락했다고 합니다."

이청은 한참 동안 망연자실했다. 곧 성씨를 바꾸고 성읍에서 떠돌며 지냈는데, 가져온 책을 펼쳐 보니 바로 아이들의 질병을 치료하는 처방이 적혀 있었다. 미ː[송나라 홍자기(洪咨夔)의] 〈증소아의(贈小兒醫)〉 시는 운문산의 고사를 운용한 것이다. 그해에 청주의 아이들이 돌림병을 앓았는데, 이청이 고쳐서 낫지 않는 아이가 없었기에 한 달도 채 되지 않아 재산이 다시 모이기 시작했다. 당시는 [당나라] 고종(高宗) 영휘(永徽) 원년(650)으로 천하가 풍족했으며, 북해에 종종 이청을 아는 사람이 있었기에 제로 지방의 사람들 중에서 그를 따라 도술을 배운 자가 10만 명이 넘었다. 영휘 5년(654)에 이청은 문도들에게 작별하며 말했다.

"나는 태산(泰山)에 가서 봉선(封禪) 의식을 구경하련다."

그 후로 그가 어디로 갔는지 알 수 없었다.

李淸, 北海人也, 代傳染業. 少學道, 多延齊魯術士, 終無所遇, 而勤求彌切. 家富於財, 素爲州里之豪. 子孫及內外姻族近百數家, 每淸生日, 則爭先餽遺, 凡積百餘萬. 年六十九, 生日前一旬, 忽召姻族, 大陳酒食. 已而謂曰: "吾布衣疏食, 逾三十年矣. 爾輩每餽吾生日衣裝玩具, 吾緘之一室, 曾未閱視. 徒損爾給用, 資吾糞土, 竟何爲哉? 幸天未錄吾魂, 行將又及生辰, 固知爾輩又營績壽之禮, 吾所以先期止爾."子孫皆曰："非此何以展孝敬之心?"清曰："苟爾輩志不可奪,則從吾所欲而致之,可乎?"皆曰："願聞."清曰："各遺吾洪纖麻縻百尺,總而計之,數千百丈矣.以此爲續壽,豈不延長哉?"皆曰："謹奉教,然尊旨必有所用?"清笑曰："終亦須令爾輩知之.欲乘視聽步履之尚能,將行早志,爾輩幸無吾阻."先是,青州南十里有高山,俯壓郡城,峰頂中裂,豁爲關崖.州人家家坐對嵐岫,歸雲過鳥,歷歷盡見.按《圖經》云,雲門山,俗亦謂之劈山.清蓄意多時,及是謂姻族曰："雲門山,神仙之窟宅也,吾將往焉.吾生日坐大竹簀,以轆轤自縋而下,以纖縻爲媒,脫不可前,吾當急引其媒,爾則出吾於媒末.設有所遇,亦復來歸."眉：奇志奇策,眞奇人也.子孫姻族泣諫曰："冥寞深遠,不測紀極,忍以千金之身,自投於斯!"清曰："吾志也,汝輩必阻,則吾私行矣.是不獲竹簀洪縻之安也."衆知不可回,則共治其事.及期而姻族鄉里凡千百人,競賚酒饌,遲明,大會於山椒,清乃揮手辭謝而入焉.眉：更無一賢子孫慨然從行者,何也? 良久及地,其中極暗,仰視天纔如手掌.捫四壁,止容兩席許.東南有穴,可俯僂而入,乃棄簀遊焉.初甚狹細,前往則可伸腰,如此約行三十里,晃朗微明.俄及洞口,山川雲樹,宛非人間.曠望久之,惟東南十數里,隱映若有居人焉.因徐步詣之,至則陡絕一臺,基級極峻,而南向可以登陟.遂虔誠而上,頗懷恐懼.及至,闞其堂宇甚嚴,中有道士四五人.清於是扣門,俄有青童應門問焉,答曰："青州染工李清."青童如詞以報,聞中堂曰："李清伊來也."夾：原是洞中人.乃令前,清惶怖趨拜.當軒一人遙語曰："未宜來,何即遽至?"因令遍拜諸賢.其時日已午,忽有白髮翁自西門而入,禮謁,啓曰："蓬萊霞明觀丁尊師新到,衆聖令邀諸眞登上清赴會."於是列眞偕行,謂清曰："汝且居此."臨出顧曰："愼無開北扉."清巡視院宇,兼啓東西門, 情意飄飄然, 自謂永棲眞境. 因至堂北, 見北戶斜掩, 偶出顧望, 下爲靑州, 宛然在目. 離思歸心, 良久方已, 悔恨思返, 夾 : 不斷仙緣, 虧此四字. 諸眞則已還矣. 其中相謂曰 : "令其勿犯北門, 竟爾自惑, 信知仙界不可妄至也." 因與甁中酒一甌, 其色濃白. 旣而謂曰 : "汝可且歸." 淸叩頭求哀, 且云 : "無路却返." 衆曰 : "但閉目, 足至地則到鄕也." 淸不得已, 流涕辭行. 或相謂曰 : "旣遣其歸, 須令有以爲生." 淸心恃豪富, 夾 : 此念應從其望而生. 眉 : "恃豪富"字是淸離思歸心病根. 若赤貧者, 決不二念. 訝此語爲不知己. 一人顧淸曰 : "汝於堂內閣上取一軸書去." 淸旣得, 謂淸曰 : "脫歸無倚, 可以此書自給." 淸遂閉目, 覺身如飛鳥, 但聞風水之聲相激. 須臾履地, 開目卽靑州之南門, 其時纔申末. 城隍阡陌, 仿佛如舊, 至於屋室樹木, 人民服用, 已盡變改. 獨行盡日, 更無一人相識者. 卽詣故居, 朝來之大宅宏門, 改張新舊, 曾無仿像. 左側有業染者, 因投詣與之語. 其人稱姓李, 本北海富家. 因指前後閭閈 : "此皆我祖先之故業. 曾聞先祖於隋開皇四年生日, 自縋南山, 不知所終, 因是家道淪破." 淸悒怏久之. 乃換姓氏, 寓遊城邑, 因取所得書閱之, 則療小兒諸疾方也. 眉 : 〈贈小兒醫〉, 可用雲門山故事. 其年靑州小兒癘疫, 淸之所醫, 無不立愈, 不旬月, 財産復振. 時高宗永徽元年, 天下富庶, 而北海往往有知淸者, 因是齊魯人從而學道術者凡百千輩. 至五年, 乃謝門徒云 : "吾往泰山觀封禪." 自此莫知所往.

* 이 고사는《태평광기》권36〈신선·이청〉에 실려 있다.

7-10(0112) 원 공과 유 공

원유이공(元柳二公)

출《속선전》

[당나라] 원화(元和) 연간(806~820) 초에 원철(元徹)과 유실(柳實) 두 사람이 형산(衡山)에서 살았다. 두 사람 모두 백숙부가 절우(浙右 : 절서)에서 벼슬하고 있었는데, 그들의 백숙부가 이 서인(李庶人 : 이기)[29]의 일에 연루되어 각자 환주(驩州)와 애주(愛州)로 쫓겨나 있었기에 두 사람은 함께 짐을 꾸려 문안하러 갔다. 그들은 염주(廉州) 합포현(合浦縣)에 이르러 배를 타고 바다를 건너 교지(交趾 : 베트남 북부 지역)로 가려고 합포현 해안에 배를 정박해 놓았다. 밤에 마을 사람들이 신에게 제사 지내느라 피리를 불고 북을 치면서 떠들어 댔는데, 뱃사공과 원철·유실과 그들의 하인들도 함께 가서 구경했다. 자정이 되어 갈 무렵에 갑자기 회오리바람이 거세게 일어나더니 묶어 놓은 닻줄이 끊어져 배

---

29) 이 서인(李庶人) : 이기(李錡)를 말한다. 그는 일찍이 절서관찰사(浙西觀察使)와 진해절도사(鎭海節度使)를 역임했으나 조정의 일에 반대하다가 서인으로 폄적되어 죽었다. 원철과 유실의 백숙부는 절서에서 벼슬했기 때문에 그 일에 연루되었던 것이다.

가 표류해 망망대해로 들어갔는데, 배가 서너 번 크게 요동치는 바람에 거의 가라앉을 뻔한 뒤에 외딴섬에 도착했고 바람도 멎었다. 두 사람은 근심에 싸여 뭍으로 올라갔는데, 천왕존상(天王尊像)이 보였고 봉우리에서 반짝이는 것이 있는 것 같아 살펴보니, 황금 향로에 향의 재만 있을 뿐 그 밖에 아무것도 없었다. 주위를 둘러보고 있을 때 갑자기 바다 위로 거대한 짐승이 나타나 고개를 내밀고 마치 무슨 소리를 살피는 것처럼 사방을 둘러보았는데, 그 이빨은 칼과 창처럼 빽빽이 돋아 있고 눈은 번갯불처럼 빛났으며 한참 있다가 사라졌다. 잠시 후에 또 자색 구름이 해수면 위로 솟구쳐 나와 수백 보에 걸쳐 퍼져 나갔다. 그 가운데에 오색찬란하고 거대한 연꽃이 있었는데, 높이는 100여 척이나 되었고 그 안에 수놓은 비단으로 짠 휘장이 있어서 사람의 시선을 빼앗았다. 또 보았더니 무지개다리가 갑자기 펼쳐져 곧장 섬 위까지 이어졌다. 잠시 후에 양 갈래로 머리를 쪽 찐 시녀가 나타나 옥함을 받쳐 들고 황금 향로를 가지고 연꽃잎에서 천존(天尊)이 있는 곳으로 오더니 타다 남은 재를 바꾸고 기이한 향을 피웠다. 두 사람이 그녀를 보고 머리를 조아리고 다가가서 애절하게 말하며 인간 세상으로 돌아가게 해 달라고 청하자 시녀가 말했다.

"그대들은 어떤 사람이며 어쩌다가 이곳에 오게 되었습니까?"

두 사람이 사실대로 자세히 말하자 시녀가 말했다.

"잠시 후에 옥허존사(玉虛尊師)께서 이곳으로 강림해 남명부인(南溟夫人)과 만나실 것입니다. 그대들이 그분께 간절히 청하면 뜻을 이룰 수도 있을 것입니다."

말이 끝나자 어떤 도사가 흰 사슴을 타고 찬란한 노을을 몰며 곧장 섬 위로 내려왔다. 두 사람이 함께 절하며 읍소하자 존사는 그들을 불쌍히 여기며 말했다.

"그대들이 이 시녀를 따라가서 남명부인을 알현하면, 틀림없이 돌아갈 날이 있게 될 것이네."

두 사람은 존사의 가르침을 받고 휘장 앞으로 가서 배알의 예를 행했다. 보았더니 계년(笄年)30)이 채 안 된 한 여자가 오색 무늬 옷을 입고 있었는데, 옥 같은 피부가 희고 매끄러웠으며 정신이 맑고 기품이 엄숙했다. 두 사람이 성명을 말하자 남명부인은 평상 두 개를 마련해 그들을 앉게 했다. 잠시 후에 옥허존사가 도착하자 남명부인은 그를 맞이해 절을 한 뒤에 자리로 돌아와 앉았다. 선녀 몇 명이 음악을 연주하자 난새가 노래하고 봉황이 춤을 추었는데 그 우아함이 박자에 잘 들어맞았다. 두 사람은 마치 균천(鈞天 : 하늘의

---

30) 계년(笄年) : 여자가 머리를 올리고 비녀를 꽂는 나이. 즉, 15세를 말한다.

중앙)에서 꿈을 꾸듯 황홀했다. 그때 갑자기 검은 학이 비단 편지를 물고 공중에서 내려와 말했다.

"안기생(安期生 : 안기 선생)31)께서는 존사께서 남명부인의 연회에 참석하신 것을 알고 잠시 왕림하시길 청하십니다."

옥허존사가 남명부인에게 말했다.

"안기생과 만나지 못한지 천 년이 되었으니, 남쪽으로 나들이할 기회가 없어서 찾아가 얘기하지 못했소."

남명부인은 시녀에게 음식을 차리라고 재촉했는데, 옥그릇이 깨끗하고 빛났다. 남명부인은 옥허존사와 마주하고 식사했으나 두 사람은 먹을 수 없었다. 그러자 옥허존사가 말했다.

"두 사람은 아직 이 음식을 먹기에 합당하지 않으니, 인간 세상의 음식을 구해다 주시오."

남명부인이 말했다.

"그렇게 하겠습니다."

곧장 따로 음식을 차려 왔는데 바로 인간 세상에서 먹던 맛이었다. 옥허존사는 식사를 마치고 나서 작별하고 떠나면

---

31) 안기생(安期生) : 안기 선생(安期先生). 진시황 때의 신선으로 '천세옹(千歲翁)'이라 불렸다.

서 두 사람을 돌아보며 말했다.

"그대들은 도골(道骨)을 지니고 있어서 돌아가는 것이 어렵지 않겠지만, 이렇게 서로 만나게 되었으니 마땅히 그대들에게 영약(靈藥)을 주겠네. 그대들은 숙명에 본디 스승이 있으니 내가 그대들의 스승이 되는 것은 마땅치 않네."

두 사람이 절을 하자 옥허존사는 마침내 떠나갔다. 잠시 후 바다에서 키가 몇 장(丈)이나 되고 황금 갑옷을 입은 무사가 나타나 검을 짚고 들어와 말했다.

"사명을 받든 자가 일을 신중히 하지 않았기에 법에 따라 처형해 시체를 내보이는 것이 마땅하므로, 지금 이미 형을 집행했습니다."

그러고는 성큼성큼 걸어서 물속으로 사라졌다. 남명부인이 시녀에게 말했다.

"손님을 모셔다드리는 것이 좋겠구나."

시녀가 말했다.

"백화교(百花橋)가 있으니 그것으로 두 분을 모시면 됩니다."

두 사람이 작별의 절을 올리자, 남명부인은 높이가 한 척 남짓한 옥병 하나를 주면서 거기에 시를 적어 주었다.

"올 때는 일엽편주 타고 왔지만, 돌아갈 때는 백화교 위로 가네. 인간 세상에 가서 옥병을 두드리면, 원앙이 절로 이해하고 분명하게 말해 주리라."

잠시 후 길이가 수백 보나 되는 다리가 생겨났는데, 난간 위에 모두 기이한 꽃이 피어 있었다. 두 사람이 꽃 사이로 몰래 엿보았더니, 천만 마리의 용과 뱀이 급히 서로를 휘감아 다리의 기둥을 만들었다. 또 이전에 바다에서 본 짐승이 보였는데, 이미 몸과 머리가 잘린 채로 파도에 떠다니고 있었다. 두 사람이 사자에게 물어보았더니 사자가 말했다.

"이 짐승은 두 분을 알아보지 못했기 때문에 이렇게 되었습니다."

사자가 또 말했다.

"나는 사자가 되어 두 분을 전송할 수 없지만, 삼가 부탁할 일이 있어서 일부러 이 일을 맡았습니다."

그러고는 의대(衣帶) 사이에서 호박(琥珀) 함 하나를 풀었는데, 그 속에 거미처럼 생긴 물체가 희미하게 보였다. 사자가 두 사람에게 말했다.

"우리들은 수선(水仙)입니다. 수선은 음(陰)에 속하기 때문에 남자가 없습니다. 나는 지난날 우연히 번우현(番禺縣)의 젊은이를 만나 지극한 정을 나눈 끝에 아들을 낳았으나 채 세 살도 되기 전에 버려야 했습니다. 남명부인께서 그 아이를 남악신(南岳神)에게 주어 아들로 삼게 했는데 이미 오래전의 일입니다. 남악의 회안봉(回鴈峯) 사자가 수부(水府)에 볼일이 있다는 말을 듣고, 사자가 돌아가는 날에 내 아들이 가지고 놀던 옥팔찌를 전해 달라고 부탁했지만 사자가 그것을 숨겨 버렸기에 나는 몹시 한이 되었습니다. 바라건대 두 분께서 이 함을 가지고 회안봉으로 가서 그 사자의 사당을 찾아가 이것을 던지면, 반드시 이변이 생길 것입니다. 만약 옥팔찌를 찾게 되거든 내 아들에게 전해 주시면, 또한 당연히 보답해 드릴 것입니다. 삼가 열어 보지 마십시오."

두 사람은 그것을 받고 사자에게 말했다.

"남명부인의 시에서 '인간 세상에 가서 옥병을 두드리면, 원앙이 절로 이해하고 분명하게 말해 주리라'라고 했는데, 그것이 무슨 뜻입니까?"

사자가 말했다.

"두 분이 돌아갔다가 일이 생겼을 때 그저 옥병을 두드리기만 하면, 틀림없이 원앙새가 응답해 뜻대로 되지 않는 일이 없을 것입니다."

두 사람이 또 말했다.

"옥허존사께서 '우리에게 본디 스승이 있다'고 말씀하셨는데, 그 스승은 또 누구입니까?"

사자가 말했다.

"남악의 태극 선생(太極先生)입니다."

두 사람은 마침내 사자에게 작별을 고했다. 다리가 끝나는 곳이 지난날 합포현에 배를 매어 두었던 바로 그 자리였는데, 뒤돌아보니 다리는 온데간데없었다. 두 사람이 사람들에게 물어보았더니 이미 12년이란 세월이 흘러 있었으며,

환주와 애주에 살던 친척들은 벌써 죽고 없었다. 그들은 길을 물어 장차 형산으로 돌아가려 했는데, 도중에 배가 고파 병을 두드렸더니 원앙이 나타나 말했다.

"음식을 먹고 싶거든 앞으로 걸어가면 저절로 음식을 만나게 될 것입니다."

잠시 후 길 왼쪽에 음식이 가득 담긴 소반이 있어 두 사람은 그것을 먹었는데, 며칠 동안 다른 음식이 생각나지 않았다. 얼마 후 집에 도착했는데, 옛날의 어린아이가 이미 약관(弱冠)의 나이가 되어 있었다. 집안사람들은 그들을 보고 기쁨과 슬픔을 이기지 못하면서 말했다.

"사람들이 낭군들께서 망망대해에 빠져 죽었다고 해서 삼년상을 치른 지 이미 9년이나 되었습니다."

두 사람은 인간 세상에 염증을 느끼고 몸소 청허(淸虛)함을 체득했기에, 처자식이 죽은 것을 보고도 그다지 슬퍼하지 않았다. 마침내 두 사람은 함께 곧장 회안봉으로 가서 사자의 사당을 찾아가 함을 던졌다. 순식간에 길이가 몇 장이나 되는 검은 용이 바람을 치고 번개를 내뿜어 나무를 부러뜨리고 집을 뽑더니 벼락 치는 소리와 함께 사당이 곧바로 부서졌다. 두 사람은 두려워서 덜덜 떨면서 감히 자세히 쳐다보지 못했다. 그때 공중에서 누군가가 옥팔찌를 던지므로 두 사람은 그것을 가져서 남악묘로 보내 주었다. 돌아올 때 누런 옷 입은 젊은이가 황금 함 두 개를 들고 오더니, 두 사람에게 각자 집으로 가져가라고 하면서 말했다.

"두 분께서는 이 약을 가져가십시오. 이것은 환혼고(還魂膏)라고 하는데, 두 분께 보답하는 의미로 드리는 것입니다. 집안에 사람이 죽은 지 한 갑자(甲子 : 60년)가 되었다 하더라도 이것을 이마에 바르면 살아날 수 있습니다."

두 사람이 그 약을 받자 사자는 보이지 않았다. 두 사람은 마침내 그 약으로 부인을 살려 냈다. 협 : 오히려 쓸데없는 일을 했다. 나중에 두 사람은 함께 운수(雲水)32)를 수소문해 태극 선생을 찾아보았지만, 미 : 《초선록(抄仙錄)》에 나오는 안도명(安度明)이 태극진인(太極眞人)이다. 아무런 종적이 없었기에 답답해하면서 돌아왔다. 큰 눈이 내리던 어느 날 두 사람은 어떤 노인이 땔감을 지고 팔러 다니는 것을 보았는데, 그 쇠약한 모습을 불쌍히 여겨 술을 대접하다가 땔감 더미 위에 쓰인 "태극"이란 두 글자를 보았다. 두 사람은 마침내 예를 올리고 노인을 스승으로 모셨으며 옥병에 얽힌 이야기를 해 주었다. 그러자 노인이 말했다.

"이것은 내가 옥액(玉液)을 담아 두었던 병으로 잃어버린 지 수십 갑자가 되었는데, 오늘 다시 보게 되니 정말 기쁘

---

32) 운수(雲水) : 본래는 행운유수(行雲流水)처럼 떠돌아다니는 행각승(行脚僧)을 말하지만 여기서는 도사를 뜻한다.

네."

두 사람은 노인을 따라 축융봉(祝融峯)으로 가서 그 후로 득도했다.

元和初, 有元徹·柳實者, 居衡山. 二公俱有從父爲官浙右, 李庶人連累, 各竄於驩·愛州, 二公共結行李而往省焉. 至廉州合浦縣, 登舟欲越海, 抵交阯, 艤舟於合浦岸. 夜有村人饗神, 簫鼓喧嘩, 舟人與二公僕吏齊往看焉. 夜將午, 俄颶風欻起, 斷纜漂舟, 入於大海, 擺簸數四, 幾欲傾沉, 然後抵孤島而風止. 二公愁悶而陟焉, 見天王尊像, 瑩然於嶺所, 有金爐香爐, 別無一物. 周覽之次, 忽睹海面上有巨獸, 出首四顧, 若有察聽, 牙森劍戟, 目閃電光, 良久而沒. 逡巡, 復有紫雲自海面涌出, 漫衍數百步. 中有五色大芙蓉, 高百餘尺, 內有帳幄, 錦繡錯雜, 耀奪人眼. 又見虹橋忽展, 直抵於島上. 俄有雙鬟侍女, 捧玉合, 持金爐, 自蓮葉而來天尊所, 易其殘爐, 炷以異香. 二公見之, 叩頭前告, 辭理哀酸, 求返人世, 女曰 : "子何人而遽至此?" 二公具以實白之, 女曰 : "少頃有玉虛尊師降此, 與南溟夫人會. 子但堅請, 將有所遂." 言訖, 有道士乘白鹿, 馭彩霞, 直降於島上. 二公並拜而泣告, 尊師憫之, 曰 : "子可隨此女謁南溟夫人, 當有歸期矣." 二子受敎, 至帳前拜謁之禮. 見一女未笄, 衣五色文彩, 玉肌膩艷, 神澄氣肅. 二子告以姓字, 夫人設二榻而坐. 俄頃尊師至, 夫人迎拜, 遂還坐. 有仙娥數輩奏樂, 鸞歌鳳舞, 雅合節奏. 二子恍惚, 若夢鈞天. 忽有玄鶴銜彩牋, 自空而至, 曰 : "安期生知尊師赴南溟會, 暫請枉駕." 尊師語夫人曰 : "與安期生間闊千年, 不值南遊, 無因訪話." 夫人遂促侍女進饌, 玉器光潔. 夫人對食, 而二子不得餉. 尊師曰 : "二子雖未合餉,然爲求人間之食."夫人曰:"然."卽別進饌,乃人間味也.尊師食畢而告去,回顧二子曰:"子有道骨,歸乃不難,然邂逅相遇,合有靈藥相貺.子但宿分自有師,吾不當爲子師耳."二子拜,尊師遂去.俄海上有武夫,長數丈,衣金甲,仗劍而進曰:"奉使不謹,法當顯戮,今已行刑."遂趨而沒.夫人命侍女曰:"可送客去."侍女曰:"有百花橋可馭二子."拜別,夫人贈以玉壺一枚,高尺餘,題詩贈曰:"來從一葉舟中來,去向百花橋上去.若到人間扣玉壺,鴛鴦自解分明語."俄有橋長數百步,欄檻之上,皆有異花.二子於花間潛窺,見千龍萬蛇,遞相交遶爲橋之柱.又見昔海上獸,已身首異處,浮於波上.二子因詰使者,使者曰:"此獸爲不知二君故也."又曰:"我不當爲使而送子,欲有奉託,強爲此行."遂襟帶間解一琥珀合子,中有物隱隱若蜘蛛形狀.謂二子曰:"吾輩水仙也.水仙陰也,而無男子.吾昔遇番禺少年,情之至而有子,未三歲,合棄之.夫人命與南岳神爲子,其來久矣.聞南岳回雁峰使者,有事於水府,返日憑寄吾子所弄玉環往,而使者隱之,吾頗爲恨.望二君子爲持此合子至回雁峰下,訪使者廟投之,當有異變.倘得玉環,爲送吾子,亦自當報效耳.愼勿啓之."二子受之,謂使者曰:"夫人詩云'若到人間扣玉壺,鴛鴦自解分明語',何也?"曰:"子歸有事,但扣玉壺,當有鴛鴦應之,事無不從矣."又曰:"玉虛尊師云'吾輩自有師',師復是誰?"曰:"南岳太極先生耳."遂與使者告別.橋之盡所,卽昔日合浦之維舟處,回視已無橋矣.二子詢之,時已一十二年,驪·愛二州親屬,已殞謝矣.問道將歸衡山,中途因餒而扣壺,遂有鴛鴦語曰:"若欲飲食,前行自遇."俄而道左有盤饌豐備,二子食之,數日不思他味.尋卽達家,昔日童稚已弱冠矣,二子妻各謝世已三晝.家人輩悲喜不勝,曰:"人云郎君亡沒大海,服闋已九秋矣."二子厭人世, 體已淸虛, 睹妻子喪, 不甚悲感. 遂相與直抵回雁峰, 訪使者廟, 以合子投之. 倏有黑龍長數丈, 激風噴電, 折樹揭屋, 霹靂一聲而廟立碎. 二子戰慄, 不敢熟視. 空中乃有擲玉環者, 二子取送南岳廟. 及歸, 有黃衣少年持二金合子, 各到二子家曰 : "郎君令持此藥. 曰還魂膏, 報二君子. 家有斃者, 雖一甲子, 猶能塗頂而活." 受之而使者不見. 二子遂以活妻室. 夾 : 反多事. 後共尋雲水, 訪太極先生, 眉 :《抄仙錄》安度明爲太極眞人. 而曾無影響, 悶却歸. 因大雪, 見大叟負樵而鬻, 二子哀其衰邁, 飮之以酒, 睹樵擔上有"太極"字. 遂禮之爲師, 以玉壺告之. 叟曰 : "吾貯玉液者, 亡來數十甲子, 甚喜再見." 二子因隨詣祝融峰, 自此得道.

* 이 고사는《태평광기》권25〈신선·원유이공〉에 실려 있다.

7-11(0113) 고원지

고원지(古元之)

출《현괴기(玄怪記)》미 : 이 조는 원본의 〈만이〉류에 실려 있는데[33], 지금 〈신선〉류로 옮겨 넣었다(此條元本載〈蠻夷〉中, 今移入〈神仙〉).

　　후위(後魏 : 북위) 때 상서령(尙書令)을 지낸 고필(古弼)의 조카 고원지는 어려서 고필에게 양육되었다. 고원지가 술을 마시고 죽자 고필은 그를 너무도 불쌍히 여긴 나머지 사흘이 지난 뒤에 염을 마치고도 그를 추모하는 마음에 다시 작별을 고하고자 관을 뜨으라고 명했는데, 관을 열자 고원지가 도로 살아나 있었다. 고원지가 다음과 같은 이야기를 해 주었다.

　　고원지는 술에 취해 정신이 혼미해졌을 때, 갑자기 꿈을 꾸는 것만 같더니 어떤 사람이 나타나 그의 몸에 찬물을 끼얹었다. 그가 위를 올려다보았더니 그 사람은 바로 신인(神人)이었는데, 관과 진홍색 옷을 착용하고 무지갯빛 어깨 덮개를 하고 있었으며 모습이 매우 준엄해 보였다. 신인이 고원지를 돌아보며 말했다.

---

33) 〈만이(蠻夷)〉류에 실려 있는데 : 금본(今本) 《태평광기》에는 〈재생(再生)〉류에 실려 있다.

"나는 고열(古說)로 너의 먼 조상이다. 마침 화신국(和神國)에 가려고 했으나 보따리를 대신 짊어지질 시종이 없어서 너를 데려온 것이다."

그러고는 고원지에게 무게가 1균(鈞 : 1균은 30근)은 나감 직한 커다란 보따리 하나를 짊어지라고 했다. 또 1장 2척 남짓 되는 길이의 죽장 하나를 그에게 주며 올라타고 뒤따르게 했는데, 그 죽장은 쏜살같이 위로 날아올라 공중에 붕 뜬 채 내달렸다. 서남쪽으로 몇 리를 갔는지 알지 못한 채 산 넘고 물 건너 멀리멀리 갔을 때 갑자기 땅으로 내려왔는데, 이미 화신국에 당도해 있었다. 그 나라에는 큰 산이 없어서 높은 산이라야 수십 장에 불과했고, 산에는 모두 푸른 옥돌이 쌓여 있었다. 돌 틈에는 푸른빛이 도는 대나무가 자라고 있었고, 기이한 꽃들과 진귀한 과일이 열려 있었으며, 여린 풀잎은 향기로웠고 멋진 새들이 지저귀고 있었다. 산꼭대기는 모두 숫돌처럼 평평했으며, 맑은 샘에서 200~300줄기가 쏟아져 내렸다. 들판에는 평범한 나무는 없고 온갖 종류의 과일나무가 자라고 있었는데, 과일나무마다 꽃이 만발하고 열매는 선홍색을 띠고 있었으며 비취색 잎이 사시사철 바뀌지 않았다. 오직 1년에 한 번 몰래 꽃과 열매를 바꿀 때만 어린 새잎이 돋아났는데 사람들은 알아채지 못했다. 밭두둑 가득 커다란 표주박이 자라고 있었고 표주박 안에 오곡이 담겨 있었는데, 달고 향기롭고 진귀한 맛은 중국의 곡식이

견줄 수 없었다. 화신국 사람들은 음식이 풍족했으므로 경작을 하지 않았다. 마른 땅과 젖은 땅은 몹시 무성했지만 잡초는 자라지 않았다. 1년에 한 번씩 나뭇가지 사이에서 오색 명주실과 솜이 가득 자라는데, 사람들이 색깔별로 그것을 가져가서 맘대로 짜기만 하면 되었기에 누에를 치거나 베를 짤 필요가 없었다. 사계절 내내 날씨가 늘 온화하고 맑은 것이 마치 중국의 2~3월 같았다. 거기에는 모기·등에·두꺼비·개미·이·벌·좀·뱀·살모사·도마뱀·지네·거미 같은 벌레들이 없었고, 또 올빼미·솔개·까마귀·새매·구관조·박쥐 따위도 없었으며, 호랑이·이리·승냥이·표범·여우·살쾡이·맥박(驀駁 : 호랑이를 잡아먹는다는 맹수)과 같은 맹수들도 없었고, 고양이·쥐·멧돼지·개와 같이 사람에게 해를 끼치는 것들도 없었다. 그 사람들은 키와 잘생긴 용모가 모두 똑같았으며, 탐욕을 부리거나 사랑하고 미워하는 사람이 없었다. 사람들은 모두 2남 2녀를 낳았는데, 미 : 사람이 1남 1녀를 낳아 영원히 인구의 증감 없이 오래 살 수 있는 것만 못하다. 만약 2남 2녀를 낳으면 매번 태어날 때마다 인구가 2배가 되어 날마다 늘어나기만 하고 줄어들지 않으니 어떻게 그들을 먹이겠는가? 누군가와 이웃이 되면 그 이웃과 대대로 혼인을 맺었다. 여자는 계년(笄年 : 15세)이 되면 시집을 갔고, 남자는 20세가 되면 아내를 얻었다. 사람들의 수명은 120세였고 중간에 요절하거나 질병을 앓거나 벙어리와 귀머거리가 되거나 절름발이와 앉은뱅이가 되는 병환이 없었다. 100살이 넘은 사람들은 자기 나이가 몇인지 알지 못했다. 수명이 다한 사람들은 갑자기 어디론가 사라졌는데, 협：깨끗하다. 비록 친족이나 자손이라 해도 모두 그 사람을 잊어버렸으므로 늘 근심 걱정이 없었다. 매일 정오에 한 끼만 식사했으며 중간에 오직 술이나 과실을 먹을 뿐이었다. 먹은 음식도 알지 못하게 변화해 사라졌기 때문에 변소도 설치하지 않았다. 사람들은 개인적으로 곳간에 곡식을 쌓아 두지 않으며, 남은 식량은 밭에 그냥 두어 필요한 사람들이 가져가게 했다. 채소밭에 물을 대 채소를 기르지 않아도 야채가 사람들이 모두 먹기에 넉넉했다. 10무(畝)마다 술 샘이 하나씩 있었는데, 술맛이 달고 향기로웠다. 그 나라 사람들은 날마다 서로 손을 잡고 유람하면서 즐겁게 노래 부르고 저녁이 되어서야 헤어졌으나 술에 정신없이 취한 적이 없었다. 미：즐겁도다! 사람마다 남자와 여자 종이 있었는데, 종들은 모두 스스로 신중하게 행동했고 주인이 필요한 바를 미리 알기 때문에 번거롭게 일을 재촉하며 시키지 않았다. 미：종들은 또한 일이 많다. 그들은 집을 자기 마음대로 지을 수 있었기 때문에 웅장하고 화려하지 않은 것이 없었다. 그 나라에는 육축(六畜)34) 가운데 오직 말만 있었는데, 매우 잘 길든 준마들로 꼴을 먹일 필요가 없었고 스스로 들풀을 뜯어 먹었으며, 가까운 데에 말을 모아 놓지 않고 사람이 필요하면 탔다가 다 타고 나면 풀어놓을 뿐 맡아 지키는 사람도 없었다. 그 나라에는 온갖 관리들이 매우 많으나 관리들은 자기들이 일을 맡고 있다는 사실을 알지 못한 채 아랫사람들과 섞여 지냈는데, 이는 그들이 맡아 해결해야 할 일이 없기 때문이었다. 비록 군주가 있긴 하지만 그 군주도 자기가 군주라는 사실을 모른 채 여러 관리들과 섞여 지냈는데, 이는 관리들을 승진시키거나 폄적시켜야 할 일이 없기 때문이었다. 그곳에는 또 갑자기 우레가 내리치며 비바람이 부는 적도 없었는데, 바람은 늘 따스한 햇볕처럼 가볍게 불어왔기 때문에 만물은 바람을 맞아도 흔들려 떨어지지 않았다. 비는 열흘에 한 번씩 내렸는데, 내려도 반드시 밤에만 내리며 만물을 흠뻑 적셔 주어 잘 자라게 해 주었지만 넘쳐흐르는 법이 없었다. 온 나라 안의 사람들은 모두 마치 친척처럼 친근했으며 사람마다 현명하고 자비로웠다. 서로 물건을 사고파는 일도 없었는데, 이는 이익을 추구하지 않기 때문이었다. 고열은 그 나라에 도착하자 고원지를 돌아보며 말했다.

"여기는 화신국인데, 비록 신선들이 사는 곳은 아니지만 풍속이 나쁘지 않으니 너는 돌아가서 세상 사람들에게 말해

---

34) 육축(六畜) : 집에서 기르는 말・소・양・개・돼지・닭의 여섯 가지 가축.

주도록 해라. 미 : 이 나라는 화서국(華胥國)35)보다 훨씬 낫고, 그 사람은 신선도 따라가지 못한다. 내가 이미 이곳에 도착했고 돌아갈 때는 달리 사람을 찾아 보따리를 짊어지도록 할 테니 이제 네가 필요하지 않다."

그러고는 고원지에게 술을 주며 마시라고 했는데, 몇 잔을 가득 마셨더니 자신도 모르는 사이에 몹시 취하고 말았다. 얼마 후에 다시 깨어났더니 자신이 이미 살아나 있었다.

그때부터 고원지는 세상일을 소홀히 했으며 벼슬할 뜻을 모두 잊은 채 산수를 유람하면서 스스로를 지화자(知和子)라고 불렀다. 나중에 결국 어떻게 되었는지 알지 못했다.

後魏尙書令古弼族子元之, 少養於弼. 因飮酒而卒, 弼憐之特甚, 三日殮畢, 追思, 欲與再別, 因命斫棺, 開已却生矣. 元之云 : 當昏醉, 忽然如夢, 有人沃冷水於體. 仰視, 乃見一神人, 衣冠絳裳霓帔, 儀貌甚俊. 顧元之曰 : "吾乃古說也, 是汝遠祖. 適欲至和神國中, 無人擔囊侍從, 因來取汝." 卽令負一大囊, 可重一鈞. 又與一竹杖, 長丈二餘, 令元之乘騎隨後, 飛擧甚速, 常在半天. 西南行, 不知里數, 山河逾遠, 欻然下地, 已至和神國. 其國無大山, 高者不過數十丈, 皆積碧珉. 石際生靑彩籦篠, 異花珍果, 軟草香媚, 好禽嘲哳. 山

---

35) 화서국(華胥國) : 전설 속 화서씨(華胥氏)의 나라. 화서씨는 복희(伏羲)와 여와(女媧)의 어머니라고 한다.

頂皆平正如砥,清泉迸下者三二百道.原野無凡樹,悉生百果,每果樹花卉俱發,實色鮮紅,翠葉四時不改.唯一歲一度,暗換花實,更生新嫩,人不知覺.田疇盡長大瓠,瓠中實以五穀,甘香珍美,非中國稻梁可比.人得足食,不假耕種.原隰滋茂,猶穢不生.一年一度,樹木枝幹間,悉生五色絲纊,人得隨色收取,任意紝織,不假蠶杼.四時之氣,常熙熙和淑,如中國二三月.無蚊・虻・蟆・蟻・虱・蜂・蠍・蛇・虺・守宮・蜈蚣・蛛蠓之蟲,又無梟・鵰・鴉・鶻・鴟鴞・蝙蝠之屬,及無虎・狼・豺・豹・狐狸・驊駮之獸,又無貓・鼠・豬・犬擾害之類.其人長短妍蚩皆等,無有嗜欲愛憎之者.人生二男二女,眉:不若人生一男一女,永無增減,可以長久.若二男二女,每生加一倍,日增不減,何以食之?爲隣則世世爲婚姻.笄年而嫁,二十而娶.人壽一百二十,中無夭折・疾病・瘖聾・跛躄之患.百歲已外,不知其壽幾何.壽盡則欻然失其所在,夾:乾淨.雖親族子孫,皆忘其人,故常無憂戚.每日午時一食,中間唯食酒漿菓實耳.餐亦不知所化,不置溷所.人無私積囷倉,餘糧棲畝,要者取之.無灌園鬻蔬,野菜皆足人食.十畝有一酒泉,味甘而香.國人日相攜遊覽,歌咏陶陶然,暮夜而散,未嘗昏醉.眉:樂哉!人人有婢僕,皆自然謹愼,知人所要,不煩促使.眉:婢僕亦多事.隨意屋室,靡不壯麗.其國六畜唯有馬,馴極而駿,不用趨秣,自食野草,不近積聚,人要乘則乘,乘訖却放,亦無主守.其國千官皆足,而官不知身之在事,雜於下人,以無職事操斷也.雖有君主,而君不自知爲君,雜於千官,以無職事升貶故也.又無迅雷風雨,其風常微輕如煦,襲物不搖落.其雨十日一降,降必以夜,津潤條暢,不有淹流.一國之人,皆自相親,有如戚屬,各各明惠.無市易商販之事,以不求利故也.古說旣至其國,顧謂元之曰:"此和神國也,雖非神仙,風俗不惡, 汝回, 當爲世人說之. 眉: 國比華胥更勝, 人卽神仙不如. 吾旣至此, 回卽別求人負囊, 不用汝矣." 因以酒令元之飮, 飮滿數巡, 不覺沉醉. 旣而復醒, 身已活矣. 自是元之疏逸人事, 都忘宦情, 遊行山水, 自號知和子. 後竟不知所終.

* 이 고사는 《태평광기》 권383 〈재생(再生)·고원지〉에 실려 있는데, 출전이 "《현괴록(玄怪錄)》"이라 되어 있다.

7-12(0114) 양옹백

양옹백(陽翁伯)

출《신선습유(神仙拾遺)》

    양옹백은 노룡(盧龍) 사람이다. 효로써 양친을 섬겼으며 무종산(無終山)에 부모님을 장사 지냈는데, 산의 높이가 80리나 되었으나 그 위에 물이 없었다. 양옹백이 묘 옆에 여막을 짓고 주야로 통곡했더니, 미 : 효행이다. 천지신명이 감동해 그 묘 옆에서 샘물이 솟아 나오게 해 주었다. 그래서 양옹백은 물줄기를 관도(官道)로 끌어다가 행인들을 도와주었다. 하루는 말에게 물을 먹이는 사람이 흰 돌 한 되를 양옹백에게 주고 그것을 심으라고 하면서 틀림없이 미옥(美玉)이 자라날 것이라고 했다. 과연 흰 둥근 옥이 자라났는데, 길이가 2척이 되는 것이 여러 쌍 있었다. 북평(北平)의 서씨(徐氏)에게 딸이 있었는데, 양옹백이 청혼하려 하자 서씨가 매파에게 말했다.

    "흰 둥근 옥 한 쌍이면 가능하오."

    이에 양옹백은 흰 둥근 옥 다섯 쌍을 주고 마침내 서씨의 사위가 되었다. 몇 년 후에 구름 속에서 용이 내려와 양옹백 부부를 맞이해 함께 하늘로 올라갔다. 지금 그들이 살던 곳을 옥전방(玉田坊)이라 부른다.

평 : 돌로 옥을 심어 자라게 했는데 세상에 이럴 리는 없다. 양옹백의 신심(信心)이 바로 수도의 근기(根器)다.

陽翁伯者, 盧龍人也. 事親以孝, 葬父母於無終山, 山高八十里, 其上無水. 翁伯廬於墓側, 晝夜號慟, 眉 : 孝行. 神明感之, 出泉於其墓側. 因引水就官道, 以濟行人. 嘗有飮馬者, 以白石一升與之, 令翁伯種之, 當生美玉. 果生白璧, 長二尺者數雙. 北平徐氏有女, 翁伯欲求婚, 徐氏謂媒者曰, "得白璧一雙可矣." 翁伯以白璧五雙, 遂婿徐氏. 數年, 雲龍下迎夫婦俱升天. 今謂其所居爲玉田坊.
評 : 以石種玉, 世無此理. 翁伯信心, 便是道器.

* 이 고사는 《태평광기》 권4 〈신선·양옹백〉에 실려 있다.

7-13(0115) 이각

이각(李珏)

출《속선전》

    이각 미 : 각(珏)은 음이 각(覺)이고 각(殼)과 같다. 은 광릉(廣陵) 강양(江陽) 사람이다. 대대로 성시에 살면서 쌀장사를 생업으로 삼았는데, 이각은 성품이 단정하고 신중해서 일반 장사치들과는 달랐다. 그가 열다섯 살이 되었을 때 부친이 다른 곳으로 가게 되어 이각에게 장사 일을 전담시켰다. 이각은 쌀을 사러 오는 사람이 있으면 쌀을 팔되 그 사람에게 되와 말을 주어 스스로 양을 재도록 했다. 또한 시세를 따지지 않고 단지 한 말에 2문(文)의 이익을 취해서 부모님을 도왔다. 미 : 남몰래 쌓은 공덕이다. 그런데도 세월이 많이 흘렀지만 집의 의식이 매우 풍족했다. 부친이 이상히 여기며 물었더니 그는 모두 사실대로 대답했다. 부친이 말했다.

    "같은 장사를 하는 사람들은 팔 때는 적게 담고 살 때는 많이 담아서 많은 이익을 남기려고 한다. 비록 관아에서 봄과 가을에 조사하지만 끝내 그 폐단을 끊을 수 없었다. 나는 다만 살 때나 팔 때나 모두 똑같이 해서 스스로 한쪽으로 치우침이 없다고 스스로 생각한 지 오래되었다. 그런데 너는 지금 게다가 사람들에게 스스로 재도록 하니 내가 미치지 못하겠다. 그런데도 의식이 풍족하니 어찌 신명이 도운 것이 아니겠느냐?"

후에 부모가 죽은 뒤에 이각은 80여 세가 되도록 그 생업을 바꾸지 않았다. 마침 이각이라는 이름의 재상이 지방으로 나와 회남절도사(淮南節度使)로 부임하게 되었는데, 이각은 신임 절도사와 성명이 같았기에 이름을 관(寬)으로 바꾸었다. 이각은 부임한 뒤 수개월 동안 수도하며 재계하던 중에 어느 날 밤 꿈속에서 어떤 동부(洞府)로 들어가서 보았더니, 안개 낀 꽃이 흐드러지게 피어 있고 누각들이 연이어 있었다. 석벽에 반짝이며 금글씨로 적어 놓은 사람들의 성명이 나열되어 있었는데, 이각의 이름이 있는 것 같았고 글자의 크기가 2척이 넘었다. 이각은 그것을 보고 굉장히 기뻐하면서 스스로 생각했다.

'태평성대에 태어나 오랫동안 높은 관직을 지냈고 또 재상의 지위에까지 올랐으니, 어찌 공덕이 천하에 미치지 않을 수 있겠는가? 지금 동부에 이름이 있으니 나는 필시 신선이 될 것이다.'

한창 기뻐하고 있을 때 두 선동이 석벽의 좌우에서 나오자 이각이 물었다.

"여기는 어디입니까?"

선동이 말했다.

"화양동천(華陽洞天)입니다. 저 성명은 상공이 아니고

상공이 다스리는 강양 부내(部內)의 백성입니다."

이각은 새벽에 깨어나 꿈속의 일을 차례대로 기억하면서 더욱 스스로 놀라 탄식했다. 도사들에게 그 일을 물었지만 아는 사람이 없었고, 시험 삼아 강양의 관리들을 불러 캐물었지만 역시 알지 못했다. 그래서 부성(府城) 안에 영을 내려 자신과 성명이 같은 자를 찾게 했는데, 며칠 동안 군영과 마을에서 수소문해 옛 이름이 이각인 이관을 찾아냈다. 이각은 마침내 그를 맞이해 오게 해서 정실(靜室)에 모시고 목욕재계한 뒤에 배알하면서 도형(道兄)이라 불렀으며, 온 가족이 공경히 섬기면서 조석으로 예를 갖추었다. 이관은 성품이 담박하고 도인의 풍모가 빼어났으며 1척 남짓한 새하얀 수염이 보기 좋았다. 그가 60세가 되었을 때 일찍이 한 도사가 그에게 태식법(胎息法 : 도가의 호흡 수련법)을 가르쳐 주어 오랫동안 음식을 먹지 않았기에 이각은 더욱 그를 공경했다. 한 달 정도 지난 뒤에 이각이 이관에게 물었다.

"도형은 평생 어떤 도술을 터득하고 어떤 선약을 연단해 복용하셨습니까? 제가 일찍이 꿈에 동부에 들어갔다가 석벽에 적혀 있는 성명을 보았는데, 선동이 도형의 성명이라고 하기에 이렇게 모셔서 스승으로 삼고자 청하니 원컨대 전수해 주십시오."

이관은 도술이나 선약 연단의 일은 알지 못한다고 사양했다. 이각이 공손히 절하며 묻기를 그치지 않자, 이관은 마침내 쌀을 판 일을 갖추어 대답했다. 이각은 재삼 탄식하면서 세상에서의 행동거지와 밥 먹고 숨 쉬는 모든 일에 보응이 없지 않으며 만약 덕을 쌓는다면 가난하고 천하다 할지라도 신명이 보우해 이름이 선적(仙籍)에 적힌다는 사실을 알게 되었다. 이관은 100세가 넘었는데도 몸이 매우 가볍고 건강했다. 그러던 어느 날 저녁에 죽었는데, 사흘 후에 관이 쪼개지는 소리가 나서 들여다보았더니 의대는 풀어지지 않은 채 매미가 허물을 벗듯이 이미 시해(尸解)한 뒤였다.

李珏, 眉 : 玨, 音覺, 同穀. 廣陵江陽人也. 世居城市, 販糴自業, 而珏性端謹, 異於常輩. 年十五時, 父適他行, 以珏專販事. 人有糴者, 與糶, 珏卽授以升斗, 俾令自量. 不計時之貴賤, 一斗祇求兩文利, 以資父母. 眉 : 陰功. 歲月旣深, 衣食甚豐. 父怪而問之, 具以實對. 父曰 : "同流中無不出輕入重, 以規厚利. 雖官司以春秋較搉, 終莫斷其弊. 吾但出入皆同, 自以爲無偏久矣. 汝今更任之自量, 吾不及也. 然衣食豐給, 豈非神助耶?" 後父母歿, 及珏年八十餘, 不改其業. 適李相珏出制淮南, 珏以新節使同姓名, 乃改名寬. 李珏下車後數月, 修道齋次, 夜夢入洞府中, 見烟花爛熳, 樓閣連延. 石壁光瑩, 塡金書字, 列人姓名, 似有李珏, 字長二尺餘. 珏視之極喜, 自謂 : '生於明代, 久歷顯官, 又升宰輔, 能無功德及於天下? 今洞府有名, 我必仙人也.' 方喜之際, 有二仙童自石壁左右出, 珏問 : "此何所?" 曰 : "華陽洞天. 此姓名非相公, 乃相公江陽部民也." 珏及曉, 歷記前事, 益自驚嘆. 問道士, 無有知者, 試召江陽官屬詰之, 亦莫知也. 乃令府城內求訪同姓名者, 數日, 軍營里巷相推, 乃得李寬舊名珏. 遂舉, 至之, 置於靜室, 齋沐拜謁, 謂爲道兄, 一家敬事, 朝夕參禮. 李情景恬憺, 道貌秀異, 鬚長尺餘, 皓然可愛. 年六十時, 曾有道士敎其胎息, 亦久不食, 珏愈敬之. 及月餘, 乃問曰: "道兄平生得何道術, 服煉何藥? 珏曾夢入洞府, 見石壁姓名, 仙童所指, 是以迎請師事, 願以相授." 寬辭以不知道術服煉之事. 珏拜問不已, 寬遂具販糶以對. 珏再三咨嗟, 乃知世之動靜食息, 莫不有報, 苟積德, 雖在貧賤, 神明護祐, 名書仙籍. 寬年百餘歲, 輕健異常. 一夕而卒, 三日棺裂聲, 視之, 衣帶不解, 如蟬蛻, 已尸解矣.

* 이 고사는 《태평광기》 권31 〈신선·이각〉에 실려 있다.

7-14(0116) 정약

정약(丁約)

출《광이기》미 : 병해다(兵解).

    당(唐)나라 대력(大曆) 연간(766~779)에 위행식(韋行式)은 서주채방사(西州採訪使)로 있었다. 그의 조카 위자위(韋子威)는 약관(弱冠)의 나이에 도서(道書)를 탐독하면서 신선 수련의 도술에 푹 빠져 있었다. 보졸(步卒) 정약(丁約)은 그의 밑에서 잡일을 맡고 있었는데, 신중하고 열심히 하면서 태만하지 않았기에 위자위는 그를 매우 아꼈다. 하루는 정약이 두려움에 떠는 말투로 다른 곳으로 떠나고자 한다고 말하므로, 위자위가 성을 내며 말했다.

    "군대에 적을 두고 있거늘 어떻게 자기 마음대로 굴 수 있단 말이냐?"

    정약이 말했다.

    "떠날 준비가 이미 끝났으니 머물 수 없습니다. 그러나 제가 나리를 곁에서 모신 지도 이제 2년이 되었기에 그간의 정을 모른 체할 수 없어서 보답할 방법을 생각해 보았습니다. 약 한 알이 있으니 원컨대 이것을 이별의 선물로 드리고자 합니다. 이 약은 장생할 수 있는 것은 아니지만 타고난 수명대로 사는 동안에는 다른 질병이 없을 것입니다."

그러고는 의대를 풀어 그 속에서 좁쌀처럼 생긴 약을 꺼내 위자위에게 바치면서 또 말했다.

"나리는 도심(道心)이 도타워서 어두운 방에서도 자신을 속이지 않으니, 결국엔 속세를 초탈하게 될 것이지만 아직 양진(兩塵)을 거쳐야 합니다."

위자위가 물었다.

"무엇을 양진이라 하느냐?"

정약이 대답했다.

"유가에선 '세(世)'라 하고 불가에선 '겁(劫)'이라 하며 도가에선 '진(塵)'이라 하는데, 이 마음을 잘 견지하면 또한 장수할 수 있습니다. 50년 뒤에 도성 부근에서 만나게 될 것이니 그때 놀라지 마십시오."

말을 마치고는 나갔다. 위자위는 몹시 놀라며 급히 명을 내려 그를 뒤쫓게 했으나 이미 따라잡을 수 없었다. 주장(主將)은 정약이 도망쳤다고 장계(狀啓)를 올려 그를 병적(兵籍)에서 삭제할 것을 청했다. 위자위는 나중에 명경과(明經科)에 급제해 여러 고을의 수장을 지냈다. 종심(從心)의 나이36)[70세]가 되어 머리카락이 모두 학처럼 하얗게 세었는

---

36) 종심(從心)의 나이 : 《논어(論語)》〈위정(爲政)〉 편에서 공자가 "칠십이종심소욕불유구(七十而從心所欲不踰矩)"라고 말한 데서 비롯한 것으로 70세를 가리킨다.

데, 그때가 원화(元和) 13년(818)이었다. 그는 도성으로 돌아가는 길에 저녁에 여산(驪山)의 여관에 묵었는데, 큰길에서 몹시 시끌벅적한 소리를 듣고 그 이유를 물었더니 사람들이 말했다.

"유오(劉悟)가 역적 이사도(李師道) 수하의 장교들을 잡아 대궐에 이른 것입니다."

나가서 그 광경을 바라보니 병장기를 든 군사들이 삼엄하게 경계하고 있는 가운데 차꼬와 수갑을 찬 사람들이 줄줄이 연이어 있었는데, 그중 한 사람이 바로 정약이었다. 그는 두 팔이 뒤로 묶인 채 멀리 서쪽을 향해 끌려가고 있었는데, 치아와 머리카락이 건장한 것이 예전과 다름없었다. 위자위는 매우 기이하게 여기면서 수많은 사람들 속에서 정약을 알아보고 놀랐는데, 정약도 이미 위자위를 보고 미소 지으며 멀리서 말했다.

"임공(臨邛)에서의 이별을 아직 기억하십니까? 순식간에 50년이 흘렀지만 다행히도 오늘 서로 만나게 되었으니 앞의 역참까지 배웅해 주시길 청합니다."

잠시 후 자수역(滋水驛)에 도착하자 각자를 방에 구금해 놓고 구멍 하나만 뚫어 음식을 제공해 주었다. 위자위가 그 구멍으로 들여다보았더니, 정약이 잠깐 사이에 차고와 수갑을 풀어 돗자리로 덮어 두고, 훌쩍 구멍으로 뛰어나와 위자위와 손을 잡고 기정(旗亭 : 주막)에 올라 오랜 이별의 한을 이야기했으며, 또한 위자위가 노쇠해진 것을 탄식했다. 위자위가 말했다.

"선형(仙兄)은 이미 선견지명이 있고 성조(聖朝)가 천하를 어루만져 편안하게 하거늘 어찌하여 사사로운 역신이 되었습니까?"

정약이 말했다.

"말하자면 깁니다. 어찌 도망가겠습니까? 촉(蜀) 땅에서 작별할 때 도성 근처에서 서로 만나게 될 테니 많이 놀라지 마시라 하지 않았습니까?"

위자위가 또 물었다.

"정말 형장에 가시렵니까?"

정약이 대답했다.

"선도에서 시해(尸解)·병해(兵解)·수해(水解)·화해(火解)37)한 이들은 실로 많으니, 혜강(嵇康)과 곽박(郭璞)도 모두 살해당했습니다. 나도 이로써 시해하려는 것뿐이니, [한나라 초의 명장인] 한신(韓信)과 팽월(彭越)이 분토(糞土)로 돌아가 버린 것과는 다릅니다. 내가 도망갈 생각이 있어서 여기서 도망친다면 누가 쫓아올 수 있겠습니까?"

---

37) 시해(尸解)·병해(兵解)·수해(水解)·화해(火解) : 모두 시해의 일종으로 병기·물·불을 통한 다양한 득선 방법을 총칭한다. 시해는 육신은 남겨 두고 혼백만 빠져나가 신선이 되는 도술을 말한다.

위자위가 다른 일도 물었으나 정약은 대답하지 않고 그저 붓이 필요하다고만 말했다. 미 : 혜강과 곽박이 붓을 필요로 했다는 말을 어찌 듣지 못했는가? 위자위가 책 보따리를 뒤져 붓을 찾아 주자 정약은 쑥스러워하며 받았다. 위자위가 말했다.

"내일 이른 아침 형장에서 이목이 집중되었을 때 혹시 그곳에서 시해하시렵니까?"

정약이 말했다.

"아닙니다. 저녁에 틀림없이 많은 비가 내려 형을 집행할 수 없을 것입니다. 이틀 동안 비가 내린 뒤에 개이겠지만 나라에 작은 변고가 생겨 19일이 되어야 하늘이 정한 시한이 됩니다. 당신이 그때에 찾아와 작별한다면 다행이겠습니다."

말을 마치고는 역참으로 돌아가 다시 구멍으로 들어간 뒤 차고와 수갑을 차고 앉았다. 위자위는 온천(溫泉)으로 돌아갔는데 해가 이미 신시(申時 : 오후 3~5시) 무렵을 가리키고 있었다. 그때 먼지바람이 갑자기 일더니 밤중에 과연 큰비가 퍼붓듯이 내렸다가 날이 밝자 진흙탕이 정강이까지 빠지게 되어 다른 날 형을 집행하라는 조서가 내려졌다. 이틀이 지나서 날이 개었지만 친왕(親王)의 딸이 외관(外館)에서 죽었기에 다시 사흘간 조회를 보지 않았다. 과연 19일이 되어 역적을 종묘에 바치고 저잣거리를 돌게 하고 나서야 비로소 사형을 집행하게 되었다. 위자위는 그날 노복과 말을 배불리 먹이고 가시덤불을 둘러친 형장으로 가서 기다렸다. 정오가 되어 드디어 죄수들이 막 도착했는데, 정약이 멀리서 위자위를 보고 웃으면서 서너 번 고개를 끄덕였다. 칼날을 휘두를 때 위자위는 붓이 잘리는 것만 보았는데, 서릿발 같은 칼날이 번득이는 순간에 정약은 군중 속에서 뛰어나와 다시 주막으로 가서 위자위와 대작하며 선도를 받드는 데 힘쓰라고 했다. 말을 마치고는 기정(旗亭)을 내려와 천천히 서쪽으로 떠나갔는데 몇 걸음 만에 사라져 버렸다.

唐大曆中, 韋行式爲西州采訪使. 侄子威, 年及弱冠, 耽玩道書, 溺神仙修煉之術. 有步卒丁約者, 執厮役於部下, 恪勤不怠, 子威頗私之. 一日辭氣慘慄, 云欲他適, 子威怒曰: "籍在軍中, 焉容自便?" 丁曰: "去計已果, 不可留也. 然某肅勤左右, 二載於茲, 未能忘情, 思有以報. 有藥一粒, 願以贈別. 此非能長生, 限內無他恙矣." 因褫衣帶內, 得藥類粟, 以奉子威, 又謂曰: "郞君道情深厚, 不欺暗室, 終當棄俗, 尙隔兩塵." 子威曰: "何謂兩塵?" 對曰: "儒謂之世, 釋謂之劫, 道謂之塵, 善堅此心, 亦復遐壽. 五十年近京相遇, 此際無相訝也." 言訖而出. 子威驚愕, 亟命追之, 已不及矣. 主將以逃亡上狀, 請落兵籍. 子威後擢明經第, 調數邑宰. 及從心之歲, 毛髮皆鶴, 時元和十三年也. 將還京輦, 夕於驪山旅舍, 聞通衢甚喧, 詢其由, 曰: "劉悟執逆賊李師道下將校至闕下." 步出視之, 則兵仗嚴衛, 桎梏累累, 其中一人, 乃丁約也. 反接雙臂, 長驅而西, 齒髮彊壯, 無異昔日. 子威大奇之, 百千人中, 驚認之際, 丁已見矣, 微笑遙謂曰: "尙記臨邛別否? 一

瞬五十年矣, 幸今相見, 請送至前驛." 須臾到滋水驛, 則散
繫於廊舍, 開一竅以給食物. 子威窺之, 俄見脫置桎梏, 覆之
以席, 躍自竇出, 與子威携手上旗亭, 話闊別之恨, 且嘆子威
之衰耄. 子威謂曰: "仙兄旣有先見之明, 聖朝奄宅天下, 何
爲私叛臣耶?" 丁曰: "言之久矣. 何逃哉? 蜀國睽辭, 豈不云
近京相遇, 愼勿多諤乎?" 又問曰: "果就刑否?" 對曰: "道中
有尸解·兵解·水解·火解, 實繁有徒. 嵇康·郭璞, 皆成
戕害. 我以此委蛻耳, 異韓彭與糞壤並也. 某或思避, 自此
而逃, 孰能追也?" 他問不對, 唯云須筆. 眉: 何不聞嵇·郭需
筆? 子威搜書囊而進, 亦愧領之. 威曰: "明晨法場寓目, 豈
蛻於此乎?" 丁曰: "未也. 夕當甚雨, 不克行刑. 兩晝雨止,
國有小故, 十九日天限方及. 君於此時, 幸一訪別." 言訖還
館, 復自穴入, 荷校以坐. 子威却往溫泉, 日已晡矣. 風埃忽
起, 夜中果大雨, 遲明泥及骭, 詔改日行刑. 雨宿方霽, 則王
姬有薨於外館者, 復三日不視朝. 果至十九日, 方獻廟巡鄽,
始行大戮. 子威是日飯僕飽馬, 往棘圍候之. 亭午, 俘囚纔
至, 丁遙目子威, 笑頷三四. 及揮刃之際, 子威獨見斷筆, 霜
鋒倐忽之次, 丁因躍出衆中, 又登酒肆, 與威對飮, 勉其奉
道. 言訖, 下旗亭, 冉冉西去, 數步而滅.

* 이 고사는《태평광기》권45 〈신선·정약〉에 실려 있다.

7-15(0117) 소정지

소정지(蕭靜之)

출《신선감우전》미 : 이하 4조는 모두 영약을 복용해 득도한 고사다(以下四條皆服靈藥得道).

난릉(蘭陵)의 소정지는 진사(進士)에 응시했다가 낙제했다. 천성이 자못 도술을 좋아해 서책을 팽개친 채 곡식을 끊고 기를 단련하면서 장수(漳水) 가에 초막을 짓고 살았는데, 10여 년이 지나자 안색과 모습이 초췌해지고 치아와 머리카락이 빠져 버렸다. 어느 날 아침 거울을 보다가 화가 치밀어 업하(鄴下)로 거처를 옮기고 상인들을 따라다니면서 10분의 1의 이득을 챙겼다. 몇 년이 지나자 살림이 풍족해져서 땅을 마련하고 집을 지으면서 땅을 파다가 사람 손처럼 생긴 한 물건을 얻었는데, 통통하면서도 윤기가 흘렀으며 분홍색이었다. 소정지가 탄식하며 말했다.

"혹 태세신(太歲神)[38]이 장차 재앙을 일으키려는 것이

---

[38] 태세신(太歲神) : 민간 전설 속 신. 옛날 민간에서는 땅에 있는 태세신이 하늘의 태세[목성]와 상응해 움직인다고 생각했는데, 이 방향을 나쁜 방향이라 생각해 태세신의 방위로 흙을 파고 건축 공사하는 것을 금기시했다.

아닐까?"

소정지는 즉시 그것을 삶아 먹었는데 맛이 좋았다. 한 달이 지나자 치아와 머리카락이 다시 돋아났으며 힘이 세지고 모습이 젊어졌는데, 그 연유를 알지 못했다. 우연히 업하의 성읍을 노닐다가 한 도사를 만났는데, 그 도사가 소정지를 돌아보고 놀라며 말했다.

"그대의 신기(神氣)가 이와 같으니 선약을 먹은 게 틀림없소!"

그러고는 그의 맥을 짚어 보길 청한 뒤 말했다.

"그대가 먹은 것은 육지(肉芝)로서, 이것을 먹은 자는 수명이 거북이나 학과 같아지오." 미: 육지다.

蘭陵蕭靜之, 擧進士不第. 性頗好道, 委書策, 絶粒煉氣, 結廬漳水之上, 十餘年顔貌枯悴, 齒髮凋落. 一旦引鏡而怒, 因遷居鄴下, 逐市人求什一之利. 數年而資用豐足, 乃置地葺居, 掘得一物, 類人手, 肥而且潤, 其色微紅. 嘆曰:"豈非太歲之神將爲祟耶?" 卽烹食之, 美. 逾月齒髮再生, 力壯貌少, 而莫知其由. 偶遊鄴都, 値一道士, 顧靜之, 駭而言曰:"子神氣若是, 必嘗餌仙藥!" 求診其脉, 乃曰:"子所食者肉芝也, 食者壽同龜鶴矣." 眉: 肉芝.

* 이 고사는 《태평광기》 권24 〈신선·소정지〉에 실려 있다.

7-16(0118) 주유자

주유자(朱孺子)

출《속신선전(續神仙傳)》

    주유자는 영가(永嘉) 안고(安固) 사람이다. 어려서 도사 왕현진(王玄眞)을 모시고 대약암(大箬岩)에서 살았는데, 선도(仙道)를 깊이 흠모해 늘 산마루에 올라 황정(黃精)을 캐서 먹었다. 하루는 계곡에 가서 채소를 씻다가 문득 보았더니, 기슭 옆에서 작은 얼룩개 두 마리가 서로 쫓아다니다가 잠시 후 구기자 떨기 밑으로 들어갔다. 주유자가 돌아가 왕현진에게 말하고 함께 가서 기다리다가, 다시 두 마리의 개가 뛰노는 것을 보고 쫓았더니 또 구기자 밑으로 들어갔다. 왕현진과 주유자가 함께 파 보았더니 구기자 뿌리 두 개가 나왔는데, 그 모양이 얼룩개처럼 생겼고 돌처럼 단단했다. 그것을 가지고 돌아와 삶았는데, 주유자는 땔감을 넣고 불을 지키면서 사흘 밤낮을 부뚜막 곁을 떠나지 않았다. 주유자는 탕의 맛을 보기 위해 계속해서 떠먹었다. 구기자 뿌리가 흐물흐물해지자 왕현진에게 알리고 함께 꺼내서 비로소 먹었다. 잠시 후 주유자가 갑자가 날아올라 앞 산봉우리 위에 있자, 왕현진이 한참 동안 경이로워하는 사이에 주유자는 구름을 타고 떠나갔다. 지금 세간에서는 그 봉우리를 동자봉(童子峰)이라 부른다. 왕현진은 그 뿌리를 먹고 헤아릴 수 없는 수명을 누렸으며, 역시 대약암 서쪽의 도산(陶山)에서 은거했다. 약초를 캐고 사냥하던 사람이 간혹 그를 보았다고 한다. 미 : 구기자 뿌리다.

朱孺子, 永嘉安國[1]人也. 幼而事道士王玄眞, 居大箬岩, 深慕仙道, 常登山嶺, 採黃精服餌. 一日, 就溪濯蔬, 忽見岸側有二小花犬相趁, 乃尋逐入枸杞叢下. 歸語玄眞, 俱往伺之, 復見二犬戲躍, 逼之, 又入枸杞下. 玄眞與孺子共尋掘, 乃得二枸杞根, 形如花犬, 堅若石. 挈歸煮之, 而孺子益薪看火, 三日晝夜, 不離竈側. 試嘗汁味, 取喫不已. 及見根爛, 告玄眞來共取, 始食之. 俄頃而孺子忽飛升在前峰上, 玄眞驚異久之, 孺子升雲而去. 今俗呼其峰爲童子峰. 玄眞餌其根, 不知年壽, 亦隱於岩之西陶山. 有採捕者, 時或見之. 眉 : 枸杞根.

* 이 고사는 《태평광기》 권24 〈신선·주유자〉에 실려 있다.

1 안국(安國) : "안고(安固)"의 오기로 보인다. 수·당·오대의 영가군(永嘉郡)에는 안고현(安固縣)만 있고 안국현(安國縣)은 없다.

7-17(0119) 진사

진사(陳師)

출《계신록(稽神錄)》

예장(豫章)에서 여관을 운영하는 매씨(梅氏)는 나그네들을 구제하며 많은 은혜를 베풀었는데, 승려와 도사가 그곳에 투숙하면 모두 돈을 요구하지 않았다. 늘 한 도사가 남루한 옷차림으로 와서 묵었는데 매씨는 그를 후하게 대접했다. 하루는 도사가 매씨에게 말했다.

"내가 내일 재(齋)를 올리려고 하는데 당신에게 새 사발 스무 개와 젓가락 일곱 벌을 빌렸으면 합니다. 또 당신도 오셔야 하니 천보동(天寶洞) 앞에서 진사를 찾으시면 됩니다."

매씨는 그렇게 하겠다고 했으며, 도사는 사발을 가지고 강을 건너서 갔다. 다음 날 매씨는 천보동 앞에 가서 마을 사람들에게 물었지만 그곳을 아는 사람이 없었다. 한참 후에 돌아가려 하다가 우연히 한 작은 길을 발견했는데 아주 밝고 깨끗하기에 시험 삼아 그 길을 따라 찾아갔더니 과연 한 집이 나왔다. 청동(靑童 : 시동)이 문을 지키고 있기에 매씨가 물었더니 바로 진사의 집이라고 했다. 들어가서 도사를 만나 보니 의관이 화려하고 깨끗했다. 도사는 매씨를 맞이해 함께 앉으며 음식을 차려 오라고 명했다. 잠시 후에 음식이 나왔는데, 바로 푹 삶은 갓난아이였기에 매씨는 두려워서 먹지 못했다. 한참 있다가 또 음식을 올렸는데, 바로 삶은 강아지였기에 이번에도 매씨는 먹지 못했다. 도사는 탄식하며 어제 가져온 사발을 꺼내 손님에게 드리라고 했는데, 살펴보니 다름 아닌 황금 사발이었다. 도사가 매씨에게 말했다.

"그대는 선한 사람이지만 신선이 될 수는 없군요. 천 년 된 인삼과 구기자를 모두 먹으려 하지 않으니 이것도 운명인가 봅니다."

도사는 매씨에게 감사를 표하고 돌려보냈다. 미 : 인삼과 구기자다.

豫章逆旅梅氏, 頗濟惠行旅, 僧道投止, 皆不求直. 恒有一道士, 衣服襤縷, 來止其家, 梅厚待之. 一日謂梅曰 : "吾明日當設齋, 從君求新瓷碗二十事, 及七箸. 君亦宜來會, 可於天寶洞前訪陳師也." 梅許之, 道士持碗渡江而去. 梅翌日詣洞前, 問其村人, 莫知其處. 久之將回, 偶得一小逕, 甚明淨, 試尋之, 果見一院. 有靑童應門, 問之, 乃陳之居也. 入見道士, 衣冠華楚. 延與之坐, 命具食. 頃之食至, 乃熟蒸一嬰兒, 梅懼不食. 良久又進食, 乃蒸一犬子, 梅亦不食. 道士嘆息, 命取昨所得碗贈客, 視之, 乃金碗也. 謂梅曰 : "子善人也, 然不得仙. 千歲人參·枸杞, 皆不肯食, 乃分也." 謝而遣之. 眉 : 人參·枸杞.

* 이 고사는 《태평광기》 권51 〈신선·진사〉에 실려 있다.

7-18(0120) **여생**

여생(呂生)

출《일사》

  우향현(虞鄕縣)과 영락현(永樂縣)은 서로 인접해 있는데, 그 일대에서 도사를 종종 만날 수 있었다. 여생이라고 하는 사람이 두 읍 사이에 살았는데, 어렸을 적에 음식 냄새를 맡기 싫어해서 산 위로 올라가 스스로 황정(黃精)39)을 캐서 삶아 먹었다. 10년이 지나자 날로 몸이 가볍고 건강해짐을 느꼈으며, 바람과 추위를 잘 견디고 바람처럼 다니게 되었으며, 글을 보거나 사람의 말을 들으면 잊어버리지 않았다. 어머니는 그를 공부시켜 명경과(明經科)에 응시하게 하려고 했는데, 그는 날마다 여러 권의 책을 읽었지만 실제로 힘써서 공부하지는 않았고 스스로 잊어버리지만 않을 뿐이었다. 나중에 어머니가 그에게 밥을 먹으라고 다그쳤지만 듣지 않자, 누이들과 함께 아침저녁으로 권했지만 모두 따르

---

39) 황정(黃精) : 황지(黃芝)·녹죽(鹿竹)·미반(米飯)·선인식량(仙人食糧) 등으로 불리는 백합과의 식물. 뿌리와 줄기에서 전분을 채취하는데 선가에서는 황토의 정기를 섭취해 생장한다고 생각해서 '황정'이라 한다.

지 않았다. 그래서 어머니는 술에 돼지기름을 넣어 직접 들고 가서 마시라고 하면서 말했다.

"나는 늙었고, 하물며 술은 도가에서 금하는 것도 아니다!"

여생이 말했다.

"저는 어려서부터 음식 맛을 몰랐으며, 실제로 먹어도 넘어가지 않습니다."

결국 그의 입과 코로 술을 억지로 부었더니 술이 들어가는 순간 그의 입 속에서 한 물체가 떨어졌는데, 길이가 2촌 남짓했다. 사람들이 함께 살펴보니 바로 황금 사람이었다. 여생은 곧바로 쓰러져서 일어나지 못한 채 오직 졸리고 피곤하다고 말할 뿐이었다. 그 누이가 향탕(香湯)으로 황금 사람을 씻어서 여생의 허리띠 안에 매어 주었더니 한참 후에야 여생이 일어났다. 원래 여생은 나이가 예순이 가까웠는데도 수염과 머리카락이 칠흑같이 검었는데, 이제는 백발로 변해 버렸다. 어머니가 비로소 후회하면서 황금 사람을 찾았으나, 묶어 둔 곳은 그대로였지만 이미 사라져 보이지 않았다. 여생은 한스러워하며 눈물을 흘리면서 어머니에게 재배하고 집을 나가 떠났는데, 모산(茅山)으로 간다고 말했지만 더 이상 종적을 찾을 수 없었다. 미: 황정이다.

虞鄕·永樂等縣連接, 其中道者往往而遇. 有呂生者, 居二邑間, 爲兒時不欲聞食氣, 因上山自劚黃精煮服之. 十年之後, 日覺輕健, 耐風寒, 行若飄風, 見文字及人語更不忘. 母令讀書, 遂欲應明經, 日念數卷, 實非用功也, 自不忘耳. 後母逼令餐飯, 不肯, 與諸妹旦夕勸解, 悉不從. 因於酒中置猪脂, 自捧以飲之曰:"我老矣, 況酒道家不禁!" 呂曰:"某自小不知味, 實進不得." 乃逼於口鼻, 噓吸之際, 一物自口中落, 長二寸餘. 眾共視之, 乃黃金人子也. 呂生乃僵臥不起, 惟言睏憊. 其妹以香湯洗之, 結於呂衣帶中, 移時方起. 先是呂生年雖近六十, 鬚髮漆黑, 及是皓首. 母始悔之, 却取金人, 結處如舊, 已不見之矣. 呂生恨惋垂泣, 再拜母出門去, 云往茅山, 更無其踪. 眉 : 黃精.

* 이 고사는 《태평광기》 권23 〈신선 · 여생〉에 실려 있다.

7-19(0121) 귤 속의 노인

귤중수(橘中叟)

출《현괴록(玄怪錄)》

파공(巴邛) 사람이 있었는데 성은 알지 못한다. 그의 집에 귤밭이 있었는데 서리가 내린 후에 귤을 모두 수확하고 서너 말을 담을 수 있는 동이만 한 커다란 귤 두 개만 남아 있었다. 파공 사람은 이상해하면서 즉시 따 오게 했는데, 무게는 보통 귤과 같았다. 쪼개 보았더니 귤마다 두 노인이 들어 있었는데, 수염과 눈썹이 새하얗고 피부에 붉은 윤기가 흘렀다. 노인들은 모두 마주 앉아 장기를 두고 있었는데, 몸은 겨우 1척 남짓 되었고 태연자약하게 얘기하며 웃었다. 귤이 쪼개진 후에도 놀라거나 두려워하지 않고 그저 내기에 열중했다. 내기가 끝나자 한 노인이 말했다.

"그대는 내게 해룡신(海龍神) 일곱째 딸의 머리카락 10냥, 선녀 지경(智瓊)의 액황(額黃 : 이마에 바르는 화장품) 12매, 자줏빛 비단 배자 1벌, 강태산(絳台山) 하실산(霞實散) 2유(庾 : 1유는 12두), 영주(瀛洲)의 옥가루 9곡(斛 : 1곡은 10두), 서왕모(西王母)의 요수응주(瘆髓凝酒) 4종(鍾 : 1종은 6곡 4두), 서왕모의 딸 태영낭자(態盈娘子)의 제허룡호말(躋虛龍縞襪) 8켤레를 잃었으니, 후일 왕 선생(王先生)

의 청성산(靑城山) 초당에서 나에게 갚으시오."

또 한 노인이 말했다.

"왕 선생이 오기로 허락했으나 결국 기다릴 수 없소. 귤 속의 즐거움은 상산(常山)의 그것에 못지않지만, 다만 뿌리가 깊고 꼭지가 단단하지 못해 떨어졌을 뿐이오."

또 한 노인이 말했다.

"나는 배가 고파서 용근포(龍根脯)를 먹어야겠소."

그러고는 바로 소매 속에서 풀뿌리 하나를 꺼냈는데, 둘레가 1촌쯤 되었고 구불구불한 모양이 용과 같았으며 세세한 부분까지 용의 모습을 갖추지 않은 곳이 없었다. 노인이 이를 잘라 먹었는데, 자르는 대로 바로 원상태로 회복되었다. 다 먹고 나서 물을 뿜었더니 한 마리의 용으로 변했다. 네 노인이 함께 용을 타자 발아래에서 뭉게뭉게 구름이 일고 금세 비바람이 불며 어두워지더니 어디로 갔는지 알 수 없었다.

有巴邛人, 不知姓. 家有橘園, 因霜後, 諸橘盡收, 餘有二大橘, 如三四斗盎. 巴人異之, 卽令攀摘, 輕重亦如常橘. 剖開, 每橘有二老叟, 鬚眉皤然, 肌體紅潤. 皆相對象戱, 身僅尺餘, 談笑自若. 剖開後, 亦不驚怖, 但與決賭. 賭訖, 叟曰: "君輸我海龍神第七女髮十兩·智瓊額黃十二枚·紫絹帔一副·絳台山霞實散二庾·瀛洲玉塵九斛·阿母療髓凝酒四鍾·阿母女態盈娘子躋虛龍縞襪八緉, 後日於王先生靑城草堂還我耳." 又有一叟曰: "王先生許來, 竟待不得. 橘中之樂, 不減商山, 但不得深根固蒂, 爲摘下耳." 又一叟曰 : "僕饑矣, 須龍根脯食之." 卽於袖中抽出一草根, 方圓徑寸, 形狀宛轉如龍, 毫釐罔不周悉. 因削食之, 隨削隨滿. 食訖, 以水噀之, 化爲一龍. 四叟共乘之, 足下泄泄雲起, 須臾風雨晦冥, 不知所在.

* 이 고사는《태평광기》권40〈신선·파공인(巴邛人)〉에 실려 있다.

권8 여선부(女仙部)

여선(女仙) 1

이 권은 대부분 삼계의 진선을 실었다.
此卷多載三界眞仙.

8-1(0122) 서왕모

서왕모(西王母)

출《집선록(集仙錄)》

서왕모는 구령태묘귀산금모(九靈太妙龜山金母)로, 미 : 귀산(龜山)은 귀대(龜臺)라고도 한다. 이천(伊川)에서 태어났으며 그 성은 후씨(侯氏)다. 태어나면서부터 날았으며, 극음(極陰)의 원기로 위치는 서방에 배치되고 모든 생물을 양육한다. 삼계시방(三界十方)[40]에서 득도한 여자는 모두 서왕모에게 예속된다. 서왕모가 사는 곤륜포(昆侖圃)와 낭풍원(閬風苑)에는 1000리나 되는 성(城)과 12개의 옥루(玉樓)가 있고, 경화궐(瓊華闕)·광벽당(光碧堂)·구층현실(九層玄室)·자취단방(紫翠丹房)이 있으며, 왼쪽으로는 요지(瑤池)가 띠를 두르고 오른쪽으로는 취수(翠水)가 둘러져 있다. 곤륜산 아래에는 깊고 깊은 약수(弱水)가 있는데, 표거(飆車 : 신선이 수레 삼아 타는 바람)와 우륜(羽輪 : 신선이 수레 삼아 타는 난새나 학)이 아니면 그곳에 이를 수 없다.

---

40) 삼계시방(三界十方) : '삼계'는 욕계(欲界)·색계(色界)·무색계(無色界)를 말하고, 시방은 동·서·남·북·동남·서남·동북·서북·상·하를 말한다.

이른바 옥궐(玉闕)은 하늘에 다다르고 녹대(綠臺)는 창천에 닿으며, 청림우(靑琳宇)와 주자방(朱紫房)에는 옥장식 채색 휘장이 드리워져 있고 밝은 달이 사방을 환하게 비춘다. 서왕모는 화려한 머리꾸미개를 꽂고 호랑이 인장을 차고 있으며, 왼쪽에서는 선녀가 시중들고 오른쪽에서는 선동이 시중든다. 보석으로 치장한 수레 덮개는 겹겹이 빛나고 선녀가 들고 있는 우선(羽扇)은 뜰에 그늘을 만든다. 난간과 섬돌 아래에는 백환수(白環樹)와 단강림(丹剛林)을 심었는데, 푸른 하늘로 수만 가지가 뻗고 옥 같은 줄기가 1000길 높이로 솟아 있으며, 바람이 불지 않아도 신비로운 소리가 저절로 울려 쟁그랑거리는 것이 모두 구주팔회(九奏八會)[41]의 음악이다. 황제(黃帝)가 포악한 치우(蚩尤)를 토벌할 때, 치우가 연기를 불고 안개를 내뿜어 황제의 군사들이 크게 우왕좌왕했다. 그러자 서왕모는 검은 여우 갖옷을 입은 사자를 보내 황제에게 부적을 주며 말했다.

"태일(太一)[42]이 앞에 있고 천일(天一)[43]이 뒤에 있으니

---

41) 구주팔회(九奏八會) : '구주'는 순임금의 음악으로 곡조가 아홉 번 변한다고 하는 구성(九成)을 말하고, '팔회'는 천지인(天地人) 삼원(三元)에 오행(五行)의 덕(德)을 더한 것을 말한다.

42) 태일(太一) : 북방 자미원(紫微垣)에 속하는 별로서, 전쟁과 전염병을 방지하는 인성(仁星)이라고 한다.

그것을 얻는 자가 승리할 것이오."

부적은 넓이가 3촌이고 길이가 1척으로, 파랗게 맑은 것이 옥과 같았고 붉은 단사로 글씨가 쓰여 있었다. 황제가 부적을 차고 나자 서왕모는 곧 사람 머리에 새 몸을 한 부인에게 명을 내렸는데, 부인이 황제에게 말했다.

"나는 구천현녀(九天玄女)입니다." 미 : 구천현녀가 덧붙어 나온다.

그러고는 황제에게 삼궁오의음양략(三宮五意陰陽略)·태일둔갑육임보두술(太一遁甲六壬步斗術)·음부기(陰符機)·영보오부오승문(靈寶五符五勝文) 등을 주었는데, 황제는 마침내 중기(中冀)에서 치우를 정벌했다. 또 몇 년 후에 서왕모는 흰 사슴을 탄 백호신(白虎神)을 보내 황제의 궁정에 이르러 지도를 주었다. 그 후에 우순(虞舜 : 순임금)이 섭정하고 있을 때, 서왕모는 사자를 보내 순임금에게 백옥환(白玉環)을 주었다. 순임금이 즉위하자 서왕모는 다시 보충한 지도를 주어, 마침내 황제 시대의 9주를 12주로 넓혔다. 서왕모는 또 사자를 보내 순임금에게 백옥관(白玉琯)을 바쳤는데, 그것을 불어 팔풍(八風)44)을 조화시켰다. 옛날에

---

43) 천일(天一) : 북방 자미원에 속하는 별로서, 천제(天帝)의 신으로 전투를 주관하며 사람의 길흉을 안다고 한다.
44) 팔풍(八風) : 팔방에서 부는 바람. 《여씨춘추(呂氏春秋)》〈유시(有

자(字)가 숙신(叔申)인 모영(茅盈), 자가 자등(子登)인 왕포(王褒), 자가 보한(輔漢)인 장도릉(張道陵)과 구성칠진(九聖七眞)45)에 이르기까지 무릇 득도하고 선서(仙書)를 전수받은 자들은 모두 곤릉(昆陵 : 곤륜)의 궁궐에서 서왕모를 알현했다.

西王母者, 九靈太妙龜山 眉 : 龜山亦作龜臺. 金母也, 生於伊川, 厥姓侯氏. 生而飛翔, 爲極陰之元, 位配西方, 母養群品, 三界十方, 女子之得道者, 咸隸焉. 所居昆侖之圃, 閬風之苑, 有城千里, 玉樓十二, 瓊華之闕, 光碧之堂, 九層玄室, 紫翠丹房, 左帶瑤池, 右環翠水. 其山之下, 弱水九重, 非飆車羽輪, 不可到也. 所謂玉闕暨天, 綠臺承霄, 青琳之宇, 朱紫之房, 連琳彩帳, 明月四朗. 戴華勝, 佩虎章, 左侍仙女, 右侍羽童. 寶蓋杳映, 羽摻蔭庭. 軒砌之下, 植以白環之樹, 丹剛之林, 空青萬條, 瑤榦千尋, 無風而神籟自韻, 琅琅然皆九

始〉편에 따르면, 동북방의 염풍(炎風), 동방의 도풍(滔風), 동남방의 훈풍(熏風), 남방의 거풍(巨風), 서남방의 처풍(凄風), 서방의 요풍(飂風), 서북방의 여풍(厲風), 북방의 한풍(寒風)을 팔풍이라 한다.

45) 구성칠진(九聖七眞) : '구성'은 복희(伏羲)·신농(神農)·황제(黃帝)·요(堯)·순(舜)·우(禹)·문왕(文王)·주공(周公)·공자(孔子)를 말한다. '칠진'은 다양한 설이 있는데, 일반적으로는 한(漢)나라의 모영(茅盈)·모고(茅固)·모충(茅衷) 형제, 후진(後晉)의 양희(楊羲)·허목(許穆)·허홰(許翽), 당(唐)나라의 곽숭진(郭崇眞)을 말한다. 이들은 모두 모산(茅山)에서 득도했다고 한다.

奏八會之音也. 黃帝討蚩尤之暴, 蚩尤吹烟噴霧, 師衆大迷. 王母遣使者, 被玄狐之裘, 以符授帝曰 : "太一在前, 天一在後, 得之者勝." 符廣三寸, 長一尺, 靑瑩如玉, 丹血爲文. 佩符旣畢, 王母乃命一婦人, 人首鳥身, 謂帝曰 : "我九天玄女也." 眉 : 九天玄女附見. 授帝以三宮五意陰陽之略, 太一遁甲六壬步斗之術, 陰符之機, 靈寶五符五勝之文, 遂克蚩尤於中冀. 又數年, 王母遣白虎之神, 乘白鹿, 集於帝庭, 授以地圖. 其後虞舜攝位, 王母遣使授舜白玉環. 舜卽位, 又授益地圖, 遂廣黃帝之九州爲十有二州. 王母又遣使獻舜白玉琯, 吹之以和八風. 昔茅盈字叔申, 王襃字子登, 張道陵字輔漢, 洎九聖七眞, 凡得道授書者, 皆朝王母於昆陵之闕焉.

* 이 고사는 《태평광기》 권56 〈여선·서왕모〉에 실려 있다.

8-2(0123) 옥치 낭자

옥치낭자(玉卮娘子)

출《현괴록》

당(唐)나라 현종(玄宗) 때 최 서생(崔書生)이 있었는데, 그는 동주(東州) 나곡(邏谷)의 어귀에 살았으며 이름난 꽃을 심길 좋아했다. 늦봄이 되면 꽃부리와 꽃술에서 짙은 향기가 뿜어 나와 멀리 100보 밖에서도 맡을 수 있었다. 최 서생은 매일 첫새벽에 반드시 세수와 양치를 하고 꽃을 돌보았다. 어느 날 문득 한 여인이 서쪽에서 말을 타고 왔는데, 푸른 옷 입은 젊고 늙은 시녀 여럿이 뒤를 따르고 있었다. 여인은 특출한 미모를 지니고 있었으며 타고 있는 준마(駿馬)도 최고였다. 그러나 최 서생이 자세히 살펴보기도 전에 이미 지나가 버렸다. 다음 날 그들이 또 지나가자 최 서생은 꽃 아래에 먼저 자리를 펴고 술을 준비해 놓고 가서 그녀의 말을 맞이해 머리 숙여 절하며 말했다.

"저는 천성이 꽃과 나무를 좋아해서 이 정원에는 제 손으로 심지 않은 것이 없습니다. 지금 한창 향기가 넘쳐 나므로 자못 두루 둘러볼 만합니다. 아가씨께서 자주 이곳을 지나시기에 노복들과 마부가 피곤할 것이라 생각해서 감히 조촐한 술자리를 마련해 쉬었다 가시길 기다렸습니다."

하지만 여인은 돌아보지도 않고 지나갔고, 대신 뒤따르던 시녀가 말했다.

"그저 술자리만 준비하면 될 것이니, 어찌 오지 않을 것을 걱정하십니까?" 미 : 시녀가 매우 사리에 밝다.

여인이 뒤돌아보며 시녀를 질책했다.

"어찌 함부로 남과 얘기를 하는 게냐?"

최 서생은 다음 날에도 먼저 별장에 도착해 있다가 [그녀가 지나가자] 또 말에서 내려 절하며 한참 동안 청했다. 그러자 한 늙은 시녀가 여인에게 말했다.

"말이 몹시 지쳐 있으니 잠시 쉬어 가도 무방할 듯합니다."

이에 여인은 스스로 말을 당겨 본채에 이르러 내렸다. 이때 늙은 시녀가 최 서생에게 말했다.

"당신이 이미 청혼할 생각이라면 내가 매파 노릇을 해도 되겠습니까?"

최 서생이 크게 기뻐하며 재배하고 무릎 꿇은 채 부탁하자 시녀가 말했다.

"15~16일 뒤면 큰 길일(吉日)이니 당신은 그때 혼례에 필요한 것만 마련하고 아울러 주연(酒宴)을 준비해 놓으십시오. 지금 작은아씨의 언니가 나곡에 계신데, 작은 병이 나셨기에 미 : 선인(仙人)도 병이 있는가? 날마다 문병하러 가시는 것입니다. 내가 떠난 뒤에 당신은 곧장 부모님께 말씀드리고 약속한 날이 되거든 함께 이곳으로 오십시오."

그러고는 모두 떠나갔다. 최 서생은 즉시 시녀의 말에 따라 필요한 것들을 준비했는데, 약속한 날이 되자 여인과 언니가 함께 도착했다. 그녀의 언니 역시 자태와 용모가 지극히 아름다웠는데, 최 서생에게 시집가는 동생을 배웅하러 온 것이었다. 최 서생의 어머니는 옛집에 있었기에 그 사실을 전혀 몰랐다. 최 서생은 어머니께 고하지도 않고 장가들고는 그저 첩을 들였다고만 말씀드렸다. 나중에 최 서생은 어머니의 얼굴이 초췌해졌음을 발견하고 안석 아래에 엎드려 까닭을 물었더니 어머니가 말했다.

"아들이라곤 너 하나이기에 네가 온전하기만을 바랐다. 지금 네가 들인 새색시는 비길 데 없이 요염하더구나. 나는 토우(土偶)나 그림책 중에서도 이런 여자를 본 적이 없다. 이는 필시 여우 귀신의 부류일 것이니, 너에게 해를 끼칠까 봐 내가 근심하고 있는 것이다."

최 서생이 방에 들어가서 보니 여인이 눈물을 줄줄 흘리며 말했다.

"본래 부인으로서 당신을 모시다가 생을 마치길 바랐지만, 뜻밖에도 어머님께서 저를 여우 귀신 취급하시니 내일 아침에 즉시 떠나겠습니다!"

최 서생도 눈물을 흘리며 말을 하지 못했다. 다음 날 여인의 수레와 말이 다시 오자, 최 서생도 말을 타고 그녀를 전송했다. 나곡으로 30리쯤 들어가자 산속에 한 줄기 냇물이 있었는데, 냇물에 있는 기이한 꽃과 진귀한 과실은 말과 글로 형용할 수 없을 정도였으며 여러 집들은 왕궁보다도 사치스러웠다. 시녀 100여 명이 여인을 맞이해 절하며 말했다.

"품덕 없는 최랑(崔郎)을 어찌 굳이 데려왔습니까?" 미 : 최랑의 일과 무슨 상관이 있는가? 억울하도다!

그러고는 여인을 모시고 들어가면서 최 서생을 문밖에 남겨 두었다. 얼마 지나지 않아 한 시녀가 여인의 언니의 말을 전했다.

"최랑은 이제 인연을 끊고 서로 만나지 않는 것이 마땅합니다. 하지만 내 동생이 당신을 모셨기에 또한 오시게 한 것입니다."

잠시 후에 여인의 언니가 최 서생을 불러들여 재삼 꾸짖었는데 말이 분명하면서도 완곡했다. 최 서생은 그저 엎드려서 질책을 받아들일 뿐이었다. 그 후에 중당에 앉아 마주 보며 식사했으며, 식사를 마치자 술을 차리고 음악을 연주하라 명했다. 연주가 끝나자 언니가 동생에게 말했다.

"최랑을 돌려보내야 한다."

여인은 소매 속에서 백옥합(白玉盒)을 꺼내 최 서생에게 주었고, 각자 오열하며 문을 나섰다. 최 서생이 나곡의 어귀에 이르러 뒤돌아보니 수많은 암벽과 골짜기만 있을 뿐 자신이 지나온 길은 없었다. 그래서 통곡하며 집으로 돌아와 늘 백옥합을 들고 매우 울적해했다. 어느 날 갑자기 호승(胡僧)이 문을 두드리며 걸식하면서 말했다.

"당신은 대단한 보물을 지녔으니 좀 보여 주시오."

최 서생이 말했다.

"저는 가난한 선비인데 무엇이 있다고 보자고 하십니까?"

호승이 말했다.

"당신은 혹시 이인(異人)이 준 선물을 가지고 있지 않으십니까? 빈도(貧道)는 기운을 살펴보고 알았습니다."

최 서생이 혹시나 하면서 백옥합을 꺼내 호승에게 보여 주었더니, 호승이 100만 냥에 그것을 사겠다고 청했다. 최 서생이 호승에게 물었다.

"그 여인은 누구입니까?"

호승이 대답했다.

"당신이 부인으로 맞이한 사람은 서왕모(西王母)의 셋째 딸 옥치 낭자이며, 그녀의 언니도 선도(仙都)에서 미모로 이름나 있습니다. 당신이 그녀를 맞아들인 기간이 오래되지 않은 것이 애석하니, 만약 그녀가 1년만 머물렀다면 당신의 온 가족은 장생불사했을 것입니다!"

唐玄宗時, 有崔書生, 於東州邏谷口居, 好植名花. 暮春之中, 英蕊芬鬱, 遠聞百步. 書生每初晨, 必盥漱看之. 忽有一女,自西乘馬而來,青衣老少數人隨後.女有殊色,所乘駿馬極.未及細視,則已過矣.明日又過,崔生乃於花下鋪茵致酒,往迎馬首拜曰:"某性好花木,此園無非手植.今正值香茂,頗堪流盼.女郎頻日而過,計僕馭當疲,敢具單醪以俟憩息." 女不顧而過,其後青衣曰:"但具酒饌,何憂不至?" 眉:青衣大解事.女顧叱曰:"何故輕與人言?" 崔生明日先到別墅,又下馬拜請良久.一老青衣謂女曰:"馬大疲,暫歇無爽." 因自控馬,至當寢下.老青衣謂崔生曰:"君旣求婚,予爲媒妁,可乎?" 崔生大悅,再拜跪請,青衣曰:"後十五六日,大是吉辰,君於此時,但具婚禮,並備酒饌.今小娘子阿姊在邐谷中,有小疾,眉:仙人亦有疾耶?故曰往看省.向某去後,便當咨啓,期到皆至此矣." 於是俱行.崔生卽依言營備,至期,女及姊皆到.其姊亦儀質極麗,送女歸崔生.崔母在故居,殊不知也.崔生以不告而娶,但啓以婢媵.後崔生覺母慈顏衰悴,因伏問几下,母曰:"有汝一子,冀得求全.今汝所納新婦,妖媚無雙.吾於土塑圖畫之中,未曾見此.必狐魅之輩,傷害於汝,故致吾憂." 崔生入室,見女淚涕交下曰:"本侍箕帚,望以終天,不知尊夫人待以狐魅輩,明晨卽別!" 崔生亦揮涕不能言.明日,女車騎復至,崔生亦乘馬送之.入邐谷三十里,山間有一川,川中有異花珍果,不可言紀,館宇屋室,侈於王者.青衣百許迎拜曰:"無行崔郎,何必將來?" 眉:何與崔郎事?寃哉!於是捧入,留崔生於門外.未幾,一青衣女傳姊言曰:"崔郎宜便絕,不合相見.然小妹曾奉周旋,亦當奉屈." 俄而召崔生入,責誚再三,詞辯清婉.崔生但拜伏受譴而已.後遂坐於中寢對食,食訖,命酒作樂.樂闋,其姊謂女曰:"須令崔郎却回." 女出袖中白玉盒子遺生,於是各嗚咽而出門.至邐谷口回望,千岩萬壑,無有徑路.因慟哭歸家,常持玉盒子,鬱鬱不樂.忽有胡僧扣門求食曰:

"君有至寶, 乞相示也." 崔生曰 : "某貧士, 何有是請?" 僧曰 : "君豈不有異人奉贈乎? 貧道望氣知之." 崔生試出玉盒子示僧, 僧請以百萬市之. 崔生問僧曰 : "女郎誰耶?" 曰 : "君所納妻, 西王母第三女玉卮娘子也, 姊亦負美名於仙都. 惜君納之不久, 若住得一年, 君擧家不死矣."

* 이 고사는 《태평광기》 권63 〈여선·최서생(崔書生)〉에 실려 있다.

8-3(0124) 운화 부인

운화부인(雲華夫人)

출《집선록》

　　운화 부인은 이름이 요희(瑤姬)이고 서왕모(西王母)의 23번째 딸로, 서화궁(西華宮) 소음(少陰)의 기(氣)다. 일찍이 동해를 유람하고 돌아오면서 강을 건넜더니 무산(巫山)이 있었는데, 봉우리와 암벽이 우뚝하고 수풀과 골짜기가 그윽이 아름다웠기에 단(壇)처럼 생긴 거대한 바위에서 한참을 머물렀다. 그때 대우(大禹)가 치수하다가 산 아래에 잠시 머물렀는데, 폭풍이 갑자기 불어와 벼랑이 흔들리고 골짜기가 무너져 내려 어떻게 할 수 없었다. 그래서 운화 부인을 만나 배례하고 도움을 청했다. 운화 부인은 즉시 시녀에게 명해 대우에게 《책소귀신서(策召鬼神書)》를 전수해 주고, 아울러 광장(狂章)·우여(虞餘)·황마(黃魔)·대예(大翳)·경신(庚辰)·동율(童律) 등의 신들에게 명해 대우를 도와 바위를 깎아 물길을 소통시키고 막힌 곳을 터뜨려 인도함으로써 그 흐름을 순조롭게 했다. 그래서 대우는 운화 부인에게 절하며 감사했다. 대우가 한번은 깎아지른 산봉우리 꼭대기로 운화 부인을 찾아갔는데, 돌아보는 순간 운화 부인이 돌로 변해 버렸다. 그 후에 초(楚)나라의 대부(大夫)

송옥(宋玉)이 이 일을 양왕(襄王)에게 이야기했더니, 양왕은 양대궁(陽臺宮)을 지어 그녀에게 제사 지냈다. 양대궁의 건너편 언덕에 신녀의 돌이 있는데, 바로 그녀가 변화한 것이다. 신녀단(神女壇) 옆에 대나무가 있는데, 마치 싸리비처럼 드리워져서 볏짚이나 나뭇잎 같은 것이 날려 와 신단 위로 떨어지면 대나무가 바람에 흔들리면서 그것을 쓸어 냈기에, 늘 반짝일 정도로 깨끗하고 더럽혀지지 않는다.

雲華夫人, 名瑤姬, 王母第二十三女, 西華少陰之氣也. 嘗東海遊還, 過江上, 有巫山焉, 峰岩挺拔, 林壑幽麗, 巨石如壇, 留連久之. 時大禹理水, 駐山下, 大風卒至, 崖振谷隕不可制. 因與夫人相值, 拜而求助. 卽敕侍女, 授禹《策召鬼神之書》, 因命其神狂章·虞餘·黃魔·大翳·庚辰·童律等, 助禹斫石疏波, 決塞導阨, 以循其流. 禹拜而謝焉. 禹嘗詣之崇巘之巔, 顧盼之際, 化而爲石. 其後楚大夫宋玉, 以其事言於襄王, 王作陽臺之宮以祀之. 隔岸有神女之石, 卽所化也. 神女壇側有竹, 垂之若篲, 有稿葉飛物着壇上者, 竹則因風掃之, 終瑩潔不爲所汙.

* 이 고사는 《태평광기》 권56 〈여선·운화부인〉에 실려 있다.

8-4(0125) 현천의 두 여인

현천이녀(玄天二女)

출'왕자년(王子年)《습유(拾遺)》'

 [전국 시대] 연(燕)나라 소왕(昭王)의 즉위 2년에 광연국(廣延國)에서 춤을 잘 추는 사람 두 명을 헌상했는데, 한 명은 선파(旋波)라 했고 또 한 명은 제모(提謨)라 했다. 이들은 모두 옥같이 희고 매끄러운 피부에 몸이 가볍고 숨결이 향기로웠으며 그 단아하고 아름다운 모습은 천고에 비길 만한 사람이 없었다. 걸을 때면 그림자나 발자국이 없었고 몇 년을 먹지 않아도 배고파하지 않았다. 소왕은 얇은 깁으로 만든 화려한 휘장에서 두 여인을 살게 하면서 연민고(㻶珉膏)를 마시게 하고 단천속(丹泉粟)을 먹게 했다. 소왕이 숭하대(崇霞臺)에 올라 두 사람을 불러 곁에 오게 했다. 그때에 향기로운 바람이 갑자기 불기 시작하자 두 여인은 서성이며 나는 듯이 춤을 추었는데, 거의 자신의 몸을 가누지 못하는 것 같았다. 소왕이 갓끈을 흔들자 두 사람이 모두 춤을 추었는데, 곱고 아름다운 모습은 날아오르는 난새보다 뛰어났으며 노랫소리도 가볍게 날렸다. 이에 여자 악공에게 대신 노래하게 했는데, 그 곡조가 맑게 울려 퍼지고 유려해서 대들보를 휘감아 먼지를 날리게 한 노래46)라도 이보다 나을

수 없었다. 그 춤 가운데 하나는 영진(縈塵)이라고 하는데 그 몸이 가벼워서 먼지와 섞이는 것을 말한다. 다음은 집우(集羽)라고 하는데 춤사위가 부드럽고 고아해서 마치 깃털이 바람에 따라 날리는 것 같음을 말한다. 마지막은 선회(旋懷)라고 하는데 몸이 날씬하고 가벼워서 마치 옷소매에 들어갈 수 있을 듯한 것을 말한다. 이에 인문석(麟文席)을 깔고 화무향(華蕪香)을 뿌렸다. 이 향은 파익국(波弋國)에서 나는 것으로, 향이 땅에 스미면 흙과 돌이 모두 향기로워지고, 썩은 나무나 풀에 닿으면 모두 무성하게 자라나며, 마른 뼈에 향기를 쏘이면 피부와 살이 모두 돋아났다. 또 4~5척의 두께로 향 가루를 땅에 펴고 두 사람에게 그 위에서 춤추게 했지만 하루가 지나도록 발자국이 남지 않았는데, 이는 몸이 가벼운 까닭이었다. 당시에 천경수(千莖穟)를 입에 문 흰 난새 한 마리가 높이 날았는데, 이 천경수는 공중에서 저절로 꽃이 피고 열매를 맺으며 땅에 떨어지면 바로 뿌리와 잎이 생겨났다. 천경수는 1년에 100개의 이삭이 났으며 한 줄기만으로도 수레가 가득 차서 영거가수(盈車嘉穟)라고

---

46) 대들보를 휘감아 먼지를 날리게 한 노래 : 옛날 한아(韓娥)가 제(齊)나라에 갔을 때 양식이 떨어져서 노래를 팔아 밥을 빌었는데, 그녀가 이미 떠난 뒤에도 그 여향이 대들보를 둘러싸고 사흘이나 그치지 않았다고 한다. 《열자(列子)》〈탕문(湯問)〉에 나온다.

했다. 인문석은 여러 보석들을 섞어서 만든 자리인데, 모두 구름·노을·기린·봉새의 형상으로 만들었다. 소왕이 신선술을 좋아했기 때문에 현천(玄天)의 여인이 두 사람의 모습에 의탁한 것이었다. 소왕 말년에 그들은 어디로 갔는지 알 수 없었다.

燕昭王卽位二年, 廣延國來獻善舞者二人, 一名旋波, 一名提謨. 並玉質凝膚, 體輕氣馥, 綽約窈窕, 絶古無倫. 或行無影跡, 或積年不饑. 昭王處以單綃華幄, 飮以瑤珉之膏, 飴以丹泉之粟. 王登崇霞臺, 乃召二人來側. 時香風欻起, 徘徊翔舞, 殆不自支. 王以纓縷拂之, 二人皆舞, 容冶妖麗, 靡於翔鸞, 而歌聲輕颺. 乃使女伶代唱, 其曲淸響流韻, 雖飄梁動塵, 未足加焉. 其舞一名縈塵, 言其體輕, 與塵相亂. 次曰集羽, 言其婉轉, 若羽毛之從風也. 末曰旋懷, 言其支體緬曼, 若入懷袖也. 乃設麟文之席, 散華蕪之香. 香出波弋國, 浸地則土石皆香, 着朽木腐草, 莫不蔚茂, 以薰枯骨, 則肌肉皆生. 以屑鋪地, 厚四五尺, 使二人舞其上, 彌日無跡, 體輕故也. 時有白鸞孤翔, 銜千莖穟, 穟於空中, 自生花實, 落地卽生根葉. 一歲百穟, 一莖滿車, 故曰盈車嘉穟. 麟文者, 錯雜衆寶以爲席也, 皆爲雲霞麟鳳之狀. 王好神仙之術, 故玄天之女, 託形作二人. 昭王之末, 莫知所在.

* 이 고사는 《태평광기》 권56 〈여선·현천이녀〉에 실려 있다.

8-5(0126) 태음 부인

태음부인(太陰夫人)

출《일사》

　　노기(盧杞)는 젊었을 때 동도(東都 : 낙양)에서 가난하게 살아 한 폐가에 세 들었는데, 이웃에 마씨(麻氏) 할멈이 혼자 살고 있었다. 노기가 갑자기 병을 앓아 한 달 넘게 누워 있자, 마씨 할멈이 와서 미음을 쒀 주었다. 노기는 병이 나은 후에 저녁에 밖에서 돌아오다가 황금 송아지가 끄는 수레가 마씨 할멈 집의 문밖에 있는 것을 보았다. 노기가 놀랍고 이상해서 엿보았더니 열네댓 살 된 여자가 보였는데 진짜 선녀였다. 다음 날 노기가 몰래 마씨 할멈을 찾아갔더니 마씨 할멈이 말했다.

"설마 그녀와 혼인하려는 것은 아니겠지? 한번 의논해 보겠네."

노기가 말했다.

"빈천한 제가 어찌 감히 그런 일을 바라겠습니까?"

마씨 할멈이 말했다.

"또 뭘 주저하는가?"

밤이 되고 나서 마씨 할멈이 말했다.

"일이 잘되었으니 사흘 동안 재계하고 성 동쪽의 무너진 도관에서 만나세."

약속한 날에 그곳으로 가서 보았더니, 고목과 잡초만 우거졌고 오랫동안 사람이 살고 있지 않았다. 잠시 후에 천둥과 비바람이 갑자기 몰아치면서 누대가 나타났는데, 황금 전각과 옥휘장 등 경물이 화려했다. 그때 휘장을 두른 수레가 하늘에서 내려왔는데 바로 전에 보았던 그 여자였다. 그녀가 노기를 만나 보고 말했다.

"저는 본래 천상의 사람으로 상제의 명을 받들어 직접 짝을 구하러 인간 세상에 내려왔습니다. 당신이 선인의 풍골을 가지고 있기에 마씨 할멈을 보내 제 뜻을 전했습니다. 다시 이레 동안 재계하면 반드시 다시 만나게 될 것입니다." 미: 남면귀(藍面鬼 : 노기)47)가 어찌 좋은 남편이 된단 말인가? 태음 부인이 본디 안목이 없는 것이지 마씨 할멈의 잘못이 아니다.

여자는 마씨 할멈을 불러 환약 두 알을 주었다. 순식간에 천둥과 번개가 치고 먹구름이 끼더니 여자는 온데간데없고 고목과 잡초만이 이전처럼 우거져 있었다. 마씨 할멈과 노기는 집으로 돌아와 이레 동안 재계한 뒤 땅을 파고 약을 심었는데 심자마자 넝쿨이 자라났다. 얼마 지나지 않아 넝쿨

---

47) 남면귀(藍面鬼) : 노기(盧杞)를 말한다. 당나라 때의 권신(權臣)으로 덕종(德宗) 때 재상이 되어 전횡을 일삼아 정치를 문란하게 했다. 얼굴이 푸르스름하고 귀신처럼 생겼기에 '남면귀'라 불렸다.

에서 호리병박 두 개가 자라나더니 2곡(斛 : 1곡은 10말)이 들어갈 정도의 독만큼 점점 커졌다. 마씨 할멈은 칼로 그 속을 파내고 노기와 함께 각각 하나씩 차지했으며, 아울러 기름 먹인 옷 세 벌을 준비하게 했다. 갑자기 바람이 일고 천둥이 치더니 [두 사람을 태운 호리병박이] 곧장 푸른 하늘로 솟구쳐 올라갔는데, 귓전 가득 파도치는 소리만 들릴 뿐이었다. 한참 후에 노기가 추위를 느끼자 마씨 할멈은 그에게 기름 먹인 옷을 입게 했는데, 노기가 여전히 얼음과 눈 속에 있는 듯 추워하자 마씨 할멈이 그에게 다시 기름 먹인 옷을 세 겹으로 껴입게 했더니 꽤 따뜻해졌다. 마씨 할멈이 말했다.

"낙양(洛陽)에서 이미 8만 리나 떨어져 있네."

한참 후에 호리병박이 멈춰 서자 마침내 눈앞에 궁궐과 누대가 펼쳐졌는데, 모두 수정으로 담장을 쌓았고 갑옷을 입고 창을 든 사람이 수백 명이나 있었다. 마씨 할멈은 노기를 데리고 궁궐 안으로 들어갔는데, 자줏빛 궁전에는 시녀 100여 명이 있었다. 여자가 노기에게 자리에 앉으라 하고 술과 음식을 차려 오게 했다. 마씨 할멈은 뒤로 물러나 여러 호위병들 아래에 서 있었다. 여자가 노기에게 말했다.

"당신은 세 가지 일을 할 수 있는데, 그중에서 마음대로 한 가지를 고르십시오. 첫째는 이 궁전에 머물면서 하늘과 함께 천수를 다하는 것이고, 다음은 지선(地仙)이 되어 늘 인간 세상에서 살다가 때가 되면 이곳으로 오는 것이고, 마지막은 중국에서 재상이 되는 것입니다."

노기가 말했다.

"이곳에서 지내는 것이 진실로 최고의 소원입니다."

여자가 기뻐하면서 말했다.

"이곳은 수정궁(水晶宮)입니다. 저는 태음 부인으로 선계에서 이미 높은 위치에 있습니다. 당신은 바로 대낮에 승천할 수 있지만, 모름지기 상제께 아뢰어야 합니다. 마음을 바꿔서 제게 누를 끼쳐서는 안 됩니다."

그러고는 푸른 종이에 표문을 지은 다음 궁정에서 절을 올리며 아뢰었다. 잠시 후 동북쪽에서 외치는 소리가 들렸다.

"상제의 사자가 도착했습니다!"

태음 부인은 여러 신선들과 함께 총총걸음으로 계단을 내려갔다. 잠시 후에 여러 깃발을 든 사람들이 붉은 옷 입은 젊은이를 인도해 계단 아래에 섰다. 붉은 옷 입은 사람이 상제의 명을 대독했다.

"노기! 태음 부인이 올린 장계에 따르면 수정궁에서 살고 싶다고 하던데 어떠하냐?"

노기는 아무 말도 하지 않았다. 태음 부인이 빨리 대답하라고 했지만 노기는 또 말하지 않았다. 태음 부인과 좌우의 사람들은 크게 두려워하면서 급히 안으로 들어가더니 교초(鮫綃 : 인어가 짠 비단) 5필을 가져와 사자에게 뇌물로 주고 시간을 늦추고자 했다. 한 식경 뒤에 사자가 다시 물었다.

"노기! 수정궁에서 살고 싶은지 지선(地仙)이 되고 싶은지 인간 세상의 재상이 되고 싶은지 이번에는 반드시 결정해야만 한다."

노기가 크게 소리쳤다.

"인간 세상의 재상이 되고 싶습니다!"

붉은 옷 입은 사람은 급히 돌아갔다. 태음 부인이 대경실색하며 말했다.

"이는 마씨 할멈의 잘못이니 속히 그를 데리고 돌아가시오!"

마씨 할멈이 노기를 호리병박 속으로 밀어 넣자, 다시 바람 소리와 물소리가 들리더니 어느새 옛집으로 돌아왔는데, 먼지 낀 걸상이 그대로 놓여 있었다. 때는 이미 한밤중이 넘었고 호리병박과 마씨 할멈은 모두 보이지 않았다. 미 : 이임보(李林甫)의 고사[48]와 서로 비슷하니, 아마도 모두 두 사람의 문객이 지은 것 같다.

盧杞少時, 窮居東都, 於廢宅內賃舍, 隣有麻氏嫗孤獨. 杞遇暴疾, 臥月餘, 麻婆來作羹粥. 疾愈後, 晚從外歸, 見金犢車子在麻婆門外. 杞驚異, 窺之, 見一女年十四五, 眞神人. 明

---

48) 이임보(李林甫)의 고사 : 본서 5-12(0083) 〈이임보〉에 실려 있다.

日潛訪麻婆，麻婆曰："莫要作婚姻否？試與商量."杞曰："某貧賤，焉敢望此?"麻曰："亦何妨?"既夜，麻婆曰："事諧矣，請齋三日，會於城東廢觀."既至，見古木荒草，久無人居．逡巡，雷電風雨暴起，化出樓臺，金殿玉帳，景物華麗．有輜軿降空，卽前女子也．與杞相見曰："某本天人，奉上帝命，遣人間自求匹偶耳．君有仙相，故遣麻婆傳意．更七日清齋，當再奉見."眉：藍面鬼何當快婿？夫人自無眼，非麻婆之過也．女子呼麻婆，付兩丸藥．須臾雷電黑雲，女子已不見，古木荒草如舊．麻婆與杞歸，清齋七日，屬地種藥，纔種已蔓生．未頃刻，二葫蘆生於蔓上，漸大如兩斛甕．麻婆以刀剖其中，麻婆與杞各處其一，仍令具油衣三領．風雷忽起，騰上碧霄，滿耳祇聞波濤聲．久之覺寒，令著油衫，如在冰雪中，復令著至三重，甚暖．麻婆曰："去洛已八萬里."長久，葫蘆止息，遂見宮闕樓臺，皆以水晶爲牆垣，被甲仗戈者數百人．麻婆引杞入見，紫殿從女百人．命同坐，具酒饌．麻婆屛立於諸衛下．女子謂杞："君合得三事，任取一事．上留此宮，壽與天畢，次爲地仙，常居人間，時得至此，下爲中國宰相."杞曰："在此處實爲上願."女子喜曰："此水晶宮也．某爲太陰夫人，仙格已高．足下便是白日升天，然須啓上帝．不得改移，以致相累."乃以青紙爲表，當庭拜奏．少頃，聞東北間聲云："上帝使至!"太陰夫人與諸仙趨降．俄有幢節香幡，引朱衣少年立階下．朱衣宣帝命曰："盧杞! 得太陰夫人狀云，欲住水晶宮，如何?"杞無言．夫人但令疾應，又不言．夫人及左右大懼，馳入取鮫綃五匹，以賂使者，欲其稽緩．食頃間又問："盧杞! 欲水晶宮住，作地仙，及人間宰相，此度須決."杞大呼曰："人間宰相!"朱衣趨去．太陰夫人失色曰："此麻婆之過，速領回!"推入葫蘆，又聞風水之聲，却至故居，塵榻宛然．時已夜半，葫蘆與麻婆並不見矣．眉：與李林甫相似，疑皆兩家門客所爲.

* 이 고사는 《태평광기》 권64 〈여선·태음부인〉에 실려 있다.

8-6(0127) 직녀성 · 무녀성 · 수녀성

직녀 · 무녀 · 수녀성(織女 · 婺女 · 須女星)

출《신선감우전》

    당(唐)나라 어사(御史) 요생(姚生)은 관직을 그만둔 후 포주(蒲州)의 좌읍현(左邑縣)에서 살았다. 그에겐 아들 하나와 성이 각기 다른 외조카 둘이 있었는데, 나이는 모두 장년이 되었으나 완고하고 노둔했으며 공부를 하지 않았다. 요생은 날마다 가르치고 꾸짖었지만 그들은 게으름 피우고 놀면서 고치지 않았다. 결국 요생은 조산(條山)의 남쪽에 띳집을 지어 그들을 지내게 하면서, 그들이 바깥일을 끊고 오로지 학업에만 열중할 수 있기를 바랐다. 그곳은 숲과 골짜기가 매우 깊어 속세의 왁자지껄함이 미칠 수 없었다. 그들을 떠나보낼 때 요생이 주의를 주었다.

    "매 계절 너희들을 시험해 볼 텐데, 학업에 진척이 없으면 반드시 회초리를 맞을 것이다!"

    산속에 도착해서도 두 조카는 책은 펴 보지도 않고 그저 통나무를 깎고 진흙 칠하는 것을 일삼을 뿐이었다. 두 조카보다 나이가 조금 많았던 요생의 아들 혼자만 질책을 두려워하면서 매우 열심히 공부했다. 그러던 어느 날 저녁에 요생의 아들은 밤늦도록 촛불을 마주 대하고 책상에 기대어 책을 펼쳐 보고 있었는데, 옷 뒷자락이 어떤 것에 의해 당겨져 옷깃이 점차 내려가는 듯한 느낌이 들었으나 이상하게 여기지 않고 천천히 끌어당겨 다시 걸쳤다. 그러나 잠시 후 다시 그런 일이 일어나 그렇게 서너 번이나 계속되었다. 마침내 뒤돌아보았더니 색깔이 새하얗고 옥처럼 광택이 나는 작은 돼지 한 마리가 갖옷을 깔고 엎드려 있었다. 그래서 책을 누르는 문진(文鎭)으로 돼지를 때렸더니 돼지가 놀라서 소리를 지르며 도망갔다. 그는 급히 두 동생을 불러 촛불을 들게 하고 당(堂) 안을 수색했는데, 창과 문은 꼭 닫혀 있었고 빈틈없이 두루 살펴보았으나 돼지가 간 곳을 알 수 없었다. 다음 날 푸른 두건을 두른 노복이 말을 타고 와서 문을 두드리더니 홀(笏)을 허리에 끼고 들어와 세 사람에게 말했다.

"부인께서 문안을 여쭙고자 하십니다. 어젯밤에 어린아이가 무지해서 당신의 옷자락에 잘못 들어간 것을 심히 부끄럽게 여기고 계십니다. 아이는 당신이 때려 심한 상처를 입긴 했으나 이젠 정상을 되찾았으니 당신은 염려하지 마십시오."

세 사람은 모두 겸손한 말로 사과하면서도 서로 쳐다보며 영문을 알 수 없었다. 잠시 뒤에 아까 왔던 말 탄 노복이 다시 왔는데, 상처 입은 아이를 안고 있었으며 유모와 보모 몇 명까지 대동하고 있었다. 그들은 모두 비단 저고리를 입고 있었는데 곱고 화려한 것이 평범하지 않았다. 그 노복이 다시 부인의 말을 전했다.

"어린아이가 별 탈 없기에 이렇게 보여 드립니다."

다가가서 살펴보니 아이의 눈썹에서 코끝까지 붉은 실 같은 자국이 있었는데, 바로 문진의 모서리에 맞은 자국이었다. 세 사람은 더욱 두려워졌다. 사자로 온 노복과 유모와 보모들은 모두 좋은 말로 그들을 안심시키면서 또 말했다.

"잠시 뒤에 부인께서 직접 오실 것입니다."

그들은 말을 마치고 떠나갔다. 세 사람은 모두 몰래 그 자리를 피하고 싶었으나 너무 당황해서 미적거리고 있었다. 바로 그때 노복과 자색 옷을 입은 궁감(宮監) 수십 명이 물밀듯이 와서는 앞에 병풍과 휘장을 설치했는데, 자리는 눈부실 정도로 빛났고 향기는 매우 특이했다. 잠시 후 푸른 소가 끄는 붉은 바퀴의 유벽거(油壁車)49) 한 대가 보였는데, 그 빠르기가 바람 같았고 보마(寶馬) 수백 필이 앞뒤로 길을 인도하고 따르고 있었다. 수레가 문에 이르러 누가 내렸는데 바로 그 부인이었다. 미 : 부인과 이 아이는 또한 이름이 무엇일까? 세 사람이 달려 나가 절을 올리자 부인이 미소를 지으며

---

49) 유벽거(油壁車) : 기름 먹인 종이를 창에 대어 속이 보이지 않도록 한 수레로, 주로 여인네들이 탔다.

말했다.

"아이가 상처를 입긴 했지만 그다지 심하지는 않으니, 당신들이 걱정할까 봐 안심시키러 왔습니다."

부인은 나이가 30세 남짓으로 보였는데, 풍모와 자태가 우아하면서도 단정했으며 어떤 사람인지 알 수 없었다. 부인이 세 사람에게 물었다.

"부인은 있습니까?"

세 사람이 모두 아직 없다고 대답하자 부인이 말했다.

"내게 세 딸이 있는데 남다른 용모에 훌륭한 덕까지 지니고 있어서 세 분에게 짝지어 줄 만합니다." 미 : 천상에는 어리석은 선인이 없는데 왜 이 세 사람을 선택했을까? 나는 이상하다고 생각한다.

세 사람은 절을 올리며 감사를 표했다. 부인은 가지 않고 머물며 세 사람을 위해 각자에게 집 한 채씩을 지어 주었는데, 눈 깜짝할 사이에 화려하게 꾸민 당(堂)과 기다란 누각이 뚝딱 지어졌다. 다음 날 치병거(輜軿車)50)가 도착했는데, 따라온 빈객과 시종들의 곱고 아름다운 모습은 척리(戚里 : 외척이 사는 마을)의 사람들보다 나았으며, 수레와 의복이 휘황찬란해 땅에까지 광채가 비치고 산골짜기에 향기

---

50) 치병거(輜軿車) : 사방에 휘장을 두른 수레로, 주로 여인들이 탔다.

가 가득했다. 세 여인이 수레에서 내렸는데 모두 17~18세 정도였다. 부인은 세 딸을 데리고 당에 오르더니 다시 세 사람을 맞이해 자리에 앉혔다. 술과 안주는 풍성하게 차려졌는데 세상에 있는 것이 아니었으며, 세 사람이 스스로 예상했던 바가 전혀 아니었다. 부인이 세 딸을 가리키며 말했다.

"각자 당신들에게 짝지어 주겠습니다."

세 사람은 자리에서 일어나 절을 올리며 감사를 드렸다. 그날 저녁에 합근례(合卺禮)51)를 올리고 나서 부인이 세 사람에게 말했다.

"사람이 소중히 여기는 것은 목숨이며, 사람이 바라는 것은 귀해지는 것입니다. 100일 동안만 다른 사람에게 오늘의 일을 발설하지 않는다면, 당신들에게 속세를 초탈해 장생을 누리고 신하 중에서 최고의 지위에 오르도록 해 주겠습니다." 미 : 어떻게 수련해야 이것을 얻을 수 있을까?

세 사람은 다시 절을 올리며 감사를 드렸지만, 자신들의 우매함을 걱정할 뿐이었다. 그러자 부인이 말했다.

"쉬운 일입니다."

그러고는 지상의 일을 주재하는 자에게 칙령을 내려 공선

---

51) 합근례(合卺禮) : 혼례 중에 합환주(合歡酒)를 마시는 예식. 여기서는 혼례식을 말한다.

보(孔宣父 : 공자)를 불러오게 했다. 잠시 후 공자(孔子)가 관을 쓰고 검을 찬 모습으로 왔다. 부인이 섬돌까지 나아가자 공선보는 매우 공손하게 배알했다. 협 : 터무니없는 말로 가소롭다! 부인이 단정히 서서 은근히 공선보를 위로하며 말했다.

"내 세 사위가 배우고 싶어 하니 당신이 잘 이끌어 주십시오."

공선보는 바로 세 사람을 불러 육경(六經)의 편목들을 지적하며 가르쳐 주었는데, 그들은 그 내용을 명확히 이해하고 대의를 완전히 통달해 모두 마치 평소에 익혀 왔던 것 같았다. 미 : 시[柴 : 자고(子羔)]는 우둔하고 삼(參 : 증자)은 노둔했지만 공자는 각자의 재주에 따라 학문을 돈독히 해 주었을 뿐이었는데, 이 세 둔재만은 속성으로 교화한 것은 어째서인가? 얼마 후에 공선보는 작별 인사를 하고 떠났다. 부인이 또 주상보(周尙父 : 강태공)52)에게 명해 현녀부(玄女符)53)와 옥황비결(玉璜秘訣)54)

---

52) 주상보(周尙父) : 강태공(姜太公) 여상(呂商)을 말한다. 본성은 강씨(姜氏)이며, 주나라 문왕의 스승으로 무왕을 도와 은나라 주왕(紂王)을 토벌하고 주나라를 세운 공으로 제(齊) 땅에 봉해져 제나라의 시조가 되었다. 여망(呂望)·강상(姜商)·강자아(姜子牙)·강상보(姜尙父)로도 불린다.

53) 현녀부(玄女符) : 현녀가 황제(黃帝)에게 치우(蚩尤)를 물리칠 수 있도록 내려 주었다는 병부(兵符).

54) 옥황비결(玉璜秘訣) : 《상서(尙書)》〈중후(中候)〉에 따르면, 강태

을 가르치게 하니, 협:터무니없는 말이다! 세 사람은 또한 그것을 남김없이 터득했다. 그리고 나서 다시 자리에 앉아 말을 나눠 보니, 세 사람은 모두 문무(文武)의 재주를 겸비하게 되었고 학문은 하늘과 사람 사이의 모든 것을 궁구하게 되었다. 세 사람이 서로를 살펴보니 스스로 느끼기에도 풍모가 온화하고 너그러워졌으며 정신이 시원스럽게 트여 있었다. 그 후에 요생은 집의 동복을 시켜 그들에게 식량을 갖다 주게 했는데, 동복이 갔다가 크게 놀라 달려 돌아왔다. 요생이 그 까닭을 물었더니, 동복은 그곳의 가옥과 휘장이 얼마나 성대하며 아름다운 사람들이 얼마나 많은지를 소상히 아뢰었다. 요생은 깜짝 놀라며 말했다.

"이는 필시 산속의 귀신에게 홀린 것이다!"

그러고는 급히 세 사람을 불렀다. 세 사람이 떠나려 할 때 부인은 이 일을 발설하지 말라고 주의를 주면서 설령 매질을 당한다 해도 말하지 말라고 했다. 세 사람이 도착하자 요생도 그들의 정신과 기품이 빼어나고 질문에 답하는 것이 고상한 것을 보고는 의아해하면서 귀신에게 씌었다고 의심했다. 요생은 그 까닭을 집요하게 물었으나 세 사람이 말하

공이 낚시하다 서옥(瑞玉)인 '옥황'을 낚았는데 그것에 "희씨가 천명을 받고 여씨가 천자의 덕을 보좌하리라(姬受命, 呂佐旌德)"라고 새겨져 있었다고 한다. '옥황비결'은 이것을 말한다.

지 않자, 마침내 수십 대의 매질을 했더니 그들은 결국 고통을 이기지 못해 일의 자초지종을 자세히 말해 버렸다. 미 : 두자춘(杜子春)55)이 또한 쉽게 득도하지 못한 것을 알 수 있겠다. 요생은 그들을 다른 곳에 가둬 놓았다. 요생은 평소 학문이 높은 선비 한 명을 객사에 머물게 했는데, 그를 불러 그 일을 말해 주었더니 선비가 놀라며 말했다.

"정말 기이하고 참으로 기이합니다! 당신은 어찌하여 세 사람을 꾸짖었습니까? 아까 세 사람에게 그 일을 누설하게 하지 않았더라면 그들은 필시 신하로서 가장 귀한 지위에 올랐을 것입니다. 오늘 저녁의 일은 운명인가 봅니다!"

요생이 그 까닭을 물으니 선비가 말했다.

"제가 살펴보았더니 직녀성·무녀성·수녀성이 모두 빛이 없었는데, 이는 세 여성(女星)이 인간 세상에 강림한 것으로, 장차 세 사람에게 복이 될 것이었습니다. 그러나 지금 천기(天機)를 누설하고 말았으니 세 사람은 화나 면하면 다행이겠습니다."

그날 밤에 선비는 요생을 데려가서 세 별을 살펴보게 했는데 과연 별에 빛이 없었다. 미 : 이런 학문 높은 선비가 있었으면서 어찌하여 지금에야 세 사람에게 알려 주었단 말인가?56) 요생은

---

55) 두자춘(杜子春) : 본서 6-19(0102) 〈두자춘〉에 실려 있다.

그제야 세 사람을 풀어 주고 산으로 돌려보냈는데, 그들이 도착했더니 세 여자들은 마치 서로 모르는 사람인 듯 멀리 했다. 부인이 그들을 꾸짖으며 말했다.

"그대들은 내 말을 듣지 않고 이미 천기를 누설했으니 마땅히 여기서 결별해야겠소."

그러고는 세 사람에게 탕을 마시게 했다. 그들이 탕을 마시고 났더니 예전처럼 어리석어져서 아무것도 모르게 되었다. 선비가 요생에게 말했다.

"세 여성(女星)은 아직 인간 세상에 있는데 이곳에서 멀지 않습니다."

선비는 친한 사람에게 은밀히 그 장소를 말해 주었다. 혹자는 하동(河東)의 장가진(張嘉貞)의 집이라고 말했는데, 그 후에 장씨 집에서는 삼대에 걸쳐 재상과 장수가 나왔다.

평 : 《전기(傳奇)》에 실려 있는 고사[57])에 따르면, "효렴(孝廉) 봉척(封陟)은 공부에 전념하면서 올곧음을 지녔는

---

56) 어찌하여 지금에야 세 사람에게 알려 주었단 말인가 : 이 미비(眉批)의 원문은 "하□금여삼자(何□今與三子)"라 되어 있어 한 글자가 판독 불가한데, 문맥을 고려해 추정해서 번역했다. 쏜다평의 교점본에서는 "하불령여삼자(何不令與三子)"로 추정했다.

57) 고사 : 《태평광기》권68 〈여선·봉척(封陟)〉에 실려 있다.

데, 선녀의 강림을 세 번이나 거절했다. 나중에 죽어서 태산신(太山神)에게 잡혀가다가 길에서 나들이하러 온 상원부인(上元夫人)을 만났는데, 바로 예전에 그에게 배필이 되어 달라고 청했던 선녀였다. 상원부인은 붓을 찾아 그의 수명을 12년 연장해 주었다. 봉척은 다시 살아나서 뒤늦게 후회하며 슬피 통곡했다"라고 했다. 이는 모두 소설가가 다른 일에 의탁해서 말한 것이다.

《태평광기》에는 또 곽한(郭翰)이 직녀(織女)를 만난 일[58]이 실려 있는데 지금 삭제했다. 견우와 직녀가 서로 배필이 된 것은 이미 허무맹랑한 전설에 속한다. 하물며 직녀가 다른 사람[곽한]을 만났다고 거짓말했으니, 천손(天孫: 직녀)이 이 사실을 아는 것을 두려워하지 않는단 말인가?

唐御史姚生, 罷官, 居於蒲之左邑. 有子一, 甥二, 各姓, 年皆及壯, 而頑駑不學. 姚日以誨責, 而怠遊不悛. 遂於條山之陽, 結茅以居之, 冀絶外事, 得專藝學. 林壑重深, 囂塵不到. 臨遣, 姚誡之曰: "每季一試汝, 學有不進, 夏楚必及!" 及到山中, 二子曾不開卷, 但樸斫塗墍爲務. 姚之子稍長於二生, 獨懼責, 攻書甚勤. 忽一夕, 子夜臨燭, 憑几披書之次, 覺後裾爲物所牽, 襟領漸下, 亦不之異, 徐引而襲焉. 俄而復

---

58) 곽한(郭翰)이 직녀(織女)를 만난 일: 《태평광기》 권68 〈여선 · 곽한〉에 실려 있다.

爾，如是數四．遂回視之，見一小豚，籍裘而伏，色甚潔白，光潤如玉．因以壓書界方擊之，豚聲駭而走．遽呼二子秉燭，索於堂中，牖戶甚密，周視無隙，莫知所往．明日，有蒼頭騎扣門，摺笏而入，謂三人曰："夫人問訊．昨夜小兒無知，誤入君衣裙，殊以為慚．然君擊之過傷，今則平矣，君勿為慮．"三人俱遜詞謝之，相視莫測其故．少頃，向來騎僮復至，兼抱持所傷之兒，並乳褓數人．衣襦皆綺紈，精麗非常．復傳夫人語云："小兒無恙，故以相示．"逼而觀之，自眉至鼻端，如丹縷焉，則界方棱所擊之迹也．三子愈恐．使者及乳褓皆甘言慰之，又云："少頃夫人自來．"言訖而去．三子悉欲避去，惶惑未決．有蒼頭及紫衣宮監數十奔波而至，前施屏幃，茵席炳煥，香氣殊異．旋見一油壁車，青牛丹轂，其疾如風，寶馬數百，前後導從．及門下車，則夫人也．眉：夫人及此兒又何名號？三子趨出拜，夫人微笑曰："小兒傷不至甚，恐為君憂，故來相慰．"夫人年可三十餘，風姿閑整，亦不知何人也．問三子曰："有家室未？"三子皆以未對，曰："吾有三女，殊姿淑德，可配三君子．"眉：天上無懵懂仙人，何取於三子？吾怪之．三子拜謝．夫人因留不去，為三子各創一院，指顧之間，畫堂延閣，造次而具．翌日，有輜軿至焉，賓從粲麗，逾於戚里，車服炫晃，流光照地，香滿山谷．三女自車而下，皆年十七八．夫人引三女升堂，又延三子就坐．酒餚豐衍，非世所有，三子殊不自意．夫人指三女曰："各以配君．"三子避席拜謝．是夕合巹，夫人謂三子曰："人之所重者生也，所欲者貴也．但百日不泄於人，令君長生度世，位極人臣．"眉：何修而得此？三子復拜謝，但以愚昧為憂．夫人曰："易耳．"乃敕地上主者，令召孔宣父．須臾，孔子具冠劍而至．夫人臨階，宣父拜謁甚恭．夾：胡說可笑！夫人端立，微勞問之，謂曰："吾三婿欲學，君其引之．"宣父乃命三子，指六籍篇目以示之，莫不了然解悟, 大義悉通, 咸若素習. 眉: 柴愚參魯, 孔子不過因材而篤之, 三蠢子偏能速化, 何也? 既而宣父謝去. 夫人又命周尙父示以玄女符・玉璜秘訣, 夾: 胡說! 三子又得之無遺. 復坐與言, 則皆文武全才, 學究天人之際矣. 三子相視, 自覺風度夷曠, 神明開爽. 其後姚使家僮餽糧, 至則大駭而走. 姚問其故, 其對以屋宇帷帳之盛, 人物艷麗之多. 姚驚曰: "是必山鬼所魅也!" 促召三子. 三子將行, 夫人戒勿泄露, 縱加楚撻, 亦勿言之. 三子至, 姚亦訝其神氣秀發, 占對閑雅, 疑有鬼物憑焉. 苦問不言, 遂鞭之數十, 不勝其痛, 具道本末. 眉: 可知杜子春亦不易得. 姚乃幽之別所. 姚素館一碩儒, 因召而與語, 儒者驚曰: "大異大異! 君何用責三子乎? 向使三子不泄其事, 則必貴極人臣. 今夕之事, 其命也夫!" 姚問其故, 而云: "吾見織女・婺女・須女星皆無光, 是三女星降下人間, 將福三子. 今洩天機, 三子免禍幸矣." 其夜, 儒者引姚視三星, 星無光. 眉: 有此碩儒, 何□今與三子? 姚乃釋三子, 遣之歸山, 至則三女邈然如不相識. 夫人讓之曰: "子不用吾言, 旣洩天機, 當於此訣." 因以湯飮三子. 旣飮則昏頑如舊, 一無所知. 儒謂姚曰: "三女星猶在人間, 亦不遠此地分." 密謂所親言其處. 或云河東張嘉眞家, 其後將相三代矣.

評:《傳奇》載: "封陟孝廉, 讀書秉正, 三拒仙姝之降, 後爲太山所追, 路遇上元夫人來遊, 卽昔日求偶仙姝也. 夫人索筆判延一紀. 陟旣甦, 追悔悲慟." 此皆小說家有托而云.

《廣記》又載郭翰遇織女事, 今刪之. 牛女相配, 已屬浪傳. 況誣以他遇, 不畏天孫有知乎?

* 이 고사는 《태평광기》 권65 〈여선・요씨삼자(姚氏三子)〉에 실려 있다.

8-7(0128) 청동군

청동군(靑童君)

출《통유기(通幽記)》

천수(天水) 사람 조욱(趙旭)은 젊어서부터 절개가 곧고 학문을 좋아했으며, 멋진 용모에 청언(淸言 : 현담)에 뛰어났고 황로술(黃老術)을 익혔다. 광릉(廣陵)에 살면서 일찍이 홀로 초가집을 짓고 고즈넉하게 살았는데, 오로지 두 노복만이 시중을 들었다. 그는 일찍이 푸른 옷을 입은 한 여자가 창가에서 웃음을 띠고 있는 꿈을 꾸었다. 깨어나서 이상해하면서 기도를 올렸다.

"이것은 무슨 영험한 일입니까? 신선의 자태를 뵙길 원합니다."

한밤중에 갑자기 창밖에서 깔깔깔 하고 웃는 소리가 들렸다. 조욱은 신선임을 알아차리고 다시 기도를 올렸다. 그러자 신선이 말했다.

"나는 상계의 선녀입니다. 당신이 쌓은 덕이 고결하다는 말을 듣고 당신이 잠든 틈을 타서 청풍(淸風) 같은 당신에게 의지하길 원합니다."

조욱은 놀라고 기뻐하면서 옷자락을 가지런히 하고 일어나 등불을 옮기고 자리를 털어 그녀를 맞이했다. 갑자기 맑은 향기가 방에 가득해지면서 열네댓 살쯤 되는 절세미모의 한 여인이 육수무초의(六銖霧綃衣)[59]를 입고 오색연문리(五色連文履)[60]를 신고서 주렴을 열고 들어왔다. 조욱이 재배하자 여인이 웃으며 말했다.

"저는 천상의 청동(靑童)으로 오랫동안 청궁(淸宮)에서 살았는데, 마음이 울적하고 선계(仙界)의 품계(品階)가 말석에 있었기에 때때로 속세에 대한 사념을 가지고 있었습니다. 그래서 천제께서 저에게 인간 세상에서 마음에 드는 사람과 혼인하라는 벌을 내리셨습니다. 당신께선 기질이 청허(淸虛)하시므로 신묘한 운율처럼 서로 조화를 이루길 원합니다."

조욱이 말했다.

"하루살이같이 보잘것없는 몸뚱이로 물시계같이 짧은 시간만을 숨 쉴 뿐이거늘, 뜻밖에도 고귀하신 신선께서 굽어살펴 제도(濟度)해 주신다니, 어찌 감히 망령되이 속세의 감정을 품겠습니까?"

그러자 여인이 웃으며 말했다.

"당신은 전생에 도골(道骨)을 지녔고 이름이 금격(金格 :

---

[59] 육수무초의(六銖霧綃衣) : 안개처럼 아주 가벼운 생사로 짠 옷. '수'는 옛 중량 단위로 1냥(兩)의 24분의 1에 해당한다.

[60] 오색연문리(五色連文履) : 무늬가 연결된 오색 신발.

신선의 명부)에 올라 있으니, 마땅히 더불어 홍루(紅樓) 위에서 퉁소를 불고 푸른 하늘에서 운오(雲璈) 미 : 살펴보니, 운오는 비단 무늬처럼 모양이 동그랗고 현이 있는데, 무릇 선악(仙樂)에서 보허(步虛)61)를 노래하고 마치기 전에 먼저 운오를 연주한다. 를 어루만질 만합니다."

그러고는 조욱을 맞이해 앉히고 침구를 펴라고 했는데, 조욱은 가난해서 펼칠 만한 것이 없었다. 그러자 여인이 웃으며 말했다.

"선랑(仙郎)을 번거롭게 할 수는 없지요."

순식간에 안개가 어둡게 끼었다가 한 식경쯤 지나 걷히더니 방 안에 진기한 침구가 준비되어 있었는데, 조욱이 알 수 있는 바가 아니었다. 여인은 마침내 조욱의 손을 잡고 침소에 들었다. 밤이 깊어졌을 때 갑자기 밖에서 한 여자가 청부인(靑夫人)을 부르는 소리가 들려, 조욱이 놀라 무슨 일이냐고 물었더니 여인이 대답했다.

"같은 궁에 있던 여자가 찾아온 것인데 대답하지 마십시오."

그러고는 기둥을 두드리며 노래를 불렀다.

"달안개 바람에 날리고 은하수 비껴 있을 제, 홀로 그윽

---

61) 보허(步虛) : 도사가 도경(道經)을 노래하고 예찬하는 것을 말한다.

하니 부운거(浮雲車) 타고 다니네. 선랑께서 홀로 청동군을 맞아 주시니, 비단 휘장 안에서 정분 맺어 두 마음 하나 된 꽃이 되었네."

노래가 너무 길어 조욱은 그저 이 두 운구(韻句)만 기억했다. 조욱이 청동군에게 말했다.

"맞이해 들여도 되겠습니까?"

청동군이 대답했다.

"저 여자는 말이 많아 우리의 일을 상계에 누설할까 염려됩니다."

조욱이 말했다.

"이미 금슬(琴瑟)이 마련되었으니 남이 이를 좀 탄다 해도 무슨 걱정이겠습니까?"[62]

그러고는 일어나 그 여자를 맞이했다. 보았더니 한 신녀가 허공에 떠 있었는데 땅에서 1장(丈) 남짓 떨어져 있었으며, 시녀 예닐곱 명을 거느리고 구명반룡개(九明蟠龍蓋)를 세우고 금정무봉관(金精舞鳳冠)을 쓴 채 긴 치마가 바람에 날리는 것이 마음속까지 눈부셨다. 조욱이 재배하고 그녀를 맞이하자 그녀는 땅으로 내려와 말했다.

---

[62] 이미… 걱정이겠습니까 : 이 구절은 이미 부부의 정이 돈독히 맺어졌으니 남이 간섭해도 무방하다는 뜻이다.

"저는 항아(嫦娥)63)라는 여자인데, 미 : 항아가 미색을 질투하다니 어찌 그랬겠는가? 당신과 청동군이 함께 있다는 말을 듣고 도망간 그녀를 잡으러 왔습니다."

그러고는 곧장 방으로 들어가자 청동군이 웃으며 말했다.

"그대는 어떻게 내가 있는 곳을 알았소?"

항아가 대답했다.

"이런 좋은 날을 알리지 않은 것은 누구의 잘못이지요?"

두 여인은 서로 웃으며 즐거워했다. 조욱은 기뻐서 어찌할 바를 몰랐다. 닭이 울어 날이 새려 하자 수레 채비를 명했다. 조욱이 다음에 만날 기약을 청하자 청동군이 대답했다.

"삼가 세상 사람들에게 이 일을 말하지 마십시오. 그러면 나는 당신을 버리지 않을 것입니다."

그러고는 문을 나섰는데 오운거(五雲車) 두 대가 허공에 떠 있었다. 두 여인이 각자 수레에 올라 작별하자, 신령한 바람이 휙! 하고 불어오면서 수레가 허공으로 솟구쳐 올라가더니 점이 되어 시야에서 사라졌다. 조욱은 이와 같은 일이 생길 줄 생각지도 못했으므로 그저 청소하고 좋은 향을 사

---

63) 항아(嫦娥) : 서왕모(西王母)의 불사약을 훔쳐 달 속으로 달아났다고 하는 전설 속 선녀.

르며 속세의 일을 끊고 그녀를 기다렸다. 며칠 밤이 지나 그녀가 다시 왔는데, 올 때면 언제나 먼저 맑은 바람이 소슬히 불어왔고 기이한 향기가 뒤따랐으며 따라온 선녀들이 이전보다 더욱 많았다. 두 사람은 기쁘게 즐기면서 날마다 흡족해했다. 그녀는 조욱을 위해 요리를 해서 산해진미를 차렸는데, 모두 어떤 음식인지 알 수 없었지만 그 맛이 보통 음식과는 달랐다. 한 번 먹으면 열흘 동안 배가 고프지 않고 그저 몸의 기운이 상쾌하게 느껴졌다. 조욱은 불로장생의 도를 구해 그 비결을 은밀히 전수받았는데, 그것은 대체로 《포박자(抱朴子)》〈내편(內篇)〉의 수행법과 같았다. 또 그녀는 조욱을 위해 천상의 음악을 연주시켰는데, 선계의 기녀들은 처마 기둥 주변을 날아다니며 연주하면서도 내려오지는 않았다. 그녀가 조욱에게 말했다.

"당신이 아직 신선의 품계에 오르지 못해 선찬(仙餐)을 먹을 수 없기 때문에 내려오지 않는 것입니다."

그 음악에서 생황·퉁소·금(琴)·슬(瑟)만 대체로 인간 세상의 것과 같았으며 나머지 것들은 전혀 알 수 없었는데 그 소리가 맑고 낭랑했다. 연주를 마치자 구름과 안개가 뭉게뭉게 일어나더니 선계의 기녀들은 이미 보이지 않았다. 또 그녀는 조욱을 위해 진귀한 보물을 가져와서 말했다.

"이 물건은 세상 사람에게 보여 주어서는 안 됩니다. 만약 당신이 이를 누설하면 나는 다시 올 수 없습니다." 미 : 이미 세상 사람에게 보여 주어서는 안 된다면 어째서 그에게 주었는가?

조욱은 누설하지 않겠다고 거듭 맹세했다. 그 후 1년 남짓 지나 조욱의 노비가 유리구슬을 훔쳐 시장에서 팔았는데, 호인(胡人)이 값을 흥정하면서 그를 윽박지르다가 결국 서로 치고받고 싸웠다. 관아에서 조사하자 노비가 일의 진상을 모두 말해 버렸는데 조욱은 그런 사실을 전혀 몰랐다. 그날 밤에 여인이 와서 슬픈 표정으로 말했다.

"노비가 우리의 일을 누설했기 때문에 마땅히 떠나야 합니다."

조욱은 그제야 노비가 사라진 것을 알고 슬픔을 이기지 못했다. 여인이 말했다.

"당신의 마음은 잘 알고 있습니다만 당신과 오래도록 왕래할 수 없게 된 것 역시 운수가 그럴 뿐입니다. 이제 헤어지지만 수련에 노력을 기울이시면 빠른 시일 내로 다시 만나게 될 것입니다. 그 대요(大要)는 마음을 죽여야 몸을 살릴 수 있으며 정기를 보존해야 신령해질 수 있는 것입니다." 미: 말이 간결하면서도 정확하다. 그러고는 《선추용석은결(仙樞龍席隱訣)》 5편을 남겨 주었는데, 내용이 대부분 은밀한 말로 되어 있었지만 그녀가 조욱에게 가르쳐 주며 징험을 보이자 조욱은 훤히 깨달았다. 새벽에 그녀가 떠나려 하자 조욱은 슬픔에 목이 멘 채 그녀의 손을 잡았다. 여인이 말했다.

"무엇 때문에 슬퍼하십니까?"

조욱이 말했다.

"마음에 얽매인 바가 있어서입니다."

여인이 말했다.

"몸이 마음에 얽매이면 귀도(鬼道)로 떨어지고 맙니다."

여인은 말을 마치고 몸을 솟구쳐 하늘로 올라가더니 갑자기 보이지 않았으며, 방 안의 주렴과 휘장과 그릇 등도 모두 사라졌다. 조욱은 망연자실했다. 그 후로 조욱은 비몽사몽간에 여전히 그녀가 오가는 듯이 느껴졌다. 조욱은 [당나라] 대력(大曆) 연간(766~779) 초까지도 여전히 회수(淮水)와 사수(泗水) 지방에 있었다.

天水趙旭, 少孤介好學. 有姿貌, 善淸言, 習黃老之道. 家於廣陵, 嘗獨葺幽居, 唯二奴侍側. 嘗夢一女子, 衣靑衣, 挑笑牖間. 覺而異之, 因祝曰: "是何靈異? 願睹仙姿." 夜半, 忽聞窗外切切笑聲. 旭知其神, 復祝之. 乃言曰: "吾上界仙女也. 聞君累德淸素, 幸因寤寐, 願託淸風." 旭驚喜, 整衣而起, 回燈拂席以延之. 忽淸香滿室, 一女年可十四五, 容範曠代, 衣六銖霧綃之衣, 躡五色連文之履, 開簾而入. 旭再拜, 女笑曰: "吾天上靑童, 久居淸禁, 幽懷阻曠, 位居末品, 時有世念. 帝罰我人間隨所感配. 以君氣質虛爽, 願諧神韻." 旭曰: "蜉蝣之質, 假息刻漏, 不意高眞俯垂濟度, 豈敢妄興俗懷?" 女乃笑曰: "君宿世有道骨, 名在金格, 當相與吹洞簫於紅樓之上, 撫雲璈 眉: 按雲璈形圓似錦, 有絃, 凡天樂唱步虛謂訖, 先撫雲璈. 於碧落之中." 乃延坐, 令施寢具, 旭貧無可施. 女笑曰: "無煩仙郞." 須臾霧暗, 食頃方收, 其室中施設珍奇，非所知也．遂携手於內．夜深，忽聞外一女呼青夫人，旭駭而問之，答曰："同宮女子相尋爾，勿應．"乃扣柱歌曰："月霧飄飄星漢斜，獨行窈窕浮雲車．仙郎獨邀青童君，結情羅帳連心花．"歌甚長，旭唯記兩韻．謂青童君曰："可延入否?"答曰："此女多言，慮洩吾事於上界耳．"旭曰："設琴瑟者，由人調之，何患乎?"乃起迎之．見一神女在空中，去地丈餘許，侍女六七人，建九明蟠龍之蓋，戴金精舞鳳之冠，長韻曳風，璀璨心目．旭再拜邀之，乃下曰："吾嫦娥女也，眉：嫦娥妒色，豈其然乎? 聞君與青君集會，故捕逃耳．"便入室，青君笑曰："卿何已知吾處也?"答曰："佳期不相告，誰過耶?"相與笑樂．旭喜悅不知所裁．鷄鳴，命車．約以後期，答曰："慎勿言之世人．吾不相棄也．"及出戶，有五雲車二乘，浮於空中．遂各登車訣別，靈風颯然，凌虛而上，極目乃滅．旭不自意如此，但灑掃焚名香，絕人事以待之．隔數夕復來，來時皆先有清風肅然，異香從之，其所從仙女益多．歡娛日洽．爲旭致行廚珍膳，皆不可識，其美殊常．每一食，經旬不饑，但覺體氣冲爽．旭因求長生久視之道，密受隱訣，其大抵如《抱朴子》〈內篇〉．爲旭致天樂，有仙妓飛奏簹楹而不下．謂旭曰："君未列仙品，不食正御，故不下也．"其樂唯笙簫琴瑟，略同人間，其餘並不能識，聲韻清鏘．奏訖而雲霧霏然，已不見矣．又爲旭致珍寶奇麗之物，乃曰："此物不合令世人見．君若洩之，吾不得來也．"眉：既不合令世人見，贈之何爲? 旭言誓重疊．後歲餘，旭奴盜琉璃珠鬻於市，胡人酬價逼之而相擊．官勘之，奴悉陳狀，旭都未知．其夜女至，愴然無容曰："奴洩吾事，當逝矣．"旭方知失奴，而悲不自勝．女曰："甚知君心，然事亦不合長與君往來，運數然耳．自此訣別，努力修持，當速相見也．其大要以心死可以身生，保精可以致神．"眉：語約而精．遂留《仙樞龍席隱訣》五篇，內多隱語，亦指驗於旭, 旭洞曉之. 將旦而去, 旭悲哽執手. 女曰:"悲自何來?" 旭曰:"在心所牽耳." 女曰:"身爲心牽, 鬼道至矣." 言訖, 竦身而上, 忽不見, 室中簾帷器具悉無矣. 旭恍然自失. 其後寤寐, 仿佛猶尚往來. 旭大曆初, 猶在淮泗.

* 이 고사는 《태평광기》 권65 〈여선·조욱(趙旭)〉에 실려 있다.

8-8(0129) 성공지경

성공지경(成公智瓊)

[삼국 시대] 위(魏)나라 제북군(濟北郡)의 종사연(從事掾) 현초(弦超)는 자가 의기(義起)다. 가평(嘉平) 연간(249~254) 어느 날 저녁에 혼자 자는데, 꿈속에 신녀가 찾아와서 그를 따랐다. 그녀는 스스로 천상옥녀(天上玉女)라고 했는데, 동군(東郡) 사람으로 성은 성공이고 자는 지경이며, 일찍 부모를 잃었기에 상제께서 그녀의 외롭고 고달픈 삶을 가엾게 여겨 속세로 내려가 시집가게 했다고 했다. 현초는 꿈에서 깨어난 뒤에도 그녀를 흠모했는데, 사나흘 밤 동안 이렇게 했다. 어느 날 새벽에 성공지경이 치병거(輜軿車 : 휘장을 친 부인용 수레)를 타고 여덟 명의 시비를 거느린 채 실제로 왔는데, 비단옷을 입었으며 모습이 마치 나는 신선과도 같았다. 그녀는 스스로 70세라고 말했지만 열대여섯 살처럼 보였다. 미 : 나이가 70인데도 여전히 일찍 부모를 잃었다고 말한 것은 어째서인가? 또한 옥녀는 천상의 선인인데 그 부모만 선인이 아니고 일찍 죽은 것은 어째서인가? 수레 위에 기이한 음식과 좋은 술을 싣고 와서 현초와 함께 먹고 마셨다. 성공지경이 현초에게 말했다.

"숙명에 따라 마땅히 부부가 되겠지만 저는 낭군께 도움을 드리지 못할 것이며 또한 손해도 끼치지 않을 것입니다. 그렇지만 낭군은 항상 가벼운 수레와 살찐 말을 탈 수 있고, 음식은 항상 먼 지방의 기이한 요리를 맛볼 수 있으며, 비단은 쓰기에 충분해서 부족하지 않을 것입니다. 그러나 저는 신인이기 때문에 낭군을 위해 자식을 낳을 수 없고 투기하는 마음도 없으므로, 낭군이 결혼하는 것을 방해하지 않겠습니다." 미 : 도움을 준 것이다.

    마침내 두 사람은 부부가 되었다. 7~8년이 지나서 현초의 부모가 그를 위해 부인을 맞아들인 뒤에도 현초는 낮 시간을 나누어 성공지경과 연회를 즐기고 저녁 시간을 나누어 잠자리에 들었다. 성공지경은 밤에 왔다가 새벽에 갔는데, 홀연히 나는 듯이 다녔기 때문에 현초만이 그녀를 보았을 뿐 다른 사람은 보지 못했다. 매번 현초가 다녀올 일이 있으면 성공지경은 이미 문에 수레를 준비해 두었는데, 100리는 2시진이 걸리지 않았고 1000리라고 해도 반나절을 넘지 않았다. 나중에 현초는 제북왕(濟北王) 문하의 속관이 되었다. 문흠(文欽)이 반란을 일으키자 위나라 명제(明帝)는 동쪽으로 정벌에 나섰고 여러 왕들은 업궁(鄴宮)으로 옮겨 갔으며 속관들도 감국(監國)[64]을 따라 서쪽으로 옮겨 갔다.

---

64) 감국(監國) : 위나라 때 동성(同姓)의 왕들을 감독하기 위해 황제가

업하(鄴下)는 좁아서 네 명의 관리가 작은 방 하나를 함께 써야 했다. 그런데 현초가 혼자 누워 있을 때면, 성공지경이 늘 다녀가곤 했기에 같은 방을 쓰는 사람들은 그 이상함을 자못 의심했다. 성공지경은 모습만 숨길 수 있었지 그 목소리는 감출 수 없었으며 또한 향기가 건물에 가득했기 때문에 마침내 동료 관리들도 의심하게 되었다. 미 : 모습과 목소리는 하나인데 어찌 모습만 숨길 수 있고 목소리는 감출 수 없단 말인가? 또한 네 명의 관리가 한방을 함께 쓰고 있으니, 선녀가 며칠만이라도 조금 참는 것이 마땅하지 않겠는가? 나중에 현초가 도성에 사신으로 가면서 빈손으로 저잣거리에 들어가게 되자, 성공지경이 고운 붉은 비단 5갑(匣)과 모시 방석 5단(端)을 준비해 주었는데 그 색채와 광택이 업성(鄴城)의 저잣거리에 있는 것이 아니었다. 동행한 관리가 캐묻자 현초는 본래 성품이 신중하지 못했기에 마침내 모두 이야기해 주고 말았다. 관리가 이 일을 감국에게 고하자 감국은 현초를 세세하게 심문했지만, 역시 천하에 어찌 이 같은 요괴가 있을까 싶어서 죄를 꾸짖지는 않았다. 그 후 저녁에 현초가 돌아왔더니 옥녀가 떠나기를 청하며 말했다.

"저는 신선이기에 다른 사람이 아는 것을 바라지 않았습

파견한 관리.

니다. 이제 저의 내력이 이미 드러나 버렸으니 더 이상 낭군과 만날 수 없습니다. 여러 해 동안 은의를 쌓았지만 하루아침에 작별해야 하니, 어찌 슬프지 않겠습니까?"

그러고는 시종을 불러 대나무 상자를 열게 해 직성(織成) 비단65)으로 짠 치마와 저고리 두 벌을 현초에게 준 뒤, 팔을 잡고 작별을 고하며 숙연히 수레에 오르더니 날아가듯 떠났다. 현초는 여러 날 동안 근심에 빠졌다. 5년 후에 현초는 군(郡)의 사명을 받들어 낙양(洛陽)으로 가다가 제북군의 어산(魚山) 아래에 이르러, 서쪽으로 가다가 멀리 바라보니 굽이진 길 끝에 수레 하나가 있었는데 성공지경 같았다. 말을 급히 몰아 앞으로 가서 보았더니 과연 그녀였기에 마침내 휘장을 열고 서로 만나 희비가 교차했다. 성공지경은 현초에게 수레 손잡이 줄을 주어 함께 타고 낙양에 도착해, 다시 이전처럼 좋은 관계를 회복했다. [진(晉)나라] 태강(太康) 연간(280~289)까지도 성공지경은 여전히 있었는데, 다만 날마다 오지는 않고 3월 3일, 5월 5일, 7월 7일, 9월 9일과 매월 초하루와 15일에만 왔는데, 올 때마다 하룻밤을 보내고 떠났다. 장무선[張茂先 : 장화(張華)]이 그녀를 위해 〈신녀

---

65) 직성(織成) 비단 : 채색 실과 금실로 꽃무늬를 넣어 직조한 비단으로 자수와 비슷하다. 한나라 이후로 제왕과 공경대신들의 옷감으로 널리 쓰였다.

부(神女賦)〉를 지었다.

평 : 이미 욕계(欲界)를 초탈한 신선들을 열거했는데, 옥치 낭자는 이별을 아쉬워하고 태음 부인은 배필을 구하며, 직녀・무녀・수녀는 속진과 함께하고 항아와 청동군은 미색을 질투하며, 옥녀의 시녀는 또 그 아래에 있다. 대저 당나라의 기풍은 음란함이 많아서, [하늘에서는] 명하(明河 : 은하수)에서 나루터를 묻고, [황궁에서는] 초풍(椒風 : 비빈의 거처)66)을 경계시키지 않았으며, [민간에서는] 뽕밭과 물가에서 밀회를 즐기는 일이 만연해 풍속이 되었다. 한 시대의 문사(文士)들이 장난삼아 모두 천상 세계를 빌려 인간 세상을 비유했으니, 소설을 읽는 자는 마음으로 그것을 헤아려 성급히 태청(太淸 : 하늘)을 더럽혀서는 안 된다. 그 밖에 우승유(牛僧孺)가 박 태후(薄太后)를 만난 일67)과 같은 것은 찬황[贊皇 : 이덕유(李德裕)]의 문하에서 나온 비방의 말이

---

66) 초풍(椒風) : 한나라 때의 궁각(宮閣) 이름으로, 애제(哀帝)의 총신이었던 동현(董賢)의 여동생 동 소의(董昭儀)의 거처였다. 나중에는 비빈의 거처를 뜻하는 말로 쓰였다.
67) 우승유(牛僧孺)가 박 태후(薄太后)를 만난 일 : '박 태후'는 한나라 문제(文帝)의 모친이다. 이 고사는 《태평광기》 권489 〈잡전기(雜傳記)・주진행기(周秦行記)〉에 실려 있다.

다. 더욱 한탄스러운 것은 이군옥(李群玉)이 〈황릉(黃陵)〉 두 수를 읊어 [순임금의 두 비(妃)인] 아황(娥皇)과 여영(女英)을 욕보인 것이다. 필묵의 죄과가 이에 바야흐로 커졌으니 그럼에도 오히려 후세의 구실로 삼을 수 있겠는가?

살펴보니 《운계우의(雲溪友議)》에서 이르길, "이군옥이 천록(天祿)의 직임[68]을 그만둔 뒤 잠양(涔陽)으로 돌아가는 길에 이비묘(二妃廟)[69]를 지나면서 시 두 수를 지었는데, '작은 외딴섬 북쪽 구름 낀 물가에, 화장한 두 여랑(女郎)의 모습은 아직도 살아 있는 듯하네. 들판의 사당은 강을 향하고 봄은 적막하기만 한데, 옛 비석에는 글자 보이지 않고 그저 풀만 무성하네. 봄바람 무덤으로 다가와 꽃향기 풍기고, 해 질 무렵 깊은 산에 두견새 우네. 아직도 애수 어린 표정으로 천자의 순수(巡狩)를 기다리는 듯한데, 구의산(九疑山)은 눈썹먹처럼 상천(湘川)을 가로막고 있네'라고 했으며, 다른 한 수에서는 '황릉묘(黃陵廟 : 이비묘) 앞의 사초(莎草)에 봄이 오니, 황릉 아가씨의 붉은 치마 새롭구나. 작은 배 타고

---

[68] 천록(天祿)의 직임 : '천록'은 한나라 때 도서를 보관하던 천록각을 말한다. '천록의 직임'은 이군옥이 홍문관교서랑(弘文館校書郎)을 지낸 것을 말한다.
[69] 이비묘(二妃廟) : 요임금의 두 딸이자 순임금의 두 비(妃)인 아황(娥皇)과 여영(女英)을 모신 사당.

짧은 노 저으며 노래 부르며 가니, 물은 멀고 산은 길어 못 견디게 근심스럽네'라고 했다. 뒤에 또 시를 지어, '황릉묘 앞의 봄은 이미 다했고, 자규(子規 : 두견)는 피를 토하며 바람 부는 소나무에서 우네. 영혼은 어느 곳으로 떨어졌는지 모르겠지만, 아마도 떠가는 구름 가을 경치 가운데이리라'라고 했다. 이군옥은 두 번째 시에서 봄 풍경 뒤에 바로 가을 경치가 나타나기에 주저하면서 고치려고 했는데, 그때 두 여랑이 나타나 말하길, '저희는 아황과 여영입니다. 2년 뒤에 틀림없이 낭군과 남녀의 사랑을 나누게 될 것입니다'라고 했다. 협 : 죄짓는 말이다. 미 : 순(舜)임금은 30세처럼 젊어 보였지만 당시에 110세였으니 이비의 나이도 100세에 가까웠을 것이다. 그런데도 시인들은 여전히 이를 깨달을 수 없단 말인가! 이군옥은 그 말을 마음속에 새겼는데, 잠시 후에 그녀들이 모습을 감추었기에 이군옥은 신상(神像)에 절한 뒤 떠났다. 이군옥은 거듭 호수를 건너고 산봉우리를 넘어 심양(潯陽)에 도착했다. 태수(太守) 단성식(段成式)은 평소 이군옥과 술을 마시며 시를 짓는 벗이었기 때문에 이군옥이 단성식에게 그 일을 자세히 말해 주었다. 그러자 단성식이 그를 놀리며 말하길, '그대가 우(虞)나라 순(舜)임금의 벽양후(辟陽侯)[70]인 줄은 몰랐네'

---

70) 벽양후(辟陽侯) : 전한 여 태후(呂太后) 때의 좌승상(左丞相) 심이

라고 했다. 이군옥은 시를 지은 지 2년 뒤에 홍주(洪州)에서 죽었다. 단성식은 울면서 그를 위해 시를 지어, '술과 더불어 시와 더불어 30년, 종횡으로 부딪치며 세상을 떠들썩하게 만들었지. 태평한 세상에서는 예형(禰衡)[71]을 죽게 만들지 않으니, 오만한 공경(公卿)들도 모두 구천(九泉)으로 돌아간다네'라고 했다"라고 했다.

魏濟北郡從事掾弦超, 字義起. 以嘉平中夕獨宿, 夢有神女來從之. 自稱天上玉女, 東郡人, 姓成公, 字智瓊, 早失父母, 上帝哀其孤苦, 令得下嫁. 超覺而欽想, 如此三四夕. 一旦顯來, 駕輜軿車, 從八婢, 服羅綺之衣, 狀若飛仙. 自言年七十, 視之如十五六. 眉 : 年七十矣, 猶云早失父母, 何耶? 且玉女天上仙種, 其父母獨非仙乎, 而早死何也? 車上有異饌醴酒, 與超共飲食. 謂超曰 : "宿運宜爲夫婦, 不能有益, 亦不能爲損. 然常可得駕輕車肥馬, 飮食常可得遠味異膳, 繒素可得充用不乏. 然我神人, 不能爲君生子, 亦無妒忌, 不害君婚姻之義." 眉 : 益矣. 遂爲夫婦. 經七八年, 父母爲超取婦之後, 分

기(審食其)의 봉호(封號)로, 훗날 후비(后妃)들이 좋아하는 신하를 가리키는 의미로 사용되었다.

71) 예형(禰衡) : 후한 말 사람으로 문장이 뛰어나고 성격이 강직했는데, 지조를 지켜 출사하지 않다가 조조(曹操)의 노여움을 사서 악관(樂官)으로 폄훼되었으며, 나중에 강하태수(江夏太守) 황조(黃祖)에게 죽임을 당했다.

日而燕,分夕而寝. 夜來晨去,倏忽若飛,唯超見之,他人不見也. 每超當有行求,智瓊已嚴駕於門,百里不移兩時,千里不過半日. 超後爲濟北王門下掾. 文欽作亂,魏明帝東征,諸王見移於鄴宮,官屬亦隨監國西徙. 鄴下狹窄,四吏共一小屋. 超獨臥,智瓊常得往來,同室之人,頗疑非常. 智瓊止能隱其形,不能藏其聲,且芬香達於室宇,遂爲伴吏所疑. 眉:形聲一也,豈有能隱形不能藏聲者?且四吏共一室,仙姬不當少忍數日耶? 後超嘗使至京師,空手入市,智瓊給其五匹弱絣,五端絪紵,采色光澤,非鄴市所有. 同行吏詰問,超性疏拙,遂具言之. 吏以白監國,委曲問之,亦恐天下有此妖幻,不答責也. 後夕歸,玉女已求去,曰:"我神仙也,不願人知. 今本末已露,不復與君通接. 積年恩義,一旦分別,豈不悵恨!" 呼侍御發簏,取織成裙衫兩襠遺超,把臂告辭,肅然升車,去若飛流. 超憂感積日. 後五年,超奉郡使至洛,到濟北魚山下,陌上西行,遙望曲道頭,有一馬車,似智瓊. 驅馳前至,視之果是,遂披帷相見,悲喜交至. 授綏同乘至洛,克復舊好. 至太康中猶在,但不日月往來,三月三日,五月五日,七月七日,九月九日,月旦十五,每來,輒經宿而去. 張茂先爲之賦〈神女〉.

評:旣列仙階,已超欲界,而玉厄惜別,太陰求偶,織女與嫠·須同塵,嫦娥與靑童妒色,玉女侍兒又其下矣. 大抵唐風多淫,自明河問渡,椒風不警,而桑中濮上,靡然成俗. 一時文士遊戲,皆借天上以喻人間,讀小說者以意逆之,未可邃以穢太淸也. 他如牛僧孺遇薄大后事,出於贊皇門下之謗語. 而尤可恨者,李群玉〈黃陵〉二咏,辱及英皇. 筆墨罪過,於斯方大,尙可爲後世口實乎?

按《雲溪友議》云:"李群王旣解天祿之任,而歸澧陽,經二妃廟,題詩二首曰:'小孤洲北浦雲邊,二女明妝尙儼然. 野廟向江春寂寂, 古碑無字草芊芊. 東風近墓吹芳芷, 落日深山哭杜鵑. 猶似含顰望巡符, 九疑如黛隔湘川.' 又曰: '黃陵廟前莎草春, 黃陵女兒茜裙新. 輕舟小楫唱歌去, 水遠山長愁殺人.' 後又題曰: '黃陵廟前春已空, 子規滴血啼松風. 不知精爽落何處, 疑似行雲秋色中.' 李自以第二篇春容便到秋色, 踟躕欲改之, 乃有二女郎見曰: '兒是娥皇·女英也. 二年後, 當與郎君爲雲雨之遊.' 夾: 罪過語. 眉: 舜三十而少, 則時百有十歲, 計二妃齒亦近百矣. 詩人猶不能釋然耶! 李乃志其所陳, 俄而影滅, 遂禮其神像而去. 重涉湖嶺, 至於潯陽. 太守段成式素與李爲詩酒之友, 具述此事. 段因戲之曰: '不知足下是虞舜之辟陽侯也.' 群玉題詩後二年, 乃逝於洪州. 段乃爲詩哭之曰: '酒里詩中三十年, 縱橫唐突世喧喧. 明時不作禰衡死, 傲盡公卿歸九泉.'"

* 이 고사는 《태평광기》 권61 〈여선·성공지경〉에 실려 있는데, 출전이 "《집선록(集仙錄)》"이라 되어 있다.

8-9(0130) 양옥청

양옥청(梁玉淸)

출《독이지(獨異志)》

　진(秦)나라가 육국(六國)을 병합하자 태백성(太白星)이 직녀(織女)의 시녀 양옥청과 위승장(衛承莊)을 납치해 위성(衛城)의 소선동(少仙洞)으로 도망가서 46일 동안 나오지 않았다. 이에 천제(天帝)가 노해 오악(五岳)의 신에게 태백성을 찾아내 잡아 오라고 명했다. 태백성이 자리로 돌아오자 위승장은 달아났다. 양옥청에게는 휴(休)라는 아들이 있었고, 양옥청은 북두성(北斗星) 아래로 유배되어 늘 절구질을 했다. 휴는 하백(河伯)에게 배치되어 곁말을 타고 비를 뿌렸다. 휴는 소선동에 이를 때마다 그의 어머니가 음란하게 사통한 곳이라 부끄러워하며 번번이 말머리를 돌렸기 때문에 그곳에는 늘 비가 적었다. 미: 기이한 일이다.

秦倂六國, 太白星竊織女侍兒梁玉淸・衛承莊, 逃入衛城少仙洞, 四十六日不出. 天帝怒, 命五岳搜捕. 太白歸位, 衛承莊逃焉. 梁玉淸有子名休, 玉淸謫於北斗下, 常舂. 其子乃配於河伯, 驂乘行雨. 休每至少仙洞, 恥其母淫奔之所, 輒回馭, 故此地常少雨焉. 眉: 奇事.

* 이 고사는《태평광기》권59〈여선・양옥청〉에 실려 있다.

8-10(0131) 두난향
두난향(杜蘭香)

어떤 어부가 상강(湘江) 동정호(洞庭湖) 기슭에서 어린 아이의 울음소리를 들었는데, 사방을 둘러봐도 아무도 없고 오직 세 살 된 여자아이만 기슭 옆에 있었기에 어부가 불쌍히 여겨 거두었다. 그녀는 10여 세가 되자 신비한 얼굴이 곱고 맑았는데, 홀연히 푸른 동자가 공중에서 내려오더니 그녀를 데리고 떠났다. 그녀가 승천할 때 아버지에게 말했다.

"저는 선녀 두난향입니다. 잘못을 저질러 인간 세상에 귀양 왔는데, 하늘의 기한이 다 차서 오늘 떠나게 되었습니다."

두난향은 그 후에도 가끔씩 집으로 돌아오곤 했다. 그 후에 동정호 포산(包山)에서 장석(張碩)의 집에 강림했는데, 장석도 수도하는 사람이었다. 두난향은 강림한 지 3년이 지나 거형비화술(擧形飛化術 : 몸을 들어 올려 날아다니는 도술)을 장석에게 전수해 주어 장석 역시 득선했다. 처음 강림했을 때 두난향은 옥간(玉簡), 옥타구, 붉은 화완포(火浣布)를 남겨 두어 등선(登仙)의 증거로 삼았다.

평 : 《여정집(麗情集)》에서 이르길, "가지미(賈知微)가

증성부인(曾城夫人) 두난향을 만났는데, 두난향이 추운나파(秋雲羅帕: 가을 구름 같은 비단 수건)로 단약 50알을 싸서 가생(賈生: 가지미)에게 주며 말하길, '이 비단은 직녀(織女)가 옥누에고치를 켜서 짠 것입니다'라고 했다. 나중에 크게 천둥비가 내릴 때 그 비단 수건은 어디론가 사라져 버렸다"라고 했다.

有漁父於湘江洞庭之岸, 聞兒啼聲, 四顧無人, 惟三歲女子在岸側, 漁父憐而擧之. 十餘歲, 靈顔姝瑩, 忽有青童自空來集, 携女而去. 臨升天, 謂其父曰: "我仙女杜蘭香也. 有過謫於人間, 玄期有限, 今去矣." 自後時亦還家. 其後於洞庭包山降張碩家, 蓋修道者也. 蘭香降之三年, 授以擧形飛化之道, 碩亦得仙. 初降時, 留玉簡・玉唾盂・紅火浣布, 以爲登眞之信焉.
評:《麗情集》云: "賈知微遇曾城夫人杜蘭香, 以秋雲羅帕裏丹五十粒與生曰: '此羅是織女採玉璽¹織成.' 後大雷雨, 失帕所在."

* 이 고사는《태평광기》권62〈여선・두난향〉에 실려 있는데, 출전이 "《용성집선록(墉城集仙錄)》"이라 되어 있다.
1 채옥새(採玉璽): "새(璽)"는 "잠(蠶)"의 오기로 보인다.《향염총서(香艷叢書)》에 수록되어 있는 송나라 장군방(張君房)의《여정집(麗情集)》에는 "소옥잠견(繰玉蠶繭)"이라 되어 있는데, 문맥상 타당하다.

8-11(0132) 허비경

허비경(許飛瓊)

출《일사》

 당(唐)나라 개성(開成) 연간(836~840) 초에 진사(進士) 허전(許瀍)이 하중(河中)을 유람하다 갑자기 큰 병을 얻어 인사불성이 되었다. 그의 친구 몇 명이 그를 둘러싸고 앉아 간호한 지 사흘이 되었을 때, 그가 벌떡 일어나더니 붓을 들어 벽에 큰 글씨로 이렇게 썼다.

 "새벽에 요대(瑤臺)로 들어가니 이슬 맺힌 기운 맑은데, 좌중엔 허비경만 있네. 속진의 마음 아직 없애지 못해 속세의 인연 남아 있으니, 산 내려오는 10리 길에 달만 하릴없이 밝구나."

 허전은 다 쓰고 나서 다시 잠들었다가 다음 날에 또 놀라 일어나 붓을 들고 두 번째 구절을 이렇게 고쳤다.

 "하늘 바람 타고 나는 아래에서 보허성(步虛聲: 신선의 노랫소리) 들리네."

 허전은 쓰기를 마치고 취한 듯 멍하니 있다가 한참 후에 천천히 말했다.

 "어제저녁 꿈에 요대에 갔는데 선녀 300여 명이 커다란 집에 있었네. 그중 한 명이 스스로를 허비경이라 하면서 내게 시를 지으라고 했는데, 내가 시를 완성하자 다시 고치라고 하면서 '세상 사람들에게 내 이름을 알게 하고 싶지 않소'라고 말했네. 그래서 고치고 났더니 매우 찬탄하면서 여러 신선들에게 내 시에 화답하게 하면서 말하길, '당신은 결국 이곳에 오게 될 것이지만 지금은 잠시 돌아가 있으시오'라고 했네. 마치 누군가 날 인도해 주는 것 같더니 마침내 돌아올 수 있게 되었네."

唐開成初, 進士許瀍遊河中, 忽大病, 不知人事. 親友數人, 環坐守之, 至三日, 蹶然而起, 取筆大書於壁曰 : "曉入瑤臺露氣淸, 坐中唯有許飛瓊. 塵心未盡俗緣在, 十里下山空月明." 書畢復寐, 及明日, 又驚起, 取筆改其第二句曰 : "天風飛下步虛聲." 書訖, 兀然如醉, 良久漸言曰 : "昨夢到瑤臺, 有仙女三百餘人, 皆處大屋. 內一人云是許飛瓊, 遣賦詩, 及成, 又令改曰 : '不欲世間人知名也.' 旣畢, 甚被賞嘆, 令諸仙皆和, 曰 : '君終至此, 且歸.' 若有人導引者, 遂得回耳."

* 이 고사는 《태평광기》 권70 〈여선·허비경〉에 실려 있다.

8-12(0133) 명성 옥녀

명성옥녀(明星玉女)

출《집선록》

　명성 옥녀는 화산(華山)에 살면서 옥장(玉漿)을 복용하고 대낮에 하늘로 올라갔다. 산 정상에 돌 거북이 있는데, 그 너비가 몇 이랑이나 되고 높이도 세 길이나 되었다. 그 옆에 돌계단이 있는데 원근에서 모두 보였다. 명성 옥녀의 사당 앞에 옥녀세두분(玉女洗頭盆)이라 불리는 돌절구 다섯 개가 있는데, 그 안에 담긴 물은 맑고 푸르렀으며, 비가 오거나 가뭄이 들어도 변함이 없었다. 사당 안에는 옥석으로 된 말 한 필이 있었다.

明星玉女者, 居華山, 服玉漿, 白日升天. 山頂石龜, 其廣數畝, 高三仞. 其側有梯磴, 遠近皆見. 玉女祠前有五石臼, 號曰玉女洗頭盆, 其中水色澄碧, 雨旱不異. 祠內有玉石馬一匹焉.

* 이 고사는《태평광기》권59〈여선·명성옥녀〉에 실려 있다.

8-13(0134) 여산의 노모
여산노모(驪山老母)

출《신선감우전》미 : 이전(李筌)이 덧붙어 나온다(李筌附見).

이전(李筌)은 호가 달관자(達觀子)이고 소실산(少室山)에서 살았으며 선도를 좋아했다. 항상 명산을 돌아다니면서 널리 방술을 구했다. 숭산(嵩山)의 호구암(虎口岩)에 갔다가 《황제음부경(黃帝陰符經)》 원본을 얻었는데, 흰 비단에 쓰여 있고 붉은 옻칠한 권축(卷軸)이 달렸으며 옥갑에 봉함되어 있었는데, 다음과 같이 적혀 있었다.

"대위(大魏 : 북위) 진군(眞君) 미 : 태평진군(太平眞君)은 북위 태무제(太武帝)의 연호다. 2년(441) 7월 7일에 상청도사(上淸道士) 구겸지(寇謙之)가 명산에 수장해 두었다가 도를 좋아하는 사람에게 전한다."

그 원본이 썩고 찢어져 있었기 때문에 이전은 수천 번 베껴서 읽었지만, 결국 그 뜻과 이치를 이해할 수 없었다. 진(秦) 땅으로 들어가 여산(驪山) 아래에 이르렀다가 그곳에서 머리를 정수리까지 틀어 올려 쪽을 찌고 나머지 머리는 반쯤 늘어뜨린 채 해진 옷을 입고 지팡이를 짚은 한 노파를 만났는데, 그 신비한 모습이 매우 특이했다. 노파는 길옆에서 불을 놓아 나무 태우는 것을 보면서 혼잣말을 했다.

"화(火)는 목(木)에서 생겨나지만, 화(禍)가 발생하면 반드시 극복한다."

이전이 깜짝 놀라며 물었다.

"그것은 《황제음부경》에 나오는 말인데, 할머니는 어떻게 그것을 말할 수 있습니까?"

노파가 말했다.

"내가 《황제음부경》을 전수한 지 이미 삼원 육주 갑자(三元六周甲子 : 1080년)72)가 되었는데, 젊은이는 어디서 그것을 얻었소?"

이전이 머리를 조아리고 재배하며 그것을 얻게 된 연유를 모두 말해 주자 노파가 말했다.

"젊은이는 광대뼈가 생문혈(生門血)을 관통하고 명륜(命輪 : 눈)이 일각(日角)73)과 가지런하며, 혈맥이 쇠하지 않고 심영(心影 : 인상)이 치우치지 않으니, 진실로 나의 제자가 될 만하오."

---

72) 삼원 육주 갑자(三元六周甲子) : 술수가에서 60갑자를 구궁(九宮)에 배치하고 180년을 1주(周)의 시작으로 보기 때문에, 첫째 갑자를 상원(上元)이라 하고 둘째 갑자를 중원(中元)이라 하고 셋째 갑자를 하원(下元)이라 해서, 이를 합쳐 '삼원'이라 한다. 따라서 '삼원육주갑자'는 180년이 6번 돈 시간, 즉 1080년을 말한다.

73) 일각(日角) : 이마 중앙에 있는 뼈가 해 모양으로 돋아 있는 것으로, 관상가에서는 이를 크게 귀하게 될 상으로 여긴다.

그러고는 단사로 쓴 부적 하나를 꺼내 지팡이 끝에 꿰고 이전에게 무릎을 꿇고 삼키게 한 뒤에 말했다.

"천지가 보호해 줄 것이다."

그러고는 바위 위에 앉아서 이전에게 《황제음부경》의 뜻을 설명했다.

"《황제음부경》은 모두 300자로 이루어져 있는데, 그 가운데 100자는 도(道)에 대해 풀이했고, 또 100자는 술(術)에 대해 풀이했으며, 나머지 100자는 법(法)에 대해 풀이했다. 위로는 신선이 정신을 한곳에 집중하는 도가 담겨 있고, 다음으로는 나라를 부강하게 하고 백성을 편안하게 하는 법이 담겨 있으며, 아래로는 병사를 강하게 하고 전쟁에서 승리하는 술이 담겨 있다. 도를 지닌 사람이 아니면 이것을 듣게 해서는 안 된다. 그래서 지인(至人)이 이것을 사용하면 그 도를 얻고, 군자가 이것을 사용하면 그 술을 얻지만, 일반 사람이 이것을 사용하면 재앙을 얻게 된다. 자기가 태어난 날에 일곱 번 암송하면 심기(心機)에 유익하고 수명을 연장할 수 있다. 또 매년 7월 7일에 《황제음부경》 한 권을 써서 명산의 바위 속에 넣어 두면 수명을 더 연장할 수 있다."

한참 있다가 노파가 말했다.

"이미 해 질 무렵이 되었구나. 나에게 보리밥이 있으니 함께 먹자."

그러고는 소매 속에서 표주박 하나를 꺼내더니 이전에게

계곡에 가서 물을 떠 오라고 했다. 표주박에 물이 차자 갑자기 무게가 100여 근이나 나갔는데, 그의 힘으로는 도저히 들어 올릴 수가 없어서 샘 속에 빠뜨리고 말았다. 돌아와서 보니 노파는 이미 보이지 않았고, 단지 보리밥 몇 되만이 바위 위에 남겨져 있었다. 이전은 장수의 지략이 있었기에 《태백음부(太白陰符)》 10권을 지었고, 재상의 공업이 있었기에 《중대지(中臺志)》 10권을 지었다. 당시 이전은 이임보(李林甫)에게 배척당해 높은 관직에 오르지 못하자, 미: 이임보는 이미 신선이 되었는데 신선과 신선이 어찌 서로 배척한단 말인가? 결국 명산으로 들어가 신선을 찾았는데 그 종국을 알 수 없었다.

李筌, 號達觀子, 居少室山, 好道. 常歷名山, 博採方術. 至嵩山虎口岩, 得《黃帝陰符經》本, 絹素書, 朱漆軸, 緘以玉匣, 題云: "大魏眞君 眉: 眞君, 魏太武年號. 二年七月七日, 上淸道士寇謙之藏諸名山, 用傳同好." 其本糜爛, 筌抄讀數千遍, 竟不曉其義理. 因入秦, 至驪山下, 逢一老母, 鬢髻當頂, 餘髮半垂, 弊衣扶杖, 神狀甚異. 路旁見遺火燒樹, 因自語曰: "火生於木, 禍發必克." 筌驚而問之曰: "此《黃帝陰符》上文, 母何得而言之?" 母曰: "吾授此符, 已三元六周甲子矣, 少年從何而得之?" 筌稽首再拜, 具告所得, 母曰: "少年顴骨貫於生門, 命輪齊於日角, 血脈未減, 心影不偏, 眞是吾弟子也." 因出丹書符一通, 貫於杖端, 令筌跪而吞之, 曰: "天地相保." 於是坐於石上, 與筌說《陰符》之義曰: "此符凡三百言, 一百言演道, 一百言演術, 一百言演法. 上有神仙抱一之道, 中有富國安民之法, 下有强兵戰勝之術. 非有道之士, 不可使聞之. 故至人用之得其道, 君子用之得其術, 常人用之得其殃也. 本命日誦七遍, 益心機, 加年壽. 每年七月七日, 寫一本藏名山石岩中, 得加算." 久之, 母曰: "已晡時矣. 吾有麥飯, 相與爲食." 袖中出一瓠, 令筌谷中取水. 水旣滿, 瓠忽重百餘斤, 力不能制, 而沈泉中. 及還, 已失老母, 但留麥飯數升於石上而已. 筌有將略, 作《太白陰符》十卷, 有相業, 著《中臺志》十卷. 時爲李林甫所排, 位不顯, 眉 : 李林甫旣仙矣, 仙與仙豈相排耶? 竟入名山訪道, 不知所終.

* 이 고사는《태평광기》권14〈신선·이전(李筌)〉에 실려 있다.

8-14(0135) 진진

진진(眞眞)

출《문기록(聞奇錄)》

당(唐)나라의 진사(進士) 조안(趙顔)은 화공에게서 그림 족자 하나를 얻었는데, 거기에 아주 아름다운 여인이 그려져 있었다. 조안이 화공에게 말했다.

"세상에 이런 사람은 없소. 하지만 어떻게 해서든지 살아나게 할 수만 있다면 나는 그녀를 아내로 맞이하고 싶소."

화공이 말했다.

"나는 입신(入神)의 경지에 든 화가입니다. 이 여인에게도 이름이 있으니 진진이라고 합니다. 그 이름을 100일 동안 밤낮으로 쉬지 않고 부르면 틀림없이 응답할 것이니, 응답할 때 백가채회주(百家彩灰酒)를 그녀의 입에 흘려 넣으면 반드시 살아날 것입니다."

조안이 화공의 말대로 100일 동안 밤낮으로 쉬지 않고 그녀의 이름을 불렀더니, 마침내 그녀가 "예" 하고 응답했다. 조안이 급히 백가채회주를 그녀의 입에 흘려 넣자, 마침내 그녀는 살아나 족자에서 내려와 걷고 말하고 웃었으며 보통 사람처럼 먹고 마셨다. 진진이 말했다.

"감사하게도 당신이 소첩을 불러 주셨으니, 소첩은 아내로서 당신을 섬기고 싶습니다."

1년 뒤에 진진은 아들 하나를 낳았다. 그 아들이 두 살 되었을 때 조안의 친구가 말했다.

"이 여자는 요괴이니 틀림없이 자네에게 재앙을 가져다줄 것이네. 나에게 신검(神劍)이 있으니 그것으로 그녀를 베도록 하게."

그날 저녁에 친구가 조안에게 그 검을 보내왔다. 검이 조안의 집에 도착하자마자 진진이 울면서 말했다.

"소첩은 남악(南岳 : 형산)의 지선(地仙)입니다. 난데없이 어떤 사람이 소첩의 형상을 그리더니 당신이 또 소첩의 이름을 부르기에 당신의 소원을 저버릴 수 없었습니다. 그런데 지금 당신이 소첩을 의심하시니 소첩은 이곳에 머물 수 없습니다."

진진은 말을 마친 뒤 아들을 데리고 예전의 족자로 도로 올라가더니 이전에 마셨던 백가채회주를 토해 냈다. 그 족자를 살펴보았더니 아이 하나만 더 첨가되어 있었으며 모두 그림이었다.

唐進士趙顔, 於畵工處得一軟障, 圖一婦人甚麗. 顔謂畵工曰 : "世無其人也. 如何令生, 某願納爲妻." 畵工曰 : "余神畵也. 此亦有名, 曰眞眞. 呼其名百日, 晝夜不歇, 必應, 應則以百家彩灰酒灌之, 必活." 顔如其言, 遂呼之百日, 晝夜不止, 乃應曰 : "諾." 急以百家彩灰酒灌, 遂活, 下步言笑, 飮食如常. 曰:"謝君召妾, 妾願事箕帚." 終歲, 生一兒. 兒年兩歲, 友人曰:"此妖也, 必與君爲患. 余有神劍, 可斬之." 其夕, 乃遺顔劍. 劍才及顔室, 眞眞乃泣曰:"妾南岳地仙也. 無何爲人畫妾之形, 君又呼妾名, 旣不奪君願. 君今疑妾, 妾不可住." 言訖, 携其子却上軟障, 嘔出先所飮百家彩灰酒. 睹其障, 唯添一孩子, 皆是畫焉.

* 이 고사는 《태평광기》 권286 〈환술(幻術)·화공(畫工)〉에 실려 있다.

8-15(0136) **강비**

강비(江妃)

출《열선전(列仙傳)》

정교보(鄭交甫)는 늘 한강(漢江)을 유람하다가 두 여자를 만났는데, 모두 화려한 복장에 계란 크기만 한 두 개의 명주(明珠)를 차고 있었다. 정교보는 그녀들을 보고 마음에 들었지만 신선인 줄 모르고 명주를 달라고 청했다. 두 여자가 손수 차고 있던 명주를 풀어 정교보에게 주자, 정교보는 그것을 받아 품속에 넣고 수십 걸음을 간 뒤에 품속을 보았더니, 명주는 온데간데없었고 두 여자도 홀연히 보이지 않았다.

鄭交甫常遊漢江, 見二女, 皆麗服華裝, 佩兩明珠, 大如鷄卵. 交甫見而悅之, 不知其神也, 下請其佩. 二女手解佩以與交甫, 受而懷之, 行數十步, 視懷空無珠, 二女忽不見.

* 이 고사는 《태평광기》 권59〈여선·강비〉에 실려 있다.

8-16(0137) 흰 소라 여자

백라여자(白螺女子)

출《원화기》

상주(常州) 의흥현(義興縣)에 오감(吳堪)이라는 홀아비가 있었는데, 어려서 고아가 되어 형제가 없었다. 현의 아전이 되었으며 천성이 공손하고 온순했다. 그의 집은 형계(荊溪) 시냇가에 있었는데, 그는 늘 문 앞에 어떤 물건으로 시냇물을 막고 보호해 감히 더럽히지 않았으며, 한가한 때면 시냇가를 둘러보며 놀았다. 몇 년이 지난 어느 날 문득 물가에서 흰 소라 하나를 주워 가지고 돌아와 물에 넣고 길렀다. 그 후로 현에서 돌아와서 보았더니, 집에 음식이 이미 차려져 있기에 그것을 먹었는데, 10여 일 동안 이와 같았다. 오감은 이웃 아주머니가 홀로 사는 그를 불쌍히 여겨 밥을 지어 준 것이라고 생각해 이웃 아주머니에게 공손히 감사를 드렸다. 이웃 아주머니가 말했다.

"자네가 요새 예쁜 색시를 얻어 집안일을 하게 하면서 어찌 이 늙은이에게 감사하는가?"

오감이 말했다.

"그런 일은 없습니다."

이어 아주머니에게 묻자 아주머니가 말했다.

"자네가 매일 현으로 들어간 후에 17~18세 정도 된 한 여자가 보였는데, 용모가 곱고 단정하며 옷도 가볍고 예뻤네. 음식을 다 차려 놓고는 곧장 방으로 들어갔네."

오감은 흰 소라가 한 것이라고 의심하면서 아주머니에게 은밀히 말했다.

"제가 내일 현에 들어간다고 말하고는 아주머니 집에서 틈으로 엿보아도 되겠습니까?"

아주머니가 말했다.

"되고말고."

다음 날 아침에 오감이 나가는 척하면서 보았더니, 한 여자가 오감의 방에서 나와 부엌으로 들어가 밥을 지었다. 오감이 갑자기 문으로 들어가자 그 여자는 결국 방으로 돌아가지 못했다. 오감이 절을 하자 여자가 말했다.

"당신이 샘의 근원을 경건히 보호하고 작은 직분에 열심히 일하는 것을 하늘이 아시고, 또 당신이 홀아비인 것을 불쌍히 여겨 저에게 당신의 아내가 되어 모시라고 명하셨습니다."

오감은 공손하게 감사를 표하고 마침내 그녀를 머물게 해 부인으로 삼았다. 미 : 《수신기(搜神記)》에 실려 있는 후관(候官) 사람 사단(謝端)의 일과 대체로 같다. 《수신기》에서는 흰 소라 대신 백수소녀(白水素女)가 소라 껍데기를 남겨 두고 떠나자 그 소라 껍데기에 쌀을 담아 놓았더니 소라 껍데기 속의 쌀이 언제나 바닥나지 않았다고 했으며, 그녀를 아내로 삼은 이후의 일은 없다. 마을에 이 소식이 전해지자 사람들은 매우 놀랐다. 당시 현령과 부호들은 오감의 아름다운 아내에 대해 듣고 그녀를 손에 넣고자 했다. 오감은 아전으로서 성실하게 일하면서 책잡힐 일을 범하지 않았다. 현령이 오감에게 말했다.

"너는 아전의 일에 익숙해진 지 이미 오래되었다. 지금 두꺼비 털과 귀신 팔 이 두 가지 물건이 필요하니 저녁까지 관아에 납입해야 한다. 그렇지 않으면 벌이 가볍지 않을 것이다."

오감은 예! 하며 달려 나왔으나, 생각해 보니 인간 세상에 이런 물건은 없고 구한다고 해서 얻을 수도 없으므로, 안색이 창백해져서 돌아와 아내에게 사정을 알려 주었더니 아내가 웃으며 말했다.

"당신이 다른 것을 가지고 걱정하신다면 감히 들어드리지 못하겠지만, 그 두 물건이라면 소첩이 구해 올 수 있습니다."

오감은 그 말을 듣고 우울했던 기색이 조금 펴졌다. 아내가 나가서 구해 오겠다고 말하더니 잠시 후에 돌아왔다. 오감이 그것을 현령에게 바치자, 현령은 두 물건을 보고 미소 지으며 말했다.

"그만 물러가거라."

그러나 현령은 끝내 그를 해치려고 했다. 하루가 지나 현령은 또 오감을 불러 말했다.

"내가 와두(蝸斗) 하나가 필요하니 너는 얼른 그것을 찾아오너라."

오감이 급히 돌아와 또 이 사실을 아내에게 알렸더니 아내가 말했다.

"우리 집에 있으니 가져오는 것은 어렵지 않습니다."

그러고는 그것을 가지러 가서 한참 후에 짐승 한 마리를 끌고 왔는데, 크기는 개만 하고 생김새도 개와 비슷했다. 아내가 말했다.

"이것이 와두입니다."

오감이 말했다.

"무엇을 할 수 있소?"

아내가 말했다.

"불을 먹을 수 있습니다."

오감이 그 짐승을 끌고 가서 현령에게 바쳤더니 현령이 보고 화를 내며 말했다.

"나는 와두를 구해 오라 했는데 이것은 개가 아니냐?"

현령이 또 말했다.

"분명 무언가 할 수 있겠지?"

오감이 말했다.

"불을 먹을 수 있으며 그 똥도 불입니다."

현령이 숯을 가져오게 해 불을 붙여 그 짐승에게 먹게 했더니, 그 짐승이 다 먹고 나서 땅에 똥을 누었는데 모두 불이었다. 현령이 노해 말했다.

"이런 것으로 무얼 하겠느냐?"

현령은 불을 끄고 똥을 치우게 하고는 바야흐로 오감을 해치려 했다. 다른 아전이 빗자루를 똥에 대자마자 곧바로 불이 확 붙었는데, 불이 회오리바람처럼 갑자기 일어나 담장과 집을 태우고 연기와 화염이 사방을 휩싸 성문을 자욱하게 메웠다. 현령 자신과 일가족은 모두 불에 타 죽었고, 미 : 와두는 어떤 동물이기에 남을 해치는 자를 제거할 수 있는가? 정말 신기하도다! 오감과 그 아내는 사라져 버렸다. 그 현은 마침내 서쪽으로 수 보(步) 옮겨 갔는데, 그것이 바로 지금의 성이다.

평 : 《녹이기(錄異記)》에서 이르길, "인간 세상에서 사용하는 물은 하루에 네댓 되를 넘지 않으니, 이를 초과하면 반드시 복이 줄어들고 수명도 깎이게 된다"라고 했다. 그런즉 샘의 근원을 경건히 보호하면 상제께서 복을 주신다는 것을 알겠다.

常州義興縣, 有鰥夫吳堪, 少孤無兄弟. 爲縣吏, 性恭順. 其家臨荊溪, 常於門前以物遮護溪水, 不敢穢汚, 暇則臨水看玩. 積數年, 忽於水濱得一白螺, 遂拾歸, 以水養. 自縣歸, 見家中飮食已備, 乃食之, 如是十餘日. 堪謂鄰母哀其寡獨, 故爲執爨, 乃卑謝鄰母. 母曰 : "君近得佳麗修事, 何謝老身?" 堪曰:"無." 因問其母, 母曰:"子每入縣後, 便見一女子, 可十七八, 容顏端麗, 衣服輕艷. 具饌訖, 卽却入房." 堪意疑白螺所爲, 乃密言於母曰:"堪明日當稱入縣, 請於母家自隙窺之, 可乎?" 母曰:"可." 明旦詐出, 乃見女自堪房出, 入廚理爨. 堪自門而入, 其女遽歸房不得. 堪拜之, 女曰:"天知君敬護泉源, 力勤小職, 哀君鰥獨, 敕余以奉媲." 堪敬謝, 遂留爲婦. 眉:《搜神記》謝端候官人事大同. 白螺爲白水素女, 留殼辭去, 以殼貯米, 殼常不乏. 却無爲妻以下事. 閭里傳駭. 時縣宰豪士聞堪美妻, 因欲圖之. 堪爲吏恭謹, 不犯答責. 宰謂堪曰:"君熟於吏能久矣. 今要蝦蟆毛及鬼臂二物, 晩衙須納. 不然罪責非輕." 堪唯而走出, 度人間無此, 求不可得, 顏色慘沮, 歸述於妻, 妻笑曰:"君憂餘物, 不敢聞命, 二物妾能致矣." 堪聞言, 憂稍解. 妻辭出取之, 少頃而到. 堪得以納, 令視二物, 微笑曰:"且出." 然終欲害之. 後一日, 又召堪曰:"我要蝸斗一枚, 君宜速覓." 堪奔歸, 又以告妻, 妻曰:"吾家有之, 取不難也." 乃爲取之, 良久, 牽一獸至, 大如犬, 狀亦類之. 曰:"此蝸斗也." 堪曰:"何能?" 妻曰:"能食火." 堪將此獸上宰, 宰見之, 怒曰:"吾索蝸斗, 此乃犬也." 又曰:"必何所能?" 曰:"食火, 其糞火." 宰遂索炭燒之, 遣食, 食訖, 糞之於地, 皆火也. 宰怒曰:"用此物奚爲?" 令除火掃糞, 方欲害堪. 吏以帚及糞, 應手洞然, 火飇暴起, 焚爇牆宇, 烟焰四合, 彌亘城門. 宰身及一家, 皆爲煨燼. 眉:蝸斗何物, 乃能除殘? 大奇! 乃失吳堪及妻. 其縣遂遷於西數步, 今之城是也. 評:《錄異記》云:"人世用水, 日不過三五升, 過此必減福折算." 則知敬護泉源, 上帝所福.

* 이 고사는 《태평광기》 권83 〈이인(異人)·오감(吳堪)〉에 실려 있다.

8-17(0138) 옥예원의 여선
옥예원여선(玉蕊院女仙)
출《극담록(劇談錄)》

　　장안(長安)의 당창관(唐昌觀)에 예전부터 옥예화(玉蕊花)가 있었는데, 그 꽃이 필 때마다 마치 경림요수(瓊林瑤樹) 같았다. [당나라] 원화(元和) 연간(806~820)에 만물이 한창인 봄이 되자 구경하러 찾아오는 거마의 행렬이 줄지었다. 어느 날 갑자기 17~18세쯤 되어 보이는 여자가 녹색의 수놓은 옷에 머리를 두 갈래로 틀어 올리고 비녀와 귀걸이도 하지 않은 채 당창관에 왔는데, 그 고운 용모와 안색이 다른 사람들보다 훨씬 뛰어났다. 또한 여관(女冠: 여도사) 두 명과 동복(童僕) 세 명이 그녀를 따라왔는데, 모두 총각머리에 누런 적삼을 입고 있었으며 비할 데 없이 용모가 단정하고 아름다웠다. 잠시 후 그녀는 말에서 내려 백각선(白角扇)[74]으로 얼굴을 가린 채 곧장 옥예화가 피어 있는 곳으로 갔는데, 기이한 향기가 몇십 걸음 밖에까지 풍겼다. 구경하던 사람들은 그녀가 궁궐에서 나온 사람이라 생각해 감히

---

74) 백각선(白角扇) : 흰 소의 뿔로 자루를 만든 부채.

다가가서 보지 못했다. 그녀는 한참 동안 우두커니 서 있다가 여종에게 꽃가지 몇 개를 가져오게 하더니 떠나려 했다. 또 말을 타면서 누런 적삼 입은 사람을 돌아보며 말했다.

"지난날 옥봉(玉峯)에서의 약속 때문에 이제 떠나야겠다."

당시 구경꾼들이 담을 두른 듯 에워싸고 있었는데, 안개가 피어오르고 학 울음소리가 들리며 주위 경치가 환히 빛나는 것을 모두 느꼈다. 그녀가 말을 타고 100여 걸음 갔을 때 가벼운 바람이 먼지를 일으키더니 이를 따라 사라졌다. 잠시 후 먼지가 걷힌 뒤 바라보았더니 그녀는 이미 공중에 떠 있었다. 구경꾼들은 그제야 신선의 나들이임을 알게 되었으며, 남은 향기는 한 달이 지나도록 흩어지지 않았다. 당시에 엄휴복(嚴休復)·원진(元稹)·유우석(劉禹錫)·백거이(白居易)가 모두 〈옥예원진인강시(玉蘂院眞人降詩)〉를 지었다. 엄휴복의 시는 다음과 같았다.

"종일토록 마음 재계하고 옥신(玉宸 : 선궁)에 기도하며, 넋이 나가고 눈이 빠질 정도로 바랬지만 진인(眞人)을 만나지 못했네. 이내 신세 한 그루 경수(瓊樹)의 꽃술만도 못하니, 그저 장화동(藏花洞)에 사는 사람들이나 바라보며 웃을 뿐."

엄휴복은 또 이렇게 지었다.

"향거(香車 : 신선 수레)가 몰래 옥귀산(玉龜山)에 내려

오니, 속세 사람이 무슨 방법으로 무궁화 같은 얼굴 볼 수 있겠는가? 오직 무정한 건 나뭇가지 위에 내린 눈, 살랑 바람 불어 짙푸른 쪽 찐 머리 스치네."

원진의 시는 다음과 같았다.

"농옥(弄玉)이 몰래 옥수(玉樹)를 지나가며, 파랑새더러 가지에 꽃 피지 않게 했네. 틀림없이 다른 사람들은 미처 알아채지 못했지만, 엄랑(嚴郎 : 엄휴복)만이 그 사실 알고 있었네."

유우석의 시는 다음과 같았다.

"옥녀(玉女 : 농옥)가 옥수화(玉樹花) 구경하러 오니, 기이한 향기가 칠향거(七香車)를 앞서 인도하네. 꽃가지 꺾어 눈 가지고 놀다가 뒤돌아보곤, 인간 세상의 지는 해 보고 깜짝 놀라네."

유우석은 또 이렇게 지었다.

"눈 같은 꽃술에 옥 같은 꽃이 봄 정원에 가득하니, 깃털옷에 가볍게 걸어 먼지 일으키지 않네. 군왕은 주렴 아래에서 헛되이 물었나니, 오랫동안 함께 퉁소 부는 이[75]는 도리어 딴 사람이라네."

---

75) 퉁소 부는 이 : 농옥(弄玉)의 남편인 소사(蕭史)를 말하는데, 함께 득도해 신선이 되었다.

백거이의 시는 다음과 같았다.

"영녀(瀛女: 농옥)76)가 몰래 봉황 타고 내려와, 동굴에서 잠시 쉬며 경수(瓊樹) 가지 가지고 노네. 봄날에 시끄럽게 지저귀는 새들의 울음소리가 아니더라도, 청쇄(靑瑣)의 선랑(仙郎)77)은 [선녀가 온 것을] 충분히 알 수 있다네."

長安唐昌觀, 舊有玉蘂花, 其花每發, 若瓊林瑤樹. 元和中, 春物方盛, 車馬尋玩者相繼. 忽一日, 有女子年可十七八, 衣綠繡衣, 垂雙髻, 無簪珥之飾, 容色出衆. 從以二女冠・三小僕, 皆丱髻黃衫, 端麗無比. 旣而下馬, 以白角扇障面, 直造花所, 異香芬馥, 聞於數十步外. 觀者疑出自宮掖, 莫敢逼視. 停立良久, 令女僕取花數枝而出. 將乘馬, 顧謂黃衫者曰 : "曩有玉峰之期, 自此行矣." 時觀者如堵, 感覺烟飛鶴唳, 景物輝輝. 擧轡百餘步, 有輕風擁塵, 隨之而去. 須臾塵滅, 望之已在半空. 方悟神仙之遊, 餘香不散者經月餘. 時嚴休復・元稹・劉禹錫・白居易俱作〈玉蘂院眞人降詩〉. 嚴休復詩云 : "終日齋心禱玉宸, 魂銷眼冷未逢眞. 不如一

---

76) 영녀(瀛女) : 춘추 시대 진(秦)나라 목공(穆公)의 딸 농옥을 말하는데, 진나라의 국성(國姓)이 영씨(瀛氏)이기 때문에 그렇게 말한 것이다.

77) 청쇄(靑瑣)의 선랑(仙郎) : '청쇄'는 궁중의 창문에 장식하는 푸른 격자로, 여기서는 궁중을 뜻한다. '선랑'은 당나라 때 상서성(尙書省)의 낭중(郎中)과 원외랑(員外郎)에 대한 호칭으로, 여기서는 백거이 자신을 가리킨다.

樹瓊瑤蕊, 笑對藏花洞裏人." 又曰:"香車潛下玉龜山, 塵世何由睹蕣顏? 惟有無情枝上雪, 好風吹綴綠雲鬟." 元稹詩云:"弄玉潛過玉樹時, 不敎靑鳥出花枝. 的應未有諸人覺, 祇是嚴郞自得知." 劉禹錫詩云:"玉女來看玉樹花, 異香先引七香車. 攀枝弄雪時回首, 驚怪人間日易斜." 又曰:"雪蕊瓊葩滿院春, 羽衣輕步不生塵. 君王簾下徒相問, 長伴吹簫別有人." 白居易詩云:"瀛女偸乘鳳下時, 洞中暫歇弄瓊枝. 不緣啼鳥春饒舌, 靑瑣仙郞可得知."

* 이 고사는 《태평광기》 권69 〈여선·옥예원여선〉에 실려 있다.

8-18(0139) 반맹

반맹(班孟)

출《신선전》

　　반맹은 여자이며, 며칠 동안 하늘을 날 수 있었고 또 허공에 앉아 다른 사람과 이야기할 수도 있었다. 또한 땅속으로 들어갈 수도 있었는데, 처음에는 다리에서 가슴까지 빠져들어 가더니 점점 들어가서 관(冠)과 두건만 남아 있다가 한참 후에 완전히 들어갔다. 그녀가 손가락으로 땅을 찌르면 곧바로 우물이 생겨 물을 길을 수 있었고, 지붕 위의 기와를 불면 기왓장이 다른 집으로 날아들어 갔다. 반맹은 수천 그루의 뽕나무를 모두 뽑아서 한 무더기로 산처럼 쌓아 놓았다가, 이렇게 10여 일이 지난 후에 그것을 불어 날리면, 각각 원래 있던 곳으로 되돌아가 평상시처럼 되었다. 또한 먹을 한 입 머금고 있다가 종이에 뿜으면 모두 글자가 되었으며 각각 뜻을 지녔다.

班孟, 女子也, 能飛行經日, 又能坐空虛中與人語. 又能入地中, 初時沒足至胸, 漸入但餘冠幘, 久而盡沒. 以指刺地, 卽成井可汲, 吹屋上瓦, 瓦飛入人家. 桑果數千株, 孟皆拔聚之成一, 積如山, 如此十餘日, 吹之各還其故處如常. 又能含墨一口, 噴紙, 皆成文字, 各有意義.

* 이 고사는 《태평광기》 권61 〈여선 · 반맹〉에 실려 있다.

8-19(0140) 원객의 처

원객처(園客妻)

출《여선전(女仙傳)》

　　원객은 제음(濟陰) 사람으로 용모가 준수하고 선량해서 고을의 많은 사람들이 딸을 그에게 시집보내려고 했지만, 원객은 끝내 장가들지 않았다. 그는 늘 오색 향초를 심어 수십 년 동안 그 열매를 먹었다. 어느 날 갑자기 오색 나방이 향초 위에 내려앉자, 원객이 그것을 거두어 천을 깔아 주었더니 화잠(華蠶)을 낳았다. 누에가 알에서 나왔을 때 한 여자가 찾아와서 원객을 도와 누에를 길렀으며 향초도 먹였다. 누에가 잘 자라서 고치 130개를 얻었는데, 고치의 크기가 항아리만 해서 고치 하나를 켤 때마다 6~7일이 걸려야 끝났다. 고치 켜는 일이 끝나자 그 여자는 원객과 함께 떠났다. 지금 제음에 화잠사(華蠶祠)가 있다.

園客者, 濟陰人也, 貌美而良, 邑人多欲以女妻之, 客終不娶. 常種五色香草, 積數十年, 服食其實. 忽有五色蛾集香草上, 客收而薦之以布, 生華蠶焉. 至蠶出時, 有一女自來助客養蠶, 亦以香草飼之. 蠶壯, 得繭百三十枚, 繭大如甕, 每一繭, 繰六七日乃盡. 繰訖, 此女與園客俱去. 濟陰今有華蠶祠.

* 이 고사는 《태평광기》 권59 〈여선·원객처〉에 실려 있다.

8-20(0141) 채 여선
채여선(蔡女仙)

　채 여선은 양양(襄陽) 사람이다. 어려서부터 손재주가 뛰어나고 총명해 자수를 잘 놓았다. 어느 날 문득 어떤 노인이 그녀의 집을 찾아와서 한 쌍의 봉황 자수를 놓아 달라고 청했는데, 봉황의 눈은 자신이 지시해 주겠다고 했다. 얼마 후 자수가 완성되자 오색찬란한 빛이 눈부셨다. 노인은 그것을 살펴보고 나서 봉황의 눈을 넣으라고 지시했다. 미 : 용의 눈을 찍는 일에 짝할 만하다. 잠시 후 작업이 끝나자 한 쌍의 봉황이 솟구쳐 날아올라 춤을 추었다. 노인은 채 여선과 함께 각각 봉황 한 마리를 타고 하늘로 올라가 떠나갔다. 채 여선이 때때로 양양 남산(南山)의 숲에 내려왔기에, 당시 사람들은 그 산을 봉림산(鳳林山)이라 이름 붙였다.

蔡女仙者, 襄陽人也. 幼而巧慧, 善刺繡. 忽有老父詣其門, 請繡雙鳳, 惟鳳眼當指點. 旣而繡成, 五彩光煥. 老父觀之, 指視安眼. 眉 : 堪配點龍眼事. 俄而功畢, 雙鳳騰躍飛舞. 老父與女仙各乘一鳳, 升天而去. 時降於襄陽南山之林, 時人名爲鳳林山.

* 　이 고사는《태평광기》권62〈여선・채여선〉에 실려 있다.

8-21(0142) 차 파는 노파

다모(茶姥)

출《용성집선록(墉城集仙錄)》

광릉(廣陵)의 다모는 그 성씨를 알지 못한다. 늘 70여 세처럼 보였으나 몸은 가볍고 건강해 기력이 있었으며, 귀와 눈이 밝았고 머리카락이 매우 검었다. 노인들 사이에서 이런 얘기가 전해졌다.

"진(晉) 원제(元帝)가 남쪽으로 건너온 후로 수백 년간 그녀를 보아 왔는데 안색이나 외모가 변하지 않았다. 매일 아침 저잣거리에서 한 그릇의 차를 팔면 저잣거리의 사람들이 차를 사려고 다투었는데, 아침부터 저녁까지 그릇 안의 차는 늘 갓 끓인 듯했고 양도 줄어든 적이 없었다. 관리가 그녀를 잡아 옥에 가두자, 다모는 차를 팔 때 쓰던 그릇을 들고 창을 통해 날아가 버렸다."

廣陵茶姥者 不知姓氏. 常如七十歲人, 而輕健有力, 耳聰目明, 髮鬢滋黑. 耆舊相傳云:"晉元南渡後, 見之數百年, 顔狀不改. 每旦, 將一器茶賣於市, 市人爭買, 自旦至暮, 而器中茶常如新熟, 未嘗減少. 吏繫之於獄, 姥持所賣茶器, 自牖中飛去."

* 이 고사는《태평광기》권70〈여선・다모〉에 실려 있다.

권9 여선부(女仙部)

여선(女仙) 2

이 권은 대부분 인간 세상의 득도자를 실었다.

此卷多載人間得度者.

9-1(0143) 진나라 때의 부인
진시부인(秦時夫人)
출《광이기》

    당(唐)나라 개원(開元) 연간(713~741)에 대주도독(代州都督)은 오대산(五臺山)에 떠돌이 중이 많아서 괴이하고 거짓된 일이 일어날까 걱정해, 주지(住持)직을 가지고 있지 않은 자는 모두 내쫓았다. 그래서 떠돌이 중들은 쫓겨날까 봐 두려워서 대부분 임시로 산골짜기에 숨었다. 그중에 법랑(法朗)이란 자가 안문산(鴈門山)으로 깊이 들어갔는데, 으슥한 계곡 속에 사람이 드나들 만한 바위 동굴이 있었다. 법랑은 말린 식량을 많이 싸 들고 이 산에 머물고자 해서 마침내 동굴을 찾아 들어갔다. 수백 보를 갔더니 점점 넓어지면서 평지가 나왔는데, 냇물을 건너고 언덕 하나를 넘었더니 그곳은 해와 달이 매우 밝았다. 다시 2리를 가서 초가집에 도착했더니, 풀잎으로 옷을 해 입고 용모가 단아한 부인이 있었다. 부인이 승려를 보고 두려움에 놀라며 물었다.

"너는 무엇이냐?"

승려가 말했다.

"나는 사람이오."

부인이 웃으며 말했다.

"어찌 사람 꼴이 이 모양이오?" 협 : 오묘하도다!

승려가 말했다

"나는 부처님을 섬기는데 부처님은 육신을 버리기 때문에 그렇소."

부인이 이어서 부처가 어떤 사람인지 묻자 승려가 자세히 말해 주었더니, 부인이 돌아보고 웃으며 말했다.

"그 말에도 매우 이치가 있군요." 협 : 욕심이 없고 담박하다.

부인이 다시 그 종지(宗旨)가 어떠한지 묻자 승려가 《금강경(金剛經)》을 강론해 주었더니, 부인은 서너 번 거듭 훌륭하다고 칭찬했다. 승려가 이어서 이곳이 어떤 세상인지 물었더니 부인이 말했다.

"나는 진(秦)나라 사람으로 몽념(蒙恬)을 따라가서 장성(長城)을 쌓았는데, 몽념이 부인들을 함부로 부렸기에 우리들은 그 피폐함을 이기지 못해 이곳으로 도망쳐 숨었소. 처음에는 풀뿌리를 먹으면서 죽지 않을 수 있었소. 여기로 온 뒤로는 세월이 흐르는 것도 알지 못했고 다시는 인간 세상으로 나가지 않았소." 미 : 신선이 될 운명을 타고난 자는 몽념이다. 하지만 끝내 염담(恬淡)함으로 덕을 짓지 못해 600여 년이 지난 후에도 사람들이 여전히 그의 병폐를 지적하면서 신선을 거의 덕을 잊고 원망스런 사내라고 여겼으니 어찌 그럴 수 있단 말인가?

부인은 마침내 승려를 머물게 하고 풀뿌리를 먹게 했는데, 떫어서 먹을 수가 없었다. 승려는 그곳에서 40여 일을 머문 뒤 잠시 작별하고 인간 세상으로 나가 음식을 구했다. 승려는 대주로 가서 식량을 챙긴 뒤 다시 찾아갔는데, 길을 잃어버려 그곳이 어디에 있는지 알지 못했다.

   평 : 《포박자(抱朴子)》에서 이르길, "한(漢)나라 성제(成帝) 때 사냥꾼이 종남산(終南山)에서 한 사람을 보았는데, 옷을 입지 않은 채 몸에 검은 털이 나 있었다. 사냥꾼이 붙잡으려 했지만 그 사람은 마치 나는 듯이 구덩이를 넘고 골짜기를 건너 달아났기에 쫓아갈 수 없었다. 그래서 사냥꾼은 그 사람이 있던 곳을 몰래 지키고 있다가 포위해 사로잡았다. 사냥꾼이 묻자 그 사람이 말하길, '나는 본래 진(秦)나라의 궁녀였는데, 적군이 함곡관(函谷關) 동쪽에 이르렀고 진왕이 성을 나와 항복했으며 궁실이 모두 불탔다는 소식을 듣고 놀라 달아나 이 산으로 들어왔습니다. 먹을 것이 없어 굶주리고 있을 때 어떤 노인이 저에게 솔잎과 솔방울을 먹게 했습니다. 당시에는 맛이 쓰고 떫었으나 나중에 조금씩 입에 맞더니, 마침내 배고프거나 목마르지 않았고 겨울에는 춥지 않고 여름에는 덥지 않았습니다'라고 했다. 헤아려 보니 이 여자는 100여 세나 되었다. 사냥꾼은 그 여자를 데리고 돌아와 곡식을 먹였다. 처음 곡식 냄새를 맡았을 때는 토하더니 며칠이 지나자 바로 속이 편안해졌다. 이렇게 1년 남짓을 보내자 몸에 난 털이 빠지더니 점점 늙어 가서 죽었다.

이전에 사냥꾼에게 잡히지 않았더라면 그녀는 바로 선인이 되었을 것이다"라고 했다. 《열선전(列仙傳)》에 실려 있는 이름이 옥강(玉姜)인 모녀(毛女)의 일과 같지만, 사냥꾼의 일은 없다. 아마도 《포박자》에서 이 고사를 빌려 화식(火食)을 천하게 여기고자 한 것으로 보인다. 《집이기(集異記)》에서 기재하길, "화산(華山) 영대관(靈臺觀)의 옥녀(玉女)라는 여종이 악질에 걸려 산에 버려졌다가 영지를 먹고 몸이 가뿐해졌는데, 서생 반행달(班行達)에게 붙잡혀 능욕을 당한 후에 다음 날 결국 머리가 허연 노파가 되어 한 달을 넘기지 못하고 죽었다"라고 했다. 이 역시 색욕(色欲)이 목숨을 대신한다는 것을 위한 설법일 뿐이다.

唐開元中, 代州都督以五臺多客僧, 恐妖僞事起, 非有住持者, 悉逐之. 客僧懼逐, 多權竄山谷. 有法朗者, 深入鴈門山, 幽澗之中存石洞, 容人出入. 朗多齎乾糧, 欲住此山, 遂尋洞入. 數百步漸闊, 至平地, 涉流水, 渡一岸, 日月甚明. 更行二里, 至草屋中, 有婦人, 並衣草葉, 容色端麗. 見僧懼愕, 問云: "汝乃何物?" 僧曰: "我人也." 婦人笑云: "寧有人形骸如此?" 夾: 妙! 僧曰: "我事佛, 佛須擯落形骸故爾." 因問佛是何者, 僧具言之, 相顧笑曰: "語甚有理." 夾: 恬淡. 復問宗旨如何, 僧爲講《金剛經》, 稱善數四. 僧因問此處是何世界, 婦人云: "我秦人, 隨蒙恬築長城, 恬多使婦人, 我等不勝其弊, 逃竄至此. 初食草根, 得以不死. 此來亦不知年歲, 不復至人間." 眉: 數之成仙者, 蒙恬也. 然終不能以恬爲德, 六百餘年後, 猶指其弊, 謂神仙渾忘德怨夫, 豈其然? 遂留僧, 以草根哺之,澁不可食. 僧住四十餘日, 暫辭出人間求食. 及至代州, 備糧更去, 則迷不知其所矣.

評:《抱朴子》云:"漢成帝時, 獵者於終南山中見一人, 無衣服, 身生黑毛. 方欲取之, 其人踰坑越谷如飛騰, 不可追及. 於是乃密伺所在, 合圍而得之. 問之, 言:'我本秦之宮人, 聞關東賊至, 秦王出降, 宮室燒燔, 驚走入山. 饑無所餐, 有老翁敎我食松葉·松實. 當時苦澀, 後稍便之, 遂不饑渴, 冬不寒, 夏不熱.' 計此女一百許歲矣. 獵人將歸, 以穀食之. 初時聞穀臭嘔吐, 累日乃安. 如是一年許, 身毛脫落, 轉老而死. 向使不爲人所得, 便成仙也."《列仙傳》: 毛女, 名玉姜, 事同, 却無獵師事. 疑《抱朴子》託言, 以鄙火食也.《集異記》載:"華山靈臺觀有婢玉女, 以惡疾棄之山間, 食芝能輕擧, 爲書生班行達襲執, 辱之, 翌日遂成皤然一嫗, 不經月死." 亦爲色欲代生者說法耳.

* 이 고사는《태평광기》권62〈여선·진시부인〉에 실려 있다.

9-2(0144) 서하의 소녀

서하소녀(西河少女)

출《여선전》미 : 백산보를 덧붙여 기록했다(伯山甫附記)

서하 소녀는 신선 백산보(伯山甫)의 외조카다. 백산보는 옹주(雍州) 사람으로 화산(華山)에 들어가 득도했는데, 때때로 친척을 만나러 돌아오곤 했다. 그는 200여 년 동안 얼굴 모습이 갈수록 젊어졌다. 남의 집에 들어가면 즉시 그 집안 조상 대대로의 선악공과(善惡功過)를 알아맞혔는데, 마치 직접 눈으로 본 듯했다. 또 앞으로 일어날 길흉을 말했는데 모두 효험이 있었다. 그는 외조카딸이 병이 많은 것을 보고 약을 주어 먹게 했다. 그녀가 약을 먹었을 때는 이미 70세였는데, 점점 도로 젊어지더니 얼굴빛이 어린아이와 같아졌다. 한(漢)나라 조정에서 파견한 사신이 서하(西河)를 지나가다가 성 동쪽에서 어떤 여자가 한 노인을 매질하고 있는 것을 보았는데, 노인은 머리가 눈처럼 새하얗고 무릎을 꿇은 채 매를 맞고 있었다. 사자가 괴이하게 여겨 물었더니 여자가 대답했다.

"이놈은 제 아들입니다. 예전에 제 외삼촌인 백산보께서 병이 많은 저를 불쌍히 여겨 신약(神藥)을 저에게 주셨는데, 그 후로 점점 다시 젊어졌습니다. 지금 이 아들은 약을 복용하지 않으려다가 이렇게 노쇠해져서 걸음걸이가 저를 따라오지도 못하기에, 제가 화가 나서 이렇게 매질하고 있는 것입니다."

사자가 그 여자와 아들의 나이가 각각 몇이나 되었냐고 물었더니 여자가 대답했다.

"저는 130세이고 아들은 일흔한 살입니다."

西河少女者, 神仙伯山甫外甥也. 山甫, 雍州人, 入華山得道, 時還省親族. 二百餘年, 容狀益少. 入人家, 卽知其家先世已來善惡功過, 有如目擊. 又言將來吉凶, 皆效. 見其外甥女多病, 與之藥. 女服藥時, 年已七十, 漸還少, 色如嬰兒. 漢遣使行經西河, 於城東見女子笞一老翁, 頭白如雪, 跪而受杖. 怪而問之, 女子答曰: "此是妾兒也. 昔妾舅伯山甫, 愍妾多病, 以神藥授妾, 漸復少壯. 今此兒不肯服藥, 致此衰老, 行不及妾, 妾恚之, 故杖耳." 使者問女及兒年各幾許, 女子答云: "妾年一百三十歲, 兒年七十一矣."

* 이 고사는 《태평광기》 권59 〈여선 · 서하소녀〉에 실려 있다.

9-3(0145) 여궤

여궤(女几)

출《여선전》

여궤는 진현(陳縣) 시장의 주모였는데, 그녀가 빚은 술은 늘 맛이 좋았다. 한 선인이 그녀의 집에 들렀다가 《소서(素書)》 5권을 술값으로 저당 잡혔다. 여궤가 그 책을 펼쳐 보았더니 바로 선방(仙方)의 양성장생술(養性長生術)이었다. 여궤는 몰래 그 요결을 베끼고 그것에 따라 수련했는데, 3년이 지나자 안색이 다시 젊어져 스무 살쯤 된 사람처럼 보였다. 몇 년 뒤에 책을 저당 잡히고 술을 마신 선인이 다시 오더니 웃으며 말했다.

"훔쳐 배운 도에는 스승이 없으니 날개가 있어도 날 수 없다."

여궤는 선인을 따라 산으로 들어갔는데, 그 산이 바로 여궤산이다.

女几者, 陳市上酒婦也, 作酒常美. 仙人過其家, 以《素書》五卷質酒錢. 几開視之, 乃仙方養性長生之術. 私寫其要訣, 依而修之, 三年, 顔色更少, 如二十許人. 數歲, 質酒仙人復來, 笑謂曰: "盜道無師, 有翅不飛." 女几隨仙人入山, 卽女几山也.

* 이 고사는 《태평광기》 권59〈여선·여궤〉에 실려 있다.

9-4(0146) 위 부인

위부인(魏夫人)

출《집선록》·본전(本傳)

위 부인은 임성(任城) 사람이며, 진(晉)나라 사도(司徒) 위서(魏舒)의 딸로 이름은 화존(華存)이고 자는 현안(賢安)이다. 미 : 이름과 자가 모두 우아하다. 그녀는 어려서부터 도를 좋아해 신선을 앙모하고 현묘한 도를 탐닉하면서 늘 따로 한적한 곳에서 지내려고 했으나 부모가 허락하지 않았다. 스물네 살이 되었을 때 그녀는 자가 유언(幼彦)인 남양(南陽) 사람 태보연(太保掾) 유문(劉文)에게 억지로 시집을 갔다. 아들을 두 명 낳았는데, 장남은 유박(劉璞)이라 하고 차남은 유하(劉瑕)라 했다. 유유언(劉幼彦 : 유문)은 나중에 수무현령(修武縣令)이 되었다. 위 부인은 마음속으로 신령을 만나길 기대하면서 정성이 더욱 두터워졌다. 두 아들이 어느 정도 자라자 위 부인은 방을 격리하고 별채에서 재계했다. 3개월이 지날 무렵에 갑자기 태극진인(太極眞人) 안도명(安度明), 동화대신(東華大神), 방제청동(方諸靑童), 부상벽아양곡신왕(扶桑碧阿陽谷神王), 경림진인(景林眞人), 소유선녀(小有仙女), 청허진인(淸虛眞人) 왕부(王褒)가 강림했다. 미 : 경림은 바로 신왕(神王) 도라(道羅)이고, 소유는 산 이름이며, 왕

부는 바로 여선이다. 왕부가 위 부인에게 말했다.

"그대는 진기(眞氣)를 면밀히 수련하고 삼청(三淸)에 마음을 쏟으면서 각고의 노력을 한다고 들었소."

그러고는 시녀 화산조(華散條)와 이명태(李明兌) 등에게 명해서 운무를 걷어 내고 옥상자를 열어서 《태상보문(太上寶文)》·《팔소은서(八素隱書)》·《대동진경(大洞眞經)》·《영서팔도(靈書八道)》·《자도염광(紫度炎光)》·《석정금마(石精金馬)》·《신진호문(神眞虎文)》·《고선우현(高仙羽玄)》 등 모두 31권의 보경(寶經)을 꺼내 직접 위 부인에게 주었다. 이에 태극진인은 북한옥녀(北寒玉女) 송연연(宋聯涓)에게 구기오(九氣璈)를 타게 했고, 청동은 동화옥녀(東華玉女) 연경주(烟景珠)에게 서영종(西盈鐘)을 치게 했으며, 양곡신왕은 신림옥녀(神林玉女) 가굴정(賈屈廷)에게 봉려소(鳳唳簫)를 불게 했고, 청허진인은 비현옥녀(飛玄玉女) 선우허(鮮于虛)에게 구합옥절(九合玉節)을 치게 했다. 또 태극진인은 〈배공가(排空歌)〉를 부르고 청동은 〈태하곡(太霞曲)〉을 불렀으며, 미 : 태하는 사보(詞譜)라 부를 수 있다. 양곡신왕은 〈신계장(晨啓章)〉을 노래하고 청허진인은 〈가표사(駕飇詞)〉를 노래했다. 그들이 떠난 후에 여러 진군(眞君)과 원군(元君)들이 밤낮으로 강림했는데, 유유언은 벽을 사이에 두고 지냈지만 조용했기에 이러한 사실을 몰랐다. 그 후에 유유언이 죽자 위 부인은 중원에 장차 난이 일어날 것을 알고 두 아들을 데리고 강을 건넜다. 유박은 유양(庾亮)의 사마(司馬)가 되었다가 또 온태진[溫太眞 : 온교(溫嶠)]의 사마가 되었으며 후에 안성태수(安成太守)에 이르렀다. 유하는 태위(太尉) 도간(陶侃)의 종사중랑장(從事中郎將)이 되었다. 위 부인이 세상에 머문 지 83년이 되던 해는 진(晉)나라 성제(成帝) 함화(咸和) 9년(334) 갑오년(甲午年)으로, 왕 군(王君 : 왕부)이 다시 청동군·동화군과 함께 강림해 위 부인에게 약 두 제를 주었는데, 하나는 천신백기신산(遷神白騎神散)이라 했고 하나는 석정금광화형령환(石精金光化形靈丸)이라 했다. 그녀에게 약을 먹게 하고 이레가 지났을 때 태을현선(太乙玄仙)이 표거(飈車)를 보내 맞이해 오도록 하자, 위 부인은 검을 빌려 모습을 변화시켜 떠났다. 도진백[陶眞白 : 도홍경(陶弘景)]의 《진고(眞誥)》에서 남진(南眞)이라 불린 사람이 바로 위 부인이다. 진(晉)나라 흥녕(興寧) 3년(365) 을축년(乙丑年)에 위 부인은 낭야왕(琅琊王)의 사인(舍人)으로 있던 양희(楊羲)의 집에 강림해 양 군(楊君 : 양희)에게 말했다.

"내가 어제 모숙신(茅叔申)과 함께 청허궁에 가서 진선(眞仙)의 명부와 득실의 일을 전수받았는데, 단번에 47명이 탈락했고 다시 올라온 자는 세 명뿐이었소. 진실로 마음을 깨끗이 하고 겸허하게 수도에 매진하면서 부지런히 청정한 도에 집중해야 하오. 만약 음탕한 욕망을 가지고 상진(上眞)

의 도를 수행하는 자는 청궁(淸宮)에서 쫓겨나니 모두 이러한 무리인 것이오. 이들은 어찌 명부에서 이름이 탈락되는 데 그치겠소? 곧 삼관(三官)78)에게 심판을 받을 것이오. 수행에 힘쓰고 신중히 하시오."

위 부인이 또 말했다.

"득도해 세상을 떠나갈 때 어떤 경우는 분명히 드러내고 어떤 경우는 숨기기도 하오. 몸에 의탁해 자취를 남기는 자는 도를 숨기는 것이오. 옛날에 경액(瓊液: 옥액)을 두 번이나 마셨지만 관에 들어가기도 하고, 한 약숟가락의 단약을 복용했지만 시체가 썩기도 했소. 녹피공(鹿皮公)은 옥화(玉華: 옥액)를 삼켰지만 벌레가 몸 밖으로 나왔고, 가계자(賈季子)는 금액(金液)을 삼켰지만 악취가 100리까지 퍼졌소. 또 황제(黃帝)는 형산(荊山)에서 구정(九鼎)에 단약을 정련했지만 교령(喬嶺)에 그의 묘가 있고, 이옥(李玉)은 운산(雲散)을 복용하고 남몰래 승천했지만 그의 머리와 발이 다른 곳에 있었소. 또 묵적(墨狄)은 홍단(虹丹)을 마셨지만 물에 빠졌고, 영생(寧生)은 석뇌(石腦)를 복용했지만 불로 뛰어들었으며, 무광(務光)은 염교를 잘라 먹었지만 차가운 샘으

---

78) 삼관(三官): 도교에서 받드는 신으로, 천관(天官)·지관(地官)·수관(水官) 삼제(三帝)의 합칭이다. 천관은 복을 내려 주고, 지관은 죄를 사해 주며, 수관은 액을 풀어 준다고 한다.

로 들어갔고, 백성(柏成)은 정기를 들이마셨지만 장과 위가 세 번 부패했소. 이러한 무리는 이루 다 셀 수가 없소. 은밀하게 득도한 이들이 선택한 자취는 본디 일정함이 없소."

위 부인이 또 말했다.

"사람이 죽었을 때 반드시 그 형체를 살펴보아 마치 살아 있는 것 같으면 시해(尸解)한 것이오. 발이 파래지지 않고 피부에 주름이 없는 것도 역시 시해한 것이오. 눈에 빛이 없어지지 않고 산 사람과 다름이 없는 것도 시해한 것이오. 머리카락이 모두 빠지고 육신과 뼈가 없어진 것도 시해한 것이오. 미 : 시해를 논한 것이 매우 상세하다. 만약 이상과 같은 시해의 예가 아니라 잠시 태음(太陰)에서 노니는 자는 태을(太乙)이 시신을 지키고 삼혼(三魂)79)이 뼈를 지키며 칠백(七魄)80)이 살을 지키고 태령(胎靈)이 기를 보존하므로, 모두 기간이 차면 다시 살아나 하늘로 날아가게 되오. 죽었다가 다시 살아난 자 중에서 아직 염을 하지 않았는데 시신이 없어진 경우도 있고, 외형은 그대로 있는데 실제 그 사람이

---

79) 삼혼(三魂) : 도교에서 사람의 몸에 있다고 하는 세 가지 혼으로, 상령(爽靈)·태원(胎元)·유정(幽精)을 말한다.

80) 칠백(七魄) : 도교에서 사람의 몸에 있다고 하는 일곱 가지 백으로, 시구(尸狗)·복시(伏矢)·작음(雀陰)·탄적(吞賊)·비독(非毒)·제예(除穢)·취폐(臭肺)를 말한다.

없는 경우도 있으며, 옷고름을 풀지 않아 옷은 그대로 있는데 형체가 떠나간 경우도 있고, 머리카락만 남아 있고 형체는 날아간 경우도 있으며, 목이 잘려 이미 죽었는데 다른 곳에서 나타난 경우도 있는데, 이들은 모두 시해한 것이오. 대낮에 시해한 자는 상선(上仙)이 되고, 한밤중에 시해한 자는 하선(下仙)이 되며, 저녁 무렵에 시해한 자는 지하의 주재자가 되는데, 이는 득도에 차등이 있기 때문이오. 지하의 주재자는 하급 득도자 중의 문관(文官)이고, 지하의 귀사(鬼師)는 하급 득도자 중의 무관(武官)이오. 문해(文解 : 문관의 시해)는 104년이 걸려야 한 단계 올라갈 수 있고, 무해(武解 : 무관의 시해)는 문해의 배가 걸리오. 무해는 시해 중에서 가장 하등에 속하오."

위 부인은 여러 진인들과 함께 시를 읊었다.

"묘상(妙象) 밖으로 현묘하게 감응하니, 화답하는 소리 서로 부르네. 신령스러운 구름 자신궁(紫晨宮)에 자욱하고, 난 향기 실은 바람 푸른 수레에 불어오네. 천선(天仙)들이 요대(瑤臺)에서 연회 베푸니, 아득히 멀리 지선(地仙)의 표상 되네. 소망하는 건 고매함을 귀하게 여겼기에, 빼어난 선인이 될 수 있었네. 저 팔소한(八素翰)을 익히나니, 도를 이룸은 애당초 먼 것이 아니었네. 사람 일을 어찌 예측하리오? 그대의 형체와 기운을 사라지게 할 뿐이라네."

위 부인은 강남에서 노닐다가 드디어 무주(撫州)의 병산

(幷山)에 정실(靜室)을 짓고 또 임여수(臨汝水) 서쪽에 단을 설치했는데, 세월이 오래되자 황폐해졌다. 황영휘(黃靈徽)라는 여도사가 있었는데, 거의 80세쯤 되었으나 용모가 어린아이 같았으며 호를 화고(花姑)라 했다. 그녀는 특별히 위 부인의 정실과 단을 수리해 여러 차례 신령한 징험을 얻었으며, 나중에 그녀 또한 승천했다.

魏夫人者, 任城人, 晉司徒舒之女, 名華存, 字賢安. 眉: 名字俱雅. 幼而好道, 味眞耽玄, 常欲別居閑處, 父母不許. 年二十四, 强適太保掾南陽劉文, 字幼彦. 生二子, 長曰璞, 次曰瑕. 幼彦後爲修武令. 夫人心期幽靈, 精誠彌篤. 二子粗立, 乃離隔宇室, 齋於別寢. 將逾三月, 忽有太極眞人安度明・東華大神・方諸靑童・扶桑碧阿陽谷神王・景林眞人・小有仙女・淸虛眞人王褒來降. 眉: 景林卽神王之道羅, 小有山名, 王褒卽女仙也. 褒謂夫人曰: "聞子密緯眞氣, 注心三淸, 勤苦至矣." 乃命侍女華散條・李明兒等, 使披雲蘊, 開玉笈, 出《太上寶文》・《八素隱書》・《大洞眞經》・《靈書八道》・《紫度炎光》・《石精金馬》・《神眞虎文》・《高仙羽玄》等經, 凡三十一卷, 卽手授焉. 於是太極眞人命北寒玉女宋聯涓彈九氣之璈, 靑童命東華玉女烟景珠擊西盈之鐘, 陽谷神王命神林玉女賈屈廷吹鳳喙之簫, 淸虛眞人命飛玄玉女鮮于虛拊九合玉節. 太極眞人發〈排空之歌〉, 靑童吟〈太霞之曲〉, 眉: 太霞可以名詞譜. 神王諷〈晨啓之章〉, 淸虛咏〈駕颷之詞〉. 旣散後, 諸眞元君日夕來降, 雖幼彦隔壁, 寂然莫知. 其後幼彦物故, 夫人知中原將亂, 携二子渡江. 璞爲庾亮司馬, 又爲溫太眞司馬, 後至安成太守. 瑕爲陶太尉侃從事中郎將.夫人凡住世八十三年,以晉成帝咸和九年,歲在甲午,王君復與靑童·東華君來降,授夫人成藥二劑,一曰邅神白騎神散,一曰石精金光化形靈丸.使服之,凡七日,太乙玄仙遣飈車來迎,夫人乃託劍化形而去.陶眞白《眞誥》所呼南眞,卽夫人也.以晉興寧三年乙丑,降琅瑯王舍人楊羲家,謂楊君曰:"吾昨與茅叔申詣淸虛宮,授眞仙之籍,得失之事,頓落四十七人,復上者三人耳.固當洗心虛邁,勤注理靜.若抱淫慾之心,行上眞之道者,淸宮所落,皆此輩也.豈止落名生籍,方將被考於三官也.勉之愼之."又曰:"得道去世,或顯或隱,託體遺跡者,道之隱也.昔有再酣瓊液而叩棺,一服刀圭而尸爛.鹿皮公吞玉華而流蟲出戶,賈季子咽金液而臭聞百里.黃帝火九鼎於荊山,尙有喬嶺之墓,李玉服雲散以潛升,猶頭足異處.墨狄飮虹丹以沒水,寧生服石腦而赴火,務光翦薤入淸冷之泉,柏成納氣而腸胃三腐.如此之比,不可勝紀.微乎得道,趣舍之跡,固無常矣."又曰:"人死必視其形,如生人者,尸解也.足不靑·皮不皺者,亦尸解也.目不落光,無異生人者,尸解也.髮盡落而失形骨者,尸解也.眉:論尸解甚詳.若非尸解之例,暫遊太陰者,太乙守尸,三魂營骨,七魄侍肉,胎靈錄氣,皆數滿再生而飛天.其死而更生,未殮而失其尸,有形皮存而無者,有衣結不解衣存而形去者,有髮脫而形飛者,有頭斷已死乃從一旁出者,皆尸解也.白日解者爲上,夜半解者爲下,向晚向暮去者爲地下主者,此得道之差降也.地下主者,乃下道之文官,地下鬼師,乃下道之武官.文解一百四年一進,武解倍之.武解,尸之最下也."夫人與衆眞吟詩曰:"玄感妙象外,和聲自相招.靈雲鬱紫晨,蘭風扇綠軺.上眞宴瑤臺,邈爲地仙標.所期貴遠邁,故能秀穎翹.玩彼八素翰,道成初不遼.人事胡可預?使爾形氣消."夫人旣遊江南,遂於撫州幷山立靜室,又於臨汝水西置壇宇, 歲久蕪梗. 有女道士黃靈徽, 年邁八十, 貌若嬰孺, 號爲花姑. 特加修飾, 累有靈應, 後亦升天.

* 이 고사는 《태평광기》 권58 〈여선·위부인〉에 실려 있다.

9-5(0147) 사자연

사자연(謝自然)

출《집선록》

    사자연은 과주(果州) 사환(謝寰)의 딸이다. 그녀는 천성적으로 남달리 총명했으며 비린 음식을 먹지 않았다. 집이 대방산(大方山) 아래에 있었는데, 산꼭대기에 노군(老君: 노자)의 오래된 석상이 있었다. 사자연은 그 석상에 참배하다가 결국 산꼭대기로 거처를 옮겼으며, 이때부터 늘《도덕경(道德經)》과 《황정내편(黃庭內篇)》을 암송했다. 열네 살이 되던 해 9월에 햅쌀로 지은 밥을 먹으면서 말했다.

    "모두가 구더기다."

    그러고는 이때부터 곡식을 끊었다. 대신 여러 차례 조협(皂莢: 쥐엄나무)을 따서 달여 마셨는데, 곧 토하고 설사를 해서 배 속에 있던 각종 충들이 모두 나왔기에 몸이 가벼워지고 눈이 밝아졌다. 그 충들은 큰 것, 작은 것, 붉은 것, 흰 것 등 모양과 종류가 매우 많았다. 이때부터 잣나무 잎을 매일 한 가지씩 먹었다. 7년이 지난 후에는 그나마도 먹지 않았으며, 9년 후부터는 물도 마시지 않았다. 자사(刺史) 한일(韓佾)은 그녀가 망령되다고 의심해 동각(東閣)으로 불러들여 몇 달 동안 가둬 두었다가, 사람들을 거느리고 가서 자물쇠를 열고 나오게 했는데, 그녀는 피부와 몸이 그대로였으며 목소리도 낭랑했다. 한일은 곧 딸 한자명(韓自明)에게 사자연을 스승으로 섬기게 했다. [당나라] 정원(貞元) 9년(793)에 자사 이견(李堅)이 부임해서 금천산(金泉山)에 집을 지어 그녀를 살게 했다. 사자연이 거처하는 방은 평상 하나만 들어갈 정도였고, 그 사방으로 겨우 사람이 지나다닐 수 있었다. 늘 뱀 10여 마리가 있었는데, 어떤 것은 검고 어떤 것은 하얗고 어떤 것은 팔뚝만 하고 어떤 것은 허벅지만 했으며, 아침부터 저녁까지 침상 주변에서 각각 똬리를 틀고 있었지만 독을 쏘지는 않았다. 또 호랑이 두 마리가 있었는데, 사자연이 출입할 때는 반드시 따라다녔지만 다른 사람이 오면 숨어 버렸다. 사자연은 진인의 지위는 높고 선인의 지위는 낮다고 말하면서, 자신은 장차 동극진인(東極眞人)의 임무를 받을 것이라고 말했다. 정원 10년(794) 7월 15일에 금모(金母 : 서왕모)가 정원에 강림했다. 17일에는 최(崔)·장(張) 두 사자가 와서 사자연에게 물었다.

"장림(長林)으로 가서 지낼 수 있겠습니까?"

사자연이 대답했다.

"그럴 수 없습니다."

두 사자는 기뻐하지 않는 듯한 기색이었다. 22일 정오 전에 금모가 다시 강림해 말했다.

"네가 장림에서 지내려 하지 않았기 때문에 한 품계 강등

되었다."

장림은 선궁(仙宮)이다. 금모는 팔뚝보다 굵은 복숭아나무 가지 하나를 가지고 왔는데, 가지 위에는 푸른색 복숭아 30개가 달려 있었고 크기는 주발만 했다. 금모가 말했다.

"이것은 그나마 작은 것이다."

금모는 난새를 타고 시종들은 모두 용과 학을 탔으며, 오색구름과 안개가 그 아래에 떠 있었다. 이날 연주(延州) 안의 마구간지기와 극문(戟門)지기들이 모두 보고했다.

"기다란 무지개가 주(州)로 들어왔습니다."

9월 1일에 여러 신선들이 왔는데, 반은 붉고 반은 노랗고 반은 빨간 말[斗]만 한 크기의 복숭아가 달려 있는 복숭아나무 가지 하나를 가져와서 말했다.

"우리 마을에는 이 과일이 매우 풍족합니다."

사자연이 한 조각을 잘라 먹자 나머지는 시종들이 도로 거두어 갔다. 미 : 〈수도도(壽桃圖)〉를 그릴 만하다. 10월 11일에 선인이 와서 그녀를 부르자 그녀는 기린을 타고 하늘로 올라갔는데, 선인은 천의(天衣)를 가지고 와서 그녀를 영접했다. 사자연은 입고 있던 옷을 새끼줄 평상 위에 남겨 두었다가, 돌아온 뒤에 다시 원래 옷으로 갈아입고 천의를 학의 등에 올려 보내면서 말했다.

"갈 때는 기린을 탔는데 돌아올 때는 학을 탔구나."

매번 하늘의 사자가 내려올 때면 수천만 마리의 난새와

학을 타고 뭇 신선들이 모두 모여들었는데, 지위가 높은 자는 난새를 타고 그다음은 기린을 타고 그다음은 용을 타고 있었다. 난새와 학은 날개 길이가 각각 한 장(丈)이 넘었다. 최근에 커다란 새가 장안(長安)에 내려왔는데, 크기는 난새와 비슷했지만 털 빛깔만 다를 뿐이었다. 장안에 내려온 새는 이름을 천작(天雀)이라 하고 또 신작(神雀)이라고도 했는데, 매번 이 새가 내려오면 나라에 틀림없이 큰 복이 있을 것이라고 했다. 27일에 동악부인(東岳夫人)이 함께 와서 그녀에게 목욕하라고 권했는데, 아울러 향탕(香湯)을 쓰게 하면서 유두향(乳頭香)[81]은 쓰지 못하게 했다. 유두향은 천진(天眞)이 싫어한다. 동악부인이 또 말했다.

"천상에 원래 신(神)이 있는데 귀신의 신은 아닙니다. 상계에는 삭발한 사람이 없으며 득도한 후에는 모두 관을 쓰는데 그 공덕이 하나이기 때문입니다." 미 : 이것은 [북송] 선화(宣和) 연간에 시작된 논쟁의 실마리가 되었다.[82]

---

81) 유두향(乳頭香) : 유향(乳香)을 말하는데, 본래 명칭은 훈륙(薰陸)이다. 감람과(橄欖科)의 상록교목에서 채취한 응고된 수지(樹脂)로, 수지가 떨어질 때 젖꼭지 모양을 하기 때문에 '유두향'이라 부른다. 훈향의 원료나 약용으로 사용한다.

82) 이것은 [북송] 선화(宣和) 연간에 시작된 논쟁의 실마리가 되었다 : 이 미비(眉批)의 원문은 "차위선화개□지흔(此爲宣和開□之釁)"이라 되어 있어 한 글자가 판독 불가한데, 문맥을 고려해 추정해서 번역했

사자연은 곡기를 끊은 지 무릇 13년 동안 밤낮으로 잠을 자지 않았는데, 양 무릎 위에 갑자기 도장 자국이 나타났다. 그 크기는 인간 세상의 관인(官印)보다 작았으며 고전체(古篆體)의 여섯 글자가 백옥처럼 찬연하게 빛났다. 그해 정월에 도장 자국이 양 무릎 안으로 옮겨 갔는데, 무릎을 모으면 두 도장이 서로 합쳐져 조금도 차이가 없었다. 사자연은 또한 신력이 있어서 하루에 1000리나 2000리를 가기도 했지만 사람들은 그것을 알지 못했다. 또 어두운 밤 깊은 방에서 일어나는 아무리 작은 일이라도 꿰뚫어 보지 못하는 것이 없었다. 사람들이 길흉과 선악을 물어보면 모르는 것이 없었지만, 천성이 진중하고 치밀해서 그 일을 입 밖에 내지 않았기에 비록 부모라 할지라도 알 수 없었다. 이견이 지극한 도를 숭상했기 때문에 사자연은 도에 대해 가끔 언급하며 말했다.

"천상에서도 인간 세상의 도를 받드는 사람에게 도를 알게 해서 도교를 존숭해 밝히게 하고자 합니다."

또 말했다.

"존상(尊像)께 예를 올릴 때 네 번 배례하는 건 무겁고 세

다. 쑨다평의 교점본에서는 "차위선화개사지혼(此爲宣和開士之釁)"으로 추정했다.

번 배례하는 건 가볍습니다."

또 말했다.

"단약의 힘은 단지 수명을 더해 줄 뿐이며, 빛을 타고 하늘에 오르는 것은 전적으로 수도하고 단약을 복용하는 것에 달려 있습니다. 수도하는 일은 매우 다르지만 측백나무 잎을 먹으면 바로 곡기를 끊을 수 있습니다. 만약 산골짜기에서 측백나무를 구하기 어렵다면, 그냥 일반 잣나무 잎이라도 그 부근에 무덤만 없다면 바로 먹어도 되는데 바위 위에서 자란 것이 특히 좋습니다. 금방 따서 금방 먹어야 신선한 진액이 남아 있습니다. 대부분의 잣나무 잎과 복령·구기자·참깨는 모두 불로장생하게 할 수 있습니다. 수도할 때는 산림의 조용한 곳에 거처를 마련해야 하고 성곽에 가까이 있어서는 안 되니, 비린내 나는 음식으로 인해 신선이 강림하지 않기 때문입니다. 연단할 때 쓰는 물은 마땅히 샘물을 사용해야 하며 우물물은 특히 피해야 합니다. 또한 모름지기 가족과 친척을 멀리해야 하니, 마음에 그들에 대한 은정이 갑자기 일어나면 바로 수도하며 뜻을 견지하는 데 어긋나기 때문입니다. 무릇 쌀을 먹으면 몸은 무거워지며, 보리를 먹으면 몸이 가벼워집니다. 곡기를 끊고 산에 들어가서 여러 비방에 따라 삼시충(三尸蟲)을 제거해야 합니다. 복기술(服氣術)을 행할 때는 먼저 숨을 고르고 다음에 숨을 막아서 코나 입으로 숨 쉬지 않으며 온몸으로 자유롭게 숨 쉴 수 있게 하면, 곧 생사를 침범받지 않게 됩니다." 미 : 복기술의 요결(要訣)이다.

사자연은 20일 진시(辰時 : 오전 7~9시)에 금천도량(金泉道場)에서 대낮에 승천했는데, 남녀 수천 명이 모두 함께 우러러보았다. 그녀의 할머니 주씨(周氏), 어머니 서씨(胥氏), 누이 사자유(謝自柔), 제자 이생(李生 : 이견)은 그녀가 작별하면서 한 말을 들었다.

"열심히 지극한 도를 수련하시오."

잠시 후에 오색구름이 온 시내를 뒤덮었으며, 하늘의 음악과 기이한 향기가 오래도록 가득히 풍겼다. 그녀가 착용했던 의관과 비녀와 어깨 덮개 등 10가지 물건들은 새끼줄 평상 위에 벗어 놓았는데 옷고름은 이전 그대로 매어져 있었다.

謝自然者, 果州謝寰女也. 性穎異, 不食葷血. 家在大方山下, 頂有古像老君. 自然因拜禮, 乃徙居山頂, 自此常誦《道德經》·《黃庭內篇》. 年十四, 其年九月, 因食新稻米飯, 云 : "盡是蛆蟲." 自此絶粒. 數取皂莢煎湯服之, 即吐痢, 腹中諸蟲悉出, 體輕目明. 其蟲大小赤白, 狀類頗多. 自此猶食栢葉, 日進一枝. 七年之後, 栢亦不食, 九年之外, 仍不飮水. 刺史韓佾疑其妄, 延入東閣, 閉之累月, 方率長幼, 開鑰出之, 膚體宛然, 聲氣朗暢. 佾即使女自明師事焉. 貞元九年, 刺史李堅至, 築室於金泉山居之. 自然所居室, 唯容一床, 四邊纔通人行. 常有十餘蛇, 或黑或白, 或如臂, 或如股, 旦夕在床左右, 各各盤結, 不相毒螫. 又有兩虎, 出入必從, 人至則隱. 常言眞人位高, 仙人位卑, 言己將授東極眞人之任. 貞元十年七月十五日, 金母降於庭. 七日[1], 崔・張二使至, 問自然:"能就長林居否?"答云:"不能." 二使色似不悅. 二十二日午前, 金母復降云:"爲不肯居長林, 被貶一階." 長林, 仙宮也. 將桃一枝, 大於臂, 上有三十桃, 碧色, 大如碗. 云:"此猶是小者." 金母乘鸞, 侍者悉乘龍及鶴, 五色雲霧, 浮泛其下. 其日州中馬坊廚戟門皆報云:"長虹入州." 九月一日, 群仙至, 將桃一枝, 大如斗, 半赤半黃半紅, 云:"鄕里甚足此果." 割一臠食, 餘則侍者却收. 眉:可作〈壽桃圖〉. 十月十一日, 有仙人來召, 卽乘麒麟升天, 將天衣來迎. 自然所著衣留在繩床上, 却回, 著舊衣, 置天衣於鶴背將去, 云:"去時乘麟, 回時乘鶴也." 每天使降時, 鸞鶴千萬, 衆仙畢集, 位高者乘鸞, 次乘麒麟, 次乘龍. 鸞鶴每翅各大丈餘. 近有大鳥下長安, 鸞大小相類, 但毛彩異耳. 言下長安者名曰天雀, 亦曰神雀, 每降則國家當有大福. 二十七日, 東岳夫人並來, 勸令沐浴, 兼用香湯, 不得令有乳頭香. 乳頭香, 天眞惡之. 又云:"天上自有神, 非鬼神之神. 上界無削髮之人, 若得道後, 悉皆戴冠, 功德則一." 眉:此爲宣和開□之讖. 自然絶粒, 凡一十三年, 晝夜不寐, 兩膝上忽有印形. 小於人間官印, 古篆六字, 粲如白玉. 今年正月, 其印移在兩膝內, 並膝則兩印相合, 分毫無差. 又有神力, 日行二千里, 或至千里, 人莫知之. 冥夜深室, 纖微無不洞鑒. 人問吉凶善惡, 無不知者, 性嚴重深密, 事不出口, 雖父母亦不得知. 以李堅崇尙至道, 稍稍言及, 云:"天上亦欲遣世間奉道人知之, 俾其尊明道敎." 又言:"凡禮尊像, 四拜爲重, 三拜爲輕." 又云:"藥力祇可益壽, 若升天駕景, 全在修道服藥. 修道事頗不同, 服柏便可絶粒. 若山谷難求側柏, 祇尋常柏葉, 但不近丘墓, 便可服之,石上者尤好. 旋採旋食, 尙有津潤. 大都栢葉・茯苓・枸杞・胡麻, 俱能長年久視. 修道要山林靜居, 不宜俯近城郭, 以其葷腥, 靈仙不降. 煉藥飮水, 宜用泉水, 尤惡井水. 仍須遠家及血屬, 慮有恩情忽起, 卽非修持之行. 凡食米體重, 食麥體輕. 辟穀入山, 須依衆方, 除三蟲伏尸. 凡服氣, 先調氣, 次閉氣, 出入不由口鼻, 令滿身自由, 則生死不能侵矣." 眉：服氣要訣. 二十日辰時, 於金泉道場白日升天, 士女數千人, 咸共瞻仰. 祖母周氏・母胥氏・妹自柔・弟子李生, 聞其訣別之語曰："勤修至道." 須臾, 五色雲遮亘一川, 天樂異香, 散漫彌久. 所著衣冠簪帔一十事, 脫留小繩床上, 結繫如舊.

* 이 고사는 《태평광기》 권66 〈여선・사자연〉에 실려 있다.

1 칠일(七日)：날짜의 배열로 보아 "십칠일(十七日)"의 오기로 보인다.

9-6(0148) 묘녀

묘녀(妙女)

출《통유기》

　　당(唐)나라 정원(貞元) 원년(785) 5월에 선주(宣州) 정덕현(旌德縣)의 최씨(崔氏) 집에 하녀가 있었는데, 이름은 묘녀였고 나이는 열서너 살가량이었다. 저녁에 마당에서 물을 긷고 있었는데, 난데없이 한 승려가 나타나 석장(錫杖)으로 그녀를 연달아 세 번 때렸다. 묘녀는 질겁하며 고꾸라져서 곧바로 가슴이 아프다고 말하더니 정신이 혼미해져 인사불성이 되었다. 며칠 동안 약간 차도가 있었지만 계속해서 토하고 설사했다. 병이 낫고 나자 묘녀는 더 이상 음식을 먹지 않았고 먹기만 하면 토했으며, 오직 접시꽃과 염차(鹽茶)만 마셨다. 얼마 후에 묘녀는 몸이 비쩍 마르고 정신이 맑아지면서 안색이 곱고 화사해졌다. 그제야 비로소 처음 정신이 혼미해졌을 때의 상황을 얘기했는데, 어떤 사람이 그녀를 데리고 어느 한 곳에 이르렀더니, 궁전이 매우 장엄한 것이 모두 불교의 서방정토인 것 같았다고 했다. 그 안에 있는 천선(天仙)들은 대부분 묘녀의 친족들이었다. 묘녀는 자신은 본래 제두뢰타천왕(提頭賴吒天王)[83]의 작은딸인데 천부(天府)의 일을 누설한 탓에 인간 세상으로 귀양 와서 이미 두 번 환생했다고 말했다. 제두뢰타천왕은 성명이 위관(韋寬)이고 첫째이며 상존(上尊)이라 불렸다. 그의 부인은 성이 이씨(李氏)이고 선륜(善倫)이라 불렸다. 동왕공(東王公)은 그녀의 막내 작은아버지로, 이름은 괄(括)이고 여덟째였다. 묘녀는 스스로 작은아씨라 칭하면서, 부친과 인척들이 그녀를 찾아 이곳에 이르렀으며, 전에 보았던 승려가 그녀의 허리를 때려 그녀에게 쌓여 있던 더러운 속기(俗氣)를 빼내서 승천할 수 있게 해 주었다고 말했다. 천상의 거처는 화려하고 성대했으며, 각각 인척과 노비들이 있는 것이 인간 세상과 다름이 없었다. 그녀가 부리던 하인의 이름은 군각(群角)이었고, 하녀의 이름은 금소(金霄)와 봉루(鳳樓)였다. 그녀는 전생에 요(遙)라는 아들 하나를 낳았는데, [현생에서] 만나 보니 둘 다 예전부터 서로 알고 있는 듯했다. 어제 떠나올 때 금교(金橋) 위에서 아들과 이별하면서 시를 지었는데, 단지 두 구절만 기억하고 있었다.

"손으로 다리 기둥 붙잡고 서 있으니, 흐르는 눈물이 은하수에 가득하네."

---

83) 제두뢰타천왕(提頭賴吒天王) : 산스크리트어 '드리타라슈트라(dhṛtarāṣṭra)'의 음역. 지국(持國)이라 번역한다. 사천왕(四天王) 중 하나로, 수미산 중턱의 동쪽에서 중생을 두루 보살피면서 국토를 지킨다는 지국천왕(持國天王)을 말한다.

묘녀는 가끔씩 스스로 시를 읊으면서 슬픔을 이기지 못했으며 이렇게 대엿새를 지냈다. 어느 날 아침에 묘녀는 갑자기 상존과 모친이 여러 천선(天仙)과 노복들과 함께 감사드리러 모두 왔다고 하면서 그녀의 혼령을 빌려 말했다.

"딸아이가 우매해 인간 세상에 떨어졌으나, 오랫동안 궁휼히 여김을 받았으니 송구스럽기 그지없습니다."

최씨 집안사람들은 처음엔 몹시 놀라고 당황했으나, 한참이 지나자 서로 묻고 대답했는데, 신선들은 모두 그녀의 입을 빌려 얘기를 나누었다. 상존이 말할 때는 장부의 목소리였고 선륜이 말할 때는 부인의 목소리였는데, 각기 그 말소리가 바뀌었다. 이렇게 왔다 갔다 하면서 시일이 점점 오래되자, 즐겁게 얘기하고 농담까지 했는데 보통 사람들과 똑같았다. 천선들이 올 때면 향기가 방에 가득했다. 문득 어느 날 묘녀가 노래를 부르고 있었는데, 공중에서 자리 같은 조각구름이 난데없이 나타나더니 구름 속에서 생황 소리가 났으며 그 음악 소리가 청아했다. 미: 천상에서도 생황으로 곡을 연주하다니 기이하도다! 최씨 집안사람들이 모두 우러르며 들었더니 정신에 감동이 왔다. 묘녀는 노래를 부르며 안색이 태연자약했는데, 음조가 기묘했고 그 곡명은 〈상류조(桑柳條)〉라고 했다. 또 말했다.

"어머니께서 구름 속에 계십니다."

이렇게 온종일 있다가 비로소 헤어졌다. 10일이 지난 뒤에 묘녀가 문득 말했다.

"집안의 두 사람에게 종기가 생기려 하니 내가 대신 앓겠습니다."

며칠 뒤에 묘녀는 과연 등 위와 옆구리 아래에 각각 술잔만큼이나 큰 종기가 생겼는데, 극심한 고통이 일반 종기와는 달랐다. 며칠이 지나서 그녀의 주인마님이 그러한 고통을 보고 이를 없애 달라고 청하게 했더니, 묘녀는 마침내 혼미한 상태로 누워 있었다. 그러다가 문득 종루 위에 향을 피우라고 말하고는 천선을 부르며 참회의 염불을 했는데, 청아한 그 소리가 서방정토와 상응했다. 이렇게 한참의 시간이 흐른 뒤에 묘녀가 깨어나자 종기가 사라졌으며 잠시 후 평상시처럼 회복되었다. 나중에 한 하녀가 갑자기 병들어 매우 위독하자 묘녀가 말했다.

"내가 너를 위해 대랑(大郞 : 상존 제두뢰타천왕)께 아뢰어 병을 낫게 해 줄 천병(天兵)을 청하겠다."

묘녀는 즉시 잠자는 듯한 상태가 되었다가 잠시 후 다시 깨어나서 천병이 이미 도착했다고 말하면서, 급히 마당을 청소하고 정실(淨室)에 향을 피우게 했다. 묘녀는 마침내 일어나 천병을 나누어 몇 사람을 모처에 배치해 조사하게 했는데, 그들이 병자의 몸에서 사귀(邪鬼)를 붙잡아 결박했다. 그 하녀는 즉시 병이 나아 예전처럼 되었으며 자기가 본 천병의 모습을 말했는데, 벽에 그려진 신왕(神王)처럼 생겼다고 했다. 최씨 집의 작은딸도 천병을 보았는데, 그들이 한참 동안 있다가 사라졌다고 했다. 대장군 허광(許光)과 소장(小將) 진만(陳萬)이 매번 그들을 불러내 부렸는데, 부대가 매우 많았으며 비바람 소리처럼 빨리 왕래했다. 미 : 허광과 진만은 귀신을 죽이는 장수로, 신도(神荼)와 울루(鬱壘)84)를 대신할 수 있다. 다시 열흘이 지났을 때, 묘녀는 문득 직녀(織女)가 시집가게 되었기에 만나 보러 가야 한다고 말했다. 그러면서 또 잠들었다가 깨어나서 말했는데, 천상의 혼례도 인간 세상과 똑같다고 했다. 그러고는 직녀의 이름은 수릉자(垂陵子)이고 설씨(薛氏)에게 시집갔다고 말했는데, 그 내용이 너무 많아 모두 기록하지 못한다. 미 : 이것을 보면 직녀는 응당 한 사람이 아니다. 최씨 집에서는 늘 묘녀에게 수를 놓게 했는데, 어느 날 묘녀가 문득 잠시 다녀올 데가 있다고 말하면서 하녀 봉루에게 대신 수를 놓게 해 달라고 청했다. 이렇게 하루 종일 묘녀가 봉루의 모습으로 변했는데, 수놓는 솜씨가 교묘하고 평상시보다 배나 빨랐으며, 다른 사람과는 얘기하지 않고 가끔씩 머리를 숙인 채 웃곤 했다. 한참이 지나서 돌

---

84) 신도(神荼)와 울루(鬱壘) : 도삭산(度朔山)의 귀문(鬼門)을 지키면서 출입하는 악귀(惡鬼)를 붙잡아 호랑이에게 먹인다는 전설 속 두 신. 중국에서는 음력 정월에 집집마다 대문에 이 두 신상(神像)을 그려 붙여 악귀를 쫓는 풍습이 있다.

아왔다고 말하면서 즉시 본래 자태를 회복했는데, 봉루의 모습은 보이지 않았다. 또 묘녀는 대랑이 승가 화상(僧伽和尙)85)과 함께 주인마님을 만나 보러 오려 한다고 말하면서, 곧장 방을 청소하고 향을 피운 뒤 차를 끓여 놓고 기다렸다. 잠시 후 마침내 그들이 도착해 말을 전하며 안부를 물었는데, 묘녀가 갑자기 웃으며 말했다.

"대랑께선 어찌하여 상인(上人 : 승가 화상)과 다투십니까?"

그때 최씨 집안사람들은 모두 평상 위에서 발로 차는 소리가 매우 크게 나는 것을 들었는데, 한참 뒤에 그들은 떠났다. 묘녀는 때때로 서쪽으로 술을 마시러 간다고 말했는데, 돌아와서는 술을 토하고 하루 종일 취해 누워 있기도 했다. 어느 날 저녁에 묘녀는 주인마님의 혼과 작은아씨의 혼을 데리고 유람하러 간다고 말했는데, 그날 저녁에 주인마님 등은 모두 어떤 곳으로 가서 사람들과 즐겁게 노는 꿈을 꾸었다. 묘녀는 날이 밝자 곧장 주인마님에게 꿈속에서의 일을 물어보았는데 하나하나 모두 일치했다. 이렇게 한 달 남짓 동안 묘녀는 음식을 끊었는데, 어느 날 문득 슬피 흐느끼

---

85) 승가 화상(僧伽和尙) : 승가 대사(僧伽大師). 당나라 때 서역에서 온 명승(名僧)으로, 불법의 포교에 큰 공을 세웠다.

면서 말했다.

"대랑과 어머니께서 저를 돌아오라고 부르십니다. 인간 세상에 오래 있다 보니 주인마님께 깊은 정이 들어 차마 두고 떠나지 못하겠습니다."

이렇게 며칠 동안 울더니, 또 [대랑이 묘녀의 입을 빌려] 말했다.

"인간 세상의 사람과는 왕래해서는 안 되는데, 너는 한사코 머물려고만 하니 어찌하면 좋겠느냐?"

묘녀는 곧장 허공을 향해 작별 인사를 했는데 그 말이 자못 정중했으며, 이때부터 점점 말이 없어졌다. 묘녀가 주인마님에게 말했다.

"저는 마님께 정이 들어 떠날 수 없습니다. 이미 인간 세상에 있게 된 이상 모름지기 음식을 먹어야만 하니, 저에게 붉은 적삼 한 벌과 설사약을 주십시오."

주인마님이 그 말대로 주었더니, 묘녀는 마침내 점점 음식을 먹었다. 이후로는 비록 때때로 미래의 일에 대해 얘기했지만 모두 응험이 없었다. 그 하녀가 나중에 다시 어떻게 되었는지는 모른다.

唐貞元元年五月, 宣州旌德縣崔氏婢, 名妙女, 年可十三四. 夕汲庭中, 忽見一僧, 以錫杖連擊三下. 驚怖而倒, 便言心痛, 迷亂莫知. 數日稍間, 而吐痢不息. 及瘥, 不復食, 食輒嘔吐, 唯餌蜀葵花及鹽茶. 旣而淸瘦爽徹, 顔色鮮華. 方說初昏迷亂之際,見一人引至一處,宮殿甚嚴,悉如釋門西方部.其中天仙,多是妙女之族.言本是提頭賴吒天王小女,爲洩天門間事,故謫墮人世,已兩生矣.賴吒王姓韋名寬,弟大,號上尊.夫人姓李,號善倫.東王公是其季父,名括,第八.妙女自稱小娘,言父與姻族,尋索至此,前所見僧打腰上,欲女吐瀉藏中穢惡俗氣,乃得升天.天上居處華盛,各有姻戚及奴婢,與人間不殊.所使奴名群角,婢名金霄·鳳樓.其前生有一子,名遙,見並依然相識.昨來之日,於金橋上與兒別,賦詩,惟記兩句曰:"手攀橋柱立,滴淚天河滿."時自吟詠,悲不自勝,如此五六日.一旦,忽言上尊及阿母並諸天仙及僕隸等,悉來參謝,卽託靈而言曰:"小女愚昧,落在人間,久蒙存恤,相愧無極."其家初甚驚惶,良久乃相與問答,仙者悉憑之叙言.其上尊語,卽是丈夫聲氣,善倫語,卽是婦人聲,各變其語.如此或來或往,日月漸久,談諧戲謔,一如平人.每來卽香氣滿室.一日,妙女吟唱,空中忽有片雲如席,雲中有笙聲,聲調淸鏘.眉:天上亦將笙合曲,異哉!擧家仰聽,感動精神.妙女謳歌,神色自若,音韻奇妙,其曲名〈桑柳條〉.又言:"阿母適在雲中."如此竟日方散.旬時,忽言:"家中二人欲有腫疾,吾代其患之."數日後,妙女果背上發下,各染一腫,並大如杯,楚痛異常.經日,其主母見此痛苦,令求免之,妙女遂冥冥如臥.忽語令添香於鐘樓上,呼天仙懺念,其聲淸亮,與西方相應.如此移時,醒悟腫消,須臾平復.後有一婢卒染病甚困,妙女曰:"我爲爾白大郎請兵救."女卽如睡狀,須臾却醒,言兵已到,急令灑掃,添香淨室.遂起支分兵馬,匹配幾人於某處檢校,幾人於病人身上束縛邪鬼.其婢卽瘥如故,言見兵馬形像,如壁畫神王也.其家小女子見,良久乃滅.大將軍姓許名光,小將曰陳萬,每呼之驅使,部位甚多,來往如風雨聲.眉:許光·陳萬,殺鬼之將,可代神荼鬱壘. 更旬時, 忽言織女欲嫁, 須往看之. 又睡醒而說, 婚嫁禮一如人間. 言女名垂陵子, 嫁薛氏, 事多不備紀. 眉: 觀此則織女應非一人. 其家常令妙女繡, 忽言今要暫去, 請婢鳳樓代繡. 如此竟日, 便作鳳樓姿容, 繡作巧妙, 疾倍常時, 而不與人言語, 時時俯首笑. 久之言却回, 卽復本態, 無鳳樓狀也. 言大郎欲與僧伽和尚來看娘子, 卽掃室添香, 煎茶待之. 須臾遂至, 傳語問訊, 妙女忽笑曰 : "大郎何爲與上人相撲?" 此時擧家俱聞床上踏蹴聲甚厲, 良久乃去. 有時言向西方飮去, 回遂吐酒, 竟日醉臥. 一夕, 言將娘子一魂·小娘子一魂遊看去, 是夕, 娘子等並夢向一處, 與衆人遊樂. 妙女至天明, 便問娘子夢中事, 一一皆同. 如此月餘絶食, 忽一日, 悲咽而言 : "大郎·阿母喚某歸. 久在世間, 戀慕娘子, 不忍捨去." 如此數日涕泣, 又言 : "不合與世人往來, 汝意須住, 如之奈何?" 便向空中辭別, 詞頗鄭重, 從此漸無言語. 告娘子曰 : "某相戀不去. 旣在人間, 還須飮食, 但與某一紅衫子著及瀉藥." 如言與之, 遂漸飮食. 雖時說未來事, 皆無應. 不知其婢後復如何.

* 이 고사는 《태평광기》 권67 〈여선·묘녀〉에 실려 있다.

9-7(0149) 양정견

양정견(楊正見)

출《집선록》

　양정견은 미주(眉州) 통의현(通義縣)의 백성 양총(楊寵)의 딸로, 어려서부터 청허(淸虛)함을 숭상했다. 그녀가 계년(笄年 : 15세)이 되자 부모는 같은 군(郡)에 사는 왕생(王生)에게 시집보냈는데, 왕생 역시 부자였고 손님 대접하기를 좋아했다. 어느 날 아침에 시부모는 친지들을 불러 놓고 물고기를 사 와 양정견에게 회를 뜨게 했다. 양정견은 물고기가 살아 있는 것을 불쌍히 여겨, 동이에 담아 장난치고 놀면서 결국 차마 죽이지 못했다. 이미 저녁 식사 때가 되자 시부모는 음식 준비가 늦는다고 다그쳤다. 양정견은 시부모의 꾸중이 두려운 나머지 이웃 마을로 달아나 숨을 생각으로 들길을 달려 이미 수십 리를 갔지만 피곤함을 느끼지 않았다. 길 양옆에 있는 꽃과 나무를 보았더니 인간 세상의 것과는 달랐다. 한 산사(山舍)에 이르렀더니 그곳에 여도사가 있어, 그간의 연유를 모두 말해 주었더니 여도사가 말했다.

　"그대는 생명을 좋아하는 마음을 지니고 있으니 가르칠 만하네."

　그러고는 양정견을 그곳에 머물게 했다. 산사는 포강현

(蒲江縣)의 주부화(主簿化)86) 미 : 촉(蜀)에 24화(化)가 있는데, 양평화(陽平化)·운대화(雲臺化)와 같은 것이다. 근처에 있었는데, 산사에 물이 없었기 때문에 여도사는 늘 양정견에게 계곡의 샘물을 길어 오게 했다. 여도사는 평소 식사를 하지 않았지만 양정견을 위해 때때로 산 밖으로 나가 식량을 구해와서 양정견을 먹였다. 그렇게 몇 년 동안 양정견은 부지런하고 삼가면서 게으름을 피우지 않았다. 어느 날 문득 샘물 긷는 곳에 겨우 한 살 남짓 된 희고 사랑스러운 한 아이가 있었는데, 아이가 사람을 보자 기뻐하면서 방긋 웃었다. 양정견은 아이를 품에 안고 어루만지며 예뻐하는 것을 일상사로 삼았는데, 이로 인해 물을 길어 돌아오는 시간이 서너 차례 늦었다. 여도사가 이상하게 여기자 양정견이 사실대로 아뢰었더니 여도사가 말했다.

"만약 다시 만나거든 반드시 아이를 품에 안고 곧장 오너라. 내가 한번 봐야겠다."

그로부터 한 달 남짓 뒤에 양정견이 샘물을 긷고 있을 때 그 아이가 다시 나타나자, 아이를 품에 안고 돌아오다가 집에 가까이 왔을 때 보았더니 아이는 이미 죽어 있었다. 다시

---

86) 주부화(主簿化) : 도교의 24화 가운데 하나. '화'는 선화(仙化)하는 곳, 즉 동부(洞府)를 말한다.

살펴보았더니 마치 초목의 뿌리처럼 생겼고 그 무게가 몇 근이나 나갔다. 여도사는 그것이 영약(靈藥)임을 알고 양정견에게 깨끗한 시루에 찌라고 했다. 때마침 산사에 양식이 떨어지는 바람에 여도사는 양식을 구하러 산을 나가면서, 양정견에게 하루 동안 먹을 양식과 땔감 세 단을 주며 타일렀다.

"시루 속의 물건은 이 세 단의 땔감만 다 때고 나면 불을 꺼도 되지만, 절대로 열어 보지는 마라."

여도사는 산을 나가면서 하루 뒤에 돌아오겠다고 약속했다. 그런데 그날 저녁에 비바람이 심하게 몰아치더니 산의 물이 불어나 길이 막히는 바람에 여도사는 열흘이 지나도록 돌아오지 못했다. 양정견은 먹을 것이 떨어져 배가 몹시 고팠기 때문에 시루 속 물건의 향기를 맡게 되자 몰래 그것을 먹었는데, 먹다 보니 며칠 만에 모두 먹어 버렸다. 여도사가 돌아와서 그 말을 듣고 탄식하며 말했다.

"신선이란 진실로 정해진 연분이 있구나! 내 스승께서 일찍이 말씀하시길, '이 산에 사람처럼 생긴 복령(茯苓)이 있는데 그것을 먹는 사람은 대낮에 승천할 것이다'라고 하셨다. 미 : 복령을 먹는다. 나는 20년 동안 그것을 기다렸는데, 네가 지금 그것을 만난 것이다."

그때부터 양정견은 모습이 더욱 남달라지고 광채가 사람을 쏘았으며, 늘 많은 신선들이 그녀의 방으로 내려와 선궁

(仙宮)과 천부(天府)의 일에 대해 함께 이야기했다. 1년 남짓 지나서 양정견은 대낮에 하늘로 올라갔다. 양정견은 일찍이 스승에게 말했다.

"영약을 먹으면 그날로 바로 신선이 되어 올라갑니다. 하지만 제가 늦게 하늘로 돌아가는 이유는 제가 어렸을 때 부모님이 관아에 세금으로 낼 돈 가운데 깨끗하고 둥글면서도 보기 좋은 것이 있기에 동전 두 개를 몰래 감춰서 가지고 놀았는데, 하늘에서 이 일을 관아의 돈을 숨긴 허물로 삼아 그 벌로 인간 세상에서 1년 동안 살게 했기 때문입니다." 미 : 훔쳐 쓴 관아의 돈이 천만 전에 달하는 사람은 어떤 응보를 받는지 모르겠다.

楊正見者, 眉州通義縣民楊寵女也, 幼尙淸虛. 旣笄, 父母聘同郡王生, 王亦富, 好客. 一旦, 舅姑會親故, 市魚, 使正見爲膾. 正見憐魚之生, 盆中戱弄之, 竟不忍殺. 旣晡矣, 舅姑促責食遲. 正見懼, 竄於鄰里, 但行野徑中, 已數十里, 不覺疲倦. 見夾道花木, 異於人世. 至一山舍, 有女冠焉, 具以其由白之, 女冠曰 : "子有好生之心, 可以敎也." 因留止焉. 山舍在蒲江縣主簿化 眉 : 蜀有二十四化, 如陽平化・雲臺化之類 側, 其居無水, 常使正見汲澗泉. 女冠素不食, 爲正見故, 時出山外求糧以贍之. 如此數年, 正見勤恪不怠. 忽於汲泉之所, 有一小兒, 潔白可愛, 纔及年餘, 見人喜且笑. 正見抱兒撫憐之, 以爲常, 由此汲水歸遲者數四. 女冠疑怪, 正見以事白, 女冠曰 : "若復見, 必抱兒徑來. 吾欲一見耳." 自是月餘, 正見汲泉, 此兒復出, 因抱歸, 漸近家, 兒已殭矣. 視之如草樹之根, 重數斤. 女冠知是靈藥, 命潔甑蒸之. 會山中糧盡, 女冠出山求糧, 給正見一日食, 柴三小束, 諭之曰:"甑中之物, 但盡此三束柴, 止火可也, 勿輒視之." 女冠出山, 期一夕而回. 此夕大風雨, 山水溢, 道阻, 十日不歸. 正見食盡饑甚, 聞甑中物香, 因竊食之, 數日俱盡. 女冠方歸, 聞之嘆曰:"神仙固常有定分! 吾師嘗云:'此山有人形茯苓, 得食之者白日升天.' 眉:食茯苓. 吾伺之二十年矣, 汝今遇之." 自此正見容狀益異, 光彩射人, 常有衆仙降其室, 與之論眞宮天府之事. 歲餘, 白日升天. 常謂其師曰:"得食靈藥, 卽日便合登仙. 所以遲回者, 幼年之時, 見父母揀稅錢輸官, 有明淨圓好者, 竊藏二錢玩之, 以此爲隱藏官錢過, 罰居人間一年耳." 眉:有盜用官錢至千萬者,不知如何報應.

* 이 고사는 《태평광기》 권64 〈여선·양정견〉에 실려 있다.

9-8(0150) 배현정

배현정(裴玄靜)

출《속선록》

    배현정은 구씨현령(緱氏縣令) 배승지(裴升之)의 딸이자 호현위(鄠縣尉) 이언(李言)의 처다. 어려서부터 총명하고 선도(仙道)를 좋아해 부모에게 정실(靜室) 하나를 마련해 달라고 청했는데, 그녀의 부모 역시 선도를 좋아했기에 이를 허락했다. 그녀는 매일 향을 사르고 도상(道像)을 우러르며 예를 올렸는데, 정실에 홀로 기거하면서 여종을 부리지 않았고 따로 여자 도반(道伴)과 담소하며 지냈다. 부모가 살펴보았더니 다른 사람은 보이지 않았기에 그녀에게 캐물었지만 말해 주지 않았다. 20세가 되자 부모는 그녀를 이언에게 시집보냈는데, 한 달도 되지 않아 그녀가 이언에게 말했다.

    "저는 평소에 도를 닦아 왔기에 신인(神人)께서 제가 그대의 처가 되는 것을 허락하지 않으시니 청컨대 인연을 끊어 주십시오."

    이언 역시 선도를 앙모했기에 이를 허락했다. 미 : 권속이 모두 선도를 좋아하는 것은 보기 드물다. 그래서 그녀는 홀로 거하며 향을 사르고 수도했다. 밤중에 그녀의 방에서 말하고 웃는 소리가 들리자 이언이 좀 이상하다고 생각해서 몰래 벽 틈으로 엿보았더니, 밝은 빛이 방에 가득했고 기이한 향기가 짙게 풍겼으며, 17~18세쯤 되는 두 여자가 봉황무늬 족두리에 무지개무늬 옷을 입고 있었고 자태가 곱고도 아름다웠다. 시녀 여러 명도 모두 구름무늬 족두리에 생명주 옷을 입고 옆에 단아하게 있었다. 배현정은 두 여자와 함께 담소를 나누었다. 이언이 이상해하면서 물러났다가 날이 밝자 배현정에게 물었더니 그녀가 대답했다.

"이는 곤륜산(昆侖山)의 신선들이 찾아온 것이었습니다. 그들이 다시 올 때는 삼가 엿보지 마십시오. 당신이 선관(仙官)에게 질책당할까 걱정됩니다. 저는 당신과의 숙연(宿緣)이 매우 얕아서 인간 세상에 오래 머물지 못할 것입니다. 다만 당신의 후사가 아직 없는 것을 염려하니, 상선(上仙)께서 오시기를 기다렸다가 이 문제를 말씀드리겠습니다."

그 후 어느 날 저녁에 선녀가 이언의 집에 강림했다. 1년쯤 지나 그 선녀가 다시 강림해서 한 아이를 이언에게 주며 말했다.

"이 아이는 당신의 아들입니다. 배현정은 바로 떠나야 합니다." 미 : 이 일은 〈증사아시(贈嗣兒詩)〉에 넣을 만하다.

사흘 후에 오색구름이 맴돌면서 선녀들이 음악을 연주하더니, 흰 봉황이 배현정을 태우고 하늘로 올라 서북쪽을 향해 떠났다. 그때는 [당나라] 대중(大中) 8년(854) 8월 18일이었고, 장소는 온현(溫縣) 공도촌(供道村)에 있는 이씨의 별장이었다.

裴玄靜, 緱氏縣令升之女, 鄠縣尉李言妻也. 幼而聰慧好道, 請於父母, 置一靜室, 父母亦好道, 許之. 日以香火瞻禮道像, 獨居, 不用女侍, 別有女伴言笑. 父母看之, 便不見, 詰之不言. 二十年, 歸於李言, 未一月, 告言:"以素修道, 神人不許爲君妻, 請絶之." 李言亦慕道, 許焉. 眉 : 難得眷屬都好道. 乃獨居焚修. 夜中聞言笑聲, 李言稍疑, 潛壁隙窺之, 見光明滿室, 異香芬馥, 有二女子, 年十七八, 鳳髻霓衣, 姿態婉麗. 侍女數人, 皆雲髻綃服, 綽約在側. 玄靜與二女子言談. 李異之而退, 及旦問於玄靜, 答曰 : "此昆侖仙侶相省. 更來愼勿窺也, 恐爲仙官所責. 然玄靜與君宿緣甚薄, 非久在人間之道. 念君後嗣未立, 候上仙來, 當爲言之." 後一夕, 有天女降李言之室. 經年, 復降, 送一兒與李言:"此君之子也. 玄靜卽當去矣." 眉 : 此事可入〈贈嗣兒詩〉. 後三日, 有五雲盤旋, 仙女奏樂, 白鳳載玄靜升天, 向西北而去. 時大中八年八月十八日, 在溫縣供道村李氏別業.

* 이 고사는 《태평광기》 권70 〈여선·배현정〉에 실려 있다.

9-9(0151) 번 부인과 운영

번부인 · 운영(樊夫人 · 雲英)

출《여선전》 출《전기(傳奇)》

번 부인은 유강(劉綱)의 아내다. 유강은 상우현령(上虞縣令)을 지냈는데 도술을 지녀 귀신을 부리고 변화술을 제어할 수 있었다. 또한 남몰래 수련하며 은밀히 그 징험을 이루니 사람들은 이를 알지 못했다. 다스릴 때는 도가의 청정간이(淸靜簡易)함을 숭상해 백성이 그 혜택을 입어 홍수나 가뭄, 역병이나 장독, 사나운 날짐승이나 들짐승에게 해를 당하는 일이 없었다. 한가한 날엔 늘 번 부인과 도술을 견주었다. 뜰에 두 그루의 복숭아나무가 있었는데, 부부가 각기 한 그루씩 주문을 걸어 서로 다투게 만들었다. 한참이 지나면 유강이 주문을 건 나무는 뜻대로 되지 않아 자주 울타리 밖으로 쫓겨나곤 했다. 유강이 쟁반에 침을 뱉으면 바로 잉어가 되었는데, 번 부인이 쟁반에 침을 뱉으면 수달이 되어 물고기를 잡아먹었다. 유강이 번 부인과 함께 사명산(四明山)에 들어갈 때 호랑이가 길을 막았는데, 유강이 제어하자 호랑이가 엎드려 감히 움직이지 못했으며, 이어서 번 부인이 밧줄로 호랑이를 평상 다리에 묶었다. 유강은 매번 함께 도술을 시험했지만 번번이 번 부인을 이기지 못했다. 또 승천할 때 현청 옆에 이전부터 커다란 조협(皁莢)나무가 있었는데, 유강은 이 나무를 타고 몇 장(丈)이나 올라서야 날아갈 수 있었지만, 번 부인은 앉은 채로 구름처럼 가벼이 떠올라 함께 하늘로 올라가 떠났다. 그 후로 당(唐)나라 정원(貞元) 연간(785~805)에 이르러, 상담(湘潭)에 한 노파가 있었는데 자신의 성명을 말하지 않고 그저 상(湘) 땅의 노파라고만 했다. 늘 남의 집에 머물면서 단사로 쓴 전서(篆書)로 신처럼 질병을 고쳤다. 고을 사람들이 그녀를 존경해 화려한 집 여러 칸을 지어 주려고 하자 노파가 말했다.

"그러지 마시오. 그저 흙과 나무로 된 집이 바라는 바요."

노파는 비췻빛 귀밑머리가 구름 같았고 매끄럽고 깨끗한 피부가 눈 같았으며, 지팡이를 짚고 신발을 끌고 다니면서도 하루에 수백 리를 갈 수 있었다. 하루는 소요(逍遙)라고 하는 마을 사람의 딸을 만났는데, 열여섯 살에 곱고 아름다웠다. 소요가 광주리를 들고 국화를 따다가 노파를 멍하니 바라보면서 움직이지 않자, 노파가 그녀를 보고 말했다.

"네가 날 좋아한다면 함께 갈 수 있겠느냐?"

소요는 기뻐하며 광주리를 던져 버리고 옷깃을 여미며 스스로 제자라 칭하고 노파를 쫓아 노파의 집으로 갔다. 소요의 부모가 급히 쫓아와 막대기로 그녀를 때리고 꾸짖으며 집으로 데려갔다. 하지만 소요가 몰래 밧줄로 목을 매려 하자, 부모는 막을 수 없다고 생각해 결국 놓아주었다. 소요는 다시 노파를 찾아가서 먼지를 쓸고 물을 갈고 향을 사르며 도경(道經)을 읽을 뿐이었다. 한 달 남짓 후에 노파가 고을 사람들에게 말했다.

"나는 잠시 나부산(羅浮山)에 다녀올 텐데, 문에 빗장을 걸어 두었으니 삼가 열어 보지 마시오."

이렇게 3년이 지나 노파가 돌아와서 고을 사람들을 불러 함께 자물쇠를 열고 보았더니 소요가 방에 멍하니 앉아 있었는데, 모습은 평상시와 같았으나 다만 부들 신발이 자라난 대나무 끝에 꿰여 마룻대 사이에 있었다. 노파가 지팡이로 땅을 두드리며 말했다.

"내가 왔으니 너는 깨어나거라."

소요는 자다 깨어난 듯 막 일어나서 절을 올리려 했는데, 문득 왼발이 떨어져 나가는 것이 마치 잘려 땅에 떨어진 듯했다. 노파가 황급히 그녀에게 움직이지 말라 하고 떨어져 나간 발을 주워 무릎에 맞추고 그곳에 물을 뿜으니 이전처럼 되었다. 고을 사람들은 크게 놀라 노파를 공경했다. 하루는 노파가 문득 고을 사람들에게 말했다.

"내가 동정호(洞庭湖)로 가서 100여 명을 구하려고 하는데, 누가 나를 위해 배 한 척을 마련해 줄 마음이 있으면 함께 구경하러 갑시다."

장공(張拱)이라는 부자가 배를 마련해 스스로 배를 몰아 노파를 전송해 주길 청했다. 배가 동정호에 도착하기 하루

전날, 거센 바람에 일어난 파도가 커다란 배 한 척을 때려 군산도(君山島)에서 침몰해 부서졌다. 그 배에 탔던 수십 가구의 100여 명에 가까운 사람들은 다치지는 않았으나, 구해 줄 배가 아직 오지 않았기에 각기 섬 위에 흩어져 있었다. 그런데 갑자기 길이가 한 장(丈)도 넘는 흰 악어 한 마리가 모래 위를 거닐고 있자, 수십 명이 악어를 때려 죽여서 그 고기를 나눠 먹었다. 다음 날 눈처럼 흰 성벽이 섬을 빙 둘러쌌는데, 성벽이 점차 좁아 들자 섬 위에 있던 사람들은 두려워 떨며 비명을 질렀으며, 한데 모인 사람들은 성벽을 타고 넘을 수도 없었으므로 상황이 이미 급박했다. 악양(岳陽) 사람들 역시 멀리서 눈처럼 흰 성벽을 보긴 했지만 그것이 무엇인지 알 수 없었다. 그때 노파의 배가 이미 해안에 도착하자, 노파가 섬으로 올라가 북두칠성 모양으로 걸으면서 물을 뿜으며 검을 날려 흰 성벽을 찔렀더니, 벼락 치는 듯한 소리를 내며 성벽이 무너졌다. 알고 보니 길이가 10여 장이나 되는 거대한 흰 악어 한 마리가 꿈틀대다가 죽었으며, 노파의 검이 악어의 가슴에 꽂혀 있었다. 이렇게 해서 100여 명의 목숨을 구했으며, 섬 위의 사람들은 모두 울면서 감사의 예를 올렸다. 갑자기 한 도사가 노파와 만나 말했다.

"번고(樊姑 : 번 부인), 지금 어디서 오시는가?"

도사와 번 부인은 서로 매우 반가워했다. 장공이 도사에게 그녀가 누구냐고 물었더니 도사가 말했다.

"진군(眞君) 유강의 아내 번 부인이시라네."

당(唐)나라 장경(長慶) 연간(821~824)에 수재(秀才) 배항(裵航) 미 : 배항이 덧붙어 나온다. 은 과거 시험에 낙방해 악저(鄂渚)에서 노닐다가 옛 친구인 최 상국[崔相國 : 최군(崔群)]을 만났는데, 최 상국이 그에게 20만 전을 준 덕분에 배항은 큰 배를 빌려 상한(湘漢)에서 탔다. 배를 같이 타게 된 번 부인(樊夫人)은 경국지색(傾國之色)이었다. 두 사람은 말을 주고받으면서 휘장을 사이에 두고 가까이 있었다. 배항은 비록 친하고자 하는 마음이 간절했지만 대면할 방법이 없었기에 시녀 요연(裊烟)에게 뇌물을 주고 시 한 수를 전해 달라고 부탁했다.

"북호(北胡)와 남월(南越)처럼 동떨어진 이들도 서로를 그리워하건만, 하물며 비단 병풍 너머로 천선(天仙)을 만났음에랴! 만약 그대가 옥경(玉京 : 선부)에 조회하러 가는 중이라면, 그대의 난새와 학을 따라 푸른 구름으로 들어가고 싶네."

시를 보냈건만 오래도록 회답이 없었다. 배항이 여러 차례 요연을 채근하자 요연이 말했다.

"마님께서 시를 보시고도 못 들은 척하시니 어찌합니까?"

배항은 달리 방법이 없어서 도중에 이름난 술과 진귀한 과일을 구해 바쳤더니, 번 부인은 그제야 요연에게 배항을 불러오게 해서 서로 만났다. 휘장을 걷자 번 부인은 옥같이 밝게 빛나고 꽃처럼 고운 자태에 구름이 낮게 드리운 듯한 쪽 찐 머리와 초승달 같은 긴 눈썹을 하고 있었으며 행동거지가 속세를 벗어난 사람 같아서 속세의 사람과 어울릴 것 같지 않았다. 배항이 재배하고 읍(揖)한 뒤 한참 동안 놀라 바라보았더니 번 부인이 말했다.

"소첩은 한남(漢南)에 지아비가 있는데 장차 관직을 버리고 심산유곡에 은거하고자 저를 불러 작별하려고 합니다. 낭군과 같은 배를 타고 함께 가게 된 것은 기쁘지만, 저를 희롱하실 생각은 하지 마십시오."

배항이 말했다.

"감히 그러지 않겠습니다."

배항은 술을 다 마시고 돌아왔다. 번 부인이 나중에 요연에게 시 한 수를 들려 보냈다.

"경장(瓊漿 : 옥액) 한 잔 마시니 온갖 감회 일어나고, 현상(玄霜 : 선약)을 다 찧어야 운영(雲英)을 만나리. 남교(藍橋)가 바로 신선이 모여 있는 곳이니, 어찌 굳이 험한 길로 옥청(玉淸)에 오르랴?"

배항은 읽어 보았지만 시의 뜻을 이해할 수 없었다. 그 후로 더 이상 번 부인을 만나지 못하고 그저 요연을 통해 안부나 물을 뿐이었다. 드디어 양한(襄漢)에 도착하자 번 부인은 시녀에게 화장 상자를 들게 하고는 작별 인사도 하지 않고 떠나 버렸다. 배항은 두루 수소문했으나 끝내 종적을 찾을 수 없었기에 결국 행장을 꾸려 도성으로 돌아갔다. 배항은 남교역(藍橋驛) 부근을 지나다가 목이 몹시 마르자 길을 내려가서 마실 것을 구해 마시고자 했다. 서너 칸짜리 초가집이 보였는데 낮고도 좁아 보였다. 그곳에서 한 노파가 길쌈을 하고 있었는데, 배항이 노파에게 인사하며 마실 것을 청하자 노파가 소리쳤다.

"운영아, 물 한 사발 가져오너라!"

배항은 의아해하면서 번 부인의 시 중에 '운영'이 들어 있는 구절을 떠올렸으나 도무지 영문을 알 수 없었다. 잠시 후 갈대발 아래로 물 사발을 받쳐 든 두 섬섬옥수가 나왔다. 배항이 받아서 마셔 보니 진짜 옥액(玉液)이었고 기이한 향기가 짙게 풍겨 나와 문밖까지 퍼지는 것을 느꼈다. 사발을 돌려주면서 급히 발을 거두었더니 한 여자가 보였다. 그녀는 이슬 향내 머금은 꽃부리 같고 봄에 녹는 눈처럼 고운 자태에 얼굴은 매끈한 옥보다 나았고 머릿결은 짙은 구름 같았으며 얼굴을 가린 채 몸을 숨겼는데, 비록 심산유곡에 숨겨진 붉은 난초라 할지라도 그 화사한 아름다움에 비하기엔 부족했다. 배항은 너무 놀라 발이 땅에 박힌 듯 떠날 수 없었다. 이에 배항이 노파에게 말했다.

"저의 노복과 말이 몹시 굶주려 있으니 원컨대 이곳에서 쉬게 해 주시면 응당 후하게 사례하겠습니다."

노파가 말했다.

"젊은이 편한 대로 하시오."

이에 노복에게 밥을 먹이고 말에게 여물을 먹였다. 한참이 지나서 배항이 노파에게 말했다.

"좀 전에 작은아가씨를 보았는데 화사한 것이 놀랄 만큼이나 아름다워서 머뭇거리며 떠날 수 없으니, 원컨대 후한 예물을 드려 그녀를 아내로 맞이하고 싶은데 그래도 되겠습니까?"

노파가 말했다.

"나는 이제 늙어 병들었고 단지 이 손녀뿐이오. 어제 어떤 신선이 한 약수저의 영단(靈丹)을 주면서, 반드시 100일 동안 옥절구에 그것을 찧고 나서 먹으면 틀림없이 하늘보다 뒤에 늙게 될 것이라고 했소. 당신이 내 손녀를 아내로 맞이하려거든 옥절굿공이와 절구를 구해 오면 틀림없이 손녀를 당신에게 주겠소. 그 밖에 황금과 비단 따위는 나에게 쓸모가 없소."

배항은 감사의 절을 올리며 말했다.

"원컨대 100일을 기한으로 삼아 반드시 그 절굿공이와 절구를 가져올 것이니, 다른 사람에게 허락해서는 안 됩니다."

노파가 대답했다.

"그러겠소."

배항은 아쉬워하며 떠났다. 배항은 도성에 도착한 뒤 과거 시험은 전혀 염두에 두지 않고 그저 방방곡곡 시끌벅적한 길거리에서 소리 높여 옥절굿공이와 절구를 수소문했으나 아무런 성과도 없었다. 혹 친구를 만나더라도 마치 모르는 척했기 때문에 사람들은 그를 미친 사람이라고 말했다. 미 : 사랑에 눈이 멀었다. 몇 달이 지나 옥을 파는 한 노인을 우연히 만났는데 그 노인이 말했다.

"근자에 괵주(虢州)에서 약방을 하는 변 노인(卞老人)의 편지를 받았는데, '옥절굿공이와 절구를 팔고 있다'고 했네. 젊은이가 그것을 이처럼 간절히 구하니, 내가 응당 그대를 위해 편지를 써서 소개해 주겠네."

배항은 노인의 호의에 감사하며 어쩔 줄 몰랐으며, 과연 옥절굿공이와 절구를 찾아냈다. 변 노인이 말했다.

"200민(緡 : 1민은 1000냥)이 아니면 안 되오."

배항은 주머니를 모두 털고 노복과 말을 팔고서야 간신히 그 액수를 맞추었으며, 미 : 진정으로 재물을 가볍게 여길 수 있어야 여색을 좋아하는 데 방해가 되지 않는다. 마침내 혼자 그것을 들고 잰걸음으로 남교역으로 갔다. 예전의 그 노파가 크게 웃으며 말했다.

"이처럼 미더운 선비가 있다니! 내 어찌 손녀를 아껴 당신의 노고에 보답치 않겠소!"

그녀 역시 미소를 지으며 말했다.

"그렇지만 또 저희를 위해 100일 동안 약을 찧어야만 혼인 문제를 의논할 수 있어요."

노파가 허리띠 사이에서 약을 꺼내자 배항은 즉시 그것을 찧었는데 낮에는 찧고 밤에는 쉬었다. 밤이 되면 노파는 약과 절구를 안방에 들여다 놓았는데, 배항은 또 약 찧는 소리가 들리기에 방 안을 엿보았더니 옥토끼가 절굿공이로 절구를 찧고 있었고, 눈처럼 하얀 빛이 방 안을 비춰서 아주 가는 터럭까지도 비춰 볼 수 있을 정도였다. 이에 배항의 의지는 더욱 견고해졌다. 이렇게 하여 기일이 차자, 노파는 기다렸다가 그 약을 삼키며 말했다.

"나는 마땅히 동부(洞府 : 선부)로 들어가서 혼인 소식을 친척들에게 고하고, 배랑(裴郎 : 배항)을 위해 휘장을 준비하겠소."

그러고는 손녀를 데리고 산으로 들어가면서 배항에게 말했다.

"잠시만 이곳에 머물러 주시오."

잠시 후 거마(車馬)와 노복들이 배항을 맞이해 갔는데, 따로 커다란 저택이 구름까지 닿아 있고 진주 문이 햇빛에 빛나고 있는 것이 보였다. 안에는 휘장과 병풍이 있었고 진주와 비취 따위의 진귀한 기물들이 빠짐없이 갖춰져 있는 것이 귀척(貴戚)의 집 같았다. 선동과 시녀가 배항을 데리고 휘장으로 들어가 혼례를 마치자, 배항이 노파에게 절하며 은혜에 감읍했더니 노파가 말했다.

"배랑은 본디 청랭(淸冷) 배 진인[裴眞人 : 배현인(裴玄仁)]의 자손으로 마땅히 세상을 초탈하게 될 운명을 타고났으니, 이 노파에게 너무 미안해할 필요 없소." 미 : 다른 사람의 망령된 생각을 멈추게 한다.

그러고는 배항을 데리고 여러 빈객들을 만났는데 대부분 신선들이었다. 뒤에 있던 선녀는 쪽 찐 머리에 무지개무늬 옷을 입고 있었는데 신부의 언니라고 했다. 배항이 절을 하고 났더니 그 선녀가 말했다.

"배랑은 날 알아보지 못하시겠습니까?"

배항이 말했다.

"예전에 인척간이 아니었기에 어디서 뵈었는지 모르겠습니다."

선녀가 말했다.

"악저에서 함께 배를 타고 돌아와 양한에 이르렀던 일을 기억하지 못하십니까?"

배항은 몹시 놀라며 진심으로 사과의 말을 했다. 나중에 좌우 시종에게 물었더니 말했다.

"그분은 작은아가씨의 언니인 운교부인(雲翹夫人)이신데, 선군(仙君) 유강(劉綱)의 부인으로 이미 고선(高仙)이며 옥황상제의 여선관(女仙官)이십니다." 미 : 운교부인은 여자 쪽 중매인이 될 만하다.

노파는 마침내 배항에게 아내를 데리고 옥봉동(玉峰洞)[87]으로 들어가서 강설(絳雪)과 경영(瓊英)이라는 단약을 복용하게 했는데, 배항은 체성(體性)이 청허해지고 머리카락이 검푸르게 되었으며, 자유자재로 조화를 부리고 속세를 초탈해 상선(上仙)이 되었다. 태화(太和) 연간(827~835)에 이르러 친구 노호(盧顥)가 남교역의 서쪽에서 배항을 만났는데, 배항이 그에게 득도한 일을 얘기해 주면서 남전(藍田)의 미옥 10근과 자부(紫府: 선부)의 운단(雲丹) 한 알을 주고 종일 이야기를 나누었으며, 그에게 자신의 친척들에게 편지를 전달하게 했다. 노호가 머리를 조아리며 말했다.

　"인형(仁兄)은 이미 득도했으니 한 말씀 가르침을 주시길 청합니다."

　배항이 말했다.

　"노자(老子)가 말하길, '그 마음을 비우고 그 배를 채우라'고 했네. 하지만 지금 사람들은 마음을 더욱 채우기만 하니 어떻게 득도할 리가 있겠는가?" 미: 양(陽)을 비우고 음(陰)을 채우며 선(善)을 비우고 우(愚)를 채워야 하니, 만약 순간순간 선을 향하면 도리어 청허함을 느끼게 된다.

---

87) 옥봉동(玉峰洞): 화산(華山) 옥녀봉(玉女峰)의 동부(洞府).

노호가 망연해하자 배항이 그에게 말했다.

"마음에 망령된 생각이 많으면 배에 가득한 정기가 흘러 넘치는 법이니, 그 허실을 가히 알 수 있네. 무릇 사람은 스스로 불사의 도술을 지니고 있지만, 자네는 아직 당장 가르쳐 줄 수 없으니 다른 날 얘기하도록 하세."

노호는 더 이상 청할 수 없음을 알고 그저 연회가 끝나기를 기다렸다가 떠났다. 후세 사람들 중에 배항을 만난 이는 없다.

樊夫人者, 劉綱妻也. 綱仕爲上虞令, 有道術, 能檄召鬼神, 禁制變化之事. 亦潛修密證, 人莫能知. 爲理尙淸靜簡易, 民受其惠, 無水旱疫毒鷙暴之傷. 暇日, 常與夫人較術. 庭中兩株桃, 各咒一株, 使相鬪擊. 良久, 綱所咒者不如, 數走出籬外. 綱唾盤中, 卽成鯉魚, 夫人唾盤中, 成獺, 食魚. 綱與夫人入四明山, 路阻虎, 綱禁之, 虎伏不敢動, 夫人以繩繫虎於床脚下. 綱每共試術, 事事不勝. 將升天, 縣廳側先有大皂莢樹, 綱升樹數丈, 方能飛擧, 夫人平坐, 冉冉如雲氣之升, 同升天而去. 後至唐貞元中, 湘潭有一媼, 不云姓字, 但稱湘媼. 常居止人舍, 以丹篆文字救疾如神. 鄕人敬之, 欲爲搆華屋數間, 媼曰: "不然. 但土木其宇, 是所願也." 媼鬢翠如雲, 肥潔如雪, 策杖曳履, 日可數百里. 忽遇里人女, 名曰逍遙, 年二八, 艶美, 携筐採菊, 向媼瞪視不移. 媼目之曰: "汝愛我, 可同去否?" 逍遙欣然擲筐, 斂袵稱弟子, 從媼歸室. 父母追及, 以杖擊之, 叱而返舍. 逍遙竊索自縊, 父母度不可制, 遂捨之. 復詣媼, 但掃塵易水, 焚香讀道經而已. 後月餘，嫗白鄉人曰："某暫之羅浮，扃其戶，慎勿開也."如是三稔，嫗歸，召鄉人同開鎖，見逍遙憴坐於室，貌若平日，唯蒲履爲竹稍串於棟字間．嫗遂以杖叩地曰："吾至，汝可覺."逍遙如寐醒，方起，將欲拜，忽遺左足，如刖於地．嫗遽令無動，拾足勘膝，噀之以水，乃如故．鄉人大駭，敬之．一日，嫗忽告鄉人曰："吾欲往洞庭救百餘人，誰有心爲我設船一隻，可同觀之."有富人張拱，請具舟檝，自駕送之．欲至洞庭前一日，有大風濤，壓一巨舟，沒於君山島上而碎．載數十家，近百餘人，然不至損，未有舟檝來救，各星居於島上．忽有一白黿，長丈餘，遊於沙上，數十人搗殺，分食其肉．明日，有城如雪，圍繞島上，其城漸窄狹，島上人忙怖號叫，束其人爲篠，又不可攀援，勢已緊急．岳陽之人，亦遙睹雪城，莫能曉也．時嫗舟已至岸，嫗遂登島，步罡，噀水飛劍而刺之，聲如霹靂，城遂崩．乃一大白黿，長十餘丈，蜿蜒而斃，劍立其胸．遂救百餘人之命，島上人咸號泣禮謝．忽有道士與嫗相遇，曰："樊姑，爾許時何處來？"甚相慰悅．拱詰之，道士曰："劉綱眞君之妻樊夫人也."

唐長慶中，有裴航秀才，眉：裴航附見．因下第遊鄂渚，謁故舊崔相國，贈錢二十萬，因傭巨舟，載於湘漢．同載有樊夫人，乃國色也．言詞問接，帷帳昵洽．航雖親切，無計會面，因賂侍妾袅烟，求達詩一章曰："同爲胡越猶懷想，況遇天仙隔錦屛！倘若玉京朝會去，願隨鸞鶴入青雲."詩往，久而無答．航數詰袅烟，烟曰："娘子見詩若不聞，如何？"航無計，因在道求名醞珍果而獻之．夫人乃使袅烟召航相識．乃褰帷，而玉瑩光寒，花明麗景，雲低鬢鬢，月淡修眉，舉止烟霞外人，不與塵俗爲偶．航再拜揖，愕眙良久，夫人曰："妾有夫在漢南，將欲棄官幽棲岩谷，召某一訣耳．喜與郎君同舟共濟，無以諧謔爲意."航曰："不敢."飲訖而歸．夫人後使袅烟持詩一章曰:"一飲瓊漿百感生,玄霜搗盡見雲英.藍橋便是神仙窟,何必崎嶇上玉清?"航覽之,亦不能洞達詩之旨.後更不復見,但使裊烟達寒暄而已.遂抵襄漢,與使婢挈妝奩,不告辭而去.航遍訪之,竟無踪兆,遂飾裝歸輦下.經藍橋驛側近,因渴甚,遂下道求漿而飲.見茅屋三四間,低而復隘.有老嫗緝蔴苧,航揖之求漿,嫗咄曰:"雲英,擎一甌漿來!"航訝之,憶樊夫人詩有雲英之句,深不自會.俄於葦箔之下,出雙玉手捧瓷.航接飲之,真玉液也,但覺異香氤氳,透於戶外.因還甌,遽揭箔,睹一女子.露裛瓊英,春融雪彩,臉欺膩玉,鬢若濃雲,掩面蔽身,雖紅蘭之隱幽谷,不足比其芳麗也.航驚怛,植足而不能去.因白嫗曰:"某僕馬甚饑,願憩於此,當厚答謝."嫗曰:"任郎君自便."遂飯僕秣馬.良久謂嫗曰:"向睹小娘子,艷麗驚人,所以躊躇不捨,願納厚禮娶之,可乎?"嫗曰:"我今老病,祇此女孫,昨有神仙,遺靈丹一刀圭,但須玉臼搗之百日,方可就吞,當得後天而老.君約取此女者,得玉杵臼,吾當與之.其餘金帛,吾無用處."航拜謝曰:"願以百日爲期,必携杵臼至,更無他許人."嫗曰:"然."航恨恨而去.及至京國,殊不爲舉事爲意,但於坊曲喧衢,高聲訪玉杵臼,曾無影響.或遇朋友,若不相識,衆言爲狂人.眉:情癡.數月,或遇一貨玉老翁曰:"近得虢州藥鋪卞老書,云有玉杵臼貨之.郎君懇求如此,吾當爲書導達."航愧荷珍重,果獲杵臼.卞老曰:"非二百緡不可得."航乃瀉囊,兼貨僕貨馬,方及其數,眉:真能輕財,不妨重色.遂步驟獨挈而抵藍橋.昔日嫗大笑曰:"有如是信士乎!吾豈愛惜女子,而不酬其勞哉!"女亦微笑曰:"雖然,更爲吾搗藥百日,方議姻好."嫗於襟帶間解藥,航卽搗之,晝爲而夜息.夜則嫗收藥臼於內室,航又聞搗藥聲,因窺之,有玉兔持杵臼,而雪光輝室,可鑒毫芒.於是航意愈堅.如此日足,嫗待而呑之曰: "吾當入洞而告親戚, 爲裴郎具帳帷." 遂挈女入山, 謂航曰: "但少留此." 逡巡, 車馬僕隷, 迎航而往, 別見一大第連雲, 珠扉晃日. 內有帳幄屛幃, 珠翠珍玩, 莫不臻至, 如貴戚家焉. 仙童侍女, 引航入帳就禮訖, 航拜嫗, 悲泣感荷, 嫗曰: "裴郎自是淸冷裴眞人子孫, 業當出世, 不足深愧老嫗也." 眉: 息他人妄想. 及引見諸賓, 多神仙中人. 後有仙女, 鬟髻霓衣, 云是妻姊. 航拜訖, 女曰: "裴郎不相識耶?" 航曰: "昔非姻好, 不醒拜侍." 女曰: "不憶鄂渚同舟回而抵襄漢乎?" 航深驚怛, 懇悃陳謝. 後問左右, 曰: "是小娘子之姊雲翹夫人, 劉綱仙君之妻也, 已是高眞, 爲玉皇之女吏." 眉: 雲翹可贈女媒. 嫗遂遣航將妻入玉峰洞中, 餌以絳雪瓊英之丹, 體性淸虛, 毛髮紺綠, 神化自在, 超爲上仙. 至太和中, 友人盧顥遇之於藍橋驛之西, 因說得道之事, 遂贈藍田美玉十斤·紫府雲丹一粒, 叙話永日, 使達書於親愛. 盧顥稽顙曰: "兄旣得道, 乞一言敎授." 航曰: "老子曰: '虛其心, 實其腹.' 今之人, 心愈實, 何由得道?" 眉: 陽虛陰實, 善虛愚實, 若念念向善, 轉覺淸虛矣. 盧子憮然, 而語之曰: "心多妄想, 腹滿精溢, 卽虛實可知矣. 凡人自有不死之術, 但子未便可敎, 異日言之." 盧子知不可請, 但終宴而去. 後世人莫有遇.

* 이 고사는 《태평광기》 권60 〈여선·번부인〉과 권50 〈신선·배항(裴航)〉에 실려 있다.

9-10(0152) 포고

포고(鮑姑)

출《전기》

　　최위(崔煒)는 옛 감찰어사(監察御史) 최향(崔向)의 아들로 시(詩)로써 이름이 알려졌다. [당나라] 정원(貞元) 연간(785~805)에 남해군(南海郡)의 종사(從事)로 벼슬을 마치고 그곳에서 살았다. 최위는 호협을 숭상해 가산을 돌보지 않았기에 몇 년 되지 않아 재산을 모두 탕진하고 대부분 불사(佛舍)에 얹혀살았다. 중원절(中元節:음력 7월 15일)에 번우현(番禺縣) 사람들은 불사에 진귀한 음식을 많이 차려 놓았으며, 개원사(開元寺)에는 온갖 기예인들이 몰려들었다. 최위가 이를 구경하다가 보았더니, 걸식하는 한 노파가 넘어져서 다른 사람의 술동이를 엎어 버리자 술집 주인이 그 노파를 때렸는데, 그 값을 계산해 보니 겨우 엽전 한 꿰미밖에 되지 않았다. 최위는 노파를 가엾게 여겨 자신의 옷을 벗어 술값을 대신 물어 주었는데, 노파는 고맙다는 말도 없이 가 버렸다. 노파가 다른 날 다시 최위를 찾아와서 말했다.

　　"그대가 나를 곤란한 지경에서 벗어나게 해 주어 고마웠소. 나는 뜸으로 혹을 잘 치료하는데, 내게 지금 월정강(越井岡)의 쑥이 좀 있어서 그대에게 줄 테니, 혹이 난 사람을 만나면 한 심지만 사용하시오. 그러면 병이 나을 뿐만 아니라 아름다운 여인도 얻게 될 것이오."

최위가 웃으면서 그것을 받자마자, 노파는 별안간 사라져 보이지 않았다. 며칠 뒤에 최위는 해광사(海光寺)에 놀러 갔다가 귀에 혹이 난 노승 미 : 이 노승은 사람인가? 귀신인가? 신선인가? 을 만났다. 그래서 최위는 쑥을 꺼내 시험 삼아 뜸을 떠 보았는데, 과연 그 노파의 말대로 되었다. 노승은 매우 감사하며 최위에게 말했다.

"빈도(貧道)는 보답할 것이 없지만, 이 산 아래에 사는 임씨(任氏)라는 노인이 굉장히 많은 돈을 가지고 있는데 그 역시 이 병을 앓고 있으니, 편지를 써서 그에게 소개해 드리겠습니다."

임씨 노인은 그 말을 듣고 뛸 듯이 기뻐하며 예의를 갖춰 아주 공손하게 청했다. 최위가 쑥을 꺼내 한 번 뜸을 뜨자 병이 나았다. 그러자 임씨 노인이 최위에게 말했다.

"당신이 제 고통을 낫게 해 주셔서 감사하니 돈 10만 냥을 당신에게 드리겠습니다. 아무쪼록 편안하게 지내시고 급히 떠나지는 마십시오."

그래서 최위는 그곳에 머물렀다. 최위는 악기 연주에 뛰어났는데, 주인집 당 앞에서 울려 퍼지는 금(琴) 소리를 듣고 가동에게 물었더니 가동이 대답했다.

"주인어른의 따님입니다."

최위가 그 금을 빌려서 연주했더니 임씨의 딸이 몰래 듣고 최위를 마음에 두었다. 당시 임씨 노인의 집에서는 독각신(獨脚神)이라는 귀신을 섬기고 있었는데, 반드시 3년마다 한 사람을 죽여 제사를 지내야 했다. 제사 지낼 시기는 이미 임박했으나 제물로 바칠 사람을 구하지 못했다. 임씨 노인은 갑자기 마음이 변해 아들을 불러 계책을 꾸미며 말했다.

"문하의 객[최위]은 가족이 없으니 그를 제물로 삼는 것이 좋겠다. 내가 듣기에 큰 은혜도 도리어 갚지 않는다고 하던데, 하물며 작은 병을 치료한 것쯤이야!"

마침내 신에게 바칠 음식을 준비하게 하고, 밤이 깊어지면 최위를 죽일 작정이었다. 이미 최위가 거처하고 있는 방의 빗장을 몰래 걸어 두었으나 최위는 눈치채지 못했다. 임씨의 딸이 은밀히 그 사실을 알고 몰래 창틈으로 최위에게 그 사실을 알리고 아울러 그에게 칼을 주어 창문을 부수고 달아나게 했다. 최위는 두려움에 식은땀을 흘리면서 칼을 휘둘러 창틀을 잘라 내고 뛰쳐나왔다. 미 : 정황이 한바탕의 악몽 같다. 잠시 후에 임씨 노인은 최위가 도망간 사실을 알아차리고 10여 명의 가동을 거느리고 횃불을 든 채 6~7리를 쫓아갔다. 거의 따라잡을 때쯤 최위가 길을 잃고 실족해 커다란 마른 우물 속으로 떨어지는 바람에 뒤쫓던 사람들은 그 종적을 잃어버리고 돌아갔다. 최위는 비록 우물에 떨어졌지만 바닥에 마른 나뭇잎이 수북이 쌓여 있어서 다치지 않았다. 날이 밝자 주위를 살펴보았더니, 깊이가 100장(丈)도 넘는 커다란 동굴이었고 빠져나갈 방법도 없었다. 사방에 구불구불 빈 공간이 있었는데, 1000명은 수용할 수 있을 정도였다. 동굴 안에 흰 뱀 한 마리가 똬리를 틀고 있었는데 길이가 몇 장은 되어 보였다. 그 앞에는 돌절구가 있었고 바위 위에서 엿이나 꿀 같은 물체가 아래로 떨어졌는데, 그것이 절구 안으로 흘러들어 가면 뱀이 마셨다. 최위는 그 뱀이 기이하다는 것을 알아채고 머리를 조아리며 빌었다.

"용왕님, 저는 불행하게도 이곳에 떨어지게 되었는데, 원컨대 저를 불쌍히 여기시고 부디 해치지 말아 주십시오!"

최위는 뱀이 먹고 난 나머지 액을 마셨는데 또한 배고프거나 목마르지 않았다. 최위가 뱀의 주둥이를 자세히 살펴보았더니 거기에도 혹이 나 있었다. 최위는 뱀이 자신을 불쌍히 여겨 준 것에 감동해 뜸을 떠서 고쳐 주려 했지만 어떻게 불을 구할 데가 없었다. 그런데 한참 후에 멀리서 불씨가 굴로 날아들어 왔다. 최위가 쑥을 태우고 뱀에게 아뢴 다음 뜸을 떠 주었더니 혹이 그 즉시 땅에 떨어졌다. 뱀은 먹고 마실 때마다 혹이 오랫동안 방해가 되었는데 그것이 없어지자 자못 편안해졌다. 그래서 뱀이 직경 1촌쯤 되는 구슬을 토해 내 최위에게 보답했는데, 최위는 그것을 받지 않고 뱀에게 아뢰었다.

"용왕께서는 음양을 예측할 수 없게 하시고, 마음대로 신묘한 변화를 보이기도 하시니, 곤경에 빠진 저를 구해 주실 방법이 틀림없이 있을 것입니다. 만약 저를 데려가서 인간 세상으로 돌아가게 해 주신다면, 그 은혜를 피부에 깊이 새기겠습니다. 보물 같은 것은 원치도 않습니다."

뱀은 결국 구슬을 다시 삼키고 꿈틀거리면서 장차 어디론가 가려고 했다. 최위는 재배하고 그 위에 올라타고 떠났다. 뱀은 동굴 입구로 가지 않고 그저 동굴 속에서 몇십 리를 갔다. 동굴 속은 칠흑같이 어두웠지만 뱀의 눈빛이 양쪽 벽을 비추었다. 때때로 벽에 그려진 옛 장부의 모습이 보이기도 했는데 모두 관대(冠帶)를 착용하고 있었다. 마지막으로 한 돌문을 건드렸는데, 문에는 황금 짐승이 문고리를 물고 있었으며 환하게 밝았다. 뱀은 머리를 숙이고 더는 나아가지 않고 최위를 내려놓았다. 최위는 이미 인간 세상에 이르렀다고 생각하고 그 문으로 들어가서 보았더니, 100여 보(步) 정도의 넓은 방 하나가 보였다. 동굴의 사방 벽은 모두 방 모양으로 파져 있었다. 그 가운데 몇 칸은 수놓은 비단 휘장이 걸려 있었는데, 자색 바탕에 금가루가 뿌려져 있고 또 진주와 비취로 꾸며져 있어서 마치 샛별을 연이어 매달아 놓은 것처럼 찬란히 빛났다. 휘장 앞에는 황금 향로가 있었는데, 향로 위에 교룡과 난새·봉황, 거북과 뱀, 제비와 참새가 새겨져 있었으며, 모두 입을 벌리고 향연(香烟)을 뿜어내고 있어서 향기가 자욱했다. 그 옆에는 작은 연못이 있었는데, 황금 벽돌로 쌓고 수은을 채웠으며, 오리와 갈매기 등은 모두 보옥을 조각해 만들어 띄워 놓았다. 사방 벽에는 침상이 있었는데, 모두 무소의 뿔과 상아로 장식했고 그 위에는 기록할 수 없을 정도로 많은 금슬(琴瑟)·생황(笙簧)·도고(鼗鼓)88)·축어(柷敔)89)가 있었다. 최위가 자세히 살펴보니 악기에 묻어 있는 손때가 아직 새것이었다. 최위는 어리둥절해 이곳이 어느 동부(洞府 : 선부)인지 알 수 없었다. 한참 후에 그는 금(琴)을 들어 시험 삼아 줄을 퉁겨 보았더니, 사방의 벽에 있는 방문이 모두 열리면서 어린 하녀가 나와 웃으며 말했다.

"옥경자(玉京子)께서 벌써 최씨 댁 도련님을 보내셨네요."

그러고는 다시 안으로 달려 들어갔다. 잠시 후에 여자 네 명이 나왔는데, 모두 옛날식으로 머리를 쪽 쪄 올리고 예상의(霓裳衣)90)를 걸치고 있었다. 여자들이 최위에게 말했다.

---

88) 도고(鼗鼓) : 북자루를 잡고 돌리면 양쪽 끝에 매단 구슬이 북면을 치게 만든 작은 북.
89) 축어(柷敔) : 고대 악기명. '축'은 두(斗) 모양으로 생긴 목제 타악기로 음악을 시작할 때 연주하고, '어'는 엎드린 범 모양으로 생긴 목제 타악기로 음악을 마칠 때 연주한다.
90) 예상의(霓裳衣) : 신선의 의복. 신선이 구름 문양의 옷을 입은 데서

"최생은 어찌하여 함부로 황제의 현궁(玄宮)에 들어오셨습니까?"

최위가 곧장 금을 내려놓고 재배하자 여자들도 답배했다. 최위가 말했다.

"이곳이 황제의 현궁이라면 황제께서는 어디에 계십니까?"

여자들이 말했다.

"잠시 축융(祝融)91)의 잔치에 가셨습니다."

여자들이 최위에게 걸상에 앉아 금을 타게 하자, 최위가 곧바로 〈호가(胡笳)〉를 연주했더니 여자들이 말했다.

"무슨 곡입니까?"

최위가 말했다.

"〈호가〉입니다."

여자들이 말했다.

"무엇을 〈호가〉라고 합니까? 저희들은 잘 모르겠습니다."

최위가 말했다.

"한(漢)나라의 채문희[蔡文姬 : 채염(蔡琰)]는 중랑(中

연유했다.
91) 축융(祝融) : 전설 속 화신(火神)으로 전욱(顓頊)의 손자라고 한다.

郎) 채옹(蔡邕)의 딸로, 오랑캐 땅에 붙잡혀 있다가 돌아오게 되었을 때 오랑캐 땅에서의 옛일을 생각하며 금을 뜯어 이 곡을 만들었는데, 마치 오랑캐들이 갈잎 피리를 불 때 나는 그런 애절한 소리와 비슷합니다."

여자들이 모두 기뻐하며 말했다.

"정말 새로운 곡입니다."

그러고는 술을 따라 잔을 돌리게 했다. 이윽고 최위는 머리를 조아리고 인간 세상으로 돌아갈 것을 청했는데, 그 뜻이 자못 간절하자 여자들이 말했다.

"최생께서 이곳에 오신 것도 다 숙명인데, 어찌 그리 급하게 떠나려 하십니까? 잠시 이곳에 머물러 계십시오. 양성(羊城)의 사자가 잠시 후에 올 것이니 그때 따라가셔도 됩니다."

다시 최생에게 말했다.

"황제께서 이미 전 부인(田夫人)에게 당신을 모시라고 허락하셨으니 만나 보시는 것이 좋겠습니다."

최생은 영문을 알 수 없었기 때문에 감히 대답하지 못했다. 여자들이 시녀에게 명해 전 부인을 모셔 오라 했는데, 전 부인은 오지 않으려 하면서 말했다.

"아직 황제의 조서를 받지 못했으니 최씨 댁의 도련님을 감히 만날 수 없습니다."

다시 명을 내렸으나 전 부인은 오지 않았다. 여자들이 최위에게 말했다.

"전 부인은 세상에 짝할 만한 사람이 없을 정도로 현덕하고 아름답습니다. 군자께서 전 부인을 잘 받드시길 바라니, 이것도 전생에 맺어진 인연 때문입니다. 전 부인은 바로 제왕(齊王)의 딸입니다."

최생이 말했다.

"제왕이 누구십니까?"

여자들이 말했다.

"왕의 휘(諱)는 횡(橫)92)이며, 옛날 한나라 초에 한나라가 제나라를 멸망시키자 해도(海島)로 달아나 살았던 분이십니다."

잠시 후에 해그림자가 들어와 좌중을 비추었다. 최위가 머리를 들어 위로 굴을 쳐다보니 아득히 인간 세상의 은하수가 보였다. 네 여자가 말했다.

"양성의 사자가 도착한 모양입니다."

마침내 흰 양 한 마리가 공중에서 유유히 내려오더니 순식간에 그 자리에 이르렀다. 양의 등에는 장부 한 사람이 타고 있었는데, 의관이 단정하고 큰 붓을 들었으며 전서체(篆

---

92) 횡(橫) : 전횡(田橫). 한나라 초에 한신(韓信)이 제(齊)나라를 멸망시키자 전횡은 무리 500명을 이끌고 해도로 가서 스스로 제왕(齊王)이 되었다.

書體)의 글자가 위에 적혀 있는 푸른 죽간 한 통을 향안(香案) 위에 바쳤다. 네 여자가 시녀에게 죽간을 읽게 했다.

"광주자사(廣州刺史) 서신(徐紳)이 죽었기에 안남도호(安南都護) 조창(趙昌)으로 교체 임명한다."

여자들은 술을 따라 사자에게 마시게 하면서 말했다.

"여기 최생께서 번우현으로 돌아가고 싶어 하시니 그대가 모시고 갔으면 합니다."

사자는 그렇게 하겠다고 대답하고 최위를 돌아보며 말했다.

"훗날 반드시 이 사자에게 옷을 갈아입혀 주고 집을 단장해 수고에 보답하셔야 합니다."

최위는 그저 예! 예! 하고 대답했다. 네 여자가 말했다.

"황제께서 낭군께 국보인 양수(陽燧)[93]를 드리라는 칙령을 내리셨습니다. 이것을 가지고 그곳으로 가시면 틀림없이 호인(胡人)이 10만 민(緡 : 1민은 1000냥)을 주고 바꿔 갈 것입니다."

그러고는 시녀에게 옥함을 열고 양수 구슬을 꺼내 최위에게 주라고 했다. 최위는 재배하고 그것을 받으면서 네 여

---

[93] 양수(陽燧) : 옛날에 햇빛을 받아 불을 피울 때 사용하던 거울 모양의 도구.

자에게 말했다.

"저는 황제를 알현한 적도 없고 또 친족도 아닌데, 어찌 난데없이 이와 같은 것을 하사하신단 말입니까?"

여자들이 말했다.

"낭군의 선친께서 월대(越臺)[94]에 시를 써 놓으셨는데, 그 시가 서신을 감동시켜 결국 그 일로 인해 월대를 중수하게 되었답니다. 황제께서 이에 감격하시어 또한 화답시를 지으셨으니, 구슬을 하사하신 뜻은 이미 시 속에 드러나 있습니다."

최위가 말했다.

"황제의 어떤 시인지 모르겠습니다."

여자는 시녀에게 명해 양성 사자의 붓대 위에 쓰게 했다.

"천 년 동안 황폐해진 누대 길모퉁이에 무너져 있었는데, 태수(太守)의 한 번 수고로 다시금 단장하게 되었네. 그대의 돌봐 주신 마음에 너무나도 감격해, 아름다운 부인과 빛나는 구슬로 그대에게 보답하리."

최위가 말했다.

"황제의 본래 성씨와 자호는 어떻게 되십니까?"

---

94) 월대(越臺) : 한나라 초에 남월왕(南越王) 조타(趙佗)가 건축한 월왕대(越王臺).

여자들이 말했다.

"나중에 저절로 아시게 될 것입니다."

여자들이 최위에게 말했다.

"중원절에 광주 포간사(蒲澗寺)의 정실(靜室)에 좋은 술과 풍성한 음식을 차려 놓으시면, 저희들이 반드시 전 부인을 모시고 가겠습니다."

최위는 마침내 재배하고 작별을 고한 뒤 양성 사자가 타고 온 양의 등에 타려고 했다. 그때 여자가 말했다.

"포고(鮑姑)의 쑥을 가지고 있는 것을 알고 있으니 조금만 남겨 두고 가세요."

최위는 쑥을 남겨 두긴 했지만 포고가 누군지는 몰랐다. 순식간에 굴을 나와서 평지를 밟았더니 사자와 양은 온데간데없었다. 은하수를 바라보니 시간이 이미 오경이 지나 있었다. 이윽고 포간사의 종소리가 들리는가 싶더니 마침내 절에 도착했다. 스님이 아침 죽을 주기에 최위는 그것을 먹고 마침내 광주로 돌아갔다. 최위는 이전에 집을 세 들어 살았는데, 도착하던 날 그 집에 갔더니 집주인이 최위에게 말했다.

"그대는 대체 어디에 갔었기에 3년이나 돌아오지 않았소?"

최위는 사실대로 말하지 못했다. 방문을 열었더니 먼지 낀 걸상이 그대로 있었기에 자못 가슴이 저려 왔다. 자사의 일에 대해 물어보았더니 과연 서신이 죽고 조창이 그 후임으로 왔다고 했다. 최위는 당장 파사(波斯 : 페르시아) 상점으로 가서 몰래 그 양수 구슬을 팔았다. 어떤 늙은 호인이 그 구슬을 보자마자 무릎을 꿇고 예를 다해 손으로 받으며 말했다.

"젊은이는 남월왕(南越王) 조타(趙佗)95)의 무덤에 들어갔다 온 것이 분명하오. 그렇지 않았다면 절대로 이 보물을 손에 넣을 수 없었을 것이오."

대개 조타가 죽었을 때 그 구슬을 부장품으로 썼기 때문이었다. 이에 최위는 사실대로 상세히 일러 주고 나서야 황제가 조타이고 조타도 일찍이 남월무제(南越武帝)라고 칭했기 때문임을 비로소 알게 되었다. 호인은 마침내 10만 민의 돈을 내고 구슬과 바꿔 갔다. 최위가 호인에게 캐물었다.

"어떻게 이것을 알아보셨소?"

호인이 말했다.

"이것은 우리 대식국(大食國 : 아라비아)의 보물인 양수 구슬입니다. 옛날 한나라 초에 조타가 이인(異人)에게 산을 오르고 바다를 건너가서 이 보물을 훔쳐 번우로 돌아오게

---

95) 조타(趙佗) : 진(秦)나라 때 남해현위(南海縣尉)로 있다가 진나라가 망하자 스스로 남월무왕(南越武王)이 되었으며, 나중에 한나라 고조(高祖)에 의해 남월왕에 책봉되었다.

했는데 지금으로부터 천 년이나 되었습니다. 우리나라에 현상(玄象 : 천문)에 능한 사람이 있는데 내년에 국보가 틀림없이 돌아올 것이라고 하더군요. 그래서 우리 왕께서 저를 불러 커다란 배에 많은 재물을 싣고 번우로 가서 찾아보라고 하셨는데, 오늘 과연 보물을 얻게 되었습니다."

그러고는 옥액(玉液)을 꺼내 보물을 씻으니 그 빛이 방 안 전체를 비추었다. 호인은 급히 배를 띄워 대식국으로 돌아갔다. 최위는 돈을 얻어 마침내 가산을 일구었다. 양성 사자를 수소문했으나 끝내 그에 관한 아무런 소식도 없었다. 나중에 일이 있어 성황묘(城隍廟)에 갔다가 문득 보았더니, 신상(神像) 중에 양성 사자와 비슷하게 생긴 것이 있었고 또 신필(神筆) 위에 적혀 있는 작은 글자를 보았는데, 바로 시녀가 쓴 것이었다. 최위는 술과 포를 준비해서 제사를 지내고 아울러 신상을 다시 단장하고 성황묘도 확장해 주었다. 그제야 최위는 양성이 곧 광주성(廣州城)이고 사당 안에 다섯 마리 양이 있다는 사실을 알게 되었다. 미 : 살펴보니 현위(縣尉) 조타가 처음 광주성을 축조할 때 다섯 선인이 다섯 색깔의 양을 타고 이곳에 왔기 때문에 양성이라 이름 붙인 것이다. 또 임씨 노인의 집을 찾아갔더니 마을 노인이 말했다.

"이곳은 남월현위(南越縣尉) 임효(任囂)[96]의 묘입니다."
미 : 전횡·조타·임효는 모두 신선인가? 어찌 이런 환상적인 인연이 있단 말인가!

최위는 또 월왕의 전각과 누대에 올라 선친이 써 놓은 시를 보았다.

"월정강(越井岡) 꼭대기엔 송백이 늙어 가고, 월왕대(越王臺) 위엔 가을 풀 자랐구나. 옛 무덤은 오랜 세월 돌보는 자손 없으니, 시골 사람들이 밟고 지나가 큰길이 생겨났네."

그곳을 관리하는 사람에게 물었더니 관리인이 말했다.

"대부(大夫) 서신이 이 누대에 올랐다가 최 시어(崔侍御 : 최향)의 시에 느낀 바가 있어 누대와 전각을 다시 단장했기에 이렇게 빛나게 되었습니다."

그 후에 중원절이 다가오자 최위는 제사 음식과 단술을 정갈하고 풍성하게 준비해서 포간사의 승방에 머물렀다. 밤이 깊어 자정이 다가오자 과연 네 여자가 전 부인을 데리고 왔는데, 용모와 행동거지가 곱고 빼어났다. 네 여자는 최생에게 술잔을 건네며 담소를 나누다가 새벽녘에 작별하고 떠났다. 최생은 월왕에게 보낼 서신을 주면서 공손하게 감사를 표했다. 마침내 최위는 전 부인과 함께 집으로 돌아와서 전 부인에게 물었다.

---

96) 임효(任囂) : 진시황(秦始皇) 때 남해현위를 지냈고 나중에 조타의 심복이 되었다.

"당신은 제왕(齊王)의 딸이면서 어떻게 남월 사람의 부인이 되었소?"

전 부인이 말했다.

"우리 나라가 부서지고 집이 망하자 저는 월왕에게 사로잡혀 그의 빈(嬪)이 되었습니다. 월왕이 죽은 뒤에 순장되었는데 지금이 어느 때인지 알지 못합니다. 역생(酈生 : 역이기)97)을 삶아 죽인 일을 본 것이 마치 어제 같습니다."

그러면서 옛일을 떠올릴 때마다 눈물을 주르륵 흘렸다. 최위가 물었다.

"네 여자들은 누구요?"

전 부인이 말했다.

"그 가운데 두 명은 구월왕(甌越王) 요(搖)98)가 바치고 나머지 두 명은 민월왕(閩越王) 무저(無諸)99)가 바친 사람

---

97) 역생(酈生) : 역이기(酈食其). 그는 언변이 뛰어나 유방(劉邦)을 설복했으며, 한나라를 위해 제왕(齊王)을 설득하기도 했다. 그러나 한신(韓信)이 그를 질투해 갑자기 병사를 일으켜 제나라를 습격하자 제왕은 역이기가 매수되었다고 생각해 그를 삶아 죽였다.

98) 요(搖) : 월왕(越王) 구천(句踐)의 후예로, 동월족(東越族)을 이끌고 유방을 도와 항우(項羽)를 격퇴했으며 나중에 한 혜제(惠帝) 때 동해왕(東海王)에 봉해졌다.

99) 무저(無諸) : 월왕 구천의 후예로, 유방을 도와 초(楚)를 멸망시킨 공으로 민월왕에 봉해졌다.

들로 모두 함께 순장되었습니다."

최위가 또 물었다.

"이전에 네 여자가 말한 포고란 사람은 누구요?"

전 부인이 말했다.

"포고는 포정(鮑靚)의 딸로 갈홍(葛洪)의 부인인데, 주로 남해에서 뜸 뜨는 일을 합니다."

최위는 비로소 예전에 만났던 노파가 포고임을 깨닫고서 놀랄 따름이었다. 또 물었다.

"흰 뱀을 옥경자라 부르는 것은 무슨 이유요?"

전 부인이 말했다.

"옛날에 안기생(安期生)[100]이 오랫동안 그 용을 타고 옥경(玉京 : 천제의 도성)에 조회하러 갔기 때문에 옥경자라 부르게 되었지요." 미 : 임씨 노인의 딸의 행방은 보이지 않으니 애석하도다!

최위는 이전에 굴에서 용이 마시고 남긴 액을 마셨기 때문에 피부가 젊어지고 부드러워졌으며 몸이 가볍고 건강해졌다. 후에 최위는 남해에서 10여 년을 살다가 마침내 돈을 나눠 주고 가산을 정리한 뒤 도문(道門)에 마음을 두었다.

---

[100] 안기생(安期生) : 전설 속 신선으로 진시황이 동쪽을 유람할 때 그와 사흘 동안 담론했으며, 진시황이 준 수많은 금은보화를 받지 않고 사라졌다고 한다.

그러고는 부인을 데리고 나부산(羅浮山)으로 가서 포고를 찾았는데, 그 후로 결국 어디로 갔는지 알 수 없었다.

崔煒者, 故監察向之子也, 有詩名. 貞元中, 仕終南海從事, 遂居焉. 性尙豪俠, 不事家産, 不數年, 財業殫盡, 多棲止佛舍. 時中元日, 番禺人多陳設珍異於佛廟, 集百戲於開元寺. 煒因窺之, 見乞食老嫗, 因蹶而覆人之酒甕, 當壚者毆之, 計其直僅一緡耳. 煒憐之, 脫衣爲償其所直, 嫗不謝而去. 異日又來告煒曰: "謝子爲脫吾難. 吾善灸贅疣, 今有越井岡艾少許奉子, 每遇疣贅, 秖一炷耳. 不獨愈苦, 兼獲美艷." 煒笑而受之, 嫗倐不見. 後數日, 因遊海光寺, 遇老僧 眉: 此老僧者, 人耶? 鬼耶? 仙耶? 贅於耳. 煒因出艾試灸之, 而如其說. 僧感甚, 謂煒曰: "貧道無以奉酬, 此山下有任翁者, 藏鏹巨萬, 亦有斯疾, 請爲書導之." 任翁一聞喜躍, 禮請甚謹. 煒因出艾, 一蓺而愈. 任翁告煒曰: "謝君子痊我所苦, 有錢十萬奉子. 幸從容, 無草草而去." 煒因留彼. 煒善絲竹, 聞主人堂前彈琴聲, 詰家童, 對曰: "主人之愛女也." 因請其彈之, 女潛聽而有意焉. 時任翁家事鬼曰獨脚神, 每三歲必殺一人饗之. 時已逼矣, 求人不獲. 任翁俄負心, 召其子計之曰: "門下客旣不來[1], 無血屬, 可以爲饗. 吾聞大恩尙不報, 況愈小疾乎!" 遂令具神饌, 夜將半, 擬殺煒. 已潛扃煒所處之室, 而煒莫覺. 女密知之, 潛於窗隙間告煒, 且授之刃, 令破窗遁去. 煒恐悸汗流, 揮刃斷窗櫺躍出. 眉: 情節似一惡夢. 任翁俄覺, 率家僮十餘輩, 秉炬追之六七里. 幾及之, 煒因迷道, 失足墜大枯井中, 追者失蹤而返. 煒雖墜井, 爲槁葉所藉而無傷. 及曉視之, 乃一巨穴, 深百餘丈, 無計可出. 四旁嵌空宛轉, 可容千人. 中有一白蛇盤屈, 可長數丈. 前有石臼, 巖上有物滴下，如飴蜜，注臼中，蛇就飲之．煒察蛇有異，乃叩首祝之曰："龍王，某不幸墜此，願王憫之，幸不相害!"因飲其餘，亦不饑渴．細視蛇之唇吻，亦有疣焉．煒感蛇之見憫，欲爲灸之，奈無從得火．既久，有遙火飄入於穴．煒乃燃艾，啓蛇而灸之，是贅應手墜地．蛇之飲食久妨礙，及去，頗以爲便．遂吐徑寸珠酬煒，煒不受而啓蛇曰："龍王陰陽莫測，神變由心，必有道拯援．倘賜挈維，得還人世，銘在肌膚．不願懷寶."蛇遂咽珠，蜿蜒將有所適．煒遂再拜，跨蛇而去．不由穴口，祇於洞中行，可數十里．其中幽暗若漆，但蛇之光燭兩壁．時見繪畫古丈夫，咸有冠帶．最後觸一石門，門有金獸齧環，洞然明朗．蛇低首不進，而卸下煒．煒將謂已達人世矣，入戶，但見一室，空闊可百餘步．穴之四壁，皆鐫爲房室．當中有錦繡幃帳數間，垂金泥紫，更飾以珠翠，炫晃如明星之連綴．帳前有金爐，爐上有蛟龍鸞鳳・龜蛇鸑²雀，皆張口噴出香烟，芳芬蓊鬱．旁有小池，砌以金壁，貯以水銀，鳧鷖之類，皆琢以瓊瑤而泛之．四壁有床，咸飾以犀象，上有琴瑟笙篁・鼗鼓柷敔，不可勝記．煒細視，手澤尚新．煒乃恍然，莫測是何洞府也．良久，取琴試彈之，四壁戶牖咸啓，有小青衣出而笑曰："玉京子已送崔家郎君至矣."遂却走入．須臾，有四女，皆古鬟髻，曳霓裳之衣．謂煒曰："何崔子擅入皇帝玄宮耶?"煒乃捨琴再拜，女亦酬拜．煒曰："既是皇帝玄宮，皇帝何在?"曰："暫赴祝融宴爾."遂命煒就榻鼓琴，煒乃彈〈胡笳〉，女曰："何曲也?"曰："〈胡笳〉也."曰："何爲〈胡笳〉?吾不曉也."煒曰："漢蔡文姬，卽中郎邕之女也，沒於胡中，及歸，感胡中故事，因撫琴而成斯弄，像胡中吹笳哀咽之韻."女皆怡然曰："大是新曲."遂命酌醴傳觴．煒乃叩首，求歸之意頗切，女曰："崔子既來，皆是宿分，何必勿遽?幸且淹駐．羊城使者少頃當來，可以隨往."謂崔子曰："皇帝已許田夫人奉箕箒，便可相見。"崔子莫測端倪，不敢應答。遂命侍女召田夫人，夫人不肯至，曰："未奉皇帝詔，不敢見崔家郎也。"再命不至。謂煒曰："田夫人淑德美麗，世無儔匹。願君子善奉之，亦宿業耳。夫人卽齊王女也。"崔子曰："齊王何人也？"女曰："王諱橫，昔漢初亡齊而居海島者。"逡巡，有日影入照坐中。煒因舉首，上見一穴，隱隱然睹人間天漢。四女曰："羊城使者至矣。"遂有一白羊，自空冉冉而下，須臾至座。背有一丈夫，衣冠儼然，執大筆，兼封一青竹簡，上有篆字，進於香几上。四女命侍女讀之曰："廣州刺史徐紳死，安南都護趙昌充替。"女酌醴飲使者曰："崔子欲歸番禺，願爲挈往。"使者唱喏，回謂煒曰："他日須與使者易服緝宇，以相酬勞。"煒但唯唯。四女曰："皇帝有敕，令與郎君國寶陽燧，將往至彼，當有胡人具十萬緡而易之。"遂命侍女開玉函，取珠授煒。煒再拜捧受，謂四女曰："煒不曾朝謁皇帝，又非親族，何遽貺遺如是？"女曰："郎君先人有詩於越臺，感悟徐紳，遂見修緝。皇帝愧之，亦有詩繼和，賚珠之意，已露詩中。"煒曰："不識皇帝何詩？"女命侍女題於羊城使者筆管上云："千歲荒臺隳路隅，一煩太守重椒塗。感君拂拭意何極，報爾美婦與明珠。"煒曰："皇帝原何姓字？"女曰："後當自知。"女謂煒曰："中元日，須具美酒豐饌於廣州蒲澗寺靜室，吾輩當送田夫人往。"煒遂再拜告去，欲躡使者之羊背。女曰："知有鮑姑艾，可留少許。"煒但留艾，卽不知鮑姑是何人也，遂留之。瞬息出穴，履於平地，遂失使者與羊所在。望星漢，時已五更矣。俄聞蒲澗寺鐘聲，遂抵寺。僧人以早糜見餉，遂歸廣州。崔子先有舍稅居，至日往舍，主人謂崔曰："子何所適，而三秋不返？"煒不實告。開其戶，塵榻儼然，頗懷淒愴。問刺史，則徐紳果死，而趙昌替矣。乃抵波斯邸，潛鬻是珠。有老胡人，一見，遂匍匐禮手曰："郎君的入南越王趙佗墓中來. 不然者, 不合得斯寶." 蓋趙佗以珠爲殉故也. 崔子乃具實告, 方知皇帝是趙佗, 佗亦曾稱南越武帝故耳. 遂具十萬緡易之. 崔子詰胡人曰: "何以辨之?" 曰: "我大食國寶陽燧珠也. 昔漢初, 趙佗使異人梯山航海, 盜歸番禺, 今僅千載矣. 我國有能玄象者, 言來歲國寶當歸. 故我王召我, 具大舶重資, 抵番禺而搜索, 今果獲矣." 遂出玉液洗之, 光鑒一室. 胡人遽泛舶歸大食去. 煒得金, 遂具家産. 然訪羊城使者, 竟無影響. 後有事於城隍廟, 忽見神像有類使者, 又睹神筆上有細字, 乃侍女所題也. 具酒脯奠之, 兼重粉繢, 及廣其宇. 是知羊城卽廣州城, 廟有五羊焉. 眉: 按尉佗初築廣州城, 有五仙人騎五色羊至此, 故名. 又徵任翁之室, 則村老云: "南越尉任囂之墓耳." 眉: 田橫·趙佗·任囂, 俱仙乎? 何因緣之幻也! 又登越王殿臺, 睹先人詩云: "越井岡頭松柏老, 越王臺上生秋草. 古墓多年無子孫, 野人踏踐成官道." 乃詢主者, 主者曰: "徐大夫紳因登此臺, 感崔侍御詩, 故重粉飾臺殿, 所以煥赫耳." 後將及中元日, 遂豐潔香饌甘醴, 留蒲澗寺僧室. 夜將半, 果四女伴田夫人至, 容儀艷逸. 四女與崔生進觴, 將曉告去. 崔致書於越王, 敬荷而已. 遂與夫人歸室, 煒詰夫人曰: "旣是齊王女, 何以配南越人?" 夫人曰: "某國破家亡, 遭越虜爲嬪御. 王崩, 因以爲殉, 乃不知今是幾時也. 看烹酈生, 如昨日耳." 每憶故事, 輒一潸然. 煒問曰: "四女何人?" 曰: "其二甌越王搖所獻, 其二閩越王無諸所進, 俱爲殉者." 又問: "昔四女云鮑姑, 何人也?" 曰: "鮑靚女, 葛洪妻也, 多行灸於南海." 煒方嘆駭昔日之嫗耳. 又曰: "呼蛇爲玉京子, 何也?" 曰: "昔安期生長跨斯龍而朝玉京, 故號之玉京." 眉: 不見任女下落, 可憐! 煒因在穴飲龍餘沫, 肌膚少嫩, 筋力輕健. 後居南海十餘載, 遂散金破産, 棲心道門. 乃挈室往羅浮, 訪鮑姑, 後竟不知所適.

* 이 고사는 《태평광기》 권34 〈신선·최위(崔煒)〉에 실려 있다.

1 불래(不來) : 《태평광기》 명초본(明鈔本)에는 이 2자가 없는데, 문맥상 보다 타당하다.

2 난(鸞) : 앞 구절의 "난(鸞)"과 중복되므로 오기로 보인다. 《전기(傳奇)》와 《고금설해(古今說海)》에는 "연(燕)"이라 되어 있는데, 문맥상 타당하다.

9-11(0153) 장운용

장운용(張雲容)

출《전기》

 설소(薛昭)는 당(唐)나라 원화(元和) 연간(806~820) 말에 평륙현위(平陸縣尉)를 지냈는데, 의기(義氣)를 자부했다. 밤에 숙직을 서다가 [죄수 중에] 모친의 원수를 갚기 위해 사람을 죽인 자가 있자 그에게 돈을 주면서 달아나게 했는데, 그 일이 걸려 유배되어 해동(海東)에서 평민으로 살게 되었다. 칙령이 내려온 날 설소는 가산에 대해서는 묻지도 않고 그저 은솥단지 하나만 메고 떠났다. 미 : 당시 유배된 백성의 고통을 짐작할 수 있다. 전산수(田山叟)라는 객이 있었는데, 어떤 사람은 그가 수백 살이나 되었다고 했다. 전산수는 평소 설소와 가까이 지냈기에 술을 가지고 와서 길을 막고 전별하면서 설소에게 말했다.

 "다른 사람의 화를 벗어나게 해 주고 자신이 그것을 감당하다니, 그대는 진정 의로운 선비요. 나는 그대를 따르길 청하오."

 설소는 허락하지 않았지만 전산수가 한사코 청하자 결국 허락했다. 삼향역(三鄕驛)에 도착한 날 밤에 전산수는 옷을 벗어 술로 바꿔 와서 취하도록 마신 뒤에 좌우 사람들을 물리치고 설소에게 말했다.

"달아납시다."

그러고는 설소와 함께 손을 잡고 동쪽 교외로 나가서 약한 알을 주며 말했다.

"이 약은 질병을 없앨 뿐만 아니라 곡기도 끊을 수 있소."

또 약속했다.

"이곳을 떠나서 가다 보면 길 북쪽에 수풀이 울창한 곳이 있을 것이니, 잠시 거기에 숨어 있으면 환난을 피할 수 있을 뿐만 아니라 틀림없이 미인도 얻게 될 것이오."

설소는 전산수와 작별하고 떠나 난창궁(蘭昌宮)을 지나갔는데, 고목과 긴 대나무가 사방에 둘러쳐져 있었다. 설소가 담을 넘어 안으로 들어가자 그를 쫓던 사람들은 그저 동분서주할 뿐 그의 종적을 알 수 없었다. 설소는 오래된 전각의 서쪽 틈에 숨어 있었다. 밤이 되자 바람이 맑고 달빛이 밝게 빛났는데, 섬돌 앞을 보았더니 세 미녀가 웃고 이야기하면서 오더니 꽃자리에 오른 뒤에 무소뿔로 만든 잔에 술을 따라 서로에게 권했다. 상석에 앉아 있던 여자가 술을 땅에 부으며 말했다.

"상서롭고 상서롭네! 좋은 사람은 서로 만나고 나쁜 사람은 서로 피하게 하소서."

그다음 여자가 말했다.

"이렇게 좋은 밤 연회에 좋은 사람이 있다 한들 어찌 쉽게 만나겠어요?"

설소는 창틈으로 그 말을 듣고 있다가 다시 전생(田生 : 전산수)의 말을 기억해 내고는 마침내 뛰어나와 말했다.

"제가 비록 재주는 없지만 그 좋은 사람 중 한 명으로 꼽히고 싶습니다."

세 여자가 깜짝 놀라며 말했다.

"당신은 어떤 사람이기에 이곳에 숨어 있습니까?"

설소가 사실대로 대답하자 여자들은 자리의 남쪽에 좌석을 마련해 주었다. 설소가 그들의 이름을 물었더니, 윗사람 격인 여자는 장운용 미 : 《선전습유(仙傳拾遺)》에는 조운용(趙雲容)이라 되어 있다. 이라 했고, 다음 여자는 소봉대(蕭鳳臺)라 했으며, 그다음 여자는 유난교(劉蘭翹)라 했다. 주흥이 한창 무르익었을 때 유난교가 주사위를 가져오라고 하면서 두 여자에게 말했다.

"오늘 저녁에 귀한 손님을 만났으니 반드시 짝을 지어야 합니다. 주사위를 던져 가장 많은 점수를 얻는 사람이 손님께 이부자리를 펴 드리기로 합시다."

그러고는 차례대로 주사위를 던졌는데 장운용이 이겼다. 유난교는 마침내 설랑(薛郎 : 설소)에게 장운용 언니 옆에 앉게 하고 또 술잔 두 개를 들어 바치며 말했다.

"이것이 진정 이른바 합근주(合卺酒 : 합환주)입니다."

설소는 감사의 절을 올리며 물었다.

"부인은 어떤 사람입니까?"

장운용이 말했다.

"저는 개원(開元) 연간(713~741)에 양귀비(楊貴妃)의 시녀였습니다. 귀비께서 저를 몹시 아끼시어 늘 저에게 수령궁(繡嶺宮)에서 홀로 〈예상우의곡(霓裳羽衣曲)〉에 맞추어 춤을 추게 하셨습니다. 또 귀비께서 저에게 이런 시를 주셨습니다. '비단 소매 움직이니 끝없이 향기 나고, 붉은 연꽃은 가을 안개 속에서 한들거리네. 가벼운 구름은 고갯마루 위에서 잠시 바람에 흔들리고, 보드라운 버들가지는 연못가에서 막 물을 스치네.' 미 : 양귀비가 시에 능한 것은 여기서만 보인다. 시가 완성되자 명황(明皇 : 현종)께서 한참 동안 읊으시고 마침내 제게 금팔찌 한 쌍을 내리셨는데, 이로 인해 저에 대한 총애가 다른 시녀들을 뛰어넘었습니다. 당시에 황제께서 자주 신 천사(申天師)와 함께 도를 논하셨는데, 미 : 신 천사가 덧붙어 나온다. 저 혼자만 귀비와 함께 엿들을 수 있었고, 또 천사께서 차나 약을 드실 때 자주 시중을 들었기에 천사의 귀여움을 많이 받았습니다. 그래서 한적한 곳에서 머리를 조아리며 약을 달라고 했더니 천사께서 이르시길 '내가 약을 주는 것은 아깝지 않지만 단지 네가 연분이 없어서 오랫동안 세상에 살 수 없을 것이니 어찌할꼬?'라고 하시기에, 제가 말하길 '아침에 도를 깨달으면 저녁에 죽어도 좋다고 했습니다'라고 했습니다. 그러자 천사께서 제게 강설단(絳

雪丹) 한 알을 주면서 말씀하시길 '네가 이 약을 먹으면 비록 죽더라도 몸은 썩지 않을 것이다. 그저 너의 관을 크게 만들고 묘혈을 넓게 하고 입에 진옥(眞玉)을 물고 바람을 소통시키되, 너의 혼(魂)을 공중에 떠돌지 않게 하고 백(魄)을 지하에 묻히지 않게 해야 한다. 100년 후에 산 사람을 만나 정기를 얻게 된다면, 혹 다시 살아나 지선(地仙)이 될 수 있을 것이다'라고 하셨습니다. 그래서 저는 난창궁에서 죽을 때 모든 사실을 귀비께 아뢰었습니다. 그러자 귀비께서 저를 불쌍히 여기시어 중귀인(中貴人 : 태감) 진현조(陳玄造)에게 그 일을 맡기셨습니다. 장례를 치를 때 귀비께서 약속하신 대로 필요한 물건을 모두 주셨는데, 오늘로 벌써 100년이 되었습니다. 천사의 예언은 바로 오늘 저녁의 좋은 만남이 아니겠어요? 이는 바로 숙명이지 우연이 아니랍니다."

설소가 신 천사의 모습을 물어보았더니 다름 아닌 전산수였다. 설소는 크게 놀라며 말했다.

"전산수는 바로 신 천사임이 분명합니다! 그렇지 않다면 어떻게 세세하게 나로 하여금 지난날의 일에 딱 들어맞게 만들었겠습니까?"

또 유난교와 소봉대 두 여자에 대해 묻자 장운용이 말했다.

"역시 당시의 궁인들 가운데 용모가 뛰어난 사람들이었는데, 구선원(九仙媛 : 현종의 아홉 공주)의 시샘을 받아 독

약을 먹고 죽어 제 무덤 곁에 묻혔으니, 그들과 교유한 것도 하루 아침저녁의 일이 아닙니다." 미 : 유난교와 소봉대는 강설단을 먹은 적이 없는데 어떻게 몸이 썩지 않았을까?

소봉대는 자리를 두드리며 노래하겠다고 청하고 설소와 장운용에게 술을 올리며 노래했다.

"꽃 같은 얼굴 피지도 못한 채 한을 머금은 지 얼마이던가? 오늘 저녁 따뜻한 봄볕이 홀로 가을로 바뀌었네. 이내 몸 홀로 등불 지키며 햇빛 볼 날 없는데, 언덕 위의 차가운 구름에 근심만 더하는구나."

유난교가 화답했다.

"깊은 계곡에서 우는 꾀꼬리는 날개 가지런히 하고, 무소뿔 가라앉고 옥 차가워지니 절로 긴 한숨 짓네. 달빛 밝아 차마 구천의 문 잠그지 못하는데, 솔가지에 이슬방울 떨어지니 온 밤이 차갑구나."

장운용이 화답했다.

"밝은 빛 드러내지 못하고 먼지 되는가 싶더니, 일찍이 금단(金丹) 먹고 갑자기 신령스럽게 되었네. 뜻밖에도 설생(薛生 : 설소)이 옛 음률 가져와, 깊은 골짜기의 한 나뭇가지에 봄을 열었네."

설소도 화답했다.

"법망을 빠져나온 죄인이 궁궐 담 잘못 넘어 들어갔더니, 달빛이 옥계단에 쌓인 먼지 깨끗이 쓸어 주네. 스스로 봉래산(蓬萊山) 꼭대기에 날아온 것 아닌가 의심하나니, 옥같이 고운 세 나뭇가지 한밤중에 봄 맞았네."

시를 다 읊고 났을 때 갑자기 닭 울음소리가 들리자 세 사람이 말했다.

"방으로 돌아가시지요."

설소는 옷을 들고 초연히 갔는데, 처음에는 문이 매우 좁은 것 같았고 문지방을 넘어도 발에 걸리는 것이 없었다. 유난교와 소봉대도 작별을 고하고 다른 곳으로 갔다. 등촉이 환하게 빛나고 시녀들이 단정하게 서 있었는데, 수놓은 비단 휘장은 마치 귀척(貴戚)의 집 같았다. 설소는 잠자리가 매우 만족스러웠다. 이렇게 몇 날 밤을 보내면서 아침인지 저녁인지도 몰랐다. 장운용이 말했다.

"제 몸은 이미 소생했습니다만 옷이 해지고 낡았습니다. 지금 제게 금팔찌가 있으니 당신이 그것을 가지고 가까운 현으로 가서 옷으로 바꿔 오십시오."

설소가 두려워서 감히 떠나지 못하면서 주읍(州邑)의 관아에 붙잡힐까 봐 걱정하자 장운용이 말했다.

"두려워할 것 없습니다. 저의 흰 비단옷을 가지고 갔다가 위급한 경우에 바로 머리에 덮어쓰면 사람들이 당신을 볼 수 없을 것입니다."

설소는 그렇게 하겠다고 하고, 마침내 삼향역으로 나가서 금팔찌를 팔아 옷을 샀다. 저녁에 무덤으로 돌아오자, 장운용이 벌써 문에서 그를 맞이해 웃으면서 안으로 데리고 들어가 말했다.

"관을 열기만 하면 스스로 일어날 것입니다."

설소가 그 말대로 하자 과연 장운용의 몸이 이미 살아나 있었다. 휘장이 있던 곳을 돌아보니 그저 커다란 구덩이 하나가 있었다. 설소는 장운용과 함께 금릉(金陵)으로 돌아가서 지금까지 살아 있는데, 장운용의 머리카락이 쇠하지 않은 것은 어찌 모두 신 천사의 영약을 먹었기 때문이 아니겠는가? 신 천사는 이름이 원(元)이다. 미 : 일설에는 이름이 원지(元之)라고도 한다.

薛昭者, 唐元和末爲平陸尉, 以氣義自負. 因夜直宿, 有爲母復仇殺人者, 與金而逸之, 坐謫爲民於海東. 敕下之日, 不問家産, 但荷銀鐺而去. 眉 : 可想當時謫民之苦. 有客田山叟者, 或云數百歲矣. 素與昭洽, 乃賣酒攔道而飮餞之, 謂昭曰 : "脫人之禍而自當之, 眞義士也. 吾請從子." 昭不許, 固請乃許之. 至三鄕夜, 山叟脫衣貰酒, 大醉, 屛左右謂昭曰 : "可遁矣." 與之携手出東郊, 贈藥一粒曰 : "非唯去疾, 兼能絶穀." 又約曰 : "此去但遇道北有林藪繁翳處, 可且暫匿, 不獨逃難, 當獲美姝." 昭辭行, 過蘭昌宮, 古木修竹, 四合其所. 昭逾垣而入, 追者但東西奔走, 莫能知踪矣. 昭潛於古殿之西間. 及夜, 風淸月皎, 見階前有三美女, 笑語而至, 升於花茵, 以犀杯酌酒而進之. 居首女子酹之曰 : "吉利吉利! 好人相逢, 惡人相避." 其次曰 : "良宵宴會, 雖有好人, 豈易逢耶?" 昭居窗隙間聞之, 又志田生之言, 遂跳出曰 : "昭雖不才，願備好人之數。"三女愕然曰："君何人，而匿於此?"昭具以實對，乃設座於茵之南．昭詢其姓字，長曰雲容張氏，眉：《仙傳拾遺》作趙雲容．次曰鳳臺蕭氏，次曰蘭翹劉氏．飲將酣，蘭翹命骰子，謂二女曰："今夕佳賓相會，須有匹偶．請擲骰子，遇采強者，得荐枕席．"乃遍擲，雲容采勝．翹遂命薛郎近雲容姊坐，又持雙杯獻曰："眞所謂合卺矣．"昭拜謝，遂問："夫人何許人?"容曰："某乃開元中楊貴妃之侍兒也．妃甚愛惜，常令獨舞〈霓裳〉於繡嶺宮．妃贈我詩曰：'羅袖動香香不已，紅蕖裊裊秋烟裏．輕雲嶺上乍搖風，嫩柳池邊初拂水.'眉：楊妃能詩，僅見．詩成，明皇吟咏久之，遂贈雙金扼臂，因此寵愈群輩．此時多遇帝與申天師談道，眉：申天師附見．予獨與貴妃得竊聽，亦數侍天師茶藥，頗獲天師憫之．因閑處，叩頭乞藥，師云：'吾不惜，但汝無分，不久處世，如何?'我曰：'朝聞道，夕死可矣.'天師乃與絳雪丹一粒曰：'汝但服之，雖死不壞．但能大其棺，廣其穴，含以眞玉，疏而有風，使魂不蕩空，魄不沉寂．後百年得遇生人精氣，或再生，便爲地仙耳.'我沒蘭昌之時，具以白貴妃．貴妃恤之，命中貴人陳玄造受其事．送終之器，皆得如約，今已百年矣．仙師之兆，莫非今宵良會乎?此乃宿分，非偶然耳．"昭因詰申天師之貌，乃田山叟也．昭大驚曰："山叟卽天師明矣！不然，何以委曲使予符曩日之事哉?"又問蘭·鳳二子，容曰："亦當時宮人有容者，爲九仙媛所忌，毒而死之，藏吾穴側，與之交遊，非一朝一夕耳．"眉：蘭·鳳未嘗服絳雪丹，何以不朽?鳳臺請擊席而歌，送昭·容酒歌曰："臉花不綻幾含幽?今夕陽春獨換秋．我守孤燈無白日，寒雲隴上更添愁．"蘭翹和曰："幽谷啼鶯整羽翰，犀沉玉冷自長嘆．月華不忍扃泉戶，露滴松枝一夜寒．"雲容和曰："韶光不見分成塵，曾餌金丹忽有神．不意薛生携舊律，獨開幽谷一枝春．"昭亦和曰："誤入宮垣漏網人, 月華靜洗玉階塵. 自疑飛到蓬萊頂, 瓊艶三枝半夜春."
詩畢, 旋聞雞鳴, 三人曰 : "可歸室矣." 昭持其衣, 超然而去,
初覺門戶至微, 及經閫, 亦無所妨. 蘭·鳳亦告辭而他往矣.
燈燭熒熒, 侍婢凝立, 帳幄綺繡, 如貴戚家. 昭寢處甚適. 如
此數夕, 不知昏旦. 容曰 : "吾體已甦矣, 但衣服破故. 今有
金扼臂, 君可持往近縣易衣." 昭懼不敢去, 恐爲州邑所執,
容曰 : "無憚. 但將我白綃去, 有急卽蒙首, 人無能見矣." 昭
然之, 遂出三鄉貨之, 市其衣服. 夜至穴, 則容已迎門而笑,
引入曰 : "但啓襯[1], 當自起." 昭如其言, 果見容體已生. 及回
顧帷帳, 惟一大穴. 遂與容同歸金陵, 至今見在, 容髮不衰,
豈非俱餌天師之靈藥乎? 申師名元也. 眉 : 一云名元之.

* 이 고사는 《태평광기》 권69 〈여선·장운용〉에 실려 있다.

1 친(襯) : 《태평광기》에는 "츤(櫬)"이라 되어 있는데, 문맥상 타당하다.

9-12(0154) 노미낭

노미낭(盧眉娘)

출《두양편》

　당(唐)나라 영정년(永貞年 : 805)에 남해(南海)에서 노미낭이라는 기이한 여자를 바쳤는데, 나이는 열네 살이었다. 노미낭은 태어났을 때 눈썹이 실처럼 가늘고 길었기 때문에 그런 이름을 붙였다. 그녀는 어려서부터 총명했으며 재주가 비할 데 없이 뛰어났다. 한 척 길이의 비단 위에《법화경(法華經)》7권을 수놓을 수 있었는데, 글자의 크기는 좁쌀보다 크지 않았지만 점과 획이 분명하고 머리카락처럼 가늘었으며, 각 품(品)[101]의 제목과 문장이 모두 갖춰지지 않음이 없었다. 더욱이 비선개(飛仙蓋)를 잘 만들었는데, 실 한 타래를 세 가닥으로 나누고 오색으로 물들여서 다섯 겹의 금개(金蓋)를 만들어 냈다. 그 안에는 십주(十洲)와 삼도(三島), 천인과 옥녀, 누대와 전각, 기린과 봉황 등의 모습이 들어 있고, 깃발과 부절을 들고 있는 동자들도 수천 명이 넘었다. 비선개는 넓이가 한 장(丈)이었지만 무게는 세 냥(兩)도 되지

---

101) 품(品) :《법화경》은 후진(後秦)의 구마라습(鳩摩羅什)이 번역한 불경으로 7권 28품으로 구성되어 있다.

않았고, 신령스러운 향유를 달여서 위에 바르면 견고해져서 끊어지지 않았다. 당나라 순종(順宗) 황제는 그녀의 재주를 가상히 여겨 신고(神姑)라 부르고, 미 : 신침(神針) 설야래(薛夜來)102)보다 훨씬 뛰어나다. 궁중에서 살게 했다. 노미낭은 매일 [다른 음식은 먹지 않고] 술 두세 홉만 마셨다. 원화(元和) 연간(806~820)에 헌종(憲宗)은 그녀에게 금봉환(金鳳環)을 하사해 그녀의 팔에 차게 했다. 노미낭은 궁중에 있길 원치 않아서 마침내 도사가 되고자 했는데, 황제는 그녀를 남해로 돌아가도록 놓아주고 소요(逍遙)라는 호를 하사했다. 나중에 그녀가 신선이 되어 떠날 때 향기가 온 집에 가득했다. 제자들이 장사 지내려고 관을 들었을 때 가벼움을 느껴 관 뚜껑을 열어 보니 예전에 신던 신발 한 켤레만 들어 있었다. 후에 사람들은 그녀가 종종 자색 구름을 타고 바다 위를 유람하는 것을 보았다. 나부처사(羅浮處士) 이상선(李象先)이 〈노소요전(盧逍遙傳)〉을 지었지만 이상선의 이름이 알려지지 않았기 때문에 당시 사람들에게 전해지지 못했다.

唐永貞年, 南海貢奇女盧眉娘, 年十四歲. 眉娘生, 眉如綫且長, 故有是名. 幼而慧悟, 工巧無比. 能於一尺絹上, 繡《法

---

102) 설야래(薛夜來) : 삼국 시대 위나라 문제(文帝)의 후궁으로, 바느질 솜씨가 귀신같아서 신침(神針)이라 불렸다.

華經》七卷, 字之大小, 不逾粟粒, 而點畫分明, 細如毛髮, 其品題章句, 無不具. 更善作飛仙蓋, 以絲一鉤, 分爲三段, 染成五色, 結爲金蓋五重. 中有十洲三島・天人玉女・臺殿麟鳳之像, 而執幢捧節童子, 亦不啻千數. 其蓋闊一丈, 秤無三兩, 煎靈香膏傳之, 則堅硬不斷. 唐順宗皇帝嘉其工, 謂之神姑, 眉 : 更勝神針薛夜來. 因令止於宮中. 每日止飮酒二三合. 至元和中, 憲宗賜金鳳環, 以束其腕. 眉娘不願在禁中, 遂度爲道士, 放歸南海, 仍賜號曰逍遙. 及後神遷, 香氣滿堂. 弟子將葬, 擧棺覺輕, 卽徹其蓋, 惟雙舊履而已. 後人見往往乘紫雲遊於海上. 羅浮處士李象先作〈羅¹逍遙傳〉, 而象先之名無聞, 故不爲時人傳焉.

* 이 고사는 《태평광기》 권66 〈여선・노미낭〉에 실려 있다.

1 나(羅) : 문맥상 "노(盧)"의 오기로 보인다.

9-13(0155) 왕민의 고모

왕민고(王旻姑)

출《기문(紀聞)》

    태화 선생(太和先生) 왕민은 득도한 사람이었다. 그의 고모도 득도했는데, 왕민은 고모의 나이가 700세라고 늘 말했다. 그녀는 늘 형악(衡岳)에 있으면서 간혹 천태산(天台山)과 나부산(羅浮山)을 왕래했으며, 모습은 어린아이와 같았다. 그녀의 행실은 진하희(陳夏姬)[103]와 비교되었는데, 오로지 방중술(房中術)로 불사의 경지에 이르렀으며 도처에 남편이 매우 많았다.

太和先生王旻, 得道者也. 有姑亦得道, 旻常言, 姑年七百歲矣. 常在衡岳, 或往來天台·羅浮, 貌如童嬰. 其行比陳夏姬, 唯以房中術致不死, 所在夫婿甚衆.

* 이 고사는 《태평광기》 권72 〈도술·왕민(王旻)〉에 실려 있다.

103) 진하희(陳夏姬) : 춘추 시대 정(鄭)나라 목공(穆公)의 딸로, 진(陳)나라 대부 하어숙(夏御叔)에게 개가했기 때문에 '진하희'로 불렀다. 평생 세 번 결혼했지만 모두 남편이 먼저 죽었고 사통과 음행을 일삼았다. 절세의 미모를 타고났지만 운명이 기구했다.

권10 도술부(道術部)

도술(道術)

미 : 원본에는 〈도술〉부 외에 〈방사(方士)〉부도 있는데, 내용이 대부분 서로 비슷하기 때문에 〈방사〉부를 제거하고 〈도술〉부에 합쳐 넣었다.

尾：原本〈道術〉外, 尙有〈方士〉, 而事義多相類,
故去〈方士〉部, 幷入〈道術〉.

10-1(0156) 조고

조고(趙高)

출'왕자년(王子年)《습유기(拾遺記)》'

　　진왕(秦王) 자영(子嬰)104)은 늘 망이궁(望夷宮)에서 잠을 잤다. 어느 날 밤 꿈에 한 사람이 나타났는데, 키가 10장(丈)이나 되고 귀밑털과 머리카락이 매우 위엄 있었으며 붉은 수레를 타고 붉은 말을 몰고 궁문에 이르러서 말했다.

　　"진왕을 알현코자 합니다."

　　그가 자영에게 말했다.

　　"나는 하늘의 사자로 사구(沙丘)에서 왔습니다. 천하가 장차 어지러워지면 틀림없이 폭군을 주살하려는 자가 나올 것입니다."

　　자영은 다음 날 일어나서 일찍부터 조고를 의심했기 때문에 그를 함양(咸陽)에 가두고 우물 속에 넣었지만 이레가 지나도 죽지 않았다. 다시 가마솥에 넣고 삶았지만 역시 이레가 지나도 물이 끓지 않아 마침내 칼로 베어 죽였다. 미 : 기이한 이야기다. 처음 조고를 가두었을 때, 옥리는 그의 품속

---

104) 자영(子嬰) : 진(秦)나라의 제3대 마지막 황제로, 진시황의 손자이자 제2대 황제 호해(胡亥)의 아들이다.

에 푸른 환약 하나가 있는 것을 보았는데 크기가 참새알만 했다. 당시 방사(方士)가 말했다.

"조고는 선대(先代)에 한중(韓衆: 진시황 때의 신선)의 연단법(鍊丹法)을 전수받았는데, 이 단약을 전수받은 사람은 겨울에 얼음에 앉거나 여름에 화로에 누워도 추위나 더위를 느끼지 않는다."

조고가 죽자 그 시신을 사방으로 통하는 큰길에 버렸는데, 사람들은 모두 푸른 참새 한 마리가 조고의 시신에서 나와 곧바로 구름 속으로 날아들어 가는 것을 보았다. 구전단(九轉丹)의 영험함이 정말로 이와 같은가?

평 : 물과 불에서도 죽지 않다가 병기에 의해 죽었으니, 구전단이 또한 무슨 도움이 되겠는가?

秦王子嬰, 常寢於望夷宮. 夜夢有人, 身長十丈, 鬢髮絶偉, 乘丹車, 駕朱馬, 至宮門云: "欲見秦王." 謂嬰曰: "予天使也, 從沙丘來. 天下將亂, 當有欲誅暴者." 翌日乃起, 子嬰旣疑趙高, 因囚高於咸陽, 納諸井中, 七日不死. 更以鑊煮之, 亦七日不沸, 乃戮之. 眉: 異聞. 初囚高之時, 獄吏見高懷有一靑丸, 大如雀卵. 時方士云: "趙高先世受韓衆丹法, 受此丹者, 冬日坐冰, 夏日臥爐, 不覺寒熱." 及高戮, 棄尸於九逵之路, 咸見一靑雀從高尸中出, 直飛入雲. 九轉之驗, 信於是乎?
評 : 不斃於水火而斃於兵, 九轉丹亦何益乎?

* 이 고사는 《태평광기》 권71 〈도술·조고〉에 실려 있다.

10-2(0157) 이자장

이자장(李子萇)

출《논형(論衡)》

한(漢)나라의 이자장은 정사를 처리할 때 죄수들의 실정을 알고 싶었다. 그래서 오동나무로 죄수의 모습을 닮은 인형을 만들고 땅을 파서 구덩이를 만들고 갈대로 울타리를 친 뒤, 그 안에 나무 인형 죄수를 뉘어 놓았다. 죄수의 죄가 분명할 경우는 나무 인형이 움직이지 않았고, 죄수의 죄가 억울할 경우는 나무 인형이 튀어나왔다.

漢李子萇爲政, 欲知囚情. 以梧櫃爲人, 象囚人形, 鑿地爲陷, 以蘆爲郭, 臥木囚其中. 囚罪正是, 木囚不動, 囚冤, 木囚動出.

* 이 고사는 《태평광기》 권171 〈정찰(精察)·이자장〉에 실려 있다.

10-3(0158) 조후

조후(趙侯)

출《이원(異苑)》

　진(晉)나라의 조후는 젊어서부터 여러 가지 도술을 좋아했다. 그는 모습이 초췌하고 비루했으며 키가 몇 척도 되지 않았다. 그가 대야에 물을 담고 주문을 외면 물고기와 용이 바로 나타났다. 조후에게 백미가 있었는데 쥐들에게 도둑맞자, 머리를 풀어 헤친 채 칼을 들고 땅에 금을 그어 감옥을 만든 다음, 사방으로 문을 만들고 동쪽을 향해 휘파람을 불었더니, 뭇 쥐들이 모두 몰려들었다. 그가 주문을 걸었다.

　"쌀을 먹지 않은 놈은 지나가고 훔쳐 먹은 놈은 여기에 남거라."

　그곳에 남은 쥐가 10여 마리가 되었는데, 그 쥐들의 배를 가르고 내장을 보았더니 쌀이 그 속에 있었다. 조후가 한번은 맨발이어서 신발이 필요했는데, 머리를 쳐들고 나지막이 읊조리자 신발 한 켤레가 저절로 이르렀다. 조후의 용모를 비웃는 자가 있었는데, 그 사람이 술을 마시려고 술잔을 입에 가져다 댔더니, 즉시 술잔이 그 사람의 코를 덮어 떨어지지 않았다. 그 사람이 이마를 땅에 대고 사과하기를 기다렸다가 비로소 술잔을 떼어 주었다. 영강현(永康縣)에 기석산

(騎石山)이 있는데, 산 위에 석마를 탄 석인이 있었다. 조후가 인장으로 그것을 가리키자 석인과 석마의 머리가 동시에 떨어져 나갔는데, 지금도 여전히 산 아래에 있다.

晉趙侯, 少好諸術. 姿形頓陋, 長不滿數尺. 以盆盛水作禁, 魚龍立見. 侯有白米, 爲鼠所盜, 乃披髮持刀, 畫作地獄, 四面爲門, 向東嘯, 群鼠俱到. 咒之曰:"凡非噉者過去, 盜者令止." 止者十餘, 剖腹看臟, 有米在焉. 曾徒跣須屐, 因仰頭微吟, 雙屐自至. 有笑其形容者, 其人飮酒, 杯向口, 卽掩鼻不脫. 侯稽顙謝過, 乃釋之. 永康有騎石山, 山上有石人騎石馬. 侯以印指之, 人馬一時落首, 今猶在山下.

* 이 고사는 《태평광기》 권284 〈환술(幻術)·조후〉에 실려 있다.

10-4(0159) 왕상

왕상(王常)

출《기사기(奇事記)》

　　왕상은 낙양(洛陽) 사람으로, 의기를 자부하고 숭상해 억울한 일을 당한 사람을 보면 반드시 직접 나서서 나쁜 사람을 처단했으며, 굶주림과 추위에 떨고 있는 사람을 보면 옷을 벗어 주고 음식을 가져다주었는데 전혀 어려워하는 기색이 없었다. [당나라] 지덕(至德) 2년(757)에 왕상은 종남산(終南山)에서 노닐다가 비바람을 만나 산속에서 자게 되었다. 밤이 깊어져 달빛이 밝아지고 바람이 잠잠해지자, 왕상은 감개해 사방을 바라보며 탄식했다.

　　"내가 천하의 난을 평정하려 해도 미미한 권력이나마 나를 보좌해 줄 사람이 없고, 내가 천하의 굶주림과 추위를 구하려 해도 스스로의 옷과 음식 또한 충분하지 않으니, 천지신명이 선한 사람에게 복을 내린다는 것도 진실로 믿을 것이 못 되는구나!"

　　그가 말을 마치자 한 신인(神人)이 공중에서 내려와 왕상에게 말했다.

　　"그대는 어째서 이런 말을 하는가?"

　　왕상은 검을 어루만지면서 한참 동안 침묵하다가 대답했

다.

"제가 말한 것은 평생의 뜻입니다. 당신은 어떤 신성한 분이시기에 이곳에 강림하셨습니까?"

신인이 말했다.

"나에게 도술이 있는데 수은을 녹여 황금을 만들 수 있으니, 이는 비록 화란을 평정하기에는 부족하지만 그래도 사람들을 구제할 수는 있네."

왕상이 말했다.

"저는 그런 도술에 대해 들었지만 아직 보지는 못했습니다. 하물며 전적에는 진시황(秦始皇)과 한 무제(漢武帝)가 이 도술을 좋아했지만 끝내 이루지 못하고 다만 천년 동안 사람들의 조소거리가 되었다고 자세히 적혀 있습니다."

신인이 말했다.

"진시황과 한 무제는 제왕이었네. 제왕은 사람을 구제할 위치에 있으므로 스스로 사람을 구제할 방도가 있었는데도 행하지 않고 도리어 신선술을 구했으니 잘못이었네. 그대는 사람을 구제할 위치에 있지 않으면서도 천하의 사람을 구하고자 하니 진정 이 도술을 행할 수 있네."

그러고는 소매 속에서 책 한 권을 꺼내 왕상에게 주자 왕상은 무릎을 꿇고 건네받았다. 이후로 왕상은 천하를 두루 돌아다니면서 황금과 백은으로 궁핍한 사람들을 구제해 주었다.

王常, 洛陽人, 負氣尙義, 見人不平, 必手刃之, 見人饑寒, 解衣推食, 略無難色. 至德二年, 常遊終南山, 遇風雨, 宿於山中. 夜將半, 月朗風恬, 慨然四望而嘆曰:"我欲平天下亂, 無尺寸之柄以佐我, 我欲救天下之饑寒, 而衣食亦不自充, 天地神祇福善, 故不足信!"言訖, 有一神人自空而下, 謂常曰:"爾何此言?"常按劍沉吟良久, 乃對曰:"我言者, 平生之志也. 是何神聖, 降臨此間?"神人曰:"我有術, 黃金可成, 水銀可死, 雖不足平禍亂, 亦可濟人."常曰:"我聞此術, 未之見也. 況載籍之內, 備叙秦皇・漢武好此道, 終無成, 但爲千載譏誚."神人曰:"秦皇・漢武, 帝王也. 帝王處救人之位, 自有救人之術而不行, 反求神仙之術則非. 爾無救人之位, 欲救天下之人, 固可行此術."乃於袖中取一卷書授常, 常跪受訖. 爾後多遊歷天下, 以黃白振濟乏絶.

* 이 고사는《태평광기》권73〈도술・왕상〉에 실려 있다.

10-5(0160) 노새 모는 사람

나편객(騾鞭客)

출《일사》

    모산(茅山)의 황 존사(黃尊師)는 법술이 매우 높았다. 모산 기슭에 천존전(天尊殿)을 세우고 도덕을 강론하면서 사람들을 교화했는데, 날마다 수천 명이 모였다. 어느 날 강론 자리에 사람들이 막 모였을 때, 갑자기 한 사람이 문을 밀치고 들어와 소리쳤는데, 그 모습이 거무튀튀하고 말이 천박했으며 허리에 노새 채찍을 꽂고 있는 것이 상인을 따라다니면서 노새를 모는 사람인 것 같았다. 그 사람이 도사황 존사에게 욕했다.

    "그대는 사람들을 모아 놓고 뭘 하는 수작이오? 깊은 산에 들어가 수도는 하지 않고 감히 쓸데없는 말을 지껄이다니!"

    황 존사는 어찌 된 영문인지 모른 채 강론 자리에서 내려와 겸손히 말했다. 사람들도 모두 두려워서 감히 거스르지 못했다. 한참 있다가 그 사람은 말씨와 안색을 약간 누그러뜨리더니 말했다.

    "도관 하나를 세우는 데 대체 돈이 얼마나 드오?"

    황 존사가 말했다.

"5000관(貫)이 필요합니다."

그 사람이 말했다.

"깨진 솥단지와 잡다한 쇠붙이를 모두 가지고 오시오."

쇠붙이 800~900근가량이 모이자, 그 사람은 땅을 파서 화로를 만든 뒤 불로 그것을 녹였다. 그러고는 품속을 더듬어 호로병을 꺼내 환약 두 알을 쏟아 내서 쇳물에 섞었다. 잠시 후 불을 치웠더니 이미 최상품의 은으로 변해 있었다. 그 사람이 말했다.

"이것은 모두 만여 관이 될 터이니 도관을 짓는 비용으로 쓰고도 남을 것이오."

황생(黃生 : 황 존사)은 제자들과 함께 모두 감사를 드렸다. 그가 원하는 것이 무엇인지 물었지만, 그 사람은 웃으면서 문을 나가 떠났는데 어디로 갔는지 알 수 없었다. 10여 년 뒤에 황생은 조서를 받들고 도성에 갔다가 문득 장가(長街) 서쪽에서 예전에 노새 채찍을 꽂고 있던 사람을 만났는데, 그는 두건을 어깨에 걸친 채 나귀 탄 노인을 따라가고 있었으며 모산에서의 기색은 전혀 없었다. 황생이 달려가 인사하려 했더니, 그 사람은 손을 저으며 나귀를 타고 있는 사람을 가리키면서 연신 머리를 조아렸다. 그래서 황생은 멀리서 목례만 했다. 나귀를 타고 있던 노인은 머리카락이 명주실처럼 하얬으며 안색은 열네댓 살 된 여자 같았다. 미 : 이 노인은 그 이름을 알 수 없어 애석하니, 황 존사는 어찌하여 수소문해 보지도 않고 눈앞의 좋은 기회를 놓쳤단 말인가?

茅山黃尊師, 法籙甚高. 於茅山側, 修起天尊殿, 講說敎化, 日有數千人. 時講筵初合, 忽有一人排闥叫呼, 相貌粗黑, 言辭鄙陋, 腰揷騾鞭, 如隨商客騾仗者. 罵道士:"汝聚衆作何物? 不向深山學道, 還敢謾語耶!" 黃尊師不測, 下講筵遜詞. 衆人悉懼, 不敢牴牾. 良久, 詞色稍和, 曰:"修一殿, 却用幾錢?" 曰:"要五千貫." 曰:"盡搬破甑釜及雜鐵來." 約八九百斤, 掘地爲爐, 以火銷之. 探懷中取葫蘆, 瀉出兩丸藥, 以物攪之. 少頃去火, 已成上銀. 曰:"此合得萬餘貫, 修觀計用有餘." 黃生與徒弟皆相謝. 問其所欲, 笑出門去, 不知所之. 後十餘年, 黃生奉詔赴京, 忽於長街西見揷騾鞭者, 肩一樸子, 隨騎驢老人行, 全無茅山氣色. 黃生欲趨揖, 乃搖手指乘驢者, 復連叩頭. 黃生但遙揖禮而已. 老人髮白如絲, 顔若十四五女子也. 眉:此老人惜逸其名, 黃尊師何不物色而交臂失之?

* 이 고사는 《태평광기》 권72 〈도술·나편객〉에 실려 있다.

10-6(0161) 최현량

최현량(崔玄亮)

출《당년보록(唐年補錄)》

당(唐)나라 태화(太和) 연간(827~835)에 최현량은 호주 자사(湖州刺史)를 지냈다. 도한(道閑)이라는 승려가 있었는데 약을 만드는 도술에 뛰어났다. 최현량이 일찍이 그에게 배우기를 청하자 승려가 말했다.

"이 도술은 구하기 어려운 것은 아니지만, 다만 이것으로 이익을 얻은 자는 반드시 암암리에 견책을 당합니다. 군후(君侯)께 한번 보여 드릴 수는 있습니다."

그러고는 최현량에게 수은 한 근을 사 오게 해 토기 솥에 담고 자색 환약 한 알을 넣고 네모난 기와로 솥을 덮은 후에 숯을 겹겹이 쌓아 솥을 묻고 풀무질을 하니 불이 일어났다. 승려가 최현량에게 말했다.

"단지 은만 만들어 낸다면 믿음을 얻지 못할 것입니다. 공께서 경건한 마음으로 한 물건을 생각하시면 그것이 저절로 만들어질 것입니다."

한 식경이 지나 승려는 물 대야 속에 솥을 담그면서 웃으며 말했다.

"공께서는 어떤 물건을 생각하셨습니까?"

최현량이 말했다.

"내 모습을 생각했소."

승려가 그것을 꺼내 보여 주었는데, 마치 황금으로 주물을 뜬 것같이 눈썹, 눈, 두건, 홀(笏) 등이 모두 갖춰져 있었다.

唐太和中, 崔玄亮爲湖州牧. 嘗有僧道閑, 善藥術. 崔曾求之, 僧曰 : "此術不難求, 但利此者, 必及陰譴. 可令君侯一見耳." 乃遣崔市汞一斤, 入瓦鍋, 納一紫丸, 蓋以方瓦, 疊炭埋鍋, 韝而焰起. 謂崔曰 : "祇成銀, 無以取信. 公宜虔心想一物, 則自成矣." 食頃, 僧夾鍋於水盆中, 笑曰 : "公想何物?" 崔曰 : "想我之形." 僧取以示之, 若范金焉, 眉目巾笏悉具.

* 이 고사는 《태평광기》 권73 〈도술・최현량〉에 실려 있다.

10-7(0162) 가탐

가탐(賈耽)

출《지전록(芝田錄)》·《유양잡조》·《옥천자(玉泉子)》·《회창해이(會昌解頤)》

당(唐)나라 재상 가탐은 음양(陰陽)·상수(象數)·참위(讖緯)에 통달하지 못한 것이 없었다. 어떤 시골 노인이 소를 잃어버리고 상 국사(桑國師)를 찾아가서 점을 쳤는데, 점괘가 나오자 상 국사가 말했다.

"자네의 소는 가 상국(賈相國 : 가탐)이 훔쳐 가서 두건과 상자 안에 넣어 두었네. 자네는 그가 조회에 나갈 때를 기다렸다가 불쑥 앞에 나아가 이 일을 고하게."

노인은 그의 말대로 공손히 청했다. 상공(相公)이 이유를 묻자 노인이 점쟁이가 한 말을 고했더니, 상공이 말 위에서 웃으며 두건 상자를 열고 점판을 꺼내 안장에 기대 놓고 돌리며 살펴보았다. 한참 후에 상공이 소를 잃어버린 사람에게 말했다.

"나는 자네의 소를 훔치지 않았고 소가 간 곳을 알고 있을 뿐이니, 안국관(安國觀)의 대문 뒤에 있는 커다란 홰나무 가지 끝의 까치 둥지에서 찾으면 될 것이네."

시골 노인이 곧장 대문으로 가서 보았더니 홰나무 가지 끝에 과연 까치 둥지가 있었는데 아무것도 얻지 못했다. 그래서 나무에서 내려오면서 머리를 숙였더니 잃어버린 소가 나무 밑동에 묶여 풀을 먹고 있는 것이 보였는데, 풀 있는 곳이 바로 소도둑의 집이었다. 미 : 신묘한 추산이로다! 가탐이 한 번은 퇴조해 돌아온 뒤, 즉시 상동문(上東門)의 군졸을 불러오게 해 엄하게 주의를 주며 말했다.

"내일 정오에 어떤 행색이 특이한 사람이 상동문으로 들어오면, 너는 반드시 그 사람을 흠씬 두들겨 패되 죽어도 무방하다."

군졸은 가탐의 명을 받았다. 사시(巳時 : 오전 10시 전후)에서 오시(午時 : 오전 12시 전후)까지 기다렸더니, 과연 비구니 두 명이 동쪽에서 100보 간격으로 차례로 왔는데 별다른 특이한 점은 없었고 곧장 상동문에 이르렀다. 비구니들은 얼굴에 붉은 분을 발랐고 단장한 용모가 아주 요염해 마치 창기처럼 보였으며, 안에는 진홍색 옷을 입었고 아래도 붉은색으로 치장했다. 군졸이 비구니 중에 저런 사람은 없다고 생각해 몽둥이로 사정없이 때렸더니, 두 비구니는 머리가 깨져 피를 흘린 채 억울하다고 울부짖으면서 뒤돌아 달아났는데 달리는 말처럼 빨랐다. 군졸이 계속 쫓아가 때리자 그녀들은 또 다리가 부러졌으며 여기저기 마구 터지고 찢어졌다. 그녀들은 100보 이상 달아나서 풀숲으로 몸을 던져 나무 뒤로 숨었는데, 이미 어디론가 사라져 더 이상 종적이 없었다. 군졸이 돌아가 두 비구니의 이상함을 보고하자

가탐이 말했다.

"때려서 죽였느냐?"

군졸이 대답했다.

"머리를 깨뜨리고 다리를 부러뜨려 아주 심한 고통을 주었지만, 죽지는 않고 사라져 버렸습니다."

가탐이 탄식하며 말했다.

"그렇다면 작은 재앙을 면하진 못하겠구나!"

다음 날 동쪽 시장에서 아뢰었는데, 원인 모를 불이 나서 수백 수천 가구까지 번졌지만 불길을 잡아 껐다고 했다.

가탐이 활대(滑臺)를 진수하고 있을 때, 경내에 가뭄이 들자 대장 두 명을 불러서 말했다.

"올해는 흉년이니, 번거롭겠지만 두 분이 백성을 구제해야겠습니다."

두 사람이 말했다.

"만약 군주(軍州 : 군진이 설치된 주)를 이롭게 할 수 있다면 죽음도 사양치 않겠습니다."

그러자 가탐이 웃으며 말했다.

"그대들이 건보(健步 : 빨리 잘 걷는 사람)가 되어 주었으면 합니다. 내일 틀림없이 진홍색 옷을 입고 말을 탄 두 사람이 시장을 지나 성을 나갈 것이니, 따라가서 그들이 사라진 곳을 기억해 두면 우리의 일은 잘될 것입니다."

두 장군은 양식을 싸고 검은 옷을 입은 채 거리에서 그들을 찾았는데, 과연 진홍색 옷을 입은 두 사람이 시장을 지나 들판으로 가서 200여 리를 걸어간 후 커다란 무덤에 숨더니 사라졌다. 두 장군은 마침내 돌을 쌓아 표식을 해 두고 이틀 밤 뒤에 돌아왔다. 가탐이 크게 기뻐하면서 수백 명에게 삼태기와 가래를 들려 보내 두 장군과 함께 그곳으로 가서 무덤을 파 보게 했더니, 수십만 곡(斛)의 묵은 조가 나왔는데, 사람들은 끝내 어찌 된 영문인지 몰랐다. 미 : 속신(粟神)을 알아본 것이다.

가탐은 활대성(滑臺城) 북쪽에 팔각정(八角井)을 파라고 명해 황하(黃河)의 범람을 막으려 했다. 그러고는 몰래 사람을 시켜 우물 파는 곳에서 정탐하게 했는데, 한 노인이 와서 보더니 물었다.

"누가 이 우물을 팠소?"

관리가 말했다.

"상공이십니다."

노인이 말했다.

"솜씨가 정말 좋습니다."

가탐이 누구냐고 묻자 노인이 말했다.

"나는 정대부(井大夫)입니다." 미 : 지리를 안 것이다. 미 : 정신(井神)이 덧붙어 나온다.

활주(滑州)에 부유한 백성이 있었는데, 그 아버지가 우연히 병에 걸려 몸이 점점 야위더니 음식을 끊고 매일 반 되의 신선한 피만 마실 뿐이었다. 미 : 기질(奇疾)이 덧붙어 나온다. 그의 집에서 걱정하고 두려워하며 많은 재물을 들여 뛰어난 의원을 모집했지만, 찾아온 의원들은 모두 아무 효험도 없이 돌아갔다. 그 후 검남(劍南)에서 온 어떤 사람이 열흘 동안 진료하고 살펴보았지만 역시 그 증세를 알 수 없자 병자의 아들에게 말했다.

"내가 듣기에 부수(府帥 : 가탐)께서 박학하고 다재다능해 의약과 점복에 대해서도 정통하지 않은 것이 없다고 하는데, 당신은 5만 전을 낼 수 있겠소?"

아들이 말했다.

"어디에 쓰렵니까?"

의원이 말했다.

"그 돈을 상공의 수레를 모는 관리에게 보내 상공이 출타하시기를 기다렸다가, 수레에 노인을 싣고 상공의 말 앞에서 보이도록 하시오. 만약 상공께서 무슨 말씀을 하시면 내가 나의 능력을 펼쳐 보일 수 있을 것이오."

아들은 그의 말대로 했다. 상공이 과연 사당에 분향하러 나가다가 그 노인을 보고 주시하더니 말을 하려 했는데, 마침 감군사(監軍使)가 일을 아뢰는 바람에 어느새 상공의 말이 이미 지나가 버리자, 의원은 결국 작별 인사를 하고 떠났다. 그 후에 아버지가 아들에게 말했다.

"내 병은 필시 죽을병이니, 지금 너무 괴로워서 사람들의 말조차 듣기 싫다. 너는 나를 성 밖의 산과 물이 있는 곳에 실어다 놓고 사흘에 한 번씩 와서 나를 살펴보다가 만약 죽었거든 거기에 묻도록 해라."

아들은 어쩔 수 없이 아버지를 싣고 가서 연못 가까이에 있는 반석에 놓아두고 슬피 울며 돌아왔다. 아버지가 문득 보았더니, 누런 개 한 마리가 연못으로 와서 여러 차례 물속을 들어갔다 나왔다 했는데, 그 모습이 마치 목욕하는 것 같았다. 그런데 개가 떠난 후 그 물에서 향기가 났다. 노인은 목이 말라 물을 마시고 싶었지만 숨이 차고 기력이 쇠해 간신히 팔꿈치로 기어 앞으로 갔는데, 물을 마시고 났더니 사지가 조금 가벼워짐을 느껴 계속해서 그 물을 마셨더니 앉을 수 있게 되었다. 아들은 놀라 기뻐하며 다시 아버지를 싣고 집으로 돌아왔는데, 아버지는 음식을 먹을 수 있었고 열흘도 채 안 되어 완쾌했다. 다른 날에 가수(賈帥 : 가탐)가 다시 출타하다가 전에 병자를 실은 수레가 있던 곳에 이르러 물었다.

"지난번의 병자는 살아 있느냐?" 협 : 마음 씀이 자상하다.

관리가 병자는 지금 이미 회복했다고 보고하자 상공이 말했다.

"사람의 병에는 원래 알 수 없는 것도 있다. 그 사람의 병은 슬증(虱症)[105]으로 세상에는 치료할 약이 없는데, 반드시 천 년 된 나무 빗을 태워 그 재를 복용하거나 그렇지 않으면 황룡(黃龍)이 목욕한 물을 마셔야 한다. 그 외에는 치료할 방법이 없는데 어떻게 나았는지 모르겠다." 미 : 신의(神醫)다.

관리를 보내 물어보게 했더니 노인이 자세히 대답했다. 상공이 말했다.

"이 사람은 하늘이 병을 내렸지만 스스로 그 약을 얻었으니 운명이로다!"

당시 사람들은 이를 듣고 모두 상공의 박식함에 탄복했다.

唐宰相賈耽, 於陰陽象緯, 無不洞曉. 有村人失牛, 詣桑國師卜之, 卦成, 國師謂曰: "爾之牛, 是賈相國偸將置於巾帽箅中. 爾但候朝時, 突前告之." 叟乃如言祈請. 公詰之, 具以卜者語告, 公於馬上笑, 爲發巾箅, 取式盤, 據鞍運轉以視之. 良久, 謂失牛者曰: "相公不偸爾牛, 要相公知牛去處, 但可於安國觀三門後大槐樹之梢鵲巢探取之." 村叟徑詣三門上, 見槐樹杪果有鵲巢, 却無所獲. 乃下樹, 低頭見失牛在樹根繫之食草, 草次是盜牛者家. 眉 : 神算! 嘗退歸, 卽令召上東門卒至, 嚴戒曰: "明日當午, 有異色人入門, 爾必痛擊之, 死且無妨." 門卒禀命. 自巳至午, 果有二尼自東百步相叙而至, 更無他異, 直至門. 其尼施朱傅粉, 冶容艶佚, 如倡婦,

---

105) 슬증(虱症) : 이가 사람의 몸속에서 덩어리로 뭉쳐 생기는 병.

其內服殷紅，下飾亦紅．卒計尼髡所未有，因以撾痛擊之，傷腦流血，叫號稱寃，返走疾如奔馬．旋擊，又傷其足，狼籍毀裂．百步已上，落草映樹，已失所在，更無踪焉．門卒還述二尼之異，耽曰："打得死否？"具對："傷腦折足，痛楚殆極，但不死而失之."耽嘆曰："不免小有災矣！"翌日，東市奏失火，延袤百千家，救之得止．

賈耽鎮滑臺日，境內天旱，耽召大將二人謂曰："今歲荒，煩君二人救民也."皆言："苟利軍州，死不足辭."耽笑曰："君可辱爲健步．明日當有兩騎，衣慘緋，經市出城，可隨之，識其所滅處，則吾事諧矣."二將乃裹糧，衣皁衣，尋之，果有二緋衣經市至野，行二百餘里，映大冢而滅．遂累石表之，信宿而返．耽大喜，發數百人，具畚錘，與二將偕往發冢，獲陳粟數十萬斛，人竟不之測．眉：知粟神．

賈耽在滑臺城北，命鑿八角井以鎮黃河．於是潛使人於鑿所偵之，有一老父來觀，問曰："誰鑿此井？"吏曰："相公也."父曰："大好手."問之，曰："吾是井大夫也."眉：知地理．眉：井神附見．

滑州有富民，父偶得疾，體漸瘦，絕食，日飲鮮血半升而已．眉：奇疾附見．其家憂懼，乃多出金帛募善醫，醫至，皆無効而旋．後有人自劍南來，診候旬日，亦不識其狀，乃謂其子曰："某聞府帥博學多能，至於醫卜，罔不精妙，子能捐五十千乎？"其子曰："何用？"曰："將以遺御史，候公之出，以車載叟，於馬前使見之．倘有言，則某得施其力矣."子如其言．公果出行香，見之注視，將有言，爲監軍使白事，不覺馬首已過，醫人遂辭去．其父後語子曰："吾疾是必死之徵，今頗煩躁，厭人語．爾可載吾城外有山水處置之，三日一來省吾，如死則葬之於彼."其子不獲已，載去，得一盤石近池，置之，悲泣而歸．其父忽見一黃犬來池中，出沒數四，狀如沐浴．旣去, 其水卽香. 叟渴欲飮, 而氣喘力微, 乃肘行而前, 旣飮, 則覺四體稍輕, 飮之不已, 旣能坐. 子驚喜, 乃復載歸家, 則能飮食, 不旬日而愈. 他日賈帥復出, 至前所置車處, 問曰 : "前度病人在否?" 夾 : 熱腸. 吏報今已平復, 公曰 : "人病固有不可識者. 此人是虱症, 世間無藥可療, 須得千年木梳燒灰服之, 不然, 卽飮黃龍浴水. 此外無可治也, 不知何因而愈." 眉 : 神醫. 遣吏問之, 叟具以對. 公曰 : "此人天與疾, 而自致其藥, 命矣夫!" 時人聞之, 咸服公之博識.

* 이 고사는 《태평광기》 권78 〈방사(方士) · 가탐〉, 권373 〈정괴(精怪) · 가탐〉, 권390 〈총묘(塚墓) · 가탐〉, 권399 〈수(水) · 가탐〉, 권83 〈이인(異人) · 가탐〉에 실려 있다.

10-8(0163) 서명부

서명부(徐明府)

출《계신록》

　　금향(金鄉)의 서명부는 은거하면서 도술을 지니고 있었다. 하남(河南)의 유숭원(劉崇遠)은 비구니가 된 누이가 있었는데 초주(楚州)에 살고 있었다. 일찍이 한 떠돌이 비구니가 그녀의 승원에 기숙했는데, 갑자기 병이 들어 몹시 야위더니 곧 죽을 것 같았다. 유숭원의 누이가 그 비구니를 돌보고 있었는데, 사람들이 함께 보았더니 병자의 몸속에서 날아다니는 벌레 같은 기운이 그 누이의 옷 속으로 들어가더니 결국 사라져 버렸다. 병자는 죽었고, 누이 역시 병에 걸렸으며, 얼마 후에 유씨 승원의 모든 사람이 병에 걸렸다. 그래서 유숭원이 서명부에게 도움을 청했더니 서명부가 말했다.

　　"금릉(金陵)의 비단 한 필을 주면 내가 그대를 위해 누이를 치료해 주겠소."

　　유숭원은 그의 말대로 비단을 보내 주었다. 다음 날 유씨는 꿈을 꾸었는데, 한 도사가 대쪽을 들고 와서 그 대쪽으로 자신의 몸을 두루 문지르자 몸속에서 흰 기운이 연기처럼 솟아올라 갔다. 잠에서 깨어났더니 몸이 상쾌해져서 식사를 할 수 있었다. 얼마 후에 서명부가 비단을 부쳐 보내면서 말했다.

"이 비단을 자리 아래에 두고 그 위에서 잠을 자면 즉시 차도가 있을 것입니다."

그 말대로 했더니 마침내 병이 나았다. 이윽고 그 비단을 살펴보니 대쪽을 든 도사 한 명이 그려져 있었는데, 꿈에서 본 사람과 같았다. 협: 매우 기이하다.

金鄕徐明府者, 隱而有道術. 河南劉崇遠, 有妹爲尼, 居楚州. 常有一客尼寓宿, 忽病瘠, 瘦甚且死. 其妹省之, 衆共見病者身中有氣如飛蟲, 入其妹衣中, 遂不見. 病者死, 妹亦病, 俄而劉氏擧院皆病. 崇遠求於明府, 徐曰: "致金陵絹一匹, 吾爲爾療之." 如言送絹訖. 翌日, 劉氏夢一道士執簡而至, 以簡遍撫其身, 身中白氣騰上如炊. 旣寤, 遂輕爽能食. 頃之, 徐封絹而至, 曰: "置絹席下, 寢其上, 卽差矣." 如其言, 遂愈. 已而視其絹, 乃畫一持簡道士, 如所夢者. 夾: 大奇.

* 이 고사는 《태평광기》 권85 〈이인(異人)·서명부〉에 실려 있다.

10-9(0164) 이객

이객(李客)

출《야인한화(野人閑話)》

 이객은 자신의 이름을 말하지 않았으며, 일찍이 삿갓을 쓰고 베주머니를 매달고서 성안에서 쥐약을 팔았는데, 나무 쥐 한 마리로 표식을 삼았다. 어떤 사람이 쥐약을 사러 오면 그는 곧 말했다.

 "이 약은 쥐를 죽일 뿐만 아니라 아울러 모든 병도 치료합니다."

 사람들은 쥐약을 꺼려서 복용하는 자가 거의 없었다. 장찬(張贊)이란 사람은 책 장사를 생업으로 했는데, 70여 세가 된 그의 아버지가 오래도록 중풍을 앓아 왔다. 하루는 쥐가 그의 책 몇 권을 갉아 먹었기에 장찬은 몹시 화가 나서 쥐약을 사다가 쥐에게 먹이려 했다. 장찬이 아직 잠자리에 들기 전에 등잔불 아래에서 큰 쥐 여러 마리가 나오더니 다투어 쥐약을 먹었다. 장찬은 쥐들이 필시 중독되었을 것이라고 말했다. 그러나 잠시 뒤에 보았더니 쥐들이 모두 날개가 돋아 문밖으로 날아가 버렸다. 장찬이 매우 이상히 여겨 이객을 찾아가 말했더니 이객이 말했다.

 "응당 쥐가 아니었을 테니 그대는 터무니없는 말을 하지 마시오."

　장찬이 다시 약을 달라고 했으나, 이객은 이미 다 팔렸다고 말했으며 이후로 숨어 버렸다. 장찬의 아버지는 쥐가 먹다 남긴 약을 먹었는데, 갑자기 사지를 굽혔다 펼 수 있다고 느껴서 침상에서 내려와 예전처럼 걸어 다녔다.

李客者, 不言其名, 嘗披戴笠, 繫一布囊, 在城中賣殺鼠藥, 以一木鼠記. 或有人買藥, 卽曰 : "此不惟殺鼠, 兼療衆病." 人惡其鼠藥, 少有服者. 有張贊, 賣書爲業, 父年七十餘, 久患風疾. 一日因鼠嚙其文字數卷, 贊甚怒, 買藥將以飼鼠. 贊未寢, 燈下見大鼠數頭出, 爭食之. 贊言必中其毒. 俄見皆有羽翼, 望門飛出. 贊深異之, 因就李客語, 客曰 : "應不是鼠, 汝勿誕言." 贊更求藥, 言已盡矣, 從此遁去. 其父取鼠殘食之, 頓覺四體能屈伸, 下床履步如舊.

* 　이 고사는 《태평광기》 권85 〈이인·이객〉에 실려 있다.

10-10(0165) 왕수일

왕수일(王守一)

출《대당기사(大唐奇事)》

　　당(唐)나라 정관(貞觀) 연간(627~649) 초에 낙성(洛城 : 낙양)에 한 서생이 있었는데, 자칭 종남산인(終南山人)이라 하고 왕씨 성에 이름이 수일이라고 했다. 늘 커다란 병 하나를 지고 다니면서 약을 팔았는데, 사람들 중에서 그에게 약을 사려고 했으나 사지 못한 자는 병이 들어 반드시 죽었으며, 혹은 병이 없는 사람에게 급히 약을 주면 그 사람은 열흘 뒤에 틀림없이 심한 병에 걸렸다. 낙양(洛陽)의 유신(柳信)이란 사람은 집에 천금의 재산이 쌓였고 아들 하나만 있었는데, 그 아들이 관례(冠禮)를 올리고 난 후 갑자기 눈썹 위에서 혹 하나가 생겨났기에 두루 치료해 보았지만 제거하지 못했다. 유신은 그 서생이 용하다는 소문을 듣고 마침내 직접 그를 집으로 초청해 아들을 나오게 해서 보여 주었다. 서생은 먼저 향을 피우고 술과 안주를 준비하게 해 제사를 지내고 나서, 병 속에서 환약 한 알을 꺼내 입으로 씹어 혹에 바른 뒤에 다시 술과 고기를 차리라고 청했다. 잠시 후 혹이 터지면서 작은 뱀 한 마리가 튀어나와 땅에 떨어졌는데, 길이는 5촌쯤 되었고 오색찬란했으며 점점 자라더니 1장(丈)

쯤 되었다. 왕수일이 술을 다 마시고 나서 뱀에게 소리를 한 번 지르자 그 뱀이 날아올랐는데, 짙은 운무로 사방이 어두워졌다. 왕수일은 기뻐하며 뱀을 타고 떠나갔는데 어디로 갔는지 알 수 없었다.

唐貞觀初, 洛城有一布衣, 自稱終南山人, 姓王, 名守一. 常負一大壺賣藥, 人有求買不得者, 病必死, 或急授無疾人, 其人旬日後必染沈痾也. 洛陽柳信者, 家累千金, 唯有一子, 旣冠後, 忽於眉頭上生一肉塊, 歷療不除. 及聞此布衣, 遂躬請至家, 出其子以示之. 布衣先焚香, 命酒脯祭祝, 後於壺中探一丸藥, 嚼傅肉塊, 復請具樽俎. 須臾間, 肉塊破, 有小蛇一條突出在地, 約長五寸, 五色爛然, 漸漸長及丈許. 守一乃盡飮其酒, 叱蛇一聲, 其蛇騰起, 雲霧昏暗. 守一忻然乘蛇而去, 不知所在.

* 이 고사는 《태평광기》 권82 〈이인·왕수일〉에 실려 있다.

10-11(0166) 비계사

비계사(費鷄師)

출《유양잡조》

[당나라] 장경(長慶) 연간(821~824) 초에 촉(蜀) 땅에 비계사가 있었는데, 눈은 붉고 검은 눈동자가 없었다. 그는 사람들을 위해 질병을 낫게 해 주었는데, 반드시 닭 한 마리를 사용해 정원에 제단을 설치하고 또 계란만 한 강돌을 가져와 병자에게 그것을 쥐고 있게 한 후에, 걸어 다니다가 얍! 하고 기합을 넣으면 닭이 뱅글뱅글 돌다가 죽고 강돌도 사방으로 쪼개졌다. 단성식(段成式)의 가노 영안(永安)이 믿지 않자 비계사가 그에게 말했다.

"너에게 큰 액운이 닥칠 것이다."

그러고는 영안에게 환약과 부적을 삼키게 하고 또 왼발의 신발과 버선을 벗긴 뒤 부적을 발바닥 가운데에 붙였다. 또 노복 창해(滄海)에게 말했다.

"너는 장차 병에 걸릴 것이다."

그러고는 창해에게 웃통을 벗고 문을 등지고 서게 하고는 문 바깥쪽에서 붓으로 두세 번 금을 그으면서 큰 소리로 말했다.

"통과하거라! 통과해!"

그러자 먹 자국이 그의 등에까지 파고들었다. 미 : 근자에 술사(術士) 중에 검은 동그라미를 옮길 수 있다고 하는 자가 있는데 이는 눈속임이다.

長慶初, 蜀有費鷄師, 目赤無黑睛. 爲人解疾, 必用一鷄設祭於庭, 又取江石如鷄卵, 令疾者握之, 乃踏步作氣噓叱, 鷄旋轉而死, 石亦四破. 段成式家奴永安不信, 師謂曰 : "爾有大厄." 因丸符逼令呑之, 復去其左足鞋及襪, 符展在足心矣. 又謂奴滄海 : "爾將病." 令袒而負戶, 以筆再三畫於外, 大言曰 : "過! 過!" 墨迹遂透其背焉. 眉 : 近日術家有能移黑圈者, 乃僞也.

* 이 고사는 《태평광기》 권80 〈방사・비계사〉에 실려 있다.

10-12(0167) 진채

진채(陳寨)

출《계신록》

　　진채는 천주(泉州) 진강(晉江)의 무의(巫醫)로 액막이 술법에 뛰어났다. 장주(漳州)의 객점에 소맹(蘇猛)이라는 사람이 있었는데, 그의 아들이 미쳤으나 치료할 수 있는 사람이 없자 진채를 찾아가서 치료를 청했다. 진채가 당도하자 소씨(蘇氏 : 소맹)의 아들이 그를 보고 삿대질을 하며 욕을 퍼부었다. 그러자 진채가 말했다.

　　"이 병은 이미 심장에 침입했습니다."

　　그러고는 당(堂) 안에 단을 세우고 사람들이 엿볼 수 없도록 경계했다. 밤이 되자 진채는 소씨의 아들을 데려다가 몸을 둘로 갈라 당의 동쪽 벽에 걸어 두고 그 심장은 북쪽 처마 밑에 매달아 두었다. 진채가 당 안에서 한창 술법을 행하고 있을 때 매달아 두었던 심장을 개가 먹어 버렸다. 미 : 사람들은 엿보지 못하게 했지만 개는 몰래 들어올 수 있었으니 방비가 허술했다. 진채는 심장을 찾았으나 찾을 수 없자, 곧 칼을 들고 땅에서 이리저리 몸을 움직이다가 문을 나서서 떠났다. 주인은 그 사실을 모른 채 그가 술법을 행하는 것으로만 여겼다. 한 식경쯤 지나서 진채가 심장을 들고 들어와 병자의 배 속에 넣고 머리를 풀어 헤치고 연달아 소리쳤더니 배가 마침 내 봉합되었다. 소씨의 아들은 깨어나고 나서 다만 연달아 소리쳤다.

"체포(遞鋪)! 체포!"

집안사람들은 영문을 알 수 없었다. 그날 그의 집에서 몇 리 떨어진 곳에서 한 역참 관리가 공문서를 들고 길가에 죽어 있었다. 당초 남방의 역로(驛路)는 20리마다 체포를 하나씩 두었는데, 역참 관리가 공문서를 들고 차례로 전달하면서 다음 체포에 가까워지면 곧 연달아 소리쳐서 알려 주었다. 진채는 그 역참 관리의 심장을 가져와서 소씨의 아들을 살렸던 것이다. 소씨의 아들은 마침내 병이 나아 예전처럼 되었다. 미 : 역참 관리는 이미 죽었는데 심장은 죽지 않은 것은 어찌 된 일인가?

陳寨者, 泉州晉江巫也, 善禁祝之術. 有漳州逆旅蘇猛, 其子病狂, 人莫能療, 乃往請陳. 陳至, 蘇氏子見之, 戟手大罵. 寨曰 : "此疾入心矣." 乃立壇於堂中, 戒人無得竊視. 至夜, 取蘇氏子, 劈爲兩片, 懸堂之東壁, 其心懸北檐下. 寨方在堂中作法, 所懸之心遂爲犬食. 眉 : 人且不許竊視, 而犬得竄入, 其防疏矣. 寨求之不得, 乃持刀宛轉於地, 出門而去. 主人弗知, 謂其作法耳. 食頃, 持心而入, 內於病者之腹, 被髮連叱, 其腹遂合. 蘇氏子既悟, 但連呼 : "遞鋪! 遞鋪!" 家人莫測. 其日去家數里, 有驛吏手持官文書, 死於道旁. 初南中驛路二十里置一遞鋪, 驛吏持符牒以次傳授, 欲近前鋪, 輒連呼以警之. 乃寨取驛吏之心而活蘇氏. 蘇遂愈如故. 眉:驛吏已死, 而心不死, 何也?

* 이 고사는《태평광기》권220〈의(醫)·진채〉에 실려 있다.

10-13(0168) 낙현소

낙현소(駱玄素)

출《선실지》

　　조주(趙州) 소경현(昭慶縣) 사람 낙현소는 하급 관리였는데, 현령에게 죄를 짓고 마침내 도망가서 산골짜기 속에 숨었다. 낙현소는 문득 한 노인을 만났는데, 노인이 그를 데리고 깊은 산으로 들어가서 한 바위 동굴에 이르렀더니 동서로 마주 보고 있는 띳집 두 채가 보였다. 아주 젊은 시동 한 명이 총각머리에 짧은 베옷을 입고 흰옷에 허리띠를 매고 가죽신을 신고서 서쪽 집에 거하고 있었다. 동쪽 집에는 약을 만드는 가마가 있었는데 낙현소에게 불을 지키라고 했다. 노인은 자칭 동진군(東眞君)이라 하면서 10여 알의 약을 낙현소에게 먹게 했는데, 이때부터 낙현소는 곡기를 끊었다. 1년 남짓 되었을 때 동진군은 낙현소에게 부술(符術)과 복기술(服氣術)을 전수해 주면서 말했다.

　　"너는 이제 돌아가거라."

　　동진군은 현의 남쪽 수십 리까지 배웅해 준 뒤에 손을 잡고 작별했다. 이후로 낙현소는 마을에서 부술을 행했다. 일찍이 한 임산부가 출산일이 지나서도 아기를 낳지 못하자, 낙현소가 부적 한 장을 그녀에게 먹게 했더니 그날 저녁에 바로 출산했는데, 아기의 손에 그녀가 삼킨 부적이 쥐어져 있었다.

趙州昭慶民駱玄素者, 爲小吏, 得罪於縣令, 遂去, 匿山谷中. 忽遇老翁, 引入深山, 至一巖穴, 見二茅齋東西相向. 有侍童一人, 年甚少, 總角衣短褐, 白衣緯帶革舃, 居於西齋. 其東齋有藥竈, 命玄素候火. 老翁自稱東眞君, 以藥十餘粒, 令玄素餌之, 自是絶粒. 歲餘, 授符術及吸氣之法, 謂玄素曰: "子可歸矣." 送至縣南數十里, 執手而別. 自此以符術行里中. 常有孕婦過期不産, 玄素以符一道令餌之, 其夕卽産, 於兒手中得所吞之符.

* 이 고사는 《태평광기》 권73 〈도술・낙현소〉에 실려 있다.

10-14(0169) 장사평

장사평(張士平)

출《신선감우전》

    당(唐)나라 수주자사(壽州刺史) 장사평은 중년 이래로 부부가 모두 눈이 머는 병을 앓게 되어 치료할 방술사를 두루 찾았으나 찾을 수 없자 결국 은퇴하고 별장에 살면서 두문불출한 채 스스로를 탓했으며, 오직 성신(星辰)께 기도하고 제사 지내 신령의 도움을 빌 뿐이었다. 여러 해가 지나자 가산이 점점 비어 갔으나 정성만큼은 쇠퇴하지 않았다. 원화(元和) 7년(812) 8월에 어떤 서생이 그의 집을 찾아와 뵙기를 청하고 의술 공부를 스스로 자랑하면서 그저 사군(使君 : 장사평)을 한 번만 만나게 해 달라고 했다. 장사평은 그 말을 듣고 아픈 몸을 부축받으며 그를 만나 보았다. 그러자 서생이 사군에게 말했다.

    "이 질병은 약을 먹을 필요도 없습니다. 내일 10명의 장정을 불러 가래나 삽 따위를 준비해 우물 하나를 파면 눈은 저절로 즉시 나을 것입니다."

    장사평이 그의 말대로 했더니 서생이 바로 좋은 장소를 골라 주었다. 이른 아침부터 우물을 파서 저녁이 되어서야 물이 나왔는데, 장사평의 눈병의 병세가 갑자기 가벼워졌다. 급기야 새로 길어 올린 물로 눈을 씻자 당장 눈이 이전처럼 회복되었다. 장사평 부부가 서생에게 감사하면서 많은 금전과 비단으로 사례하자 서생이 말했다.

"나는 인간 세상의 사람이 아니라 태백성(太白星)의 관리요. 미 : 태백성관(太白星官)이 덧붙어 나온다. 그대가 성심(誠心)으로 기도와 제사를 올려 위로 성신(星辰)을 감동시켰기에, 오제성군(五帝星君)께서 나에게 이 술법을 전수해 그대의 심한 질병을 없애 줌으로써, 그대의 신봉하는 마음에 보답하게 하셨으니, 금전이나 비단은 필요한 바가 아니오. 이제 이 술법을 남겨 주겠소. 그 요결은 자(子)와 오(午)가 들어가는 해엔 5월의 술일(戌日)과 유일(酉日), 11월의 묘일(卯日)과 진일(辰日)이 길하고, 축(丑)과 미(未)가 들어가는 해엔 6월의 술일(戌日)과 해일(亥日), 11월의 진일(辰日)과 사일(巳日)이 길하며, 인(寅)과 신(申)이 들어가는 해엔 7월의 해일(亥日)과 자일(子日), 정월의 사일(巳日)과 오일(午日)이 길하고, 묘(卯)와 유(酉)가 들어가는 해엔 8월의 자일(子日)과 축일(丑日), 2월의 오일(午日)과 미일(未日)이 길하며, 진(辰)과 술(戌)이 들어가는 해엔 9월의 신일(申日)과 미일(未日), 3월의 인일(寅日)과 축일(丑日)이 길하고, 사(巳)와 해(亥)가 들어가는 해엔 10월의 신일(申日)과 유일(酉日), 4월의 인일(寅日)과 묘일(卯日)이 길하오. 그 방위의 연월일시를 취한 곳이 바로 복지(福地)이니, 이곳에 우물을 파서 물이 나오면 반드시 좋은 효과가 있을 것이오." 미 : 우물 파는 법이다.

장사평은 재배하고 그것을 받았다. 서생은 말을 마치고 나서 하늘로 올라가 떠났다.

唐壽州刺史張士平, 中年以來, 夫婦俱病瞖, 歷求方術, 不能致, 遂退居別墅, 杜門自責, 唯禱醮星辰, 以祈神佑. 年久, 家業漸虛, 精誠不退. 元和七年八月, 有書生詣門請謁, 自衒攻醫, 但求一見使君. 士平聞之, 扶疾相見. 謂使君曰 : "此疾不假藥餌. 明日倩丁夫十人, 具鍬鍤之屬, 爲開一井, 眼自立愈." 張如其言, 書生卽選勝地. 自晨穿井, 至夕見水, 士平眼疾頓輕. 及得新水洗目, 卽時平復如初. 夫婦感之, 謝以厚幣, 書生曰 : "吾非世人, 太白星官也. 眉 : 太白星官附見. 以子精心禱醮, 上感星辰, 五帝星君使我降受此術, 以祛重疾, 答子修奉之心, 金帛非所需也. 因留此法. 其要以子午之年五月戌酉 · 十一月卯辰爲吉, 丑未之年六月戌亥 · 十一月辰巳, 寅申之年七月亥子 · 正月巳午, 卯酉之年八月子丑 · 二月午未, 辰戌之年九月申未 · 三月寅丑, 巳亥之年十月申酉 · 四月寅卯. 取其方位年月日時, 卽爲福地, 浚井及泉, 必有良效." 眉 : 浚井法. 士平再拜受之. 言訖, 升天而去.

* 이 고사는 《태평광기》 권75 〈도술 · 장사평〉에 실려 있다.

10-15(0170) 풍점

풍점(馮漸)

출《선실지》

하동(河東)의 풍점은 명경과(明經科)로 벼슬길에 들어갔으나, 천성이 세속과 위배되었기에 이후 관직을 버리고 이수(伊水) 가에서 은거했다. 당시 도사 이 군(李君)은 도술로 이름이 알려졌으며 특히 귀신을 잘 살폈기에 조정의 인사들이 모두 그의 재능을 앙모했다. 하지만 이 군은 풍점을 더욱 추숭하면서 오늘날 귀신을 제압하는 데에는 풍점을 넘어서는 자가 없다고 생각했다. 미: 이 군은 자신의 뛰어남을 숨겼으니 그의 도술이 풍점에 못지않다는 것을 알겠다. 이로부터 조정의 인사들은 모두 풍점이 기묘한 도술을 지니고 있음을 알게 되어 종종 그의 이름을 언급했다. 장안(長安)에서 대부분 '점(漸)' 자를 대문에 써 놓는 것은 이 때문이다.

河東馮漸, 以明經入仕, 性與俗背, 後棄官, 隱居伊水上. 時有道士李君, 以道術聞, 尤善視鬼, 朝士皆慕其能. 而李更推重漸, 謂當今制鬼, 無過漸者. 眉: 李君伏善, 乃知其術不在漸下. 自是朝士咸知漸有奇術, 往往道其名. 長安中率以'漸'字題門, 以此.

* 이 고사는 《태평광기》 권75 〈도술·풍점〉에 실려 있다.

10-16(0171) 원조

원조(元兆)

출《박물지(博物志)》

　　후위(後魏 : 북위) 효문제(孝文帝) 때 위성(魏城) 사람 원조가 있었는데, 구천법(九天法)[106]으로 요괴를 근절할 수 있었다. 이전에 업성(鄴城)의 한 군사(軍士)에게 14세 된 딸이 있었는데, 요괴로 인한 병을 앓은 지 여러 해가 되어 수십 명이 치료해 보았으나 아무런 소용이 없었다. 하루는 그 집에서 딸을 데리고 원조를 찾아갔더니 원조가 말했다.

　　"이 병은 여우나 이리에 홀린 것이 아니라, 절의 벽에 그려진 사천신(四天神) 패거리의 도깨비요."

　　딸의 아버지가 말했다.

　　"제가 전에 운문(雲門)의 황화사(黃花寺) 동쪽 벽에 그려진 동방신(東方神) 아래에서 은혜를 빌면서 늘 이 딸을 데리고 그 아래로 갔습니다. 딸은 그 그림의 신을 무서워하다가 밤이면 놀라 가위눌리면서 악귀가 찾아와 딸을 붙잡고 웃는 악몽에 시달렸는데, 이로 인해 병을 얻게 되었습니다."

---

[106] 구천법(九天法) : 도교에서 요괴를 제거하는 법술의 일종.

원조는 크게 웃더니 갑자기 공중의 사람과 얘기했는데, 주변의 사람들도 공중에서 대답하는 소리를 들었다. 한참이 지난 뒤에 원조가 마당을 향해 꾸짖으며 말했다.

"빨리 잡아 오너라!"

공중에서 말했다.

"춘방대신(春方大神 : 동방신)께서 원 대행(元大行 : 원조)께 말씀을 전하시길, 자신이 직접 악신을 처벌하겠다고 했습니다."

원조가 화를 내며 말했다.

"너는 내 뜻을 춘방신에게 전해서 반드시 속히 그놈을 묶어 대령해라!"

말을 마치고 나서 다시 공중을 향해 말했다.

"세 명의 쌍아장(雙牙將)과 여덟 명의 적미장(赤眉將)을 불러 잡아 오도록 해라!"

주변의 사람들은 모두 비바람 소리를 들었는데, 곧 신이 도착하자 원조가 그 모습을 드러내라고 했다. 주변의 사람들은 키가 한 장(丈)이 넘는 세 신을 보았는데, 각각 세 척이나 되는 두 어금니가 입술 밖으로 드러나 있었으며 붉고 푸른 옷을 입고 있었다. 또 보았더니 모두 붉은 옷을 입고 눈썹까지 온통 새빨간 여덟 명의 신이 함께 악신을 움켜잡고 곧장 처마 아래로 끌고 왔다. 악신은 붉은 눈에 머리를 풀어 헤쳤고 큰 코에 네모난 입에는 어금니가 모두 삐져나와 있었으며, 손톱은 새 발톱 같았고 두 발에는 모두 긴 털이 자라 있었고 옷은 표범 가죽 같았다. 그 집에서 원조에게 말했다.

"이것이 바로 딸이 늘 봤던 악신입니다."

원조가 악신을 앞으로 나오라고 해서 말했다.

"너는 그림일 뿐인데 어찌하여 이런 괴이한 모습을 하고 있느냐?"

악신이 대답했다.

"그림은 본래 모습을 본뜬 것이니 본래 모습을 그리면 바로 정신이 깃들게 됩니다. 비록 그림이지만 정령이 붙어 있기에 사람에 감응해서 홀렸으니 실로 제게 죄가 있습니다."

원조가 크게 노해 시동에게 항아리에 물을 담아 오게 해서 모두 뿌렸지만 악신의 색은 흐려지지 않았다. 원조가 더욱 노해 끓는 물을 뿌리게 했더니 잠시 후 악신은 사라지고 빈 주머니 같은 것만 남았다. 그런 후에 그것을 빈 들판에 던져 버리게 했더니, 그 딸이 그 자리에서 나왔다. 아버지는 딸을 수레에 태워 업성으로 돌아간 뒤, 다시 황화사에서 그림이 그려져 있던 곳을 찾아보았는데, 물로 씻어 낸 것 같았기에 놀라 감탄하며 그 신기함을 칭송했다. 운경(雲敬) 스님이 이를 보고 묻자 그 사람이 그 연유를 갖추어 얘기했더니, 스님이 크게 놀라며 말했다.

"지난달에 이 절에서 하루는 대낮에 어두워지면서 갑자기 거센 바람과 검은 구름이 몰려와 벼락 치는 것 같은 소리가 한참 동안 절을 둘러싸더니, 그림이 있는 곳에서 마치 누군가를 붙잡아 가는 것 같은 소리가 들렸소. 그러면서 어떤 사람이 '세력이 원 대행을 능가하지 못하니 속히 떠나는 것만 못하다'라고 말했소. 미 : 도가의 승부도 세력만 따지고 시비는 따지지 않는가? 아! 그 말이 끝나자 바람과 먼지가 흩어지고 절 안이 다시 밝아졌는데, 저녁에 이곳을 보았더니 한 신이 마치 씻어 낸 듯이 없어졌소. 그대가 한 말을 살펴보니 그 일과 꼭 부합하오."

원조는 구겸지(寇謙之)의 스승이다.

後魏孝文時, 有魏城人元兆, 能以九天法禁絶妖怪. 先鄴中有軍士女, 年十四, 患妖, 病累年, 治者數十人並無據. 一日, 其家以女來謁兆, 兆曰:"此疾非狐狸之魅, 是佛寺中壁畫四天神部落中魅也." 其女之父曰:"某前於雲門黃花寺中東壁畫東方神下乞恩, 常携此女到其下. 女懼此畫之神, 因夜驚魘, 夢惡鬼來持女而笑, 由此得疾." 兆大笑, 因忽與空中人語, 左右亦聞空中有應對之音. 良久, 兆向庭嗔責云:"亟持來!" 空中云:"春方大神傳語元大行, 惡神吾自當罪戮." 兆怒曰:"汝以我誠達春方, 必速鎖致!" 言訖, 又向空中語曰:"召三雙牙・八赤眉往!" 左右咸聞有風雨聲, 乃至, 兆令見形. 左右見三神皆丈餘, 各有雙牙長三尺, 露於唇外, 衣靑赤衣. 又見八神俱衣赤, 眼眉並殷色, 共扼其神, 直逼軒下. 蓬首目赤, 大鼻方口, 牙齒俱出, 手甲如鳥, 兩足皆有長毛, 衣若豹韡. 其家謂兆曰:"此正女常見者." 兆令前曰:"汝畫影耳, 奈何有此妖形?" 其神應曰:"畫以像眞, 眞卽有神. 況所畫之上, 精靈有憑, 可通感而幻化, 臣實有罪." 兆大怒, 命侍童取罐瓶受水, 淋之盡, 而惡神之色不衰. 兆更怒, 命煎湯以淋, 須臾神化, 如一空囊. 然後令擲去空野, 其女於座卽愈. 父載歸鄴, 復於黃花寺尋所畫之處, 如水之洗, 因而駭嘆稱異. 僧雲敬見而問之, 備述其由, 僧大驚曰 : "此寺前月中, 一日晝晦, 忽有惡風玄雲, 聲如雷震, 繞寺良久, 聞畫處如擒捉之聲, 有一人云 : '勢力不加元大行, 不如速去.' 眉 : 道家勝負, 亦論勢力, 不論是非乎? 噫! 言訖, 風埃乃散, 寺中朗然, 晚見此處一神如洗. 究汝所說, 正符其事." 兆卽寇謙之師也.

* 이 고사는 《태평광기》 권210 〈화(畫)·황화사벽(黃花寺壁)〉에 실려 있다.

10-17(0172) 양창

양창(楊瑒)

출《광이기》

　[당나라] 개원(開元) 연간(713~741)에 낙양현령(洛陽縣令) 양창이 한번은 출타했다가 홰나무 그늘 아래에 있는 점쟁이를 보았는데, 현령이 지나가는데도 그는 단정히 앉아 태연자약했다. 현령의 종자(從者)가 그를 꾸짖으며 일어나 비키라고 했지만 그는 움직이지 않았다. 양창은 산수(散手: 의장병)[107]에게 그를 체포해 청사로 끌고 가게 한 뒤, 채찍으로 때릴 즈음에 직접 질책하며 물었다. 그러자 점쟁이가 머리를 쳐들고 말했다.

　"당신은 이틀짜리 현령인데 어찌하여 날 질책하시오?"

　양창이 무슨 일인지 물었더니 점쟁이가 말했다.

　"이틀 뒤에 당신은 틀림없이 목숨이 끊어질 것이오."

　양창이 깜짝 놀라며 어떻게 그것을 아는지 묻자 점쟁이가 자신이 본 것을 자세히 말해 주었더니, 온 집안사람들이 놀라고 두려워했다. 양창이 거듭 절하며 재액을 풀어 달라

---

107) 산수(散手): 산수장(散手仗)으로, 수당대(隋唐代)의 의위병(儀衛兵) 가운데 하나를 말한다.

고 청하자 점쟁이가 말했다.

"아직은 알 수 없소."

그러고는 양창을 데리고 동원(東院)의 정자 안으로 들어간 뒤, 양창에게 머리를 풀어 헤치고 맨발로 담장을 마주 보고 서 있게 했으며, 자신은 책상에 기대어 부적을 썼다. 한밤중이 지난 뒤에 점쟁이가 기뻐하며 양창에게 말했다.

"오늘 밤은 일단 다행히 화를 면할 것이오. 내일 30장의 종이로 지전(紙錢)을 만들고 떡과 술을 많이 준비해서 정죄문(定罪門) 밖의 뽕나무 숲 사이로 나가 지나가는 사람들을 기다렸다가 그들에게 대접하시오. 검은 갖옷을 입고 오른쪽 소매를 걷어 올린 사람이 바로 당신을 부르러 온 사자이니, 만약 그를 붙들어 음식을 대접한다면 당신은 걱정이 없을 것이지만, 그렇지 않다면 실로 당신을 구제하기 어렵소. 당신은 또한 마땅히 그에게 감사의 말씀을 잘 드려야 하오."

양창은 점쟁이의 말대로 했다. 그러나 해가 서쪽으로 넘어가고 준비한 술과 떡이 거의 떨어져 가는데도 검은 갖옷 입은 사람이 오지 않자 양창은 몹시 근심했다. 잠시 후 마침내 그 사람이 도착하자 양창은 사람을 보내 그를 모셔 오게 했는데, 그가 흔쾌히 응하자 음식을 거듭 차려 올렸다. 양창이 배알하자 그 사람이 말했다.

"당신은 어제 어디에 갔었소? 여러 번 당신의 거처에 갔지만 결국 만나지 못했소. 선신(善神)이 보호하고 있을 것이라 생각했기 때문에 감히 범접하지 못했소. 지금 저승에서 계속 당신을 불러들이라고 하는데 어쩌면 좋겠소?"

양창은 거듭 절하며 살려 달라고 간청하고, 아울러 지전을 태워 그의 출행 비용을 도와주었다. 그러자 귀신이 말했다.

"큰 은혜를 베풀어 주어서 감사하오. 내일 저승의 여러 관리들과 함께 와서 방도를 찾아보겠소."

귀신은 말을 마친 뒤 사라졌다. 다음 날 양창은 성대한 음식을 차려 놓고 기다렸는데, 저녁 무렵에 저승사자가 수십 명의 무리와 함께 도착해 매우 유쾌하게 연회를 즐기면서 서로에게 말했다.

"양 장관(楊長官 : 양창)의 일에 어떻게 마음을 다 쏟지 않을 수 있겠소?" 미 : 저승 관리가 재물을 받고 부정을 저지르니, 염라대왕도 크게 멍청하다.

한참 뒤에 저승사자가 양창에게 말했다.

"당신의 맞은편 마을에 사는 양석(楊錫) 역시 재간이 있으니, 지금 [당신 이름인 '창(瑒)' 자에서] '왕(王)'을 지우고 '금(金)'을 붙여서 그를 잡아가겠소. 당신은 오경(五更)이 되어 북이 울리면 양석의 집에서 기다리고 있다가 만약 곡성이 들리면 당신은 재액을 면하게 되는 것이오."

양창은 그의 말대로 양석의 집으로 가서 보았는데, 귀신이 나무 끝에 있다가 양석의 집으로 들어가려 했지만 개가 짖는 바람에 미처 들어가지 못하고 있었다. 잠시 후 귀신이 무너진 담장을 통해 들어간 뒤에 얼마 있다가 곡성이 들렸다. 그리하여 양창은 마침내 재액을 면할 수 있었다.

開元中, 洛陽令楊瑒, 常因出行, 見槐陰下有卜者, 令過, 端坐自若. 從者訶使起避, 不動. 瑒令散手拘至廳事, 將捶之, 躬自責問. 術者擧首曰: "君是兩日縣令, 何以責人?" 瑒問其事, 曰: "兩日後, 君當命終." 瑒甚愕, 問何以知之, 術者具告所見, 擧家驚懼. 瑒再拜求其禳解, 術者曰: "未可知也." 乃引瑒入東院亭中, 令瑒被髮跣足, 牆面而立, 己則據案書符. 中夕之後, 喜謂瑒曰: "今夕且幸免. 明日可以三十張紙作錢, 及多造餠餤與壺酒, 出定罪門外桑林之間, 俟人過者則飮之. 皁裘右袒, 卽召君之使也, 若留而飮餤, 君其無憂, 不然, 實難以濟. 君亦宜善爲辭謝." 瑒如其言. 洎日西影, 酒餤將罄, 而皁裘不至, 瑒深以爲憂. 須臾遂至, 使人邀屈, 皁裘欣然, 累有所進. 瑒乃拜謁, 人云: "君昨何之? 數至所居, 遂不復見. 疑善神監護, 故不敢犯. 今地府相招未已, 奈何?" 瑒再拜求救, 兼燒紙錢, 資其行用. 鬼云: "感施大惠. 明日當與府中諸吏同來謀之." 言訖不見. 明日, 瑒設盛饌相待, 至日晚, 使者與其徒數十人同到, 宴樂殊常浩暢, 相語曰: "楊長官事, 焉得不盡心耶?" 眉: 陰吏得財作弊, 閻浮老子亦大聾癡矣. 久之, 謂瑒曰: "君對坊楊錫, 亦有才幹, 今揩'王'作'金'以取彼. 君至五更, 鼓聲動, 宜於錫門相候, 若聞哭聲, 君則免矣." 瑒如其言往, 見鬼便在樹頭, 欲往錫舍, 爲狗所咋, 未能得前. 俄從缺牆中入, 遲回聞哭聲. 瑒遂獲免.

* 이 고사는 《태평광기》 권329 〈귀(鬼)·양창〉에 실려 있다.
1 정죄문(定罪門) : 《태평광기》 중화서국본에는 낙양에 정정문(定鼎門)이 있으므로 "죄(罪)"가 "정(鼎)"의 오기일 것이라는 교감문을 붙였다.

10-18(0173) 육법화

육법화(陸法和)

출《저궁고사(渚宮故事)》

　　육법화는 강릉(江陵)의 백리주(百里洲)에서 은거했다. 후경(侯景)[108]이 강남으로 건너왔을 때, 남군(南郡)의 주원영(朱元英)이 육법화를 찾아가서 물었더니 육법화가 말했다.

　　"과일은 익을 때가 되면 흔들지 않아도 저절로 떨어집니다. 시주님은 단지 후경이 익기만을 기다리면 되니 수고롭게 묻지 마십시오."

　　후경이 장수 임약(任約)을 파견해 강릉을 침범하자, 육법화는 세상으로 나와 상동왕(湘東王)을 찾아뵙고 스스로 임약을 정벌하겠다고 청했다. 그러고는 각처의 만족(蠻族) 제자 800명을 소집해 강나루에서 집결한 뒤, 이틀 만에 곧장 출병했다. 육법화는 전함에 올라 크게 웃으며 말했다.

---

108) 후경(侯景) : 자는 만경(萬景). 남조 양(梁)나라의 장군으로, 처음에 북위(北魏)에서 벼슬하다가 양 무제(武帝)에게 투항했으며, 나중에 반역해 스스로 한제(漢帝)라고 칭했으나 곧 왕승변(王僧辨)에게 진압되었다.

"셀 수 없이 많은 병마로다!"

강릉에는 신을 모신 사당이 많아서 민간에서 늘 기도를 드렸는데, 육법화의 군대가 떠난 뒤로는 한 번도 영험함을 보지 못했으니, 사람들은 여러 신들이 모두 그를 따라갔기 때문이라고 생각했다. 육법화는 적주호(赤洲湖)에 도착해 임약과 서로 대치했다. 육법화는 경주(輕舟 : 기동력이 뛰어난 가볍고 빠른 배)를 타고 갑옷과 투구도 쓰지 않은 채, 강을 따라 내려가 임약의 군대와 1리 떨어진 곳에서 장병들에게 말했다.

"잘 보아라. 저들의 용 깃발은 축 늘어져 움직이지 않지만 우리 군대의 용 깃발은 저절로 매우 기운차게 펄럭이고 있다."

그러고는 즉시 공격해 앞에 화선(火船)을 띄웠는데 역풍이 불어 공격하기에 불편하자, 육법화가 백우선(白羽扇)을 들고 바람을 지휘했더니 풍향이 곧바로 반대로 바뀌었다. 임약의 군대는 양나라 병사가 물 위에서 걷는 것을 모두 보고 크게 무너졌으며, 임약은 도망가서 어디로 갔는지 알 수 없었다. 육법화가 말했다.

"내일 오시(午時)에 틀림없이 찾게 될 것이다."

그때가 되었는데도 임약을 찾지 못하자 사람들이 물었더니 육법화가 말했다.

"내가 이전에 이 적주호의 물이 말랐을 때 탑 하나를 세워 놓았다는 사실을 시주님들에게 얘기했는데, 이것은 비록 탑이긴 하지만 사실은 반적(叛賊)의 표식이니, 지금 어찌하여 그 표식 밑을 뒤져 반적을 찾지 않느냐?"

그의 말대로 했더니, 과연 임약이 물속에서 탑 기둥 끝을 끌어안고 코만 내놓고 있는 것이 보이기에 마침내 사로잡았다. [양나라] 원제(元帝)가 육법화를 영주자사(郢州刺史)로 삼았는데, 육법화는 신하라고 칭하지 않았으며, 장계문(狀啓文)에 서명할 때 스스로 거사(居士)라고 칭했다. 나중에 육법화가 갑자기 자신을 사도(司徒)라고 칭하자, 무제는 바로 그를 사도에 임명했다. 육법화는 나중에 병사를 대대적으로 모아 양양(襄陽)을 급습하려고 무관(武關)으로 들어갔는데, 무제가 사자를 보내 그를 제지하자, 육법화는 곧장 자신의 병권(兵權)을 모두 바치면서 사자에게 말했다.

"나는 구도자로서 제석천왕(帝釋天王)도 바라지 않거늘 어찌 군주의 지위를 엿보겠습니까? 단지 군주와는 향화(香火)의 인연이 있기에 구원해 드리러 했을 뿐입니다. 지금 이미 의심을 받았으니, 이번 공업(功業)은 정녕 돌이킬 수 없을 것입니다."

서위(西魏)가 군대를 일으키자 육법화는 즉시 상복을 만들었으며, 양나라가 멸망했다는 소식을 듣자 그것을 입고 조문을 받았다.

평 : 《북제서(北齊書)》의 기록을 살펴보니, 육법화가 죽어서 염할 때 시체가 3척 정도로 줄어들었는데 문선제(文宣帝)가 관을 열고 살펴보게 했더니 관이 이미 비어 있었다. 또 북위(北魏)의 도사 구겸지(寇謙之)가 죽었을 때 시체가 갑자기 8척 3촌으로 늘어났다가 사흘 후에 다시 겨우 6촌 정도로 줄어들었다.

陸法和隱於江陵百里洲. 侯景渡江, 南郡朱元英往問之, 法和曰:"果熟時, 不撩自落. 檀越但待侯景熟, 無勞問也." 景遣任約寇江陵, 法和出詣湘東, 自乞征任約. 召諸蠻弟子八百人, 在江津, 二日便發. 法和登艦大笑曰:"無量兵馬!" 江陵多神祠, 人俗常所祈禱, 自法和軍出, 無復一驗, 人以爲諸神皆從行故也. 至赤洲湖, 與約相對. 法和乘輕舟, 不介冑, 沿流而下, 去約軍一里, 謂將士曰:"觀彼龍睡不動, 吾軍之龍甚自踴躍." 卽攻之, 縱火舫於前, 而逆風不便, 法和執白羽扇以麾風, 風卽反. 約衆皆見梁兵步於水上, 於是大潰, 約逃竄不知所之. 法和曰:"明日午時當得." 及期未得, 人問之, 法和曰:"吾前於此洲水乾時, 建一刹, 語檀越等, 此雖爲刹, 實是賊標, 何今不自標下求賊?" 如其言, 果見任約在水中, 抱刹柱頭, 纔出鼻, 遂擒之. 元帝以法和爲郢州刺史, 法和不稱臣, 其啓文印名上自稱居士. 後忽稱司徒, 帝就拜之. 後大聚兵, 欲襲襄陽而入武關, 帝使止之, 法和乃盡致其兵, 謂使者曰:"求道之人, 尙不希釋梵天王, 豈窺人主之位? 但與主有香火因緣救援耳. 旣被疑, 是業定不可改也." 及西魏擧兵, 卽製凶服, 聞梁滅, 乃著之受吊.
評 : 按齊志, 法和死, 及斂, 尸小縮止三尺許, 文宣后令開棺視之, 棺已空矣. 又北魏道士寇謙之死, 尸忽長八尺三寸. 三日後, 復縮僅六寸許.

* 이 고사는 《태평광기》 권82 〈이인·육법화〉에 실려 있다.

10-19(0174) 북산의 도인
북산도자(北山道者)

출《기문》

　당(唐)나라의 장수규(張守珪)가 범양(范陽)을 진수하고 있을 때, 단주(檀州) 밀운현령(密雲縣令)에게 자색이 뛰어난 열일곱 살 된 딸이 있었다. 현령의 딸은 여러 해 동안 병을 앓고 있었는데, 치료했지만 낫지 않았다. 밀운현의 북산(北山)에 누런 옷을 입고 산에서 수백 년 동안 살아온 도인(道人)이 있었는데, 도술을 지니고 있다고 알려지자 현령이 직접 산으로 가서 치료를 청했다. 도인이 현령의 집으로 와서 그에게 처방전을 주었더니 딸의 병이 즉시 나았다. 현령은 기뻐하며 그에게 많은 재물을 주었다. 한 달 남짓 지나서 현령의 딸이 밤에 누워 있을 때, 어떤 사람이 와서 그녀와 몰래 동침했다. 그 사람이 매번 올 때마다 딸은 정신이 혼미해져 가위에 눌렸다가, 날이 밝아 그 사람이 가고 나면 딸은 다시 원래대로 돌아왔다. 이렇게 여러 날이 지나자 딸은 두려워서 이 일을 어머니에게 말했고 어머니는 현령에게 알렸다. 현령은 딸의 침상을 자신과 가까운 곳에 옮겨 놓고 밤이 되자 살펴보고 있다가, 침상의 움직임이 느껴지자 바로 덮쳐서 한 사람을 사로잡았다. 급히 등불을 가져오게 해서 보

앉더니 바로 북산의 도인이었다. 현령이 도인을 포박해서 심문하자 도인이 울면서 말했다.

"내 목숨이 끝장났음은 미혹에 빠졌기 때문입니다. 나는 북산에서 600여 년을 살아오면서 인간 세상에 내려온 적이 없었습니다. 나는 지금 거의 천 살이 되어 가는데, 얼마 전에 간곡한 부름을 받고 현에 왔습니다. 그런데 공의 딸을 보고 마음속으로 너무 좋아한 나머지 스스로를 억제할 수 없어서 왕래하게 되었습니다. 내게는 도술이 있어서 항상 낮과 밤에 모습을 숨길 수 있었기에 공의 집안사람들이 보지 못했습니다. 이제 이런 재앙을 만났으니 더 이상 무슨 말을 하겠습니까?"

현령은 결국 그를 죽였다. 미 : 무릇 음탐과 패역의 일을 저지르면 도술이 모두 영험하지 못한 것은 사도(邪道)가 정도(正道)를 빼앗지 못하기 때문이다.

唐張守珪之鎭范陽, 檀州密雲令有女, 年十七, 姿色絶人. 女病踰年, 醫不愈. 密雲北山中有道者, 衣黃衣, 在山數百年, 稱有道術, 令自至山請之. 道人旣至, 與之方, 女病立已. 令喜, 厚其貨財. 居月餘, 女夜臥, 有人與之寢而私焉. 其人每至, 女則昏魘, 及明人去, 女復如常. 如是數夕, 女懼告母, 母以告令. 乃移床近己, 夜而伺之, 覺床動, 掩焉, 擒一人. 遽命燈至, 乃北山道者. 令縛而訊之, 道者泣曰 : "吾命當終, 被惑乃爾. 吾居北山六百餘載, 未常到人間. 吾今垂千歲矣, 昨蒙召慇勤, 所以到縣. 及見公女, 意大悅之, 自抑不可, 於是往來. 吾有道術, 常晝夜能隱其形, 所以家人不見. 今遇此厄, 夫復何言?" 令竟殺之. 眉 : 凡涉淫貪悖逆之事, 術俱不靈, 由邪不奪正也.

* 이 고사는《태평광기》권285〈환술·북산도자〉에 실려 있다.

10-20(0175) 동명관의 도사

동명관도사(東明觀道士)

출《개천전기(開天傳記)》

[당나라] 개원(開元) 연간(713~741)에 궁중의 어떤 미인이 갑자기 밤중에 꿈에서 어떤 사람에게 불려 가 술을 마시고 은밀하게 만나면서 마음껏 즐기다가 돌아왔는데, 돌아오면 땀을 흘리며 피곤해했다. 그녀가 나중에 그 일을 황제에게 조용히 아뢰자 황제가 말했다.

"이는 분명 술사가 한 짓이다. 네가 만약 다시 가게 된다면 어떤 것으로든 표식을 해 두어라."

그날 밤에 미인은 깊이 잠들었다가 바람에 날리듯 다시 그곳으로 갔다. 미인은 술에 반쯤 취했을 때 돌벼루가 앞에 있는 것을 보고 밀실의 병풍 위에 몰래 손자국을 찍어 두었다. 그녀가 잠에서 깨어나 자세히 아뢰자 황제는 은밀히 범인을 찾게 했는데, 여러 궁관(宮觀 : 도관)을 뒤져 찾아내라고 했다. 과연 동명관에서 그 병풍을 찾았는데, 미인의 손자국이 여전히 남아 있었다. 그러나 그곳에 살던 도사는 이미 도망간 뒤였다.

開元中, 宮禁有美人, 忽夜夢被人邀去, 縱酒密會, 極歡而歸, 歸輒流汗倦怠. 後因從容奏於帝, 帝曰:"此必術士所爲也. 汝若復往, 但隨宜以物識之." 其夕熟寐, 飄然又往. 美人半醉, 見石硯在前, 乃密印手文於曲房屛風之上. 寤而具啓, 帝乃潛以物色, 令於諸宮觀中求之. 果於東明觀得其屛風, 手文尙在. 所居道士已遁矣.

* 이 고사는《태평광기》권285〈환술·동명관도사〉에 실려 있다.

10-21(0176) 장 산인

장산인(張山人)

출《원화기》

당(唐)나라 때 조왕[曹王 : 이명(李明)][109]이 형주(衡州)로 폄적되었는데, 당시 법술을 부릴 줄 아는 장 산인이 있었다. 조왕이 일찍이 사냥하러 나갔다가 10여 마리의 사슴 무리를 만나 이미 포위하고서 반드시 사로잡을 것이라 생각했는데, 얼마 후 사슴들이 사라져 버렸다. 조왕이 장 산인에게 물었더니 장 산인이 말했다.

"이것은 술사가 숨긴 것입니다."

그러고는 물을 찾아 칼을 휘두르며 주문을 걸었다. 잠시 후 물속에서 한 도사가 보였는데, 키는 겨우 1촌 정도였고 보따리를 지고 지팡이를 짚은 채 터덜터덜 걸어가고 있었다. 사람들이 빠짐없이 이를 지켜보았다. 장 산인이 바늘을

---

109) 조왕(曹王) : 이명(李明). 당나라의 종실로 태종의 열넷째 아들이다. 태종 정관(貞觀) 21년(647)에 조왕에 봉해졌으며, 양주도독(梁州都督)과 괵주(虢州)·채주(蔡州)·소주(蘇州) 자사를 역임했다. 고종 영륭(永隆) 원년(680)에 폐태자 이현(李賢)과 모반을 꾀했다가 실패해 영릉군왕(零陵郡王)으로 강등되고 유배되었다.

꺼내 물속에 있는 도사의 왼쪽 발을 찔렀더니, 그 도사가 발을 절며 걸어가는 것이 보였다. 장 산인이 즉시 조왕에게 고했다.

"이 사람은 따라잡기 쉽습니다."

그래서 조왕은 명을 내려 북쪽을 향해 그를 뒤쫓게 했는데, 10여 리를 갔더니 과연 발을 저는 도사가 보였으며, 물속에서 본 사람과 다름이 없었다. 마침내 왕명으로 그를 초대하자 도사가 웃으며 왔다. 장 산인은 조왕에게 질책하며 화내지 말고 모름지기 예를 갖춰 그에게 청하라고 주의를 주었다. 도사가 당도하자 조왕이 물었다.

"사슴은 어디에 있는가?"

도사가 말했다.

"아까 사슴들이 까닭 없이 곧 죽게 되는 것을 불쌍히 여겨 주문을 걸어 숨겨 놓았고 또한 감히 풀어놓지도 못했는데, 지금 산비탈에 있습니다."

조왕이 좌우 사람을 보내 살펴보게 했더니, 사슴들이 작은 비탈에 숨어서 움직이지 않고 있었다. 조왕이 도사에게 발을 다친 연유를 묻자 도사가 말했다.

"몇 리를 가던 중에 갑자기 다쳤습니다."

조왕이 장 산인을 불러 그를 만나 보게 했는데 예전부터 서로 아는 사이였다. 도사의 발은 금세 다시 원래대로 회복되었다. 도사는 다름 아닌 침주(郴州) 연산관(連山觀)의 후생(侯生)이었다. 1년이 채 안 되었을 때, 어떤 길손이 침주를 지나가다가 그 도관(道觀)에 묵었는데, 도관 문에 매어 놓았던 말이 아주 많은 똥과 오줌을 쌌다. 도관 주인이 그것을 보고 질책했더니, 길손이 크게 화를 내며 도사에게 욕을 퍼부은 뒤 떠났다. 열흘이 채 안 되었을 때, 길손이 뜻밖에 장 산인을 만났는데 장 산인이 그에게 말했다.

"당신에게 지금 큰 액이 닥쳐 있으니, 아마도 누군가를 범한 일이 있는 듯하오."

길손이 즉시 일전에 도사와 다투면서 욕을 한 사정을 얘기했더니 장 산인이 말했다.

"그 사람은 이인(異人)이니, 속히 찾아가서 사죄하시오. 그러지 않으면 화에서 벗어날 수 없을 것이오. 그것은 벼락을 맞을 액이오. 당신은 오늘 저녁에 도착하는 곳에서 반드시 측백나무 하나를 당신의 키와 똑같은 길이로 잘라 자는 곳에 놓아두고 옷과 이불로 덮어 두시오. 그리고 자신은 따로 다른 집에 머물면서 대추나무로 못 일곱 개를 만들어 북두칠성의 모양대로 땅에 박되 진방(辰方 : 동동남방)에 설치하고 두 번째 별 아래에서 몸을 엎드리고 있으면, 틀림없이 액을 면하게 될 것이오."

길손은 크게 놀라며 즉시 돌아가 측백나무를 구해 침주로 와서 산의 객사에 묵으면서 장 산인의 말대로 법대(法臺)를 설치했다. 한밤중에 갑자기 큰 비바람이 몰아치면서 천둥과 번개가 앞집에 내리치더니 잠시 후 번갯불이 곧장 그가 머무는 곳으로 들어갔는데, 마치 누군가를 찾는 듯한 모양이었다. 이렇게 여러 번 했지만 찾지 못하자 멈추었다. 날이 밝을 즈음에 앞으로 가서 측백나무를 살펴보았더니 이미 가루가 되어 있었다. 길손은 더욱 두려워서 달려가 도관 주인에게 사죄하면서 목숨만 살려 달라고 애원했으며, 한참 뒤에야 비로소 풀려났다. 도관 주인이 길손에게 말했다.

"사람을 경멸해서는 안 되오. 독사 따위도 [멸시를 당하면] 오히려 사람을 해칠 수 있거늘 어찌 무례하게 모욕한단 말이오? 지금 이미 그대를 용서했소."

길손은 머리 숙여 사죄하고 떠났으며, 마침내 장 산인을 찾아가 후하게 보답했다.

唐曹王貶衡州, 時有張山人, 技術之士. 王常出獵, 因得群鹿十餘頭, 圍已合, 計必擒獲, 無何失之. 以問山人, 山人曰 : "此是術者所隱." 遂索水, 以刀湯禁之. 少頃, 於水中見一道士, 長纔及寸, 負囊拄杖, 欶欶而行. 眾人視之, 無不見者. 山人乃取針, 就水中刺道士左足, 遂見跛足而行. 卽告曰 : "此人易追." 遂命向北逐之, 十餘里, 果見跛道士, 與水中見者不異. 遂以王命邀之, 道士笑而來. 山人誡王勿責怒, 但以禮求請. 道士至, 王問 : "鹿何在?" 曰 : "向哀諸鹿無故卽死, 所以禁隱, 亦不敢放, 今在山側." 王遣左右視之, 諸鹿隱於小坡而不動. 王問其患足之由, 曰 : "行數里, 忽患之." 王召山人, 與之相視, 乃舊識焉. 其足尋亦平復. 乃是郴州連山觀侯生也. 未期, 有一客過郴州, 寄宿此觀, 縛馬於觀門, 糞汚頗甚. 觀主見而責之, 客大怒, 詬罵道士而去. 未十日, 客忽遇張山人, 山人謂曰 : "君方有大厄, 蓋有所犯觸." 客卽說前日與道士爭罵之由, 山人曰 : "此異人也, 速往辭謝. 不然, 禍不可脫. 此爲震厄. 君今夕所至, 當截一柏木, 長與身齊, 致所臥處, 以衣衾蓋之. 身別處一屋, 以棗木作釘子七枚, 釘地依北斗狀, 仍建辰位, 身居第二星下伏, 當免矣." 客大驚, 登時却回, 求得柏木, 來郴州, 宿於山舘, 如言設法. 半夜, 忽大風雨, 雷電震於前屋, 須臾電光直入所止, 如有搜獲之狀. 如此數回, 不得而止. 比明, 前視柏木, 已爲粉矣. 客益懼, 奔謝觀主, 哀求生命, 久而方解. 謂客曰 : "人不可輕也. 毒蛇之輩, 尙能害人, 豈合無狀相忤乎? 今已捨子矣." 客首罪而去, 遂求張山人厚報之.

* 이 고사는 《태평광기》 권72 〈도술·장산인〉에 실려 있다.

10-22(0177) **백교**

백교(白皎)

출《이문집(異聞集)》

하양종사(河陽從事) 번종인(樊宗仁)은 [당나라] 장경(長慶) 연간(821~824)에 악저(鄂渚)를 유람하다가 강릉(江陵)에 이르렀는데, 도중에 뱃사공 왕승(王升)에게 크게 모욕을 당했다. 번종인은 막 진사(進士) 시험에 응시한 터라 아직 그를 제지할 힘이 없었으므로 매번 관대하게 대했다. 그는 강릉에 도착한 뒤 그 일을 그곳에 재임하고 있는 관리에게 상세히 알렸고, 그로 인해 뱃사공은 심한 매를 맞았다. 번종인은 다른 배를 타고 협곡을 거슬러 올라갔는데, 열흘도 안 되어 타고 있던 배가 표류해 닻줄을 잃어버렸고 삿대와 노로도 모두 제어할 수 없었다. 뱃사공이 말했다.

"이 배는 이미 원수가 행한 주술에 걸린 것 같으니, 이전의 뱃길에서 혹시 남의 원한을 산 일이 있습니까? 500리도 못 가서 바위 여울을 지나가게 될 텐데 반드시 부딪쳐 침몰하게 될 것이니 사전에 방비하는 것이 좋겠습니다."

번종인은 곧 노복과 함께 강기슭으로 올라가 커다란 밧줄로 배를 잡아매고 강기슭을 따라 내려갔다. 다음 날 여울이 있는 곳에 도착하자, 배는 과연 미친 듯이 내달려 부딪치다가 순식간에 부서졌다. 다행히 그 밧줄 덕분에 사람은 다치지 않았지만 짐들은 아무것도 남아 있지 않았다. 협곡의 길은 깊고 외져서 위아래로 수백 리 내에는 사는 사람이 아무도 없었다. 번종인은 노복들과 함께 숲 그늘 아래에서 쉬었는데, 근심과 걱정이 한꺼번에 닥쳐왔다. 상관에게 소식을 알리러 사람을 보냈으나 떠난 지 이틀이 지나도록 돌아오지 않았기에 배가 고파 거의 탈진할 지경이었다. 그날 밤에 땔감을 쌓아 불을 지피고 번종인은 동복들과 불 주위를 둘러싸고 잠을 청했다. 밤이 깊어 문득 깨어나서 보니 산료(山獠)110) 다섯 명이 줄지어 앉아 있었는데 그 모습이 매우 특이했으며, 모두 날카로운 무기를 들고 눈을 부릅뜬 채 쳐다보고 있었으며 말투도 매우 거칠었다. 번종인은 상황이 급박한 것을 보고 큰 소리로 말했다.

"너희들은 이 산속에서 살고 있지만, 우리는 불행히도 배가 난파해 모든 물품을 잃어버렸다. 그런데도 너희들은 같은 사람으로서 위급한 처지에 있는 사람을 불쌍히 여기지 않고 곁눈질하며 비웃고 있다니! 우리는 지금 먹을 것이 떨어진 지 이미 하루가 넘었으니 너희 중에서 집이 가까운 사

---

110) 산료(山獠) : 옛 북방 이민족. 흉노족의 일파로 산융(山戎)이라고도 한다.

람은 얼른 돌아가서 음식을 마련해 죽어 가는 우리를 구하도록 하라."

산료들은 서로 바라보다가 마침내 두 사람에게 떠나라고 했는데, 날이 밝기 전에 두 사람이 쌀·고기·소금·타락(駝酪) 등을 등에 지고 돌아왔다. 번종인은 그것에 의지해 지내면서 회신이 오기를 기다리다가, 미ː산료도 위급함을 돌봄이 있으니, 저들은 막연한 이방인이지만 오랑캐와는 같지 않다. 배가 난파한 까닭을 말해 주었더니 산료가 말했다.

"협곡 안에는 그러한 술법을 행하는 자가 매우 많은데, 다른 사람이라면 혹 풀 수도 있지만 오직 왕승이라는 자가 술법을 걸면 배가 침몰되지 않음이 없으니, 과연 그자가 아닌지 모르겠습니다. 남산(南山)에 사는 백교는 법술이 신통한데, 내가 백교의 거처를 알고 있으니 한번 가서 청해 보겠습니다."

번종인이 간청하자 산료 한 명이 마침내 길을 떠났다. 다음 날 과연 백교가 왔는데, 누런 도관(道冠)에 허름한 옷을 입고 지팡이를 짚고 짚신을 신고 있는 모양이 영락없는 시골 사람이었다. 번종인이 곤궁한 처지에 있게 된 원인을 말해 주었더니 백교가 웃으며 말했다.

"사소한 일일 뿐이니, 당신을 위해 그를 불러들여 참수하겠습니다."

그러고는 풀과 나무를 베어 내고 땅을 재서 제단을 만든 후 칼과 물을 늘어놓고 자신이 그 가운데에 섰다. 깊은 밤에 달이 밝고 강물과 산이 푸르렀으며, 삼나무와 계수나무가 달빛에 어슴푸레 보이고 시냇물 소리가 조용했다. 그때 백교가 기를 모아 왕승을 부르는 소리가 들렸는데, 그 소리가 맑고 길었으며 메아리가 멀리까지 퍼졌지만, 새벽이 되어도 오는 사람이 없었다. 번종인이 노복에게 은밀히 말했다.

"어찌 700리나 떨어져 있는 왕승을 한순간에 오게 할 수 있겠는가?"

백교는 또 번종인에게 물어보았다.

"짐이 침몰하고 배가 부서진 것이 과연 당신이 말한 대로라면, 혹시 거센 바람과 풍랑에 해를 당한 것은 아닙니까?"

번종인과 뱃사공이 다시 사실대로 일러 주었더니 백교가 말했다.

"과연 그와 같다면 왕승이 어디로 도망쳤단 말인가? 당신의 조상 삼대의 성함을 알려 주길 청하니, 그래야 왕승이 쓴 술법을 알아낼 수 있습니다."

노복이 그에게 알려 주었다. 백교는 마침내 깊은 산속으로 들어가 따로 제단을 쌓고 저녁이 되자 다시 그를 불렀는데, 길게 부르는 소리가 전날 저녁과 마찬가지였다. 한참 후에 산속에서 갑자기 어떤 사람이 백교에게 응답했는데, 흐느끼는 소리가 끊어졌다가 바람에 실려 겨우 들려왔다. 한참 후에 백교가 있는 곳으로 갔더니 왕승의 혼백이 붙잡혀

와 있었다. 백교가 왕승의 간악함을 꾸짖으며 그의 죄상을 열거하자, 왕승이 엎드려 애걸하며 이마를 찧어 피를 흘렸다. 백교가 그를 질타했다.

"너의 허리와 목은 보전해 줄 것이나 마땅히 100일 동안 피똥을 싸다가 죽을 것이다."

왕승은 소리 내어 울면서 떠났다. 백교가 작별을 고하자 번종인이 옷을 벗어 선물로 주었는데, 백교는 웃으며 받지 않았다. 잠시 후 다른 배가 도착해 번종인은 강릉으로 출발할 수 있었다. 왕승에 대해 알아보았더니, 백교가 불러왔던 그날 저녁부터 집에서 피똥을 싸다가 100일 만에 죽었다고 했다.

河陽從事樊宗仁, 長慶中, 客遊鄂渚, 因抵江陵, 途中頗爲駕舟子王升所侮. 宗仁方擧進士, 力不能制, 每優容之. 至江陵, 具以事訴於在任, 因得重笞之. 宗仁以他舟上峽, 不旬日, 而所乘之舟, 汎然失纜, 篙櫓皆不能制. 舟人曰: "此舟已爲仇人所禁矣, 昨水行, 豈常有所忤哉? 不五百里, 當歷石灘, 必觸碎沉溺, 不如先備焉." 宗仁乃與僕登岸, 以巨索繫舟, 循岸而行. 翌日至灘所, 船果奔駭狂觸, 須臾瓦解. 賴其有索, 人雖無傷, 物則蕩盡. 峽路深僻, 上下數百里, 皆無居人. 宗仁卽與僕輩蔭於林下, 憂悶備至. 雖發人告於上官, 去二日不見返, 饑餒逮絶. 其夜, 因積薪起火, 宗仁洎僮僕皆環火假寢. 夜深忽寤, 見山獠五人列坐, 態貌殊異, 皆挾利兵, 瞻顧睢盱, 言語凶謾. 宗仁睹其勢逼, 因大語曰: "爾輩家此山中, 吾不幸舟船破碎, 器物俱沒. 爾輩圓首橫目, 曾不傷急, 而乃瞤然笑侮哉! 吾絶糧已逾日矣, 爾家近者, 可遽歸營飮食, 以濟吾之將死也." 山獠相視, 遂令二人起, 未曉, 負米肉鹽酪而至. 宗仁賴之以候回信, 眉 : 山獠亦有緩急, 彼漠然身外者, 夷狄不如. 因示舟破之由, 山獠曰 : "峽中行此術者甚衆, 然他人或可解, 唯王升者犯之, 非沒溺不已, 不知果此子否. 南山白皎者, 法術通神, 我知皎處, 試爲一請." 宗仁因懇祈之, 山獠一人遂行. 明日, 皎果至, 黃冠野服, 杖策躡履, 姿狀山野. 宗仁示以窮寓之端, 皎笑曰 : "瑣事耳, 爲君召而斬之." 因薙草剪木, 規地爲壇, 仍列刀水, 而皎立中央. 夜闌月曉, 水碧山靑, 杉桂朦朧, 溪聲悄然. 時聞皎引氣呼叫, 召王升, 發聲淸長, 激響遼絶, 達旦無至者. 宗仁私語僕使曰 : "豈七百里王升而可一息致哉?" 皎又詢宗仁曰 : "物沉舟碎, 果如所言, 莫不自爲風水所害耶?" 宗仁曁舟子又實告, 皎曰 : "果如是, 王升安所逃哉? 請郞君三代名諱, 方審其術耳." 僕人告之. 皎遂入深遠, 別建壇墠, 暮夜再召之, 長呼之聲, 又若昨夕. 良久, 山中忽有應皎者, 咽絶, 因風始聞. 久乃至皎處, 則王升之魄也. 皎於是責其奸蠹, 數以罪狀, 升求哀俯伏, 稽顙流血. 皎乃叱曰 : "全爾腰領, 當百日血痢而死." 升號泣而去. 皎告辭, 宗仁解衣以贈, 皎笑而不受. 有頃, 舟船至, 宗仁得進發江陵. 詢訪王升, 是夕在家染血痢, 十旬而死.

* 이 고사는《태평광기》권78〈방사・백교〉에 실려 있다.

10-23(0178) 유 처사

유처사(劉處士)

출《계신록》

 장역(張易)은 낙양(洛陽)에 살면서 처사 유(劉) 아무개를 만났는데, 그가 자못 기이한 도술을 가지고 있었기에 장역은 늘 그와 함께 노닐었다. 유 처사는 일찍이 시장 사람에게 은과 비단을 팔았는데, 그 사람이 값을 떼먹자 유 처사가 찾아가서 값을 요구했지만, 그 사람은 값을 지불하기는커녕 도리어 크게 욕했다. 유 처사는 돌아와 장역에게 말했다.

 "그 어리석은 사람이 도리를 모르니 내가 조금 손을 봐야겠소."

 밤이 되어 촛불을 끄고 잠자리에 들었는데, 유 처사의 침상 앞에서 누군가가 숯불을 지펴 약을 달이고 있었다. 장역은 아직 곤히 잠들지 않았기에 어둠 속에서 보았더니, 한 사람이 화로에서 바람을 불어 불을 지폈는데 불빛 속에서 그 얼굴을 보니 이전의 그 시장 사람이었으며, 미 : 놀려 줄 뿐 해치지는 않는다. 날이 밝자 더 이상 보이지 않았다. 장역이 나중에 시장 사람에 물었더니 그 사람이 말했다.

 "어느 날 밤 꿈에 어떤 사람이 날 불러 가더니 바람을 불어 불을 지피라고 강요했는데, 숨이 차서 계속하지 못했습니다. 깨어났더니 입술이 붓고 숨이 막히다가 열흘이 되어서야 나았습니다."

張易在洛陽, 遇處士劉某, 頗有奇術, 易恒與之遊. 劉嘗賣銀絹市中人, 欠其値, 劉往索之, 旣不酬, 且大罵. 劉歸, 謂易曰:"彼愚人不識理, 吾當小懲之." 旣夜, 滅燭就寢, 劉床前熾炭燒藥. 易寐未熟, 暗中見一人就爐吹火, 火光中識其面, 乃向之市人也, 眉:戲而不虐. 迨曙不復見. 易後問市人, 云:"一夕夢人召去, 逼使吸火, 氣殆不續. 旣寤, 唇腫氣乏, 旬日乃愈."

* 이 고사는 《태평광기》 권85 〈이인・유처사〉에 실려 있다.

10-24(0179) 주열

주열(朱悅)

출《광덕신이기(廣德神異記)》

당(唐)나라 악주(鄂州)의 소장(小將) 진사명(陳士明)은 어려서부터 건장했으며, 늘 투계를 일삼아 집에서 닭을 많이 길렀다. 미 : 계방(鷄坊)[111]의 조무래기 무리다. 처음 병아리였을 때 훗날 그것이 용감할지 겁낼지를 알았고, 그 울음소리만 듣고도 반드시 털 색깔을 판별했다. 당시 마을에 축지법을 터득한 주열이라는 늙은 도사가 있었는데, 그는 악주에 살면서 집을 짓고 연못을 만들고 그 둘레로 과일나무와 약초를 배치했으며, 손수 심은 소나무와 계수나무가 모두 열 아름이나 되었다. 그는 성읍으로 나들이한 적이 없었으며, 진사명과 가까운 이웃으로 서로 200~300보 떨어져 있었다. 그런데 진사명이 주씨 노옹에게 버릇없이 굴어 자주 실례를 범하자 노옹이 말했다.

"젊은이가 무례하게도 나를 동쪽에 사는 늙은이로 취급하고 있으니, 내가 시험 삼아 자네를 놀려 보겠네."

---

111) 계방(鷄坊) : 당나라 현종 때 싸움닭을 키우기 위해 궁중에 설치한 곳을 말한다.

그러고는 진사명에게 술을 마시게 하고 집으로 돌아가 싸움닭을 가져오게 했다. 진사명은 진시(辰時 : 오전 8시 전후) 정도면 돌아올 수 있다고 생각했으나 유시(酉時 : 오후 6시 전후)가 되도록 집에 도착하지도 못했는데, 그가 걸어간 것을 헤아려 보니 50리를 넘었다고 생각했지만 뒤돌아보면 100보도 넘지 못했다. 진사명이 급히 돌아와 노옹에게 절하고 용서를 구하자 노옹이 웃으며 말했다.

"젊은이는 다시 나를 무시하겠는가?"

진사명이 말했다.

"겨우 도중에서 이미 지쳤는데, 어찌 감히 다시 그러겠습니까?"

그러고는 눈물을 흘리자 노옹은 그제야 진사명을 놓아주었다.

唐鄂州小將陳士明, 幼而俊健, 常鬪鷄爲事, 多畜於家. 眉: 鷄坊小兒流. 始鷄, 知其後之勇怯, 聞其鳴, 必辨其毛色. 時里有道者朱翁悅, 得縮地術, 居於鄂, 築室穿池, 環布果藥, 手種松桂, 皆成十圍. 而未嘗遊於城市, 與士明近鄰, 相去二三百步. 而士明狎翁, 多失敬, 翁曰: "孺子無賴, 以吾爲東家丘, 吾試戲之." 乃以酒飮士明, 使其歸取鷄鬪. 自辰而還, 至酉不達家, 度其所行, 逾五十里, 及顧視, 不越百步. 士明亟返, 拜翁求恕, 翁笑曰: "孺子更侮我乎?" 士明云: "適於中途已疲, 詎敢復爾?" 因垂涕, 翁乃釋之.

* 이 고사는 《태평광기》 권79 〈방사·주열〉에 실려 있다.

10-25(0180) 이 수재

이수재(李秀才)

출《유양잡조》

당(唐)나라 우부낭중(虞部郞中) 육소(陸紹)는 원화(元和) 연간(806~820)에 일찍이 정수사(定水寺)에 있는 사촌 형을 만나러 가면서 그 사원의 승려를 위해 약과와 제철 과일을 마련했는데, 이웃 사원의 승려도 육소가 잘 알고 있었으므로 곧 주위 사람을 시켜 불러오도록 했다. 한참 후에 이웃 사원의 승려와 이 수재가 함께 도착해 빙 둘러앉아 자못 떠들썩하게 웃으면서 얘기했다. 그 사원의 승려는 제자에게 새 차를 끓이게 해서 차를 돌아가며 거의 다 따랐는데 이 수재까지 돌아가지 않자, 육소가 못마땅해하며 말했다.

"차를 처음부터 이 수재까지 돌리지 않은 것은 어째서요?"

승려가 웃으며 말했다.

"이와 같은 수재도 차의 맛을 알아야 합니까? 남은 차를 마시게 하지요."

이웃 사원의 승려가 말했다.

"이 수재는 술사이니 주인께서는 가벼이 말씀하시면 안 됩니다."

그 승려가 또 말했다.

"분별없는 젊은이한테 무슨 꺼릴 바가 있겠소?"

이 수재가 갑자기 화를 내며 말했다.

"나와 스님은 본디 아는 사이가 아닌데 내가 분별없는 사람임을 어떻게 아십니까?"

그 승려가 다시 크게 말했다.

"주막의 깃발을 보면 자리를 옮기면서 노는 자에게 어찌 좋은 점이 있겠소?"

이 수재가 좌객들에게 말했다.

"제가 아무래도 귀빈들께 실례를 해야겠습니다."

그러고는 소매 속에서 손을 꺼내 두 무릎을 잡고 그 승려를 꾸짖으며 말했다.

"지팡이야 어디 있느냐? 그를 때려라!"

그러자 승방의 문 뒤에 있던 대나무 막대기가 갑자기 튀어나오더니 그 승려를 계속해서 때렸다. 미 : 재미있도다! 그때 사람들이 그를 막아 주자 막대기는 사람들의 틈을 노려 때렸는데, 마치 그것을 조종하는 것이 있는 듯했다. 이 수재가 다시 꾸짖으며 말했다.

"이 중을 벽으로 몰아라!"

승려는 벽을 등지고 두 손을 모았는데, 안색이 창백한 채 짧은 숨을 몰아쉬면서 목숨만 살려 달라고 말했다. 이 수재가 또 말했다.

"화상을 계단 아래로 끌어 내려라!"

승려는 또 급히 내려가면서 스스로 무수히 넘어져 계속 코피를 흘리고 이마를 다쳤다. 사람들이 그를 봐 달라고 청하자 이 수재가 천천히 말했다.

"지체 높으신 분들 앞이니 그를 죽여 누를 끼칠 수는 없지요."

그러고는 손님들에게 인사를 하고 떠나갔다. 그 승려는 반나절이 지나서야 비로소 말을 할 수 있었는데, 마치 귀신이 들린 것 같았으며 끝내 어찌 된 일인지 알지 못했다.

唐虞部郎中陸紹, 元和中, 嘗謁表兄於定水寺, 因爲院僧具蜜餌時果, 隣院僧亦陸所熟也, 遂令左右邀之. 良久, 僧與李秀才偕至, 環坐笑語頗劇. 院僧顧弟子煮新茗, 巡將匝而不及李, 陸不平曰: "茶初未及李秀才何也?" 僧笑曰: "如此秀才, 亦要知茶味? 且以餘茶飮之." 鄰院僧曰: "秀才乃術士, 座主不可輕言." 其僧又言: "不逞之子弟, 何所憚?" 秀才忽怒曰: "我與上人素未相識, 焉知予不逞徒也?" 僧復大言: "望酒旗玩變場者, 豈有佳者乎?" 李乃白座客: "某不免對貴客作造次矣." 因捧手袖中, 據兩膝, 叱其僧曰: "拄杖何在? 可擊之!" 僧房門後有筇杖子, 忽跳出, 連擊其僧. 眉: 趣! 時衆亦爲蔽護, 杖伺人隙捷中, 若有物執持也. 李復叱曰: "捉此僧向牆!" 僧乃負牆拱手, 色靑短氣, 唯言乞命. 李又曰: "阿師可下階!" 僧又趨下, 自投無數, 衄鼻敗顙不已. 衆爲請之, 李徐曰: "緣對衣冠, 不能殺此爲累." 因揖客而去. 僧半日方能言, 如中惡狀, 竟不之測.

* 이 고사는《태평광기》권78〈방사 · 이수재〉에 실려 있다.

10-26(0181) 양 거사

양거사(楊居士)

출《선실지》

　해남군(海南郡)에 양 거사란 사람이 있었는데, 그 이름은 알 수 없었고 스스로를 거사라고 칭했다. 그는 늘 남에게 기식(寄食)했기에 그가 머무는 곳을 알지 못했다. 마침 기이한 것을 좋아하는 태수가 양 거사가 기이한 도술을 지니고 있다는 소문을 듣고 그를 후하게 예우했다. 태수는 매번 연회나 나들이할 때 양 거사를 가장 먼저 초청하지 않은 적이 없었으며, 양 거사도 이 사실을 자랑으로 여겼다. 하루는 양 거사가 주사를 부려 태수를 거슬렀는데 태수는 이를 용납할 수 없었다. 그래서 이후에 다시 군재(郡齋)에서 연회를 열어 기녀들의 음악 연주를 감상했지만 양 거사는 참여할 수 없었다. 당시 몇몇 손님들도 태수의 초청에 들지 못하자 양 거사에게 말했다.

　"선생은 일찍이 기이한 도술을 지녔다고 자부했는데, 오늘 태수가 빈객들에게 큰 연회를 베푼다고 들었지만 선생은 거기에 참여하지 못했으니, 기이한 도술 하나를 부려 태수를 놀라게 할 수 없겠습니까?"

　양 거사가 웃으며 말했다.

"당신들이 시험 삼아 날 지켜보면, 내가 당신들을 위해 그곳의 기녀를 불러오겠습니다."

그러고는 술을 마련하라 하고 여러 손님들을 자리에 빙 둘러앉게 했다. 또 시동에게 서쪽 행랑채의 빈방을 닫으라 했다가 한참 후에 열었더니, 서너 명의 미녀가 그 행랑채에서 나왔는데 화려하게 치장하고 악기를 들고 왔다. 양 거사는 그녀들을 줄지어 앉게 하고 악기를 연주하면서 노래하게 했다. 밤이 깊어지자 양 거사가 여러 기녀들에게 말했다.

"돌아가거라."

그러자 기녀들이 모두 일어나 서쪽 행랑채의 빈방으로 들어갔다. 손님들은 서로 바라보며 놀라 찬탄했지만, 여전히 귀신이나 요물에게 홀린 것이 아닌가 의심했다. 다음 날 군의 관리가 말했다.

"태수께서 어제저녁에 군의 누각에서 연회를 열었을 때, 악기를 연주하는 기녀들이 줄지어 앉아 있다가 이유 없이 모두 땅바닥에 쓰러졌는데, 순식간에 폭풍이 일더니 악기들이 바람에 날려 갔습니다. 밤이 깊어졌을 때 기녀들이 비로소 깨어났으며 악기들도 이전에 있던 곳으로 돌아왔습니다. 태수께서 여러 기녀들에게 물었지만, 모두들 어두워서 아무것도 보지 못했다고만 말했기에 끝내 어찌 된 연유인지 알아낼 수 없었습니다."

어떤 사람이 태수에게 그간의 일을 고했더니, 태수는 그 기이함을 찬탄하면서 즉시 그에게 사죄하고 떠나보냈으며, 감히 군내(郡內)에 머물게 하지 못했다. 이때는 [당나라] 개성(開成) 연간(836~840) 초였다.

海南郡有楊居士, 亡其名, 以居士自目. 常寄食於人, 亦不知其所止. 會太守好奇者, 聞居士有奇術, 厚禮之. 每宴遊, 未嘗不首召居士, 居士亦以此自負. 一日使酒忤太守, 太守不能容. 後又會宴於郡室, 閱妓樂, 而居士不得與. 時有數客, 亦不在太守召中, 因謂居士曰: "先生嘗自負有奇術, 今聞太守大宴客, 而先生不得與, 卽不能設一奇以動之乎?" 居士笑曰: "君試觀我, 我爲君召其妓." 因命具酒, 使諸客環席而坐. 又命小童閉西廡空室, 久之乃啓, 有三四美人自廡下來, 裝飾華煥, 携樂而至. 乃命列坐, 奏樂且歌. 至夜分, 居士謂諸妓曰: "可歸矣." 於是皆起, 入西廡下空室中. 客相目駭嘆, 然尙疑其鬼物妖惑. 明日, 有郡中吏曰: "太守昨夕宴郡閤, 妓樂列坐, 無何皆仆地, 瞬息暴風起, 飄其樂器而去. 迨至夜分, 諸妓方寤, 樂器亦歸舊所. 太守質問衆妓, 皆云黑無所見, 竟不窮其由." 或告於太守, 太守嘆異, 卽謝而遣之, 不敢留於郡中. 時開成初也.

* 이 고사는 《태평광기》 권75 〈도술·양거사〉에 실려 있다.

10-27(0182) 유씨 노인

유수(兪叟)

출《선실지》

상서(尙書) 왕잠(王潛)이 형남절도사(荊南節度使)로 있을 때, 경조(京兆)의 여씨(呂氏) 아들이 배고픔과 추위 때문에 멀리서 왕 공(王公 : 왕잠)을 찾아왔지만 왕 공은 그를 예로써 대하지 않았다. 그래서 여생(呂生)은 여관에 한 달 넘게 머물렀는데, 궁핍함이 더욱 심해져서 결국 타고 다니던 나귀를 형주(荊州) 시장에서 팔았다. 시문감(市門監)으로 있던 유씨(兪氏) 노인이 시장을 왕래하는 여생에게 궁핍한 기색이 있는 것을 보고 불러서 물었더니 여생이 말했다.

"나는 위수(渭水)의 북쪽에서 살고 있는데, 집이 몹시 가난하고 아직 현달하지 못해 부모님을 봉양할 수 없습니다. 부수(府帥 : 절도사)로 계시는 왕 공이 나의 외종 어른이기에 나는 먼 길을 마다않고 찾아와서 긍휼히 여겨 주길 바랐지만 왕 공이 거들떠보지도 않으니, 어찌 운명이 아니겠습니까?"

유씨 노인이 말했다.

"나 역시 가난뱅이로 그대의 급함을 구해 주지는 못하지만, 오늘 저녁에 그대를 위해 잠자리와 음식을 마련할 테니 우리 집에서 묵어도 되오."

여생이 그렇게 하겠다고 대답했다. 유씨 노인이 여생을 데리고 들어갔는데, 처마는 떨어져 나가고 창문은 부서져 있었다. 두 사람은 땅바닥에 자리를 깔고 앉아 한참 동안 얘기를 했으며, 질그릇에 담긴 껍질만 벗긴 조밥을 먹었다. 식사를 마치고 나서 밤이 깊어지자 유씨 노인이 여생에게 말했다.

"내가 일찍이 사명산(四明山)에서 도술을 공부했는데, 어쩌다가 이곳에 숨어 살게 되었소. 때마침 왕 공이 옛 친척을 잊었다는 말을 들으니 마음이 몹시 편치 않소. 내가 그대를 위해 작은 도술 하나를 부려서 돌아가는 길의 식량을 도와줄까 하는데 괜찮겠소?"

그러고는 질항아리 하나를 땅에 엎어 놓았다가 잠시 후에 그것을 열어 보았더니, 자색 옷을 입고 키가 5촌 정도 되는 한 사람이 보였다. 유씨 노인이 그 사람을 가리키며 말했다.

"이 사람이 왕 공이오."

여생이 자세히 살펴보았더니 영락없는 왕 공이었다. 유씨 노인이 그 사람에게 주의를 주며 말했다.

"여생은 너의 외종질인데 먹을 것이 궁핍해서 도성에서 천 리 길을 마다않고 왔으니, 너는 마땅히 후하게 구휼해 친척을 사랑하는 마음을 펼쳐야 하거늘, 어찌하여 귀함을 믿고 옛날을 잊어버림이 이와 같단 말이냐?"

자색 옷을 입은 사람이 허리를 구부리고 읍했는데, 마치 가르침을 받는 듯한 모습이었다. 미 : 모습은 가짜이지만 혼은 진짜이니, 만약 면전에서 질책했다면 필시 가르침을 받지 않았을 것이다. 유씨 노인이 또 말했다.

"여생은 노자가 없으니 말 한 필과 노복 한 명과 비단 200 필을 보내 주어라."

자색 옷을 입은 사람이 다시 허리를 구부리고 읍했다. 이에 유씨 노인이 다시 질항아리로 그 사람을 덮었다가 다시 열었더니 그 사람은 이미 사라지고 없었다. 아침이 되자 유씨 노인은 여생에게 여관으로 돌아가라고 재촉했는데, 왕 공이 과연 그를 불러오게 했다. 왕 공은 그를 보더니 곧장 사과하며 말했다.

"자네가 먼 길을 마다않고 나를 만나러 왔는데, 마침 군부(軍府)의 업무가 많아 미처 얘기를 나누지 못했으니 정말 부끄럽네."

그날에야 비로소 여생을 역정(驛亭)에 머물게 하고 그와 함께 며칠 동안 잔치를 즐기며 놀았다. 여생이 떠나겠다고 고하자 왕 공은 노복과 말과 비단 200필을 주었고, 여생은 마침내 위수 북쪽으로 돌아갔다.

尚書王公潛節度荊南時, 有京兆呂氏子, 以饑寒遠謁公, 公不爲禮. 寓逆旅月餘, 窮乏益甚, 遂鬻所乘驢於荊州市. 有市門監兪叟者, 見呂生往來有不足色, 召而問之, 呂生曰 : "吾家渭北, 貧苦未達, 無以奉親. 府帥公, 吾之中表丈也, 吾不遠而來, 冀相閔恤, 而公不一顧, 豈非命耶?" 叟曰 : "某亦困者, 無以賑吾子之急, 今夕可泊吾宇下, 展宿食之敬." 呂諾之, 旣延入, 摧檐破牖. 致席於地, 坐語且久, 所食陶器脫粟而已. 食訖, 夜旣深, 謂呂生曰 : "吾常學道於四明山, 偶晦於此. 適聞王公忘舊, 甚不平. 吾爲子設一小術, 以助歸糧, 可乎?" 因覆一缶於地, 有頃啓視, 見一紫衣人, 長五寸許. 指曰 : "此王公也." 呂熟視, 酷類焉. 叟因戒曰 : "呂生爾之中表姪也, 以食貧故, 自輦下千里而至, 爾宜厚恤以展親親, 何恃貴忘故之如是耶?" 紫衣僂而揖, 若受敎之狀. 眉 : 形假而魂眞, 若面責, 未必受敎. 叟又曰 : "呂生無行資, 可致一馬一僕, 縑二百匹." 紫衣又僂而揖. 於是復覆以缶, 再啓之, 已無見矣. 及旦, 叟促呂歸逆旅, 王公果使召之. 方見, 卽謝曰 : "吾子不遠見訪, 屬軍府務殷, 未果接言, 深用爲愧." 是日始館呂生驛亭, 與宴遊累日. 將戒途, 贈以僕馬及縑二百, 呂生乃歸渭北.

* 이 고사는 《태평광기》 권74 〈도술·유수〉에 실려 있다.

10-28(0183) 진계경

진계경(陳季卿)

출《찬이기》

　　진계경은 강남(江南)에서 살았는데, 집을 떠나 10년 동안 진사(進士) 시험에 응시했지만 뜻을 이루지 못하고 도성에서 객지 생활을 하면서 글씨를 팔아 의식을 해결했다. 한번은 청룡사(靑龍寺)로 스님을 찾아갔는데, 마침 스님이 출타 중이었기에 따뜻한 방에서 쉬면서 스님이 돌아오기를 기다렸다. 그때 종남산(終南山)에서 온 노인 역시 스님이 돌아오기를 기다리고 있었는데, 진계경이 화로를 둘러싸고 앉아 있을 때 그 노인이 진계경에게 인사하고 화로 가까이 오더니 한참 동안 앉아 있다가 진계경에게 말했다.

　"해가 이미 저물었는데 배고프지 않소?"

　진계경이 말했다.

　"실은 배가 고픕니다."

　그러자 노인은 팔꿈치 뒤에서 작은 자루 하나를 풀더니 사방 1촌(寸) 정도 되는 약을 꺼내 잔에 그것을 넣고 달인 다음 진계경에게 주면서 말했다.

　"그럭저럭 요기는 될 게요."

　진계경은 그것을 마시고 나자 속이 든든해지면서 기분이

좋아졌다. 동쪽 벽에 〈환영도(寰瀛圖 : 천하도)〉가 있었는데, 진계경은 지도에서 강남의 길을 찾아보다가 탄식하며 말했다.

"위수(渭水)를 출발해 황하(黃河)에서 떠다니다 낙수(洛水)에서 노닐고 회수(淮水)에서 헤엄치며 장강(長江)을 건너 집에 갈 수 있다면, 뜻을 이루지 못한 채 돌아간다 해도 후회하지 않을 텐데!"

노인이 웃으며 말했다.

"그런 건 어렵지 않게 할 수 있소."

그러고는 동자승에게 계단 앞의 대나무 잎 하나를 꺾어 오게 해 나뭇잎 배를 만든 다음 그것을 그림 속의 위수 위에 놓으며 말했다.

"그대는 이 배를 주시하고만 있으면 그대가 원하던 대로 될 것이오. 그러나 집에 도착한 뒤에 절대로 너무 오래 머무르지는 마시오."

진계경이 한참 동안 자세히 살펴보았더니 점점 위수의 굽이치는 물결이 느껴졌으며, 대나무 잎이 점점 커지더니 자리와 돛이 이미 펼쳐져 있었고 어렴풋하게 자신이 배에 올라타는 것 같았다. 미 : 호천법(壺天法)이 이와 비슷하다. 배가 위수에서 황하에 이르자 진계경은 사원에다 배를 매어 두고 남쪽 기둥에 시를 적었다.

"서리 맞은 종 울릴 때 저녁 바람 급하니, 어지러이 나는 까마귀도 차가운 숲 바라보며 모여드네. 이때 노를 멈춘 채 슬퍼하고 읊조리며, 홀로 연화봉(蓮花峯)을 향해 서 있네."

다음 날에는 동관(潼關)에 배를 대고 강 언덕으로 올라가서 관문 동쪽 보통원(普通院)의 문에 시를 적었다.

"동관 넘으며 실의에 빠져 슬퍼하니, 온갖 근심이 마음을 어지럽히네. 비탈을 내려오니 말은 힘이 없고, 문 앞을 쓸고 나니 먼지가 옷에 가득하네. 뜻한 바는 대부분 이루지 못했으니, 마음과 말이 서로 어긋났네. 부끄러움 무릅쓰고 돌아갈 계획 이미 세웠으나, 역시 부끄럽게는 돌아가지 않는 것이 낫겠네." 미 : 시를 지어 증거로 삼았다.

섬동(陝東)에서부터 그가 지나온 곳이 한결같이 이전에 자신이 바라던 대로였다. 열흘 남짓 만에 집에 도착했더니 처자식과 형제들이 모두 문 옆에서 인사하며 맞이했고, 진계경은 〈강정만망(江亭晚望)〉이란 시를 서재에 적었다.

"강가 정자 바라보며 서 있으니 눈에 근심 가득하고, 10년 전의 일들이 진실로 아득하구나. 전원에서 이미 쫓겨나 구름처럼 떠돌고, 향리를 반쯤 감돌아 냇물처럼 흘러갔네. 냇가에선 낚시하는 노인 만나지 못하고, 포구에선 옛날 보았던 갈매기 만나기 어렵네. 치아와 머리카락만 아니면 아직 늙지 않았으니, 먼 산 마주 대하고 읊조리며 흰머리 감당하네."

그날 저녁에 진계경은 처에게 말했다.

"내가 시험 볼 날이 다가와서 오래 머무를 수 없으니 당장 떠나야겠소."

그러고는 시 한 수를 읊으며 처와 작별했다.

"달 기우니 찬 서리 허옇게 드러나는데, 이 밤에 떠나지만 마음만은 남겨 두네. 술이 나오니 근심 타서 마시고, 시가 완성되니 눈물 섞어 읊조리네. 이별가는 봉관(鳳管)에 깃들어 있고, 떠나는 학은 요금(瑤琴)을 원망하네. 달 밝은 밤 임 그리워할 제, 가을바람만 반쪽 이불에 불어오네."

그는 막 배를 타려다가 다시 시 한 수를 남겨 형제들과 작별했다.

"뜻을 세운 지는 오래되었건만, 내 운명은 어찌 이리도 더딘지. 옛 친구들은 모두 청운의 뜻을 이루었건만, 내 몸은 아직도 갈림길에 있네. 북풍에 싸락눈 날려 온 뒤, 저녁 경치 구름에 싸여 있네. 맑은 강가에서 슬퍼하며, 구구하게 과시(科試) 때에 맞춰 달려가네."

일경(一更) 뒤에 진계경은 다시 나뭇잎 배를 타고 강에 떠서 갔다. 그 형제와 처자식들은 물가에서 통곡하며 진계경이 이미 귀신이 되었다고 생각했다. 작은 배가 물 위에 두둥실 떠서 이전에 왔던 물길을 따라 위수 가에 도착하자, 진계경은 탈것을 빌려 다시 청룡사로 갔는데 종남산의 노인은 여전히 털옷을 두르고 앉아 있었다. 미 : 황량몽(黃粱夢)의 광경이다. 이에 진계경이 감사하며 말했다.

"집에 돌아가긴 갔지만 설마 꿈은 아니겠지요?"

그러자 노인이 웃으며 말했다.

"60일 뒤에 저절로 알게 될 것이오."

날이 저물도록 스님이 여전히 돌아오지 않자, 노인과 진계경은 각자 작별하고 떠났다. 그로부터 두 달 뒤에 진계경의 처가 비단과 금을 가지고 강남에서 왔는데, 진계경이 세상을 싫어해 죽었을 것이라고 생각했기 때문에 찾아온 것이었다. 진계경의 처가 말했다.

"아무 달 아무 날에 당신이 돌아왔는데, 그날 저녁에 서쪽 서재에서 시를 짓고 아울러 이별시 두 수를 남겼어요."

진계경은 그제야 그날 일이 꿈이 아니었음을 알았다. 이듬해 봄에 진계경은 과거 시험에서 떨어지고 동쪽으로 돌아오다가 사원과 관문에 이르러 자신이 써 놓았던 시 두 수를 보았는데, 글씨가 아직도 새로 쓴 것 같았다. 몇 년 후에 진계경은 명성을 이루었으나, 결국 곡기를 끊고 종남산으로 들어가 버렸다.

陳季卿者, 家於江南, 辭家十年, 擧進士無成, 羈棲輦下, 鬻書判給衣食. 常訪僧於青龍寺, 遇僧他適, 因息於暖閣中, 以待僧還. 有終南山翁, 亦伺僧歸, 方擁爐而坐, 揖季卿就爐, 坐久, 謂季卿曰:"日已晡矣, 得無餒乎?" 季卿曰:"實饑矣." 翁乃於肘後解一小囊, 出藥方寸, 止煎一杯, 與季卿曰:"粗可療饑矣." 季卿啜訖, 充然暢適. 東壁有〈寰瀛圖〉, 季卿乃尋江南路, 因長嘆曰:"得自渭泛於河, 游於洛, 泳於淮, 濟於江, 達於家, 亦不悔無成而歸!" 翁笑曰:"此不難致." 乃命僧童折階前一竹葉, 作葉舟, 置圖中渭水之上, 曰: "公但注目此舟, 則如公所願耳. 然至家, 愼勿久留." 季卿熟視久之, 稍覺渭水波浪, 一葉漸大, 席帆旣張, 恍然若登舟. 眉: 壺天法類此. 始自渭及河, 維舟於禪窟蘭若, 題詩於南楹云: "霜鐘鳴時夕風急, 亂鴉又望寒林集. 此時輟棹悲且吟, 獨向蓮花一峰立." 明日, 次潼關, 登岸, 題句於關門東普通院門云: "度關悲失志, 萬緖亂心機. 下坂馬無力, 掃門塵滿衣. 計謀多不就, 心口自相違. 已作羞歸計, 還勝羞不歸." 眉: 有詩爲證. 自陝東, 凡所經歷, 一如前願. 旬餘至家, 妻子兄弟拜迎於門側, 有〈江亭晩望〉詩, 題於書齋云: "立向江亭滿目愁, 十年前事信悠悠. 田園已逐浮雲散, 鄕里半隨逝水流. 川上莫逢舊釣叟, 浦邊難得舊沙鷗. 不緣齒髮未遲暮, 吟對遠山堪白頭." 此夕謂其妻曰: "吾試期近, 不可久留, 卽當進棹." 乃吟一章別其妻云: "月斜寒露白, 此夕去留心. 酒至添愁飮, 詩成和淚吟. 離歌棲鳳管, 別鶴怨瑤琴. 明夜相思處, 秋風吹半衾." 將登舟, 又留一章別諸兄弟云: "謀身非不早, 其奈命來遲. 舊友皆霄漢, 此身猶路歧. 北風微雪後, 晩景有雲時. 惆悵淸江上, 區區趁試期." 一更後, 復登葉舟, 泛江而逝. 兄弟妻屬慟哭於濱, 謂其鬼物矣. 一葉漾漾, 遵舊途, 至於渭濱, 乃賃乘, 復遊靑龍寺, 宛然見山翁擁褐而坐. 眉: 黃粱夢光景. 季卿謝曰: "歸則歸矣, 得非夢乎?" 翁笑曰: "後六十日方自知." 日將晩, 僧尙不至, 翁與季卿各別. 後二月, 季卿之妻子賷金帛, 自江南來, 謂季卿厭世矣, 故來訪之. 妻曰: "某月某日歸, 是夕作詩於西齋, 並留別二章." 始知非夢. 明年春, 季卿下第東歸, 至禪窟及關門蘭若, 見所題兩篇, 翰墨尙新. 後年, 季卿成名, 遂絶粒, 入終南山去.

* 이 고사는《태평광기》권74〈도술·진계경〉에 실려 있다.

10-29(0184) 당 거사와 주생
당거사 · 주생(唐居士 · 周生)
출《유양잡조》출《선실지》

 당(唐)나라 장경(長慶) 연간(821~824) 초에 산인(山人) 양은지(楊隱之)는 침주(郴州)에 있으면서 늘 도인을 찾아다녔다. 당 거사란 사람이 있었는데 그곳 토박이들은 그가 100살이라고 말했다. 그래서 양은지가 그를 찾아뵈었더니, 당 거사는 양은지를 붙들어 하룻밤 묵게 했다. 밤이 되자 당 거사가 딸을 불러 말했다.

 "초승달 하나를 가져오너라."

 딸이 벽 위에 달을 붙였는데 마치 종잇조각 같았다. 당 거사는 바로 일어나 기도했다.

 "오늘 밤에 손님이 있으니 밝은 빛을 내려 주소서!"

 말을 마치자 방 안이 마치 촛불을 켜 놓은 것처럼 밝아졌다.

 당나라 태화(太和) 연간(827~835)에 주생이란 자가 동정산(洞庭山)에 오두막을 짓고 살았다. 나중에 낙양(洛陽)으로 가는 도중에 광릉(廣陵)에 들러 절에서 머물렀는데, 마침 서너 명의 손님도 그 절에 와 있었다. 당시는 바야흐로 한가을이라 그날 저녁에 맑고 밝은 달이 뜨자 시를 읊조리며 바라보았다. 어떤 이가 개원(開元) 연간(713~741) 때 명황(明皇 : 현종)이 월궁에서 노닌 일을 말하자 주생이 웃으며 말했다.

"내가 일찍이 스승에게서 배워 그런 도술을 터득했는데, 손으로 달을 따서 품속이나 소매 속에 넣을 수도 있소."

어떤 이는 그 망령됨을 비웃고 어떤 이는 그 신기함을 좋아하자 주생이 말했다.

"내가 하지 못한다면 망령되겠지요."

그러고는 방 하나를 비우고 사방의 벽을 가리게 해 미세한 틈도 없게 했다. 또 시동을 불러 젓가락 수백 개를 밧줄로 엮어 두게 했다. 미 : 젓가락 사다리가 매우 신기하다. 그러면서 손님들에게 말했다.

"내가 이것을 사다리 삼아 올라가서 달을 가져올 테니, 내가 부르는 소리가 들리면 와서 구경하시오."

그러고는 방문을 닫고 한참 동안 있었으며, 여러 손님들은 정원을 거닐면서 기다렸다. 갑자기 천지가 어두워지자 고개를 들어 하늘을 살펴보았지만 구름 한 점조차 없었다. 잠시 후에 주생이 부르는 소리가 들렸다.

"내가 왔소이다."

이어서 방문을 열고 주생이 말했다.

"달이 내 옷 속에 있으니 손님들은 구경하시오."

그러고는 옷을 들어 그 안에서 1촌쯤 되는 달을 꺼냈는데, 순식간에 방 전체가 밝아졌고 뼛속까지 한기가 파고들었다. 미 : 정말 기이하도다! 주생이 말했다.

"그대들은 이제 믿겠소?"

손님들은 재배하고 사과하면서 달빛을 다시 거두길 원했다. 그래서 주생이 다시 방문을 닫아걸었더니, 밖은 여전히 어둡다가 한 식경이 지나서야 이전처럼 밝아졌다.

평 : 달은 크기가 1000여 리나 되고 그 안에 옥으로 지은 화려한 누대와 집, 천만 호의 가구, 무성한 선계(仙桂), 은두꺼비와 옥토끼가 있는데, 어떻게 이런 것들을 소매 속에 넣을 수 있나? 불가에서 말하는 좁쌀 한 톨에 온 세상을 담았다는 것인가, 아니면 환술(幻術) 가운데 뛰어난 것인가? 하지만 그것은 기이하다.

唐長慶初, 山人楊隱之在郴州, 常尋訪道者. 有唐居士, 土人謂百歲人. 楊謁之, 因留楊宿. 及夜, 呼其女曰 : "可將一個弦月子來." 其女遂帖月於壁上, 如片紙耳. 唐卽起祝之曰 : "今夕有客, 可賜光明!" 言訖, 室朗若張燭.
唐太和中, 有周生者, 廬於洞庭山. 後將抵洛, 途次廣陵, 舍佛寺中, 會有三四客皆來. 時方中秋, 其夕霽月澄瑩, 且吟且望. 有說開元時明皇遊月宮事, 周生笑曰 : "某常學於師, 亦得焉, 且能挈月致之懷袂." 或笑其妄, 或喜其奇, 生曰 : "吾不爲則妄矣." 因命虛一室, 翳四垣, 不使有纖隙. 又命以箸數百, 呼其僮, 繩而架之. 眉 : 箸梯甚新. 且告客曰 : "我將梯取月去, 聞呼可來觀." 乃閉戶久之, 數客步庭中, 且伺焉. 忽覺天地晦黯, 仰而視之, 又無纖雲. 俄聞生呼曰:"某至矣." 因開其室, 生曰:"月在某衣中耳, 請客觀焉." 因以擧之, 其衣中出月寸許, 忽一室盡明, 寒逼肌骨. 眉:怪甚! 生曰:"子今信乎?" 客再拜謝之, 願收其光. 因又閉戶, 其外尙昏晦, 食頃方如初.

評 : 月輪大千餘里, 中有瑤臺瓊宇, 千門萬戶, 仙桂婆娑, 銀蟾玉兔, 何以納諸袖中? 將佛家所謂一粒粟藏世界耶, 抑幻術之雄也? 然其奇矣.

* 이 고사는 《태평광기》 권75 〈도술 · 왕선생(王先生)〉과 〈주생〉에 실려 있다.

10-30(0185) 조지미

조지미(趙知微)

출《삼수소독》

 구화산(九華山)의 도사 조지미는 봉황령(鳳凰嶺) 앞에 초가집을 짓고 도서(道書)를 독송하면서 고요하게 심지를 단련했는데, 사람들은 그의 나태한 모습을 보지 못했다. 조지미가 일찍이 말했다.

 "분배결무술(分杯結霧術 : 술잔으로 안개를 만드는 도술)이나 화죽조치방(化竹釣鯔方 : 대나무를 숭어로 변화시켜 낚는 도술) 미 : 숭어를 낚는 것은 개상(介象)과 오왕(吳王)이 회(膾)를 논한 일[112]과 같다. 은 내가 오래전에 터득했으나 진실로 부끄러운 짓일 뿐이다."

 [당나라] 함통(咸通) 경인년(庚寅年 : 870) 한가을에 초하루부터 장맛비가 내리기 시작해 보름날 저녁까지 계속되었다. 조지미의 제자 황보현진(皇甫玄眞)이 같은 문하생들에게 말했다.

 "좋은 밤이거늘 심한 장마가 져서 매우 아쉽네."

---

112) 개상(介象)과 오왕(吳王)이 회(膾)를 논한 일 : 이 고사는《태평광기》권76〈방사 · 개상〉에 나온다.

말을 마치고 얼마 지나지 않아 조 군(趙君 : 조지미)이 갑자기 시동에게 명했다.

"술과 과일을 준비해라."

그러고는 문하생들을 모두 불러 말했다.

"천주봉(天柱峰)에 올라 달을 감상할 수 있겠느냐?"

문하생들은 비록 대답하긴 했지만, 몰래 의논하면서 이렇게 어둡고 비가 쏟아지니 만약 정말 간다면 두건이 떨어지고 나막신의 굽이 부러질 일이 생길 것이라고 했다. 잠시 후에 조 군이 지팡이를 끌며 나가자 문하생들도 따라나섰다. 사립문을 열었더니 온 하늘이 맑아지면서 밝은 달이 대낮처럼 비춰, 덩굴을 붙잡고 조릿대를 잡아끌며 천주봉의 꼭대기에 이르렀다. 조 군은 검은 표범 가죽으로 만든 자리에 앉았고, 문하생들은 향초를 깔고 줄지어 모시고 앉았다. 잠시 후에 술잔을 들고 곽경순(郭景純 : 곽박)의 〈유선시(遊仙詩)〉 몇 수를 읊조렸다. 문하생 중에 휘파람을 잘 부는 자, 보허(步虛 : 신선의 노래)를 잘 부르는 자, 금(琴)을 잘 타는 자가 있어서, 달이 먼 봉우리 뒤로 숨을 때까지 즐기다가 산사로 돌아왔다. 각자 침상으로 가고 났더니 차가운 바람이 불며 비가 몰아치는 것이 이전과 같아졌기에, 모두들 그의 기이한 능력에 탄복했다.

九華山道士趙知微, 結廬於鳳凰嶺前, 諷誦道書, 練志幽寂, 人不見其惰容. 常云:"分杯結霧之術, 化竹釣鯔 眉 : 釣鯔, 介象與吳王論膾事. 之方, 吾久得之, 固恥爲耳." 咸通庚寅歲中秋, 自朔霖霪, 至于望夕. 弟子皇甫玄眞謂同門生曰:"堪惜良宵而値苦雨." 語頃, 趙君忽命侍童曰:"可備酒果." 遂遍召諸生謂曰:"能升天柱峰玩月否?" 諸生雖唯應, 而竊議以爲濃陰駃雨如斯, 若果行, 將有墊巾角折屐齒之事. 少頃, 趙君曳杖而出, 諸生景從. 旣辟荊扉, 而長天廓淸, 皓月如畫, 捫蘿援筱, 及峰之巓. 趙君處玄豹之茵, 諸生藉芳草列侍. 俄擧巵酒, 咏郭景純〈遊仙詩〉數篇. 諸生有淸嘯者·步虛者·鼓琴者, 以至寒蟾隱於遠岑, 方歸山舍. 旣各就榻, 而凄風飛雨宛然, 衆方服其奇致.

* 이 고사는 《태평광기》 권85 〈이인·조지미〉에 실려 있다.

10-31(0186) 장사정

장사정(張士政)

출《일사》

    당(唐)나라의 왕잠(王潛)이 형주(荊州)에 있을 때, 그곳의 백성 장사정이 골절상을 잘 치료했다. 어떤 군인이 정강이를 다쳐 장사정에게 치료해 달라고 청하자, 장사정이 군인에게 약주(藥酒) 한 잔을 먹이고 살을 찢어 두 손가락 크기만 한 부서진 뼛조각 하나를 꺼낸 후에 고약을 바르고 봉합했더니 며칠 만에 예전처럼 회복되었다. 2년여가 지나 정강이가 갑자기 아파서 다시 장사정에게 물었더니 장사정이 말했다.

    "이전에 당신에게서 꺼낸 뼛조각이 추운 곳에 있어서 아픈 것이니 속히 그것을 찾아보시오."

    과연 침상 아래에서 뼛조각을 찾아내 뜨거운 물로 씻고 솜뭉치 안에 보관했더니 통증이 바로 나았다. 미 : 풍수설(風水說)이 이와 같다. 왕잠의 자제들이 그와 함께 놀다가 한번은 재미있는 도술을 보여 달라고 청하자, 장사정이 풀 한 움큼을 가져다 여러 번 비볐더니 모두 나방이 되어 날아갔다. 또 벽에 한 부인의 그림을 그려 놓고 술잔에 술을 가득 따라 마시게 했는데, 술은 한 방울도 남지 않았으며 그림의 부인은 반나절가량 얼굴이 붉어졌다.

唐王潛在荊州, 百姓張士政善治傷折. 有軍人損脛, 求張治之, 張飮以一藥酒, 破肉, 取碎骨一片, 大如兩指, 塗膏封之, 數日如舊. 經二年餘, 脛忽痛, 復問於張, 張曰 : "前君所出骨寒則痛, 可遽覓也." 果獲於床下, 令以湯洗, 貯於絮中, 其痛卽愈. 眉 : 風水之說猶是. 王子弟與之狎, 嘗祈其戲術, 張取草一掬, 再三揉之, 悉成燈蛾飛去. 又畫一婦女於壁, 酌滿杯飮之, 酒無遺滴, 畫婦人面赤半日許.

* 이 고사는 《태평광기》 권80 〈방사·장사정〉에 실려 있다.

10-32(0187) 유성

유성(柳城)

출《유양잡조》

  [당나라] 정원(貞元) 연간(785~805) 말에 개주(開州)의 군장(軍將) 염종장(冉從長)은 재물을 가벼이 여기고 선비를 좋아했으므로, 유생과 도사들이 대부분 그에게 의탁했다. 영채(寧采)라는 화가가 〈죽림회(竹林會)〉라는 그림을 그렸는데 매우 정교했다. 좌객 중에서 곽훤(郭萱)과 유성 두 수재는 매번 솜씨를 다투었는데, 유성이 문득 그 그림을 힐끗 보더니 주인에게 말했다.

  "이 그림은 형체의 모습은 정교하지만 기상은 부족하니, 지금 공을 위해 미천한 기예를 펼쳐 오색을 쓰지 않고서도 그림을 훨씬 정채롭게 만들고자 하는데 어떠하신지요?"

  염종장이 놀라며 말했다.

  "수재가 이러한 기예를 가지고 있는 줄을 평소에 몰랐소. 하지만 오색을 빌리지 않는다니 어찌 그럴 리가 있소?"

  유성이 탄식하며 말했다.

  "내가 그림 속을 드나들며 만들어 보겠습니다."

  곽훤이 박수를 치며 말했다.

  "그대는 삼척동자를 속이려 하시오?"

이에 유성이 그에게 내기를 하자고 하자, 곽훤은 자신이 지면 5000전을 내겠다고 했고 염종장이 또한 증인이 되었다. 마침내 유성이 몸을 날려 그림 속으로 들어가 사라지자 좌객들이 크게 놀랐다. 그림은 벽에 그대로 걸려 있었는데, 사람들은 더듬어 보아도 그를 찾을 수 없었다. 한참 후에 유성이 갑자기 말했다.

"곽훤은 이제 믿겠소?"

목소리가 마치 그림 속에서 나오는 것 같았다. 한 식경 후에 갑자기 유성이 그림 위에서 떨어져 나오더니 완적(阮籍)의 초상을 가리키며 말했다.

"내 공력은 다만 여기까지 미칠 뿐입니다."

사람들이 살펴보았더니 완적의 초상만 달라진 것이 느껴졌는데, 입술이 마치 한창 휘파람을 불고 있는 것 같았다.

貞元末, 開州軍將冉從長, 輕財好士, 儒生道者多依之. 有畫人寧采, 圖爲〈竹林會〉, 甚工. 坐客郭萱·柳城二秀才, 每以氣相軋, 柳忽眄圖, 謂主人曰: "此畫巧於體勢, 失於意趣, 今欲爲公設薄伎, 不施五色, 令其精彩殊勝, 如何?" 冉驚曰: "素不知秀才此藝. 然不假五色, 其理安在?" 柳嘆曰: "我當出入畫中治之." 萱抵掌曰: "君欲紿三尺童子乎?" 柳因要其賭, 郭請以五千抵負, 冉亦爲保. 柳乃騰身赴圖而滅, 坐客大駭. 圖表於壁, 衆摸索不獲. 久之, 柳忽語曰: "郭子信未?" 聲若出畫中也. 食頃, 瞥自圖上墜下, 指阮籍像曰: "工夫祇及此." 衆視之, 覺阮籍圖像獨異, 唇若方嘯.

* 이 고사는 《태평광기》 권83 〈이인·유성〉에 실려 있다.

10-33(0188) 주은극

주은극(周隱克)

출《일사》

    당(唐)나라 도사 주은극은 도술을 지니고 있었다. 단문창(段文昌)이 빈객들과 함께 노름을 하면서 차를 마셨는데, 주생(周生:주은극)이 연거푸 여러 잔의 차를 마셨더니 단문창이 일어나 소변을 보면서 멈추지 않았다. 한참이 되자 단문창이 놀라 존사(尊師:주은극)에게 말했다.

    "제발 풀어 주시오! 너무 피로해 스스로 버티지 못하겠소."

    그러자 주생이 웃으며 말했다.

    "상공(相公:단문창)께 장난을 쳐 보았습니다!"

    대개 주은극은 차를 마시고 소변보러 일어나기가 귀찮아 단 공(段公:단문창)에게 대신 보게 한 것이었다.

唐道士周隱克, 有術數. 段文昌與賓博戲飲茶, 周生連喫數椀, 段起旋溺不已. 良久, 驚語尊師曰: "乞且放! 虛憊交下不自持." 笑曰: "與相公爲戲也!" 蓋飲茶慵起, 遣段公代之.

* 이 고사는 《태평광기》 권80 〈방사·주은극〉에 실려 있다.

10-34(0189) 명숭엄

명숭엄(明崇儼)

출《기문》·《조야첨재(朝野僉載)》

당(唐)나라 정간대부(正諫大夫) 명숭엄113)은 젊었을 때 부친이 현령을 지냈는데, 현의 문지기 중에 도술을 가지고 있는 사람이 있어 명숭엄이 도술을 가르쳐 달라고 했더니, 문지기는 귀신을 보는 방법과 귀신을 부리는 법술을 가르쳐 주었다. 그리고 책 두 권을 주었는데, 명숭엄이 그 책을 보았더니 사람 이름이 적혀 있었다. 명숭엄은 야외에 혼자 있으면서 그 책에 적힌 대로 호명했더니 모두 '예' 하고 응답하면서 수백 명의 사람이 나타났다. 그래서 매번 부릴 일이 있을 때마다 그 이름을 부르면 즉시 대령하지 않는 자가 없었다. 명숭엄이 한번은 길을 가다가 명망 있는 집에서 부모를 합장하려는 것을 보았는데, 상여가 이미 교외로 나가자 명숭

---

113) 명숭엄(明崇儼) : 당나라 고종(高宗) 때 황안현승(黃安縣丞)이 되었다가 기이한 술법으로 이름이 알려져 기왕부(冀王府)의 문학(文學)에 발탁되었으며, 여러 벼슬을 거쳐 정간대부(正諫大夫)에 이르렀다. 한여름에 눈을 내리게 하고 4월에 오이를 바쳤다. 시정(時政)을 진언할 때 대부분 귀신의 말에 가탁했다.

엄도 그 행렬을 따라가면서 그 집의 하인을 불러 말했다.

"너의 주인어른이 양친을 합장하려고 하느냐?"

하인이 말했다.

"그렇습니다."

명숭엄이 말했다.

"네가 관을 가져올 때 다른 사람의 무덤을 잘못 파지 않았느냐?"

하인이 말했다.

"그렇지 않습니다."

명숭엄이 말했다.

"나는 앞서 자색 수레 뒤에 키가 큰 50여 세의 부인이 있는 것을 보았는데, 그 부인은 명가(名家)의 부인이었다. 그리고 그 뒤에 머리숱이 적고 해진 옷을 입은 한창 젊은 한 귀신이 펄쩍펄쩍 뛰며 매우 기뻐하면서 그 부인을 따라가고 있었으며, 부인은 울고 노하면서 '합장이 웬 말이냐?'라고 했다. 너는 내 말을 너의 주인어른에게 아뢰되 명 정간(明正諫: 명숭엄)이 그렇게 말했다고 전해라."

양친을 합장하려던 사람이 그 말을 듣고 크게 놀라 울면서 명숭엄에게 말했다.

"나는 어려서 부친을 여의어 어제 이장하려고 늙은 하인에게 관을 꺼내 오라고 했는데, 일이 이처럼 잘못될 줄은 몰랐습니다."

명숭엄은 곧 그와 함께 무덤을 파헤친 곳으로 가서 좀 더 서쪽을 파게 해 묘지명을 살펴보았더니 과연 그 주인의 부친 유골이 나왔다. 그래서 다른 사람의 유골을 버리고 그의 부모를 합장했다.

명숭엄은 술법(術法)을 지니고 있었는데, 대제[大帝 : 고종(高宗)]가 그를 시험해 보고자 땅에 움을 만들고 기녀로 하여금 그 안에서 음악을 연주하게 한 다음에 명숭엄을 데려오게 해 말했다.

"이곳에서 항상 악기 소리가 들리는데, 이것은 무슨 징조요? 경이 이것을 멈출 수 있겠소?"

명숭엄이 말했다.

"그렇게 하겠습니다."

그러고는 도부(桃符)[114] 두 장을 써서 그곳 위에 놓고 못질을 했더니 악기 소리가 잠잠해졌다. 황상이 웃으면서 기녀를 불러 물었더니 기녀가 말했다.

"보았더니 용 두 마리가 입을 벌리고 아래를 향하기에 두려워서 감히 음악을 연주할 수 없었습니다."

촉현령(蜀縣令) 유정(劉靖)의 부인이 병에 걸렸는데, 명

---

114) 도부(桃符) : 복숭아나무로 만든 부적. 복숭아나무 판자에 신의 모습을 그리거나 이름을 적어 악귀를 쫓는 데 사용했다.

숭엄이 그녀를 진찰하고 말했다.

"모름지기 살아 있는 용의 간을 얻어서 먹으면 틀림없이 나을 것이오."

유정이 용의 간을 얻을 수 없다고 생각하자, 명숭엄은 부적을 써서 그것을 바람에 실어 하늘로 올려 보냈다. 잠시 후에 용이 내려와 물동이 안으로 들어가자, 용의 배를 갈라 간을 꺼내 먹였더니 그녀의 병이 나았다. 한번은 대제가 한여름에 눈얼음과 비파(枇杷)와 용안(龍眼)의 열매를 원하자, 명숭엄은 잠깐 앉아 있을 동안에 음산(陰山)에 가서 눈을 가져오고 영남(嶺南)에 가서 과일을 모두 가져왔는데, 황상이 그것을 먹어 보았더니 다른 점이 없었다. 또 오이가 아직 익지 않았을 때 황상이 그것을 먹고 싶어 하자, 명숭엄이 돈 100냥을 달라고 해서 가지고 가더니 잠시 후에 커다란 오이 하나를 가져와서 말했다.

"구씨현(緱氏縣)의 노인의 밭에서 구해 왔습니다."

황상이 노인을 데려오게 해서 물었더니 노인이 말했다.

"땅에 오이 하나를 묻어 놓고 진상하려 했는데, 가서 보니 돈 100냥만 있었습니다."

명숭엄은 당(堂) 안에 혼자 앉아 있다가 밤중에 칼에 찔려 죽었는데, 칼이 심장에 꽂힌 채로 있었다. 범인을 잡아들이라는 칙명이 매우 급했지만 결국 아무런 종적도 찾지 못했다. 어떤 사람은 명숭엄이 귀신을 너무 심하게 부리다가 귀신에게 죽임을 당한 것이라고 생각했다.

唐正諫大夫明崇儼少時, 父爲縣令, 縣之門卒有道術, 儼求敎, 敎以見鬼方兼役使之法. 遺書兩卷, 儼閱之, 書人名也. 儼於野外獨處, 按而呼之, 皆應曰唯, 見數百人. 於是每須役使, 則呼其名, 無不立至者. 儼嘗行, 見名流將合祔二親者, 輀車已出郊, 儼隨而行, 召其家人謂曰: "汝主君合葬二親乎?" 曰: "然." 曰: "汝取靈柩, 得無誤發他人冢乎?" 曰: "無." 儼曰: "吾前見紫車後有夫人, 年五十餘, 長大, 名家婦也. 而後有一鬼, 年甚壯, 寡髮弊衣, 距躍大喜而隨夫人, 夫人泣而怒曰: '合葬何謂也?' 汝試以吾言白汝主君, 云明正諫有言如此." 祔親者聞之, 大驚, 泣而謂儼曰: "吾幼失父, 昨遷葬, 使老竪取之, 不知乃誤如此." 崇儼乃與至發墓所, 命開近西境, 按銘記, 果得之. 乃棄他人之骨, 而祔其先人. 崇儼有術法, 武帝[1]試之, 爲地窖, 遣妓奏樂, 引儼至, 謂曰: "此地常聞弦管, 是何祥也? 卿能止之?" 儼曰: "諾." 遂書二桃符於其上釘之, 其聲寂然. 上笑, 喚伎人問, 云: "見二龍頭張口向上[2], 遂怖懼不敢奏樂也." 蜀縣令劉靖妻患疾, 崇儼診之曰: "須得生龍肝食之, 必愈." 靖以爲不可得, 儼乃書符, 乘風放之上天. 須臾, 有龍下入甕水中, 剔取肝食之而差. 文帝[3]盛夏須雪冰及枇杷·龍眼子, 儼坐頃間, 往陰山取雪, 至嶺取果子, 並到, 食之無別. 時瓜未熟, 上思之, 儼索錢百文去, 須臾, 得一大瓜, 云: "緱氏老人園內得之." 上追老人至, 問之, 云: "止[4]埋一瓜擬進, 適賣[5]唯得百錢耳." 儼獨臥堂中, 夜被刺死, 刀子仍在心上. 敕求賊甚急, 竟無踪迹. 或以爲儼役鬼勞苦, 被鬼殺之.

* 이 고사는 《태평광기》 권328 〈귀(鬼)·명숭엄〉, 권285 〈환술·명숭

엄〉과 〈유정처(劉靖妻)〉에 실려 있다.

1   무제(武帝) : 《태평광기》 명초본에는 "대제(大帝)"라 되어 있는데, 문맥상 타당하다. 대제는 당 고종(高宗)을 가리키며, 명승엄은 고종 때 인물이다.

2   상(上) : 《태평광기》 명초본에는 "하(下)"라 되어 있는데, 문맥상 타당하다.

3   문제(文帝) : 《태평광기》 명초본에는 "대제(大帝)"라 되어 있는데, 문맥상 타당하다.

4   지(止) : 《태평광기》에는 "토(土)"라 되어 있는데, 문맥상 타당하다.

5   매(賣) : 《태평광기》 명초본에는 "간(看)"이라 되어 있는데, 문맥상 타당하다.

10-35(0190) 정사

정사(鼎師)

출《조야첨재》

    당(唐)나라 측천무후(則天武后) 때 정사라는 사람이 있었는데, 그는 영주(瀛州) 박야현(博野縣) 사람으로 기이한 행동을 했다. 태평공주(太平公主)가 그를 추천하자 측천무후가 시험해 보았는데, 은항아리에 담은 술 세 말을 단숨에 모두 마셨다. 정사가 또 말했다.

    "신은 간장도 잘 먹습니다."

    그러자 측천무후는 은항아리에 간장 한 말을 담아서 먹게 했는데, 정사가 숟가락으로 떠서 먹었더니 금세 바닥이 났다. 측천무후가 관직을 주려고 했더니 정사가 말했다.

    "진정으로 출가하기를 원합니다."

    측천무후는 즉시 그에게 머리를 깎고 출가하게 했다. 미: 위주(僞周)[115]에서 벼슬하지 않았으니 또한 고상한 사람이다. 나중에 측천무후가 다시 부르자 정사가 말했다.

    "여래(如來)는 나계(螺髻)[116]를 했고 보살(菩薩)은 머리

---

115) 위주(僞周) : 측천무후가 세운 무주(武周) 조정을 말한다.

에 보관(寶冠)을 썼으니, 만약 불도를 잘 수행할 수 있다면 어찌 반드시 머리를 깎아야만 합니까?"

결국 정사는 머리를 길렀다.

唐則天朝有鼎師者, 瀛博野人, 有奇行. 太平公主進, 則天試之, 以銀甕盛酒三斗, 一舉而飮盡. 又曰 : "臣能食醬." 卽令以銀甕盛醬一斗, 鼎師以匙抄之, 須臾卽竭. 則天欲與官, 鼎曰 : "情願出家." 卽與剃頭. 眉 : 不仕僞周, 亦高人也. 後則天之復辟也, 鼎曰 : "如來螺髻, 菩薩寶首, 若能修道, 何必剃除?" 遂長髮.

* 이 고사는 《태평광기》 권285 〈환술·정사〉에 실려 있다.

116) 나계(螺髻) : 소라 껍데기처럼 나선형으로 꼬불꼬불하게 올라간 부처의 머리 모양.

10-36(0191) 허원장

허원장(許元長)

출《열선담록(列仙譚錄)》

　금릉(金陵) 사람 허원장은 부적술과 변환술에 뛰어났다. [당나라] 회창(會昌) 연간(841~846)에 조정에서 그를 도성으로 불러들여 궁궐을 드나들게 했는데, 무종(武宗) 황제가 그에게 말했다.

　"내가 듣건대 선대의 조정에 있던 명숭엄(明崇儼)은 늘 나부산(羅浮山)의 감귤을 가져와 어과(御果)로 바치면서 단지 열흘 만에 만 리 길을 왕래했다고 했소. 우리 법사는 그 훌륭함에 비할 수 없겠소?"

　허원장이 일어나 사죄하며 말했다.

　"신의 법술은 아직 현묘한 경지에 이르지 못하지만, 천리 길을 하루도 걸리지 않아 갈 수 있습니다."

　무종이 말했다.

　"동도(東都:낙양)에서 늘 석류를 진상하는데, 계절로 보아 이미 익었을 것이니 경이 오늘 밤 10개를 가져오시오."

　허원장은 조서를 받들고 대궐을 나갔다. 날이 밝아 무종이 침전을 막 열고 나왔는데, 황금 쟁반에 석류를 담은 채로 어탑(御榻)에 놓여 있었다. 그 후에 중사(中使)가 들어와 상주하면서 또한 잃어버린 석류의 수를 황상께 아뢰었다.

金陵人許元長, 善書符幻變. 會昌中, 召至京國, 出入宮闈. 武皇謂之曰 : "吾聞先朝有明崇儼, 常取羅浮柑子, 以資御果, 萬里往來, 止於旬日. 我師不能比美乎?" 元長起謝曰 : "臣法未臻玄妙, 但千里之間, 可不日而至." 武宗曰 : "東都常進石榴, 時已熟矣, 卿今夕當致十顆." 元長奉詔而出. 及旦, 寢殿始開, 以金盤貯石榴, 置於御榻. 其後中使進奏, 亦以所失之數上聞.

* 이 고사는 《태평광기》 권74 〈도술·당무종조술사(唐武宗朝術士)〉에 실려 있다.

10-37(0192) 장식

장식(張殖)

　장식은 팽주(彭州) 도강(導江) 사람으로, 도사 강현변(姜玄辨)을 만나 육정구역술(六丁驅役術)[117]을 전수받았다. [당나라] 대력(大曆) 연간(766~779)에 서천절도사(西川節度使) 최영(崔寧)이 한번은 은밀한 일이 생기자, 사람을 보내 말을 달려 입조해 상주한 적이 있었다. 사자가 출발한 지 이미 사흘이 지났을 때, 문득 책상 위의 문서들 속에 상주할 표문(表文)의 정본(定本)이 들어 있는 것을 발견했는데, 봉함해 보낸 것은 바로 표문의 초고였다. 말이 달리는 속도를 계산해 보았더니 도저히 따라잡을 수가 없었기에, 최영은 근심하고 당황했지만 어쩔 방법이 없었다. 최영은 장식의 법술을 알고 있었으므로 그를 불러 얘기했더니 장식이 말했다.

　"이것은 쉬운 일이니 걱정하실 필요 없습니다."

---

[117] 육정구역술(六丁驅役術) : 육정신(六丁神)을 부릴 수 있는 도교의 법술 가운데 하나. 육정신은 간지(干支) 중의 정축신(丁丑神)·정묘신(丁卯神)·정사신(丁巳神)·정미신(丁未神)·정유신(丁酉神)·정해신(丁亥神)을 말한다.

장식이 향로 하나에 향을 피운 뒤, 깨끗하게 쓴 표문의 정본을 향 연기 위에 놓았더니 순식간에 어디론가 날아가 버렸는데, 한 식경이 지나서 봉함해 넣은 표문의 초고가 장식의 앞에 떨어졌다. 사자가 돌아왔을 때 물었더니 사자는 전혀 알아채지 못하고 있었다. 표문을 바칠 때 봉함 위에 찍었던 도장과 썼던 서명은 예전 그대로였다. 미 : 나공원(羅公遠)이 가사(袈裟)를 가져온 것118)과 같은 도술이다. 최 공(崔公 : 최영)은 매우 경이로워하면서 남다른 예의를 갖춰 장식을 공경했다.

張殖, 彭州導江人也, 遇道士姜玄辨, 以六丁驅役之術授之. 大曆中, 西川節度使崔寧, 嘗有密事, 使人走馬入奏. 發已三日, 忽於案上文籍之中, 見所奏表淨本猶在, 其函封, 乃表草耳. 計馬力不可復追, 憂惶無措. 知殖術, 召而語之, 殖曰 : "此易耳, 不足憂也." 乃炷香一爐, 以所寫淨表置香烟上, 忽然飛去, 食頃, 得所封表草墜於殖前. 及使回, 問之, 並不覺. 進表之時, 封題印署如故. 眉 : 羅公遠取袈裟同術. 崔公深異之, 禮敬殊常.

* 이 고사는 《태평광기》 권24 〈신선·장식〉에 실려 있는데, 출전이 "《선전습유(仙傳拾遺)》"라 되어 있다.

118) 나공원(羅公遠)이 가사(袈裟)를 가져온 것 : 본서 4-8(0065) 〈나공원(羅公遠)〉에 나온다.

10-38(0193) 주현자

주현자(周賢者)

출《기문》

[당나라] 측천무후(則天武后) 때 상국(相國) 하동후(河東侯) 배염(裵炎)의 넷째 동생이 괵주사호(虢州司戶)가 되었다. 괵주에 주현자라는 사람이 깊은 산중에 살고 있었는데 그가 어디에서 왔는지 알지 못했다. 주현자는 사호와 사이가 좋았는데 하루는 그에게 말했다.

"공의 형님은 재상으로서 소임을 매우 잘하고 계시지만, 3년이 되지 않아 반드시 몸이 죽임을 당하고 집이 망할 것이며 일족도 모두 주살될 것이니 두렵지 않을 수 있겠습니까?"

사호가 눈물을 흘리며 구해 달라고 청하자 주생(周生 : 주현자)이 말했다.

"일이 아직 발생하지 않았으니 그 재앙에서 벗어날 방법이 있습니다. 서둘러 도성에 가서 내 말을 형님에게 알리고 황금 50일(鎰 : 1일은 20냥)을 가져오면, 내가 홍농산(弘農山)에서 장표(章表)를 짓고 제를 지내 재앙을 옮길 수 있을 것입니다."

이에 사호는 급히 도성으로 돌아가 형을 만났다. 배염은 사람됨이 친족과 화목했으므로, 형제들이 멀리서 올 때마다 함께 잠을 자며 담소하느라 열흘이 지나도록 침실로 돌아가지 않았다. 사호가 밤에 주현자의 말을 알려 주면서 금을 달라고 했더니, 배염은 동생의 말을 듣고 크게 화를 내며 말했다.

"세간의 무당들은 귀신을 빌려 사람들의 재물을 취하길 좋아하니, 나는 일찍이 이런 일에 이를 갈고 있거늘 지금 너는 어찌 난데없이 이런 말을 하느냐?"

사호가 울며 말했다.

"주현자는 견식이 속되거나 허황하지 않으며, 매번 그가 말하는 것을 보면 들어맞지 않은 적이 없었습니다. 형님은 재상이신데 어찌하여 약간의 황금을 아까워해 재앙을 길한 것으로 바꾸게 하지 않습니까?"

배염은 더욱 화를 내며 대답하지 않았다. 사호는 형의 뜻을 꺾을 수 없음을 알고 슬퍼하며 작별하고 돌아왔다. 당시 배염은 측천무후를 황후로 처음 옹립하고 조정에서 전권을 휘둘렀으며, 자신의 위치가 태산과 같이 안전하다고 스스로 여겼으므로 주현자의 말을 믿지 않았다. 한 해 남짓 지나서 천황(天皇 : 고종)이 붕어하고 천후(天后 : 측천무후)가 점차 친정(親政)을 하면서 대신을 꺼리고 해쳐 의심의 틈이 자주 생겼다. 배염은 그제야 주현자의 말이 생각나 곧장 사람을 홍농으로 보내 동생 사호를 도성으로 불러오게 했다. 배염은 황금을 준비해서 홍농의 여러 산 속에서 주현자를 찾도록 했으나 모두 찾지 못했다. 다시 남양(南陽)·양양(襄陽)·강릉(江陵)의 산까지 뒤진 끝에 비로소 그를 찾아냈다. 사호가 형의 말을 알렸더니 주현자는 함께 홍농으로 돌아와 사호에게 말했다.

"지난해에는 화가 아직 닥치지 않았기 때문에 제단을 쌓고 하늘에 청할 수 있었지만, 지금은 재앙이 이미 만들어졌기에 머지않아 멸문의 화를 당할 것이니 어찌 구할 방법이 있겠습니까? 또 나는 지난달에 낙양에 갔다가 배 영(裴令 : 배염)이 죽임을 당해 그 목이 왼쪽 발에 묶여 있는 것을 미리 보았습니다. 일이 이미 이 지경이 되었고 또 형세를 면할 수 없으니, 당신은 더 이상 말하지 마십시오. 하지만 나는 당신과 알고 지낸 지가 오래되었기에 당신의 형님과 함께 화를 당하게 할 수는 없으니, 황금 100냥을 구해 오면 당신을 위해 제를 지내 하늘에 청하면 화를 면할 수 있을 것입니다."

사호가 즉시 황금을 사서 주현자에게 주자, 주현자는 홍농산으로 들어가 제단을 쌓고 장표를 올리며 목숨을 구해 달라고 청했다. 법사(法事)가 끝나자 황금을 산중에 그대로 두고 사호에게 말했다.

"당신 일가는 화를 면할 것입니다. 그러나 급히 관직을 버리고 양양으로 집을 옮기십시오."

사호는 곧장 양양으로 집을 옮겼는데, 한 달쯤 지나서 풍질(風疾 : 중풍)에 걸렸다. 10개월 후에 배 영은 옥에 갇혀

극형을 당했고 그의 형제와 자식, 조카들도 모두 죽임을 당했다. 사호는 풍질에 걸려 양주(襄州 : 양양)에 있었는데, 담당 관리가 그를 주살해야 한다고 주청하자 측천무후가 말했다.

"이미 풍질에 걸려 죽음이 조석에 달렸으니 그 일가는 죄를 물을 필요 없다."

이로 인해 사호는 화를 면할 수 있었다. 애초에 하동후가 처형당하던 날 저녁에 개가 그의 머리를 물고 끌고 갔는데, 날이 밝았을 때 형장을 지키던 사람이 그의 머리를 찾아서 머리카락으로 그의 머리를 왼쪽 다리에 묶어 놓았으니, 결국 주현자가 처음에 말한 대로 되었다.

則天朝, 相國河東侯裴炎第四弟爲虢州司戶. 虢州有周賢者, 居深山, 不詳其所自. 與司戶善, 謂曰 : "公兄爲相甚善, 然不出三年, 當身戮家破, 宗族皆誅, 可不懼乎?" 司戶涕泣請救, 周生曰 : "事猶未萌, 有得脫理. 急至都, 以吾言告兄, 取黃金五十鎰來, 吾於弘農山中, 爲作農醮, 可以移禍殃矣." 司戶於是取急還都, 謁兄. 炎爲人睦親, 每兄弟自遠來, 則同臥談笑, 彌旬不歸內寢. 司戶夜中以周語告之, 且求其金, 炎聞弟言, 大怒曰 : "世間巫覡好託神鬼, 取人財物, 吾嘗切齒, 今汝何忽有此言?" 司戶泣曰 : "周賢者, 識非俗幻, 每見發言, 未嘗不中. 兄爲宰相, 何惜少金, 不令轉災爲祥?" 炎滋怒不應. 司戶知兄志不可奪, 惆悵辭歸. 時炎初立則天爲皇后, 專朝擅權, 自謂有泰山之安, 故不信周言. 及歲餘, 天皇崩, 天后漸親朝政, 忌害大臣, 嫌隙屢構. 乃思周賢者語,卽令人至弘農, 召司戶至都. 炎具黃金, 令求賢者於弘農諸山中, 盡不得. 尋南陽·襄陽·江陵山中, 乃得之. 告以兄言, 賢者因與還弘農, 謂司戶曰:"往年禍害未成, 故可壇場致請, 今災禍已構, 不久滅門, 何求之有? 且吾前月中至洛, 見裴令被戮, 繫其首於左足下. 事已如此, 且無免勢, 君勿更言. 且吾與君相知日久, 不可令與兄同禍, 可求百兩金, 與君一醮請, 可以得免." 司戶卽市金與賢者, 入弘農山中設壇場, 奏章請命. 法事畢, 仍藏金於山中, 謂司戶曰:"君一房免禍矣. 然急去官, 移家襄陽." 司戶卽遷家襄陽, 月餘而染風疾. 十月而裴令下獄極刑, 兄弟子姪皆從, 而司戶風疾在襄州, 有司奏請誅之, 天后曰:"旣染風疾, 死在旦夕, 不須問此一房." 由是得免. 初河東侯遇害之夕, 而犬咬其首曳焉. 及明, 守者求得之, 因以髮繫其首於左足下, 竟如初言.

* 이 고사는《태평광기》권73〈도술·주현자〉에 실려 있다.

10-39(0194) 상도무

상도무(桑道茂)

출《극담록》

[당나라] 건중(建中) 원년(780)에 상도무는 봉천(奉天)에 성을 쌓아 왕자(王者)의 거처로 삼으라고 주청했다. 덕종(德宗)은 평소에 그의 말에 신명함이 있다고 믿었기에 마침내 경조윤(京兆尹) 엄영(嚴郢)에게 명해 수천 명의 인력과 육군(六軍)의 사졸들을 징발해 성을 쌓도록 했다. 당시는 한여름이었는데도 토목 공사를 크게 일으키자 사람들은 영문을 알지 못했다. 그러나 황제가 [주차(朱泚)의] 난을 피해 도성을 이곳으로 옮기자 그 일이 징험되었다. 미: 미리 알았던 것이다. 당초 서평군왕(西平郡王) 이성(李晟)은 좌분(左賁: 좌금오위대장군)에서 직분을 다했으나 오래도록 승진하지 못하고 있었는데, 상도무가 관상을 잘 본다는 말을 듣고 미: 신상(神相: 신묘한 관상가)이 덧붙여 나온다. 비단 한 필을 가지고 이른 새벽에 찾아갔다. 당시 상도무를 믿는 사람이 매우 많아서 찾아온 사람들은 대부분 곧바로 그를 만나지 못했다. 그런데 이성이 문에 와 있다는 소리를 들은 상도무는 직접 그를 영접해 안주와 술을 차렸는데, 그 마음이 매우 돈독했다. 얼마 후에 그가 말했다.

"훗날 공훈을 세워 비할 데 없이 귀해지실 것입니다. 혹시 대권을 손에 쥐게 되시거든 제 목숨을 부탁드립니다."

이성은 그 말을 이해할 수 없었고 그저 부끄러워하며 예! 하고 대답할 뿐이었다. 상도무는 받았던 비단을 다시 돌려주고 이 공(李公 : 이성)이 입고 있던 한삼(汗衫)과 바꿨으며, 그 옷깃 위에 이름을 써 달라고 청하면서 훗날 이것을 보고 자신을 기억해 달라고 말했다. 주자(朱泚)가 반란을 일으켰을 때 상도무는 반적의 조정에 붙잡혀 있었다. 도성이 수복된 뒤에 반란군을 따랐던 자들은 모두 처형되었는데, 당시 이 공이 황명을 받고 판결을 내렸다. 상도무가 장차 처형될 때 할 말이 있다고 하면서 마침내 한삼을 내보이며 도움을 청하자, 이 공은 그의 죄가 아니라고 상주하고 특별히 용서해 주었다.

建中元年, 桑道茂請城奉天爲王者居. 德宗素神其言, 遂命京尹嚴郢發衆數千, 與六軍士雜往城之. 時屬盛夏, 而土功大起, 人不知其故. 至播遷都彼, 乃驗. 眉 : 前知. 初, 李西平晟於左貢効職, 久未遷超, 聞桑道茂善相, 眉 : 神相附見. 齎絹一匹, 凌晨而往. 時傾信者甚衆, 造詣多不卽見. 聞李在門, 親自迎接, 施設毅醴, 情意甚專. 旣而謂曰 : "他日建立勳庸, 貴盛無比. 或事權在手, 當以性命爲託." 李莫測其言, 但慚唯而已. 請回所貺繡, 換李公身上汗衫, 仍請於衿上書名, 云他日見此相憶. 及泚叛, 道茂陷賊庭. 旣克京師, 從亂者悉皆就戮, 時李受命斬決. 道茂將就刑, 請致詞, 遂以汗衫爲請, 李公奏以非罪, 特原之.

* 이 고사는 《태평광기》 권76 〈방사·상도무〉에 실려 있다.

10-40(0195) 가농

가농(賈籠)

출《이문집》

    목질(穆質)이 처음 과거에 응시했을 때 제책(制策)[119]에서 이렇게 말했다.

    "현자를 막는 것이 간사한 사람을 막는 것보다 심합니다."

    양빙(楊憑)이 이를 보고 말했다.

    "공은 급제하지 못할 것이오. 지금의 천자께서는 바야흐로 현자를 예우하시는데, 어찌 현자를 막는 것이 간사한 사람을 막는 것보다 심할 리가 있겠소?"

    목질은 깊이 근심하다가 마침내 선우변(鮮于弁)을 찾아갔다. 선우변이 그와 함께 식사를 마치기 전에 노복이 아뢰었다.

    "존사(尊師)께서 오셨습니다."

    그러자 선우변은 급히 달려가 가죽신과 홀(笏)을 갖추더니 상을 치우라고 명했다. 존사가 왔는데 보았더니 애꾸눈

---

[119] 제책(制策) : 과거 시험에서 황제가 직접 시문(試問)하는 것을 말한다.

의 도사였다. 이에 목질은 선우변이 자신을 야박하게 대한 것에 화가 났고, 또 찾아온 사람이 애꾸눈의 도사였기에 예를 갖추지 않고 그대로 편하게 앉아 있었다. 한참 후에 도사가 목질에게 말했다.

"혹시 공봉관(供奉官)이 아니시오?"

목질이 말했다.

"아닙니다."

도사가 다시 물었다.

"일찍이 헌서책(獻書策)[120]을 상주해 명성을 구한 적이 없소?"

목질이 말했다.

"제책에 응시해 이미 시험을 치렀습니다."

도사가 말했다.

"얼굴에 기쁨이 가득하고 또한 요직에 올라 천자를 곁에서 모시게 될 것이오. 이달 15일 오시 이후에 마땅히 알게 될 것이오. 대책(對策)은 제3등이고 관직은 좌보궐(左補闕)이 될 것이오." 미 : 미리 안 것이다.

목질은 작별하고 떠났다. 15일에 이르러 막 오시가 지났

---

[120] 헌서책(獻書策) : 국가 정책에 대한 건의와 주장을 글로 써서 조정에 바쳐 관직을 구하는 것을 말한다.

을 때 매우 세차게 문을 두드리는 소리가 들려, 사람을 보내 무슨 일인지 물어보라 했더니 이렇게 말했다.

"다섯째 나리께서 좌보궐에 임명되셨습니다."

나중에 선우변이 목질을 찾아와서 말했다.

"전에 나를 찾아왔던 사람은 가농인데, 귀신처럼 일을 예측하니 찾아뵙지 않을 수 없겠소."

이에 목질은 선우변과 함께 가농을 찾아갔는데, 가농이 목질에게 말했다.

"이후로 3월에서 9월까지 양고기를 먹지 않으면, 미 : 유독 양을 기피한 것은 정말 이해할 수 없다. 틀림없이 병부원외랑(兵部員外郞)과 지제고(知制誥)가 될 것이오."

덕종(德宗)은 일찍이 목질이 어전에서 아뢴 일이 대부분 시행에 옮길 만한 것이었다고 칭찬했다. 목질은 이미 파격적인 발탁에 대한 기대를 하고 있었기에, 지제고의 자리가 너무 낮다는 생각이 들어 사사로이 다른 사람에게 말했다.

"사람이 살아가는 데에는 원래 정해진 바가 있으니, 어찌 양고기를 먹지 않아야 지제고가 될 수 있단 말이오? 이는 진실로 요망한 말일 뿐이오."

그러고는 이전처럼 양고기를 먹었다. 4월이 되어 급사중(給事中) 조경(趙憬)이 갑자기 목질을 불러 말했다.

"함께 한 이인(異人)을 찾아가 봅시다."

찾아가서 보았더니 바로 전에 보았던 애꾸눈의 도사였

다. 조경이 마치 제자처럼 예를 갖춰 공경하자, 도사가 감사를 표하며 앉게 했다. 도사가 목질에게 말했다.

"전에 양고기를 먹지 않아야 9월에 이르러 지제고가 될 수 있다고 했는데, 어찌하여 믿지 못하시오? 이젠 아니오."

목질이 말했다.

"또 다른 재앙이 있습니까?"

도사가 말했다.

"재액이 있소."

목질이 말했다.

"목숨을 보전하지 못하는 것은 아닙니까?"

도사가 말했다.

"처음에는 목숨을 보전하지 못하는 것보다 더 심할 뻔했는데, 성상을 알고 있기 때문에 죽음만은 면할 수 있을 것이오."

목질이 말했다.

"무슨 계책이라야 벗어날 수 있습니까?"

도사가 말했다.

"계책이 없소."

목질이 다시 물었다.

"만약 폄적된다면 언제 돌아올 수 있습니까?"

도사가 말했다.

"적어도 15년이 지나야 돌아올 것이오."

얼마 지나지 않아 재상 이필(李泌)이 상주했다.

"목질과 노경량(盧景亮)은 큰 모임에서 모두 자신들이 자주 주장(奏章)을 올려 간언했다고 스스로 말하면서, 나라에 좋은 일이 있으면 그것이 자기들에게서 나왔고 나쁜 일이 있으면 고생스럽게 간언했지만 황상께서 받아들이지 않았다고 했습니다. 이는 마땅히 큰 불경죄로 논해야 하니, 경조부(京兆府)로 회부해 처결하길 청합니다."

덕종이 말했다.

"노경량은 모르겠지만 목질은 일찍이 알고 있으니, 그렇게 할 필요 없소."

그러고는 어필(御筆)로 임명장을 써서 그에게 관직 하나를 주어 먼 곳으로 폄적시켰다. 15년 후에 헌종(憲宗)이 비로소 그를 조정으로 불러들였다. 가농은 바로 가 직언(賈直言)의 부친이다.

穆質初應舉, 策云: "防賢甚於防奸." 楊憑見之曰: "公不得矣. 今天子方禮賢, 豈有防賢甚於防奸?" 穆深以爲憂, 遂出謁鮮于弁. 弁與食未竟, 僕報云: "尊師來." 弁奔走具靴笏, 遂命徹食. 及至, 一眇道士爾. 質怒弁相待之薄, 且來者是眇道士, 不爲禮, 安坐如故. 良久, 道士謂質曰: "豈非供奉官耶?" 曰: "非也." 又問: "莫曾上封事進書策求名否?" 質曰: "見應制, 已過試." 道士曰: "面色大喜, 兼合官在淸近. 是月十五日午後, 當知之矣. 策是第三等, 官是左補闕." 眉: 前知. 質辭去. 至十五日, 方過午, 聞扣門聲甚厲, 遣人應問, 曰

:"五郎拜左補闕." 後鮮于弁詣質曰:"前者賈籠也, 言事如神, 不得不往謁之." 質遂與弁俱往, 籠謂質曰:"後三月至九月, 勿食羊肉, 眉: 獨忌羊, 眞不可解. 當得兵部員外郞·知制誥." 德宗嘗賞質對敭言事, 多有行者. 質已貯不次之望, 意甚薄知制誥, 仍私謂人曰:"人生自有, 豈有不喫羊肉便得知制誥? 此誠妖言也." 遂依前食羊. 至四月, 給事趙憬忽召質云:"同尋一異人." 及到, 卽前眇道士也. 趙致敬如弟子禮, 致謝而坐. 道士謂質曰:"前者勿令食羊肉, 至九月得制誥, 何不相信? 今否矣." 質曰:"莫更有災否?" 曰:"有厄." 質曰:"莫至不全乎?" 曰:"初意過於不全, 緣識聖上, 得免死矣." 質曰:"何計可免?" 曰:"無計也." 質又問:"若遷貶, 幾時得歸?" 曰:"少是十五年却回." 無何, 宰相李泌奏:"穆質·盧景亮於大會中, 皆自言頻有章奏諫白, 國有善, 卽言自己出, 有惡事, 卽言苦諫上不納. 合以大不敬論, 請付京兆府決." 德宗曰:"景亮不知, 穆質曾識, 不用如此." 御筆書令與一官, 遂遠貶. 後至十五年, 憲宗方徵入. 賈籠卽賈直言之父也.

* 이 고사는《태평광기》권79〈방사·가농〉에 실려 있다.

10-41(0196) 묘진경

묘진경(苗晉卿)

출《유한고취(幽閑鼓吹)》

묘진경은 과장(科場)에서 곤욕을 치렀는데, 한 해는 급제할 것 같더니 또 낙방했다. 봄 경치가 따스하고 아름다울 때 묘진경은 노둔한 나귀를 타고 도성 문을 나섰는데, 술 한 병을 외상으로 사서 풀밭에 앉아 마시다가 술에 취해 그대로 잠이 들었다. 깨어났더니 한 노인이 그의 곁에 앉아 있어, 인사를 나누고 남은 술을 노인에게 마시게 했다. 그러자 노인이 고마워하며 말했다.

"젊은이는 근심이 있소? 진정 앞일을 알고 싶으시오?"

묘진경이 말했다.

"저는 과거에 응시한 지 꽤 오래되었는데, 한번 급제할 연분은 있습니까?"

노인이 말했다.

"당연히 있소."

묘진경이 다시 물었다.

"한 군(郡)의 수장에 이를 수 있겠습니까?"

노인이 말했다.

"더 높여 보시오."

묘진경이 말했다.

"염찰사(廉察使)입니까?"

노인이 말했다.

"더 높여 보시오."

이에 묘 공(苗公:묘진경)은 술김에 용기를 내어 물었다.

"장상(將相)입니까?"

노인이 말했다.

"더 높여 보시오."

묘 공은 화가 나서 노인의 말을 모두 믿지 않고 마음대로 말했다.

"장상보다 더 높은 자리라면 천자라도 된단 말입니까?"

노인이 말했다.

"진짜 천자는 될 수 없지만 가짜 천자는 될 수 있소."

묘 공은 노인이 전혀 터무니없는 소리를 한다고 생각하며 인사하고 떠났다. 훗날 묘 공은 과연 장상이 되어 덕종(德宗)이 승하했을 때 사흘 동안 총재(冢宰:재상)로서 국정을 맡았다.

苗晉卿因於名場, 一年似得, 復落第. 春景喧妍, 策蹇衛出都門, 貰酒一壺, 籍草而坐, 酣醉而寐. 旣覺, 有老父坐其傍, 因揖叙, 以餘杯飮之. 愧謝曰:"郎君縈悒耶? 寧要知前事否?" 苗曰:"某應擧已久, 有一第分乎?" 曰:"大有." 又問:"可及一郡乎?" 曰:"更向上." 曰:"廉察乎?" 曰:"更向上."

苗公乘酒, 猛問曰: "將相乎?" 曰: "更向上." 苗公怒, 全不信, 因肆言曰: "將相更向上, 作天子乎?" 老父曰: "天子眞者卽不得, 假者卽得." 苗都以爲怪誕, 揖之而去. 後果爲將相, 德宗升遐, 攝冢宰三日.

* 이 고사는《태평광기》권84〈이인・묘진경〉에 실려 있다.

10-42(0197) 노구

노구(盧求)

출《척언(摭言)》

　　양사복(楊嗣復)이 두 번째로 과거를 주관할 때 급제한 노구는 이고(李翺)의 사위였다. 이전에 이고가 합비군(合淝郡)을 다스리고 있을 때, 한 도인이 이고를 찾아왔는데 일을 말하는 것이 매우 기이했다. 이고가 나중에 초주(楚州) 협 : 혹은 계주(桂州)라고도 한다. 에 임명되었을 때 그 도인이 다시 찾아왔다. 그해에 양사복이 과거를 주관하게 되었는데 노구가 낙방했다. 양사복은 이고의 매부였으므로 이고는 이를 자못 유감스럽게 여겼다. 그래서 이고가 도인을 찾아갔더니 도인이 말했다.

　　"그건 사소한 일이니 또한 제가 주장(奏章) 한 통만 써 드리면 됩니다."

　　이고가 책상과 벼루·종이·붓을 준비하고 또 그 옆에 좋은 술 몇 말을 차려 놓았더니, 그 도인은 커다란 술잔에 술을 가득 따라 마시고는 잠시 눈을 붙인 뒤에 깨어나 다시 술을 마셨다. 술이 바닥나자 도인은 곧장 의관을 정제하고 북쪽을 향해 절을 한 뒤, 급히 책상을 마주하고 두 통의 서찰을 직접 써 놓았다가 날이 샐 무렵에 이고에게 주며 말했다.

"금년 가을에 주고관(主考官)이 정해지면 일단 작은 서찰을 열어 보시고, 내년에 급제자 방문이 발표될 때 큰 서찰을 열어 보십시오."

이고는 도인이 시키는 대로 하겠다고 했다. 얼마 후 조정의 관보(官報)가 도착했는데, 양사복이 작년에 이어 다시 과거를 주관한다는 내용이었다. 그래서 이고가 곧장 작은 서찰을 열어 보았더니 "배두황미(裵頭黃尾), 삼구육리(三求六李)"라고 적혀 있었다. 이고는 이상히 여겼다. 급제자의 방문이 발표되었을 때 큰 서찰을 열어 보았더니, 발표된 명단과 한 글자도 차이 없이 분명히 들어맞았다. 그해에 배구(裵求)가 장원이었고 황가(黃價)가 꼴등이었고 노구가 차석이었으며, 나머지 사람들도 모두 일치했다. 나중에 이고가 양양(襄陽)을 다스리고 있을 때 그 도인이 또 찾아오자, 이고는 그를 더욱 공경히 모셨다. 이어서 이고가 아들들을 나오게 하자, 도인이 그들을 자세히 살펴보고 나서 말했다.

"[부친의 복록을] 잇지 못할 것입니다."

이번에는 딸들을 나오게 해 도인에게 절하게 했더니 도인이 말했다.

"훗날 상서(尙書 : 이고)의 외손자 세 명이 모두 재상의 지위에 오를 것입니다."

훗날 노구의 아들 노휴(盧携), 정아(鄭亞)의 아들 정전(鄭畋), 두심권(杜審權)의 아들 두양능(杜讓能)이 모두 장수와 재상이 되었다.

楊嗣復第二榜盧求者, 李翺之子婿. 先是翺典合淝郡, 有一道人詣翺, 言事甚異. 翺後任楚州, 夾：或曰桂州. 其人復至. 其年嗣復知擧, 求落第. 嗣復, 翺之妹婿, 由是頗以爲嫌. 因訪於道人, 言曰："細事, 亦可爲奏章一通." 几硯紙筆, 復置醇醪數斗於側, 其人以巨杯引滿而飮, 寢少頃而覺, 覺而復飮. 酒盡, 卽整衣冠北望而拜, 遽對案手疏二緘, 遲明授翺曰："今秋有主司, 但開小卷, 明年見榜, 開大卷." 翺如所敎. 尋報至, 嗣復依前主文. 卽開小卷, 詞云："裴頭黃尾, 三求六李." 翺奇之. 及放榜, 開大卷, 乃一榜煥然, 不差一字. 其年, 裴求爲狀元, 黃價居榜末, 次則盧求耳, 餘皆契合. 後翺領襄陽, 其人又至, 翺愈敬異之. 因命出諸子, 熟視, 皆曰："不繼." 遂遣諸女出拜之, 乃曰："尙書他日外孫三人, 皆位至宰輔." 後求子携, 鄭亞子畋, 杜審權子讓能, 皆爲將相.

* 이 고사는《태평광기》권181〈공거(貢擧)·노구〉에 실려 있다.

10-43(0198) 귀를 막는 도사
엄이도사(掩耳道士)

출《야인한화》

　　이주(利州)의 남문(南門) 밖은 상인들이 물건을 사고파는 곳이다. 하루는 남루한 깃털 옷을 입은 도사가 사람들이 북적거리는 곳에 와서 조롱박씨를 팔면서 말했다.

　　"1~2년 안에 아주 요긴하게 쓸 데가 있을 것이오. 싹 하나마다 열매가 하나씩 맺히고 덩굴이 땅에서 얽혀 자랄 것이오."

　　그러면서 땅에 백토로 그림을 그려 사람들에게 보여 주었는데, 조롱박의 크기가 매우 컸다. 그러나 한참이 지나도 결국 사 가는 사람이 없었으며, 모두들 이렇게 말했다.

　　"미치광이의 말이니 들을 필요도 없다." 미 : 신심(信心)을 지닌 사람이 적다.

　　도사는 또 두 손으로 귀를 막고 급히 뛰어가면서 외쳤다.

　　"바람 소리와 물소리가 어찌 이렇게 심한가!"

　　길거리에 있던 아이들은 다투어 도사를 쫓아가면서 놀려 댔으며, 이때부터 사람들은 그를 엄이 도사라고 불렀다. 이듬해 가을이 되자, 가릉강(嘉陵江)의 강물이 하루 저녁 사이에 불어나 수백 가구가 휩쓸려 갔다. 강물이 아득히 넘실거리는 가운데 사람들은 멀리서 도사가 커다란 조롱박에 앉아 물 위에 떠 있는 것을 보았는데, 도사는 손을 뻗어 귀를 막고 큰 소리로 외쳤다.

"바람 소리와 물소리가 어찌 이렇게 심한가!"

그러고는 둥실둥실 떠갔는데 어디로 갔는지 알지 못했다.

利州南門外, 乃商賈交易之所. 一旦有道士, 羽衣襤縷, 來於稠人中, 賣葫蘆子種, 云: "一二年間, 甚有用處. 每一苗祇生一顆, 盤地而成." 兼以白土畫樣於地以示人, 其模甚大. 逾時竟無賣[1]者, 皆云: "狂人不足聽." 眉: 信心人少. 道士又以兩手掩耳急走, 言: "風水之聲何太甚耶!" 巷陌孩童競相隨而笑侮之, 時呼爲掩耳道士. 至來年秋, 嘉陵江水, 一夕汎漲, 漂數百家. 水方渺瀰, 衆人遙見道士在水上坐一大瓢, 出手掩耳, 大叫: "水聲風聲何太甚耶!" 泛泛而去, 莫知所之.

* 이 고사는 《태평광기》 권86 〈이인・엄이도사〉에 실려 있다.

1 매(賣): 《태평광기》에는 "매(買)"라 되어 있는데, 문맥상 타당하다.

태평광기초 2

엮은이 풍몽룡
옮긴이 김장환
펴낸이 박영률

초판 1쇄 펴낸날 2024년 11월 28일

커뮤니케이션북스(주)
출판등록 제313-2007-000166호(2007년 8월 17일)
02880 서울시 성북구 성북로 5-11
전화 (02) 7474 001, 팩스 (02) 736 5047
commbooks@commbooks.com
www.commbooks.com

ⓒ 김장환, 2024

지식을만드는지식은
커뮤니케이션북스(주)의 고전 출판 브랜드입니다.
이 책은 저작권자와 계약해 발행했으므로, 본사의 서면 허락 없이는
어떠한 형태나 수단으로도 이 책의 내용을 이용할 수 없습니다.

ISBN 979-11-7307-004-4 94820
979-11-7307-000-6 94820 (세트)

책값은 뒤표지에 있습니다.